ullstein

Das Buch

Der Kuss: Isabelle ist in einer freudlosen Ehe gefangen. Durch ihren kranken Sohn ans Haus gebunden, hat sie nur einen echten Freund: Bill, erfolgreich in seiner politischen Karriere, aber ebenfalls unglücklich verheiratet. Bei einem heimlichen Aufenthalt in London entdecken die beiden, dass sie mehr verbindet als bloße Freundschaft. Doch Isabelle und Bill wissen, sie werden ihre Liebe niemals leben – bis ein einziger Augenblick alles verändert.

Der rubinrote Ring: Als Marie-Ange Hawkins mit einundzwanzig überraschend ein großes Vermögen erbt, kehrt sie nach Frankreich an den Ort ihrer Kindheit zurück. Dort verliebt sie sich in den fast zwanzig Jahre älteren Comte Bernard de Beauchamp. Doch das Glück währt nicht lange. Bernard verprasst leichtsinnig ihr Erbe, und bald schon stößt Marie-Ange auf ein Geheimnis, das ihr Leben in große Gefahr bringt. Mitreißend erzählt Danielle Steel von einer Frau, die einen schweren Verrat hinnehmen muss, bevor sie ihr Glück findet.

Die Autorin

Danielle Steel kam in New York als Tochter einer portugiesischen Mutter und eines deutschen Vaters zur Welt. Sie wuchs in Frankreich auf und kehrte schließlich nach New York zurück, um Romanistik zu studieren. Bereits ihr erster Roman wurde ein überwältigender Erfolg. Seitdem hat sie mehr als fünfzig weitere Romane verfasst, die Jahr für Jahr an den Spitzen der Bestsellerlisten stehen.

Von Danielle Steel sind in unserem Hause bereits erschienen:

Herzstürme
Vertauschtes Glück
Licht am Horizont
Die Schneetänzerin
Die Traumhochzeit
Traumvogel

Danielle Steel

Der Kuss
Der rubinrote Ring

Zwei Bestseller in einem Band

Aus dem Amerikanischen von
Elfriede Peschel und Evelin Sudakowa-Blasberg

Ullstein

Besuchen Sie uns im Internet:
www.ullstein-taschenbuch.de

Sonderausgabe im Ullstein Taschenbuch
1. Auflage April 2010
Der Kuss

Titel der amerikanischen Originalausgabe:
The Kiss (Delacorte Press, New York)
Übersetzung: Elfriede Peschel
Der rubinrote Ring

Titel der amerikanischen Originalausgabe:
Leap of Faith (Delacorte Press, New York)
Übersetzung: Evelin Sudakowa-Blasberg
Umschlaggestaltung: HildenDesign, München
Titelabbildung: © ELEN/shutterstock (Brosche)
Satz: Leingärtner, Nabburg
Papier: Pamo Super von Arctic Paper Mochenwangen GmbH
Druck und Bindearbeiten: CPI – Ebner & Spiegel, Ulm
Printed in Germany
ISBN 978-3-548-28134-6

Der Kuss

Mut bedeutet nicht, keine Angst zu haben oder nicht zu verzweifeln. Mut ist die Kraft, Angst und Verzweiflung zu besiegen.

Meinen wunderbaren Kindern, denen mein ganzes Herz und meine Seele gehören und die mir immer wieder Mut machen –

Für Beatrix, Trevor, Todd, Nick, Sam, Victoria, Vanessa, Maxx und Zara,

In Liebe, Mom
D. S.

Ein einziger Augenblick
im Gedächtnis der Ewigkeit,
der hell wie ein Stern
am Mitternachtshimmel leuchtet.
Ein Weltenalter
wie ein kurzer Moment
eine Million Jahre wie
eine blitzartige Sekunde,
wenn alles stillsteht
und das Leben zerspringt
in endlose Träume.
Alles verändert sich
für immer
in einem Wimpernschlag.

Kapitel 1

Isabelle Forrester stand am Schlafzimmerfenster ihres Hauses in der Rue de Grenelle im siebten Arrondissement von Paris und sah hinaus in den Garten. Es war das Haus, in dem sie und Gordon seit zwanzig Jahren lebten und in dem ihre beiden Kinder aufgewachsen waren. Hohe imposante Bronzetüren aus dem achtzehnten Jahrhundert schirmten den Bau zur Straße hin ab. Weitere Türen führten auf einen Innenhof, der von dem Gebäude u-förmig umschlossen wurde. Der Garten war tadellos gepflegt, und die weißen Rosen, die Isabelle vor vielen Jahren gepflanzt hatte, galten als die schönsten von ganz Paris. Im Inneren des Hauses verbreiteten die hohen Räume, die herrlichen Holztäfelungen, die schönen Stuckdecken und das Parkett in der Farbe alten Weinbrands rundum Behaglichkeit. Isabelle beherrschte die Kunst, ein solches Haus zu führen, und tat dies mit Sorgfalt und einer entschiedenen, aber sanften Hand. Die gepflegten alten Möbel stammten zum Teil von ihren Eltern, weitere Antiquitäten hatten Isabelle und Gordon im Lauf der Jahre bei Pariser Händlern erstanden oder auf Reisen gesammelt.

Alles im Haus glänzte. Das sorgfältig geölte Holz, das polierte Silber und die Wandleuchter aus Kristall funkelten im Licht der strahlenden Junisonne, das durch die Vorhänge ins Schlafzimmer drang. Isabelle wandte sich mit einem kleinen Seufzer vom Fenster ab. Mit gemischten Gefühlen sah sie ihrer für die Mittagszeit geplanten Abreise aus Paris entgegen. Sie fuhr kaum mehr weg; die Gelegenheiten waren so selten geworden.

Und jetzt, wo sich die Möglichkeit ergab, hatte sie Schuldgefühle – wegen Teddy.

Isabelles Tochter Sophie war am Tag zuvor mit Freunden nach Portugal gefahren. Sie war achtzehn und würde vom Herbst an die Universität besuchen. Isabelle war durch ihren Sohn Theodore ans Haus gebunden, und das bereits seit vierzehn Jahren. Er war drei Monate zu früh und mit schweren Geburtsschäden zur Welt gekommen. Danach hatten sich seine Lungen nicht richtig entwickelt, was wiederum zu einer Herzschwäche führte. Seine vierzehn Lebensjahre hatte er vorwiegend im Bett verbracht. Er wurde von Privatlehrern unterrichtet und konnte nie eine Schule besuchen, und wenn er sich im Haus bewegte, musste man ihn meist im Rollstuhl umherfahren. War es draußen warm, schob Isabelle ihn in den Garten, und je nachdem, wie er sich fühlte, lief er ein wenig umher oder saß einfach da. Doch sein Lebensmut war ungebrochen, und seine Augen strahlten, sobald seine Mutter sein Zimmer betrat. Stets fiel ihm eine lustige Bemerkung ein, oder er hatte ihr etwas Wichtiges zu erzählen. Aber sie beide, Mutter und Sohn, verband mehr als Worte; ihre Liebe war stetig gewachsen durch die gemeinsamen Jahre und die vielen Ängste, die sie beide ganz allein hatten bewältigen müssen. Manchmal hatte Isabelle das Gefühl, sie wären zwei Wesen mit einer Seele. Mit purem Willen versuchte sie, ihm Lebenskraft zu schenken; stundenlang unterhielt sie sich mit ihm, las ihm vor, hielt ihn in ihren Armen, wenn er zum Sprechen zu schwach und atemlos war, und brachte ihn zum Lachen, so oft sie konnte. Er sah das Leben mit ihren Augen. Dabei erinnerte er sie immer an einen kleinen zarten Vogel mit gebrochenen Flügeln.

Gemeinsam mit Gordon hatte Isabelle mit Teddys Ärzten über die Möglichkeit einer Transplantation von Herz und Lunge diskutiert, eine Operation, die man in den Vereinigten Staaten hätte durchführen müssen. Doch sie waren zu dem Schluss gekommen, dass Teddy zu schwach war, um den Eingriff zu überstehen. Vielleicht wäre schon die Reise zu viel für ihn gewesen. Es war besser, jedes Risiko zu vermeiden. Theodores Umfeld beschränkte sich auf das elegante Haus in der Rue de Grenelle, und seine wichtigsten Kontakte zur Außenwelt waren seine Mutter und seine Schwester, denn seinem Vater hatte die Krankheit immer Unbehagen bereitet. Zwar kümmerten sich verschiedene Krankenschwestern um Teddy, aber die Hauptlast der Pflege trug seine Mutter. Schon vor langer Zeit hatte sie sich von ihren Freunden, ihren eigenen Plänen und einem Leben außerhalb der Familie verabschiedet. Ihre Ausflüge in die Welt waren seit Jahren auf die wenigen Abende beschränkt, die sie als Gordons Begleiterin außer Haus verbrachte. Isabelle sah ihren Lebenszweck darin, Teddy am Leben zu erhalten und glücklich zu machen. Seine Schwester Sophie hatte deshalb im Lauf der Jahre sehr oft auf mütterliche Zuwendung und Aufmerksamkeit verzichten müssen, aber sie schien das zu verstehen. Natürlich behandelte Isabelle ihre Tochter sehr liebevoll, doch Teddy hatte stets Vorrang. Sein Leben hing davon ab. Während der letzten vier Monate, seit dem zeitigen Frühlingsbeginn, ging es Theodore allerdings deutlich besser, und dies erlaubte seiner Mutter nun die kostbare und so sehr herbeigesehnte Reise nach London. Diese auf den ersten Blick unmögliche Unternehmung hatte Bill Robinson vorgeschlagen.

Isabelle war Bill vor vier Jahren in Paris begegnet, auf einem Empfang, den der amerikanische Botschafter in Frankreich veranstaltete. Gordon kannte den Botschafter aus seiner Studienzeit in Princeton. Der Amerikaner Bill Robinson war ein wichtiger politischer Berater und galt als einer der einflussreichsten Männer Washingtons. Man erzählte sich außerdem, dass er über einen immensen Reichtum verfüge. Gordon hatte später zu berichten gewusst, der jetzige Präsident verdanke seinen Platz im Oval Office diesem Mann. Bill Robinson sei der Erbe eines enormen Vermögens, er habe sich schon in seiner Jugend zur Politik hingezogen gefühlt, weil ihn Macht fasziniere. Allerdings gefalle es ihm, als Drahtzieher im Hintergrund zu bleiben. Er sei ein Unterhändler der Mächtigen, ein Königsmacher. Bei ihrer ersten Begegnung fand Isabelle an Bill besonders beeindruckend, wie still und bescheiden er auftrat. Als sie dann von Gordon erfuhr, in welchen Verhältnissen er lebte, konnte sie es kaum glauben. Gerade durch seine Zurückhaltung und Besonnenheit hatte Bill sie auf Anhieb für sich eingenommen. Er war unkompliziert und sah überraschend jung aus; zudem war er humorvoll und schlagfertig. Sie hatte beim Essen neben ihm gesessen und seine Gesellschaft sehr genossen. Als sie eine Woche später einen Brief von ihm bekam, war sie sehr überrascht. Eine weitere Woche danach traf dann zu ihrer großen Freude ein Päckchen ein mit dem Buch, über das sie sich an jenem Abend unterhalten hatten. Isabelle hatte Bill erzählt, es sei vergriffen, und sie suche schon eine wahre Ewigkeit danach. Es erstaunte sie, dass er sich trotz seiner dringlichen Geschäfte daran erinnert hatte. Wie rührend, dass er sich die Mühe gemacht hatte, es aufzutreiben und ihr zu schicken! Aber Kunst und seltene Bücher waren seine Leidenschaft.

An dem Abend in der Botschaft hatten sie sich ausführlich über eine Reihe von Gemälden unterhalten, die damals irgendwo in Holland in einem Keller aufgetaucht waren. Seit die Nazis die Bilder während des Krieges abtransportiert hatten, galten sie als verloren. Über diesen Einstieg kamen sie auf Fälschungen und Kunstdiebstähle zu sprechen und schließlich auch auf Restaurierungen. Auf diesem Gebiet fühlte Isabelle sich zu Hause, denn sie hatte, bis sie sich nach Sophies Geburt aus dem Berufsleben zurückzog, als Restauratorin gearbeitet. Ihre Ausbildung hatte sie im Louvre gemacht, wo man ihr Geschick und Talent bescheinigte, und als sie Gordon kennen lernte, arbeitete sie noch dort.

Bill hatte ihren Erzählungen genauso fasziniert gelauscht wie sie den seinen, und im Lauf der nächsten Monate entwickelte sich durch zahlreiche Telefonate und Briefe zwischen ihnen eine vielleicht seltsame, aber angenehme Freundschaft. Auch sie entdeckte seltene Kunstbücher für ihn, die sie ihm dann schickte. Bei seinem nächsten Aufenthalt in Paris rief Bill sie an und bat sie, mit ihm zum Mittagessen zu gehen. Isabelle zögerte zunächst, aber dann konnte sie doch nicht widerstehen, und sie ließ zu diesem besonderen Anlass Theodore sogar einige Stunden allein. Oft rief Bill sie zu ungewöhnlichen Tageszeiten an, etwa, wenn er spätabends noch arbeitete, bei ihr aber schon früher Morgen war. Doch sie hatte ihm erzählt, dass sie jeden Morgen bereits um fünf Uhr aufstehe, um sich um Teddy zu kümmern. Es dauerte sechs Monate, ehe er ihr die Frage stellte, ob es Gordon denn nichts ausmache, wenn er sie so oft anrief. Allerdings hatte Isabelle Gordon nichts davon erzählt. Bills Freundschaft war ihr geheimer Schatz, den sie sorgfältig bewahrte und für sich behielt.

»Weshalb sollte er etwas dagegen haben?«, fragte sie überrascht zurück. Sie wollte Bill keinen Anlass geben, seine regelmäßigen Anrufe einzustellen, denn sie genoss die Gespräche mit ihm sehr. Immer wieder entdeckten die beiden neue Gemeinsamkeiten. Auf diese ungewöhnliche Weise war Bill Robinson zu Isabelles einzigem wirklichen Kontakt zur Außenwelt geworden. Doch natürlich machte auch Isabelle sich Sorgen, Gordon könnte ihre Freundschaft mit Bill nicht gutheißen. Als sie ein Paket mit wunderbaren Kunstbänden erhielt, erzählte sie Gordon, Bill Robinson habe ihr diese Bücher geschickt. Doch Gordon warf ihr lediglich einen erstaunten Blick zu, ohne eine Bemerkung zu machen. Offenbar war es ihm gleichgültig, von wem sie Pakete bekam. Die Telefongespräche mit Bill behielt sie aber dennoch für sich. Es hätte sich dafür wohl kaum eine schlüssige Erklärung finden lassen, so unschuldig diese Unterhaltungen auch waren. Nie sprachen sie über allzu Persönliches, nie waren die Gespräche unangemessen, keiner von beiden gab viel aus dem Privatleben preis, und gerade in der ersten Zeit erwähnten sie ihre jeweiligen Ehegatten nie. Bill war einfach eine freundliche Stimme, die in den dunklen Stunden des frühen Morgens mit Isabelle plauderte. Und da nachts das Telefon in ihren Schlafzimmern nicht klingelte, bekam Gordon nichts davon mit. Doch sie ging davon aus, dass er Einwände erheben würde, sollte er je davon erfahren, und so schwieg sie. Sie wollte das Geschenk von Bills Anrufen und seiner Freundschaft nicht verlieren.

Anfangs meldete sich Bill alle paar Wochen, dann wurden die Abstände nach und nach kürzer. Ein Jahr nachdem sie sich kennen gelernt hatten, trafen sie sich wieder zum Mittagessen. Und einmal, als Gordon verreist war, führte Bill Isabelle zum Abendessen aus. Sie speisten in einem ruhigen Bistro in der Nähe ihres Hauses, und als Isabelle nach Hause kam, stellte sie verblüfft fest, dass es bereits nach Mitternacht war. Die Gespräche mit Bill waren Balsam für ihre Seele und verliehen ihr neue Kraft. Sie fühlte sich dabei oft wie eine verwelkte Blume, die Sonne und Regen in sich aufsog. Mit Ausnahme ihrer Kinder hatte Isabelle sonst niemanden, mit dem sie reden konnte, nachdem der Kontakt zu den Freunden und Freundinnen aus der Zeit vor ihrer Ehe längst abgebrochen war. Die aufwändige Fürsorge für Teddy ließ Isabelle keine Zeit.

Gordon war seit vielen Jahren Direktor der größten amerikanischen Investmentbank in Paris. Mit seinen achtundfünfzig Jahren war er siebzehn Jahre älter als Isabelle. Doch es lag nicht am Altersunterschied, dass sie sich im Lauf der Jahre auseinander gelebt hatten. Isabelle kannte den Grund – es war ihr Sohn Teddy. Die schwere Krankheit, die wie ein Damoklesschwert über dem Kind hing, war für Gordon nicht zu ertragen. Seine Abscheu vor Teddys Krankheit war so stark, dass er sich dem Jungen gegenüber fast feindselig verhielt. Gordon wollte seinem Sohn nicht nahe kommen, daraus machte er kein Hehl. Teddy war sich dessen schmerzhaft bewusst. Als er jünger war, hatte er geglaubt, sein Vater hasste ihn. Aber schon im Alter von zehn Jahren begriff er, dass seine Krankheit dem Vater Angst machte, und je älter er wurde, desto mehr Verständnis brachte er auf. In einer Art Panikreaktion sah Gordon den einzigen Ausweg darin, den Jungen vollkommen zu ignorieren und so zu tun, als existierte das Kind gar nicht. Teddy machte ihm längst keinen Vorwurf mehr daraus; er sprach diese Tatsache sogar in aller Offenheit Isabelle gegenüber an. Dennoch bekam er dabei jedes Mal einen wehmütigen Blick, als redete er über ein Land, das er gerne besuchen würde, von dem er aber wusste, dass es für ihn unerreichbar war. Der Junge und sein Vater waren einander fast so fremd, als wären sie einander nie begegnet. Gordon blendete die Tatsache von Teddys Existenz einfach aus und investierte seine ganze Energie in seinen Beruf. Im Lauf der Jahre zog er sich so weit wie möglich aus dem häuslichen Leben zurück und vermied auch den Kontakt mit seiner Frau. Das einzige Familienmitglied, zu dem Gordon sich offenbar ein wenig hingezogen fühlte, war seine Tochter Sophie. Vom Charakter her hatte sie mehr Ähnlichkeit mit ihrem Vater als mit ihrer Mutter. Sophie und Gordon waren in vielen Punkten einer Meinung, sie teilten eine gewisse kühle Nüchternheit in ihren Einstellungen und im Stil. In Gordons Fall hatte sich diese Lebenseinstellung über die Jahre hinweg entwickelt. Systematisch hatte er sich von den emotionalen Bereichen des Lebens abgeschottet. Gefühle anderer Menschen interessierten ihn nicht, meist betrachtete er sie als Charakterschwächen. Sophie hingegen war offenbar mit solchen Wesenszügen auf die Welt gekommen. Schon als Baby war sie weitaus weniger liebevoll als ihr Bruder. Sie hatte es immer vorgezogen, alles allein zu machen, anstatt jemanden um Hilfe zu bitten – schon gar nicht Isabelle. Hatte Gordon Angst vor Gefühlen, so zeigte sich bei Sophie schon sehr früh ein Drang zur Unabhängigkeit und eine Art abweisender Stolz. Isabelle fragte sich manchmal, ob das wohl eine instinktive Reaktion auf ihren Bruder war, der so viel Zeit und Aufmerksamkeit für sich in Anspruch nahm. Vielleicht hatte Sophie sich und ihre eigene kleine Welt davon überzeugt, sie brauche nichts und niemanden, damit sie sich nicht um das betrogen fühlen musste, was sie ohnehin nicht haben konnte. Isabelle war keine Vertraute für sie, und wenn sie es vermeiden konnte – was ihr meistens gelang –, zeigte sie in den Gesprächen mit ihrer Mutter kaum Gefühle. Isabelle war sich bewusst, dass ihre Tochter, falls sie sich überhaupt jemandem anvertraute, eher zu ihren Freunden ging als zu ihr. Doch sie gab die Hoffnung nicht auf, sie und Sophie könnten, wenn diese erst einmal erwachsen war, eine gemeinsame Basis finden und doch noch Freundinnen werden. Aber bis jetzt war die Beziehung zu ihrer einzigen Tochter keineswegs einfach für Isabelle.

Viel schwerer zu ertragen war allerdings die kühle Distanz, die Gordon zu seiner Frau wahrte. Sophies sachliche Art ließ sich noch als der Versuch interpretieren, Eigenständigkeit zu zeigen, um sich von der ständigen Bedürftigkeit ihres Bruders abzugrenzen, als Abwehr gegen den starken Wunsch, selbst auch ein wenig Zuwendung von ihrer durch Teddy so stark geforderten Mutter zu erhalten. Bei Gordon schienen die Ursachen der Distanzierung tiefer zu gehen. Er hegte offenbar – zumindest empfand Isabelle es so – einen tiefen Groll gegen seine Frau und das grausame Schicksal, das ihnen einen behinderten Sohn beschert hatte. Dass er dafür Isabelle verantwortlich machte, war kein Geheimnis.

Gordon hatte einen gänzlich leidenschaftslosen Blick auf die Welt und beobachtete das Leben im Allgemeinen aus sicherer Entfernung, als wollte er das Spiel nur verfolgen, ohne sich daran zu beteiligen. Darin unterschied er sich von Teddy und Isabelle, die ihre Gefühle mit Leidenschaft zum Ausdruck brachten. In emotionaler Hinsicht hatte Gordon sich schon Jahre zuvor, kurz nach Teddys Geburt, aus Isabelles Leben zurückgezogen. Lange bevor Bill ihr begegnete, war Gordon aus dem gemeinsamen Schlafzimmer ausgezogen. Als Grund hatte er damals angeführt, es störe ihn, dass Isabelle so spät zu Bett gehe und so zeitig aufstehe. Aber sie hatte sehr genau gespürt, dass es noch um etwas anderes ging. Doch sie wollte vermeiden, ihn noch weiter von sich wegzutreiben, und wagte es nicht, ihn herauszufordern, indem sie ihn zur Rede stellte. Dennoch war ihr schon seit langem klar, dass Gordons Gefühle für sie erst weniger geworden und schließlich ganz verschwunden waren.

Isabelle hätte nicht einmal mehr sagen können, wann sie sich das letzte Mal berührt oder geküsst oder gar miteinander geschlafen hatten. Es war ein Tatbestand ihres Lebens, den sie klaglos hinnahm; sie hatte gelernt, ohne die Liebe ihres Ehemanns zu leben. Oft kam ihr der Verdacht, dass er Teddys Krankheit nicht nur als ihre Aufgabe betrachtete, sondern ihr dafür explizit die Schuld gab, und das, obwohl die Ärzte ihnen mehrmals versichert hatten, sie sei nicht für Teddys vorzeitige Geburt und seine Behinderung verantwortlich. Doch Isabelle und Gordon schnitten das Thema nie an, und so gab es für sie keine Möglichkeit, von seinen stummen Vorwürfen freigesprochen zu werden. Aber Isabelle spürte sie unentwegt in seinem Verhalten und seinen Blicken. Es war fast, als erinnerte bereits Isabelles Anblick Gordon an das Krankenzimmer des Kindes, und wie er seinen Sohn von Geburt an wegen dessen körperlicher Gebrechlichkeit angstvoll abgelehnt hatte, sperrte er sich schließlich auch gegen Isabelle. Nur durch Distanz zu seiner Frau konnte Gordon verhindern, dass ihn die verhassten Bilder von Krankheit, Behinderung und Schwäche bedrückten und deprimierten. Inzwischen hatte Isabelle jede Hoffnung aufgegeben, die Mauern, die er zwischen ihnen errichtet hatte, je wieder einzureißen. Nach Teddys Geburt waren all ihre Versuche, sich Gordon zu nähern, fruchtlos geblieben. Gordon hatte sich jeder Bemühung widersetzt, bis sie sich schließlich mit der riesigen Kluft des Schweigens zwischen ihnen abfand.

Gordon war von Natur aus immer kühl und sachlich gewesen, und man sagte ihm nach, er sei ein rücksichtsloser Geschäftsmann. Auch in anderen Lebensbereichen ließ er Warmherzigkeit vermissen. Dennoch hatte er ihr zu Beginn ihrer Bekanntschaft durchaus Zuneigung und Zärtlichkeit geschenkt. Seine natürliche Überheblichkeit wirkte damals auf sie wie eine Herausforderung, sein Verhalten, ja, sein ganzes Wesen war Neuland für sie. Deshalb kam ihr jedes Lächeln, das sie ihm abrang, jede warmherzige Geste wie ein Sieg vor, der umso eindrucksvoller war, da Gordon sonst niemandem gegenüber Gefühle zeigte. Sie war noch sehr jung und sehr von ihm beeindruckt. In ihren Augen war er der Inbegriff von Kompetenz und Macht; er imponierte ihr auf vielerlei Weise. Auf Isabelle wirkte er wie ein Mann, der jede Seite seines Lebens völlig unter Kontrolle hatte.

Auch Gordon fand an Isabelle aus vielerlei Gründen Gefallen; er war davon überzeugt, dass sie die perfekte Frau für ihn sei. Dafür sprachen ihre Herkunft, ihre aristokratischen Ahnen und ihr Name, und natürlich die guten Beziehungen ihrer Familie, die ihm in der Bank gute Dienste leisten würden. Obwohl die Familie schon längst nicht mehr über ein großes Vermögen verfügte, so war sie doch in den gesellschaftlichen und politischen Zirkeln immer noch sehr einflussreich. Isabelle zu heiraten bedeutete für Gordon einen gesellschaftlichen Aufstieg – ein für ihn sehr wichtiger Faktor. Diese Frau eignete sich ausgezeichnet dazu, seinen Status zu erhöhen und seine Karriere zu fördern. Und zum Reiz ihrer Ahnentafel kam noch Isabelles kindliche Unschuld, die ihr für kurze Zeit die Tür zu seinem Herzen öffnete.

Ungeachtet der niederen Motive, die Gordons Wahl mitbestimmt haben mochten, wäre es wohl jedem Mann schwer gefallen, dem durch und durch liebenswürdigen Wesen, das

Isabelle als junge Frau verkörperte, zu widerstehen. Sie war mitfühlend, freundlich und offen. Gordons erlesener Stil, seine ausgezeichneten Manieren und die Aufmerksamkeiten, mit denen er um sie warb, eroberten ihr Herz. Sie war fasziniert von seiner Intelligenz und beeindruckt von seiner Macht und seinem Erfolg in der Welt. Aalglatt nutzte Gordon die Erfahrung, die ihm siebzehn Jahre Altersvorsprung verliehen, um ihr mit den richtigen Worten zu schmeicheln. Selbst Isabelles Familie war höchst erfreut, als er schließlich um ihre Hand anhielt. Für ihre Verwandten stand außer Frage, dass Gordon der perfekte Ehemann für Isabelle war, der sich gut um sie kümmern und für sie sorgen würde. Obwohl ihm der Ruf vorauseilte, in der Bank hart durchzugreifen, schien er mit Isabelle überaus liebevoll umzugehen. Ein Irrtum, wie sich herausstellen sollte.

Als Isabelle Bill Robinson kennen lernte, war sie eine einsame Frau, die bei ihrem schwerkranken Kind wachte und ein ungewöhnlich isoliertes Leben führte, während der Mann an ihrer Seite nur selten das Wort an sie richtete. Bills Stimme war für sie oft tagelang der einzige Kontakt zu einem anderen Erwachsenen, von Teddys Arzt und seiner Pflegerin abgesehen. Bill schien überhaupt der einzige Mensch in ihrer Welt zu sein, der sich ernsthaft Gedanken um sie machte. Gordon erkundigte sich nur selten nach ihrem Befinden. Bestenfalls teilte er ihr auf ihr Drängen hin mit, ob er abends auswärts speisen würde oder am nächsten Morgen eine Reise antrat. An seinem Alltagsleben hatte sie keinen Anteil. Und ihre kurzen Gespräche mit ihm verstärkten nur das Gefühl, aus seinem Leben ausgeschlossen zu sein. Die Stunden hingegen, die sie im Gespräch mit Bill verbrachte, öffneten die Fenster zu einer anderen Welt. Auf Isabelle wirkten sie wie frische Luft, die die Lungen weitete, wie eine Rettungsleine, an die sie sich in dunklen Nächten klammerte. Im Lauf der Jahre war Bill zu ihrem besten Freund geworden, und Gordon war nun der Fremde in ihrem Leben.

Einmal, in einem ihrer frühmorgendlichen Telefonate im zweiten Jahr ihrer Freundschaft, hatte sie Bill das zu sagen versucht. Teddy war wochenlang krank gewesen; Isabelle fühlte sich ausgebrannt, erschöpft und verletzbar. Es deprimierte sie, wie kalt Gordon am Abend zuvor gewesen war. Wieder einmal hatte er ihr vorgehalten, sie vergeude ihre Zeit mit der Pflege des Jungen, der, wie allen klar sei, über kurz oder lang sterben werde. Sie solle sich doch endlich mit dieser Tatsache abfinden. Dann hatte er noch angemerkt, es wäre für sie alle eine Erlösung, wenn der Junge endlich tot sei. Mit erstickter Stimme und Tränen in den Augen erzählte sie Bill an jenem Morgen von der Unterhaltung. Bill war entsetzt, welche Herzlosigkeit Gordon seinem Kind gegenüber an den Tag legte und wie grausam er Isabelle behandelte.

»Ich glaube, Gordon nimmt mir all die Jahre übel, die ich mit der Sorge um Teddy verbracht habe. Ich habe meinem Ehemann nicht genug Zeit gewidmet.« Sie spielte für Gordon durchaus gelegentlich die Gastgeberin, aber nicht so oft, wie sie es für ihre Pflicht hielt. Und ihm war es gelungen sie davon zu überzeugen, dass sie als Gattin versagt habe. Es schmerzte Bill zu hören, wie bereitwillig sie Gordons Meinung übernahm.

»Unter den gegebenen Umständen ist es doch selbstverständlich, dass Teddy für dich an erster Stelle steht, Isabelle«, erwiderte Bill beschwichtigend. Seit Monaten konsultierte er insgeheim Ärzte in der Hoffnung, für Teddy eine Möglichkeit der Heilung zu finden. Die Antworten der Spezialisten machten ihm jedoch keinerlei Mut. Nach dem, was er von Isabelle wusste, litt das Kind an einer Degenerationskrankheit, die das Herz angriff, an einer unzureichenden Lungenfunktion und in der Folge davon an einem langsamen Abbau der gesamten Körperfunktionen. Die einhellige Meinung lautete, dass es einem Wunder gleichkomme, wenn Teddy die zwanzig erreichte. Das Wissen darum, was Isabelle durchmachte und womit sie trotz der jahrelangen Mühen eines Tages rechnen musste, zerriss Bill das Herz.

In den folgenden Jahren vertiefte sich ihre Freundschaft. Sie unterhielten sich häufiger am Telefon, und vor allem in jenen Nächten, die sie an Teddys Krankenlager durchwachte, schrieb Isabelle lange nachdenkliche Briefe an Bill. Da Teddy schon so lange den Mittelpunkt in Isabelles Leben bildete, war es nicht nur zur Entfremdung von Gordon gekommen, sondern sie drohte zeitweilig auch noch Sophie zu verlieren. Diese machte ihrer Mutter mehrmals heftige Vorwürfe, sie kümmere sich nur noch um den Bruder. Und wieder war Bill der Einzige, mit dem Isabelle darüber reden konnte.

Die nächtlichen Telefonate ermöglichten beiden, den oft bedrückenden Alltag in einem anderen Licht zu sehen. Wenn Bill mit Isabelle sprach, schien der in der politischen Arena herrschende Druck weniger stark auf ihm zu lasten. Und Isabelle wurde so fröhlich, als wäre Teddy nicht krank, Gordon nicht abweisend und Sophie nie wütend. Ihr war, als reiste sie aus ihrem momentanen Leben fort, zurück in eine Zeit, wo sie einst glücklich gewesen war. Bill eröffnete ihr eine neue Welt und rief in ihr zugleich die Erinnerungen wach an Orte und Dinge, die ihr früher viel bedeutet hatten. Sie plauderten entspannt und lachten miteinander. Manchmal erzählte Bill ihr aus seinem Leben, von den Leuten, die er kannte, den Freunden, die ihm wichtig waren, und hin und wieder sprach er gegen seine Absicht auch über seine Frau und die beiden Töchter, die auswärts das College besuchten. Mit zweiundzwanzig hatte er geheiratet; dreißig Jahre später war von seiner Ehe nur noch die leere Hülle übrig geblieben. Seine Frau Cinthia – genannt Cindy – war voller Hass auf die Welt der Politik, auf die Leute, die in diesem Feld tätig waren, auf die Probleme, mit denen Bill sich beschäftigte, auf die Anlässe, die ihr gemeinsames Erscheinen erforderlich machten, und auf die vielen Reisen, die er unternehmen musste. Für Politiker hatte sie nur Verachtung übrig. Und für Bill ebenso, weil er ihnen sein Leben gewidmet hatte.

Jetzt, nachdem die Mädchen aus dem Haus waren, interessierte Cindy sich nur noch für ihre eigenen Freunde in Connecticut, ging auf Partys und spielte Tennis. Und es war ihr gleichgültig, ob Bill an diesem Leben teilnahm oder nicht. Sie hatte ihn schon vor Jahren aus ihrem Leben verbannt, wenn auch nicht ohne Bitterkeit, und ging ihre eigenen Wege. Ihr ganzes Eheleben lang hatte sie sein unberechenbares Kommen und Gehen hinnehmen müssen und sich damit abgefunden, dass politische Ereignisse den Vorrang hatten vor allem, was für sie selbst von Bedeutung war. Ob Schulabschlüsse, Ferien oder

Geburtstage – nie war er zu Hause. Immer befand er sich gerade irgendwo anders, um einen Kandidaten auf eine Vorwahl oder eine Wahl vorzubereiten. In den vergangenen vier Jahren war er sogar ständiger Besucher im Weißen Haus. Aber das alles machte längst keinen Eindruck mehr auf Cynthia, und sie genoss es, ihn spüren zu lassen, wie sehr es sie langweilte. Je stärker ihr Hass auf seinen Beruf und dessen Zwänge wurde, desto mehr distanzierte sie sich von ihm. Was immer sie einst verbunden haben mochte, war schon lange vorbei. Im vergangenen Jahr hatte sie sich das Gesicht liften lassen; und Gordon war sich fast sicher, dass sie schon seit Jahren heimlich Affären hatte. Damit rächte sie sich vermutlich an ihm, wegen eines einzigen Seitensprungs mit der Frau eines Kongressabgeordneten, den er ihr vor zehn Jahren gestanden und der sich nie wiederholt hatte. Aber Cindy war kein Mensch, der verzeihen konnte.

Anders als Isabelle und Gordon schliefen Bill und Cindy noch immer gemeinsam in einem Schlafzimmer; dennoch war es schon Jahre her, seit sie sich das letzte Mal geliebt hatten. Fast schien es, als wäre sie stolz, kein sexuelles Interesse mehr an ihrem Mann zu haben. Sie hatte eine gute Figur, war immer gebräunt, das Haar war im Lauf der Jahre immer blonder geworden, und sie war noch fast so hübsch wie bei ihrer Hochzeit dreißig Jahre zuvor. Doch hatte sie jetzt einen harten Zug an sich, den Bill eher spürte als sah. Die Mauer, die sie zwischen ihnen hochgezogen hatte, ließ sich nicht mehr einreißen, und es kam ihm auch nicht mehr in den Sinn, es zu versuchen. Er steckte seine Energie in die Arbeit und sprach mit Isabelle, wenn er eine Hand zum Festhalten, eine Schulter zum Ausweinen oder jemanden zum Lachen brauchte. Isabelle gegenüber gestand er, dass er oft müde und entmutigt sei. Sie war stets eine bereitwillige Zuhörerin. Die Freundlichkeit, die sie ausstrahlte, fehlte ihm bei seiner Frau. Cindy hatte er geliebt, weil sie so aufgeweckt, hübsch und voller Energie war, weil sie Sinn für Spaß und Unfug hatte. Als sie jung waren, war das Zusammensein mit ihr so lustig gewesen, und jetzt fragte er sich, ob sie ihn überhaupt vermissen würde, wenn er aus ihrer Welt verschwände. Und wie ihre Mutter waren auch seine Töchter nett, wenn sie zu Hause waren, verhielten sich ihm gegenüber aber im Wesentlichen gleichgültig. Es schien niemanden sonderlich zu interessieren, ob er da war oder nicht. Kam er von einer Reise zurück, behandelte man ihn wie einen unerwarteten Gast, und nie hatte er das Gefühl, wirklich zu Hause zu sein. Er war wie ein Heimatloser. Er fühlte sich entwurzelt. Und ein Stück seines Herzens befand sich in einem Haus in der Rue de Grenelle in Paris. Nie war zwischen ihnen das Wort Liebe gefallen, aber Bill war Isabelle seit Jahren treu ergeben, und sie bewunderte ihn sehr.

Offiziell waren die Gefühle, die Bill und Isabelle im Lauf der Zeit füreinander empfanden, lediglich freundschaftlich. Keiner von beiden hatte dem anderen oder sich selbst eingestanden, dass zwischen ihnen mehr im Spiel war als lediglich gegenseitige Bewunderung, Wohlgefühl und die Freude an der verloren geglaubten Kunst des Gesprächs. Aber schon lange war Bill aufgefallen, dass er sich Sorgen machte, wenn ihre Briefe ausblieben und sie seine Gespräche nicht annehmen konnte, weil Teddy krank war oder sie mit Gordon irgendwohin musste. Er vermisste sie dann. Sie war so etwas wie ein Fixpunkt für ihn geworden, jemand, mit dem man rechnen und auf den man sich verlassen konnte. Und ihr bedeutete er viel mehr als Gordon; er war, abgesehen von ihrem vierzehnjährigen Sohn und ihrer Tochter, der wichtigste Mensch in ihrem Leben.

Wer Gordon kennen lernte, hätte in ihm eher einen kühlen, distanzierten Engländer vermutet und nicht den Amerikaner, der er seinem Pass nach war. Trotz der amerikanischen Herkunft seiner Eltern war er auch tatsächlich in England aufgewachsen und hatte in Eton seinen Schulabschluss gemacht. Danach besuchte er in den Vereinigten Staaten das College, aber gleich nach dem Examen in Princeton kehrte er wieder nach England zurück. Später zog er dann nach Paris, um seinen Posten bei der Bank anzutreten. Und so hatte er, obwohl eigentlich Amerikaner, den größten Teil seines Lebens in Europa verbracht.

Gordon lernte Isabelle kennen, als sie wie jedes Jahr den Sommer bei ihrem Großvater in Hampshire verlebte. Sie war damals zwanzig; er war siebenunddreißig und noch immer

Junggeselle. Obwohl er mit einer Reihe interessanter Frauen befreundet gewesen war, hatte er keine von ihnen einer Verlobung oder gar der Ehe für wert erachtet. Isabelles Mutter war Engländerin, ihr Vater Franzose. Sie hatte ihr ganzes Leben in Paris verbracht, bis auf die Sommermonate, in denen sie die Großeltern in England besuchte. Ihr Englisch war daher ausgezeichnet. Als Gordon Isabelle begegnete, war sie eine reizende Erscheinung, charmant, intelligent, zurückhaltend, liebevoll. Er war sofort hingerissen, und zum ersten Mal in seinem Leben glaubte er wahrhaft zu lieben. Dazu kam, dass er sich von einer Ehe mit Isabelle große gesellschaftliche Chancen versprach. Gordon selbst kam zwar aus einer angesehenen Familie, doch seine Herkunft war bei weitem nicht so vornehm wie die von Isabelle. Deren Mutter entstammte einer bedeutenden britischen Bankiersfamilie und war eine entfernte Verwandte der Königin, ihr Vater galt als ein exzellenter französischer Staatsmann. Das war endlich eine Verbindung, die Gordon seiner für wert erachtete. Isabelles tadellose Abstammung und ihre zurückhaltende, vornehme und bescheidene Art entsprachen genau seinen Vorstellungen von einer idealen Ehefrau. Isabelles Mutter war gestorben, ehe sie und Gordon einander kennen lernten, und der Vater war so beeindruckt von ihm, dass er mit der Heirat sofort einverstanden war. Er sah in Gordon den perfekten Ehemann für seine Tochter. Isabelle und Gordon verlobten sich und feierten binnen eines Jahres Hochzeit. Und sofort nahm Gordon das Heft in die Hand. Von Anfang an ließ er keinen Zweifel daran, dass er es war, der in ihrer Ehe die Entscheidungen traf. Isabelle gewöhnte sich daran, dass sie dieser Haltung nichts entgegensetzen konnte. Zu Recht ging er davon aus, sie würde ihm aufgrund ihrer Jugend und ihrer fehlenden Lebenserfahrung keinen Widerstand leisten. So bestimmte Gordon, mit wem sie Umgang pflegten und wo sie wohnen würden; er hatte das Haus in der Rue de Grenelle bereits gekauft, ehe Isabelle es auch nur ansehen konnte. Zu diesem Zeitpunkt war er bereits Direktor der Bank und in hervorragender Position. Seine Heirat mit Isabelle hatte seinen Status erheblich verbessert. Und als Gegenleistung sorgte er dafür, dass sie ein gesichertes, geschütztes Leben führen konnte. Erst nach einiger Zeit bemerkte sie, welche Einschränkungen er ihr auferlegte.

Gordon ließ sie wissen, welche ihrer Freunde er nicht mochte, mit wem sie sich treffen durfte und wer seine Zustimmung nicht fand. Er erwartete von ihr, dass sie im Namen der Bank feudale Feste ausrichtete, und sie lernte schnell, wie man das machte. Sie war geschickt und begabt, bemerkenswert gut organisiert und befolgte die Anweisungen ihres Ehemanns äußerst willig. Erst später, nachdem er eine Reihe von Leuten, die ihr lieb waren, aus ihrem Umfeld ausgeschlossen hatte, spürte sie, wie ungerecht er manchmal war. Doch Gordon hatte ihr auf sehr entschiedene Weise zu verstehen gegeben, dass diese Menschen ihrer nicht würdig seien. Isabelle war sehr viel offener als er, für neue Menschen, neue Situationen und die vielfältigen Möglichkeiten, die das Leben bereithielt. Sie hatte nach dem Abitur zunächst Kunst studiert, sich dann aber für eine Lehre als Restauratorin im Louvre entschieden, die sie gegen Gordons Protest nach der Hochzeit zunächst weiterführte. Das war ihr einziger Freiraum. Sie mochte ihre Arbeit und schätzte die Menschen, die sie dort traf.

Gordon tat diese Beschäftigung als bohemehaft ab und sobald sie mit Sophie schwanger war, bestand er darauf, dass sie ihren Job aufgab. Aber nachdem das Baby auf der Welt war, entdeckte Isabelle, dass sie ungeachtet aller Mutterfreuden die Herausforderungen und die Selbstbestätigung vermisste, die sie im Museum erfahren hatte. Gordon wollte jedoch auf keinen Fall, dass sie nach der Geburt des Kindes wieder zur ihrer Arbeit zurückkehrte. Isabelle wurde rasch wieder schwanger, verlor das Baby allerdings. Es dauerte lang, bis sie sich davon erholt hatte, und danach war es nicht leicht, wieder schwanger zu werden. Als es endlich klappte, hatte sie eine schwierige Schwangerschaft mit Teddy, die mit seiner vorzeitigen Geburt endete. Seitdem beschäftigten sie vor allem die Sorgen um seine Krankheit.

Von diesem Zeitpunkt an lebten Isabelle und Gordon sich auseinander. Er hatte damals in der Bank außerordentlich viel zu tun, und es ärgerte ihn, dass sie mit einem kranken Kind im Haus ihrer Gastgeberinnenrolle nicht mehr so häufig nachkommen konnte. Überhaupt zollte sie ihren häuslichen und gesellschaftlichen Verpflichtungen nicht mehr so viel Aufmerksamkeit, wie ihm das lieb gewesen wäre. Sie hatte in Teddys ersten Lebensjahren tatsächlich so gut wie keine Zeit für Gordon oder Sophie. Manchmal spürte Isabelle, wie die beiden gegen sie Front machten, und empfand diese Tatsache als äußerst ungerecht. Ihr eigenes Leben schien sich nur noch um das kranke Kind zu drehen. Sie brachte es einfach nicht übers Herz, Teddy allein zu lassen, obwohl natürlich Pflegerinnen eingestellt wurden, die sich ebenfalls um ihn kümmerten. Zu allem Unglück starb dann auch noch Isabelles Vater, und nun gab es niemanden mehr, der ihr in Teddys ersten Jahren eine Stütze sein konnte. Sie wich ihrem Sohn nicht von der Seite. Gordon wollte von Teddys Problemen nichts wissen und entzog sich wie zur Bestrafung unmittelbar nach dessen Geburt jeder ehelichen Intimität. Schließlich fiel es Isabelle nicht schwer zu glauben, dass er sie nicht mehr liebte. Dafür gab es zwar keinen konkreten Beweis, denn er drohte ihr nie, sie zu verlassen oder sich gar von ihr scheiden zu lassen. Aber sie wurde das beunruhigende Gefühl nicht los, dass er sie ausgesetzt hatte und davongeschwommen war.

Nach Teddy kamen keine Babys mehr. Gordon hatte die Lust auf weitere Kinder verloren, und Isabelle hatte keine Zeit. Sie widmete alle Kraft, die sie hatte, ihrem Sohn. Und Gordon ließ sie deutlich wissen, dass sie ihn enttäuscht hatte, auch wenn er es nicht oft aussprach. Es war, als hätte sie ein Kapitalverbrechen begangen und als wäre Teddys Krankheit ihr Fehler. Es gab nichts an dem Jungen, worauf Gordon stolz war, weder Teddys künstlerische Begabung noch sein Einfühlungsvermögen, weder sein kluger Kopf noch sein Humor, der ihn trotz der schweren Behinderung nie verließ. Und die äußerliche Ähnlichkeit zwischen Teddy und Isabelle machte das Ärgernis für Gordon vermutlich nur noch größer. Inzwischen schien er für seine Frau nur noch Verachtung zu empfinden und eine tiefe, lautlose Wut, die er nie in Worte fasste.

Die gänzlich ahnungslose Isabelle erfuhr erst Jahre später von einer Cousine Gordons, dass dieser selbst einen jüngeren Bruder gehabt hatte, der als Kind behindert gewesen und mit neun Jahren gestorben war. Isabelle gegenüber erwähnte Gordon seinen Bruder nie, und auch kein anderer aus seiner Familie verlor je ein Wort darüber. Das Thema war für Gordon tabu. Obwohl er, als er klein war, von seiner Mutter abgöttisch geliebt worden war, musste er in seiner späten Kindheit zusehen, wie seine Mutter den Bruder bis zu dessen Tod pflegte. Die Cousine wusste über die Krankheit nicht genau Bescheid und auch nicht, was im Einzelnen vorgefallen war, doch war ihr bekannt, dass Gordons Mutter nach dem Tod des Jungen selbst schwer erkrankte und schließlich einen langen, qualvollen Tod starb. Anscheinend war bei Gordon der Eindruck zurückgeblieben, erst um ihre Aufmerksamkeit, Zärtlichkeit und Zeit betrogen worden zu sein, bis sie schließlich starb und ihn ganz verließ.

Die Cousine erzählte Isabelle auch noch, dass nach Überzeugung ihrer eigenen Mutter auch Gordons Vater an gebrochenem Herzen gestorben sei, zwar erst Jahre später, doch ohne sich je richtig von dem doppelten Verlust erholt zu haben. Tatsächlich musste sich in Gordon das Gefühl breit gemacht haben, dass er wegen eines einzigen kranken Kindes seine ganze Familie verloren hatte. Und dann wurde ihm Isabelles Zeit und Zuneigung wegen Teddys Krankheit entzogen! Nach der Aufklärung durch die Cousine sah Isabelle vieles klarer, aber als sie mit Gordon über dieses Thema zu reden versuchte, ließ er sie abblitzen und behauptete, das sei alles Unsinn. Er habe seinem Bruder nie nahe gestanden und nie das Gefühl des Verlusts gehabt. An den Tod seiner Mutter könne er sich inzwischen nur noch dunkel erinnern, und sein Vater sei ein sehr schwieriger Mensch gewesen. Aber als Isabelle trotz seines Protests das Gespräch fortzusetzen versuchte, sah sie die Panik in seinen Augen. Es war der Blick eines verwundeten Kindes, nicht nur der eines wütenden Mannes. Sie überlegte, ob diese Familientragödie wohl der Grund für seine späte Eheschließung gewesen sein mochte und dafür, dass er sich von jedem Gefühl fern hielt. Für sie jedenfalls erklärte sich dadurch sein Widerstand gegen Teddy auf jede nur denkbare Weise. Aber auch dieses Verständnis brachte sie bei Gordon nicht weiter. Die Tore des Himmels öffneten sich zwischen ihnen nicht mehr, nicht zuletzt weil Gordon dafür sorgte, dass sie fest geschlossen blieben.

Sie versuchte diesen Zusammenhang auch Bill zu erklären, aber er konnte das nicht verstehen. Er fand es einfach unmenschlich von Gordon, Isabelle mit ihren Gefühlen ganz allein zu lassen. Für Bill war Isabelle eine der interessantesten Frauen, die er je kennen gelernt hatte, und ihre Sanftheit und Freundlichkeit machten sie für ihn nur noch anziehender. Aber trotz all seiner Wertschätzung hatte er ihr gegenüber nie von Liebe gesprochen, nicht einmal andeutungsweise, und er verbot sich auch selbst jeden Gedanken daran. Isabelle hatte ihm von Anfang an deutlich gemacht, dass das für sie nicht in Frage kam. Wollten sie Freunde sein, so hatte jeder von ihnen die Ehe des anderen zu respektieren. Sie verhielt sich Gordon gegenüber äußerst anständig und loyal, egal wie unfreundlich oder abweisend er in den letzten Jahren zu ihr gewesen war. Er war noch immer ihr Ehemann, den sie zu Bills Bestürzung in jeder Situation verteidigte, und sie nahm große Rücksicht auf ihre Ehe. Der Gedanke an Scheidung oder auch nur eine Affäre kam ihr nie. Sie wollte mit Bill lediglich eine gute Freundschaft. Egal, wie einsam sie mit Gordon war, sie akzeptierte diese Tatsache als Teil ihrer Ehe. Etwas anderes suchte sie nicht; jede Andeutung einer Möglichkeit zum Ausbruch hätte sie auch vehement abgelehnt. Doch den Trost, den Bill ihr bot, nahm sie dankbar an. Er beriet sie in vielen Dingen, hatte zu den meisten Fragen die gleiche Einstellung wie sie, und wenn sie sich mit ihm unterhielt, konnte sie wenigstens für kurze Zeit ihre Sorgen und Probleme vergessen. In ihren Augen war die Freundschaft mit Bill ein außergewöhnliches Geschenk, das sie wie einen Schatz hütete. Aber mehr auch nicht.

Die Idee zur Londonreise war während eines ihrer frühmorgendlichen Telefonate rein zufällig entstanden. Sie hatte von einer bevorstehenden Ausstellung in der Tate Gallery erzählt, die sie für ihr Leben gern gesehen hätte, was aber, wie sie wusste, unmöglich war, da die Ausstellung nicht nach Paris kam. Da schlug Bill ihr vor, sie solle doch für einen Tag oder vielleicht auch zwei nach London fliegen, um sich die Ausstellung anzusehen und sich dort zur Abwechslung mal ganz allein, ohne die Sorge um Ehemann oder Kinder, die Zeit zu vertreiben. Sie fand die Vorstellung umwerfend, denn so etwas hatte sie noch nie gemacht. Anfangs beharrte sie darauf, sie könnte unmöglich wegfahren. Nie würde sie Teddy allein lassen.

»Warum nicht?«, fragte Bill schließlich, streckte seine langen Beine aus und legte die Füße in Schuhen auf den Schreibtisch. Für ihn war es Mitternacht, und er war seit acht Uhr morgens im Büro. Doch er war absichtlich ein wenig länger geblieben, damit er Isabelle noch anrufen konnte. »Es würde dir so gut tun, und Teddy geht es doch seit zwei Monaten besser. Und sollte es Probleme geben, wärst du in ein paar Stunden wieder in Paris.«

Das klang vernünftig, aber in den zwanzig Jahren ihrer Ehe war sie nie ohne Gordon weggefahren. Sie führten eine bemerkenswert altmodische, traditionelle Ehe, ganz im Unterschied zu der lockeren Bindung, auf die Bill sich in den letzten Jahren mit Cindy geeinigt hatte. Für die Robinsons war es inzwischen sogar weitaus üblicher, allein zu verreisen als gemeinsam. Bis auf eine gelegentliche Woche hier und da auf Long Island bemühte Bill sich nicht mehr um einen Urlaub mit Cindy. Und sie schien ohne ihn viel glücklicher zu sein. Als er das letzte Mal eine gemeinsame Reise vorgeschlagen hatte, waren ihr jede Menge Entschuldigungen eingefallen. Später brach sie dann mit einer ihrer Töchter zu einer Europareise auf. Die Botschaft war eindeutig: Der Geist ihrer Ehe war schon vor langer Zeit verschwunden, wenngleich sich keiner von beiden das so ganz eingestehen wollte. Cynthia konnte tun und lassen, was sie wollte, solange sie es nicht allzu auffällig tat. Und Bill lebte für seine geliebte Politik und seine Telefongespräche mit Isabelle. Was ihre Einstellung zur Ehe betraf, waren Isabelle und er sehr verschieden.

Nach mehreren Gesprächen hatte Bill Isabelle schließlich zu der Londonreise überredet. Und als die Entscheidung einmal getroffen war, wurde sie ganz aufgeregt. Sie konnte es kaum erwarten, die Ausstellung zu sehen und in London ein paar Einkäufe zu machen. Sie hatte vor, im Claridge's zu übernachten und vielleicht sogar eine alte Schulfreundin zu besuchen, die schon vor längerer Zeit von Paris nach London gezogen war.

Nur wenige Tage später ergab sich für Bill die Notwendigkeit, den amerikanischen Botschafter in England zu treffen. Dieser war im letzten Präsidentschaftswahlkampf einer der großzügigsten Spender gewesen, und Bill benötigte nun seine Unterstützung für einen weiteren Kandidaten. Er wollte den Botschafter so früh wie möglich im Boot haben, um eine solide Basis für seine Spendenaktion zu schaffen. Mit dessen Unterstützung würde Bills Außenseiterkandidat gleich sehr viel attraktiver werden. Und es war eine erfreuliche Fügung, dass Isabelle zur gleichen Zeit in London sein würde. Als Bill ihr davon erzählte, zog sie ihn damit auf.

»Hast du das mit Absicht so arrangiert?«, fragte sie ihn in ihrem leicht britischen Englisch, das noch einen Hauch von französischem Akzent hatte, was er sehr reizvoll fand. Auf seine Bitte hin hatte Isabelle ihm vor zwei Jahren ein Foto von sich und den Kindern geschickt. Er sah es oft mit einem Lächeln an, wenn sie sich spät nachts oder frühmorgens am Telefon unterhielten. Mit ihren einundvierzig Jahren, die man ihr nicht ansah, war sie noch immer eine schöne Frau. Sie hatte dunkelbraunes, ins Rötliche spielendes Haar, zarte Porzellanhaut und große grüne Augen mit bernsteinfarbenen Sprenkeln.

»Keineswegs«, wehrte er ab, aber ihre Frage hatte natürlich ins Schwarze getroffen. Als Bill das Treffen mit dem Botschafter in London vereinbarte, hatte er dabei Isabelles Reisepläne im Hinterkopf. Zwar redete er sich selbst ein, dieser Zeitpunkt füge sich rein zufällig gut in seinen Terminplan ein, aber im Grunde seines Herzens wusste er, dass mehr dahinter steckte.

Er wollte sie gern sehen; schließlich freute er sich immer schon Monate im Voraus auf die paar Mal im Jahr, die er sie in Paris traf. Entweder fand er einen Vorwand, um hinzufahren, wenn er sie eine Weile nicht gesehen hatte, oder er machte, wenn er zu anderen Zielen unterwegs war, einen Zwischenhalt in der französischen Hauptstadt, um sie zu treffen. Für gewöhnlich begegneten sie sich drei bis vier Mal im Jahr und gingen dann gemeinsam zum Mittagessen. Gordon erfuhr nie etwas von diesen Treffen, aber Isabelle hielt sich selbst und auch Bill gegenüber beharrlich daran fest, dass an diesen Mittagessen nichts Falsches und Heimliches sei. Jeder der beiden hätte die Begegnungen als »höflich, kurz, angemessen« beschrieben, sie verhielten sich, als trügen sie Banner mit der Aufschrift »Wir sind Freunde« vor sich her. Natürlich war Freundschaft die Basis ihrer Beziehung, doch Bill war sich schon lange darüber im Klaren, dass er mehr für Isabelle empfand, als er ihr oder einem anderen je hätte sagen können.

Er freute sich auf London. Sein Termin in der Botschaft würde nur ein paar Stunden in Anspruch nehmen, und er wollte so viel Zeit wie möglich mit Isabelle verbringen. Bill hatte ihr versichert, dass auch er es kaum erwarten könne, die Ausstellung in der Tate Gallery zu sehen. Die Aussicht auf einen gemeinsamen Museumsbesuch mit Bill versetzte Isabelle in freudige Aufregung. Schließlich war diese Ausstellung, wie sie sich einredete, der eigentliche Grund ihrer Londonreise. Das Treffen mit Bill war die unerwartete Zugabe. So hatte sie es sich für sich selbst zurechtgelegt. Sie waren die perfekten Freunde, nicht mehr, und die Tatsache, dass niemand sonst von dieser Freundschaft wusste, diente nur dazu, Komplikationen zu vermeiden. Sie umgab sich mit einem Mantel der Ehrbarkeit, der für sie von großer Wichtigkeit war. Es gab eine Grenze, die Isabelle von Anfang an gezogen hatte und die Bill ihr zuliebe respektierte. Und er würde nie etwas tun, was sie aufbrachte oder abschreckte. Keinesfalls würde er aufs Spiel setzen, was ihm so unendlich kostbar geworden war.

Als sie nun in ihrem Schlafzimmer im Haus in der Rue de Grenelle stand, sah sie auf ihre Uhr und seufzte. Es war Zeit zum Aufbruch, aber im letzten Moment fand sie den Gedanken, Teddy zu verlassen, unerträglich. Sie hatte zahllose Anweisungen für die Pflegerinnen hinterlassen, die sich während ihrer Abwesenheit um ihn kümmerten. Es waren dieselben Pflegekräfte, die er immer hatte, aber während sie weg war, würden sie mit ihm in einem Zimmer schlafen. Auf Zehenspitzen ging sie ins benachbarte Schlafzimmer hinüber. Ein letztes Mal noch wollte sie nach Teddy sehen. Sie hatte sich bereits von ihrem Sohn verabschiedet, aber sie spürte, wie sich ihr Herz bei dem Gedanken, ihn ein paar Tage nicht zu sehen, zusammenkrampfte. Und für einen Augenblick überlegte sie, ob es wirklich eine so gute Idee war, nach London zu fliegen.

Aber als sie ins Zimmer schaute, schlief er friedlich. Die Krankenschwester blickte sie mit einem Lächeln an und winkte, als wollte sie Isabelle verscheuchen. Es war eine von Isabelles Lieblingspflegerinnen, ein großes, freundliches Mädchen aus der Bretagne mit sonnigem Gemüt. Isabelle winkte zurück, schlich sich dann aus dem Zimmer und schloss die Tür. Es gab für sie nichts mehr zu tun; es war Zeit zum Aufbruch.

Isabelle nahm ihre Handtasche und den kleinen Handkoffer, strich das schlichte schwarze Kostüm glatt und warf noch einen letzten Blick auf die Uhr. Sie wusste, dass Bill in diesem Augenblick noch in seiner Maschine aus New York saß. In dieser Stadt hatte er die letzten paar Tage gearbeitet. Meistens pendelte er zwischen New York und Washington hin und her.

Sie legte ihren Koffer auf den Rücksitz ihres Wagens und stellte die schwarze Kelly-Tasche von Hermès auf den Beifahrersitz. Mit einem Lächeln in den Augen bog sie in die Rue de Grenelle ein und schaltete das Radio an.

Während sie zum Flughafen Charles de Gaulle unterwegs war, starrte Bill Robinson aus dem Fenster der *Gulfstream*, seiner Privatmaschine, die er ständig nutzte. Er musste lächeln, als er an Isabelle dachte. Er hatte seinen Flug so gelegt, dass er fast zur selben Zeit in London ankommen würde wie Isabelle. Und er war aufgeregt und voll freudiger Erwartung.

Kapitel 2

Bill Robinson ging mit zielbewusster Miene in Heathrow durch den Zoll. Er schien es eilig zu haben. Es dauerte nur wenige Minuten, dann hatte er seinen Koffer abgeholt. Das Gepäck in der einen und die Aktenmappe in der anderen Hand, trat er auf den Chauffeur des Claridge's zu, der diskret mit einem kleinen Schild in der Hand auf ihn wartete. Wann immer Bill nach London kam, übernachtete er im Claridge's, deshalb hatte er Isabelle überredet, sich ebenfalls dort ein Zimmer zu nehmen. Es war ein traditionsreiches Haus, das in den meisten Reiseführern als das beste Hotel der Stadt ausgewiesen wurde, und er übernachtete dort schon seit dreißig Jahren. Er mochte es, wenn das Personal eines Hotels ihn und seine Gewohnheiten kannte.

Als der Fahrer Bills Koffer und die Aktentasche in den Kofferraum der Limousine legte, streifte er den großen, grauhaarigen Amerikaner mit einem Blick. Bills Aura von Macht und Erfolg konnte man sich nur schwer entziehen. Er hatte helle blaue Augen, die freundlich strahlten, und sandfarbenes Haar, das allmählich grau wurde. Seine Gesichtszüge mit dem eckigen Kinn waren männlich markant, die Kleidung war von unaufdringlicher Eleganz, ausgesucht, aber dezent. An diesem Tag trug er graue Hosen, einen Blazer, ein blaues Hemd und eine dunkelblaue Hermèskrawatte. Seine Lederhalbschuhe waren offensichtlich noch am Morgen perfekt poliert worden. Und als er die Zeitung aufschlug, um sie im Fond des Wagens zu lesen, wären einer Frau bestimmt seine schönen Hände aufgefallen und am Handgelenk die Patek-Philippe-Uhr, die Cindy ihm vor Jahren geschenkt hatte. Bei aller Schlichtheit, mit der Bill Robinson auftrat, zog er dennoch die Aufmerksamkeit anderer auf sich, auch wenn er es in der Politik vorzog, hinter den Kulissen zu wirken. Trotz seiner hervorragenden Beziehungen auf dem politischen Parkett und der Karrieremöglichkeiten, die sich ihm immer wieder boten, hatte er nie das Bedürfnis gehabt, an vorderster Front zu stehen. Er fand es gut so, wie es war. Politische Macht und das, was sie bewirken konnte, waren seine Kraftquellen; er kannte alle Schliche der sich ständig verändernden politischen Szene, hatte aber selbst kein Verlangen nach großer öffentlicher Bekanntheit. Tatsächlich war es für seine Zwecke meist wichtig, unsichtbar und unerkannt zu bleiben. Es war ihm nicht daran gelegen, Aufsehen zu erregen.

Diesen Aspekt seiner Persönlichkeit teilte er mit Isabelle. In ihrem Fall drückte er sich in einem scheuen Wesen aus, in seinem war er ein Werkzeug, das ihm erlaubte, hinter verschlossenen Türen seinen Einfluss spielen zu lassen. Obwohl Bill aufgrund seines Aussehens und seiner natürlichen Autorität nicht zu übersehen war, flößte er anderen doch eher durch gezieltes Schweigen Respekt ein und erregte Aufmerksamkeit weniger durch das, was er tat oder sagte. Isabelle verfügte über eine ähnliche Ausstrahlung, die sich ohne Worte Gehör verschaffte. Doch wenn sie im Brennpunkt des Interesses stand, fühlte sie sich unwohl. Sich entspannen und ungezwungen sein konnte sie nur in privaten Gesprächen unter vier Augen – und bei den Telefonaten mit Bill. Es verfehlte nicht seine Wirkung auf Bill, dass die sonst eher verschlossene Isabelle sich ihm gegenüber öffnete. Er kannte jede ihrer Gefühlsregungen, jede emotionale Reaktion, jeden Gedanken, und sie zögerte längst nicht mehr, ihm auch ihre tiefsten Geheimnisse anzuvertrauen. Dies sei, erzählte sie ihm, mit Gordon noch nie möglich gewesen.

Bill trat an die Rezeption des Claridge's, wo ihn Thomas, der Portier, sofort erkannte und sich freute, ihn wieder zu sehen. Unter höflichem Geplauder über das Wetter und die letzten Kommunalwahlen wurde er vom stellvertretenden Hoteldirektor auf sein Zimmer begleitet. Es war eine große sonnige Suite im dritten Stockwerk, ausgestattet mit geblümtem Chintz, blassblauer Seide und Antiquitäten. Kaum war Bill allein, griff er zum Hörer und ließ sich mit Isabelle verbinden. Er lächelte, sobald er die vertraute Stimme hörte.

»Wie war die Reise?«

»Ganz problemlos.« Isabelle lächelte ebenfalls. Sie hatten ihre Ankunft aufeinander abgestimmt; sie war zwanzig Minuten zuvor im Hotel eingetroffen. »Und deine?«

»Gut.« Wenn Bill lächelte, sah er wie ein Junge aus. Er hatte diese typisch amerikanische, unbeschwerte Art, die ihre Wirkung auf Frauen nie verfehlte. »Ich hatte das Gefühl, es dauert endlos. Ich konnte es nicht erwarten, endlich anzukommen«, fügte er hinzu. Sie lachten beide ein wenig nervös. Sechs Monate waren vergangen, seit sie einander zuletzt gesehen hatten. Bill hatte zwar vorgehabt, schon eher einen Abstecher nach Paris zu machen, aber unerwartete politische Verwicklungen hatten ihn in den Vereinigten Staaten festgehalten. Jetzt konnte er es kaum erwarten, Isabelle zu sehen. »Bist du müde? Brauchst du Zeit zum Erholen?«

»Nach einem einstündigen Flug?« Sie lachte. »Ich glaube nicht, dass das nötig ist. Und was ist mit dir?«

»Ich bin hungrig. Möchtest du nicht ausgehen und etwas essen?« Es war drei Uhr nachmittags.

»Gern. Wir könnten danach einen Spaziergang machen. Ich habe mich den ganzen Tag noch nicht bewegt.« Sie war aufgeregt über das bevorstehende Wiedersehen, das hörte er an ihrer Stimme. Die Vorfreude war immer groß, wenn sie sich trafen, und dann redeten sie stundenlang miteinander, genauso wie am Telefon. Und selbst wenn viel Zeit zwischen ihren Begegnungen lag, kam beim Wiedersehen kaum Verlegenheit auf.

»Wie ging es Teddy, als du gefahren bist?« Wie immer klang Bill interessiert. Er wusste, dass Isabelle in Gedanken oft bei Teddy war.

»Er hat noch geschlafen. Er hatte eine gute Nacht. Und Sophie hat gestern Abend aus Portugal angerufen. Sie genießt die Zeit mit ihren Freunden. Was machen deine Mädchen?«

»Denen geht's gut, glaube ich. Aber mir erzählt ja keiner etwas. Ich sehe nur anhand der Abbuchungen auf meiner American-Express-Abrechnung, wo sie sich gerade aufhalten. Soweit ich weiß, kommen sie beide mit ihrer Mutter in ein paar Wochen nach Europa. Cindy wollte mit ihnen nach Südfrankreich reisen, ehe sie dann Cindys Eltern in Maine besuchen.« Bill würde seine Familie dann gegen Ende des Sommers wie immer auf Long Island treffen, nachdem er selbst auch während der heißen Monate in Washington gearbeitet hatte. Cindy erkundigte sich gar nicht mehr, ob er schon vorher kommen wollte, denn sie wusste, dass es ein aussichtsloses Unterfangen war. Sie wäre erstaunt gewesen, wenn er sich bereit erklärt hätte. »Welche Zimmernummer hast du?«, wollte er nun von Isabelle wissen und sah dabei auf seine Uhr. Sie hatten noch Zeit für einen kleinen Imbiss. Für den Abend plante Bill, Isabelle zum Essen in Harry's Bar auszuführen.

»Dreihundertvierzehn.«

»Wir sind im selben Stockwerk«, bemerkte er. »Aber ich weiß nicht genau, wo du bist. Ich habe Zimmer Nummer dreihundertneunundzwanzig. Ich hole dich ab. In zehn Minuten?«

»Ausgezeichnet.« Dabei lächelte sie scheu, und es entstand eine kleine Pause. »Ich freue mich, dich zu sehen, Bill.« Einen Augenblick lang klang sie sehr französisch, und er fühlte sich plötzlich sehr jung. Was sie ihm bedeutete, hätte er nicht erklären können. Sie entsprach genau der Vorstellung, die er sich immer von einer idealen Frau gemacht hatte. Sanft, liebevoll, geduldig, verständnisvoll, interessiert an allem, was er tat, mitfühlend, lustig, freundlich. Sie war ein Geschenk in seinem Leben, mit dem er nicht gerechnet hatte. Isabelle empfand Bills Freundschaft ebenso. Bill war der Lebensretter, an den sie sich klammerte, nachdem alles um sie herum über die Jahre hinweg unsicher geworden war. Auf nichts konnte sie mehr bauen. Teddys Gesundheit machte ihr oft Kummer, und sie wusste, dass sie ihren Sohn jeden Moment verlieren konnte. Gordon war nur noch ein Mann, mit dem sie ein gemeinsames Haus besaß und dessen Namen sie trug. Nicht selten hatte sie das Gefühl, dass ihr Ehemann gar nicht mehr zu ihrem Leben gehörte. Von gelegentlichen Auftritten in der Öffentlichkeit abgesehen, hatte er für sie keinen Bedarf mehr. Und Sophie war flügge geworden, wie das ihrem Alter entsprach. In letzter Zeit fühlte Isabelle sich mehr denn je einsam und allein, abgesehen von den wenigen Momenten, die sie mit Bill zusammen war, am Telefon oder, selten genug, in Person. Er war ihre Stütze, ihre Freude, ihr Lachen, ihr Trost und ihr bester Freund.

»Ich freue mich auch, dich wieder zu sehen«, erwiderte er sanft. »Ich hole dich in zehn Minuten ab. Dann überlegen wir, was wir machen.« Er wusste, dass sie am nächsten Tag in die Tate Gallery gehen würden, außerdem hatte Isabelle noch einige Privatgalerien erwähnt, die sie gerne besuchen wollte. Er hatte vor, sie an beiden Abenden zum Essen auszuführen. Gern wäre er mit ihr auch ins Theater gegangen, weil er wusste, wie sehr sie das liebte, aber er wollte jede kostbare Minute im Gespräch verbringen. Es war jetzt Dienstagnachmittag, und sie hatten Zeit bis Donnerstagabend. Eventuell konnte Isabelle bis zum Freitagmorgen bleiben, aber das war von Teddys Zustand abhängig. Am Wochenende jedoch wollte sie wieder zurück in Paris sein. Diese paar Tage waren wie ein Rennen gegen die Zeit und zugleich ein außerordentliches Geschenk. Nie war ihnen etwas Vergleichbares vergönnt gewesen. Und er hatte keine niederen Motive, keine Absichten und Pläne. Er freute sich einfach über die Gelegenheit, Isabelle zu sehen. Was sie verband, war etwas wunderbar Reines und Unschuldiges.

Bill wusch sich Gesicht und Hände, rasierte sich rasch und ging zehn Minuten später den Flur entlang, um nach Isabelles Zimmernummer Ausschau zu halten. Zwei Mal musste er um die Ecke biegen, was ihm etwas verwirrend vorkam, aber schließlich fand er die richtige Tür und klopfte. Es schien eine Ewigkeit zu dauern, bis die Tür aufging und Isabelle ihn mit einem scheuen Lächeln ansah.

»Wie geht's?«, fragte sie. Ihre zarte Haut rötete sich ein wenig, aber sie sah ihm direkt in die Augen. »Du siehst wunderbar aus«, sagte sie, als sie aus dem Zimmer trat. Bill schloss sie in die Arme. Mehr als ein Wangenkuss war zwischen ihnen nicht üblich, und den gab er ihr jetzt. Sein leicht gebräuntes Gesicht, das er einem Wochenende daheim in Greenwich verdankte, hob sich kontrastreich von ihrer cremeweißen Haut ab. In den ersten Jahren ihrer Ehe hatte Isabelle die Sommer unter der Sonne Südfrankreichs verbracht, aber das war schon lange vorbei. Gordon machte dort noch gelegentlich Urlaub, um Freunde zu treffen, oder er genoss die Ferien mit Sophie, während Isabelle zu Hause bei ihrem Sohn blieb.

»Du aber auch«, sagte Bill voller Bewunderung. Jedes Mal, wenn er sie traf, erstaunte ihre Schönheit ihn aufs Neue. Manchmal, wenn er von ihren Worten und Gedanken und ihrem Ideenaustausch gefangen war, dachte er gar nicht daran. Mehr als ihr Aussehen fesselte ihn ihre Seele. Aber Isabelle war wirklich eine Schönheit. Sie trat hinaus auf den Gang und hakte sich bei ihm unter. Sie war anmutig wie ein junges Reh. Noch immer bewegte sie sich wie ein Mädchen und nicht wie die reife Frau, die sie war. Ihr schulterlanges dunkles Haar glänzte frisch gebürstet, und Bill blickte voller Bewunderung auf das schicke schwarze Kostüm, die Hermès-Tasche und die eleganten Schuhe mit den hohen Absätzen. Isabelles einziger Schmuck waren der Ehering und ein Paar kleine Diamantohrstecker. Wenn man sie ansah, fiel es schwer zu glauben, dass sie Alltagssorgen hatte. Ihr Lächeln war warmherzig und einladend, und sobald sie Bill anblickte, stand Freude und Aufregung in ihren Augen. »Mein Gott, Isabelle, du siehst wirklich großartig aus.« In den ganzen vier Jahren hatte sie sich nicht verändert. Sie war lediglich ein wenig dünner als vor sechs Monaten, aber ihre klassische Schönheit schien den Zeitläufen zu trotzen. Während sie Arm in Arm die Treppe hinabstiegen und über die Reise, die Galerien, die sie besuchen wollten, und die Ausstellung in der Tate Gallery plauderten, fühlte Bill sich so fröhlich wie ein Kind. Sie kamen auf seine Töchter zu sprechen, von denen er gern lustige Geschichten erzählte, und Isabelle lachte, als sie an der Rezeption vorbei zum Ausgang gingen.

»Ich war so in Sorge, dass dieser Reise etwas in die Quere kommen könnte«, gestand Bill ihr dann. »Ich hatte Angst, Teddys Gesundheitszustand könnte sich verschlechtern.« Dass er ihr erzählte, was ihm gerade durch den Kopf ging, war ihm selbstverständlich. Sie tat es auch. Außerdem hätte Teddy ihre Reise durchaus vereiteln können. Oder auch Gordon, hätte er beschlossen, sie könne nicht fahren. Aber Isabelles Plan, für ein paar Tage nach London zu reisen, hatte ihren Ehemann gleichgültig gelassen, und Teddy hatte sich für sie gefreut. Er wusste nichts von Bill, war aber glücklich, wenn er seine Mutter lächeln sah, und hatte sofort verstanden, wie groß ihr Wunsch war, diese Reise zu machen. Keinesfalls hätte er ihr etwas in den Weg gestellt.

»Ich war auch in Sorge«, gab Isabelle zu. »Aber es geht ihm jetzt so viel besser. Ich glaube, so gut ging es ihm in den letzten fünf Jahren noch nie.« Die Pubertät war hart für Teddy gewesen, und sein Zustand hatte sich in den letzten Jahren verschlechtert, weil er wuchs und Herz und Lungen Mühe hatten mitzuhalten. »Teddy wollte wirklich, dass ich fuhr.« Bill hatte das Gefühl, den Jungen schon seit Jahren zu kennen. Obwohl er wusste, dass es wohl kaum möglich war, hoffte er doch, dem Jungen eines Tages persönlich zu begegnen.

Sie traten hinaus auf die Brook Street. Isabelle sog die Luft ein, ohne Bills Arm loszulassen. Es war ein zauberhafter Tag und für Juni ungewöhnlich warm.

»Wohin möchtest du?«, fragte er und ging im Kopf die Möglichkeiten durch. Ihm selbst genügte es schon, mit ihr zusammen zu sein. Sein Aufenthalt hier war mehr, als er sich sonst an Urlaub zugestand. Nie nahm er sich Zeit für einen geruhsamen Nachmittag, ein ungezwungenes Mittagessen oder einen Stadtbummel mit einer Frau an seiner Seite. Sein ganzes Leben kreiste um seine Arbeit, und alles, was er tat, hatte mit Politik zu tun. Freizeit kannte er in seinem Leben nicht, außer wenn er mit Isabelle zusammen war. An ihrer Seite schien die Zeit still zu stehen, sein inneres Tempo veränderte sich und das Zentrum seiner Aufmerksamkeit verschob sich. Keiner seiner engsten Vertrauten hätte ihn erkannt, wie er so entspannt dastand und die schöne Frau mit dem langen dunklen Haar anlächelte. »Wie wär's mit einer Pizza?«, fragte er beiläufig, und Isabelle nickte. Sie war so glücklich, lächelte zu ihm hoch und konnte sich kaum auf das konzentrieren, was er sagte.

»Weswegen lächelst du?«, erkundigte er sich amüsiert, während sie langsam und ziellos die Straße hinab schlenderten. Beide spürten, dass sie wenigstens für den Augenblick nichts als Zeit in ihren Händen hielten.

»Ich bin einfach glücklich. So etwas habe ich noch nie gemacht. Ich fühle mich hier so weit weg von all meinen Sorgen.« Sie wusste, dass Teddy in guten Händen und die Welt in Ordnung war.

»Genau das habe ich mir für dich gewünscht. Ich wollte einfach, dass du dich entspannst und alles andere vergisst.«

Kurz darauf stiegen sie in ein Taxi und fuhren zu einem kleinen Restaurant, das in der Nähe der amerikanischen Botschaft am Shepherd Market gelegen war. Es war Bill eingefallen, weil er dort schon öfter zwischen den Sitzungen eingekehrt war. Es hatte einen Garten, und der Besitzer freute sich, sie zu sehen. Isabelles charismatische Ausstrahlung, noch unterstrichen durch die elegante Kleidung, verfehlte ihre Wirkung nicht. Sie wurden an einen ruhigen Tisch im hinteren Teil des Restaurants geführt. Der Besitzer brachte Bill die Weinkarte, händigte beiden die Speisekarte aus und zog sich dann zurück.

»Das ist genau das Richtige.« Isabelle lächelte, als sie sich in ihrem Stuhl zurücklehnte und ihn ansah. Bei ihrer letzten Begegnung in Paris war es Winter gewesen, kurz vor Weihnachten, und er hatte ihr einen wunderschönen Schal von Hermès geschenkt sowie die Erstausgabe eines Buches, über das sie sich einmal unterhalten hatten. Es war in Leder gebunden und sehr kostbar, und sie hielt es in Ehren wie alles, was er ihr in den letzten vier Jahren geschenkt hatte. »Ich komme mir so verrucht vor.«

»Schön«, sagte er und tätschelte ihr die Hand. Sie einigten sich auf eine Pizza, und er bestellte noch Salat für beide und eine Flasche Corton-Charlemagne.

»Und jetzt machst du mich auch noch mitten am Nachmittag betrunken«, neckte sie ihn. Von ihren früheren Mittagessen wusste er, dass sie kaum trank, aber diesen Wein mochte sie, und es war ein sehr guter Jahrgang.

»Ich glaube nicht, dass du diesbezüglich gefährdet bist, es sei denn, du hättest dir in den letzten sechs Monaten ein paar schlechte Angewohnheiten zugelegt. Bei mir ist die Wahrscheinlichkeit, dass ich mich betrinke, weitaus größer als bei dir«, gestand er, obwohl sie nie erlebt hatte, dass er in ihrem Beisein zu viel getrunken hatte. Bill war ein vernünftiger Mensch ohne offenkundige Laster, abgesehen von seinem Hang, zu hart zu arbeiten. »Was werden wir also heute Nachmittag unternehmen?«

»Was immer du möchtest. Ich bin einfach glücklich, hier zu sein.« Sie fühlte sich wie ein Vogel, der seinem vergoldeten Käfig entkommen war, und fand seinen Vorschlag, ein paar Galerien und Antiquitätengeschäfte zu besuchen, äußerst reizvoll. Beim Essen verging die Zeit wie im Flug, und als sie das Restaurant verließen, war es bereits halb fünf. Sie stiegen wieder in ein Taxi, denn obwohl am Hotel ein Wagen für ihn bereitstand, genossen beide die Freiheit, London auf eigene Faust zu erkunden. Nachdem sie genug in Galerien und Läden gestöbert hatten, bummelten sie zurück zum Hotel. Es war bereits sechs.

»Abendessen um neun?«, fragte er mit einem Lächeln. »Wir könnten hier in der Bar einen Drink nehmen und dann zu Harry's Bar fahren.« Das war ihr Lieblingsrestaurant, wie sie ihm einmal anvertraut hatte, und seines ebenso. Es ging dort sehr gediegen zu, und keinen von beiden verunsicherte der Gedanke, man könnte sie dort zusammen sehen. Sie hatten schließlich nichts zu verbergen. Selbst wenn Gordon davon erfahren sollte, hätte Isabelle keine Skrupel, ihm zu sagen, sie habe Bill Robinson getroffen. Zwar hatte sie nicht die Absicht, von sich aus das Gespräch darauf zu bringen, aber sie sah keinen Grund, sich zu entschuldigen. »Ich werde dich um acht Uhr abholen«, schlug Bill vor. Als sie in den Aufzug stiegen, hatte er den Arm um ihre Schultern gelegt. Niemand, der die beiden sah, hätte vermutet, dass sie getrennte Zimmer hatten und nicht miteinander verheiratet waren, denn ihr Umgang war so selbstverständlich und vertraut, dass zumindest eine Affäre zwischen ihnen nahe lag. Doch schienen sie sich dessen nicht bewusst zu sein, während sie, ins Gespräch vertieft, in den dritten Stock hinauffuhren, wo Bill Isabelle zu ihrem Zimmer begleitete.

»Es war ein wunderschöner Nachmittag«, sagte sie und stellte sich auf die Zehenspitzen, um ihn auf die Wange zu küssen. »Sie sind so gut zu mir, Mr. Robinson. Danke, Bill«, sagte sie feierlich, und er lächelte.

»Ich wüsste nicht, warum ich gut zu dir sein sollte. Du bist eine so schreckliche Person und dazu noch langweilig. Aber hin und wieder steht bei mir Wohltätigkeit auf dem Programm. Du weißt schon, Frauen in der Politik, die Krummen und die Lahmen... und die Zeit mit dir. Tugend wird belohnt.« Sie lachte, und er berührte zart ihren Arm, als sie die Türe aufschloss. »Ruh dich ein bisschen aus, Isabelle, bevor wir ausgehen. Das wird dir gut tun.« Er wusste, wie anstrengend ihr Alltag war, wie intensiv sie sich um ihren Sohn kümmerte, und wünschte sich deshalb, dass sie sich hier entspannte und wirklich Ruhe fand. Aus ihren Erzählungen wusste er, dass sich normalerweise niemand um sie sorgte. Daher hatte er sich vorgenommen, das während dieser zwei Tage in London zu tun. Isabelle versprach ihm, ein Nickerchen zu machen, doch als sie dann allein in ihrem Zimmer auf dem Bett lag, konnte sie nicht schlafen, weil sie immer an ihn denken musste. Es war schon bemerkenswert, wie glücklich sie mit ihm war, wenn man bedachte, dass er vor Jahren aus purem Zufall in ihr Leben getreten war.

Sie fragte sich, ob Bill wohl manchmal noch Zeit mit seiner Frau verbrachte. Eine echte Kommunikation zwischen den beiden war, nach allem, was er ihr erzählt hatte, kaum mehr vorstellbar; er brauchte so viel mehr, als Cynthia ihm geben konnte. Aber sie wusste auch, dass er nicht gerne darüber sprach. Er akzeptierte die Ehe mit Cynthia als einen Zustand, dessen Gleichgewicht er nicht stören wollte. Sie hatte die Vermutung, dass es ihn sonst gesellschaftlich in eine peinliche Lage gebrachte hätte. Bestimmt wollte er unter allen Umständen jede Spur eines Skandals vermeiden. Ein Teil seiner politischen Stärke beruhte darauf, dass er im Verborgenen blieb. Seine Macht konnte er nur ausüben, wenn er nicht im Brennpunkt stand. Eine Scheidung, vor allem ein erbittert geführter Kampf, hätte ihn ins Rampenlicht gerückt, und er betonte oft, Cindy sei mit den gegebenen Umständen sehr zufrieden. Sie war bestimmt nicht der Typ Frau, der sich leicht abfinden ließ, und ohne Staub aufzuwirbeln würde sie nie in eine einvernehmliche Trennung einwilligen, denn die praktischen Vorteile, Mrs. William Robinson zu sein – insbesondere in Washington, aber auch anderswo –, wusste sie sehr wohl zu schätzen. Ungeachtet ihrer Abneigung gegen die Politik fand sie es doch ganz angenehm, einen Ehemann zu haben, dessen Einfluss auf den Präsidenten nicht unerheblich war. Aber Isabelle hatte Mitleid mit Bill. Er hatte etwas Besseres verdient als Cindy. Was Bill in Bezug auf sie selbst allerdings ähnlich sah. Das Leben, das sie mit Gordon führte, war gewiss nicht die Ehe, die sie sich vor zwanzig Jahren vorgestellt oder erhofft hatte, aber sie akzeptierte die Situation inzwischen so, wie sie war. Sie hatte ihren Frieden damit geschlossen und dachte jetzt auf dem riesigen Bett im Claridge's auch nicht weiter darüber nach, denn sie freute sich auf einen unterhaltsamen und lustigen Abend mit Bill, und Gordon gehörte für sie in diesen Tagen einer fernen Welt an. Bill brachte sie immer zum Lachen, und sie fühlte sich bei ihm sicher und gut aufgehoben. Dieser Aufenthalt mit ihm hier in London war alles, was sie sich erhoffte.

Isabelle döste ein paar Minuten und stand dann um sieben Uhr auf, um ein Bad zu nehmen. Sie entschied sich für ein schmal geschnittenes Cocktailkleid aus schwarzer Spitze und eine Seidenstola, dazu schwarze Satinpumps und ihre Perlenkette, sowie die von ihrer Mutter geerbten Ohrringe mit Perlen und Diamanten. Das Kleid war züchtig, doch sehr feminin und verströmte wie Isabelle selbst eine Spur Sexappeal. Sie steckte ihr Haar zu einer Rolle am Hinterkopf hoch und legte sorgfältig Make-up auf. Zu ihrer Beruhigung rief sie zu Hause an und erfuhr von der Pflegerin, dass Gordon außer Haus sei und Teddy, der bereits fest schlief, einen guten Tag gehabt habe. Um Punkt acht klopfte es, und sie öffnete die Tür.

Bei einem letzten Blick in den Spiegel war Isabelle nichts Besonderes aufgefallen, darum verblüffte sie nun Bills Reaktion.

»Wow!« entfuhr es ihm, und er trat einen Schritt zurück, um sie zu bewundern. Die Seidenstola hatte sie locker um die Schultern geschlungen, so dass eine fast nackte Schulter durchblitzte, und das Spitzenkleid brachte ihre Figur hervorragend zur Geltung. Sie wirkte elegant und sehr damenhaft. Ein Teil ihres Charmes beruhte gerade darauf, dass ihr gar nicht bewusst war, wie hübsch sie war. »Du siehst umwerfend aus. Von wem ist das Kleid?«, fragte er kenntnisreich, und sie musste lachen. Sie glaubte nicht, dass er etwas über Mode wusste oder wissen wollte.

»Saint Laurent. Du überraschst mich. Seit wann interessiert du dich denn für Mode?« Nie zuvor hatte er etwas in der Art zu ihr gesagt. Aber hier war alles anders. Sie verfügten über den Luxus, Zeit zu haben, zu wissen, dass noch zwei ganze Tage vor ihnen lagen.

»Seit du sie trägst. Das war doch heute ein Chanelkostüm, oder?«, fragte er voller Stolz auf sich, und sie musste wieder lachen.

»Ich bin sehr beeindruckt. In Zukunft werde ich aufpassen müssen, was ich anziehe, damit es auch deinen Anforderungen genügt.«

»Ich glaube, da brauchst du dir keine Sorgen zu machen. Du siehst immer wunderbar aus, Isabelle«, sagte er voller Wärme. Sie fuhren dicht nebeneinander stehend im Aufzug nach unten und unterhielten sich dabei leise. Sie erzählte ihm von ihrem Gespräch mit der Pflegerin und Teddys gutem Zustand. Bill sah ihr an, wie glücklich sie das machte. Er wünschte sich so sehr, dass sie sich erholte und die Tage hier in London genoß, und bis jetzt meinten die Schicksalsgöttinnen es gut mit ihnen. Er hatte viel Zeit darauf verwandt, sich zu überlegen, was er in den Stunden mit ihr unternehmen wollte. Er wünschte sich, dass dies eine Reise würde, an die beide sich ein Leben lang erinnerten, denn wer wusste schon, wann ihre Pfade sich auf diese Weise wieder kreuzten. Der Gedanke machte ihm Angst, denn ihm war klar, wie wenig wahrscheinlich eine weitere Gelegenheit dieser Art war.

Als Bill, dicht gefolgt von Isabelle, die Bar des Claridge's betrat, drehten sich viele Köpfe in ihre Richtung, denn sie gaben ein stattliches Paar ab. Sie setzten sich an einen Ecktisch, und Bill bestellte für sich einen Scotch mit Soda und für Isabelle ein Glas Weißwein. Wie üblich nippte sie kaum an ihrem

Wein, während sie sich über verschiedene Themen unterhielten, über Kunst, Politik, das Theater und über die Orte, an die beide schöne Kindheitserinnerungen hatten. Isabelle erzählte von den Besuchen bei ihren Großeltern in Hampshire, als diese noch lebten, und die seltenen, aber beeindruckenden Anlässe, bei denen sie der Königin begegnet war. Ihre Geschichten faszinierten ihn genauso, wie sie von seinen begeistert war. Wie immer entdeckten sie viele Gemeinsamkeiten, vor allem in der Art und Weise, wie sie auf Situationen, Dinge, Menschen und Orte reagierten. Auch waren sie beide der Meinung, dass die Geborgenheit in der Familie äußerst wichtig war. Als sie später im Wagen saßen und zum Abendessen fuhren, bemerkte Isabelle, wie seltsam es doch sei, dass Menschen wie sie, denen Familienleben so viel bedeutete, sich in ihrer Ehe so auseinander gelebt und sich Partner gewählt hätten, die alles andere als warmherzig seien.

»Als wir noch aufs College gingen, war Cindy sehr viel herzlicher, aber sie hat im Lauf der Zeit Zynismus entwickelt. Ich bin mir nicht sicher, ob das nicht mein Fehler war«, meinte Bill nachdenklich. »Wir sind einfach sehr verschieden. Ich glaube, dass ich jahrelang ihre Bedürfnisse nicht befriedigt habe, und deshalb war sie auch lange wütend auf mich oder jedenfalls enttäuscht von mir. Am liebsten hätte sie sich mit mir ins Gesellschaftsleben gestürzt, in Connecticut wie in New York. Von Anfang an zeigte sie eigentlich kein Interesse an der politischen Szene, während ich davon fasziniert war und schnell bis über beide Ohren darin steckte. Jetzt, wo ich mich in der Spitzenpolitik bewege, hat sie einfach die Nase voll davon, es widert sie an. Und im Privaten haben wir uns einfach auseinander gelebt.« Aber Isabelle glaubte, dass mehr dahinter steckte. Er hatte ihr gegenüber vor einigen Jahren schon einmal erwähnt, dass er den Verdacht habe, seine Frau sei ihm untreu. Er hatte Isabelle auch seine einzige Affäre gestanden. Doch vor allem hörte Isabelle aus dem, was er sagte, heraus, dass Cynthia alles andere als ein warmherziger Mensch war. Sie hatte sich nicht nur von Bill entfremdet, sondern bestrafte ihn auch noch ständig. Bei ihren seltenen Begegnungen warf sie ihm jedes Mal vor, er habe in der Beziehung zu ihr versagt. Nie hörte Isabelle Bill von einer gewissen Nähe zwischen ihnen oder von Freundlichkeit oder emotionaler Unterstützung sprechen. Und sie überlegte immer wieder, ob es für Bill nicht einfach zu schmerzhaft war zuzugeben, dass seine Frau ihn nicht mehr liebte. Nach alledem, was Isabelle über Bills Ehe wusste, fragte sie sich, ob das überhaupt je der Fall gewesen war. Die gleiche Frage bewegte sie auch in Hinblick auf Gordon. Doch lag es ihr fern, Bill über seine Frau auszufragen. Was immer ihn an sie band, ob es Gefühle waren oder lediglich die gemeinsame Lebensgeschichte, sie wollte ihn nicht zwingen, sich etwas vor Augen zu halten, was zuzugeben oder zu besprechen für ihn schmerzhaft oder peinlich gewesen wäre.

»Ich halte Gordon für wesentlich kälter als Cynthia«, bemerkte er aufrichtig, und Isabelle widersprach ihm nicht, obwohl sie nur allzu bereit war, sich selbst zumindest teilweise die Schuld an Gordons Verhalten zu geben.

»Ich glaube, ich bin eine große Enttäuschung für ihn gewesen«, sagte sie leise. »Er hat sich bestimmt jemanden gewünscht, der geselliger ist als ich und gerne ausgeht. Es macht mir wirklich nichts aus, für ihn Gäste zu empfangen, aber ich kann mich anderen Menschen nicht gut öffnen oder sie beeindrucken. Das fällt mir einfach schwer. In den ersten Ehejahren kam ich mir vor wie eine Marionette, an der Gordon die Fäden zog. Er hat mir vorgeschrieben, was ich zu den Leuten sagen soll, was ich tun, wie ich mich verhalten, was ich denken soll. Und als Teddy dann krank zur Welt kam, hatte ich weder die Zeit noch die Geduld, dieses Spiel weiter mitzuspielen. Auch als Sophie klein war, war mein Interesse an ihr weitaus größer als an all den dummen Menschen, die ich Gordons Ansicht nach beeindrucken sollte. Ich wollte immer nur ein glückliches Familienleben und ein Zuhause, mehr nicht. In dieser Hinsicht war ich sicherlich eine Enttäuschung für ihn. Gordon ist sehr viel ehrgeiziger als ich.« Bill fand, dass Isabelle es sich mit dieser Erklärung zu einfach machte, denn seiner Ansicht nach setzte Gordon die Kälte und Grausamkeit, die sie ihm beschrieben hatte, mit Kalkül ein, um Isabelle das Gefühl zu vermitteln, die Distanz zwischen ihnen sei einzig und allein ihr

Fehler. Als wollte Gordon ihr damit deutlich machen, er würde noch aktiv an ihrem Leben teilnehmen, wenn sie nur ihren Pflichten besser nachgekommen wäre. Bill vermutete, dass die Gründe für Gordons Abwesenheit längst nichts mehr mit ihr oder Teddy zu tun hatten, sondern mit Dingen, an die Isabelle nicht im Traum gedacht hätte. Aber er wollte sie nicht verletzen, indem er sie auf eine solche Fährte setzte, zumal sie die Schuld stets so bereitwillig auf sich nahm. Obwohl Gordon sie so schlecht behandelte, hielt sie loyal zu ihm und entschuldigte auch noch, was er tat und sagte. Soweit Bill es beurteilen konnte, hatte Gordon Isabelles Nachsicht keinesfalls verdient.

»Ich wüsste nicht, wie du jemanden enttäuschen könntest, Isabelle. Ich kenne niemanden, der sich so sehr darum bemüht, es allen recht zu machen, und ich bin mir sicher, dass du das auch bei ihm stets getan hast.« Isabelle konnte fast alles verzeihen und hatte es auch immer wieder getan. »Und die Tatsache, dass Teddy von Geburt an krank war, war nicht dein Fehler.«

»Gordon glaubt aber, ich hätte irgendwas in der Schwangerschaft gemacht, das die Frühgeburt ausgelöst hat. Der Arzt sagt, es sei unvermeidlich gewesen, aber ich habe Gordon nie davon überzeugen können.« Was Bill in seiner schlechten Meinung von Gordon nur bestätigte.

Bill war Gordon zwei Mal begegnet, und er hatte ihn nicht gemocht. Er fand ihn hochtrabend, anmaßend und arrogant, und der sarkastische Ton, den Gordon Isabelle gegenüber anschlug, hatte Bill Gänsehaut verursacht. Gordon hatte sie bei einer Gelegenheit wie ein Kind behandelt und in aller Öffentlichkeit mit scharfen Worten, offenkundiger Kritik und verächtlichen Gesten abgekanzelt. Aber ganz gegen seine sonstige Art war er zu Bill freundlich – vermutlich war er von ihm beeindruckt. Isabelle hingegen schien er fast völlig zu ignorieren. Wenn Gordon Leute traf, die er für wichtig hielt oder von denen er glaubte, sie könnten ihm nützen, konnte er durchaus sehr charmant sein. Seine eigene Frau hingegen schien er regelrecht bestrafen zu müssen dafür, wie sie nun einmal war. Ihre Freundlichkeit, ihr Mitgefühl und ihr Anstand schienen bei ihm nur Verachtung hervorzurufen. Bill hegte den Verdacht, dass Gordon im Grunde genommen von Isabelles Familie sehr beeindruckt war, sich vielleicht sogar wegen deren Verbindung zur königlichen Familie irgendwie unterlegen fühlte und deshalb Isabelle erniedrigen musste, um sich selbst besser zu fühlen. Das waren ein Stil und eine Haltung, die Bill ganz und gar nicht behagten. Aber Isabelle zuliebe täuschte er wenigstens einen gewissen Respekt vor, wenn sie sich über Gordon unterhielten. Ihm war nicht daran gelegen, sie in die Situation zu versetzen, ihren Mann verteidigen zu müssen. Ihre Loyalität war nicht zu übersehen, und schließlich war Gordon ihr Ehemann. Aber inzwischen tat sie Bill gegenüber nicht mehr so, als wäre sie mit Gordon glücklich, doch sie akzeptierte diese Ehe als ihr Lebensschicksal, ohne sich darüber zu beklagen. Sie war nur dankbar, dass es Bill gab, der mit ihr redete und ihr zuhörte, und sie freute sich daran, dass er sie immer wieder zum Lachen brachte.

In Harry's Bar war an diesem Abend viel los, man kam kaum zur Tür hinein. An der Bar standen dicht an dicht Frauen in Abendkleidern neben Männern in dunklen Anzügen, weißen Hemden und Krawatten. Isabelle fügte sich in ihrem schwarzen Spitzenkleid perfekt in die elegant und modisch gekleidete Menge. Auch Bill machte eine gute Figur in seinem dunkelblauen Zweireiher, den er sich erst kurz vor der Reise gekauft hatte.

Ihr Tisch stand für sie bereit, der Oberkellner erkannte Bill sofort und grüßte Isabelle mit einem Lächeln. Sie wurden an Bills Lieblingstisch in einer Ecke geführt und entdeckten sofort viele bekannte Gesichter im Lokal. Einige Schauspielerinnen, ein bedeutender Filmstar, einige Berühmtheiten des Literaturbetriebs, eine Gruppe von Geschäftsleuten aus Bahrain, zwei saudische Prinzessinnen und ein Tisch mit neureichen Amerikanern, Leuten, die größtenteils mit Öl ihr Geld gemacht hatten. Es war eine elegante Gesellschaft. Einige Leute blieben stehen, um Bill zu begrüßen. Er stellte Isabelle ohne zu zögern, aber auch ohne eine Erklärung abzugeben, als Mrs. Forrester vor. Beim Essen fiel Isabelles Blick auf einen bekannten französischen Bankier, dem sie vor Jahren einmal begegnet war und der Gordon bestimmt kannte, doch er zeigte keinerlei Reaktion und sah sie beide nicht an, als er das Restaurant verließ.

»Ich frage mich, wofür die Leute uns halten«, sagte Isabelle mit amüsiertem Gesichtsausdruck. Ihr Gewissen war rein, selbst wenn es für sie ungewöhnlich war, in London zu sein und mit einem Mann in Harry's Bar zu dinieren.

»Wahrscheinlich halten sie dich für eine französische Filmschauspielerin und mich für einen langweiligen Amerikaner, der sich an dich rangeschmissen hat.« Er lachte, während der Kellner ihren zum Nachtisch Champagner einschenkte. Das Essen war fabelhaft gewesen und die beiden Weine auch. Doch keiner hatte zu viel getrunken, beide waren einfach nur satt, glücklich und entspannt.

»Das wohl kaum«, meinte Isabelle belustigt. »Dich kennt doch jeder, Bill. Ungeachtet der Tatsache, dass du glaubst, völlig unbekannt zu sein. Aber keiner weiß, wer ich bin.«

»Wenn du möchtest, kann ich eine Durchsage machen. Oder wir könnten vor dem Hinausgehen einen Tisch nach dem andern abklappern und dich jedem als meine beste Freundin vorstellen. Meinst du, sie würden dadurch erfahren, was sie wissen wollen?« Was alle sehen konnten, war ein überaus attraktives Paar, das gern zusammen war. Und die Leute lächelten, wenn sie Isabelle und Bill ansahen.

»Vielleicht. Glaubst du denn, Cynthia wäre aufgebracht, wenn sie erfahren würde, dass du mit einer anderen Frau zum Essen ausgehst?« Isabelle war immer neugierig, etwas über sie zu erfahren.

»Willst du das wirklich wissen?«, fragte er und lächelte Isabelle an. Er war immer ehrlich zu ihr. Er hatte sich selbst schon vor langer Zeit geschworen, sich bei ihr nie vor der Wahrheit zu drücken, egal wie peinlich sie war. Und soweit er wusste, verfuhr sie mit ihm ebenso, was sie ihm auch immer versichert hatte. Die Offenheit und Ehrlichkeit zwischen ihnen bedeutete ihr viel. »Um ehrlich zu sein, Isabelle, ich glaube nicht, dass es ihr etwas ausmachen würde. Darüber ist sie schon lange hinweg. Solange ich sie nicht blamiere, jedenfalls nicht öffentlich, betrachtet sie es bestimmt ganz allein als meine Angelegenheit, was ich tue und lasse. Sie würde auch nicht wollen, dass ich sie nach ihrem Privatleben frage. Und sie hat mehr zu verbergen als ich.«

»Manchmal macht mich das ganz traurig«, sagte Isabelle und sah ihn an. »Eine Ehe ist doch eigentlich etwas anderes.«

»Ja. Aber es scheint ein breites Band von Möglichkeiten zu geben, wie sich eine Ehe definiert. Deine und meine entsprechen sicherlich nicht dem, was man sich erträumt. Wir haben das, womit man sich aus verschiedenen Gründen und nach langer Zeit zufrieden gibt.«

»Da hast du wohl Recht«, meinte sie nachdenklich, während der Kellner jedem noch ein Glas Château d'Yquem einschenkte. »Und reicht dir das, dich ›zufrieden zu geben‹?« Der Wein hatte sie ein wenig kühner werden lassen.

»Ich habe keine Wahl. Wenn ich mich nicht damit zufrieden gebe, kann ich nur weggehen. Und das möchte keiner von uns, mögen die Gründe dafür auch noch so verschieden sein. Cynthia braucht das Ansehen, das ich ihr verschaffe, und den Lebensstil. Und mir wären die Schockwellen hinderlich, die eine Scheidung auslösen würde. Was sollen wir also tun? Und wenn wir uns trennten, wäre das außerdem ein Schlag für die Mädchen. Ich sehe keinen Sinn darin. Mehr als das will ich nicht und sehe ich auch nicht.« Jedenfalls nichts, was erreichbar wäre, fügte er still für sich hinzu. Isabelle wusste, dass er sich schon vor langer Zeit mit seiner Situation abgefunden hatte. Aber manchmal fragte sie sich doch, warum. Mit zweiundfünfzig war er schließlich noch jung genug, ein anderes Leben anzufangen, und sie fand, er habe es mehr als die meisten verdient, glücklich zu sein. Er gab so viel und bekam so wenig zurück. Aber Bill dachte über sie genauso.

»Solange du an sie gebunden bist, wirst du nie jemand anderen oder etwas anderes kennen lernen«, sagte sie und nippte an ihrem Yquem.

»Willst du mir damit vorschlagen, mich scheiden zu lassen?« Er sah sie überrascht an, denn so direkt hatte sie es noch nie ausgesprochen, und er wunderte sich doch sehr, warum sie es jetzt anschnitt.

»Ich bin mir nicht sicher. Ich frage mich nur manchmal, ob wir nicht unser Leben vergeuden. Mir bleibt wegen Teddy keine andere Wahl, und ich würde mich ohnehin nicht scheiden lassen. Das hat in meiner Familie noch keiner getan. Außerdem ist es in meinem Alter zu spät, noch mal einen Neuanfang zu wagen. Aber für einen Mann ist das etwas anderes.« Diese Worte überraschten Bill, denn er hätte nie vermutet, dass sie auch nur daran gedacht haben könnte, Gordon zu verlassen. Es war das erste Mal, dass sie eine mögliche Trennung erwähnte.

»Für einen Mann ist das auch nicht anders«, sagte er gelassen, »und du bist elf Jahre jünger als ich. Wenn jemand sich überlegen sollte, ein neues Leben anzufangen, dann du, Isabelle. Du und Gordon, ihr seid schon seit Jahren nicht mehr im eigentlichen Sinne verheiratet. Du hast wahrlich ein besseres Schicksal verdient.« Zum ersten Mal sprach er ganz unverblümt zu ihr darüber, aber sie hatte ihm die Tür geöffnet, und dafür war er ihr dankbar.

»Ich könnte das nicht, und das weißt du auch«, antwortete sie ruhig. »Alle, die wir kennen und mit denen wir verwandt sind, wären entsetzt. Außerdem brächte ich es nicht über mich, einen Bruch in Teddys Leben herbeizuführen. Er ist zu zerbrechlich, um eine so große Veränderung zu überleben. Davon abgesehen, dass Gordon niemals einwilligen würde. Er würde mich eher umbringen, als dass er mich gehen ließe. Daran habe ich gar keinen Zweifel.« An Scheidung dachte sie nicht im Entferntesten. Als sie das sagte, klang es nüchtern, doch an diesem Abend merkte sie zum ersten Mal, dass sie eine Gefangene auf Kurzurlaub war. Nie hatte sie sich eingestanden, wie deprimierend das Haus in Paris, wie eingeschränkt ihr Leben, wie abwesend Gordon war. Während sie mit Bill dort in Harry's Bar saß, sah sie mit einem Mal all das klar vor sich, worauf sie immer hatte verzichten müssen. Und doch wollte sie sich vormachen, dass es vor allem an ihrer ganz speziellen Situation lag, weil sie sich ständig um ein krankes Kind kümmern musste. Noch war sie nicht bereit für die Erkenntnis, dass ihr einsames Dasein schon vor langer Zeit begonnen hatte, als sich nämlich der Mann, mit dem sie verheiratet war, gefühlsmäßig von ihr entfernt hatte.

»Ich habe dich noch nie so reden hören«, sagte Bill und legte seine Hand auf die ihre. Bisher hatte sie ihm oder sich selbst gegenüber niemals zugeben wollen, wie zutiefst unglücklich sie war, immer fand sie Entschuldigungen und spielte Gordons zerstörerisches Potential herunter. Bill fragte sich, ob Gordon sie womöglich schon einmal bedroht hatte. Jedenfalls schien Isabelle sich voll und ganz über die möglichen Maßnahmen ihres Mannes im Klaren zu sein und um die Grausamkeit zu wissen, zu der er nicht nur ihr, sondern auch dem Kind gegenüber fähig wäre. »Wie kannst du nur so etwas sagen, Isabelle? Hat er dir gedroht?« Die Äußerung, Gordon würde sie töten, falls sie ihn verließe, war Bill neu. Er beobachtete Isabelles Augen, die ihn anlächelten. Sie waren tief und klug und traurig hinter ihrem Lächeln. Sie sah auch für die Zukunft kein anderes Leben vor sich als das bereits bekannte. Von einer Hoffnung auf Besserung hatte sie sich schon vor Jahren verabschiedet.

»Du hast mich wohl doch betrunken gemacht«, sagte sie entschuldigend, kam sich aber vor wie eine flüchtige Nonne, die sich nicht länger an das Schweigegelübde halten wollte, das sie einmal abgelegt hatte. Hier, auf der anderen Seite des Ärmelkanals, fühlte sie sich Gordon gegenüber weniger verpflichtet als zu Hause. Und Bill kannte sie so gut.

»Ich wünschte, ich hätte dich betrunken gemacht.« Bill lachte und trank noch einen Schluck. »Ich würde gern erleben, was du machst, wenn du betrunken bist, Isabelle. Sollen wir es versuchen?«

»Du bist schrecklich. Da machst du dir Sorgen um einen Skandal und stiftest mich zugleich zu skandalösem Verhalten an. Wenn du weiterhin Champagner und Yquem in mich hinein schüttest, wirst du mich bestimmt aus Harry's Bar tragen müssen.«

»Ich werfe dich einfach über meine Schulter und erzähle den Leuten, ich hätte dich unter meinem Tisch gefunden. Ich glaube, das würde gar keinem auffallen.«

»Und was würdest du dann machen?« Sie musste kichern, als sie sich die Szene vorstellte. Sie war wieder bester Laune und wünschte sich, der Abend möge ewig dauern. Doch im Hinterkopf hörte sie das Ticken der Uhr. Nach diesem Abend blieben ihr und Bill nur noch ein Abend und zwei Tage. Zwei Nächte, wenn sie bis Freitag bliebe. Aber danach mussten sie beide wieder ins wirkliche Leben zurückkehren. Sie fühlte sich wie Aschenputtel auf dem Ball und wollte nicht, dass die Kutscher sich wieder in weiße Mäuse zurückverwandelten. Jetzt noch nicht.

»Wenn ich dich hinaustragen müsste, würde ich dir eine Tasse Kaffee einflößen und dich so weit ausnüchtern, bis du mit mir zu Annabel's zum Tanzen mitkommen kannst.« Diese Idee war ihm gerade erst gekommen, und Isabelle lachte.

»Das klingt fabelhaft. Ich war schon eine Ewigkeit nicht mehr bei Annabel's, zuletzt vor meiner Hochzeit. Ich habe meinen achtzehnten Geburtstag dort gefeiert, und mein Vater hat mich einmal dorthin mitgenommen, als Gordon und ich schon verlobt waren. Seit dieser Zeit war ich nicht mehr da. Für Gordon gibt es nichts Schlimmeres als Tanzen.«

»Dann ist das beschlossene Sache. Wir gehen heute Abend zu Annabel's. Sobald du dein Glas ausgetrunken hast.« Er neckte sie, denn natürlich wusste er, dass sie wahrscheinlich nur noch ein, zwei Mal daran nippen würde, und das Glas war noch fast voll. Sie hatte nur je ein Glas von den beiden Weinen getrunken, die er bestellt hatte, ein Glas Champagner und vom Yquem einen winzigen Schluck. Aber es war doch mehr, als sie für gewöhnlich trank. Beide waren glücklich und eher trunken vor Freude am Zusammensein als vom Wein.

»Ich schaff es nicht«, klagte Isabelle mit großen Augen, und Bill musste sich beherrschen, nicht den Arm um sie zu legen. Aber so verrückt war er nicht. Nie hätte er es darauf ankommen lassen, ihren Ruf zu ruinieren oder sie in eine peinliche Situation zu bringen.

»Wenn du deinen Yquem nicht schaffst, können wir auch nicht zu Annabel's gehen«, sagte Bill mit entschlossener Miene. In diesem Moment brachte der Kellner sehr zu Isabelles Entzücken einen Teller mit Pralinen und Süßigkeiten. Nach diesen herrlichen Stunden hatte sie nicht damit gerechnet, noch irgendwo anders hinzugehen, außer zurück zum Hotel. Sie war nicht so maßlos zu erwarten, er würde sie nun auch noch zum Tanzen ausführen. »Ich habe eine Idee«, sagte Bill, immer noch neckend. »Wenn du zwei Pralinen isst, akzeptiere ich das auch, und nehme dich doch mit zu Annabel's.« Davon wollte er sich jetzt nicht mehr abbringen lassen.

»Ist das dein Ernst?« Amüsiert und überrascht ließ sie sich von ihm mit drohendem Blick einen kleinen Schokoladetrüffel in den Mund schieben. »Nummer eins.«

»Und da kommt die nächste«, sagte er und gab ihr eine Praline.

»Das ist ja schrecklich. Du willst mich nicht nur betrunken, sondern auch dick machen.«

»Das würde noch sehr viel länger dauern, als dich betrunken zu machen.« Er grinste und aß selbst einen Trüffel. »So, das hätten wir. Jetzt gehen wir zu Annabel's«, sagte er und unterschrieb die Rechnung, die der Kellner gebracht hatte.

»Ich glaube, dass ich das Tanzen schon verlernt habe. Außerdem bist du zu jung, und ich bin zu alt. Die Männer dort waren immer alle im Alter meines Vaters und tanzten mit Mädchen, die so alt waren wie Sophie.«

»Zur Not kannst du ja passen, und ich wohl auch. Wir müssen uns eben anstrengen. Ich bin kein großer Tänzer, aber es macht bestimmt Spaß.« Als er das sagte, wirkte er ganz locker und glücklich.

Auch im Annabel's waren an diesem Abend eine Menge Leute. Tatsächlich waren viele Paare darunter, wie Isabelle sie Bill beschrieben hatte – ältere Männer mit sehr jungen Frauen –, aber es gab auch eine Menge Paare in Isabelles und Bills Alter. An den Tischen entlang der Wände speisten Leute zu Abend, und viele Gäste standen an der gemütlichen Bar und plauderten und tranken. Als Bill und Isabelle sich an einem Tisch neben der Tanzfläche niederließen, erschrak Isabelle vor dem, was sie in Bills Augen entdeckte. Diesen Blick hatte sie noch nie gesehen. Sie schob es auf den Wein, den sie getrunken, und die Nähe, die sie geteilt hatten; es lag so viel Wärme und Zärtlichkeit darin. Kurz darauf führte er sie, ohne ein weiteres

Wort zu verlieren, auf die Tanzfläche. Man spielte ein Stück, das sie immer gemocht hatte, und es überraschte sie, dass Bill nicht nur ein wunderbarer Tänzer war, sondern auch perfekt mit ihr zu harmonieren schien. Er drückte sie fest an sich, hielt seinen starken Arm um sie geschlungen, und sie glitt mit ihm über die Tanzfläche, erfüllt von einem Glücksgefühl und einer Ruhe wie schon seit Jahren nicht mehr. Ohne die Tanzfläche zu verlassen, drehten sie Musikstück um Musikstück ihre Runden. Als sie an ihren Tisch zurückkehrten und noch mehr Champagner bestellten, schienen Stunden vergangen zu sein.

Isabelle nippte nur daran, und ihre Blicke trafen sich über ihren Gläsern, bis sie sich nach einer Weile abwandte. Sie hatte Angst vor dem, was sie für Bill zu empfinden begann.

Bill reagierte sofort besorgt auf ihren Blick. »Ist alles in Ordnung?« Er machte sich Gedanken, ob er sie vielleicht irgendwie vor den Kopf gestoßen hatte. Doch Isabelle fand keine Worte, denn was sie fühlte und bewegte, ging so tief, dass es sie verwirrte.

»Mir geht es gut. Ich möchte nur, dass dieser schöne Abend nie zu Ende geht.«

»Das lassen wir auch nicht zu«, sagte er zärtlich. Aber beide wussten, dass es Jahre dauern konnte, ehe so etwas wieder einmal möglich war. Sie konnte solche Londonbesuche nicht zur Gewohnheit werden lassen. Sollte sich Teddys Zustand wieder verschlimmern, wäre es völlig ungewiss, wann sie wieder weg konnte. Und wenn sie sich in Paris mit Bill traf, fühlte sie sich weniger frei. Gordon würde es nie verstehen, und sie sah keine Möglichkeit, es ihm zu erklären. »Lass uns nicht an später denken, Isabelle. Lass uns einfach das Jetzt genießen, solange wir können.« Sie nickte und lächelte ihn an, hatte dabei aber Tränen in den Augen. Bald würden ihnen nur noch die Stimmen am Telefon bleiben. Bill fand die Vorstellung unerträglich, Isabelle wieder in ihr einsames Leben zurückkehren zu lassen. Sie war jung und lebhaft und schön und verdiente es, jemanden an ihrer Seite zu haben, der all das, was sie zu geben hatte, zu schätzen wusste. »Sollen wir noch mal tanzen?«, fragte er schließlich, und sie nickte. Als sie diesmal aufs Parkett gingen, hielt er ihre Hand. Und sie schien in seiner

Umarmung auch ein ganz klein wenig näher an ihn heranzukommen. Er sagte nichts und schloss die Augen, während er sie in seinen Armen hielt. Dieser Augenblick war so einzigartig wie ein einzelner funkelnder Diamant, der am Abendhimmel hing.

Beide schwiegen, als sie das Annabel's verließen, und sie waren schon fast am Hotel, als sie die Sprache wieder fanden.

»Ich habe den Abend so genossen«, flüsterte Isabelle leise.

»Ich auch«, sagte er und spürte ihre Wärme, als sie sich in seine Umarmung schmiegte. Zwischen ihnen gab es nichts Gekünsteltes, keine Peinlichkeit, nichts Unangenehmes oder Fremdes. Das Glück, mit Bill zusammenzusein, rief in Isabelle ein ungewohntes Gefühl des Friedens hervor. Als sie das Hotel erreichten, verharrten sie eine Weile reglos, und der Fahrer wartete höflich vor dem Wagen, ohne die Tür zu öffnen.

»Sollen wir?«, sagte Bill voller Bedauern, als er sich langsam von ihr weg bewegte, und weil der Fahrer die Bewegung im Inneren mitbekam, öffnete er den Wagenschlag.

Bill folgte Isabelle durch die Drehtür in die Empfangshalle. Es war zwei Uhr morgens. Zwei Arbeiter wischten die Marmorböden. Während der Aufzugfahrt in den dritten Stock gähnte Isabelle schläfrig.

»Um wie viel Uhr möchtest du morgen aufbrechen?«, fragte Bill. Ganz unerwartet verspürte er den heftigen Wunsch, er könnte die Nacht mit ihr verbringen. Das kam natürlich nicht in Frage, denn nie hätte er ihre Freundschaft aufs Spiel gesetzt, indem er sie um etwas bat, was sie später vielleicht bedauern würde. Er wusste, wie korrekt sie war.

»Wie wär's mit zehn Uhr? Ich glaube nicht, dass die Museen schon vorher geöffnet haben.« Inzwischen hatten sie die Tür erreicht, und Isabelle wirkte sehr still. Der Abend hatte sie in mehrfacher Hinsicht sehr beeindruckt und nachdenklich gemacht.

»Was hältst du davon, um neun Uhr zu frühstücken? Ich hole dich dann auf dem Weg nach unten ab«, bot Bill an und stand sehr dicht vor ihr.

»Das wäre nett.« Sie lächelte wieder. »Es war so ein schöner Abend... ich danke dir...«, flüsterte sie, als er die Tür mit ihrem Schlüssel öffnete und ihr dann einen Kuss auf die Stirn drückte.

»Für mich war's ein scheußlicher Abend«, sagte er und schickte ihr ein Lächeln hinterher, als sie ihr Zimmer betrat und lachend zu ihm zurücksah.

»Das freut mich«, sagte sie, und er winkte und verschwand dann den Flur hinunter. Und als sie leise die Tür schloss und ihre Schuhe auszog, hatte sie nur den einen Gedanken, wie glücklich sie sich schätzen konnte, einen Freund wie ihn zu haben.

Kapitel 3

Am nächsten Morgen klopfte Bill an die Tür von Isabelles Zimmer. Sie war schon angezogen und erwartete ihn diesmal in einem herrlich geschnittenen marineblauen Leinenkostüm. Dazu trug sie eine marineblaue Kelly-Tasche und Krokolederschuhe in derselben Farbe. Passend zu ihren mit Smaragden und Saphiren besetzten Ohrringen hatte sie einen hellgrünen Schal um den Hals geschlungen. Sie sah hübsch, jung und frisch aus und wie immer sehr schick.

»Du siehst wunderbar aus«, lautete sein Kommentar, als sie nebeneinander die Treppe hinuntergingen. »Wie hast du geschlafen?«

»Wie ein Stein«, sagte sie mit einem Lächeln. »Und du?«

»Ich glaube, ich hatte zu viel getrunken. Ich bin mir nicht sicher, ob ich eingeschlafen oder umgekippt bin, aber jetzt fühle ich mich großartig.« Er hatte am Abend zuvor keinen betrunkenen Eindruck auf sie gemacht, und sie nahm ihm das auch nicht ab. Er zog sie nur auf und war bester Laune, als sie den Speisesaal betraten. Er hatte telefonisch einen Tisch reserviert und für sie beide ein großes Frühstück bestellt.

»Das kann ich nicht alles essen«, beklagte sie sich. Sie sah sich an, was er bestellt hatte: Eier, Waffeln, Würste und Schinken, Croissants, Haferflocken und Früchte, Orangensaft und Kaffee – mehr als genug, um eine ausgehungerte Armee zu versorgen, wie sie mit einem Lächeln bemerkte.

»Ich wusste nicht, was du zum Frühstück nimmst.« Er lächelte sie verlegen an. »Also habe ich alles bestellt. Was isst du denn für gewöhnlich?«, fragte er neugierig, denn er wollte alles über sie erfahren.

»Normalerweise Kaffee und trockenes Toastbrot, aber das hier ist besser«, sagte sie und häufte sich Waffeln und Eier und Schinken auf ihren Teller, und legte dann noch ein paar Erdbeeren dazu. Und zu ihrer eigenen Überraschung aß sie eine Riesenportion, Bill verputzte dann den Rest. Als sie gut gelaunt das Hotel verließen, zogen sie sich gegenseitig damit auf, wie viel sie gegessen hatten und wie das bei ihnen anschlagen würde. »Zum Glück sehe ich dich nur ein paar Mal im Jahr«, sagte sie, als sie in die wartende Limousine stieg. »Sonst würde ich bestimmt fett.« Sie warf ihm einen Blick zu, aber er wirkte abwesend. Seine Gedanken kreisten um die Vorstellung, wie schön es doch wäre, jeden Tag mit ihr zu frühstücken. Sie war so eine angenehme Gesellschaft und so unkompliziert. Selten erlebte er sie schlechter Laune, auch nicht, wenn er sie mehrmals die Woche anrief. Cindy sagte immer, sie könne vor Mittag keine Menschen ertragen. Aber Isabelle war auf dem Weg zur Tate Gallery redselig und überschüttete ihn mit Informationen.

Sie erzählte ihm alles über die Gemälde, die sie sehen würden, ihre Geschichte, ihre Herkunft, die Technik und die bemerkenswertesten Einzelheiten. Sie hatte offenbar ihre Hausaufgaben gemacht und war begeistert von der Aussicht, mit ihm in die Ausstellung zu gehen. Fröhlich ließ er sich von ihrem Enthusiasmus anstecken. In der Ausstellung tauchte sie förmlich ein in die Bilder, studierte penibel noch die kleinsten Details und wies ihn hin auf alles, was ihr auffiel. Der Museumsbesuch mit ihr war eine völlig neue Erfahrung für ihn, und als sie mittags gingen, hatte er das Gefühl einen Intensivkurs in Kunstgeschichte hinter sich zu haben.

»Du weißt so unglaublich viel. Warum machst du nichts daraus, Isabelle? Du kennst dich in der Kunstgeschichte zu gut aus, um das alles brachliegen zu lassen.«

»Ich habe keine Zeit mehr dazu«, sagte sie traurig. »Ich kann Teddy doch nicht allein lassen.«

»Und wie wär's, wenn du zu Hause Restaurierungsarbeiten machtest? Dann wärst du in seiner Nähe. Nach allem, was du erzählt hast, ist das Haus doch groß genug, um dir irgendwo ein Atelier einzurichten.«

»Ich glaube, da würde Gordon mir Schwierigkeiten machen«, sagte sie leise mit einer Spur Bedauern in der Stimme. »Es hat ihm nie gepasst, dass ich arbeite. Als ich noch meinen Job im Louvre hatte, fand er das bohemehaft. Es lohnt sich nicht, weiter darüber nachzudenken.« Schon seit langem hatte sie die Idee, wieder zu arbeiten, begraben, nicht nur wegen Gordon, sondern vor allem ihres Sohnes wegen.

»Das wäre doch sicher großartig für dich«, entgegnete Bill pragmatisch. Er bewunderte ihr Wissen und die unaufdringliche Art, mit der sie es weitergab. Das vermittelte ihm das Gefühl, an ihrer Leidenschaft teilhaben zu können, ohne dass er sich dabei unwissend fühlte. Wie bei allem, was sie tat oder ihm sagte, bewunderte er auch hier ihre Anmut und Bescheidenheit. »Malst du selbst auch?«, erkundigte er sich interessiert.

»Ich habe gemalt. Ich bin zwar nicht gut darin, aber es hat mir Spaß gemacht.«

»Aber das könntest du wieder tun, wenn du ein Atelier hättest. Das wäre doch ein wunderbares Ventil für dich.« Sie lächelte bei dieser Vorstellung, wusste aber zugleich, wie wütend Gordon darauf reagieren würde. Ehe Sophie kam, war ihre Arbeit für ihn ein ständiger Stein des Anstoßes gewesen. Gordon hatte darauf bestanden, dass sie sofort damit aufhörte, sobald das Kind geboren war. Seiner Ansicht nach war bezahlte Arbeit unter ihrer Würde, und ihre Beschäftigung mit Kunst passte nicht in das Bild, das er von ihr hatte oder haben wollte. Er sah Isabelles Aufgabe einzig und allein darin, sich um seine Kinder zu kümmern und sein Haus zu führen. Was sie vor ihrer Hochzeit gewesen war, womit sie sich beschäftigt und was sie geliebt hatte, zählte für ihn nicht. Sie gehörte ihm, er gab die Anweisungen und kontrollierte sie und behandelte sie als seinen Besitz. Etwas zu besitzen war sehr wichtig für ihn.

»Ich denke, Gordon empfände es als Affront, wenn ich jetzt zur Malerei oder zum Restaurieren zurückkehrte. Als die Kinder da waren, ließ er keinen Zweifel daran, dass dies ein Teil meiner Jugend war und kein passender Zeitvertreib für eine verheiratete Frau.«

»Und was wäre dann ein passender Zeitvertreib für eine verheiratete Frau?«, fragte Bill ärgerlich. Er merkte, dass er den Mann und alles, wofür er stand, hasste. Gordon war snobistisch und oberflächlich und herrschsüchtig, und für Bill stand fest, dass er absolut keinen Respekt für Isabelle empfand. Und auch keinerlei Interesse an ihrer Person und ihren Vorlieben hatte. Sie war nichts weiter als ein »Ding«, das er zur Beförderung seiner Karriere und seiner gesellschaftlichen Stellung erworben hatte. Nachdem sie diese Aufgabe erfüllt hatte, war sein Interesse an ihr erloschen. Bill fand das über die Maßen ungerecht. Sie hatte etwas viel Besseres verdient.

»Ich glaube, Gordon erwartet von mir lediglich, das Haus zu führen und mich um die Kinder zu kümmern. Ansonsten soll ich ihm möglichst aus dem Weg gehen, bis meine Anwesenheit erwünscht ist, was nicht mehr oft der Fall ist. Womöglich wäre er damit einverstanden, wenn ich mich irgendwann einmal für wohltätige Zwecke einsetze, vorausgesetzt das Komitee entspricht seinen Vorstellungen und bringt ihn vielleicht sogar mit Leuten zusammen, die ihm nützlich sein könnten. Für Gordon muss sich alles auszahlen, ansonsten ist es Zeitvergeudung.«

»Ein armseliges Leben«, bemerkte Bill trocken.

»Dafür hat er lange gekämpft. Wahrscheinlich ist er der wichtigste Banker in ganz Europa. In Frankreich ist er es jedenfalls, und auch in den USA hat er einen guten Ruf. An der Wall Street und in allen großen Ländern Europas kennt man ihn.«

»Und dann? Was hat er letztlich davon, Isabelle? Was bleibt von einem denn übrig, wenn alles vorbei ist und man nur auf seine Karriere gebaut hat? Was für ein Mensch bist du eigentlich? Das habe ich mich in den letzten Jahren selbst oft gefragt. Auch ich habe gedacht, es käme nur darauf an, dass die Leute, mit denen du beruflich zu tun hast, dich für wichtig halten. Aber was dann? Was hast du davon, wenn du kein Familienleben mehr hast, es deiner Frau egal ist, ob du lebst oder stirbst, und deine Kinder sich nicht einmal mehr daran erinnern können, wann du das letzte Mal mit ihnen zu Abend gegessen hast? Ich möchte, dass ich den Menschen auch noch durch etwas anderes in Erinnerung bleibe.« Die Tatsache, dass Bills Werte und sein Gefühl für Prioritäten kristallklar waren, gehörte zu den vielen Dingen, die sie an ihm liebte. Aber ihr war auch bewusst, dass das nicht immer so gewesen war und er einen hohen Preis für diese Einsichten hatte zahlen müssen. Seine Ehe war so blutleer wie die ihre, und es war nicht zu leugnen, dass er seinen Töchtern nicht nahe stand, obwohl er sie liebte. Zu oft war er weg gewesen und hatte sich um Politik gekümmert und Präsidenten gemacht, zu oft war er nicht da gewesen, wenn seine kleinen Mädchen ihn gebraucht hätten. In den letzten Jahren hatte er sich darum bemüht, mehr Zeit mit ihnen zu verbringen, und gute Ergebnisse damit erzielt. Beide Töchter genossen seine Gesellschaft und waren stolz auf ihn, obwohl er nach wie vor viel reiste. Doch wenn er jetzt unterwegs war, dachte er daran, seine Töchter anzurufen. Aber seine zunehmende Entfremdung von Cindy war auch zu Lasten der Familie gegangen. Sie verbrachten kaum noch Zeit alle miteinander, wenn er seine Töchter sah, dann meist jede für sich, was aber auch funktionierte. In vieler Hinsicht konnte Isabelle sich glücklicher schätzen als er, denn was für sie wirklich zählte, waren Teddy und Sophie, mit denen sie viel Zeit verbrachte und immer verbracht hatte. Das hätte Gordon von sich nicht behaupten können. Seine Kinder waren Fremde für ihn, selbst die von ihm bevorzugte Sophie.

»Ich glaube nicht, dass Gordon dein Stadium der Erleuchtung erreicht hat«, meinte Isabelle aufrichtig, »und ich glaube auch nicht, dass er es je erreichen wird. Diese Dinge zählen für ihn nicht. Er ist glücklich, eine wichtige Rolle in der Finanzwelt zu spielen. Der Rest ist bedeutungslos für ihn.«

»Eines Tages wird er als trauriger Mann enden. Aber wer weiß«, erwiderte Bill und warf ihr einen reuevollen Blick zu, als sie zum Auto zurückgingen, »vielleicht ergeht es mir nicht besser. Ich habe es zwar für mich schließlich begriffen, aber doch erst ziemlich spät. Ich verbringe mehr wirkliches Leben mit dir, Isabelle, als ich je mit Cindy und den

Kindern verbracht habe. Ich fürchte, dieser Zug ist schon lange abgefahren, und zwar ohne mich. Ich war nie für sie da.«

»Sie werden sicherlich verstehen, weshalb das so war«, meinte Isabelle beschwichtigend. »Die Mädchen sind jetzt fast erwachsen und haben noch ein ganzes Leben vor sich, das sie mit dir teilen können.«

»Ich wünschte, sie würden es so sehen. Doch sie führen jetzt ihr eigenes Leben, und ihre Mutter hat nichts unversucht gelassen, mich ihnen als selbstsüchtigen Bastard hinzustellen. Womit sie wahrscheinlich auch Recht hat«, fügte er hinzu und lächelte seine Freundin an. »Du hast das Beste aus mir herausgeholt. Das ist ihr nie gelungen. Sie ist kein warmherziger Mensch. Ich weiß nicht mal, ob sie mich jemals als den haben wollte, der ich heute bin. Ich glaube sogar, die Art von Vertrautheit, die dich und mich verbindet, würde sie erschrecken. Sie wollte mir nie ihre persönlichen Gefühle mitteilen, und auch nichts über die meinen erfahren. Sie wollte einfach, dass ich mit ihr auf Partys gehe. Aber das ist nicht mein Leben. Ich lass es mir gern gut gehen, doch mir ist nie klar geworden, wie sehr mir jemand zum Reden gefehlt hat. Cindy und ich reden ständig aneinander vorbei, und das führt dazu, dass jeder sich allein fühlt, selbst wenn wir im selben Raum sitzen. Das wird sich nie ändern.«

»Könnte es aber«, widersprach ihm Isabelle und schlug um seinetwillen einen ermutigenden Ton an, »wenn du dich änderst. Wenn du ihr eine Chance geben und dich ihr öffnen würdest, könnte sie einen vertrauteren Umgang mit dir lernen.«

»Cindy nicht«, sagte er und sein Blick wurde hart, »und das will ich auch gar nicht mehr. Für uns ist die Sache gelaufen, und ich glaube sogar, es ist besser so. Keine Enttäuschung, kein Schmerz. Solange ich mich von Zeit zu Zeit auf einer ihrer Benefizveranstaltungen sehen lasse, weiterhin die Rechnungen bezahle und die Abschlussfeiern der Mädchen nicht vergesse – mehr will sie gar nicht von mir. Wir leben in verschiedenen Welten. Und wir fühlen uns besser so.« Er war sich seiner Gefühle bemerkenswert sicher.

»Schon merkwürdig, was wir aus unserem Leben machen, oder?«, seufzte Isabelle, als sie es sich wieder im Fond der Limousine bequem machten und Bill dem Fahrer die Adresse des Restaurants nannte, wo sie zu Mittag essen wollten. Isabelle hatte den Namen schon einmal gehört, wusste aber nicht, wo es lag. Es war jahrelang eines der Lieblingsrestaurants von Prinzessin Di gewesen. »Du hast zugelassen, dass du dich von Cindy und deinen Kindern entfernt hast. Und ich habe geduldet, dass Gordon mich aus seinem Leben aussperrte. Warum lassen wir das so bereitwillig mit uns geschehen? Warum lassen wir andere Entscheidungen fällen, ohne uns dagegen aufzulehnen oder uns wenigstens zu Gehör zu bringen?« Wenn sie jetzt darüber nachdachte, konnte sie sich nur wundern. Alles lag so deutlich vor ihr, wie nie zuvor.

»Weil Menschen eben so sind. Irgendwie war uns vielleicht beiden klar, wie die ganze Geschichte enden würde, wenn wir uns darauf einließen. Cindy war in ihrer Collegezeit hinreißend, sie war intelligent und hübsch und man hatte immer Spaß mit ihr, aber herzlich war sie nie. Wahrscheinlich gibt es keine Frau auf der Welt, die selbstsüchtiger und berechnender ist und die Leute so gut zu manipulieren versteht wie sie. Und Gordon ist grausam und kalt und möchte alles unter seiner Kontrolle haben. Daran hätten wir niemals etwas zu ändern vermocht. Ärgerlich ist nur, dass wir uns genau darauf einlassen wollten, ob wir das zugeben oder nicht. Die Frage ist nur, warum wir geglaubt haben, nichts Besseres verdient zu haben?«

»Meine Eltern waren genauso«, sagte Isabelle nachsichtig und sah ihn mit ihren großen grünen Augen an, während er nickte. »Ich habe sie geliebt, aber sie waren sehr distanziert und reserviert.«

»Meine auch. Meine Eltern konnten Kinder nicht ausstehen und hatten beschlossen, keine zu bekommen. Dann kam ich ganz überraschend, als sie schon in den Vierzigern waren. Immer haben sie mich spüren lassen, welch ungeheuren Gefallen sie mir taten, mich überhaupt um sich zu dulden. Ich habe es kaum erwarten können, dieser Hölle zu entfliehen und aufs College zu gehen. Und dann kamen beide bei einem Flugzeugunglück ums Leben, als ich fünfundzwanzig war. Ich habe keine Träne um sie vergossen. Als die Fluggesellschaft anrief, war das, als wären Fremde gestorben. Ich wusste nicht, was ich sagen sollte. Eigentlich weiß ich gar nicht, wer sie waren; ich erinnere mich nur an zwei sehr intelligente Menschen, die mich bis zum Alter von achtzehn Jahren bei sich wohnen ließen, aber erleichtert waren, als ich endlich auszog. Ich habe auch keine Ahnung, wie sie reagiert hätten, wenn ich sie jemals umarmt oder geküsst oder ihnen gesagt hätte, dass ich sie liebte. Selbst als ich noch ein Kind war, wüsste ich nicht, dass meine Mutter mich je in den Arm genommen oder geküsst hätte. Wenn sie mit mir redete, dann immer von der anderen Seite des Raumes, und mein Vater richtete überhaupt nie das Wort an mich. Cindy ist genauso. Sie spricht zu mir immer aus einer Distanz von drei Metern oder noch mehr, sofern es möglich ist.«

»Ein Wunder, dass du keine psychischen Schäden davongetragen hast«, meinte Isabelle mitfühlend. Sie konnte sich seine Kindheit eigentlich gar nicht vorstellen, und doch war die ihre nicht so viel anders gewesen. Man hatte sich umarmt und geküsst, aber mehr der Form halber. Darüber hinaus hatte sie nicht viel Liebe erfahren. »Meine Mutter war eine typische Engländerin. Ich glaube, sie wollte mich lieben, und hat es auf ihre Art wahrscheinlich auch getan, aber sie konnte es nie zeigen. Sie war sehr korrekt und sehr kalt; sie hatte ihre Mutter verloren, als sie noch ein Baby war, und ihr Vater war sehr abweisend zu ihr gewesen. Er schickte sie mit neun Jahren aufs Internat und ließ sie dort, bis sie meinen Vater heiratete. Kennen gelernt hatten sich meine Eltern, als meine Mutter in die Gesellschaft eingeführt wurde, und ich glaube, mein Großvater hat die Ehe eingefädelt, um seine Tochter aus dem Haus zu bekommen. Sobald sie unter der Haube war, hat er wieder geheiratet, eine Frau, mit der er seit Jahren Umgang pflegte, schon in der Zeit vor dem Tod seiner Frau. Die britische Seite meiner Familiengeschichte hat viele Leichen im Keller, und nie durfte man sie erwähnen oder darüber reden. Es kam einzig und allein darauf an, dass wir anständig angezogen und höflich waren und so taten, als sei alles in Ordnung. Die Gefühle meiner Mutter waren mir immer ein Rätsel, und mein Vater kannte nur seine Politiker und hat wahrscheinlich nicht einmal gewusst, dass es uns gab. Meine Mutter starb, als ich noch ein Teenager war, und mein Vater hatte nie Zeit für Gespräche oder ein Zusammensein mit mir, obwohl er bestimmt ein freundlicher Mensch war. Ihre Ehe hatte viel Ähnlichkeit mit der Ehe, die Gordon und ich führen. Das mag auch erklären, warum es mich nie sehr schockiert hat, einen Ehemann zu haben, der mich aus seinem Leben aussperrt. Ich habe niemals darüber nachgedacht, aber es ist das einzige Modell, das ich kenne.«

»Bei mir ist es vermutlich genauso«, meinte Bill nachdenklich. »Wahrscheinlich hätte ich gar nicht damit umgehen können, wenn Cindy herzlicher gewesen wäre als meine Eltern. Als wir heirateten, war ich zweiundzwanzig. Ein Teil von mir hat jahrelang auf Eis gelegen.« Es gab nichts, worüber er mit Isabelle nicht reden konnte. Erst als er vor vier Jahren mit ihr ins Gespräch gekommen war, hatte er sein bisheriges Leben klarer gesehen und viele seiner Ansichten geändert. Wie eine Motte vom Licht hatte er sich von Isabelles Herzlichkeit und Helligkeit angezogen gefühlt, und auf gewisse Weise hatte sie ihn seitdem auch am Leben erhalten. Aber der Kontrast zwischen Isabelle und seiner Frau hatte ihn die Entfremdung zwischen Cindy und ihm umso heftiger empfinden lassen. Jetzt erkannte er, wie groß die Kluft zwischen ihnen war und zwar schon seit langer Zeit.

»Ich frage mich, wie anders sich wohl alles entwickelt hätte, wenn wir schon vor der Ehe so viel über unsere Partner gewusst hätten, wie wir heute wissen.«

»Ich würde Cindy auf keinen Fall heiraten, wenn ich ihr heute begegnen würde«, sagte Bill ohne zu zögern. »Ich kann nicht mit ihr reden, konnte es auch nie. Sie hasst es, über Gefühle zu sprechen, und hat kein Bedürfnis nach einem wirklichen Gespräch, verabscheut es in Wahrheit sogar. Ihr kommt es nur auf die Fassade unserer Ehe an; wie es dahinter aussieht, ist für sie überhaupt nicht von Interesse. Es ist mir zuwider, sie als so oberflächlich darzustellen, denn sie hat auch wunderbare Eigenschaften, aber ich war dreißig Jahre lang mit einer Fremden verheiratet.«

»Und du bist bereit, das auch noch weitere dreißig Jahre zu bleiben?«, fragte sie ihn.

»Sieht wohl so aus«, bestätigte er aufrichtig. Doch in letzter Zeit fragte er sich immer öfter, warum eigentlich. Eine Scheidung brächte jedoch zu große Nachteile mit sich. Es kam darauf an, nicht aufzufallen und eine saubere Weste zu behalten. Kein Präsident oder Präsidentschaftskandidat würde mit ihm in Verbindung gebracht werden wollen, falls Cindy Schwierigkeiten machte. Und damit musste er rechnen – sie würde nie auf etwas verzichten, wovon sie nur Vorteile hatte. Eine Scheidung wäre das Letzte, was Cindy wollte. Ihr gefiel der Status quo. »Aber bist du selbst nicht bereit, es genauso zu machen? Für den Rest deines Lebens an einer lieblosen Ehe festzuhalten?«, wollte Bill von Isabelle wissen. Er kannte die Antwort.

»Ich habe keine andere Wahl.«

»Wir können alle wählen, wenn wir tapfer genug sind. Aber du und ich, wir haben viel zu verlieren. Falls Cindy und ich uns trennen würden, hätte das unmittelbare Folgen für meine Karriere. Und du hast ein schwer krankes Kind. Ich verstehe, warum wir beide tun, was wir tun. Ich kann es erklären. Trotzdem finde ich manchmal, dass wir beide uns wie Dummköpfe verhalten. Wenn wir wirklich Mut hätten und an unsere Ideale glaubten, würden wir uns doch ganz schnell aus dem Staub machen. Aber vermutlich wird keiner von uns beiden das je tun.« Damit fällte er kein Urteil über sie oder sich selbst, sondern es war einfach eine Feststellung.

»Da hast du wohl Recht«, meinte sie traurig.

»Ich hoffe nur, dass wir es nicht eines Tages bedauern. Das Leben ist so kurz. Als meine Eltern starben, waren sie erst Mitte sechzig, und ich bin mir nicht sicher, ob sie ihr Leben genossen haben. Sie haben einfach getan, was ihrer Meinung nach von ihnen erwartet wurde. Ich wünsche mir mehr als das. Doch ich weiß noch nicht, wie das gehen soll.«

»Ich lasse den Gedanken daran gar nicht erst in mir hochkommen«, meinte Isabelle aufrichtig. »Ich habe mich vor zwanzig Jahren für etwas entschieden und immer dazu gestanden.«

»Das ist edel von dir«, sagte er und nahm ihre Hand in die seine, »aber dafür gibt es keinen Preis. Am Ende sieht keiner zu und keinen kümmert es. Niemand wird uns für unsere Tapferkeit je eine Medaille anheften.«

»Was willst du damit sagen?«

»Ich weiß nicht recht. Manchmal bin ich all die Gründe leid, mit denen ich mein Leben vor mir rechtfertige. Ich bin mir nicht einmal mehr sicher, ob ich meinen eigenen Quatsch noch glaube. Einmal ganz ehrlich, Isabelle, wenn ich dich sehe und mit dir rede, frage ich mich, was um Himmels willen wir beide da tun.«

»Wir? Miteinander?« Sie klang angstvoll, denn sie fragte sich, ob er ihr damit sagen wollte, sie sollten sich nicht mehr sehen. Sie sah ihn mit großen Augen an.

»Nein, mit allen anderen. Du und ich, wir sind die Einzigen, die zueinander passen. Nie habe ich mit jemandem so reden können wie mit dir. Entspricht das nicht genau dem, wie es sein sollte?«

Sie nickte und dachte an alles, was er gesagt hatte. »Das ist jetzt so, aber mit einundzwanzig, als ich geheiratet habe, hätte ich das nicht verstanden. Gordon war genauso wie mein Vater. Er hat mir gesagt, wann ich aufstehen und wann ich ins Bett gehen, was ich sagen, was ich tun und was ich denken soll. Damals fand ich das sogar angenehm, glaube ich. Ich habe mir nie bewusst gemacht, dass ich wählen konnte und es andere Möglichkeiten gab im Leben.«

»Und jetzt?«

»Ich habe noch immer keine Wahl, Bill. Das weißt du. Welche Wahl habe ich denn?«

»Welche auch immer du möchtest. Darauf kommt es an. Wir reden beide über den hohen Preis, den wir für eine Veränderung zahlen müssten. Und was ist mit dem hohen Preis, den wir dafür bezahlen, dass wir unser Leben so weiterführen wie bisher? Denkst du je darüber nach?«

»Ich versuche es zu vermeiden«, sagte sie wahrheitsgemäß. »Ich bin für das Wohl von Teddy und Sophie da, ob sie das nun anerkennen oder nicht.«

»Bist du dir sicher, dass das der Grund ist, weswegen du

noch dort bist? Bist du dir dessen sicher?« bohrte er und sah ihr dabei fest in die Augen. Nie war er so energisch aufgetreten, und Isabelle war verunsichert. Sie fragte sich, was ihn so verändert hatte. Er schien mit seinem Leben und ihrem Leben nicht mehr zufrieden zu sein. »Bist du dir sicher, dass du nicht bleibst, weil du Angst hast, etwas anderes zu tun? Bei mir ist das nämlich so. Ich glaube, ich habe einfach zu viel Schiss, alles hinzuschmeißen und im Stich zu lassen. Man könnte doch fast meinen, ich sei ein richtiger Mensch mit Fehlern und Schwächen, und vielleicht sogar mit einigen Bedürfnissen. Stell dir das mal vor.«

»Willst du damit sagen, du wirst sie verlassen?« Isabelle war sprachlos. In all den Jahren hatte er immer gesagt, er werde seine Ehe nie aufgeben – genau wie sie.

»Ich sagte oder will damit jedenfalls sagen, dass ich mir den nötigen Mut wünsche, sie zu verlassen.« Und dann beschloss er, den großen Schritt zu wagen. Selbst wenn sie wütend wurde und davonlief – er musste es aussprechen, weil es ihm auf der Seele brannte. »Und um deinetwillen wünsche ich, du hättest auch den Mut, Gordon zu verlassen. Es macht mich fertig, dir zuzuhören, denn du klingst, als wärst du eine Gefangene in diesem Haus. Er lässt dich seelisch verhungern und gönnt dir nichts, achtet und respektiert dich nicht, und das schon seit Jahren. Da würde ich am liebsten immer rüberkommen und dich und Teddy kidnappen, nur um dich von Gordon und diesem Haus wegzukriegen. Gordon verdient dich nicht, Isabelle, nicht mehr, als Cindy mich verdient. Sie haben uns beide nie verdient. Seit Jahren nehmen sie sich alle Freiheiten heraus. Ich wünschte, das Leben wäre einfacher. Aber das ist es nicht. Es ist verdammt kompliziert. Ach, ich wünschte, wir beide könnten noch einmal von vorne anfangen.«

»Das wünsche ich mir auch«, sagte sie schlicht. »Aber das können wir nicht. Das weißt du genauso gut wie ich.« Isabelle gefiel die Vorstellung, dass er seine Ehe aufgeben wollte. Doch in Wahrheit wusste sie, dass es für ihn eine Katastrophe wäre. Und er wusste das auch. »Wenn Cindy einen Skandal auslöst, fliegt dir deine ganze politische Existenz um die

Ohren. Du hast dreißig Jahre damit verbracht, sie aufzubauen. Und du wärst wirklich bereit, das alles aufzugeben? Der Freiheit wegen? Bist du dir so sicher? Für deine Ideale? Und was wirst du dann machen? Und ich? Gordon hat mir schon vor langer Zeit mit der Gosse gedroht, falls ich ihn je verlassen sollte. Ich habe nichts geerbt. Alles ging an meinen Bruder. Und als er bei einem Unfall starb, bekamen alles seine Söhne. Ich bin ganz und gar abhängig von Gordon. Ich kann es mir nicht leisten, von ihm wegzugehen. Ich könnte nicht einmal für meinen Sohn sorgen. Ihm nicht die medizinische Hilfe bieten, die er braucht. Das kostet ein Vermögen, und so wenig Gordon sich auch um uns kümmert, bezahlt er doch alles, was Teddy braucht, ohne mit der Wimper zu zucken. Was schlägst du vor, Bill? Dass ich Teddy aus einer Laune heraus bitterer Armut preisgebe oder ihn zurücklasse? Nein, das ist unmöglich und das weißt du auch. Außerdem würde Teddy die ganze Aufregung und die Veränderung gar nicht überleben. Der Gedanke, Gordon zu verlassen, weil er mich offenbar nicht liebt, ist zwar edel, aber Liebe ist Luxus in meinem Leben. Den können weder Teddy noch ich uns leisten.« Das auszusprechen war nicht einfach, damit zu leben noch weniger, aber für sie war es eine unabänderliche Wahrheit. Aber der Gedanke, dass sie bereit war, immer so weiterzuleben, brach Bill beinahe das Herz, obwohl er selbst auch nichts anderes tat. Sie fanden sich beide so ohne weiteres mit den Gegebenheiten ab. Und zahlten einen hohen Preis dafür.

»Wahrscheinlich müssen wir einfach versuchen, das Beste daraus zu machen«, lenkte Bill ein, als sie gerade vor dem Restaurant anhielten. Es war diesmal ein sehr beliebtes und wiederum sehr vornehmes italienisches Lokal. »Vielleicht hast du Recht. Vielleicht haben wir gar keine Wahl, wenngleich mir dieser Gedanke grauenvoll erscheint.« In Isabelles Fall sah er wirklich keinen Ausweg. Es fiel Bill zwar schwer zu glauben, dass die französischen Gerichte es zulassen würden, dass Gordon sie und ihr krankes Kind verhungern ließ, aber vielleicht hatte sie ja Recht.

»Nichts wäre selbstsüchtiger von mir, als ihn zu verlassen«, fuhr Isabelle unglücklich fort. »Gordon gäbe mir keinen Pfennig mehr, als er mir unbedingt zahlen müsste, und damit könnte ich Teddy das Leben nicht mehr so angenehm machen, wie er es gewohnt ist. Es wäre eine Entscheidung allein in meinem Interesse, und wie könnte ich ihm das antun? Die Lage ist so schon prekär genug für ihn.«

»Du könntest es nicht«, stellte Bill fest. »Ich will dich auch gar nicht überreden. Ich glaube einfach, ich werde gierig, wenn ich mit dir zusammen bin. Dann sehe ich, wie das Leben sein könnte und was wir verpassen.«

»Es könnte doch sein, dass wir bloß deshalb so gut miteinander auskommen, weil wir nur unsere Telefongespräche und die wenigen gemeinsamen Stunden alle paar Monate miteinander haben. Hätten wir einander geheiratet, wäre womöglich alles ganz anders.«

»Glaubst du das wirklich?« fragte er sie und sah ihr direkt in die Augen.

Sie zögerte lange und schüttelte dann still den Kopf. »Nein, das glaube ich nicht. Aber wir werden es nie wissen. Wir dürfen nicht einmal daran denken«, sagte sie und schloss eine Tür in ihrem Inneren.

»Ist denn sogar das Träumen davon ein Luxus, den wir uns nicht leisten können?«, fragte er mit unglücklicher Miene.

»Ich denke schon. Wenn wir mehr verlangen als das, was wir jetzt haben, oder es uns gar zu nehmen versuchen, werden wir einander am Ende wehtun. Ich meine, wir sollten einfach dankbar sein für das, was uns vergönnt ist. Du bist mir der liebste Freund auf der Welt, und dafür liebe ich dich. Das weißt du, Bill. Lass es uns nicht kaputtmachen, indem wir mehr verlangen.« Sie fühlte sich genauso zu ihm hingezogen wie er zu ihr seit dem vergangenen Abend. Es war so herrlich, mit ihm zusammen zu sein und spazieren zu gehen, zu reden, zu lachen, zu tanzen, Waffeln und Croissants zu teilen. Aber was dann? Was würde geschehen, wenn sie wieder nach Hause fuhren? Sie würde Bill nicht erlauben, irgendeine Dummheit zu begehen, auch wenn er sich das noch so wünschte. Alles Weitere war für sie tabu. Wie er hätte auch sie gern mehr gewollt, aber sie fand sich damit ab, dass es für sie nicht in Frage kam. Aber Bill hielt hartnäckig den Blick auf sie gerichtet, bis der Fahrer die Wagentür öffnete.

»Ich möchte aber mehr«, sagte er frei heraus, und sie lachte los.

»Du kannst es aber nicht haben, du verzogener Bengel.«

»Zum ersten Mal seit Jahren fühle ich mich wieder lebendig.« Und so sah er auch aus. Isabelle ebenso. Sie hatte das Gefühl, seit dem gestrigen Tag zehn Jahre jünger zu sein.

»Das waren die Würste, die wir zum Frühstück hatten. Ich glaube, die sind uns zu Kopf gestiegen.« Sie hatte beschlossen, dem Thema auszuweichen, indem sie so tat, als nehme sie Bill nicht ernst; aber was er gesagt hatte, hatte sie doch erschreckt. »Vielleicht könnten wir einander versprechen, uns einmal im Jahr für ein paar Tage hier in London zu treffen, wie jetzt. Vielleicht würde das schon reichen.« Das war alles, was sie ihm anstatt eines gemeinsamen Lebens anbieten konnte.

»Du weißt genauso gut wie ich, dass das nicht reicht«, erwiderte er trotzig.

»Was schlägst du vor? Dass wir gemeinsam nach Brasilien durchbrennen? Überleg doch, was du sagst, Bill. Spiel nicht verrückt und erwarte vor allem nicht von mir, dass ich mitmache. Ich kann es nicht.« Bill kannte Isabelle gut genug, um zu wissen, dass sie niemals ihr Kind gefährden würde. Das war natürlich der Kern des Ganzen. Aber er war sich nicht sicher, ob sie Gordon verlassen würde, wenn sie in dieser Hinsicht nicht gebunden wäre. Für etwas derart Unerhörtes war sie zu korrekt. Obwohl ihr Ehemann so gemein zu ihr war, verhielt sie sich ihm gegenüber unglaublich loyal.

»Es kann dir doch nicht gefallen, dass er dich derart misshandelt.«

»Es gefällt mir auch nicht. Aber er misshandelt mich doch nicht. Er hat sich einfach von mir entfernt.«

»Emotional hat er dich schon vor Jahren im Stich gelassen. Und übrig geblieben ist doch wohl nur der Tatbestand, dass er Teddys Rechnungen bezahlt.«

»Das reicht doch auch. Mehr brauche ich nicht.«

»Das ist Wahnsinn. Du bist einundvierzig, du brauchst mehr als das.«

»Ich denke einfach nicht mehr darüber nach«, sagte sie entschieden. Sie gab sich Mühe, die starken Gefühle, die sie für Bill hegte, aus ihren Gedanken zu verdrängen.

»Das solltest du aber.«

»Ich glaube, du brauchst jetzt einen Drink und dann einen Mittagsschlaf. Vielleicht auch was zur Beruhigung.« So hatte sie Bill noch nie erlebt. Es rührte sie, aber sie konnte nichts an ihrer Situation ändern. Es war so und nicht anders. In einem, höchstens zwei Tagen, mussten sie sich wieder trennen. Am besten genossen sie die gemeinsame Zeit und verdarben nichts, indem sie nach mehr verlangten. Warum nur weigerte Bill sich plötzlich, das genauso zu sehen? Er war auf dem besten Weg, durch seine heftigen Wünsche alles zu gefährden. »Wir müssen jetzt vernünftig sein.«

»Warum?«, fragte er, als sie aus dem Wagen stiegen.

»Du weißt, warum. Weil wir keine andere Wahl haben, ob dir das passt oder nicht. Du quälst dich doch nur selbst. Oder zumindest mich. Du hast das Recht, dich zu befreien, wenn du das möchtest, und solltest das vielleicht auch. Aber meine Situation ist komplizierter. Teddys Leben hängt davon ab, wie Gordon für ihn sorgt.« Und sie konnte sich die Unsicherheit nicht leisten, auf jemand anders zu bauen, nicht einmal auf Bill. Gordon war der Vater des Jungen, und so viel wenigstens schuldete er ihm.

»Er müsste ja ein Ungeheuer sein, wenn er dir auch noch dies vorenthielte.« Einen Augenblick erwiderte Isabelle nichts darauf, dann sah sie Bill wieder in die Augen.

»Ich werde es jedenfalls nicht darauf ankommen lassen. Das kann ich nicht.«

»Ich verstehe«, sagte er ruhig und folgte ihr ins Restaurant. Er sprach erst wieder, als sie sich gesetzt hatten. »Tut mir Leid, dass ich das Thema angeschnitten habe. Ich wollte dich nicht aus der Fassung bringen. Das ergibt einfach nur alles keinen Sinn. Wir leben beide mit Menschen zusammen, die uns unglücklich machen, und wenn wir beide zusammen sind, fühlen wir uns gut.« Plötzlich war er bereit, für sie alles auf eine Karte zu setzen.

»Vielleicht kommt dieses gute Gefühl daher, dass wir eigentlich kein Paar sind. Vielleicht würden wir einander ebenso unglücklich machen, wenn wir miteinander lebten. Wir wissen es nicht.«

Alles, was zwischen ihnen bisher unausgesprochen geblieben war, lag jetzt plötzlich offen, und in gewisser Weise war es eine Erleichterung. Bisher hatten sie sich beide hinter ihrer Freundschaft versteckt. Und da hatte Bill die stillschweigende Vereinbarung plötzlich gebrochen und aufrichtig erklärt, dass er mehr wolle. Nun musste Isabelle ganz klar die Grenze ziehen, denn unabhängig von allen Gefühlen, die sie für Bill hegte, konnte sie ihm nicht mehr geben. Egal, wie viel Bill ihr bedeutete und wie sehr sie ihn bewunderte – ihr Sohn kam zuerst. Und das respektierte er, hatte es immer getan und würde es auch in Zukunft tun.

»Ich akzeptiere, was du sagst, Isabelle«, erklärte er mit klarer Stimme. Sie saßen unter einem Schirm, geschützt vor der Junisonne. »Nie würde ich Teddys Gesundheit gefährden. Aber ich möchte, dass du weißt, wie viel du mir bedeutest. Nie würde ich dich oder deinen Sohn einem Risiko aussetzen. Im Gegenteil: Ich möchte dir bei der Sorge um ihn helfen. Aber ich kann nicht länger so tun, als ließe mich das alles kalt und ich hätte darüber hinaus keine Wünsche und Hoffnungen mehr. Ich möchte einfach, dass du das weißt.«

»Das weiß ich, Bill«, beruhigte sie ihn. »Du bist immer so gut zu mir gewesen.

»Nicht gut genug. Nicht so gut, wie ich gerne wäre. Diese Scheinheiligkeit in unserem Leben ist mir einfach zuwider. Du tust so, als wärst du seine Frau, und ich tue so, als machte es mir nichts aus, mit Cindy auf diese Veranstaltungen mit festgelegter Kleiderordnung zu gehen. Ich weiß nicht, ob ich noch länger heucheln kann. Ich bin mir auch nicht sicher, ob ich das weiterhin will. Ich finde nicht, dass der Preis den Einsatz wert ist.«

»Du wirst womöglich einen noch viel höheren Preis zahlen, wenn du das Spiel nicht mehr mitspielst.« Auch sie hatte ihr Leben in Frage gestellt, und er hatte den Keim des Widerstands bei ihr entdeckt. Nun versuchte er, ihn zu nähren. Isabelle jedoch war entschlossen, vernünftig zu bleiben.

»Vielleicht werde ich in nächster Zeit alles über den Haufen werfen. Man weiß nie«, entgegnete Bill gelassen.

»Darüber solltest du aber erst gründlich nachdenken«, gab Isabelle zu bedenken. Bill nickte und nahm ihre Hand in seine. Isabelle hatte lange, schmale Finger und wunderbar anmutige Hände.

»Du bist eine bemerkenswerte Frau«, sagte er und legte alle seine Gefühle für sie in seinen Blick, »und sehr viel vernünftiger, als ich es bin.«

»Das ist vielleicht auch gut so.« Dabei hob sie seine Hand an ihre Lippen und küsste sie. »Du bist mein allerliebster Freund.« Einen Augenblick lang konnte er nichts sagen, und sie nickte. Wie gern hätte er ihr noch mehr gesagt, aber nachdem Isabelle ihm an diesem Morgen ihre Haltung noch einmal bestätigt hatte, wusste er, dass der Zeitpunkt für Geständnisse vorüber war.

»Was möchtest du denn gerne essen?«, fragte Bill in dem Versuch, die Gefühle, die ihn aus der Fassung brachten, wieder unter Kontrolle zu bringen. Unvorstellbar, wie er sich fühlen würde, wenn sie wieder zurück nach Paris flog. Aber daran wollte er jetzt noch gar nicht denken.

Sie einigten sich auf Pasta und Salate. Beide gaben sich Mühe, in sichere Gewässer zu steuern, indem sie sich über Bücher und Kunst unterhielten. Isabelle schlug ihm vor, er sollte ein Buch über die Politszene schreiben, die er so gut kannte. Das hatte sie ihm schon öfter nahe gelegt. Aber ein solches Buch wäre nur interessant geworden durch Geheimnisse, die er nicht preisgeben durfte.

»Vielleicht, wenn ich in den Ruhestand gehe«, meinte er, als sie beim Nachtisch angelangt waren.

Inzwischen hatten beide sich wieder beruhigt. Er konnte sich kaum mehr erklären, was an diesem Morgen mit ihm geschehen war. Er fühlte sich mit ihr zusammen einfach so glücklich, dass es ihm schwer fiel zu akzeptieren, es könnte nicht doch einmal mehr aus dieser Liebe werden. Natürlich wusste er genau, dass für Isabelle, solange Teddy lebte, eine Trennung von Gordon undenkbar war. Und um ihretwillen hoffte er, ihrem Sohn möge ein langes Leben beschieden sein.

Nach reiflicher Überlegung entschieden sie sich schließlich für einen Besuch des Britischen Museums, das sie erst um vier Uhr nachmittags wieder verließen. Dann machten sie Arm in Arm einen Bummel über die Bond Street und sahen sich die Schaufenster mit Gemälden und Schmuck an. Erneut ging es Bill durch den Kopf, wie wohl er sich fühlte, wenn er mit ihr zusammen war. Als sie ins Clarigde's zurückkehrten, war es fast sechs Uhr, und sie beschlossen Tee zu trinken. Dazu aßen sie Sandwiches mit Gurken und Tomaten, Brunnenkresse und Eiersalat sowie kleine Kekse, was Isabelle an die Sommeraufenthalte bei ihrem Großvater erinnerte. Sie hatte die englische Sitte des »Fünf-Uhr-Tees« immer geschätzt. Sie erklärte, sie fände es so vornehm, und Bill neckte sie deshalb. Er esse viel lieber bei Angelina's in Paris Eclairs und Petit fours oder Eiscreme im Berthillon. Aber sie antwortete, das könne sie sich auch gut vorstellen.

»Wann kommst du denn wieder nach Paris?«, erkundigte sie sich beiläufig, während sie ihm eine Tasse Tee einschenkte.

»Wie wär's mit nächster Woche? Nach diesen Tagen werde ich schreckliche Entzugserscheinungen haben.«

»Ich auch«, gestand sie. Auch wenn sie ihm immer wieder nahe legte, sie müssten sich mit dem Wenigen zufrieden geben, was sie haben konnten, fühlte sie die gleiche Anziehungskraft wie er. Wenn sie zusammen waren oder miteinander telefonierten, hatten sie beide das Gefühl, es sei gut und richtig so. Aber es war eine verbotene Frucht.

»Wo möchtest du denn heute zu Abend essen?«, fragte Bill. Isabelle verdrehte die Augen und lachte ihn an.

»Wie kannst du jetzt schon wieder an Essen denken? Ich werde eine Woche lang nichts mehr essen können.« Aber sie wussten beide, dies war ihr letzter Abend. Isabelle wollte am Spätnachmittag des nächsten Tages nach Hause fliegen. Zwar war sie versucht, noch eine weitere Nacht zu bleiben, doch sie glaubte, ihre Rückkehr nicht länger hinausschieben zu können, und Bill wollte sie nicht unter Druck setzen. Er wusste, was in ihr vorging. Und wenn er sie dieses Mal nicht zu sehr bedrängte, wäre sie vielleicht bereit, ein Treffen wie dieses zu wiederholen. Beide hatten die Zeit als vollkommen empfunden.

»Wie wär's mit dem Mark's Club?«, schlug er vor, wobei er ihren Protest einfach ignorierte. »Wenn du möchtest, können wir auch spät dorthin gehen.«

»Das wäre schön. Ich bin seit Jahren nicht mehr dort gewesen. Eigentlich«, sagte sie lachend, »bin ich noch überhaupt nirgendwo gewesen.«

»Ich werde uns für neun Uhr einen Tisch reservieren lassen.« Er stand vom Tisch auf, und sie sah ihm nach, als er zur Rezeption ging, um dort mit dem Portier zu sprechen. Während er durch die Empfangshalle schritt und sich mit dem Angestellten am Empfang unterhielt, kam ihr seine männliche Ausstrahlung nahezu unwiderstehlich vor. Sie verfolgte seine Schritte noch, als er bereits zurückkam. »Warum starrst du mich an?«, wollte er wissen und sah dabei belustigt, aber auch ein wenig irritiert aus. Isabelle war so schön, dass es ihn manchmal schmerzte sie anzusehen. Er hätte ihr so gern mehr gegeben. Er wünschte sich, mit ihr Zeit verbringen zu können, sie auszuführen, sie seinen Freunden vorzustellen, sie nach Washington mitzunehmen, um sie dort vorzuführen. Aber er wusste, dass es unmöglich war.

»Ich habe dich bewundert«, gestand sie. »Sie sind ein sehr gut aussehender Mann, Mr. Robinson.« So hatte sie vor langer, langer Zeit auch für Gordon empfunden. Aber das war jetzt vorbei. Sie kannte ihren Ehemann und die eisige Kälte seines Herzens nur zu gut.

»Entweder bist du verrückt oder blind«, lachte Bill ein wenig verlegen, dann standen sie auf und gingen auf ihre Zimmer. Inzwischen war es halb acht. Während Isabelle sich anzog und zu Hause anrief, wollte Bill sich auf seinem Zimmer massieren lassen. »Um Viertel vor neun hole ich dich ab. Ist das genügend Zeit für dich?«

»Das ist gut.« Sie wollte nur hören, wie es Teddy ging, ein Bad nehmen, die Haare richten und sich anziehen. Das würde nicht lange dauern.

»Dann bis gleich.« Bei diesen Worten legte er seinen Arm um sie und gab ihr einen Kuss auf die Wange. Dabei war er versucht zu fragen, ob sie nicht noch eine Nacht bliebe, falls Teddy wohlauf war. Aber dann beschloss er, doch lieber abzuwarten, bis sie mit den Pflegerinnen und dem Jungen gesprochen hatte.

Es gab nur Erfreuliches zu berichten. Teddy hatte wieder einen guten Tag gehabt und lachte, als er sich mit ihr unterhielt. Zusammen mit der Pflegerinnen hatte er ein Buch mit Witzen und Scherzen gelesen, das Isabelle ihm vor der Abreise gekauft hatte. Er las seiner Mutter ein paar daraus vor und sie lachte mit ihm und lächelte noch, als sie in die Wanne stieg. Sie hatte ihm versprochen, am nächsten Abend heimzukommen. Wenn sie mit der Sechs-Uhr-Maschine flog, würde sie um neun Uhr abends zu Hause sein. Sie hatte zwar überlegt, noch eine weitere Nacht zu bleiben, doch das wäre Teddy gegenüber nicht fair gewesen.

An diesem Abend trug sie ein schlichtes weißes Cocktailkleid aus Seide mit einer weißen Kaschmirstola, dazu den Perlenschmuck und weiße Seidenpumps mit schwarzen Spitzen von Chanel. In ihrem weißen Abendtäschchen nahm sie nur ihren Lippenstift und den Zimmerschlüssel mit. Mehr brauchte sie nicht. Diesmal hatte sie beschlossen, ihr Haar offen zu tragen, und als sie Bill die Tür öffnete, schien sie noch größeren Eindruck auf ihn zu machen als am Vorabend. Er war hingerissen von ihrer Weiblichkeit, ihrer Sanftmut und Liebenswürdigkeit. Sie verkörperte für ihn all das, was er bei Frauen immer gesucht hatte. Jetzt blieb Bill nur das Bedauern darüber, dass er diese ideale Frau nicht schon vor Jahren gefunden hatte.

»Wie geht es Teddy?«, erkundigte er sich auf dem Weg nach unten. Sie hatten beide nicht die Geduld, auf den Aufzug zu warten, und zogen es vor, zu Fuß zu gehen.

»Er war in ausgezeichneter Verfassung. Er hat mir ein halbes Dutzend Witze vorgelesen und die Schwester meinte, sie habe ihn noch nie so aufgekratzt erlebt. Keine Ahnung, ob das an der Medizin liegt, die er bekommt, oder am Wetter oder ob wir einfach Glück haben. Aber was auch immer, ich hoffe sehr, dass es anhält. Ich habe ihm versprochen, morgen Abend zu Hause zu sein.«

»Oh«, entfuhr es Bill. Als er sich ihr auf der letzten Treppenstufe zuwandte, sah sie die Enttäuschung in seinem Gesicht. »Ich hatte gehofft, du würdest noch eine Nacht bleiben. Morgen ist meine Verabredung mit dem Botschafter, und ich glaube nicht, dass ich vor Mittag wieder frei bin. Da bleibt uns nicht viel Zeit vor deinem Abflug.«

»Ich weiß«, sagte sie und hakte sich unter. »Ich habe darüber nachgedacht, aber ich habe es nicht übers Herz gebracht ihm zu sagen, dass ich gerne noch eine Nacht bleiben würde. Ich könnte eventuell morgen noch mal anrufen.«

»Das wäre schön. Warum fragst du ihn nicht einfach, ob es ihm was ausmacht?« Er wollte sie nicht ihrem Sohn abspenstig machen, aber es lag ihm so viel daran, dass sie blieb. Auch Isabelle wünschte sich noch mehr Zeit ihm, und fühlte sich zwischen ihrem Sohn und Bill hin und her gerissen. Das war ein Gefühl, das sie bisher nicht gekannt hatte.

»Ich werde morgen früh anrufen, um zu erfahren, wie es ihm geht. Aber versprechen kann ich nichts. Sollte er heute eine schlechte Nacht haben, fahre ich lieber zurück.«

»Das verstehe ich«, sagte Bill dankbar. Es freute ihn, dass sie es zumindest in Betracht ziehen wollte. »Wenn du zurück musst, fliege ich vielleicht mit dir nach Paris. Ein Besuch in der Botschaft kann nicht schaden.« Wenn sie dort auch kaum Zeit für ihn haben würde, wäre er doch wenigstens in ihrer Nähe. Mehr als ein gemeinsames Mittagessen würde allerdings nicht möglich sein. Sie würde sich nicht so leicht mit ihm zum Mittag- oder Abendessen verabreden können, wie das hier möglich war. Sollte Gordon je dahinter kommen, dass sie sich trafen – wie unverfänglich auch immer –, konnte das für Isabelle zu ernsthaften Problemen führen. »Danke, dass du anrufen willst. Am Samstag muss ich ohnehin wieder nach New York zurückfliegen.«

»Es wird seltsam sein, wenn du wieder weg bist«, meinte Isabelle traurig. Jetzt hatten sie erst einen einzigen Tag miteinander verbracht, aber schon fanden sie das ständige Zusammensein so angenehm, dass der Gedanke, wieder allein zu sein, unerträglich schien.

»Das habe ich auch gerade gedacht«, bestätigte Bill. Sie saßen in der Limousine, die sie zu Mark's Club brachte. »Ich könnte mich so an dich gewöhnen, dass ich nicht mehr auf dich verzichten möchte.« Sie nickte zur Antwort, und Bill nahm ihre Hand. Jetzt überschritten sie die selbst gezogenen Grenzen und wagten sich auf Gebiete vor, die ihnen bisher unbekannt gewesen waren. Dabei war beiden klar, dass es gefährlich werden konnte, wenn sie zu weit gingen.

Eine schäbige Eleganz bestimmte die gemütliche Atmosphäre in der Bar von Mark's. Sie saßen in übergroßen ramponierten Ledersesseln, nippten an ihren Drinks und plauderten miteinander, bis man sie zu ihrem Tisch im Speisesaal begleitete. Eigentlich hatte Harry's Bar Isabelles Geschmack mehr entsprochen, aber die bewusst eingesetzte Patina sorgte für eine Wohnzimmeratmosphäre voller altmodischer Romantik, in der man sich gleich wohl fühlte. Im Gespräch verstrichen die Stunden, und Isabelle hätte am liebsten die Zeiger angehalten und die Uhr zurückgedreht. Allzu schnell verging die Zeit, und beide fürchteten, der Abend könnte viel zu schnell enden.

»Was hältst du davon, noch mal ins Annabel's zu gehen?«, fragte er, als sie endlich aufbrachen. Sie tauschten einen langen bedeutungsvollen Blick. Isabelle zögerte, denn sie fürchtete, sich in noch gefährlicheres Wasser zu begeben, wenn sie wieder mit Bill tanzte. Aber es war ihr letzter gemeinsamer Abend und wahrscheinlich die letzte Gelegenheit für lange, lange Zeit.

Schließlich stimmte sie seinem Vorschlag zu, doch als sie Hand in Hand im Wagen saßen, war die Luft schwer von den vielen Worten, die zwischen ihnen ungesagt blieben. Schweigend schritten sie auf das Tanzlokal zu und setzen sich an die Bar.

Bill bestellte Champagner und prostete ihr zu. Nachdem sie den ersten Schluck getrunken hatte, stellte er das Glas ab und streckte ihr die Hand entgegen, um sie zum Tanz aufzufordern. Bereitwillig folgte sie ihm auf die Tanzfläche, die aussah, als würde sie von einem Himmel winziger funkelnder Sterne überwölbt. Isabelle kam es vor, als wäre dies der romantischste Ort auf Erden, und während sie mit Bill tanzte, verschmolzen ihrer beider Körper miteinander. Langsam wiegten sie sich zur Musik, lauschten den ihnen vertrauten Stücken. Ohne ein Wort zu sprechen, hielten sie einander fest umschlungen, und Isabelle schloss verträumt die Augen.

Nach vielen Runden erst verließen sie die Tanzfläche, beide benommen und wie in Trance. Sie schoben jeden Gedanken an den bevorstehenden Abschied weit von sich und wussten doch, dass der Augenblick unweigerlich kommen würde.

Ehe sie aufbrachen, führte Bill Isabelle ein letztes Mal auf die Tanzfläche, und als der Tanz zu Ende war, hatte sie Tränen in den Augen. Beruhigend legte Bill seinen Arm um sie, und sie traten hinaus in die schöne, warme, sternklare Nacht. Gerade als er sich mit einem sanften Lächeln über sie beugte, schien vor ihren Gesichtern etwas zu explodieren. Im ersten Moment konnte Isabelle sich nicht erklären, was vor sich ging, denn ein greller Lichtblitz blendete sie, doch als sie wieder klar sehen konnte, entdeckte sie einen Fotografen, der sie beide fotografiert hatte.

»Was sollte das denn?« Sie hatte sich vor lauter Schreck eng an Bill geschmiegt. Er hielt sie noch immer in seiner Umarmung und drückte sie fest an sich.

»Das machen die manchmal. Das sind Paparazzi, die hier draußen herumlungern. Sie schießen erst ihre Fotos und identifizieren dann später ihre jeweiligen Opfer. Auf diese Weise kriegen sie viele Filmschauspieler und Politiker vor die Linse. Und wenn zufällig welche dabei sind, die keinen interessieren, werfen sie das Foto vermutlich weg.«

»Meines werfen sie bestimmt weg, aber was ist mit deinem? Könnte dich das in Schwierigkeiten bringen?«

»Eigentlich nicht. Ich glaube nicht, dass ich den Klatschspalten auch nur eine Zeile wert bin. Diesen Schnappschuss haben sie wohl umsonst gemacht.«

»Erst wusste ich gar nicht, was los war. Da war nur dieser Lichtblitz.« Der Mann hatte mit einem Lichtblitz-Stroboskop gearbeitet und die Kamera nur Zentimeter vor ihrem Gesicht postiert.

»Muss ein elendes Leben sein«, stellte Bill fest. Er dachte durchaus über das Foto nach, das man von ihnen gemacht hatte, und fragte sich, ob ihn darauf wohl jemand erkennen würde. Aber das behielt er für sich. Sie waren ohnehin machtlos. Die Einzige, für die das Foto von Interesse sein könnte, war seine Frau. Isabelle war sicher unbekannt, und so bestand keine Gefahr, dass Gordon Forrester den Schnappschuss je zu sehen bekam. Als sie in den Wagen stiegen, verdrängte Bill diese Gedanken.

Isabelle saß im Wagen dicht neben ihm und er hielt ihre Hand, eine Geste, die ihm immer mehr zur Gewohnheit wurde. Der Abschied, an den beide gerade denken mussten, sorgte für eine fast greifbare Ernsthaftigkeit im Wagen. Bill wies den Fahrer an, auf ihrem Weg zum Hotel noch einen kleinen Umweg zu fahren, denn schließlich hatten sie keine Eile und es war eine wunderbare Nacht.

Isabelle brach als Erste das Schweigen; sie sprach mit einem Kloß im Hals. »Ich kann mir nicht vorstellen, morgen abzureisen.« Einzig die Sehnsucht nach Teddy zog sie nach Hause.

»Musst du ja vielleicht gar nicht. Wart erst mal ab, wie es Teddy morgen geht.« Bill konnte nur hoffen und beten, dass Teddy eine gute Nacht hatte. Die Vorstellung, sich von ihr zu verabschieden, war ihm in diesem Augenblick unerträglich.

Isabelle nickte und lächelte ihn an, dann legte sie ihren Kopf auf seine Schulter. »Es war ein wunderbarer Abend, Bill.«

»Für mich auch.« Als Bill dann seinen Blick erneut auf sie richtete, sagte er etwas, das sie erschreckte: »Wie soll es jetzt weitergehen, Isabelle?« Diesen Ton in seiner Stimme kannte sie nur zu gut. Er versetzte sie jedes Mal in Erregung, wenn sie miteinander telefonierten.

»Mit wem?«

Doch als er ihr jetzt ernst in die Augen sah, ernster als sie ihn je erlebt hatte, wusste sie nicht, ob sie die Antwort überhaupt hören wollte.

»Mit uns. Ich liebe dich. Ich habe mir geschworen, diese Worte dir gegenüber nie auszusprechen. Ich weiß, es ist nicht fair von mir, aber ich möchte, dass du es weißt. Ich möchte, dass du dieses Wissen morgen mit nach Hause nimmst. Ich liebe dich, Isabelle. Und zwar schon lange Zeit.« Nie hatte er sich verwundbarer gefühlt als in dem Moment, da er diese Worte aussprach.

»Ich weiß«, flüsterte sie und sah zu ihm auf. »Ich liebe dich, seit wir uns das erste Mal begegnet sind. Aber uns sind die Hände gebunden.« Das wussten sie beide. Auch Isabelle hatte diese Worte nie aussprechen wollen, weil sie alles nur noch komplizierter machten, aber jetzt konnte keiner mehr zurück. Und während Bill sanft Isabelles Wange berührte, rollte ihr Fahrer gerade gemächlich auf eine Kreuzung zu. Bill hätte ihn am liebsten anhalten lassen. Er wollte mit Isabelle allein sein. Diesen Augenblick sollte keiner von ihnen je vergessen.

»Jetzt können wir nichts tun, Isabelle. Aber eines Tages vielleicht. Man weiß nie. Aber was auch geschehen mag, glaube mir ... ich werde dich lieben, solange ich lebe.« Dessen war er sich schon seit langer Zeit absolut sicher. Sie entsprach all dem, was er sich immer gewünscht hatte.

»Ich liebe dich, Bill«, flüsterte sie, »so sehr ...« Bill drückte sie an sich, und während Isabelle diese Worte sprach, legte er seine Lippen auf die ihren und bedauerte nur, das nicht schon früher getan zu haben. Auf diesen Augenblick hatten beide ein Leben lang gewartet, und er brachte sie einander näher, als sie sich je gewesen waren. Als Isabelle ihre Arme um Bill schlang, küsste er sie, und die Zeit schien mit dem Raum eins zu werden. Niemals in ihrem Leben war Isabelle so glücklich gewesen, und sie wünschte sich sehnlichst, dieser Augenblick möge nie enden. Während sie in Bills Armen lag, hielt sie die Augen geschlossen und fühlte sich zum ersten Mal in ihrem Leben vollkommen sicher. Der Kuss dauerte an, und die Limousine bewegte sich auf die Kreuzung zu. Der Fahrer ihres Wagens beobachtete die beiden im Rückspiegel und war so fasziniert von dem, was er sah, dass er den roten Doppeldeckerbus gar nicht wahrnahm, der mit voller Geschwindigkeit auf sie zuhielt. Der Bus war nur noch wenige Meter von Isabelles Wagenseite entfernt, als der Wagen auf die Kreuzung fuhr, er konnte nicht mehr anhalten. Bill küsste sie noch immer, während der Bus bereits die ganze Vorderfront des Wagens abrasierte und der Fahrer sich buchstäblich in Luft auflöste. Bill und Isabelle holten nicht einmal Luft, sie blickten nicht auf und wussten in keinem Moment, was mit ihnen geschah. Sie küssten sich noch, als der Bus die ganze Limousine zu verschlingen schien. Binnen Sekunden waren die beiden Fahrzeuge nur noch ein Gewirr übel zugerichteten Blechs, umgeben von Glassplittern. Der Bus schleifte das Auto noch ein Stück mit sich die Straße entlang, bis es schließlich völlig zerquetscht und mit sich drehenden Rädern auf der Seite liegen blieb. Isabelle ruhte noch immer in Bills Armen. Das Wagendach war aufgerissen, beide waren bewusstlos, und Isabelles Kleid war rot vor Blut. In Bills Gesicht klafften tiefe Wunden, doch Isabelle sah aus, als schliefe sie selig. Ihr Gesicht war unverletzt, aber ihr ganzer Körper schien zerquetscht zu sein.

Aus der Ferne hörte man Geräusche, hupende Autos und die dröhnende Hupe des Busses, die sich verklemmt hatte. Der Fahrer war durch die Windschutzscheibe geschleudert worden und lag tot auf der Straße. Zwei Leute kamen mit Taschenlampen angerannt und richteten den Lichtkegel in das aufgerissene Auto. Sie sahen nur das Blut auf Bills Gesicht und das leuchtend rote Kleid. Bills Augen standen offen; er schien tot zu sein. Gemessen an der Unmenge Blut, das überall verteilt war, schien es auch unvorstellbar, dass Isabelle überlebt haben könnte. Die beiden Männer mit der Taschenlampe standen nur da und starrten auf die beiden. Einer von ihnen flüsterte: »O mein Gott …«

»Ob die wohl noch leben, was meinst du?«, fragte der andere Mann.

»Aussichtslos, Kumpel.« Und während sie noch in den Anblick versunken waren, sahen sie Blut wie ein kleines Rinnsal aus Isabelles Mundwinkel sickern.

»Wie wollen sie die denn da rausholen?« Derjenige mit der Taschenlampe schien sich eine Befreiung aus dem Wagen nicht vorstellen zu können. Das Wagendach drückte auf Isabelles Rücken.

»Das ist vermutlich auch schon egal. Aber es wird bestimmt die ganze Nacht dauern.«

Sie gingen zurück, um sich um die Leute zu kümmern, die im Bus auf dem Boden lagen. Ein paar der Glücklicheren, die es nicht so arg erwischt hatte, stiegen einer hinter dem anderen mit blutbefleckten Hemden und Kopfwunden aus dem Bus. Einige humpelten, andere wirkten nur benommen. Und jemand sagte, drinnen läge ein halbes Dutzend Toter. Es war einer der schlimmsten Unfälle mit einem Bus dieser Größenordnung, den die Polizei je gesehen hatte. Während die Polizisten sich noch mit Leuten unterhielten, die zufällig in der Nähe gewesen waren, als der Bus auf die Limousine prallte, hörte man schon Sirenengeheul näher kommen. Binnen weniger Minuten waren überall Krankenwagen und Löschzüge der Feuerwehr. Sanitäter gingen auf die Limousine zu, doch die beiden Männer, die das Autowrack in Augenschein genommen hatten, teilten ihnen mit, dass die beiden Passagiere offenbar tot seien.

Sie machten sich dennoch selbst ein Bild davon, erkannten aber auf den ersten Blick, dass die beiden Männer vermutlich Recht gehabt hatten. Erst als einer der Sanitäter ins Innere des Wagens langte und beiden zur Sicherheit den Puls fühlte, entdeckten sie, dass Isabelle und Bill doch noch am Leben waren.

»Moment mal!« rief der Sanitäter einem Feuerwehrmann zu, der daneben stand. »Ich habe hier zwei Lebende, aber lang machen die's nicht mehr. Bringt den Löschzug hier rüber. Wir müssen sie schnell rausholen.« Obwohl ihm die Erfahrung sagte, dass es wohl bereits zu spät war und sie sich vergeblich abmühten, die beiden Verletzten rechtzeitig zu bergen, war es doch ihre Pflicht, es wenigstens zu versuchen. Inzwischen hatte man auch den Fahrer der Limousine gefunden; er war an einer schlimmen Kopfverletzung gestorben. Isabelle schien aufgrund schlimmster innerer Verletzungen sehr viel Blut zu verlieren, und als der Sanitäter Bill erneut den Puls fühlte, war dieser so schwach, dass er kaum noch zu spüren war. Für beide zählte nun jede Minute. Während sich die Greifarme des Rettungskrans in den Resten des Wagens festkrallten, kletterten von allen Seiten Männer nach oben und brachten die Haken an. Sie schrien den Feuerwehrleuten in den Löschzügen Anweisungen zu. Es war ein ohrenbetäubender Lärm, als sie den Wagen auseinander zogen, aber weder Isabelle noch Bill hörten einen Laut.

Kapitel 4

Es dauerte fast zwei Stunden, bis man die Limousine zerlegt hatte. Um Bill und Isabelle nicht noch mehr zu verletzen, mussten die Arbeiten mit größter Vorsicht durchgeführt werden. Beide waren mit Infusionen versorgt worden, und den Sanitätern war es gelungen, die klaffende Arterienverletzung an Isabelles linkem Arms mit einer Aderpresse zu versehen. Die Männer, die sich um die beiden gekümmert hatten, waren mit Blut verschmiert und konnten es kaum fassen, dass Bill und Isabelle noch immer am Leben waren. Isabelles einst weißes Kleid war durch und durch von ihrem Blut getränkt. Noch immer wusste niemand, um wen es sich bei den beiden Verletzten handelte. Als sie endlich im Krankenwagen lagen, hatte man alle Opfer aus dem Bus bereits weggebracht. Inzwischen hatte einer der Sanitäter Bills Brieftasche gefunden, anhand deren man zumindest ihn identifizieren konnte. Bei Isabelle tappte man weiterhin im Dunkeln.

Da machte einer der Sanitäter eine Entdeckung. »Sie trägt einen Ehering«, stellte er fest, während der Krankenwagen Richtung St. Thomas Hospital raste, »wird wohl seine Frau sein.« Über Funk teilte er den Polizisten am Unfallort mit, sie sollten auf jeden Fall nach einer Handtasche im Wagen Ausschau halten.

Während der gesamten Bergung hatten weder Bill noch Isabelle das Bewusstsein wiedererlangt. Auch als sie auf die Intensivstation gebracht wurden, lagen beide noch in tiefem Koma.

Dort stand schon für jeden ein Notfallteam bereit. Sehr schnell wurde entschieden, dass beide operiert werden mussten, Bill wegen einer Rückenmarksverletzung und einer Halswirbelfraktur, Isabelle wegen einer Kopfverletzung, schwerer innerer Verletzungen und der durchtrennten Arterie, die man notdürftig mit der Aderpresse versorgt hatte. Diese Stelle musste sofort operiert werden, ansonsten bestand das Risiko, dass Isabelle den Arm verlor.

»Mein Gott, ist das ein schrecklicher Unfall«, flüsterte eine der Schwestern, als man die beiden in getrennte Operationsräume fuhr. »So schlimme Verletzungen habe ich schon lange nicht mehr gesehen.«

»Kaum zu glauben, dass sie noch am Leben sind«, bemerkte die andere Schwester beim Händewaschen. Man hatte sie Isabelle zugeteilt, der man die geringeren Überlebenschancen gab. Die Ärzte machten sich Sorgen wegen ihrer Kopfverletzung, doch die schwersten Verletzungen hatte sie an Leber, Lunge und am Herzen erlitten. Alle Organe hatten schwere Risse und Quetschungen davongetragen.

Binnen Sekunden lagen beide auf den grell beleuchteten Operationstischen, umgeben von Anästhesisten, während die Operationsteams noch den Beratungen der Traumaspezialisten lauschten. Schwer zu entscheiden, wer von den beiden Insassen der Limousine sich in schlechterer Verfassung befand. In beiden Fällen wurde der Zustand als extrem kritisch eingestuft, und als man zu operieren begann, fielen die Werte beider Patienten auf den Monitoren gleichermaßen rapide ab.

Als die Chirurgen bei Bill damit begannen, die gebrochenen Rückenwirbel seiner Wirbelsäule einzurenken, glaubte er sich aufzusetzen und nach nur wenigen Sekunden einen hell erleuchtenden Pfad entlang zu laufen. Er nahm die Geräusche um sich herum wahr. In weiter Ferne strahlte ein helles Licht. Zu seiner Überraschung entdeckte er Isabelle, die direkt vor ihm am Weg auf einem Stein saß.

»Ist alles in Ordnung mit dir?« Sie sah seltsam aus, als hätte sie eine Weile geschlafen. Aber sie stand auf und wartete, bis er sie erreicht hatte.

»Mir geht es gut«, sagte sie, blickte ihn aber nicht an. Das grelle Licht, das ihm anfangs auch aufgefallen war, blendete sie. »Was ist das?«

»Ich weiß nicht«, erwiderte er verwirrt, denn er erinnerte sich, dass er nach ihr gesucht, sie aber eine Weile lang nicht hatte finden können. »Wo warst du?«

»Ich war hier und habe auf dich gewartet. Du warst lange weg.« Ihre Stimme klang sehr weich. Sie war blass und strahlte eine seltsame Ruhe aus.

»Ich war immer hier. Ich bin nicht weggewesen«, erklärte er, aber sie schien ihm nicht zuzuhören. Offenbar hatte sie es eilig, sich dem Licht zu nähern.

»Kommst du?« Sie wandte sich zu ihm um, und er gab sich alle Mühe, ihr zu folgen. Doch sie war zu schnell für ihn. Gern hätte er sie gebeten, langsamer zu gehen.

»Warum rennst du denn so?«, fragte er sie schließlich. Doch sie schüttelte nur den Kopf und ging unbeirrt auf das helle Licht zu.

»Ich möchte, dass du mit mir kommst«, erklärte sie und streckte, ohne sich umzudrehen, ihre Hand nach hinten zu ihm aus. Er ergriff sie und empfand daraufhin ihre Nähe, ohne jedoch die Hand selbst fühlen zu können. Er sah deutlich, dass sie seine Hand hielt, konnte den Griff aber nicht spüren. Eine verzweifelte Müdigkeit hatte von ihm Besitz ergriffen. Am liebsten hätte er sich hingelegt und ein Weilchen geschlafen, aber er wollte sie nicht wieder verlieren. Denn dass er sie für kurze Zeit verloren hatte, wusste er, ganz egal, was sie sagte. Dann drehte sie sich zu ihm um und sagte kaum hörbar: »Ich liebe dich, Bill.« Und er hätte sie gerne gebeten, sich Zeit zu lassen.

»Ich liebe dich auch, Isabelle. Können wir eine Weile ausruhen? Ich bin sehr müde.«

»Wir können uns ausruhen, wenn wir dort sind. Sie erwarten uns nämlich.« Dessen schien sie sich sicher zu sein, und sie spürte offenbar auch, wie dringlich es war. Doch er hielt sie zurück.

»Wohin gehen wir?«, wollte er wissen.

»Da hinauf.« Sie deutete auf das Licht, und eine Weile folgte er ihr. Es schien ein langer Weg zu sein, doch als sie beinah dort waren, hörte er Stimmen hinter sich, die ihren Namen riefen. Er wandte sich um und sah ein Kind. Er war sich nicht ganz sicher, glaubte aber, einen kleinen Jungen zu erkennen. Dieser winkte ihnen zu und rief schließlich »Mama!«, bis Isabelle sich endlich umdrehte und ihn lange Zeit ansah. Weit hinter dem Jungen zeichnete sich schattenhaft die Gestalt eines jungen Mädchens ab.

»Wer ist das?«, fragte Bill und wusste im gleichen Augenblick schon die Antwort.

»Es ist Teddy. Und Sophie. Ich kann jetzt nicht zu ihnen. Es ist zu spät.« Sie wollte sich schon abwenden, aber da bekamen der Junge und das Mädchen plötzlich Gesellschaft von zwei weiteren Mädchen. Für ihn sahen sie zunächst wie Kinder aus, aber als er genauer hinsah, entdeckte er, dass es seine beiden Töchter Olivia und Jane waren, die ihn riefen, genau wie Teddy nach Isabelle gerufen hatte.

»Warte ...« Er hatte jetzt Mühe, ihr zu folgen und ihre Aufmerksamkeit auf sich zu lenken, denn sie ging mit großen Schritten vor ihm her. Nun war er sich nicht mehr sicher, ob er ihr nachgehen sollte oder ob es besser war umzukehren, um Olivia und Jane zu treffen. »Wir müssen zurück zu ihnen«, sagte er, aber Isabelle schüttelte nur den Kopf.

»Ich gehe nicht zurück, Bill. Kommst du mit mir?« Sie machte einen sehr entschlossenen Eindruck, während er bei jedem Schritt die Müdigkeit schwerer auf sich lasten fühlte. Der Weg schien kein Ende zu nehmen.

»Ich kann mit dir nicht Schritt halten«, jammerte er. »Warum können wir nicht zurück zu ihnen? Sie brauchen uns jetzt ...«

»Nein, sie brauchen uns nicht«, erklärte Isabelle und wandte sich ab. »Ich kann nicht wieder zurück. Für mich ist es zu spät. Sag Teddy und Sophie, dass ich sie liebe.« Und bei diesen Worten machte sie Anstalten, sich von seiner Seite zu lösen und allein weiterzugehen.

»Du musst mit mir kommen«, widersprach Bill ihr nun und packte sie am Arm. »Hör mir zu!« Er war sehr wütend. Sie schien gar nicht auf ihn zu achten und hatte das Licht schon fast erreicht. »Du musst mir zuhören ... Teddy und Sophie brauchen dich, du musst zu ihnen zurück! Auch ich muss zurück zu den Mädchen. Komm mit mir, Isabelle … Wir können irgendwann einmal hierher zurückkommen.«

Sie zögerte, aber nur für den kurzen Augenblick, da er ihre Hand berührte. »Und wenn wir keine zweite Chance bekommen?«

»Die werden wir eines Tages haben … aber jetzt ist die Zeit noch nicht reif dafür.«

»Für mich aber schon. Ich will nicht zurück …« Sie sah ihn forschend an, und er spürte, wie sie ihm entglitt. »Bitte, Bill … komm mit mir. Ich möchte nicht allein gehen.«

»Ich möchte, dass du bei mir bleibst, Isabelle. Ich liebe dich. Verlass mich jetzt nicht.« Als er diese Worte sprach, weinte er und ließ den Kopf hängen. Aber nun blieb sie stehen und sah ihn an, und da blickte er auf und streckte ihr die Hand entgegen. »Nimm meine Hand … Ich will dich nicht gehen lassen, bei allem, was mir heilig ist. Du musst mit mir zurückkommen.« Und als er das sagte, wirkte sie plötzlich ebenfalls sehr müde und blickte sich nach Teddy und den Mädchen um. Sie zögerte lange. Dann jedoch machte sie sich langsam, Schritt für Schritt, auf den Rückweg. Das Zurückgehen schien ihr sehr viel schwerer zu fallen als das Voranschreiten. Und als sie jetzt auf ihn zuging, konnte er auch das Licht hinter ihr erkennen. Gleich darauf hielt er sie in den Armen. Er küsste sie und hielt sie fest; sie lächelte ihn an. Keiner von beiden wusste, wo sie gewesen waren, aber sie waren sich darüber im Klaren, dass sie jetzt zu ihren Kindern mussten. Und jetzt konnte er auch ihre Hand spüren, die die seine fest umklammerte.

»Bist du sicher, dass du das tun willst?« fragte sie ihn im Gehen. Die Stimmen der Kinder waren nicht zu hören, aber Bill und Isabelle wussten, dass sie auf sie warteten. Es war dämmrig, das Licht hinter ihnen schien immer schwächer zu werden.

»Ich bin mir sicher«, sagte er und ließ ihre Hand nicht los.

»Es wird langsam spät … es ist so dunkel … Wie sollen wir den Weg zurück finden?«, fragte sie. Offenbar waren sie beide weit weg gewesen, und diese Erfahrung schien sie nicht noch einmal machen zu wollen.

»Halt dich einfach an mir fest«, sagte Bill. Er konnte jetzt sehr viel leichter atmen. Die Luft, die sie umgab, war nun nicht mehr ganz so dünn. »Ich kenne den Rückweg.« Dann legte er seinen Arm um sie, und beide gingen lange Zeit nebeneinander her. Jetzt war Isabelle müde, während Bill sich immer kräftiger fühlte.

»Ich muss eine Weile ausruhen«, sagte sie. Die beiden kamen an den Stein, auf dem sie gesessen und auf ihn gewartet hatte, aber diesmal ließ er sie keine Rast machen. Sie mussten nach Hause.

»Wir haben keine Zeit. Es geht dir gleich besser. Du kannst dich ausruhen, wenn wir zurück sind.«

Und ohne ein Wort folgte sie ihm. Inzwischen war es um sie herum dunkel geworden, aber sie spürte wohl, dass er wusste, wohin er ging. Sie wollte nur schlafen, sich am Wegrand hinlegen. Aber Bill ließ ihre Hand nicht los und erlaubte ihr auch nicht langsamer zu werden. Obwohl sie nicht wussten, wie und wann sie dorthin gekommen waren, spürten sie nach einiger Zeit, dass sie zu Hause waren.

Sie befanden sich in einem unbekannten Raum, doch neben Bill fühlte Isabelle sich sicher. Überall waren Kinder. Sie sah Teddy und Sophie mit Freunden lachen und Bill unterhielt sich mit seinen Töchtern. Während er seine Mädchen in den Arm nahm, legte Isabelle sich zur Ruhe. In der Gewissheit, dass sie nun in Sicherheit waren, wollte sie nur noch neben ihm schlafen. Sie sah zu ihm hinüber und lächelte, und er erwiderte ihr Lächeln. Und während sie sich in den Schlaf sinken ließ, wusste sie, er würde immer bei ihr sein.

»Du liebe Zeit, ich hätte nie gedacht, dass wir sie durchbringen«, sagte die Operationsschwester zum Narkosearzt, als sie den Operationssaal verließen. Vier Stunden lang hatten sie darum gekämpft, Isabelles Blutdruck so stabil zu halten, dass sie nicht während der Operation starb. Nun waren ihre gequetschen Organe und der Arm operiert, doch während der ersten halben Stunde hatte keiner im Operationsteam geglaubt, dass sie überleben würde. Isabelle hatte Unmengen Blut verloren. Keiner wusste, warum sie zu guter Letzt doch zu den Lebenden zurückgekehrt war, ob es die verabreichten Medikamente, die Transfusionen, die Operation oder einfach nur Glück gewesen war. Aber alle waren sich einig, dass es sich fast um ein Wunder handelte.

»Eine solche Operation habe ich noch nicht erlebt. Sie hat verdammtes Glück gehabt«, meinte einer der Assistenzchirurgen. »Sie ist zwar noch nicht über den Berg, aber ich denke, sie könnte es schaffen. Solche Fälle geben mir meinen Glauben an Gott wieder.« Er lächelte und verließ schweißgebadet den OP. Es war eine lange Nacht gewesen und ein erschöpfender, harter Kampf.

Aus dem benachbarten Operationssaal, wo Bill operiert worden war, kamen zwei Schwestern, die ebenfalls sehr müde aussahen.

»Wie ist es bei euch gelaufen?«, erkundigte sich der Kollege.

»Beinahe hätten wir ihn verloren. So etwa vier, fünf Minuten lang. Er ist durchgekommen, aber im oberen Wirbelsäulenbereich hat er schwere Verletzungen davongetragen. Immer und immer wieder haben wir ihn zurückholen müssen. Zuletzt hätten wir beinahe aufgegeben.«

»Hört sich nicht anders an als bei uns. Erstaunlich, dass die beiden überlebt haben.«

»Wie geht es ihr?«

»Noch kritisch. Ich habe schon befürchtet, sie verliert den Arm. Doch wir haben ihn retten können. Ihre Leber und ihr Herz haben uns die größten Probleme bereitet. Ich habe noch nie solche Verletzungen gesehen und erlebt, dass ein Patient dennoch durchkommt.«

»Das beweist wieder einmal, dass man sich nie sicher sein kann, oder?« Inzwischen war es acht Uhr morgens und beide Teams gingen in die Cafeteria zu Kaffee und Gebäck, während man Bill und Isabelle in getrennte Räume schob. Nach der Operation lagen beide noch im Tiefschlaf. Inzwischen hatte man Isabelles Handtasche mit ihrem Zimmerschlüssel des Claridge's gefunden. Die Polizei hatte das Hotel angerufen und dort erfahren, dass sie Isabelle Forrester hieß, Französin war und in Paris wohnte. Der stellvertretende Direktor hatte versprochen, sofort auf ihr Zimmer zu gehen und dort nach dem

Reisepass zu suchen, um herauszufinden, wer im Notfall zu benachrichtigen war. Aber bis jetzt hatte noch niemand angerufen.

Über Bill hatten sie alle notwendigen Informationen. In seiner Brieftasche steckte seine private Telefonnummer und seine Ehefrau war als nächste Angehörige angegeben. Die Aufnahmeschwester hatte die Aufgabe, Cynthia anzurufen, um ihr mitzuteilen, dass Bill einen Unfall gehabt, aber überlebt habe.

Sowohl Isabellea als auch Bills Zustand war nach wie vor kritisch. Bei Isabelle lag es an der Kopfverletzung und vor allem an den schweren inneren Verletzungen. Und was Bill betraf, hatten die Ärzte, falls er überlebte, größte Befürchtungen, dass die Verletzungen des Rückenmarks seine Gehfähigkeit dauerhaft beeinträchtigen könnten. Immerhin konnte eine vollständige Lähmung ausgeschlossen werden. Dennoch würde er vor der großen Herausforderung stehen, dass er das Gehen neu lernen musste. In jedem Fall hatten beide noch einen langen Weg vor sich, ehe ihr Überleben als sicher gelten konnte. Der Unfall war einer der schlimmsten gewesen, den die zuständigen Polizisten in den letzten Jahren erlebt hatten. Elf Menschen waren umgekommen: die Fahrer der beiden Fahrzeuge und neun Passagiere des Busses. Und als die beiden Operationsteams in der Nacht um Isabelle und Bill kämpften, waren sie sich lange Zeit so gut wie sicher gewesen, die Anzahl der Toten würde auf dreizehn ansteigen. Nur durch ein kleines Wunder waren Bill und Isabelle noch am Leben.

Die Aufnahmeschwester blätterte einige Akten auf ihrem Schreibtisch durch, ehe sie sich mit einem Seufzer auf den Stuhl setzte. Der Empfangschef des Claridge's war in Isabelles Zimmer gegangen und hatte dort ihren Reisepass gefunden, der ihren Ehemann als nächsten Angehörigen auswies. Nun hatte man die Nummer in Paris, genau wie Bills Nummer in Connecticut. Sie hasste Telefonate dieser Art. Zur Stärkung nahm sie einen Schluck Kaffee und rief dann zuerst in Paris an. Das Telefon läutete ein paar Mal, ehe ein Mann abnahm. Die Schwester holte tief Luft.

»Monsieur Forrester, s'il vous plaît«, sagte sie mit stark britischem Akzent.

»Am Apparat«, erwiderte er knapp. Sein Akzent verriet ihr, dass er Amerikaner war, und sie fragte ihn rasch auf Englisch, ob Isabelle seine Frau sei.

»Ja, das ist sie«, sagte er und klang besorgt. Rasch klärte ihn die Aufnahmeschwester darüber auf, dass sie vom St. Thomas Hospital in London anrufe und Isabelle in der vergangenen Nacht bei einem Autounfall verletzt worden sei. Sie berichtete, dass ihre Limousine einen Zusammenstoß mit einem Bus gehabt habe.

»Man hält ihren Zustand für kritisch, sie ist vor kurzem aus dem OP gekommen, Mr. Forrester, und ich fürchte, in nächster Zeit ist auch nicht mit einer Besserung zu rechnen. Sie hat schwere innere Verletzungen erlitten und außerdem eine Kopfverletzung. Wir können erst in ein paar Stunden mehr sagen. Aber die Tatsache, dass sie die Operation überlebt hat, lässt hoffen. Tut mir Leid«, sagte sie und fühlte sich dabei verlegen. Am anderen Ende entstand eine lange Pause, während Gordon offenbar versuchte, die Neuigkeiten zu verdauen.

»Ja, mir auch.« Gordon stand unter Schock. »Ich komme heute im Laufe des Tages«, murmelte er dann unbestimmt, während er überlegte, ob er nicht zuerst mit Isabelles Arzt sprechen sollte. Aber die Frau am Telefon hatte ihm bereits so viele Einzelheiten mitgeteilt, dass ihm gar keine Fragen mehr einfielen. »Ist sie bei Bewusstsein?«

»Nein, Sir, ist sie nicht. Sie ist seit dem Unfall nicht mehr zu sich gekommen und steht jetzt unter Beruhigungsmitteln. Sie hat viel Blut verloren.« Er nickte stumm und wusste nicht mehr, was er sagen sollte. Er verabschiedete sich kurz und legte den Hörer auf. Unglaublich, dass es Isabelle sein sollte, von der die Schwester gesprochen hatte. So wenig sie auch noch verband und so sehr sie sich auch entfremdet hatten, war sie doch immer noch seine Frau. Gordon überlegte, was er Teddy erzählen sollte oder ob er Sophie in Portugal anrufen sollte, doch nach längerem Nachdenken kam er zu dem Schluss, dass es besser sei, keinem von beiden etwas zu sagen. Das würde ihnen nur Angst machen. Und ehe er selbst nicht mehr wusste, sah er keinen Anlass dazu. Gordon hielt es für das Beste, mit keinem Menschen über den Unfall zu reden, bevor er sich nicht selbst ein Bild gemacht hatte – es sei denn, sie starb vorher. Die Schwester im Krankenhaus hatte klar gemacht, dass auch das im Bereich des Möglichen lag. Er blieb noch eine Weile an seinem Schreibtisch sitzen und starrte ins Leere. Schon lange hegte er keine Gefühle mehr für Isabelle, aber immerhin war sie die Mutter seiner Kinder und sie waren seit zwanzig Jahren verheiratet. Er hoffte, dass sie bei dem Unfall nicht gelitten hatte, und einen Augenblick lang war er dankbar, dass sie nicht gestorben war. Aber es erschreckte ihn, wie wenig er empfand. Mitgefühl und Bedauern waren die einzigen Gefühle, deren er sich bewusst war.

Er rief beim Flughafen an und erkundigte sich nach Flügen, dann traf er eine Entscheidung. Keiner wusste von dem Unfall, Isabelle war ohnehin nicht bei Bewusstsein, und er brauchte Zeit, das Geschehene zu verarbeiten. Am frühen Nachmittag hatte er wichtige Termine im Büro. Er wollte nicht in Panik aufbrechen. Helfen konnte er ihr ohnehin nicht, und Krankenhäuser waren ihm ein Gräuel. Nach kurzem Zögern reservierte er einen Platz in der Fünf-Uhr-Maschine. Auf diese Weise würde er um halb sechs Uhr englischer Zeit in Heathrow landen und könnte um sieben Uhr abends im Krankenhaus sein. Würde sie sterben, ehe er dort eintraf, dann sollte es eben so sein, sagte er sich. Und lebte sie noch, wäre dies ein hoffnungsvolles Zeichen. Aber da sie ohnehin im Koma lag, konnte er seine Zeit anderswo sinnvoller verbringen.

Kurz darauf verließ er das Haus und fuhr ins Büro. Seiner Sekretärin teilte er nur mit, dass er ab drei Uhr außer Haus sein werde. Er wollte kein großes Aufhebens machen. Das wäre sinnlos gewesen, es sei denn, sie starb.

Nachdem die Aufnahmeschwester der Intensivstation ihr Gespräch mit Gordon beendet hatte, war sie irgendwie verstört. Der Ehemann der Patientin hatte so wenig nachgefragt und sich so erschreckend ruhig angehört. Eine solche Reaktion auf einen derartigen Anruf hatte sie noch nie erlebt.

Aus Gordons Äußerungen am Telefon hatte sie auch nicht entnehmen können, wann er kommen würde. Er hatte sich nur bedankt und dann aufgelegt. Seufzend machte sie sich an das nächste Telefonat.

Daheim bei den Robinsons ging Olivia, Bills einundzwanzigjährige Tochter, an den Apparat. Es war sechs Uhr morgens und alle schliefen noch, aber Olivia hatte das Klingeln gehört. Eine Stimme mit britischem Akzent wollte wissen, ob Mrs. Robinson zu sprechen sei.

»Sie schläft noch«, erwiderte Olivia und drehte sich im Bett um. »Könnten Sie in ein paar Stunden noch einmal anrufen?«, fragte sie mit einem Gähnen und wollte schon auflegen.

»Ich kann leider nicht warten oder noch einmal anrufen. Würden Sie sie bitte ans Telefon holen?«

»Ist etwas passiert?« Langsam wurde Olivia wach und setzte sich im Bett auf. Sie hatte keine Ahnung, was dieser Anruf zu bedeuten hatte, aber die Stimme klang angespannt.

»Ich muss leider mit Mrs. Robinson persönlich sprechen.« Mit besorgter Miene bat Olivia die Anruferin, am Apparat zu bleiben, und stand dann auf. Sie huschte zum Zimmer ihrer Mutter. Die Schritte auf dem Flur und das Öffnen der Tür weckten Cynthia auf.

»Hey, was ist los?«, flüsterte sie im halb dunklen Zimmer. Sie hatte tief und fest geschlafen, aber selbst nach all den Jahren hatte sie noch immer einen sechsten Sinn, was ihre Kinder anging. »Bist du krank?«

»Nein, da ist eine Engländerin am Telefon, die dich unbedingt sprechen möchte.« Mutter und Tochter sahen sich beklommen an. Cynthia wusste sofort, dass es etwas mit Bill zu tun haben musste. Noch nie zuvor war sie mit einer solchen Situation konfrontiert gewesen, aber plötzlich fragte sie sich, ob es in seinem Leben etwa eine andere Frau gab.

»Ich gehe dran«, sagte sie ruhig, setzte sich auf und griff nach dem Telefon auf dem Nachttisch. »Ist gut, Ollie, geh wieder ins Bett.« Aber Olivia rührte sich nicht von der Stelle. Sie war besorgt.

»Hier ist Mrs. Robinson«, sprach Cynthia in den Hörer, und dann war sie lange Zeit still, aber Olivia sah, wie sie die Augen schloss. »Wie ernst ist es?«, hörte Olivia ihre Mutter dann sagen. »Wann? Ist er bei Bewusstsein?« Bei diesen Worten riss ihre Tochter die Augen vor Entsetzen weit auf.

»Geht es um Papa?«, fragte sie mit angsterfüllter Stimme. Ihre Mutter sah sie an und bedeutete ihr, still zu sein. Sie wollte alles erfahren, was die Aufnahmeschwester ihr zu sagen hatte. Aber sie bestätigte Olivias Frage mit einem Nicken, und das Mädchen setzte sich aufs Bett. »Ist er okay?« Doch die Mutter gab keine Antwort; sie lauschte weiterhin der Stimme am anderen Ende.

»Wie heißt der Arzt?« Rasch kritzelte sie einen Namen auf den Block neben ihrem Bett, stellte ein paar Fragen und bat um einen Anruf, falls irgendeine Änderung eintrat. »Ich komme, sobald ich kann. Ich möchte, dass Sie mich anrufen, falls etwas passieren sollte, und ich möchte so schnell wie möglich informiert werden, wenn er wieder zu Bewusstsein kommt. Ich rufe Sie in einer halben Stunde zurück und teile Ihnen mit, wann ich dort sein werde.« Sie klang ruhig, aber ihre Augen sprachen eine andere Sprache. Als sie den Hörer auflegte, war sie ganz benommen. Olivia warf sich in die Arme ihrer Mutter.

»Was ist passiert?« Olivia hatte Tränen in der Stimme, und auch Cynthia spürte einen Kloß im Hals. Was sie gerade erfahren hatte, war einfach schrecklich, und sie konnte nur hoffen, dass es nicht so schlimm war, wie es schien. Eine Halsfraktur, eine Rückenmarksverletzung, Wirbelsäulenoperation, womöglich lebenslange Lähmung, innere Verletzungen, Knochenbrüche. Und die Ärzte waren sich nicht einmal sicher, ob er überlebte. Und falls ja, war es fraglich, ob er jemals wieder würde laufen können. Bill im Rollstuhl, das war unvorstellbar. Einen Moment lang kam ihr der Gedanke, dass es um seinetwillen vielleicht besser wäre, er würde den Unfall nicht überleben. Bestimmt wäre ihm ein Leben im Rollstuhl unerträglich. Und sie selbst sah sich auch nicht als Krankenschwester. Wenn er querschnittsgelähmt wäre oder schlimmer? Wenn er ans Bett gefesselt bliebe und sich nicht mehr rühren könnte? Panisch versuchte sie sich alles zu erinnern, was die Schwester ihr gesagt hatte, und ihre eigenen Ängste gingen mit ihr durch.

»Papa hatte einen Unfall. Er ist in London. Ich habe ganz vergessen, dass er mir vor kurzem in New York gesagt hat, er fliege für ein paar Tage dorthin. Er saß in einem Wagen, der von einem Bus gerammt wurde, und es hört sich ziemlich schlimm an«, sagte Cynthia aufrichtig. »Er hat eine Halswirbelfraktur und seine Wirbelsäule ist verletzt. Man hat ihn gerade operiert, aber sein Zustand ist sehr ernst.«

»Wird er sterben?« Olivias Augen weiteten sich ungläubig.

Cynthia zögerte mit ihrer Antwort, denn über die Wangen ihrer Tochter liefen Tränen. »Möglich wäre es«, sagte sie ruhig. »Aber Papa ist ganz schön zäh. Ich denke, er wird es schaffen, doch noch wissen wir es nicht. Ich werde heute noch nach London fliegen.«

»Ich komme mit dir«, erklärte Olivia entschlossen. Sie war eine große, gertenschlanke Blondine mit guter Figur und hübschem Gesicht. Im Herbst würde sie an der Georgetown University ihr vorletztes Studienjahr beginnen. Ihr Hauptfach war Außenpolitik, und sie war eine fabelhafte Studentin. Beide Eltern waren zu Recht stolz auf sie. Obwohl ihr Vater so wenig Zeit mit ihr verbrachte, liebte sie ihn heiß und innig. Schon als Kind hatte sie ihn zu ihrem Idol erhoben, und in den letzten Jahren war sie von allem, was er tat, fasziniert gewesen.

»Ich finde, ihr Mädchen bleibt besser hier«, bestimmte Cynthia und warf die Decke zur Seite, um aufzustehen. Sie musste am Flughafen anrufen und packen. Sie hoffte einen Mittagsflug zu bekommen, und wenn sie Olivia mitnahm, wären ihre Chancen, einen Platz zu bekommen, geringer. Außerdem wollte sie die Mädchen nicht zu großer Aufregung aussetzen. Nach alldem, was die Frau vom Krankenhaus berichtet hatte, sah es sehr schlimm aus.

»Ich komme mit dir, Mama.« Olivia erhob ihre Stimme, was sie nur selten tat. »Wenn es sein muss, kaufe ich mir mein Ticket selbst und fliege allein.«

Da trat Jane ins Zimmer. »Was ist denn los?«, fragte sie verschlafen. Sie war klein und blond und sah mit ihrer verführerischen Figur fast genauso aus wie Cynthia in diesem Alter. Sie hatte gerade ihr erstes Semester an der University of New York beendet und wurde bald neunzehn. Die Stimmen von Mutter und Schwester hatten sie geweckt, und sie sah an Olivias Gesichtsausdruck, dass diese wütend auf ihre Mutter war. »Was streitet ihr beiden euch um diese Zeit?« Cynthia und ihre ältere Tochter hatten sich immer schon wegen jeder Kleinigkeit in den Haaren gelegen. Jane war stets die Schlichterin; sie war die unkomplizierte der beiden Schwestern. Sie gähnte und schlüpfte ins Bett ihrer Mutter.

»Papa hatte einen Unfall«, teilte Olivia ihrer jüngeren Schwester mit, die sie nun mit großen Augen ansah. Ihre Mutter rief unterdessen am Flughafen an.

»Und wie geht es ihm?« Sie vermutete, dass es sich um unnötige Panik handelte. Olivia war weitaus empfindlicher als sie selbst und übertrieb leicht. Jane wusste nie, woran sie war.

»Hört sich nicht gut an«, schluchzte Olivia und setzte sich dann auf das Bett ihrer Mutter, legte den Arm um Jane und ließ ihren Tränen freien Lauf. »Er hat sich den Hals gebrochen und seine Wirbelsäule ist verletzt. Mama sagt, es ist unklar, ob er jemals wieder laufen kann. Man hat ihn gerade operiert. Sein Wagen ist mit einem Bus zusammengestoßen.«

»O verdammt«, entfuhr es Jane und dabei klammerte sie sich an ihre ältere Schwester, der doch sonst sie immer Trost gespendet hatte. Schon als Kind war Jane diejenige gewesen, die stets beruhigend auf Olivia einwirkte und immer wusste, was zu tun war. Sie kam gut allein zurecht und war jedem eine Hilfe, der sie brauchte. Sie hatte Cynthias kühles Temperament. Aber jetzt fing auch sie zu weinen an und das Entsetzen stand ihr ins Gesicht geschrieben.

»Mama fliegt nach London und ich fliege mit«, sagte Olivia unter Tränen.

»Ich komme auch mit«, erklärte Jane und sprang aus dem Bett, um ihre Mutter über ihre Pläne zu informieren. Sie stellte sich direkt vor Cynthia, die am Telefon gerade einen Flug buchen wollte. »Wir kommen beide mit«, sagte Jane ins Ohr ihrer Mutter. Cindy wollte sie wegscheuchen, denn sie konnte kaum verstehen, was am anderen Ende gesagt wurde. Aber dann legte sie die Hand auf den Hörer und sprach mit Jane.

»Ich finde, ihr beide solltet hier bleiben. Ich rufe euch an, wenn ich der Meinung bin, dass ihr kommen solltet.«

»Entweder fliegen wir mit dir oder wir fliegen auf eigene Faust«, widersprach Jane entschlossen. Ihre Mutter wusste aus Erfahrung, dass ein Streit mit Jane sinnlos war. Olivia konnte sie gelegentlich etwas ausreden, aber hatte Jane einmal einen Entschluss gefasst, war sie so unnachgiebig wie ein Panzer. »Wann fliegen wir?«

»Es gibt einen Flug um elf Uhr vierzig«, erwiderte Cynthia und wandte sich wieder dem Telefon zu. Sie bestellte drei Plätze in der Business Class. Als sie aufgelegt hatte, sagte sie den Mädchen, sie müssten um neun Uhr aus dem Haus. Somit blieben ihnen noch zwei Stunden, um alles zu regeln, sich anzuziehen und zu packen. Sie hatten nicht einmal die Zeit zu warten, bis Bills Privatflugzeug wieder in New York war.

»Ich mache Frühstück«, meldete Jane sich freiwillig, während Olivia heulend auf dem Bett sitzen blieb. »Geh du packen«, forderte Jane ihre ältere Schwester auf und sah dann ihre Mutter an, die bereits einen Schrank öffnete und einen Koffer vom Regal nahm. »Wird Papa es schaffen, Mama?« fragte Jane mit leiser Stimme.

»Ich weiß es nicht, Liebes. Es scheint noch zu früh zu sein, das zu beurteilen. Aber er bleibt am Ball und er hat die Operation überstanden.« Sie erzählte nicht, dass die Schwester der Intensivstation ihr berichtet hatte, es habe zwei Stunden gedauert habe, bis die Feuerwehr ihn aus dem Auto herausgeschält hätte, und während der Operation sei er zwei Mal beinahe gestorben. »Er ist gesund und kräftig und gut durchtrainiert. Das wird ihm nun bestimmt nützen.«

»Wie ist es denn passiert?«, hakte Jane nach und tupfte sich die Augen trocken.

»Ich weiß es nicht. Man hat mir nur gesagt, seine Limousine sei mit einem Bus zusammengestoßen. Es muss ein schrecklicher Unfall gewesen sein, denn er hat elf Menschenleben gefordert. Wir wollen dankbar sein, dass dein Vater nicht darunter ist.«

Aber während Cindy Hosen, T-Shirts und Pullover in den Koffer warf, kreisten ihre Gedanken ständig um die Unfallfolgen. Sollte Bills Gesundheit ernsthaft beeinträchtigt sein, zöge er es vor, nicht weiterzuleben, dessen war sie sich gewiss.

Doch wusste sie nicht, was sie ihm jetzt wünschen sollte, denn alles hing von der Schwere der Verletzungen und der Folgeschäden ab. Darüber wollte sie mit den Mädchen allerdings nicht reden. Langsam kam ihr zu Bewusstsein, dass ihre Gefühle eigentlich sehr diffus waren. Fast ein halbes Leben war sie nun mit ihm verheiratet. Sie liebte ihn nicht mehr, aber Freunde waren sie noch immer. Er war der Vater ihrer Kinder und seit dreißig Jahren ihr Ehemann. In ihrem Leben gab es immer wieder andere Männer, und aus ihrer Ehe war schon lange die Luft raus, sie hatte sogar schon ein, zwei Mal an Scheidung gedacht, wenn sie Affären mit anderen Männern hatte. Aber in all den Jahren war ihr nie in den Sinn gekommen, dass er sterben könnte. Der bloße Gedanke daran änderte alles.

Und plötzlich hatte Cynthia nur noch das Bild ihres jugendlichen Verliebtseins vor Augen und das Glück, das sie beide in ihren ersten Ehejahren empfunden hatten. Auf dem Weg ins Badezimmer, und als sie die Dusche aufdrehte, lief wie ein Film ihre gemeinsame dreißigjährige Geschichte vor ihr ab. Und als sie dann unter dem heißen Sprühregen stand und daran dachte, dass er womöglich nie wieder würde laufen können, konnte sie nur noch weinen.

Kurz nach neun Uhr brachen sie zum Flughafen auf. Cynthia fuhr und die beiden Mädchen saßen still auf dem Rücksitz. Da Cynthia schwieg, starrten sie gedankenverloren aus dem Fenster. Alle drei trugen Jeans, T-Shirts und Nikes und hatten nur wenig Gepäck dabei. Es war klar, dass dies keine Vergnügungsreise war. Sie würden sich meist im Krankenhaus aufhalten, und keiner von ihnen kam es dort auf das Aussehen an. Die Mädchen hatten sich kaum Zeit genommen, sich die Haare zu kämmen. Auch das Frühstück, das Jane für alle zubereitet hatte, war auf geringes Interesse gestoßen. Alle drei mussten ständig an Bill denken, der in London im Krankenhaus um sein Leben kämpfte.

Als ihr Flugzeug abhob, war Gordon Forrester bereits in der Luft, seine Maschine war pünktlich vom Flughafen Charles de Gaulle aus gestartet. In weniger als einer Stunde würde er in Heathrow landen.

Im Krankenhaus in London hatte sich noch nichts Entscheidendes verändert. Man hatte Isabelle und Bill jeweils in ein eigenes Privatzimmer auf der Intensivstation verlegt. Monitore beherrschten die Zimmer, jeder von ihnen hatte sein eigenes Pflegeteam, denn ihr Zustand war nach wie vor bedrohlich. Seit drei Uhr nachmittags hatte Isabelle hohes Fieber. Ihr Herzschlag ging unregelmäßig, die Leber war schwer in Mitleidenschaft gezogen, die Nieren drohten zu versagen und die traumatologischen und chirurgischen Untersuchungen hatten eine leichte Gehirnschwellung ergeben. Aber wenigstens funktionierte ihr Gehirn einwandfrei, wie man anhand eines EEG überprüft hatte. Die Ärzte waren sich ziemlich sicher, dass keine dauerhafte Hirnschädigung zu erwarten sei, falls sie überlebte. Welche ihrer vielen Verletzungen für die gestiegene Temperatur verantwortlich war, ließ sich nur schwer entscheiden, zudem lag sie, als Folge des Schocks, der Anästhesie und der Medikamente noch immer in tiefem Koma. Klinisch betrachtet war nur schwer vorstellbar, dass sie überlebte.

Und Bill ging es kaum besser. Man hatte seinen Hals in eine Art Folterapparat aus Stahlbolzen gesteckt, sein Rücken war in ein Eisenkorsett gezwängt und er lag auf einem Brett, das es den Schwestern erlaubte, ihn zu bewegen, wenngleich er davon nichts mitbekam. Auch er war ohne Bewusstsein.

»Seine Familie wird gegen Mitternacht aus den Staaten eintreffen«, sagte eine der Schwestern um sechs Uhr abends beim Schichtwechsel. »Seine Frau hat vom Flugzeug aus angerufen. Sie sind unterwegs.« Die andere Schwester nickte und regulierte den Piepston an einem der Geräte. Wenigstens waren bei ihm Puls- und Herzschlag in Ordnung, stabiler als bei Isabelle, die ständig zwischen Leben und Tod hin und her zu schwanken schien. Da ihr Zustand derart lebensbedrohlich war, erkundigte sich eine der Schwestern, ob auch zu Isabelle jemand komme.

»Ich weiß es nicht. Katherine hat zwar heute Morgen in Paris angerufen und mit dem Ehemann gesprochen, aber er hat sich nicht festgelegt, ob und wann er kommt. Sie meinte, er habe sehr kalt geklungen. Vermutlich stand er unter Schock.«

»Der arme Mann. Solche Anrufe sind doch für jeden ein Albtraum«, meinte eine der Schwestern aus Bills Team mitfühlend. »Ob sie Kinder hat?« Sie hatten so gut wie keine Informationen über die beiden, keine Krankengeschichte, keine Einzelheiten aus dem Privatleben. Sie wussten lediglich, aus welchem Land ihre Patienten stammten, wie die unmittelbaren Angehörigen hießen und welche Umstände zum Unfall geführt hatten. Keiner von ihnen wusste Bescheid über die Beziehung in der die beiden zueinander standen, ob sie Geschäftspartner, Verwandte oder einfach nur Freunde waren. Es hatte auch keinen Sinn, darüber zu spekulieren. Sie waren nichts weiter als zwei Patienten auf einer Intensivstation, die um ihr Leben kämpften. Man hatte vor, Isabelle noch einmal zu operieren, um sie von ihrem Gehirndruck zu befreien. Jeden Moment rechneten die Schwestern mit dem Eintreffen des Chirurgen, der die Entscheidung darüber zu fällen hatte. Als er kurz nach sechs Uhr eintraf, überprüfte er die Monitore und entschied dann mit düsterer Miene noch abzuwarten. Er vermutete, dass sie einen weiteren Eingriff nicht überleben würde, wenn sie es denn überhaupt schaffte. Ihr in dieser Situation noch mehr zuzumuten schien ihm unvernünftig.

Als der Arzt nach sieben Uhr gegangen war, traf Gordon ein. Leise betrat er die Intensivstation und sprach einen Pfleger an, der am Schreibtisch saß. Er stellte sich vor, und der Pfleger bat eine vorbeikommende Schwester, ihn zu Isabelles Zimmer zu begleiten. Wortlos und mit ernstem Gesicht folgte Gordon ihr. Den ganzen Tag hatte er Zeit gehabt, sich auf diesen Moment vorzubereiten, und als er jetzt das Zimmer betrat, rechnete er natürlich damit, eine Schwerverletzte anzutreffen. Aber was er sah, überstieg seine Vorstellungskraft. Er hätte sie kaum mehr erkannt; überall waren Verbände und Drähte und Schläuche und Monitore. Selbst der Kopf war in Gaze gewickelt, und der Arm mit der durchtrennten Arterie war ebenfalls dick bandagiert. Einzig und allein ihr totenblasses, aus dem Verband heraustretendes Gesicht war ihm vertraut. Es schien der einzige Teil ihres Körpers, der unverletzt war.

Sie war von drei Leuten umgeben. Eine Schwester erneuerte gerade den Tropf, eine weitere kontrollierte die Monitore und eine dritte untersuchte die Pupillen. Das geschah in regelmäßigen Abständen. Gordon wurde schon vom bloßen Anblick übel. Er empfand nichts für sie, nur Entsetzen vor ihrem Zustand. Ihm schien, sie selbst wäre gar nicht mehr wirklich vorhanden; er sah nur noch eine Hülle, die ihm nichts bedeutete. Sie war nichts weiter als ein zerstörter Körper, mehr nicht. Er sagte nichts und trat auch nicht näher, bis eine der Schwestern ihn leise ansprach.

»Mr. Forrester?« Er nickte und räusperte sich, wusste aber nicht, was er sagen sollte. Es war ihm peinlich, bei dieser Begegnung der Beobachtung durch ein Publikum ausgesetzt zu sein. Er hatte keine Ahnung, was von ihm erwartet wurde. Sollte er sich über das Fußende ihres Bettes werfen, ihre Finger küssen, ihre Lippen berühren? Aber er brachte es nicht über sich, auch nur einen Schritt näher an sie heranzutreten. Für ihn lag sie wie ein Todesengel in ihrem Bett. Sie jagte ihm Angst ein.

»Wie geht es ihr?«, fragte er schroff.

»Sie hat Fieber. Der Arzt ist soeben gegangen. Man hat eine zweite Operation erwogen, um den Gehirndruck zu lindern, aber bei ihrem kritischen Zustand hielt er das für unverantwortlich. Er möchte abwarten. Um zehn Uhr komme er wieder, hat er gesagt.«

»Und wenn er den Eingriff nicht vornimmt? Wird es dann zu einer Gehirnschädigung kommen?« Für ihn gab es keine schlimmere Vorstellung als die, dass sie mit einer eingeschränkten Gehirnfunktion weiterlebte, und das wollte er dem operierenden Arzt auch sagen. Würde sie nicht mehr die sein, die sie gewesen war, dann wären die Bemühungen der Ärzte, sie zu retten, seiner Ansicht nach eine Farce. Sie war schön, intelligent und begabt gewesen und trotz ihrer Differenzen war sie ihm eine gute Ehefrau und ihren Kindern eine gute Mutter gewesen. Sie am Leben zu erhalten, damit sie wie eine lebende Tote im Bett vor sich hin vegetierte, schien ihm eine abscheuliche Vorstellung. Er war entschlossen dafür zu kämpfen, dass ihnen beiden eine solche Situation erspart blieb. Er wollte nicht, dass ihre Kinder sie so in Erinnerung behielten. Oder damit leben mussten.

»Es ist noch zu früh, um eine Prognose abzugeben, Mr. Forrester. Aber die Gehirnuntersuchungen lassen hoffen. Noch kann allerdings niemand etwas Genaues sagen.« Unmöglich, sich vorzustellen, dass sie in ihrem gegenwärtigen Zustand Stunden, Tage, ja vielleicht sogar Monate weiterleben würde.

»Gibt es denn einen Arzt, den ich sprechen könnte?«, fragte Gordon ohne sichtbare Gefühlsregung eine der Schwestern. Die Schwester sah ihn an. Sie fand, dass er sich eher wie ein entfernter Freund verhielt oder wie ein Familienmitglied, das der Kranken nicht sonderlich nahe stand, aber pflichtschuldig ins Krankenhaus gekommen war. Er zeigte keine emotionale Regung.

»Ich werde den Dienst habenden Chirurgen darüber informieren, dass Sie da sind«, versprach die Schwester und schlüpfte an ihm vorbei hinaus in den Flur. Gordon Forrester bereitete ihr höchstes Unbehagen, zumal ihr Isabelles Schicksal sehr zu Herzen ging. Sie war so jung und schön. Aber der Mann, der aus Paris eingeflogen war, um seine Frau zu besuchen, schien überhaupt nichts zu empfinden. Nie war ihr jemand von solcher Kälte begegnet.

Gordon verließ den Raum und wanderte in der Erwartung, jemand würde kommen, um mit ihm zu sprechen, langsam den Flur hinunter. Zehn Minuten verstrichen, ehe ein junger Operationsarzt auf ihn zutrat. Er bestätigte mehr oder weniger das, was Gordon bereits wusste, und unterstrich noch einmal die große Gefahr, in der Isabelle schwebte. Der Arzt teilte Gordon mit, dass man zwar eine weitere Operation in Erwägung ziehe, aber hoffe, sie vermeiden zu können. Man könne nur abwarten, wie Isabelles Körper auf den erlittenen Schock reagierte. Und seiner Einschätzung nach würden sie lange warten müssen, ehe sich eine Besserung abzeichnete. Seiner Erfahrung nach sei jedoch die Tatsache, dass sie es so weit geschafft habe, ein Hoffnungszeichen – das Einzige, das sie hatten. Die Chancen, dass Isabelle überlebte, waren noch immer gering.

»Tut mir Leid, Mr. Forrester«, sagte der junge Arzt schließlich. »Doch in Anbetracht der Schwere des Unfalls ist es ein Wunder, dass die beiden überhaupt noch leben.« Gordon nickte, dann fiel ihm auf, dass der junge Mann gerade etwas gesagt hatte, das im Widerspruch zu dem stand, was er am Morgen erfahren hatte.

»Ich dachte, der Fahrer sei umgekommen.«

»Ist er auch, und zwar auf der Stelle, wie auch der Fahrer des Busses und neun Passagiere.«

»Habe ich Sie dann richtig verstanden? Sie sagten doch gerade, ›die beiden‹ hätten überlebt.« Gordon blickte ihn abwartend an.

»Ja, das habe ich gesagt. Es gab noch einen weiteren Fahrgast in der Limousine. Auch er hat überlebt, obgleich sein Zustand nicht viel besser ist als der Ihrer Frau. Seine Verletzungen sind anderer Natur, aber gleichermaßen schwer. Auch sein Gesundheitszustand ist sehr kritisch.« Während Gordon zuhörte, beschlich ihn ein unheimliches Gefühl. Er konnte sich nicht vorstellen, wieso Isabelle mit einem anderen Mann in einer Limousine gesessen haben sollte, vor allem zu so später Stunde. Seines Wissens war sie nach London gereist, um sich eine Ausstellung in der Tate Gallery anzusehen und noch ein paar andere Museen und Galerien zu besuchen. Darin hatte er nichts Verwerfliches gesehen, aber jetzt kam ihm das alles sehr seltsam vor.

»Wissen Sie denn zufällig, um wen es sich dabei handelt?« erkundigte Gordon sich gespielt beiläufig. Sein Gesicht verriet keine Regung.

»Wir wissen seinen Namen, aber mehr auch nicht. Er heißt William Robinson und ist Amerikaner. Ich glaube, seine Familie ist schon unterwegs. Sie werden heute Nacht hier erwartet.« Gordon nickte, als erwartete er alte Bekannte, aber in Gedanken wendete er den Namen hin und her, bis es Klick machte und er sich fragte, ob es wirklich derselbe Mann sein konnte. Es gab da einen William Robinson, dem er vor mehreren Jahren einmal begegnet war, eine wichtige Persönlichkeit aus der amerikanischen Politikszene. Und er wusste auch, dass Robinson und der amerikanische Botschafter in Frankreich alte Freunde waren. Aber er hatte keinen blassen Schimmer, was Isabelle mit diesem Mann zu tun haben sollte. Er war sich nicht einmal sicher, ob sie sich je begegnet waren, denn ihm war entfallen, ob Isabelle bei dem Empfang in der Botschaft damals dabei gewesen war. Sie ging so selten aus. Es war ihm ein völliges Rätsel, weshalb Isabelle mit diesem Bill Robinson in einem Wagen gesessen hatte.

»Wird er durchkommen?«, erkundigte Gordon sich mit besorgter Miene, hinter der er seine unausgesprochenen Fragen versteckte.

»Wir wissen es nicht. Er hat eine Halswirbelfraktur und eine Wirbelsäulenverletzung. Außerdem ein paar innere Verletzungen, die aber nicht so schlimm sind wie bei Ihrer Frau.«

»Allem Anschein nach hat es sie überhaupt etwas schlimmer erwischt«, meinte Gordon. »Wird seine Wirbelsäulenverletzung denn zu einer Lähmung führen?«

»Das kann man noch nicht sagen, dazu ist es noch zu früh. Er ist noch immer bewusstlos und seit der Operation noch nicht zu sich gekommen. Das könnte einfach nur eine Reaktion auf das Unfalltrauma sein, aber auch eine kompliziertere Sache, die mit seiner Halswirbelfraktur zusammenhängt. Auch Mr. Robinsons Zustand ist noch immer kritisch.« Gordon kam der Gedanke, dass sie beide sterben könnten, ohne jemals eine Erklärung dafür abzugeben, was sie in jener Nacht zusammen gemacht hatten. Ob es womöglich einfach Zufall gewesen war? Falls Isabelle in London noch alte Jugendfreunde hatte, die er nicht kannte und die sie besucht hatte, hatten sie und Robinson sich vielleicht beim Verlassen des Hotels ein Taxi geteilt. Aber warum war sie so spät noch unterwegs gewesen? Woher waren sie gekommen? Wohin wollten sie? Wo waren sie gewesen? Warum waren sie zusammen? Kannten sie einander überhaupt? Waren sie sich zufällig begegnet? Tausende von Möglichkeiten und Fragen jagten ihm durch den Kopf. Und auf keine bekam er eine Antwort und würde auch keine bekommen, wenn nicht wenigstens einer von beiden überlebte. Er glaubte, Isabelle gut zu kennen, war sich dessen sogar ganz sicher. Es passte nicht zu ihr, eine Affäre zu haben oder auch nur ein heimliches Rendezvous mit einem Mann. Und doch hatte sie gemeinsam mit Bill Robinson in einer Mietlimousine gesessen, und das um zwei Uhr nachts. Welchen Grund es auch immer dafür geben mochte, er würde ihn jetzt wohl nicht herausfinden.

»Möchten Sie die Nacht gerne hier im Krankenhaus bei Ihrer Frau verbringen?«, fragte ihn der junge Arzt, aber Gordon beeilte sich den Kopf zu schütteln.

»Da sie nicht bei Bewusstsein ist, sehe ich darin eigentlich keinen Sinn. Ich würde nur dem Krankenpersonal im Weg sein. Ich wohne lieber im Hotel. Falls sich hier irgendeine Veränderung ergeben sollte, erreichen Sie mich im Claridge's. Das scheint mir am vernünftigsten zu sein. Ich weiß es zu schätzen, dass Sie so viel Zeit und Mühe für meine Frau aufwenden«, sagte Gordon steif und erhob sich mit unbehaglicher Miene. Hier im Krankenhaus fühlte er sich äußerst unwohl, und eigentlich verspürte er auch kein Bedürfnis, noch einmal in das Zimmer seiner Frau zurückzukehren. Dennoch erklärte er: »Ich werde noch ein Mal kurz bei ihr reinschauen, ehe ich gehe.« Er bedankte sich bei dem Arzt für seine Auskünfte und ging dann durch den Flur zurück zu Isabelles Zimmer. Als er eintrat, sah er, dass fünf Pflegekräfte gleichzeitig mit ihr beschäftigt waren. Noch immer zeigte sie kein Lebenszeichen. Gordon unternahm keinen Versuch, den Raum zu betreten, warf nur einen kurzen Blick auf seine Frau, ehe er sich umdrehte und wortlos aus dem Zimmer ging. Ohne sie berührt, ohne sie geküsst, ja ohne sich überhaupt Isabelles Bett genähert zu haben, verließ er das Krankenhaus. Sobald er auf die Straße hinaustrat, sog er gierig die frische Luft ein.

Krankenhäuser, kranke Menschen und Gebrechen jeglicher Art waren für Gordon ein Albtraum. Sie erinnerten ihn auf unheimliche Weise an seine Mutter. Deshalb war Teddy auch immer eine solche Herausforderung für ihn gewesen. Wie jedes Mal, wenn er mit Krankheit konfrontiert war, fühlte er sich selbst gleich ein wenig krank, als er nun mit seiner Reisetasche in der Hand ein Taxi anhielt und dem Fahrer das Claridge's als Ziel nannte. Er empfand es als ungeheure Erleichterung, der Intensivstation entkommen zu sein, und ungeachtet der Tatsache, dass Isabelle ihm Leid tat, hätte er es nicht über sich gebracht, sich dem Bett zu nähern und auch nur ihre Hand zu berühren. Was für ein Glück, dass sie bewusstlos ist, dachte er, und erneut kam ihm der Gedanke, es sei besser, wenn sie im Falle einer Hirnschädigung nicht überlebte. Ein solches Schicksal wünschte er weder ihr noch sich selbst. Doch abgesehen von dem Mitleid, das er für Isabelle empfand, blieb er seltsam unberührt. Sie fehlte ihm nicht, er empfand keine Verzweiflung und er hatte auch keine Angst, sie zu verlieren. So zerbrochen und still, wie sie in ihrem Krankenbett gelegen hatte, kam sie ihm vor wie eine Fremde. Wie eine leblose Puppe hatte sie ausgesehen. Gordon konnte sich kaum vorstellen, dass die Frau, die er gerade besucht hatte, einmal das junge Mädchen gewesen war, das er damals geheiratet hatte, und auch nicht die Ehefrau, mit der er zwanzig Jahre gelebt hatte. Ihr Geist, ihre Persönlichkeit schien bereits von ihr gewichen zu sein. Als das Taxi am Eingang des Claridge's vorfuhr, galten seine Überlegungen nur noch der Frage, warum sie mit Bill in der Limousine gewesen war. Aber die Antworten kannte nur Isabelle, sie und natürlich Bill, der aber genauso wenig in der Lage war, Gordons Fragen zu beantworten.

Der Portier nahm Gordon das Gepäck ab. In der Reisetasche befanden sich nur ein paar Hemden und Unterwäsche, denn Gordon hatte nicht die Absicht, lange zu bleiben. Sein Besuch in London hatte einzig und allein den Zweck, die Situation einzuschätzen. In ein oder zwei Tagen wollte er zurück sein in Paris, egal ob Isabelle bis dahin gestorben war oder ihre Verfassung unverändert blieb. Der junge Arzt hatte ihm erläutert, dass ihr Koma Wochen oder sogar Monate andauern konnte. Auf keinen Fall konnte er so lange in London bleiben. Er musste zurück und sich um seine eigenen Angelegenheiten kümmern, um die Geschäfte der Bank und auch um Teddy. Falls es nötig sein sollte, würde er alle paar Tage zwischen London und Paris hin und her pendeln. Aber wenn dieser Zustand wirklich länger andauerte, wäre es wohl das Beste, Sophie in Portugal anzurufen, damit sie nach Hause käme. Sie könnte ihm dann wenigstens die Sorge um Teddy abnehmen. Der Anruf machte ihm Angst, doch nach dem, was er heute Abend gesehen hatte, schien er unvermeidlich. Er musste seine Tochter vorbereiten, für den Fall, dass Isabelle starb.

Gordon trat an den Empfangsschalter und bat um Isabelles Schlüssel. Sofort kam der stellvertretende Direktor aus seinem Büro und ließ Gordon wissen, wie Leid ihm der Unfall tue.

»Es muss ein ganz schrecklicher Unfall gewesen sein. Wir sind alle sehr erschüttert ... so etwas Furchtbares ... eine so reizende Person ... wir wussten ja nichts, bis die Polizei anrief ...« So ging es einige Minuten lang, und Gordon nickte zu allem, was der Mann äußerte. »Wie geht es ihr denn, Sir?«, erkundigte sich der stellvertretende Direktor dann besorgt.

»Nicht sehr gut.« Dann beschloss Gordon herauszufinden, was der Mann sonst noch wusste und bemerkte: »Offenbar ist auch Mr. Robinson schwer verletzt worden.« Gordon versuchte in den Augen des jungen Mannes zu lesen, doch die Reaktion blieb unverändert: Mitgefühl und Händeringen.

Die offene Nachfrage, warum Bill und Isabelle sich eine Limousine geteilt hatten, wäre peinlich gewesen, und so suchte Gordon nach einem anderen Weg, etwas darüber zu erfahren. Das war aber kein leichtes Unterfangen.

»Was für ein Unglück, dass sie zusammen fuhren«, sagte Gordon unverbindlich. »Er ist ein alter Freund von mir. Sie müssen sich hier in London zufällig begegnet sein.«

»Ja, vermutlich«, bestätigte der stellvertretende Direktor mit einem Kopfnicken. »Ich glaube, ich habe sie gestern Nachmittag in der Lobby zusammen Tee trinken sehen.«

»Wissen Sie denn, wohin sie gestern Abend gefahren sein könnten?«, hakte Gordon nach, als versuchte er den Unfall zu rekonstruieren, aber der junge Manager schüttelte den Kopf.

»Ich kann den Portier fragen, ob er irgendwo für die beiden etwas reserviert hat.« Er entfernte sich einen Augenblick und überprüfte das, aber der Portier erklärte, Mr. Robinson habe bei all seinen Aufenthalten seine Reservierungen meist selbst vorgenommen und nur selten die Hilfe des Hotels in Anspruch genommen, außer bei der Buchung der Limousine. Das sei diesmal nicht anders gewesen. Aber er glaube, sein Kollege am Empfang habe für die beiden einen Tisch in Mark's Club reserviert.

»Er hat heute frei. Wenn er wieder kommt, kann ich ihn fragen. Oder ich kann auch im Club anrufen, wenn Sie das möchten. Bedauerlicherweise ist der Fahrer des Wagens umgekommen, wie Sie sicherlich wissen. Einer unserer besten Männer, ein Ire. Er hinterlässt eine Frau und vier Jungs. Eine schreckliche Tragödie«, ergänzte der Manager, offenbar selbst noch erschüttert von den Geschehnissen. Doch Gordon dankte ihm nur und nahm den Schlüssel. Auf seinem Weg nach oben dachte er über die Beobachtungen des Managers nach, Isabelle und Bill hätten am vergangenen Nachmittag in der Lobby miteinander Tee getrunken. Er fragte sich, ob sie sich womöglich über gemeinsame Kontakte in der Kunstszene kennen gelernt hatten oder ob Bill sie einfach angesprochen hatte. Sie war so ein Unschuldslamm; es war denkbar, dass sie sich ganz naiv mit einem solchen Mann anfreundete. Nun war gemeinsames Teetrinken in der Lobby sicherlich ein relativ harmloser Zeitvertreib. Doch um zwei Uhr morgens mit einem Mann in einer Limousine unterwegs zu sein, das fand Gordon ganz und gar nicht harmlos. Er konnte sich allerdings nicht vorstellen, was zwischen Robinson und ihr vorgegangen war. Jedenfalls erschien ihm die Sache verdächtig, und hätte es sich um eine andere Frau als Isabelle gehandelt, hätte er sofort auf das Nächstliegende getippt. Doch in Isabelles Fall konnte es auch gut eine einfache, harmlose Begründung dafür geben. Gordon brütete noch, als er ihr Zimmer betrat.

Der Raum strahlte eine unheimliche Atmosphäre aus. Es war, als wäre sie gerade erst hinausgegangen. Während er sich im Zimmer umsah, beschlich ihn das Gefühl, sie sei bereits gestorben. Ihr Make-up lag verstreut auf dem Tisch neben dem Waschbecken. Auf dem Haken hinter der Badezimmertür hing ihr Nachthemd. Ihre Kleider waren ordentlich im Schrank aufgereiht und auf dem Schreibtisch lagen Blättchen und Broschüren von Museen und Kunstgalerien. Und dann entdeckte er direkt daneben eine Streichholzschachtel aus Harry's Bar. Das fand er ungewöhnlich, denn Isabelle rauchte nicht. Und was zum Teufel hatte sie an einem Ort wie Harry's Bar zu suchen? Oder im Mark's Club? Und dann fiel sein Blick auf ein weiteres Streichholzbriefchen, es war aus dem Annabel's. Nun packte ihn kalte Wut. Vielleicht war der Abend mit Bill Robinson gar nicht so unschuldig gewesen, wie Gordon gehofft hatte. Ob sie diese Orte alle mit ihm aufgesucht hatte? Gordon suchte das Zimmer nach weiteren Beweisstücken ab, doch er fand weder Männerkleider noch Briefe, Notizen oder Blumen mit Karten. Keine Hinweise außer diesen beiden Streichholzschachteln aus zwei vornehmen Etablissements, die sie möglicherweise als Souvenirs mitgenommen hatte. Vielleicht hatte Robinson sie dorthin eingeladen, und sie war schwach geworden. Aller Wahrscheinlichkeit nach war alles ganz harmlos. Was auch immer sich zwischen den beiden in dieser Nacht oder vielleicht schon vorher abgespielt haben mochte, Isabelle hatte einen hohen Preis dafür bezahlt. Aber der Gedanke, dass es womöglich eine tiefere Verbindung zwischen den beiden gab, ließ ihn nicht los. Er steckte die Streichholzschachteln ein, setzte sich, sah sich noch einmal im Zimmer um und rief dann den Kellner an, um sich einen harten Drink kommen zu lassen.

Als Cynthia Robinson und ihre Töchter aus dem Flugzeug stiegen, war es in London eine halbe Stunde vor Mitternacht. Die beiden Mädchen hatten während des Flugs ein kurzes Nickerchen gemacht. Aber Cynthia hatte ihren Gedanken nachgehangen und aus dem Fenster gestarrt. Erst langsam erfasste sie das Unglück, das Bill ereilt hatte, in seiner ganzen Tragweite. Und sie hatte Angst, ihn zu sehen. Wenn sie Glück hatten, war er aus dem Koma aufgewacht, bis sie im Krankenhaus eintrafen, und vielleicht, aber nur vielleicht, würde er doch keine bleibenden Schäden von seinen Verletzungen davontragen. Mehr konnte sie um seinetwillen nicht hoffen.

Es dauerte eine halbe Stunde, bis sie durch die Zollkontrolle waren, dann wartete ein Wagen des Claridge's auf sie. Sie fuhren direkt zum Krankenhaus und trafen dort um ein Uhr morgens ein. Auch um diese Stunde war auf der Intensivstation noch Hochbetrieb, denn es waren gerade vier neue Traumapatienten eingeliefert worden. Doch Cynthia hatte keine Schwierigkeiten, sich den Schwestern vorzustellen und einen Arzt zu finden, der ihr über Bill Auskunft gab. In diesen Dingen war sie sehr geübt.

Derselbe junge Arzt, der zuvor mit Gordon gesprochen hatte, setzte sich mit ihr im Flur auf eine Bank und klärte sie in allen Einzelheiten auf. Jane und Olivia hörten zu. Bill liege noch immer im Koma und es gebe bis jetzt keinerlei Anzeichen auf Besserung. Im Wirbelsäulenbereich sei eine starke Schwellung aufgetreten, die auf die beschädigten Nerven drücke, und die Halswirbelfraktur sei gravierend. Als der Arzt mit seinem Bericht zu Ende war, war ihr klar, dass es um Bill sehr schlecht stand. Doch als Cynthia ihn dann sah, war sie trotzdem schockiert. Er war eingesperrt in einen abscheulich aussehenden Apparat, der seinen Nacken stützte, steckte in einem Ganzkörperkorsett und war übersät mit Stichen und Schnitten, kleinen Abschürfungen und Blutergüssen. Schwestern hielten Wache, ständig piepsten Monitore, und er war so totenbleich, dass beide Mädchen zu weinen anfingen, als sie ihn sahen. Cindy starrte ihren Ehemann fassungslos an, und plötzlich überwältigten sie alle Gefühle, die sie seit der Unfallnachricht unterdrückt hatte. Ihr schossen die Tränen in die Augen. Der Mann, der da vor ihr lag, war auf einmal nicht nur eine Ansammlung von Symptomen und Verletzungen, die der Arzt nüchtern aufzählte, sondern der Junge, in den sie sich auf dem College verliebt hatte. Jetzt begriff sie, wie schwer verletzt Bill war. Es kostete sie alle Kraft, sich halbwegs unter Kontrolle zu bekommen.

Jane und Olivia drückten sich in eine Zimmerecke und hielten sich lautlos weinend umklammert. Als eine der Krankenschwestern den Respirator überprüfte, näherte sich Cindy vorsichtig Bills Bett. Sie berührte seine Hand, die sich gar nicht vertraut anfühlte, und musste so sehr weinen, dass sie es nicht schaffte, sich über ihn zu beugen und ihm einen Kuss zu geben. Im ganzen Raum roch es ekelhaft nach Desinfektionsmitteln. Bills Brust war entblößt, und überall klebten Drähte, die zu den Monitoren führten.

»Hallo, Liebster«, flüsterte sie, als sie neben ihm stand. »Ich bin's, Cindy.« Sie war wieder ganz Mädchen, während sie ihn ansah, und tausend Bilder überfluteten ihren Kopf, von ihrer ersten Begegnung, von ihrer Heirat und von dem Tag, als sie ihm sagte, sie sei schwanger. So viele Erinnerungen und Augenblicke, und jetzt lag er hier, und das Leben war von Grund auf verändert. Unvorstellbar, wie sie jemals wieder in die Normalität zurückfinden sollten. Und schlagartig wusste sie, dass sie nicht wollte, dass er starb, selbst wenn eine Behinderung zurückblieb, egal, wie groß diese sein würde. Sie wollte ihn nicht verlieren. Und zum ersten Mal seit Jahren spürte sie, dass sie ihn noch immer liebte. »Ich liebe dich«, sagte sie immer und immer wieder, »ich möchte, dass du jetzt die Augen aufmachst. Die Mädchen sind hier. Sie möchten dich sprechen, Liebster.«

»Er kann Sie nicht hören, Mrs. Robinson«, sprach eine der Schwestern sie zaghaft an.

»Das weiß man nicht«, entschied Cindy. Cynthia war keine Frau, mit der man sich gern anlegte, und in diesem speziellen Augenblick wollte sie absolut nicht hören, was die Schwester zu ihr sagte. Außerdem hatte sie jahrelang Geschichten von Leuten gehört, die im Koma gelegen und alles verstanden hatten, was um sie herum gesprochen wurde. Cynthia redete unbeirrt weiter auf ihn ein. Sie und die Mädchen blieben zwei Stunden bei ihm, bis der Arzt, der Bill untersuchte, ihnen vorschlug, sich doch ein wenig Ruhe zu gönnen und dann am Morgen wiederzukommen. Bills Zustand sei bisher unverändert geblieben.

»Was meinen Sie, sollte ich hier bei ihm übernachten?« wollte Cindy vom Arzt wissen. Sie war schließlich nicht den ganzen weiten Weg von Connecticut angereist, um sich ins Claridge's zu setzen. Sie wollte bei Bill sein, wollte sehen, was man mit ihm machte. Aber nach allem, was sie bisher gesehen hatte, waren medizinische Versorgung und Pflege ausgezeichnet.

»Ich finde, Sie sollten ins Hotel gehen. Wir rufen Sie an, falls sein Zustand sich irgendwie ändern sollte«, erklärte der Arzt mit Nachdruck. Ihm war klar, dass er es hier mit einer Frau zu tun hatte, die Klartext hören wollte. Kein Drumherumreden, kein Verschweigen unangenehmer Tatsachen. Sie wollte die ganze Wahrheit erfahren und würde sich mit nichts Geringerem zufrieden geben. »Ich verspreche Ihnen, wir rufen Sie an.« Nach einer weiteren halben Stunde hatte er sie endlich überzeugt. Unten wartete ihr Fahrer auf sie. Es war inzwischen vier Uhr morgens. Cynthia und die Mädchen waren todmüde, als sie das Krankenhaus verließen.

Cynthia hatte im Claridge's ein Zimmer für Olivia und Jane reserviert, sie selbst wollte in Bills Zimmer übernachten. Und als sie die Tür mit dem Schlüssel öffnete, den man ihr am Empfang gegeben hatte, überfiel sie das gleiche unheimliche Gefühl, das auch Gordon beim Betreten von Isabelles Zimmer verspürt hatte. Sie kam sich wie ein Eindringling vor. Seine Aktenmappe stand da, auf den verschiedenen Tischen des Zimmers lagen Papiere verteilt, und sie entdeckte einen Stapel Broschüren aus Kunstgalerien und Museen, was ihr befremdlich erschien. Seit wann hatte Bill denn Zeit, Museen zu besuchen? Es lagen auch ein halbes Dutzend Quittungen von American Express herum, darunter eine von Harry's Bar und eine von Annabel's. Doch sie wusste, dass er diese Orte immer, wenn er in London war, mit Freunden und Geschäftskollegen aufsuchte. Deshalb fand sie auch nichts Ungewöhnliches daran. Als sie seinen Schlafanzug anzog, kamen ihr die Tränen. Auf einmal hatte sie Angst, ihn zu verlieren, und als sie die Mädchen anrief, um zu hören, wie es ihnen ging, weinten auch sie. Für sie alle war es ein harter Tag gewesen. Die Mädchen hatte der Anblick ihres Vater sogar noch mehr erschüttert als ihre Mutter. Es fiel schwer, die Hoffnung aufrecht zu halten, nachdem sie ihn gesehen hatten. Er hatte ausgesehen, als liege er im Sterben.

Cynthia konnte nicht einschlafen, weil sie das Schluchzen der Mädchen nicht aus dem Kopf bekam. So zog sie einen Morgenmantel über Bills Schlafanzug und ging den Flur hinunter, um nach ihnen zu sehen. Sie wollte ihre Töchter nur in den Arm nehmen und sie trösten. Schließlich setzte sie sich zu ihnen und blieb eine halbe Stunde bei ihnen. Als sie die beiden wieder verließ, war es fast fünf Uhr morgens. In Bills Zimmer legte sie sich ins Bett und weinte in das Kissen, das noch immer nach ihm roch. Es war schon nach sechs am Freitagmorgen, als sie endlich Schlaf fand.

Sofort nach dem Aufwachen rief Cynthia im Krankenhaus an, um zu hören, wie es Bill ging. Sein Zustand hatte sich in der Nacht nicht verändert. Pulsschlag, Herzfrequenz und Blutdruck waren zwar ein wenig stabiler geworden, doch er lag noch immer im Koma. Inzwischen war es elf Uhr morgens und

Cindy fühlte eine bleierne Müdigkeit. Sie sah nach den Mädchen und stellte fest, dass beide noch fest schliefen. Dann ging sie zurück aufs Zimmer, badete und zog sich an. Kurz vor Mittag war sie bereit, um ins Krankenhaus zu fahren. Da sie die Mädchen nicht wecken wollte, hinterließ sie ihnen die Nachricht, sie werde sich vom Krankenhaus aus melden. Unten wartete schon der Wagen auf sie. Sie stieg ein und gab dem Fahrer die Adresse. Dieser kam unterwegs auf den Unfall zu sprechen. Der Fahrer, der dabei umgekommen war, sei einer seiner besten Freunde gewesen. Er bekundete Cynthia sein Mitgefühl und sie dankte ihm.

Als sie ins Krankenhaus kam, war an Bill keine Änderung zu bemerken. Nachdem sie eine Weile mit ihm gesprochen hatte, ließ sie sich im Wartezimmer nieder, um auf einen seiner Ärzte zu warten. Während sie dort saß, sah sie einen Mann vorbeigehen. Er war groß und sehr gepflegt, trug einen gut geschnittenen Anzug und hatte eine vornehme, respekteinflößende Ausstrahlung, die sofort ins Auge stach. Er blieb stehen, um mit den Schwestern am Empfang zu sprechen, und sie sah, wie diese den Kopf schüttelten und ihn entmutigt ansahen. Sein Mund verhärtete sich, und er verschwand den Flur hinunter in Richtung von Bills Zimmer.

Cynthia fragte sich, was diesen Mann wohl hierher führte. Später sah sie ihn aus einem Zimmer kommen, das dem von Bill gegenüberlag. Nachdem er im Flur mit einem der Ärzte gesprochen hatte, verließ er die Station, und Cynthia konnte sich des Eindrucks nicht erwehren, dass er in demselben qualvollen Wartespiel gefangen war wie sie. Sie konnte es sich nicht erklären, aber irgendetwas an ihm kam ihr ungewöhnlich vor. Er schien sich auf der Intensivstation äußerst unwohl zu fühlen, und Cynthia glaubte sowohl Widerstand als auch Wut bei ihm zu spüren, als könnte er es kaum ertragen, in eine solche Situation gezwungen zu werden. Er wirkte rastlos, bedrückt und angespannt. Als sie wieder in Bills Zimmer kam, ließ sie einer Schwester gegenüber eine entsprechende Bemerkung fallen.

Cynthia wusste nichts von Isabelle und ihrem Zustand, der sich mittlerweile noch verschlechtert hatte. Die Ärzte hatten

Gordon gerade mitgeteilt, die Lage seiner Frau lasse kaum mehr Hoffnung zu. Ihre zahlreichen Verletzungen ließen ihre Widerstandskräfte schwinden, und sie war in ein noch tieferes Koma gefallen. Man hatte den Entschluss gefasst, keine weitere Operation mehr zu wagen, da sie einer weiteren Kreislaufbelastung nicht gewachsen war. Gordon war daraufhin ins Hotel zurückgekehrt, um sein Büro anzurufen und weitere Nachrichten abzuwarten. Seiner Sekretärin teilte er ohne Angabe von Gründen mit, er bleibe übers Wochenende in London, dann rief er Teddys Pflegerinnen an, um sich nach ihm zu erkundigen. Die Verantwortung für seinen Sohn belastete ihn sehr. Nie zuvor war er damit konfrontiert gewesen. Doch er ließ Teddy und auch dessen Pflegerin gegenüber kein Wort über Isabelles Zustand verlauten.

Er sagte dem Jungen lediglich, er sei übers Wochenende weggefahren und verbringe die Tage in London mit Isabelle.

»Mama wollte gestern nach Hause kommen«, erwiderte er enttäuscht. »Warum bleibt sie noch?«

»Weil sie hier noch was zu erledigen hat, ganz einfach«, herrschte Gordon ihn an, aber dieser brüske Ton war nichts Neues für Teddy. Sein Vater hatte ihm gegenüber nie Interesse oder Geduld aufgebracht.

»Sie hat mich aber nicht angerufen. Sag ihr doch bitte, sie soll mich anrufen«, bat Teddy ein wenig weinerlich, und Gordon war irritiert. Er wusste nicht, welche Ausrede er Tddy gegenüber gebrauchen sollte, um zu erklären, weshalb seine Mutter ihn nicht angerufen habe.

»Sie wird dich schon noch anrufen. Sie hat hier was mit mir zu erledigen«, log er den Jungen an. Er sah keine andere Möglichkeit. Gerade jetzt würde er ihm mit einer Lüge einen weitaus größeren Gefallen tun als mit der Wahrheit. Teddy war zu zart, um in aller Offenheit zu erfahren, was passiert war, vor allem nicht übers Telefon. Wenn man es ihm schon sagen musste, wollte Gordon das wenigstens persönlich tun, in Anwesenheit von Teddys Arzt. Allerdings hatte Gordon auch Sophie noch nicht angerufen. Er wollte doch erst abwarten, wie die Dinge sich entwickelten. Es wäre sinnlos gewesen, sie in Angst zu versetzen. Sollte Isabelle sterben, ohne noch einmal zu Bewusstsein zu kommen, hielt Gordon es für besser, wenn Sophie sie nicht mehr sah. Diese Entscheidung hatte er am Morgen getroffen.

»Sag Mama, dass ich sie lieb habe«, bat Teddy noch, ehe sein Vater auflegen konnte. Das Gespräch war ihm unangenehm.

Kurz darauf kehrte Gordon wieder ins Krankenhaus zurück, um nach Isabelle zu sehen. In ihrem Zimmer angekommen, blieb er im hintersten Winkel stehen und beobachtete gequält all die Handgriffe, welche die Schwestern und Pfleger an ihr verrichteten. Anders als Cynthia, die auf Bill zugegangen war, trat er auch jetzt nicht ans Bett seiner Frau. Er sagte kein Wort und berührte sie nicht. Er bekam seinen Ekel einfach nicht in den Griff.

»Möchten Sie einen Moment allein sein mit Ihrer Frau?«, fragte ihn eine der Schwestern freundlich. Er tat ihr Leid, weil er so elend aussah.

Aber Gordon antwortete, ohne zu zögern: »Nein, danke. Sie kann mich ohnehin nicht hören. Ich gehe ins Wartezimmer. Rufen Sie mich doch bitte, wenn eine Veränderung eintritt.« Und damit flüchtete er und setzte sich zu Olivia und Jane in den Warteraum. Nach einer Weile trat Cynthia zu ihnen. Gordon hatte keine Ahnung, wer sie waren, und es interessierte ihn auch nicht. Daher überraschte es ihn, dass Cynthia ihn anlächelte. Sie sah müde und blass aus; ihr T-Shirt war fleckig, als hätte sie etwas darüber geschüttet. Voller Mitleid sah sie ihn an.

»Es tut mir so Leid um Ihre Frau«, sagte sie, denn sie hatte die Schwestern über Isabelle reden hören und wusste, dass ihr Zustand sogar noch kritischer war als der von Bill. Wer Isabelle war, davon ahnte Cynthia allerdings nichts.

»Danke«, antwortete Gordon kurz angebunden. Er hatte kein Verlangen danach, im Warteraum einer Intensivstation Bekanntschaften zu machen. Aber er wollte sich auch nicht länger Isabelles Anblick und der Atmosphäre ihres Zimmers aussetzen. So blieb ihm wohl nur die Rückkehr ins Claridge's, und genau das hatte er erwogen, als Cynthia ihn ansprach. Völlig überraschend streckte sie ihm nun die Hand hin und stellte sich vor. Sie hatte an seiner Sprechweise den Amerikaner erkannt und fühlte sich ihm auf seltsame Weise verbunden. Beide waren sie weit weg von zu Hause, gefangen in einer verzweifelten Situation.

»Ich bin Cynthia Robinson«, sagte sie schlicht. Eine ihrer Töchter war eingedöst und die andere in eine Zeitschrift vertieft. Die beiden schienen Cynthia und Gordon gar nicht wahrzunehmen. Sobald Gordon den Namen hörte, weiteten sich seine Augen vor Erstaunen, und das entging Cynthia nicht. »Ich bin wegen meines Mannes hier. Er hatte vor zwei Tagen ein Autounfall. Wir sind gestern Nacht mit dem Flugzeug gekommen.« Während Gordon ihr zuhörte, fragte er sich, ob sie sich der Situation voll und ganz bewusst war. Wenn ja, schien sie sich darüber nicht aufzuregen. Ihre ganze Sorge galt offenbar dem Gesundheitszustand ihres Mannes, und das fand Gordon sehr nobel von ihr. Ihn selbst bewegte hingegen immer noch die Frage, was Isabelle und Bill wohl zusammengeführt hatte. Und Gordon beschloss, ganz offen darüber zu reden.

»Ich nehme an, Sie wissen, dass meine Frau und Ihr Mann zusammen in dem Wagen saßen, als sie mit dem Bus zusammenstießen?« Bei seinen Worten sah sie plötzlich aus, als ob man ihr einen Schlag versetzt hätte. Augenblicklich wurde Gordon klar, dass keiner mit ihr über Isabelle gesprochen hatte.

»Wie meinen Sie das?« Cynthia wurde noch eine Spur blasser als zuvor.

»Genau, wie ich es gesagt habe. Sie waren zusammen in der Limousine. Ich habe keine Ahnung, warum, und auch nicht, woher sie einander kannten. Ich habe Ihren Mann vor Jahren einmal in Paris kennen gelernt, aber ich kann mich nicht daran erinnern, ob meine Frau damals dabei gewesen ist. Offenbar haben die beiden am Mittwoch Nachmittag gemeinsam Tee getrunken. Und dann saß sie nachts mit ihm in der Limousine. Ihr Zustand ist sehr ernst, sie liegt in tiefem Koma und womöglich werden wir nie erfahren, was sie miteinander zu tun gehabt haben. Vermutlich ist auch Ihr Mann nicht in der Verfassung, uns die Hintergründe des Vorfalls zu erklären.«

Cynthia ließ sich ihm gegenüber auf einen Stuhl fallen. Sie sah schrecklich mitgenommen aus. »Das hat man mir nicht gesagt. Ich dachte, er sei allein gewesen mit dem Fahrer.«

»Offenbar leider nicht. Meine Frau ist von Paris hierher geflogen, um sich ein paar Kunstausstellungen anzusehen. Sie ist eine leidenschaftliche Kunstliebhaberin. Aber ich weiß nicht, was sie sonst noch in London gemacht hat.« Cynthia starrte ihn an, als ihr die Kataloge verschiedener Galerien und Museen in Bills Zimmer wieder einfielen. »Hat Ihr Mann sie je erwähnt? Sie heißt Isabelle Forrester.« Es war Gordon etwas peinlich, mit ihr darüber zu reden, und die Situation war sicherlich mehr als merkwürdig, aber es gab Fragen, auf die er jetzt eine Antwort haben wollte, und diese fremde Frau war im Moment die Einzige, an die er sie richten konnte. Aber Cynthia schüttelte den Kopf. Sie wusste noch weniger als er.

»Ich habe ihren Namen noch nie gehört. Ich wusste nicht einmal, dass mein Mann in London ist. Als ich zuletzt mit ihm sprach, war er in New York. Aber wir stehen in keinem sehr engen Kontakt zueinander«, schloss sie leise.

»Sind Sie geschieden?«, forschte Gordon neugierig nach, eine Frage, die ihr einen Stich versetzte.

»Nein, aber er ist viel auf Reisen und führt ein sehr unabhängiges Leben.« Sie wollte ihm nicht erzählen, dass ihre Ehe sich seit Jahren nur noch dahinschleppte.

»Das trifft auf meine Frau nicht zu. Wir haben einen kranken Sohn, um den sie sich seit vierzehn Jahren gekümmert hat, und sie verlässt das Haus so gut wie nie. Diese Reise ist die erste seit Jahren, und ich vermute daher, es war alles ganz harmlos. Ich habe mir überlegt, dass sie Ihren Mann im Claridge's kennen gelernt haben könnte, vielleicht in der Lobby. Ich glaube nicht, dass wir voreilige Schlüsse ziehen sollten. Allerdings ist es natürlich seltsam, dass sie um zwei Uhr morgens gemeinsam in einem Auto fuhren.« Er schien fast ein Selbstgespräch zu führen.

»Ja, das ist tatsächlich merkwürdig«, gab Cynthia nachdenklich zu. Es sprach einiges dafür, dass Bill eine Affäre gehabt haben könnte. Sie selbst hatte in den vergangenen Jahren mehr als eine gehabt, und Bill und sie waren sich körperlich schon seit Jahren nicht mehr nahe gekommen. Doch die Frau, die Gordon Forrester beschrieb, schien ihr als Kandidatin für ein romantisches Wochenende in einer fremden Stadt eher nicht in Frage zu kommen. Cynthia konnte sich nicht einmal vorstellen, wie er sie hätte kennen lernen sollen. Aber der Gedanke, dass die beiden zusammen gewesen waren, gefiel ihr nicht. Und als sie und Gordon das Gespräch fortsetzten, merkte sie auf einmal, dass ihre beiden Töchter den Wortwechsel mit Interesse verfolgt hatten. »Schade, dass wir sie nicht fragen können«, meinte Cynthia. Immer wieder musste sie an die Kunstkataloge denken. Dann erinnerte sie sich an die Quittungen aus dem Annabel's und aus Harry's Bar. Vielleicht war diese Frau weitaus weniger unschuldig, als ihr Ehemann dachte, trotz des kranken Sohnes und der Tatsache, dass sie verheiratet war.

»Wenn sie sterben, werden wir die Antwort nie erfahren«, meinte Gordon unverblümt.

»Ohne den Unfall hätten wir es wahrscheinlich auch nie erfahren. Vielleicht müssen wir das einfach akzeptieren«, meinte Cynthia weich. Sie war sich nicht einmal sicher, ob sie Genaueres wissen wollte. Ebenso wie es Fragen gab, die sie von Bill nicht hören wollte, gab es Fragen, die sie ihm nie gestellt hätte. Vor allem jetzt, da er nach dem Unfall um sein Leben kämpfte, wollte sie in die dunklen Ecken, die es in ihrer beider Leben gab, lieber nicht hineinleuchten. Doch Gordon ließ seinen forschenden Lichtstrahl weiterhin schweifen. Ganz offenkundig beunruhigte ihn dieses Geheimnis sehr.

»Wahrscheinlich kann uns auch kein anderer weiterhelfen«, grübelte Gordon weiter.

»Wenn sie irgendetwas miteinander hatten, können wir nur hoffen, dass keiner etwas davon mitbekommen hat«, meinte Cynthia pragmatisch.

»Ja, hoffentlich. Der Fahrer hätte uns etwas sagen können.«

»Vielleicht müssen wir das alles einfach so hinnehmen und nicht weiter nach einer Antwort suchen. Sie kämpfen jetzt beide um ihr Leben, und es dürfte uns eigentlich nur interessieren, ob sie es schaffen. Was davor gewesen ist, geht uns nichts an.«

»Das ist sehr großzügig von Ihnen«, meinte Gordon, schien mit ihrem Vorschlag aber ganz und gar nicht einverstanden zu sein. Wenn Isabelle ihn betrogen hatte, wollte er das wissen. Er war inzwischen von ihrer Unschuld weitaus weniger überzeugt als noch wenige Stunden zuvor.

»Mein Mann ist sehr diskret. Was auch immer geschehen sein mag, wird nie ans Licht kommen. Es wäre nicht seine Art, sich unangemessen zu verhalten oder gar einen Skandal zu provozieren, der ihn oder andere bloßstellte.«

»Und meiner Frau sieht es nicht ähnlich, sich auf einen anderen Mann einzulassen«, entfuhr es Gordon ein wenig heftig. Cynthia spürte jedoch, dass er das eher sagte, um seinen Stolz zu wahren, und weniger, um Isabelles Ruf zu verteidigen. »Und ich glaube auch nicht, dass sie etwas mit Ihrem Ehemann hatte. Ich bin sicher, es gibt eine vernünftige, harmlose Erklärung für die ganze Sache.«

»Das hoffe ich«, erwiderte Cynthia gelassen und sah Gordon in die Augen. Sie wollte ihm klarmachen, welchen Standpunkt sie vertrat. »Ich denke, Sie sollten wissen, dass ich nicht vorhabe, meinen Mann danach zu fragen.«

»Ich hingegen habe sehr wohl die Absicht, meine Frau zu fragen, wenn sie aus dem Koma erwacht. Die beiden sind uns eine Erklärung schuldig, meine ich.«

»Warum? Was würde das ändern?«, fragte sie ihn, sehr zum Erstaunen ihrer Töchter. »Was würde dadurch anders? Und wenn sie sterben, brauchen wir es nicht zu wissen.«

»Ich schon. Sollte sie auf irgendeine Weise mir gegenüber unlauter gehandelt haben, ist es mein Recht, dies zu erfahren. Sollte das nicht der Fall sein, werde ich die beiden gerne freisprechen.«

»Es steht mir nicht zu, meinen Mann freizusprechen. Er ist erwachsen. Mir würde es zwar nicht gefallen, wenn er etwas mit Ihrer Frau gehabt hätte, aber es gibt doch Dinge im Leben, von denen man besser nichts weiß.«

»Da bin ich ganz anderer Ansicht, Mrs. Robinson«, sagte er schroff, als könnte er sich nur wundern, was für eine Ehe die Robinsons wohl führten. Vermutlich keine schlechtere als er und Isabelle, doch nie hätte er einem anderen gegenüber zugegeben, dass seine Ehe seit Jahren nur noch eine Farce war. Es wäre tatsächlich gar nicht so bemerkenswert gewesen, wenn Isabelle eine Affäre gehabt hätte; sie war jung, gefühlvoll und natürlich auch nur ein Mensch. Gordon wusste besser als jeder andere, wie einsam sie war. Doch genau deshalb wollte er auch wissen, was eigentlich geschehen war, ob sie ihn wirklich betrogen hatte oder einfach nur sehr naiv war und ahnungslos mit einem fremden Mann zum Essen ging. Auf jeden Fall war zwei Uhr morgens eine ungewöhnliche Uhrzeit, um noch unterwegs zu sein. Er konnte sich nicht recht vorstellen, wo die beiden um diese Zeit gewesen sein und was sie getan haben mochten. Eine Kunstausstellung hatten sie wohl kaum besucht.

Cynthia kehrte jetzt zu Bill zurück, und die Mädchen starrten Gordon schweigend an. Nach ein paar Minuten ging er zu den Schwestern am Empfang und teilte ihnen mit, er werde nun ins Claridge's zurückfahren, wo man ihn aber jederzeit erreichen könne, sofern sich etwas änderte. Er hatte genug vom Warteraum und von Cynthia Robinson und ihrer liberalen Haltung. Wahrscheinlich betrog Bill sie regelmäßig, und sie schien nur allzu bereit zu sein, das auch noch zu akzeptieren. Zweifellos betrog sie selbst ihren Mann ebenfalls.

Doch als Cynthia nun an Bills Bett stand und ihn ansah, wurde ihr das Herz schwer. Mochte es Gordon auch gelingen, sich einzureden, dass Isabelle und Bill zu so später Stunde in aller Unschuld zusammen waren, Cynthia konnte dies beim besten Willen nicht glauben. Während sie dastand und Bill ansah, liefen ihr langsam die Tränen übers Gesicht, und sie fragte sich, ob sie ihn nach all den Jahren nun doch verloren hatte. So lange Zeit hatte sie ihm die kalte Schulter gezeigt, so oft war sie unfreundlich zu ihm gewesen, kalt und abweisend. Immer wieder hatte sie das Leben kritisiert, das er führte und das sie schon seit Jahren nicht mehr teilte, aber jetzt, da sie ihn womöglich für immer verloren hatte, hätte sie ihm so gern gesagt, dass sie ihn noch immer liebe. Sie wusste nicht, ob sie die Gelegenheit dazu bekommen würde, aber aus ganzer Seele wünschte sie sich, ihm noch einmal sagen zu können, wie viel er ihr bedeute. Das war ihr selbst bis gestern Nacht nicht klar gewesen. Doch jetzt wusste sie es und sie wünschte sich, dass Bill es auch wüsste. Die Frage, was Isabelle Forrester ihm wohl bedeutete oder ob er diese Frau liebte, ging Cynthia nicht mehr aus dem Kopf. Falls sie ihn tatsächlich endgültig verloren hatte, dann war es ihre eigene Schuld, das war Cynthia bewusst. Sie hätte es verdient, darüber gab es gar keinen Zweifel. Jetzt sah sie plötzlich ganz deutlich, wie dumm sie in all den Jahren gewesen war.

KAPITEL 5

Gordon verbrachte den Freitagabend im Claridge's mit einem Buch, das er sich auf dem Rückweg vom Krankenhaus gekauft hatte. Sonst hatte er nichts zu tun. Natürlich hätte er in London auch Freunde anrufen können, aber er war noch nicht bereit, anderen zu erzählen, was passiert war. Erst wollte er abwarten, was mit Isabelle geschah. Doch er konnte sich auf die Lektüre nur schwer konzentrieren. Spätabends rief er noch einmal im Krankenhaus an, aber es gab keine Neuigkeiten. Seit dem Unfall waren achtundvierzig Stunden vergangen, und Isabelle hielt durch, ohne dass sich ihr Zustand veränderte. Noch war keine Besserung eingetreten, doch es ging ihr auch nicht schlechter. Gordon dachte kurz daran, vor dem Schlafengehen noch einmal ins Krankenhaus zu fahren, aber der Gedanke, seine Frau wieder so hilflos zu sehen, war ihm unerträglich. Ihr Anblick machte ihm namenlose Angst, wenngleich er das niemals zugegeben hätte.

Zur selben Zeit saß Cynthia noch immer an Bills Bett. Die Mädchen waren zum Abendessen ins Claridge's zurückgekehrt, aber Cynthia hatte beschlossen zu bleiben. Von Zeit zu Zeit ging sie ins Schwesternzimmer, um sich eine Tasse Tee zu holen, und das Personal war sehr freundlich zu ihr. Doch Cynthia hatte viel nachzudenken und wollte allein sein. Während sie ihren Mann dabei beobachtete, wie er um sein Leben kämpfte, fragte sie sich, ob sie wohl je Gelegenheit bekommen würde, ihm all das zu sagen, was sie ihm gerne gesagt hätte. Sie hatte den Wunsch, Erklärungen und Entschuldigungen abzugeben für viele Jahre. Ohne von Bill jemals darauf angesprochen worden zu sein, ahnte Cynthia, dass er von ihren Affären etwas mitbekommen hatte. Einige davon waren ganz offenkundig gewesen, andere diskreter.

Nachdem sie es aufgegeben hatte, sich um ihre Ehe zu bemühen, ließ sie bald jede Vorsicht fahren. Jetzt konnte sie sich nicht einmal mehr erklären, warum sie sich mit solcher Entschiedenheit von Bill abgewandt hatte. Vielleicht aus Eifersucht auf das interessante Leben, das er führte, und die Leute, die er traf? Sie hatte nie von ihm abhängig sein wollen und hatte ihm auf diese Weise womöglich zu beweisen versucht, dass sie ihn nicht brauchte. Es hatte sie immer geärgert, dass sie nicht mehr als ein Anhängsel eines einflussreichen Mannes sein sollte. Letztlich war dies der Grund gewesen, dass sie sich gefühlsmäßig von ihm entfernte. Er war immer so beschäftigt und viel unterwegs, und sie hatte sich oft vernachlässigt und abgelehnt gefühlt. Sie wollte mehr sein als eine Mutter mit zwei Kindern, die am Stadtrand lebte; sie sehnte sich nach Glanz und Abwechslung in ihrem eigenen Leben. Jetzt wurde ihr klar, dass sie die aufregende Seite des Lebens auf falschen Wegen gesucht hatte. Doch ihre größte Angst war, dass diese Erkenntnis zu spät kam.

Es war schon Mitternacht, und noch immer saß sie in einer Ecke von Bills Zimmer auf einem Stuhl, in Gedanken versunken. Plötzlich glaubte sie für den Bruchteil eines Augenblicks zu hören, wie er sich regte.

»Bill?« Sie stand auf und betrachtete ihn aus der Nähe. Die Schwester war gerade aus dem Zimmer gegangen, um einen neuen Beutel Nährlösung für den Tropf zu holen. Cynthia glaubte eine Bewegung seiner Augenlider zu erkennen, wie bei jemandem, der träumte. Als die Schwester wieder kam, stand Cindy ganz nah an Bills Bett. Sofort warf die Schwester einen schnellen Kontrollblick auf die Monitore, aber alles war in Ordnung.

»Was ist denn, Mrs. Robinson?«, fragte sie, während sie die Flasche austauschte und die Bettdecke über den Beinen des Patienten glatt strich.

»Ich glaube… ich weiß nicht… einen Augenblick lang dachte ich… es hört sich lächerlich an… aber ich dachte, er hätte sich bewegt.« Die Schwester sah sich Bill genauer an, aber da war kein Lebenszeichen. Sie klingelte nach einer weiteren Schwester. Dann maßen sie noch einmal Blutdruck und Puls. Die Werte waren im Lauf des Tages etwas stabiler geworden. Seit dem Unfall waren genau achtundvierzig Stunden vergangen, und Cynthia war seit vierundzwanzig Stunden hier. Es kam ihr vor wie eine Ewigkeit.

Die verantwortliche Schwester stellte den Herzmonitor ein, und dabei spürte auch sie eine schwache Bewegung in einer seiner Hände. Sie betrachtete ihn daraufhin sorgfältig und untersuchte seine Augen, indem sie mit einem dünnen Lichtstrahl die Pupillen kontrollierte. Cindy sah ihr gespannt zu. Dieses Mal gab es gar keinen Zweifel: Bill gab einen erstickten Laut von sich, ein leises, schmerzliches Stöhnen. Es war sein erster Ton seit zwei Tagen, und Cynthias Augen füllten sich mit Tränen.

»O mein Gott«, flüsterte sie, als er erneut einen Laut ausstieß. Es hörte sich an wie ein verletztes Tier. Als sie seine Finger berührte, zitterten seine Augenlider. Die Schwester drückte auf einen Kopf, um den Dienst habenden Arzt herbeizurufen. Am Schalter leuchtete eine Lampe auf, und in Sekundenschnelle war der Arzt da.

»Was gibt's?«, fragte er die Schwester, als er das Zimmer betrat. Er war schon viele Stunden im Dienst und sah so müde aus, wie Cynthia sich fühlte. »Irgendwelche Veränderungen?«

»Er hat zwei Mal gestöhnt«, sagte die Schwester.

»Und ich glaube, er hat seine Hand ein bisschen bewegt«, ergänzte Cynthia, als auch der Arzt einen Lichtstrahl in Bills Augen fallen ließ. Erneut reagierte Bill mit einem Stöhnen. Cynthia hatte es genau gehört, und der Arzt wechselte einen Blick mit der Schwester. Sie wollten seiner Frau keine voreiligen Hoffnungen machen, aber offenbar kam er zu sich. Es war ein erfreuliches Zeichen und die erste Ermutigung, die sie seit zwei Tagen erfuhren.

»Kannst du mich hören, Bill? Ich bin es, ich bin hier.... Ich liebe dich, mein Schatz. Kannst du die Augen aufmachen? Ich möchte mit dir sprechen. Ich habe darauf gewartet, dass du aufwachst.« Bill versuchte seine Schultern zu bewegen und stöhnte diesmal lauter, vermutlich vor Schmerz.

»Ich werde jetzt Ihre Hand berühren, Mr. Robinson. Wenn Sie mich hören können, bitte ich Sie, meinen Finger zu drücken, und zwar so fest Sie können.« Der Arzt hatte sich über sein Gesicht gebeugt und sprach ihm direkt ins Ohr. Dann legte er einen Finger in Bills Hand und wartete, ob eine Reaktion erfolgte. Zunächst geschah nichts, dann legten sich Bills Finger langsam, ganz langsam um den Finger des Arztes, der sich auf Bills Handfläche befand. Es gab kein anderes sichtbares Zeichen des Erkennens, aber er hatte ganz eindeutig die Stimme des Arztes vernommen und die Worte verstanden.

»O mein Gott, er hat es gehört«, sagte Cynthia unter Tränen. »Kannst du mich hören, Liebster? Ich bin hier ... mach die Augen auf, bitte ...« Bills Gesicht blieb reglos. Doch dann, ganz langsam, runzelte er, ohne die Augen zu öffnen, die Stirn, sein Mund klappte auf, und er fuhr sich mit der Zunge über die ausgetrockneten Lippen. Cynthia hatte den Eindruck, sie wohnte einem Wunder bei, als er langsam zum Bewusstsein zurückkehrte.

»Das ist sehr gut, Mr. Robinson«, sagte der Arzt nah an Bills Gesicht. »Ich möchte, dass Sie meinen Finger noch einmal drücken.« Diesmal stöhnte Bill vor Protest, als würde man ihn quälen, aber er tat es wieder, dieses Mal mit der anderen Hand. Beide Schwestern und der Arzt sahen einander triumphierend an. Der Patient erwachte. Schwer zu sagen, wie viel er tatsächlich hörte, aber er reagierte ganz eindeutig auf Außenreize. Cynthia hätte vor Freude am liebsten einen Luftsprung gemacht und alle beiseite geschoben, um Bill um den Hals zu fallen. Aber sie rührte sich nicht vom Fleck. Niemals hätte sie riskiert, ihm weh zu tun.

»Wäre es Ihnen vielleicht möglich, die Augen zu öffnen, wenn Sie sich sehr anstrengen, Mr. Robinson? Ich fände es sehr schön, wenn Sie das schaffen würden«, drängte der Arzt, Lange ließ Bill keine Reaktion erkennen, und Cynthia fürchtete schon, er wäre wieder ins Koma abgeglitten. Er sah noch immer aus, als schliefe er. Da berührte der Arzt beide Augenlider Bills, als wollte er ihn und sein Gehirn daran erinnern, wo sich die entsprechenden Muskeln befanden. Bill stöhnte erst leise, dann schlug er, ohne einen weiteren Laut von sich zu geben, beide Augen auf und sah den Arzt an.

»Hallo«, begrüßte ihn der junge Arzt mit einem Lächeln. »Das war sehr gut. Freut mich, Sir.«

Bill ließ ein leises »Hmmm…« hören, dann schloss er die Augen wieder. Aber ein oder zwei Sekunden lang hatte er den Arzt direkt angeschaut. Mehr schien er im Moment nicht zu schaffen. Langsam glitt Bill wieder an den Ort zurück, an dem er gewesen war. Er hatte von Isabelle geträumt.

»Würden Sie das vielleicht noch einmal versuchen?« Dieses Mal war ein heftiges Ächzen zu hören, das jeder neben dem Bett als »nein« verstand. Doch einen Augenblick später schlug Bill erneut die Augen auf. »Wir sind sehr froh, Sie zu sehen«, erklärte der Arzt mit einem Lächeln. Bei diesen Worten schweifte Bills Blick durch den Raum, und als er Cynthia am Fußende seines Betts stehen sah, spiegelte sein Gesicht Verwirrung wider.

»Hallo, Schatz, ich bin da. Ich liebe dich. Es wird alles wieder gut.« Da schloss Bill die Augen wieder, als wäre dies alles zu viel für ihn, als wollte er keinen Menschen sehen. Kurz darauf war er eingeschlafen. Aber es war ein großes Ereignis gewesen, und alle strahlten. Cynthia folgte dem Arzt aus dem Zimmer.

»O mein Gott, was bedeutet das?« Cynthia zitterte von Kopf bis Fuß. Noch nie im Leben war sie so erschüttert gewesen.

Der Arzt freute sich für sie. »Es bedeutet, dass er aus dem Koma erwacht ist, wenngleich er noch nicht über dem Berg ist. Aber ich halte dies für ein sehr gutes Zeichen.«

»Kann er sprechen?«

»Das wird er schon noch, dessen bin ich mir sicher. Seine Kopfverletzung hat sein Sprachzentrum nicht beeinträchtigt. Er ist eben sehr schwer verletzt, und sein Gehirn muss sich erst auf alles einstellen, was ihm widerfahren ist. Doch ich bin sicher, dass er sprechen wird, wenn er das nächste Mal aufwacht. Sein Körper hat einen ungeheuren Schock erlebt. Das ist einem Atemverlust vergleichbar, nur um ein Vielfaches multipliziert. Um sein Sprachvermögen mache ich mir keine Sorgen.« Sorge bereitete ihm alles andere. Das größte Problem auf lange Sicht würde Bills Rückgrat und der Gebrauch seiner Beine sein. Aber die Tatsache, dass er seine Finger bewegen konnte, war ein gutes Zeichen. Allem Anschein nach war er noch sehr geschwächt, aber es bedeutete doch, dass er in der Lage sein würde, seine Hände und Arme zu gebrauchen, sobald die Verletzung im Nacken geheilt war. »Er wird jetzt wohl ein paar Stunden schlafen. Morgen werden wir wahrscheinlich schon ein paar Bewegungsfortschritte sehen. Gehen Sie doch ins Hotel und schlafen Sie ein wenig, Mrs. Robinson. Morgen ist auch wieder ein langer Tag.« Aber Cynthia war so aufgewühlt, sie wollte nicht gehen.

»Sie glauben also nicht, dass er gleich wieder aufwacht? Denn dann möchte ich dabei sein.«

»Ich halte es für weitaus wahrscheinlicher, dass er von der Anstrengung eben erschöpft ist. Für ihn kommt das der Besteigung des Mount Everest gleich. Er hat es gerade einmal bis zum Basislager geschafft und muss in den nächsten Wochen noch wesentlich höher klettern.« Und womöglich auch in den nächsten Jahren, aber das behielt er lieber für sich. Dies war nur der Anfang und sie hatten einen langen Weg vor sich, aber das ganze medizinische Team würde durch das gerade Vorgefallene einen enormen Auftrieb bekommen.

»Also gut«, willigte Cynthia ein. »Dann gehe ich vielleicht doch ins Hotel zurück.« Seit Stunden hatte sie ihre Töchter nicht mehr gesehen. Die beiden hatten vorgehabt, den Zimmerservice kommen zu lassen und dann vor dem Fernseher zu sitzen, bis Cynthia nach Hause kam. Jetzt konnte sie es kaum erwarten, ihnen zu erzählen, was gerade passiert war. Als sie ihnen bei ihrer Rückkehr ins Claridge's die Neuigkeit berichtete, stieß Olivia einen Freudenschrei aus und Jane tanzte ausgelassen durchs Zimmer.

»Meine Güte, Mama, das ist ja großartig! Hat er irgendwas gesagt?«

»Nein, er hat nur ein paar Mal die Augen aufgemacht und gestöhnt. Zweimal hat er den Finger des Arztes gedrückt und er hat mich an seinem Bett stehen sehen. Aber dann ist er wieder eingeschlafen. Der Arzt meint, morgen wird er vielleicht sprechen. Und die Schwester hat mir versichert, dass er, wenn er erst einmal das Bewusstsein wiedererlangt hat, ziemlich schnell munter sein wird.« Cynthia hoffte, dass sie am nächsten Tag bereits mit ihm sprechen konnte.

Als sie am nächsten Morgen ins Krankenhaus kam, lag Bill mit offenen Augen im Bett und sah sich um, als wüsste er nicht recht, wo er sich befand. Er wirkte noch ein wenig schläfrig, als wäre er eben erst aufgewacht, was auch tatsächlich der Fall war.

»Hallo, Schlafmütze«, sagte Cynthia mit sanfter Stimme und trat an sein Bett. »Wir haben eine Ewigkeit darauf gewartet, dass du wach wirst.« Er zwinkerte mit den Augen, als wollte er »ja« sagen. Allerdings wirkte er traurig, beinahe enttäuscht, als hätte er an ihrer Stelle jemand anders erwartet. Sie hatte den Eindruck, er hätte ihr zugenickt, wenn er dies gekonnt hätte. Doch der Stützapparat hinderte ihn daran. »Fühlst du dich heute besser?« Er zwinkerte erneut. Cynthia berührte ganz sanft sein Gesicht. »Ich liebe dich, Bill. Es tut mir so Leid, dass das passiert ist. Aber du wirst wieder gesund.« Er wandte den Blick nicht von ihr ab, fuhr sich dann aber wie schon am Abend zuvor mit der Zunge über die Lippen und schloss die Augen. Sie hätte ihm gern etwas zu trinken gegeben, aber sie wagte es nicht. Die Schwestern hatten sie ein paar Minuten mit ihm allein gelassen. Die Monitore würden sie rufen, falls es Probleme gäbe. »Kann ich irgendwas für dich tun?«, flüsterte Cynthia, als Bill die Augen wieder aufschlug und ihr ins Gesicht sah. Er wirkte irgendwie besorgt. Cynthia stellte sich dicht neben ihn, damit sie ihn besser hören konnte, wenn er etwas sagen wollte. Sein Mund öffnete sich, aber es kam kein Laut heraus. »Was möchtest du, Liebster? Kannst du die Worte aussprechen?« Sie redete mit ihm wie mit einem Kind. Bill schien frustriert, dass es ihm so schwer fiel, sich verständlich zu machen. Lange Zeit lag er schweigend da und sammelte Kräfte für einen neuen Anlauf, während Cynthia weiter plauderte. »Die Mädchen sind hier«, erzählte sie. »Sie sind mit mir nach London gekommen.« Er zwinkerte wie zur Bestätigung, dann zog er die Stirn kraus und gab sich alle Mühe, seinen Kiefer zu lockern. Cynthia überlegte, ob ihn der

Stützapparat um den Hals womöglich schmerzte. Das Gerät wirkte nicht gerade bequem, aber akute Schmerzen schien Bill nicht zu spüren.

»Wo …« kam es endlich flüsternd über seine Lippen, und sie lauschte angespannt und wartete geduldig. Für das nächste Wort schien er eine Ewigkeit zu brauchen. »… ist Isch…scha…bell?« Das war eine gewaltige Anstrengung gewesen. Bill starrte Cynthia an, aber sie war sich nicht sicher, ob er sie überhaupt erkannte. Er schien nur an diese Frau zu denken, die mit ihm im Wagen gewesen war. Cynthia vermutete, dass er wissen wollte, ob Isabelle noch lebte. Seine mit solcher Qual geformten und mit so viel Mühe ausgesprochenen Worte hatten sie wie ein Schlag getroffen und ihr alles gesagt, was sie wissen musste.

»Sie lebt«, antwortete Cynthia ihm ruhig. »Ich werde mich bei der Schwester erkundigen, wie es ihr geht.« Darauf zwinkerte er zwei Mal, wie um ihr zu danken, dann schloss er die Augen. Cynthia verließ das Zimmer und wurde sofort von ihren Töchtern belagert.

»Wie geht es ihm, Mama? Hat er was gesagt?«

»Ich glaube, es geht ihm besser. Er hat ein bisschen zu sprechen versucht. Und ich habe ihm gesagt, dass ihr beide hier seid.« Dass Bills erste Worte Isabelle gegolten hatten, war ein Schock für Cynthia gewesen. Was mochte diese Frau ihm bedeuten? Gewiss steckte mehr als Ritterlichkeit dahinter, dass er sich gleich beim Aufwachen nach ihr erkundigt hatte.

»Was hat er gesagt?« Olivia und Jane waren ganz aus dem Häuschen, außer sich vor Freude, weil es nun so aussah, als würde ihr Vater überleben.

»Er hat zwei Mal gezwinkert«, sagte sie mit einem Lächeln, hinter dem sie ihren Schmerz verbarg.

»Kann er sprechen?«, wollte Jane wissen.

»Er hat ein paar Worte gesagt, aber es fällt ihm immer noch sehr schwer. Ich glaube, er ruht sich jetzt aus.« Cynthia konnte ihre Bedrückung nicht ganz verbergen. Sie versprach ihren Töchtern, sofort wieder zurück zu sein, und ging dann zu der Schwester am Empfang. »Wie geht es Mrs. Forrester?«, erkundigte sie sich, äußerlich gelassen. Wenn sie für Bill schon sonst nichts tun konnte, wollte sie ihm wenigstens sagen, was er wissen wollte. Er machte sich Sorgen um Isabelle und hatte ein Recht darauf zu erfahren, wie es ihr ging, ganz egal, ob sie nur Freunde waren oder diese Frau ihm mehr bedeutete. Schließlich war er gemeinsam mit ihr durch die Hölle gegangen und hatte überlebt. Es hatte ihn so große Mühe gekostet, nach Isabelle zu fragen, dass Cynthia es als Selbstverständlichkeit ansah, ihn mit Neuigkeiten über sie zu versorgen.

»Es geht ihr leider nicht sehr gut. Ihr Zustand ist noch immer unverändert. Gestern Nacht hatte sie wieder Fieber. Jetzt ist ihr Mann bei ihr.«

»Ist sie schon wieder bei Bewusstsein?«, erkundigte Cynthia sich pflichtschuldig.

»Nein, aber das ist angesichts ihrer Verletzungen und der Operation nicht ungewöhnlich.« Cynthia nickte und bedankte sich, dann ging sie zurück in Bills Zimmer. Sie trat an sein Bett, um zu sehen, ob er wach war. Doch er schnarchte leise. Als hätte er sie gespürt, regte er sich nun und schlug die Augen auf. Wie so oft in den letzten beiden Tagen hatte er gerade von Isabelle geträumt.

»Ich habe mich nach Isabelle erkundigt. Ihr Zustand ist unverändert. Sie liegt noch immer im Koma, aber ich hoffe, dass sie wieder zu sich kommt.« Er zwinkerte mit den Augen, als wollte er ihr zunicken. Nach einer langen Pause fing er an, mühsam nach Worten zu ringen.

»Dddd...anke, Cinnn... ich dachte... du... wärst... sie«, sagte er und schloss die Augen wieder, um in seinen Traum zurückzukehren. Er verspürte nicht das Bedürfnis, seine Frau zu sehen oder mit ihr zu sprechen.

»Möchtest du die Mädchen sehen?«, drang Cindy wieder in seinen Traum ein, und diesmal zwinkerte er drei Mal, und sie lächelte. »Ich werde sie holen, sie sind draußen auf dem Flur.« Einen Augenblick später standen sie schon bei ihm im Zimmer und redeten auf ihn ein. Cynthia entdeckte sogar ein Lächeln auf seinem Gesicht. Das Reden mit seinen Töchtern bereitete ihm offenbar weniger Mühe. Seine Fähigkeit zu sprechen kehrte offenbar zurück. Die Sprache war noch ein wenig verlangsamt, aber sein Geist schien klar.

»Ich … liebe … euch, meine Mädchen …«

»Wir lieben dich auch, Papa«, sagte Olivia, während Jane sich bückte und seine Hand küsste, in der eine Kanüle steckte. Auf der anderen Seite war eine weitere Kanüle an seinem Arm befestigt. Noch immer war er mit mehreren Monitoren verbunden und hing an zahlreichen Schläuchen. Doch die Mädchen waren glücklich, dass er am Leben war.

»Großartige … Mmmädchen«, sagte er zu Cynthia, als sie das Zimmer wieder verlassen hatten.

»Du bist auch ziemlich großartig«, erwiderte sie darauf, und er sah sie überrascht an. »Eine Weile hast du uns ganz schön in Atem gehalten«, fuhr sie fort. »Weißt du denn überhaupt, was mit dir passiert ist?«, fragte sie ihn. Erst jetzt war ihr der Gedanke gekommen, er könnte es womöglich gar nicht wissen.

»Nein.« Bill konnte sich nur noch an den Abend erinnern, den er vor dem Unfall mit Isabelle verbracht hatte.

»Deine Limousine hatte einen Zusammenstoß mit einem Bus. Es hat ein paar Stunden gedauert, euch beide aus dem Wrack zu befreien.«

»Ich … hatte … Angst, dass sie … gestorben … ist.« Er kämpfte mit den Worten. Cynthia musste ständig daran denken, wie seltsam es doch war, dass er mit ihr, seiner Frau, über Isabelle sprach, doch er schien es nicht zu merken. Jetzt füllten sich seine Augen mit Tränen.

»Ich glaube, sie war dem Tod sehr nahe.« Cynthia verschwieg ihm, dass sie noch immer in Lebensgefahr schwebte. »Ihr Mann ist jetzt bei ihr.« Diese Äußerung von Cynthia klang für Bill fast wie eine Aufforderung, wieder ins wirkliche Leben zurückzukehren. Isabelle hatte einen Ehemann. Und Bill selbst hatte zwei Töchter und eine Frau. Jetzt waren sie an der Reihe, das wusste er. Egal, wie sehr er Isabelle liebte, er trug Verantwortung für seine Familie. Aber seit Tagen hatte er nur von Isabelle geträumt.

Jetzt kamen die Schwestern zurück ins Zimmer, und da sie Bill versorgen mussten, ging Cynthia nach draußen zu den Mädchen. Was sie gerade mit Bill erlebt hatte, musste sie erst verdauen. Für sie stand außer Frage, dass Isabelle Forrester wichtig für ihn war. Sie war keine Fremde, wie ihr Ehemann gehofft hatte, und auch keine zufällige Bekannte. Bills erste Worte hatten ihr gegolten. Und in seinen Augen hatte Cynthia die Angst und die Sorge um sie gelesen. Er hatte beim Aufwachen sogar geglaubt, Isabelle vor sich zu haben und nicht seine Frau.

Solange die Schwestern mit Bill beschäftigt waren, setzte Cynthia sich in den Warteraum. Sie nahm sich die *Herald Tribune* und entdeckte darin einen Artikel über den Unfall. Neben einem Foto des übel zugerichteten Busses war zu ihrer Bestürzung noch ein weiteres Foto abgedruckt, das Bill mit einer Frau zeigte. Im Artikel hieß es, es seien elf Menschen ums Leben gekommen, und der bekannte und einflussreiche politische Berater William Robinson habe in der Limousine gesessen, die mit dem Bus zusammengestoßen sei. Der Bildunterschrift war zu entnehmen, dass das Foto kurz vor dem Unfall aufgenommen worden war. Er und eine Unbekannte seien im Annabel's gewesen, ihr Wagen habe dann ein paar Straßen weiter den Zusammenstoß gehabt und der Fahrer sei dabei getötet worden. Weder Isabelles Name noch die Tatsache, dass sie bei dem Unfall ebenfalls verletzt worden war, wurden erwähnt. Doch Cynthia wusste sofort, dass die Frau auf dem Foto Isabelle sein musste. Sie wirkte attraktiv und jung mit ihrem langen dunklen Haar. Offenbar war sie von dem Fotografen überrascht worden, denn sie starrte mit großen Augen in die Kamera. Auf dem Foto hatte Bill lächelnd seinen Arm um ihre Schultern gelegt. Cynthia blieb fast die Luft weg, als sie die beiden so miteinander sah. Sie wirkten glücklich und entspannt, und Bill setzte gerade zu einem Lachen an. Dieses Bild führte ihr wieder vor Augen, wie es um ihre Ehe stand. Sie fragte sich, ob wohl Gordon Forrester das Foto gesehen hatte. Egal in welcher Beziehung ihr Mann und Forresters Frau zueinander standen, daraus würden sich ganz bestimmt Konsequenzen ergeben, das stand für Cynthia fest. Vor allem jetzt nach dem Unfall.

Die Mädchen tauschten Blicke, als sie ihre Mutter in den Artikel vertieft sahen. Sie sagten nichts, aber sie hatten ihn auch gelesen. Doch im Moment konnten sie auf ihren Vater nicht wütend sein, egal was er mit dieser Frau gehabt haben mochte.

Was Bill zugestoßen war, war so entsetzlich, dass sie ihm fast alles verziehen. Eigentlich empfand Cynthia genauso. Sie machte sich nicht so sehr Gedanken über eine mögliche Affäre zwischen den beiden, sondern über die Möglichkeit, dass diese Frau ihm tatsächlich etwas bedeutete. Der Ausdruck von Bills Augen, der seine Frage nach Isabelle begleitet hatte, war Cynthia Beweis genug, dass es sich nicht um einen flüchtigen Seitensprung handelte. Es fiel ihr auch schwer zu glauben, dass sie nur gute Freunde waren. Allerdings wären sie und Gordon doch noch weitaus überraschter gewesen, hätten sie gewusst, dass die beiden seit mehr als vier Jahren enge Vertraute waren.

Eine der Schwestern kam in den Warteraum, um sie zu holen, und Cynthia folgte ihr mit den beiden Mädchen in Bills Zimmer. Kurz bevor die Tür sich schloss, sah Cynthia, wie Gordon Forrester Isabelles Zimmer verließ. Sie hätte ihn gern gefragt, ob auch er die *Herald Tribune* gelesen habe, wagte es aber nicht. Außerdem sah Forrester aus, als habe er Wichtigeres zu tun.

Isabelle zeigte keinerlei Anzeichen einer Besserung. Gordon machte sich trotz der Versicherung des Arztes, sie könnte unbeschadet über eine lange Zeit hinweg im Koma liegen, allmählich Sorgen, sie würde, falls sie überlebte, möglicherweise eine Schädigung des Gehirns davontragen. Dazu kam, dass sie einen unregelmäßigen Herzschlag hatte und sich in ihren Lungen Flüssigkeit ansammelte. Das Risiko einer Lungenentzündung war größer geworden, und Gordon wusste, dass dies für Isabelle den Tod bedeuten würde. Ihr Zustand schien sich zu verschlechtern. Eine Stunde lang hatte er an ihrem Bett gestanden und sich mit Ärzten über die Chancen einer weiteren Operation unterhalten. Als Cynthia ihn aus Isabelles Zimmer kommen sah, war er gerade auf dem Weg zurück ins Hotel.

Erst am späten Nachmittag, nachdem Cynthia und die Mädchen das Krankenhaus verlassen hatten, erkundigte Bill sich erneut nach Isabelle. Während des Tages hatte er seine Sprache wiedererlangt. Die Mädchen hatten ununterbrochen auf ihn eingeredet, und er war gezwungen gewesen, ihnen zu antworten. Nun fragte Bill seine Pflegerin nach Isabelles Befinden. Diese wägte ihre Antwort sorgfältig ab.

»Es hat sich nichts verändert, sie liegt noch immer im Koma und sie hat mehr innere Verletzungen davongetragen als Sie.« Er habe zwar mehr Knochenbrüche, aber bei ihr seien sämtliche inneren Organe gequetscht worden. Es lasse sich unmöglich entscheiden, was schlimmer sei. Aber er habe überlebt und sei nun außer Gefahr, während Isabelles Leben noch immer am seidenen Faden hänge. Bill verspürte nur einen sehnlichen Wunsch – Isabelle sollte nicht sterben. Wie gern hätte er sein Leben für das ihre gegeben!

»Kann ich sie sehen?«, fragte er vorsichtig. Wenn Cynthia und die Mädchen ihn nicht ablenkten, kreisten seine Gedanken nur um diese eine Frage.

»Ich glaube nicht, dass das möglich ist«, erklärte seine Pflegerin. Sie erklärte, der Chirurg werde das sicher nicht zulassen, Bill müsse so ruhig wie möglich liegen. Angesichts seiner Verletzungen an Rücken und Hals dürfe er das Bett keinesfalls verlassen. Außerdem würde Isabelle von seinem Besuch ohnehin nichts mitbekommen.

Doch Bill stellte in der Nacht dieselbe Frage seinem Arzt. »Nur eine Minute. Ich möchte sie nur sehen, damit ich weiß, wie es ihr geht.«

»Es geht ihr leider nicht sehr gut«, erklärte der Arzt offen. »Ihr ganzer Organismus steht unter einem schweren Schock. Das habe ich heute auch ihrem Mann gesagt, denn er möchte sie in ein Krankenhaus in Frankreich verlegen lassen. Ich habe ihm klargemacht, dass das unmöglich ist. In ihrem kritischen Zustand würde sie den Transport nicht überleben.« Bill spürte, wie die Worte des Arztes sich wie Messer in seine Brust bohrten. Er wollte nicht, dass Isabelle irgendwohin gebracht wurde, jedenfalls nicht, ehe er sie gesehen hatte. Und vor allem dann nicht, wenn es ein Risiko bedeutete. Es war verrückt von Forrester, auch nur an so etwas zu denken. Das hatte der Arzt ja auch gesagt. »Ich glaube nicht, dass es klug wäre, wenn Sie sie sähen, Bill«, meinte der Arzt einfühlsam. Sie hatten sich auf die Vornamen geeinigt. Der Arzt war angetan von Bills freundlicher und offener Art, und fand ihn sehr sympathisch. Im Gegensatz zu Gordon Forrester, der arrogant und stets kurz angebunden war und den auf der Station keiner recht leiden konnte. Schon am Morgen hatte er das ganze Personal damit genervt, er wolle Isabelle verlegen lassen. Diese Idee war völlig absurd, aber Forrester hatte erst einen Rückzieher gemacht, nachdem der ärztliche Leiter der Intensivstation ihm ganz unmissverständlich klar gemacht hatte, dass das ihren Tod bedeuten würde. Aber alle auf der Station waren sich sicher, er werde es wieder versuchen. Bestimmt war er viel zu stur, um sich von seinem Wunsch abbringen zu lassen.

»Könnten Sie denn nicht mein Bett in ihr Zimmer rollen, wenn gerade niemand bei ihr ist?«, fragte Bill mit klagender Stimme und in offensichtlicher Aufregung. »Ich möchte sie selbst sehen.« Der Arzt dachte lange nach, und Bill wurde ungeduldig. Dem Arzt war nicht bekannt, in welcher Beziehung Bill und Isabelle zueinander standen, und fragen wollte er nicht, doch es lag auf der Hand, dass Bill sehr viel daran lag, Isabelle zu sehen. Schaden konnte es schließlich keinem von beiden. Er wollte nur nicht Gordon Forresters Wut heraufbeschwören, falls dieser von dem Besuch erfuhr.

»Sie könnten mich doch heute Nacht zu ihr bringen lassen, oder nicht? Es muss ja nicht lang sein.«

»Wieso warten wir nicht ab, wie es Ihnen morgen geht? Und auch wie es ihr geht? Keiner von Ihnen beiden wird weglaufen.« Es machte Bill verrückt zu wissen, dass sie gleich auf der anderen Seite des Flurs lag. Wäre es ihm irgendwie möglich gewesen, er hätte sich selbst hinübergerollt, doch er war vollkommen der Gnade des Arztes und der Schwestern ausgeliefert. Er lag gefangen im Bett, eingezwängt in Stützapparat und Ganzkörperkorsett, unfähig, sich zu bewegen. Er konnte nicht einmal seinen Kopf heben, und seine Arme waren sehr geschwächt. Von der Taille abwärts hatte er kein Gefühl und war völlig gelähmt. Bis jetzt konnte keiner sagen, ob sich das je ändern würde. Hilflos wie ein Baby lag er in seinem Bett, aber schließlich gelang es ihm doch, den Arzt auf ruhige und bestimmte Art davon zu überzeugen, dass die Idee gut war. »Wie ich sehe, kann ich es Ihnen nicht ausreden«, gab der Arzt schließlich lächelnd nach. Inzwischen war es nach Mitternacht, und in den Fluren waren keine Besucher mehr unterwegs. Der Arzt ging, um Bills Pflegerin zu holen. Als sie kam, brachte sie zwei kräftige Männer mit. Bei ihrem Anblick wurde Bill einen Moment unsicher, doch sie nahmen wortlos ihre Plätze am Kopf- und am Fußende des Bettes ein, und die Schwester trat beiseite, als sie anfingen, sein Bett langsam in Richtung Tür zu rollen.

»Wohin fahren wir?«, fragte Bill mit besorgter Miene, aber als die Schwester lächelte, wusste er Bescheid. Der Arzt hatte seinem Wunsch nachgegeben, er wartete im Flur und beugte sich zu Bill, als sie ihn vorbeirollten.

»Wenn Sie nur ein Sterbenswörtchen darüber verlauten lassen, schicke ich Sie eigenhändig zurück ins Koma«, flüsterte er, und Bill lachte. »Das ist ganz gegen die Regeln.« Doch der Arzt war der Meinung, es würde Bill gut tun und Isabelle sehr wahrscheinlich nicht schaden. Sie würde nie erfahren, dass er dort gewesen war.

Es war ein wenig umständlich, aber sie schafften es, sein Bett neben das von Isabelle zu stellen. Bill musste die Augen sehr verdrehen, um sie zu sehen. Aus dem Augenwinkel heraus konnte er nur ihren bandagierten Kopf erkennen. Aber wenn er seinen linken Arm streckte, so weit es ging, konnte er mit seiner Hand ihre Finger berühren. Die beiden für Isabelle zuständigen Schwestern beobachteten, was zwischen den beiden geschah; der Arzt hatte sie angewiesen, ein Auge zuzudrücken. Allen war klar, warum Bill hier war. Er hielt Isabelles Finger ein paar Minuten lang in seiner Hand, dann sprach er sie an, ohne sich auch nur im Geringsten darum zu kümmern, wer im Raum mithörte. Tränen standen ihm in den Augen.

»Hallo, Isabelle ... ich bin's, Bill. ... Du musst jetzt aufwachen. Du hast lang genug geschlafen ... du musst zurückkommen ...« Dann fügte er mit weicher Stimme hinzu: »Ich liebe dich. ... Es wird alles gut.« Sie ließen ihn noch ein paar Minuten bei ihr und rollten ihn dann zurück. Als Bill wieder in sein Zimmer kam, war er blass und erschöpft. Und während er dalag und an Isabelle dachte, erinnerte er sich plötzlich an einen Traum. Er wusste genau, was er geträumt hatte, aber nicht mehr, wann das gewesen war. Gemeinsam waren sie auf ein helles Licht zugelaufen, doch kurz bevor sie es erreicht hatten, hatte er Isabelle zur Umkehr gezwungen. Isabelle war damit nicht einverstanden gewesen. Seine und ihre Kinder waren da gewesen, und er hatte zu ihnen gehen wollen. Doch Isabelle hatte vorwärts gedrängt. Jetzt lagen ihm dieselben Worte auf der Zunge, die er ihr damals im Traum auch schon gesagt hatte: Sie musste zurückkommen. Er wollte, dass sie aufwachte. Und er konnte an nichts anderes denken als daran, dass er sie wieder sehen wollte. Die Vorstellung, Gordon könnte versuchen sie nach Frankreich mitzunehmen, hatte ihm Angst eingejagt. Aber der Arzt hatte ihm versichert, dass man einer Verlegung nicht zustimmen werde. Bill war froh, sie in Sicherheit zu wissen, aber auch erleichtert, weil sie so in seiner Nähe blieb.

Als er in dieser Nacht einschlief, dachte er an Isabelle und lächelte. In ihrem Bett im Claridge's musste auch Cynthia an sie denken. Und in dem Zimmer, das noch bis vor kurzem von Isabelle bewohnt gewesen war, lag Gordon Forrester wach im Bett und dachte an Bill. In jener Nacht hatten sie alle eine Menge zu grübeln, doch nur Bill und Isabelle kannten die Antworten auf ihre Fragen.

Kapitel 6

Als Cynthia am nächsten Morgen ins Krankenhaus kam, wurde Bill gerade von der Schwester gefüttert. Es war Sonntag, der vierte Tag nach dem Unfall, und er sah noch immer sehr mitgenommen aus. Aber sie war dankbar, dass er wach war und lebte.

»Wie geht's dir, mein Schatz?«, erkundigte sich Cynthia munter und fröhlich. Draußen war es warm, sie trug ein T-Shirt und Shorts und Sandalen, die sie sich von einer ihrer Töchter geliehen hatte. Olivia und Jane wollten ein bisschen durch London bummeln und auf den Flohmarkt gehen. Sie hielten es im Krankenhaus nicht so lange aus wie Cynthia und würden erst später am Nachmittag kommen.

»Hast du Schmerzen?«, fragte Cynthia, als sie sich seinem Bett näherte. Da der Stützapparat um Bills Kopf sein Blickfeld einschränkte, konnte er sie nicht sehen. Doch als sie in sein Gesichtsfeld trat, lächelte er.

»Ich habe schon überlegt, jetzt gleich ein paar Runden Tennis zu spielen«, erwiderte er. Seine Stimme war rau, aber seine Aussprache deutlich.

Gerade hatte man ihn zum ersten Mal rasiert, und er fühlte sich ein wenig menschlicher, obwohl er ahnte, dass noch viel vor ihm lag. Er hatte dem Arzt berichtet, dass er alles nur verschwommen wahrnahm, was keine Überraschung war. Bills Kopf hatte einen erheblichen Aufprall erlebt, und er würde noch eine ganze Weile die Nachwirkungen des Komas spüren. Heute sollte ein Spezialist kommen, der seine Beine und das

Rückgrat untersuchte. Bill war von seinem Arzt bereits darauf vorbereitet worden, dass man ihn nach der Diagnose des Spezialisten möglicherweise noch einmal operieren werde. Für alle stand fest, dass Bill sich erst ganz am Anfang einer langen Rekonvaleszenz befand, und bis jetzt war noch nicht abzusehen, ob seine Gesundheit vollständig wiederhergestellt werden würde. Ob er jemals wieder würde gehen können, war eine Frage, die alle beschäftigte. Bill wusste, wie es um ihn stand, doch bisher hatten er und Cynthia das Thema vermieden, obwohl beide wussten, dass er möglicherweise den Rest seines Lebens im Rollstuhl verbringen musste.

Cynthia hatte keine Eile, diese Frage anzusprechen, schließlich hatte Bill zunächst genug andere Sorgen. Doch in den letzten vier Tagen hatte sie immer und immer wieder überlegt, wie eine Ehe mit ihm in Zukunft aussehen würde. Sie hatte keine Ahnung, ob er jemals wieder arbeiten konnte, und sie mochte sich gar nicht vorstellen, wie Bill darunter leiden würde, wenn er sich gezwungenermaßen aus dem Berufsleben zurückziehen müsste. Auch Bill schob diese Überlegungen noch weit von sich. Beide wussten jedoch, dass es noch viel schlimmer hätte kommen können. Auch eine völlige Lähmung des gesamten Körpers wäre denkbar gewesen. Immerhin waren sein Oberkörper und seine Arme voll funktionsfähig geblieben.

»Wie geht es den Mädchen?«, wollte Bill von Cynthia wissen, als sie einen Stuhl heranzog und sich setzte. Sie sah ihm seine Angst und Anspannung an.

»Es geht ihnen gut, sie gehen heute auf den Flohmarkt. Sie werden dich danach besuchen kommen.« Olivia und Jane waren zutiefst erleichtert, dass ihr Vater überlebt hatte. Und Cynthia hatte ihnen zugeraten, sich heute ein wenig Abwechslung zu gönnen.

Sie sollten noch diese Woche nach Hause fahren, Cyn. Es gibt hier nichts für sie zu tun.«

»Wir wollten in ein paar Wochen ohnehin nach Europa reisen. Ich glaube nicht, dass sie dich jetzt allein lassen wollen.« Seine Frau lächelte ihn an, doch einen Augenblick lang wich er ihrem Blick aus. »Vielleicht fahre ich in ein paar Wochen mit ihnen für einige Tage nach Paris, wenn es dir besser geht. Du kommst dann sicher bald nach Hause.« Aber sie war sich dessen nicht so sicher. Der Arzt hatte ihr deutlich gemacht, dass Bill ein monatelanger Aufenthalt im Krankenhaus bevorstand. Daraufhin hatte sie vorgeschlagen, ihn mit einem ambulanten Flugdienst in die Vereinigten Staaten zu fliegen, doch sämtliche Ärzte hatten davon abgeraten, da er noch lange nicht transportfähig sei.

»Ich weiß nicht, wann ich wieder zurück nach Hause kann, Cyn. Und die Mädchen können nicht den ganzen Sommer herumsitzen und auf mich warten. Auch du solltest das nicht tun.«

»Ich habe nichts Besseres zu tun«, sagte sie leichthin, und er lächelte.

»Dann müssen in den letzten Wochen aber gewaltige Veränderungen stattgefunden haben. Du kommst doch nie zur Ruhe, Cyn. Hast du denn kein Tennisturnier und auch keine Verabredung, keine Party, die du für irgendjemand ausrichten musst? Du wirst verrückt werden, wenn du nur herumsitzt und mich ansiehst.«

»Ich lasse dich hier nicht allein, Bill«, erwiderte sie ruhig, »Die Mädchen werde ich wahrscheinlich bald zurückschicken, sofern sie selbst keine anderen Pläne haben. ›In guten wie in schlechten Zeiten‹, erinnerst du dich daran? Ich schon. Ich werde nicht nach Hause fahren und dich allein lassen.«

»Ich bin erwachsen«, sagte er und sah dabei ungewöhnlich ernst aus. In seinen Augen lag etwas, das ihr Angst machte. Sie hätte das Gespräch gern im Plauderton weitergeführt, aber sie konnte ihn nicht davon abhalten zu sagen, was er ihr zu sagen hatte. »Genau darüber wollte ich mit dir reden. Über ›in guten wie in schlechten Zeiten‹, meine ich. In den letzten Jahren hatten wir ziemlich schlechte Zeiten. Daran bin ich schuld, ich war ständig unterwegs, war immer nur mit der Politik beschäftigt und hatte nie Zeit für dich und die Mädchen.« Er hatte deswegen seit langem Schuldgefühle, aber zwischen ihm und Cynthia hatte sich eine Kluft aufgetan, die es schließlich unmöglich machte, noch etwas zu ändern.

»Wir haben uns damit abgefunden. Niemand macht dir einen Vorwurf. Ich habe mein Leben, ich habe meine Aufgaben. Ich beklage mich nicht über unsere Ehe, Bill.« Sie sah ernst aus, als sie das sagte. Sie waren allein im Zimmer; schon zu Beginn ihrer Unterhaltung hatte die Schwester diskret den Raum verlassen.

»Du solltest dich aber beklagen, Cynthia. Du hättest dich schon vor langer Zeit beklagen sollen und ich auch. Wir haben keine Ehe mehr. Seit Jahren nicht. Wir haben keine gemeinsamen Interessen, haben keine gemeinsamen Freunde. Ich weiß meistens nicht einmal, womit du beschäftigt bist, und in letzter Zeit habe ich sogar vergessen, dir zu sagen, wo ich mich aufhalte. Offen gestanden bin ich mir nicht einmal sicher, ob dich das überhaupt interessiert. Ich bin überrascht, dass du gekommen bist. Eigentlich hätte ich damit gerechnet, dass du nicht viel weniger glücklich wärst, wenn ich mich irgendwann einfach abgesetzt hätte.«

Das entsprang keinem Selbstmitleid, es war die Wahrheit. Er erwähnte nicht, dass er von den zahlreichen Affären, die sie in den vergangenen Jahren gehabt hatte, wusste. Über seinen eigenen Seitensprung hatten sie damals durchaus gesprochen. Cynthia war sehr wütend gewesen und hatte behauptet, er habe sie gedemütigt. Doch Bill war so höflich, ihr die kurzen Abenteuer mit Tennislehrern und Golftrainern oder den Ehemännern ihrer Freundinnen, die ihn in all den Jahren ebenfalls verletzt hatten, nie vorzuwerfen. Treue war in ihrer Ehe nicht mehr wichtig. Anfangs hatte Cynthia sich gerächt, weil sie sich durch seine Leidenschaft für die Politik zurückgesetzt gefühlt hatte, und Bill hatte manchmal sogar geglaubt, sie versuche sich auf diese Weise seiner Aufmerksamkeit zu versichern. Es war jedoch für beide der falsche Weg gewesen. Schließlich hatte er sich von ihr distanziert und sich gezwungen, gleichgültig zu bleiben. Das gelang ihm nicht immer, doch er schwieg trotzdem, denn es war einfacher, die Augen zu schließen. Am Ende war seine Liebe zu ihr erstorben. Die Gefühle, die er vor dreißig Jahren für sie empfunden hatte, waren längst verschwunden. Inzwischen war nur noch Freundschaft übrig, und er war durchaus dankbar, dass sie hier bei ihm war. Doch ein Leben ohne Liebe reichte ihm nicht mehr. Das war ihm in den Stunden, die er mit Isabelle verbracht hatte, klar geworden.

»Das ist gemein von dir«, verteidigte sich Cynthia verletzt. »Wie konntest du nur glauben, ich würde nach einem solchen Unfall nicht zu dir kommen? Du musst mich ja für vollkommen herzlos halten.«

»Nein, Baby, ich weiß, dass du ein Herz hast.« Er lächelte sie traurig an. »Es gehört nur schon lange nicht mehr mir. Ich wünschte, es hätte mir jemals wirklich gehört, und manchmal wünsche ich mir auch, es wäre noch immer meins, aber so ist es nicht, und ich denke, wir müssen den Tatsachen ins Auge sehen. Ich hätte mit dir ohnehin darüber geredet, sobald ich wieder zu Hause gewesen wäre.«

Cynthia sah ihn mit Tränen in den Augen an. Das Schweigen zwischen ihnen tat weh. Sie konnte und wollte seinen Worten nicht glauben. Da war ihr gerade klar geworden, dass sie ihn immer noch liebte, und er erklärte ihr, dass alles zu Ende sei. Allerdings wusste sie noch gar nicht, was er ihr eigentlich sagen wollte. Aber die einleitenden Worte waren nicht gerade ermutigend gewesen.

»Geht es um Isabelle Forrester?«, fragte sie ihn, sehr darum bemüht, ruhig zu bleiben. »Du liebst sie, nicht wahr?« Das war nicht der Zeitpunkt für Wortklaubereien. Sie fragte sich, ob er vorhatte, Isabelle zu heiraten. Bill war nicht der Typ, der einfach loszog und Affären hatte; soweit sie wusste, hatte er das nur ein Mal getan und dann nie wieder. Und die Affäre mit der Frau des Kongressabgeordneten war sehr ernst geworden. Er hatte sie beenden müssen, weil er merkte, dass er sonst Cynthia und die Mädchen verlassen hätte.

»Es geht nicht um Isabelle«, sagte er aufrichtig. Er musste ehrlich sein. »Es geht um mich. Ich weiß nicht, warum wir unsere Ehe so lange Zeit aufrechterhalten haben. Aus Gewohnheit vermutlich. Oder aus Faulheit oder vielleicht in der Illusion, es würde sich doch noch etwas ändern. Vielleicht war es auch das Bedürfnis nach Sicherheit oder weil die Kinder noch klein waren. Aber willst du so leben? Willst du mit einem Mann verheiratet sein, denn du nie siehst? Wir reden nicht mehr miteinander, wir haben keine gemeinsame Grundlage mehr außer den Mädchen. Du führst dein Leben, ich führe meins. Du hast etwas Besseres verdient und ich auch.« Er sprach die Wahrheit, das wusste Cynthia, aber sie wollte das nicht hören.

»Wir könnten neu anfangen, wenn wir es beide wollen«, erklärte sie. »Als ich von dem Unfall hörte, wurde mir auf einmal klar, dass ich dich noch immer liebe. Ich war diejenige, die all die Jahre dumm gewesen ist.« Beide wussten, was damit gemeint war, sie brauchte es nicht auszusprechen. »Ich glaube, anfangs war ich wütend, weil du so viel Spaß hattest und mir ein so großer Teil deines Leben völlig verschlossen blieb. Also beschloss ich, mir selbst meinen Spaß zu nehmen. Ich habe den falschen Weg eingeschlagen und mich am Schluss ganz schrecklich dabei gefühlt, meinetwegen und deinetwegen. Aber das könnte sich ändern. Jetzt sehe ich, wie viel uns noch verbindet, wie sehr wir einander lieben.« Die Tränen, die Cynthia seit Beginn des Gesprächs in den Augen brannten, liefen ihr jetzt über die Wangen. Sie beugte sich über ihn und berührte seine Hand. »Ich hatte wahnsinnige Angst, dich zu verlieren. Ich liebe dich, Bill. Gib uns jetzt nicht auf. Es ist zu früh.«

Hätte er gekonnt, hätte er den Kopf geschüttelt, aber seine Augen sagten genug. »Es ist zu spät, Cyn. Es ist nichts mehr übrig. In Wahrheit haben wir nur noch die Mädchen und die Tatsache, dass wir gute Freunde sind. Und deshalb bist du hier. Ich würde das Gleiche für dich tun. Du verlierst mich nicht, Cyn. Das kannst du gar nicht. Genau deshalb, damit es so bleibt, möchte ich unsere Ehe auch jetzt beenden. Wenn wir weiter daran festhalten, endet es damit, dass wir einander schließlich hassen, und das möchte ich nicht, nicht für uns und auch nicht für die Mädchen. Wenn wir jetzt einen Schlussstrich ziehen, werden wir immer Freunde sein.«

»Ich bin deine Frau!« Jetzt kämpfte Cynthia um ihr Leben, aber sie würde nicht gewinnen, das ahnte sie jetzt. »Ich will nicht nur deine Freundin sein.«

»Das ist aber besser als die Alternative. Irgendwann lernst du den falschen Typen kennen, vielleicht einen meiner Freunde oder jemanden, der mir was bedeutet, und dann habe ich endgültig die Schnauze voll von dir. Danach wäre unser Zusammenleben alles andere als angenehm.« Er fand es ohnehin erstaunlich, dass sie nicht schon längst einen richtigen Skandal heraufbeschworen hatte – wenigstens in dieser Hinsicht war sie vorsichtig gewesen.

»Ich werde das nicht mehr tun.« Sie weinte und schnäuzte sich die Nase. Es war demütigend, dass er so offen über ihre Vertrauensbrüche sprach. Sie hatte immer geglaubt, er wisse nichts Genaues, deshalb war die Erkenntnis, dass dem nicht so war, umso peinlicher für sie. Sie hatte sich gerne eingeredet, er zahle es ihr mit gleicher Münze zurück. Doch Bill war zu ernsthaft für so etwas, zu loyal und zu ehrlich, das hätte sie wissen müssen. Aus diesem Grund war das, was er für Isabelle empfand, vermutlich auch Liebe. Da er ein so durch und durch anständiger Mann war, waren seine Gefühle weitaus gefährlicher. Wenn er jemanden liebte, dann war es die wahre Liebe. »Ich werde keine Affären mehr haben. Ich höre auf damit. Das schwör ich dir. Ich habe im Moment auch keine Affäre.« Ihre letzte Liaison hatte sie erst vier Wochen zuvor beendet – drei Monate war sie mit einem Mann zusammen gewesen, den sie im Countryclub kennen gelernt hatte. Er hatte eine Frau und drei Kinder und trank zu viel. Im Bett war er großartig gewesen, doch sie hatte Angst gehabt, er könnte im betrunkenen Zustand über die Affäre mit ihr reden. Cynthia hatte Schluss gemacht, weil sie nicht riskieren wollte, dass er sie in eine peinliche Situation brachte.

»Du wirst es wieder tun. Das wissen wir beide. Und vielleicht hast du ja Recht. Wir sind beide verdammt einsam. Selbst wenn wir zusammen sind, trennen uns Welten. So will keiner von uns leben, und das hat auch keiner von uns verdient.« Während er diese Worte aussprach, musste er wieder an Isabelle denken. Die Sorge um sie verfolgte ihn tagsüber genauso wie in seinen Träumen, wo er ziellos umherwanderte und nach ihr suchte.

»Wirst du sie heiraten?« Sie beendete die Frage mit einem Schluchzen. Bill litt, weil er ihr das alles sagte, aber es musste sein. In den Tagen mit Isabelle war er sich über sein Leben klar geworden, und trotz des Unfalls wollte er die Beziehung zu

Cynthia jetzt beenden. Die Situation würde nur noch viel schlimmer werden. Außerdem war es nicht fair, sich von ihr abhängig zu machen. Am Ende würde sie ihn hassen. Sie gehörte nicht zu den Frauen, die jahrelang einen Mann pflegten. Und sollte er für den Rest seines Lebens an einen Rollstuhl gefesselt sein, wollte er sie keineswegs damit belasten. Ihm blieb nur eine Möglichkeit, nämlich die Ehe zu beenden und sein Leben selbst in die Hand zu nehmen.

»Nein, ich werde sie nicht heiraten. Wenn sie überlebt, wird sie Forrester nicht verlassen. Er ist ein widerlicher Kerl und gemein zu ihr. Aber sie hat ein schwer krankes Kind. Ich habe dir ja gesagt, es geht nicht um sie. Es geht um uns. Eines Tages, wenn du den Richtigen gefunden hast, wirst du mir dankbar sein. Ich war das nie. Wir hatten anfangs eine großartige Zeit miteinander, aber wir hatten nie dieselben Ziele. Und ich glaube nicht mehr daran, dass sich ›Gegensätze anziehen‹, nicht in unserem Alter. Jetzt brauchen wir beide Menschen, die dasselbe wollen wie wir. Du hast immer schon ein ganz anderes Leben führen wollen als ich. Als wir jung waren, habe ich geglaubt, darauf kommt es nicht an, aber ich habe mich geirrt. Du brauchst einen lustigen, unbekümmerten Mann, der gern auf Partys geht und viel Zeit für dich hat. Ein Wahnsinniger, der von seiner Arbeit besessen und ständig unterwegs ist, der sich mehr Sorgen um den nächsten Präsidenten macht als um seine eigenen Kinder, ist nichts für dich.« Er wusste, er würde auf ewig Schuldgefühle haben wegen all der Zeit, die er seinen Töchtern vorenthalten hatte, egal wie nah er sich ihnen auch heute fühlte.

»Du bist ein großartiger Vater, Bill. Du warst immer wunderbar zu den Mädchen. Sie könnten dich nicht mehr lieben.« Davon war Cynthia ehrlich überzeugt, denn beide Mädchen vergötterten ihn, obwohl er ihnen nie viel Zeit gewidmet hatte. Mit großem Respekt verfolgten sie alles, was er tat, und waren stolz auf ihn.

»Ich habe mich nicht genug gekümmert«, sagte Bill schuldbewusst. »Das ist mir jetzt klar. Und das werde ich nie wieder gutmachen können. Aber ich werde es versuchen.« Es war fast schon zu spät dafür, das wusste er. Beide Mädchen besuchten nun das College und führten ihr eigenes Leben. Er hatte in vieler Hinsicht den Zug verpasst. Jetzt konnte er nur noch für sie da sein, soweit sie das als Erwachsene zuließen.

»Was willst du mir mit all dem sagen?«, fragte Cynthia jetzt und putzte sich wieder die Nase. Sie wirkte verängstigt und verzweifelt.

»Ich finde, wir sollten uns scheiden lassen. Das ist die einzige Möglichkeit, zu bewahren, was noch übrig ist. Ich möchte dein Freund sein, Cindy.«

»Ach, vergiss es«, sagte sie, lächelte dann aber unter Tränen. »Ich hätte nie gedacht, dass du uns verlässt.« Unfassbar, was hier passierte, und ausgerechnet jetzt. Drei Tage lang hatte sie sich nur gewünscht, er solle leben, ganz egal wie. Doch ganz kurz durchzuckte sie die Erinnerung, wie sie an jenem Morgen in Connecticut, als sie von dem Unfall erfahren hatte, überlegte, ob es nicht besser für ihn sei zu sterben, als für den Rest seines Lebens ein Krüppel zu sein. Ein solches Leben hatte sie weder ihm noch ihr gewünscht, doch jetzt war es geschehen, und er verließ sie. Cynthia klammerte sich an den Gedanken, dass Bill womöglich einfach nur deprimiert sein könnte und auf den Unfall und seine Folgen panisch reagierte. »Bist du sicher, dass du das wirklich willst? Du hast einen ganz furchtbaren Schock erlitten. Es ist nur normal, dass du …«

Bill fiel ihr ins Wort, ehe sie den Satz zu Ende sprechen konnte, und er wirkte sehr ruhig, als er nun sagte: »Wir hätten das schon vor Jahren tun sollen, Cyn. Ich hatte nur nie den Mut dazu.«

»Nun, ich finde es schade, dass du ihn jetzt hast. Die ganze Woche über habe ich mich neu in dich verliebt. Und jetzt möchtest du Schluss machen. Aber eins sag ich dir, Bill Robinson, an deinem Timing ist was faul.« Dann weinte sie heftiger und warf ihm einen herzzerreißenden Blick zu. »Warum hast du mich eigentlich nicht gehindert, wenn du doch die ganzen Jahre über wusstest, was ich tat? Warum hast du nie etwas gesagt?« Die Vorstellung, dass er genau Bescheid gewusst hatte, war grauenhaft. Aber beiden war klar, dass es nicht in seiner Verantwortung gelegen hatte, den Affären ein Ende zu bereiten, sondern in ihrer.

»Was hätte ich denn sagen sollen? Ich wollte es mir doch selbst nicht eingestehen. Anfangs habe ich mir immer wieder eingeredet, dass es gar nicht wirklich passierte. Und dann habe ich mich einfach daran gewöhnt und damit abgefunden. Ich weiß nicht, Cyn … vielleicht habe ich diese Selbsttäuschung auch gebraucht. Aber jetzt habe ich keine andere Wahl mehr. Ich bin zu alt, mich noch zu ändern. Und ich habe auch keine Kraft mehr, mir noch länger etwas vorzumachen. Vielleicht werde ich für den Rest meines Lebens allein sein, aber dann muss wenigstens keiner von uns mit einer Lüge leben. Das ist doch besser so. Findest du nicht auch?«

»Nein, das sehe ich nicht so«, widersprach ihm Cynthia. »Ich würde lieber mit einer Lüge leben, als dich zu verlieren. Und das muss auch nicht sein. Wir können versuchen, es diesmal richtig anzupacken, wenn du mir eine zweite Chance gibst.« Als sie das sagte, sah sie wie das Mädchen aus, das er geheiratet hatte, und das tat ihm in der Seele weh. Fast wünschte Bill, er hätte ihr das alles schon vor Jahren gesagt, doch damals war er noch nicht dazu bereit gewesen. Jetzt aber sah er keine Chance mehr.

»Es ist zu spät. Für uns beide. Du weißt das nur noch nicht.«

»Und was soll ich den Leuten sagen?« Es traf sie wie ein Schlag. Die Vorstellung, dass er sich von ihr scheiden lassen wollte, war so demütigend, dass sie sich am liebsten in einem Mauseloch verkrochen hätte.

»Sag ihnen, du bist endlich zur Vernunft gekommen und hast mich vor die Tür gesetzt. Das hättest du wahrscheinlich schon damals tun sollen, als ich durchdrehte und anfing, hundertvierzig Stunden die Woche zu arbeiten. Wir haben beide viele Dummheiten gemacht. Es lag nicht nur an dir.« Wie immer war er anständig, freundlich und fair, was den Schmerz nur noch größer machte. Cynthia wusste, was sie verlor. Nie mehr würde sie jemanden wie ihn finden. Männer wie Bill gab es nicht viele.

»Was soll ich den Mädchen erzählen?«

»Das ist eine andere Sache. Es wird nicht leicht werden. Ich finde, darüber sollten wir uns beide Gedanken machen. Sie sind alt genug, um es zu verstehen, aber wahrscheinlich wollen sie es dennoch nicht einsehen. Keiner mag Veränderungen.«

»Ich auch nicht«, sagte sie mit gepresster Stimme. Der Gedanke, dass es für ihn am schwersten werden würde, kam ihr gar nicht. Er hatte einen langen, harten Weg vor sich und war entschlossen, ihn allein zu gehen. Was seine Genesung betraf, gab er sich keinen Illusionen hin; ihm war klar, dass er möglicherweise nie wieder laufen können würde. Selbst wenn er durch eine Rehabilitation die Beweglichkeit seiner Beine zurückgewann, würde das bestimmt kein Zuckerschlecken, sondern eher eine qualvolle Tortur. Doch ihm war auch bewusst, dass Cynthia nicht die Partnerin war, die ihn bei diesem Kampf unterstützen würde. Wenn sie jemals eine fürsorgliche Ader besessen hatte, hatte sie diese Vorräte schon vor langer Zeit an die Mädchen verbraucht. Sollte er auf Dauer behindert bleiben, würde Cynthia verrückt werden, wenn sie mit ihm zusammenlebte. Sie war nicht wie Isabelle. Nie hätte sie ein solches Leben führen oder das tun können, was Isabelle für ihren Sohn tat. Bill war bereit, seine neuen Belastungen allein auf sich zu nehmen.

Cynthia stand auf und trat ans Fenster. Sie schaute mit schmerzerfülltem Gesicht ins Leere. Da klopfte es, und der amerikanische Botschafter kam in Bills Zimmer. Er hatte von dem Unfall gehört und den Artikel in der *Tribune* gelesen. Er machte einen besorgten Eindruck. Als Cynthia sich umdrehte, sah er ihre roten, geschwollenen Augen und nahm an, dass sie aus Sorge um ihren Mann weinte. Es kam ihm nicht in den Sinn, er könnte in ein eheliches Drama geplatzt sein. Eilig ging er an Bills Bett und drückte diesem mit bekümmerter Miene die Hand.

»Mein Gott, Robinson, was ist denn passiert? Wir wollten uns doch letzte Woche treffen.« Als er die Nachricht bekam, hatte er sie zunächst gar nicht glauben wollen. Jetzt sah er, wie Cynthia und Bill seltsame Blicke tauschten.

»Ich wurde in einen Kampf mit einem Bus verwickelt, der zu schnell fuhr. Und der Bus hat gewonnen. War dumm von mir«, bemerkte Bill mit einem Lächeln, das aber nicht über seine Müdigkeit hinwegzutäuschen vermochte. Der Wortwechsel mit Cynthia hatte ihn erschöpft. »Warum gehst du nicht ein wenig bummeln mit den Mädchen, Cyn? Es würde dir gut tun, mal hier rauszukommen«, schlug er vor. Wortlos nickte sie. Sie wollte auf keinen Fall vor den Augen des Botschafters in Tränen ausbrechen. Aber auch ihre Töchter wollte sie jetzt nicht um sich haben. Sie nahm sich stattdessen vor, ins Hotel zurückzugehen und sich dort ein wenig auszuweinen.

»Ich komme heute Abend wieder«, sagte sie und küsste ihn mit brennenden Augen auf die Wange. »Ich liebe dich«, flüsterte sie und eilte dann aus dem Zimmer, verfolgt von den Blicken des Botschafters.

»Die arme Cynthia scheint vollkommen unter Schock zu stehen«, meinte Botschafter Stevens einfühlsam. Er kannte das Ehepaar Robinson seit Jahren, da er selbst aus New York stammte und einmal vorgehabt hatte, für das Präsidentenamt zu kandidieren. Bill hatte ihm damals abgeraten, denn er hätte nicht gewinnen können, doch als Botschafter leistete er großartige Arbeit und er liebte seinen Job. Er war nun schon seit drei Jahren in London, und Bill wusste, dass der Präsident ihn bitten würde, noch eine weitere Amtszeit zu bleiben.

»Wie geht es Ihnen denn?«, fragte er Bill, die Stirn sorgenvoll gerunzelt.

»Schon besser.« Und das stimmte, obwohl er gerade einen anstrengenden Vormittag hinter sich gebracht hatte. Das Gespräch mit Cynthia war ihm sehr schwer gefallen, aber er wusste, dass er das Richtige getan hatte. Seine Entscheidung, gleich nach seiner Rückkehr mit ihr zu reden, hatte der Unfall nicht verändert – er hatte im Gegenteil seinen Entschluss sogar noch gefestigt. Bill wollte nicht, dass Cynthia sich noch Hoffnungen machte, so schmerzhaft das auch war.

»Brauchen Sie irgendwas?«, wollte der Botschafter wissen, als er sich setzte. Seine Frau hatte ihm eingeschärft, nicht zu lange zu bleiben.

»Nicht viel. Neuen Hals, neues Rückgrat, ein paar gute, solide Beine, das Übliche.« Bill versuchte zu scherzen, aber seine Augen blickten traurig. Der Botschafter lächelte. Bill Robinson verstand wirklich Spaß und er war ein aufrechter Mann.

»Was sagen die Ärzte denn?«

»Nicht viel. Es ist noch zu früh für Prognosen. Doch ich denke, wenn F. D. Roosevelt das ganze Land vom Rollstuhl aus regieren konnte, dann sollte ich damit doch auch klarkommen.« Aber beide wussten, dass dem nicht so war. Der Bruchteil eines Augenblicks hatte sein ganzes Leben verändert, nicht nur sein politisches Leben, sondern auch sein Leben als Mann. Noch ließ sich die ganze Tragweite des Unfalls nicht abschätzen, aber abgesehen von der Unsicherheit, ob er irgendwann wieder würde laufen können, hatte er auch keine Ahnung, ob er jemals wieder eine Frau körperlich lieben konnte. Auch daran hatte er gedacht, als er Cynthia erklärte, dass er die Scheidung wolle. Sie wäre keinesfalls in der Lage, sich mit einer solchen Beeinträchtigung abzufinden.

»Haben Sie denn eine ungefähre Vorstellung, wie lange Sie im Krankenhaus bleiben müssen?«

»Wahrscheinlich sehr lange«, meinte Bill resigniert. Er war müde und sehr traurig über das Ende seiner Ehe. Dabei hatte er nicht nur seine Frau verloren, wozu er ja selbst beigetragen hatte, sondern durch den Unfall vielleicht auch Isabelle, seine engste Freundin. Die Zukunft sah für ihn trostlos aus. Nichts, worauf er sich freuen konnte, nur ein sehr hartes Jahr, um wieder gesund zu werden. Aber wenigstens lebte er.

»Nun, Sie können immer mit uns rechnen«, erklärte Botschafter Stevens jovial. »Grace möchte Sie auch besuchen, aber sie wollte lieber an einem anderen Tag kommen. Sie fürchtete, es könnte Sie zu sehr anstrengen. Sie sorgte sich ohnehin schon, mein Besuch wäre vielleicht zu viel für Sie. Sollten Sie irgendetwas benötigen, was auch immer, scheuen Sie sich nicht, die Botschaft zu informieren. Lassen Sie einfach Cynthia bei Grace anrufen. Ich nehme doch an, dass sie hier bei Ihnen bleiben wird.« Die arme Frau hatte so elend ausgesehen, als sie ging. Doch Jim Stevens überlegte, wie schwer es ihr fallen dürfte, sich mit der Tatsache vertraut zu machen, Bill könnte auf immer Invalide sein. »Ich sage Grace Bescheid, dass sie sich in ein paar Tagen bei Cynthia melden soll.« Bill sagte ihm nicht, dass er Cynthia und die Mädchen bitten würde, nach Connecticut zurückzukehren. Er lächelte nur und ließ den Botschafter reden. Sie waren zwar alte Freunde, aber von der bevorstehenden Scheidung wollte er ihm noch nichts erzählen. Das war noch zu frisch. Erst mussten es die Mädchen erfahren.

Der Botschafter sah auf die Uhr. Mit einem Blick auf Bill befand er, der Besuch habe nun lange genug gedauert. Grace hatte Recht gehabt, Bill sah wirklich furchtbar mitgenommen aus. Daher verabschiedete er sich. Auf Bill wirkte der ältere Mann, der sonst so aussah, als könnte er Bills Vater sein, auf einmal lebendig, kraftvoll und jung, und das allein deshalb, weil er auf seinen eigenen zwei Beinen aus dem Zimmer gehen konnte.

Danach schleppten sich die Stunden dahin. Bill schlief eine Weile. Am Spätnachmittag kam der Spezialist. Von Cynthia hatte Bill seither nichts gehört, er vermutete jedoch, dass sie im Claridge's war und über das Ende ihrer Ehe trauerte. Doch auch diese Vorstellung brachte seine Überzeugung, dass eine Scheidung für sie beide das Beste sei, nicht ins Wanken.

Der Spezialist machte Bill nicht viel Hoffnung. Er kam auf sämtliche Möglichkeiten zu sprechen, von der schlimmsten bis zur besten. Anhand der Röntgenaufnahmen, die er sich angesehen hatte, und der Dokumentation des Operationsverlaufs hielt er es für unwahrscheinlich, dass Bill jemals wieder würde laufen können. Zwar gab es seiner Meinung nach eine geringe Chance, dass Bill einen Teil seiner Empfindung wiedergewinnen könnte, aber sein Rückgrat war so schwer geschädigt, dass er wahrscheinlich nie wieder die vollständige Kontrolle über seine Beine erlangte. Selbst wenn er sie wieder spürte, könnte er doch nicht auf ihnen stehen. In diesem Fall wäre es möglich, ihm Schienen anzupassen, dank deren er dann, mit sehr viel Übung und dem Einsatz von Krücken, seine Beine hinter sich her ziehen könnte. Doch der Arzt meinte, Bill sei mit einem Rollstuhl mobiler und habe es auch einfacher. Das waren die guten Aussichten. Die schlimmste Möglichkeit wäre, dass die verletzten Nerven weiter degenerierten. Das hätte in Kombination mit der Verletzung seiner Halswirbelsäule womöglich zur Folge, dass er von der Taille abwärts nie wieder etwas empfinden könnte. Käme noch eine Arthritis dazu, die einen weiteren

Knochenabbau bewirkte, so stünde ihm neben den ohnehin schon gravierenden Beeinträchtigungen auch noch ein Leben voller Schmerzen bevor. Doch mit seinen zweiundfünfzig Jahren habe Bill ganz gute Chancen, seine Beine wieder bewegen zu können, selbst wenn es zum Gehen nicht reichte, erklärte der Arzt. Bills Nackenverletzung werde vier bis sechs Monate zur Heilung benötigen, die Rehabilitationsarbeit an den Beinen werde ein Jahr oder länger dauern. Man könnte noch ein oder zwei zusätzliche Operationen vornehmen, doch seiner Einschätzung nach sei der Nutzen minimal und die Risiken seien zu groß. Es bestehe immer die Gefahr, dass Bill danach vom Hals abwärts gelähmt sei, deshalb rate er ihm dringend davon ab. Er warnte Bill außerdem davor, einige Chirurgen könnten in ihm ein Versuchskaninchen sehen und ihm Verbesserungen in Aussicht stellen, die sie ihm nicht garantieren konnten. Was der Spezialist Bill vor Augen führte, schien erträglich, aber nicht leicht zu sein, und es erforderte großen Mut, den Tatsachen ins Auge zu sehen. Er ließ keinen Zweifel daran, dass Bill mindestens ein Jahr lang sehr hart arbeiten musste, wenn er seine Beine einigermaßen wieder gebrauchen wollte. Außerdem müsste er zum Ausgleich seinen Oberkörper kräftigen, ganz zu schweigen von der Arbeit an seinem Nacken. Aber er sei sich sicher, sagte er, dass Bill ein gutes Leben führen könne, wenn er bereit sei, sich seelisch auf die Einschränkungen einzustellen, viel Zeit in seine Genesung zu investieren und sich bei der Rehabilitation sehr anzustrengen. Das alles sei zwar verdammt schade, aber kein Weltuntergang.

Dann beantwortete er die Frage, die Bill offen ins Gesicht geschrieben stand, die er aber nicht auszusprechen wagte. Nahezu fest stand, dass er nie wieder würde laufen können und an einen Rollstuhl gefesselt blieb. Aber ihn quälte der Gedanke, wie es in Zukunft um sein Sexualleben bestellt war. Der Arzt erklärte anschaulich und offen, dass Bill recht gute Chancen habe, seine sexuelle Empfindungsfähigkeit wiederzuerlangen und ein relativ normales Sexualleben zu führen, wenngleich es noch ein wenig zu früh sei, dies mit Bestimmtheit zu sagen. Der Arzt gab sich jedoch hoffnungsvoll; er versuchte, Bill Mut zu machen und ihm seine Ängste zu nehmen. Bill würde es einfach ausprobieren müssen, doch erst solle er wieder zu Kräften kommen. Es sei schlimm genug, dass er nicht mehr laufen könne, doch was den Rest angehe, wolle er Bill die Hoffnungen nicht nehmen.

»Wenn Ihre Frau eine Weile Geduld hat«, meinte der Arzt mit einem Lächeln, »könnte alles gut werden.« Bill unterließ es, ihn darüber aufzuklären, dass er schon bald keine Ehefrau mehr haben würde. Die Vorstellung, es mit Frauen auszuprobieren, die er erst kennen lernen musste, wies Bill als absurd von sich. Natürlich hätte er gerne die Sicherheit gehabt, sich jederzeit auf seine Sexualität verlassen zu können. Doch die konnte ihm keiner geben. Es blieb ihm nichts anderes übrig als abzuwarten, und das war quälend. Wenn seine Genesung erst einmal abgeschlossen war, hatte er vor, sich wieder ganz in seine Arbeit zu stürzen und ihr sämtliche Energie zu widmen, wie er das immer getan hatte. Es schien, als wäre das alles, was ihm geblieben war.

Nachdem der Arzt gegangen war, hing Bill eine Weile seinen Gedanken nach. Er war zutiefst deprimiert. In wenigen Stunden war so viel passiert, was er erst verarbeiten musste. Es fiel ihm schwer, sich mit der Vorstellung vertraut zu machen, nie wieder laufen zu können. Nie wieder laufen ..., sagte er stumm vor sich hin. Aber er wusste, es hätte noch schlimmer kommen können. Er hätte vollständig gelähmt oder tot sein oder durch seine Kopfverletzung eine dauerhafte Gehirnschädigung davontragen können. Doch obwohl er für so viel Glück hätte dankbar sein sollen, überwog der mögliche Verlust seiner Männlichkeit die anderen Beeinträchtigungen. Das bekümmerte und bedrückte ihn am meisten. Bei diesen Überlegungen wanderten seine Gedanken wieder zu Isabelle. Er schloss seine Augen und dachte an die Zeit, die sie am Anfang dieser Woche miteinander verbracht hatten. Kaum zu glauben, dass das alles erst vier Tage her war. Vor vier Tagen hatte er mit Isabelle im Annabel's getanzt, sie ganz nah gespürt, und jetzt würde er nie mehr tanzen können, und sie schwebte zwischen Leben und Tod. Er wollte nicht glauben, dass er vielleicht nie wieder mit ihr reden konnte, nie wieder ihre Stimme hören oder ihr liebes

Gesicht sehen würde. In Erinnerung an die gemeinsamen Stunden brach er in Tränen aus. Er war in Gedanken noch bei ihr, und die Tränen liefen ihm übers Gesicht, als die Schwester hereinkam. Sie wusste, dass der Spezialist sich lange Zeit mit Bill unterhalten hatte und die Nachrichten keine guten gewesen waren. Deshalb ging sie davon aus, er wäre aus diesem Grund so entmutigt, und versuchte ihn behutsam ein wenig aufzuheitern. Sie konnte sich vorstellen, was es für einen so gut aussehenden, vitalen Mann bedeuten musste, nie wieder laufen zu können. Die Schwestern hatten fast alle von Anfang an damit gerechnet, dass es darauf hinauslaufen würde. Seine Verletzungen waren einfach zu schwer gewesen.

»Möchten Sie ein Schmerzmittel, Mr. Robinson?«, fragte sie ihn, als er aufsah.

»Nein, danke. Wie geht es Mrs. Forrester? Hat sich etwas geändert?« Das fragte er jedes Mal, wenn er eine der Schwestern sah. Fühlte er sich in irgendeiner Weise für den Unfall verantwortlich, weil sie mit ihm im Wagen gesessen hatte – oder war er heimlich in sie verliebt? Die Schwestern konnten nur Vermutungen anstellen. Die Einzige, die Bescheid wusste, war die Schwester, die dabei gewesen war, als Bill Isabelle in der vergangenen Nacht besucht hatte, doch sie hatte dem Arzt geschworen, kein Wort über das Gehörte verlauten zu lassen.

»Ihr Zustand ist unverändert. Ihr Ehemann war vor kurzem hier, er ist gerade gegangen. Ich glaube, er fährt für ein paar Tage zurück nach Paris. Er kann hier nichts für sie tun.« Außer bei ihr zu sein, mit ihr zu reden und sie zu bitten, zurückzukommen. Bill verspürte Hass, sobald er nur an Gordon dachte. Dieser Mann war so eiskalt und so gemein zu Isabelle. Doch dann fiel ihm ein, dass er Isabelle wieder besuchen konnte, wenn Gordon das Krankenhaus verlassen hatte. Er erkundigte sich bei der Schwester, die zwar von den Vorfällen der letzten Nacht wusste, aber unsicher war, ob der für beide zuständige Arzt einen zweiten Besuch erlauben würde. Doch als sie in Bills Augen blickte und seine verzweifelte Sehnsucht sah, wurde sie weich.

»Ich sehe mal, was ich tun kann«, versprach sie und verschwand. Fünf Minuten später kam sie mit zwei Pflegern zurück. Sie lösten die Bremsen an seinem Bett und rollten ihn langsam zur Tür. Sie mussten ihn zwar von einigen der Überwachungsgeräte abhängen, doch sein Zustand war inzwischen so stabil, dass man das für eine kurze Zeit riskieren konnte.

Isabelles Schwester hielt ihnen die Tür auf, die Pfleger rollten sein Bett vorsichtig über den Flur in das andere Zimmer und stellten es neben das von Isabelle. Die Jalousien waren heruntergelassen, und das Beatmungsgerät zischte vor sich hin. Die Pflegekräfte zogen sich in eine Ecke des Raums zurück, um die beiden allein zu lassen. Bill wandte sich so gut es ging in Isabelles Richtung und fasste wieder ihre Finger.

»Ich bin es, Isabelle. Du musst aufwachen, Liebste. Du musst zurückkommen. Teddy braucht dich und ich brauche dich auch. Ich muss mit dir reden, ich vermisse dich so sehr.« Während er mit ihr sprach, liefen ihm ungehemmt die Tränen über die Wangen. Nach einer Weile schwieg er, lag nur noch da und hielt ihre Hand. Die Schwestern wagten nicht, ihm vorzuschlagen, dass er auf sein Zimmer zurückkehrte, denn er lag still in seinem Bett und wirkte seltsam friedlich. Fast schien es, als würde er einschlafen. Da ging plötzlich die Tür auf, und Gordon stand im Zimmer. Alle schreckten hoch, und die Pfleger suchten das Weite, während Gordon eine der Krankenschwestern scharf anfuhr.

»Bitte bringen Sie Mr. Robinson sofort auf sein Zimmer zurück.« Mehr sagte er nicht. Bill sprach kein Wort, als man ihn aus dem Raum schob. Die Situation war so eindeutig, dass Bill es fast ein wenig mit der Angst zu tun bekam. Sicherlich würde Gordon nun darauf bestehen, dass Bill Isabelle nicht mehr besuchte. Da Gordon allerdings bald nach Paris zurückflog, hatte Bill durchaus Hoffnung, dass die Schwestern ihn wieder zu ihr ließen. Er sah noch immer das Bild ihres wie leblos daliegenden Körpers vor sich, als Gordon Forrester in sein Zimmer trat.

»Mr. Robinson, falls ich Sie jemals wieder im Krankenzimmer meiner Frau antreffe oder erfahre, dass Sie bei ihr gewesen sind, werde ich dafür sorgen, dass man Sie aus diesem Krankenhaus entfernt. Ist das klar?« Er zitterte vor Wut, und sein Gesicht war fahl. Seiner Ansicht nach wilderte Bill in seinem

Territorium, und das tolerierte er nicht. Isabelle gehörte schließlich ihm. Er würde unter keinen Umständen zulassen, dass Bill sich noch einmal in ihre Nähe begab, egal welcher Art ihre Beziehung auch sein mochte.

»Diese Drohung schreckt mich nicht, Mr. Forrester«, erwiderte Bill gelassen und sah Gordon fest in die Augen. »Ich denke, Botschafter Stevens hätte bei einer Ausweisung aus dem Krankenhaus noch ein Wörtchen mitzureden. Aber ich brauche ihn nicht als Sekundanten. Isabelle und ich sind Freunde und zwar schon seit langem. Aber ich kann Ihnen versichern, dass sie nie etwas getan hat, was Ihre Missbilligung verdient hätte« – bis auf jenen Kuss im Auto, aber davon brauchte Gordon nichts zu erfahren, das ging nur sie beide etwas an. »Ich mache mir Sorgen um Isabelle. Sie können sich glücklich schätzen, denn sie ist eine wunderbare Frau. Ich wünsche mir genauso sehr wie Sie, vielleicht sogar noch mehr, dass Isabelle überlebt. Teddy braucht sie, braucht sie sogar noch mehr als Sie. Und sollte es ihr helfen, wenn ich mit ihr rede, ihr nah bin oder einfach ihren Überlebenswillen stärke, dann kann ich doch wenigstens etwas für sie tun.«

»Halten Sie sich von ihr fern! Sie haben schon genug angerichtet. Fast hätten Sie sie in den Tod gerissen. Was haben Sie sich eigentlich dabei gedacht, um diese Zeit gemeinsam unterwegs zu sein? Haben Sie denn überhaupt nicht überlegt, wie das aussehen würde? Sie haben sich von Paparazzi fotografieren lassen und sich selbst und mich damit zum Narren gemacht. Vermutlich haben Sie geglaubt, damit durchzukommen. Nun, offenbar ist Ihnen das nicht gelungen. Das Einzige, was Sie jetzt tun können, ist, sie in Ruhe zu lassen und aus unserem Leben zu verschwinden. Verdammt noch mal, wir brauchen keinen Skandal, in den Sie verwickelt sind.«

»Von einem Skandal kann gar keine Rede sein!«, gab Bill wütend zurück.

»Dessen wäre ich mir nicht so sicher. Aber ob das nun der Fall ist oder nicht, ich verbiete Ihnen, Isabelles Zimmer zu betreten. Habe ich mich deutlich genug ausgedrückt?«

»Warum hassen Sie Isabelle so sehr?«, fragte Bill, als Gordon bereits an der Tür stand. Er erstarrte und drehte sich um.

»Sind Sie verrückt? Ich hasse sie nicht. Sie ist meine Frau. Warum glauben Sie, bin ich hier?«

»Was bleibt Ihnen denn anderes übrig? Wenn Sie nicht hier wären, könnten Sie dann vor aller Welt weiterhin so tun, als liege Ihnen etwas an Isabelle? Wohl kaum. Wir wissen doch beide, warum Sie hier sind. Sie sind der Form halber hier, und weil Sie keine andere Wahl haben. Schließlich sind Sie ihr gesetzlicher Vertreter. Isabelle ist Ihnen doch völlig gleichgültig, Mr. Forrester, und ich bezweifle, ob das jemals anders gewesen ist.«

»Sie sind ein Scheißkerl«, fauchte Gordon ihn an und ging dann aus dem Zimmer. Er fragte sich, ob Isabelle sich womöglich Bill anvertraut hatte. Vielleicht hatte sie gesagt, dass ihr Mann sie hasse? Gordon überlegte, wie viel Bill wohl über sein Eheleben wissen mochte. Zu viel jedenfalls, wie er fand.

Als am Nachmittag Cynthia und die Mädchen zu Besuch kamen, beschäftigte Bill dieser Wortwechsel noch immer. Die Mädchen waren auf dem Flohmarkt gewesen und hatten dort jede Menge Schnickschnack gekauft, während Cynthia einen ausgedehnten Spaziergang machte und über Bills Worte nachdachte. Doch in Anwesenheit der Mädchen sprachen Bill und Cynthia nicht von der Scheidung. Es war noch zu früh. Sie blieben bis zum Abendessen, und Olivia fütterte ihn mit einem Löffel. Bill versuchte selbst zu essen, doch wegen seines hinderlichen Stützapparats verschüttete er sein Essen, vor allem die Suppe, über das Bett.

»Was hat der Arzt gesagt?«, erkundigte Cynthia sich leise, ehe sie aufbrachen.

»Dass du ohne mich besser dran bist«, flüsterte er ihr zu, und sie machte wieder ein weinerliches Gesicht. »Ist nur Spaß. Er meinte, mit viel harter Arbeit könnte ich meine Beine wieder einigermaßen gebrauchen. Ist eine interessante Herausforderung. Wer weiß? Vielleicht gelingt ihnen ja ein Wunder, und sie kriegen mich wieder zum Laufen.« Das wollte er noch immer gerne glauben, obwohl es nach Einschätzung des Arztes ziemlich unwahrscheinlich war. »In drei Wochen werde ich ernsthaft mit der Therapie und der Rehabilitation beginnen. Die

Verletzungen sollen erst noch besser abheilen, ehe sie damit anfangen.«

»Dafür kannst du auch nach Hause kommen«, schlug sie mit weicher Stimme vor. Sie war nach wie vor überwältigt von seiner Entscheidung und hoffte, er würde sie doch wieder rückgängig machen.

»Vielleicht. Wir werden sehen«, wich er aus. Er wollte vor den Mädchen nicht zu viel sagen. »Was ist mit dir? Wann fährst du nach Hause? Hast du darüber nachgedacht?«, wollte Bill wissen. Er wirkte erschöpft nach diesem Nachmittag.

»Die Mädchen wollen noch diese Woche bleiben. Ich habe überlegt, mit ihnen in ein paar Tagen nach Paris zu fahren, falls du dich einigermaßen gut fühlst. Danach komme ich wieder zu dir.« Sie wünschte sich so sehr, dass er seine Meinung doch noch änderte, aber seine Stimme war fest. Er bedauerte nichts. Er wusste, dass er das Richtige tat – für sie beide.

»Tu's nicht«, bat er sie. »Mir geht es bestimmt gut. Du solltest mit den Mädchen zurückfahren in die Staaten. Ich weiß doch, dass du vorhast, deine Eltern in Maine zu besuchen.« Sie hatte bereits beschlossen, nicht wieder nach Europa zurückzukommen, sondern von Maine aus direkt nach Long Island zu fahren. »Ich werde bald wieder nach Hause kommen.« Er hatte jede Menge zu tun. Wenn er zurück nach Amerika wollte, musste er zuerst eine Reha-Einrichtung finden, in der er eine Weile bleiben konnte. Danach stand die Suche nach einer passenden Wohnung und der Auszug aus ihrem gemeinsamen Haus an. Doch für all dies war es jetzt noch zu früh. Zunächst mussten die Mädchen erfahren, was ihre Eltern beschlossen hatten. Er scheute diese Aussprache, die er nur gemeinsam mit Cynthia führen wollte. Die Mädchen sollten verstehen, dass ihre Eltern noch immer Freunde waren. Das bedeutete ihm viel, und für Jane und Olivia war es bestimmt ebenfalls sehr wichtig. Dessen war er sich sicher.

Zum Abendessen kehrten Cynthia und die Mädchen ins Hotel zurück. Bill lag die ganze Nacht still in seinem Zimmer. Gerne hätte er Isabelle wieder gesehen, aber er wollte das Glück nicht herausfordern, für den Fall, dass Gordon noch in der Stadt war. Außerdem war er müde. Es war ein ereignisreicher Tag gewesen. Er wusste nun, dass er sehr wahrscheinlich nie wieder laufen konnte und nur »eventuell« wieder ein Sexleben haben würde. Außerdem hatte er Isabelle gesehen und mit ihrem Ehemann die Klingen gekreuzt und Cynthia darauf vorbereitet, dass er die Scheidung wollte. Das war auch ohne den Unfall, der ihrer aller Leben unwiderruflich verändert hatte, eine ganze Menge.

Kapitel 7

Gordon Forrester verließ London am frühen Montagmorgen Richtung Paris. Ehe er abreiste, rief er noch einmal im Krankenhaus an, und als man ihm sagte, es habe sich keine Veränderung ergeben, fuhr er zum Flughafen. Er hatte alles mitgenommen, was Isabelle im Hotelzimmer zurückgelassen hatte. Gordon befand, es wäre sinnlos, ihr davon etwas ins Krankenhaus zu bringen. In ihrem jetzigen Zustand brauchte sie nichts von alledem. Während er nun über den Ärmelkanal flog, wusste er eigentlich nicht viel mehr als beim Hinflug. Noch immer hatten die Ärzte keine Ahnung, ob sie überleben würde. Ihre inneren Organe schienen allmählich zu heilen, aber Herz und Lunge waren noch immer in einem bedenklichen Zustand, und auch ihre Leber würde erst nach und nach die volle Funktionsfähigkeit zurückgewinnen. Obwohl der Schlag, der ihren Kopf getroffen hatte, sehr viel weniger ernst war als die anderen Verletzungen, war er doch für ihr tiefes Koma verantwortlich. Zusätzlich erhielt sie Beruhigungsmittel, damit der Heilungsprozess ungestört verlief. Doch ob sie aufwachen würde oder nicht, starb oder auf immer im Koma blieb, darüber konnte man nur spekulieren. Noch immer gab es zu viele Fragen, auf die keiner eine Antwort wusste. Dass sie am fünften Tag nach dem Unfall noch lebte, war ein hoffnungsvolles Zeichen, und gewiss zählte jeder weitere Tag. Dennoch war ihr Gesamtzustand äußerst kritisch. Bei der Landung auf dem Charles-de-Gaulle-Flughafen in Roissy war in Gordon dann auch der Entschluss herangereift, Isabelles Unfall und ihren Zustand den Kindern nicht mehr länger zu verheimlichen. Tag für Tag hatte er gewartet und auf Besserung gehofft, doch die war nicht eingetreten. Jetzt noch länger zu warten hielt er für unverantwortlich. Sophie war alt genug, um die Wahrheit zu verkraften, dass sie womöglich ihre Mutter verlor, und Teddy musste sich trotz seiner Krankheit damit abfinden. Bestimmt würde Sophie ihrem Bruder Trost spenden. Daher wollte Gordon das Gespräch mit Teddy noch aufschieben, bis sie aus Portugal zurückkam. Beim Gedanken an den Moment der Aussprache fühlte Gordon sich höchst unwohl – es war keine Situation, die er zu meistern vermochte. Ihn verband so gut wie nichts mit seinem Sohn.

Als er in Roissy seine Tasche und Isabelles Koffer ins Taxi packte, musste er wieder an Bill Robinson und die unerfreuliche Begegnung mit ihm denken. Er kochte innerlich noch immer vor Wut über die Dreistigkeit und Arroganz, mit der Bill ihn gefragt hatte, warum er Isabelle hasse. Das war eine unerhörte Unterstellung, und Gordon fragte sich immer wieder, ob Isabelle so etwas gesagt hatte. Er hasste seine Frau nicht. Er hatte sie einfach in dem Chaos von Teddys Geburt und den entsetzlichen Jahren danach verloren. Wenn er an sie dachte, sah er stets das Krankenzimmer seines Sohnes vor sich und verspürte das Grauen, das sich damit verband. Für ihn war sie längst nicht mehr seine Frau, sondern nur noch Teddys Pflegerin.

Er überlegte, ob sie womöglich eine Affäre mit Bill oder zumindest einen Flirt mit ihm damit gerechtfertigt hatte, dass sie sich von Gordon gehasst fühlte. Wenn die beiden tatsächlich zusammen im Annabel's gewesen waren, wie die Presse dies behauptete und das Foto nahe legte, war ihre Verbindung ganz eindeutig nicht so unschuldig, wie Bill Robinson behauptete. Noch immer gingen Gordon tausend Fragen im Kopf herum, doch ehe Isabelle sich nicht erholt hatte, würde er keine Antworten darauf bekommen. Bill Robinson würde ihm jedenfalls nichts erzählen. Für Gordon war diese Angelegenheit vor allem eine Frage des Prinzips, denn mit Zärtlichkeit oder Erotik hatte er Isabelle schon seit Jahren nicht mehr in Verbindung gebracht.

Ehe Gordon London verließ, hatte er im Krankenhaus eindeutige Weisung hinterlassen, dass es Bill nicht erlaubt sei, Isabelle in ihrem Zimmer zu besuchen. Die Schwester hatte diese Anweisung pflichteifrig notiert, doch Gordon wurde das unangenehme Gefühl nicht los, dass man sich möglicherweise über seine Wünsche hinwegsetzen würde. Das Personal schien für Bill dort unermessliche Sympathie zu hegen, für Gordon aber keine. Ganz zu schweigen von dem Respekt und der Bewunderung für Bills Stellung in der politischen Welt. Er war ein sehr wichtiger Mann.

Vom Flughafen aus ließ Gordon sich direkt ins Büro fahren; er hatte mehrere Anrufe zu erledigen. Er weihte seine Sekretärin ein, was er bis dahin vermieden hatte. Sie erzählte ihm allerdings nicht, dass sie das Foto von Bill und Isabelle in der *International Herald Tribune* gesehen hatte und längst Bescheid wusste. Auf seine Bitte hin gab sie ihm am Nachmittag Sophies Telefonnummer in Portugal, die Isabelle für alle Fälle hinterlassen hatte, ehe sie nach London abreiste.

Sophie wohnte mit Freunden in einem Ferienhaus in Sintra. Als Gordon anrief, war sie gerade unterwegs, und er konnte ihr nur eine Nachricht hinterlassen. Um sechs Uhr abends, als er gerade das Büro verlassen wollte, rief sie zurück. Er holte tief Luft, ehe er den Hörer abnahm, und wappnete sich für das, was er ihr zu sagen hatte.

»Wie war's in London?«, fragte sie ausgelassen. »Habt ihr Spaß gehabt, du und Mama?«

»Woher weißt du denn, dass ich nach London gefahren bin?« Darüber hatte er außer Teddy und dessen Pflegerin niemanden informiert.

»Ich habe am Wochenende zu Hause angerufen und mit Teddy gesprochen. Hat er dir das nicht erzählt?«

»Ich habe ihn noch nicht gesehen. Ich bin heute Morgen vom Flughafen aus direkt ins Büro gefahren«, erwiderte Gordon kühl. Er versuchte Zeit zu schinden, um die richtigen Worte zu finden.

»Dann rufe ich jetzt zu Hause an. Ich muss Mama etwas fragen.«

»Sie kann nicht mit dir sprechen«, erklärte Gordon, ohne deutlicher zu werden. Vor diesem Moment hatte er panische Angst gehabt. Es kam ihm vor, als befinde er sich in einem Albtraum, aus dem es kein Erwachen gab. Und nun musste er sogar seine Kinder mit hineinziehen.

»Warum? Ist sie unterwegs?«

»Nein, deine Mutter ist in London.«

»Das ist aber komisch. Sie ist länger dageblieben?« Es sah ihrer Mutter gar nicht ähnlich, Teddy sechs Tage lang allein zu lassen. Sophie wusste, dass ihre Mutter bereits am Dienstag nach London geflogen war. »Wann kommt sie zurück?«, fragte sie verwirrt.

»Das wissen wir noch nicht.« Er holte noch einmal tief Luft, dann stürzte er sich in die Fluten. »Deine Mutter hatte einen Unfall, Sophie.« Am anderen Ende der Leitung wurde es totenstill. Sophie wartete mit klopfendem Herzen. In seiner Stimme lag etwas, das sie Schreckliches ahnen ließ. »Einen sehr schweren Unfall. Ich denke, du solltest nach Hause kommen.«

»Was ist passiert? Wie geht es ihr?« Sie presste die Worte atemlos heraus.

»Sie saß in einem Auto, das einen Zusammenstoß mit einem Bus hatte.« Jetzt konnte er sich nicht länger um die Wahrheit drücken. »Sie liegt im Koma. Man kann noch nichts Genaueres sagen, denn sie hat sehr schlimme innere Verletzungen. Kann sein, dass sie es nicht überlebt. Es tut mir Leid, dir das am Telefon sagen zu müssen. Aber ich möchte, dass du so bald wie möglich nach Paris zurückkehrst.« Trotz seiner echten Gefühle für Sophie und obwohl er so tat, als würde er für Isabelle etwas empfinden, hörte er sich an wie bei einer geschäftlichen Besprechung. Gordon sträubte sich mit aller Kraft dagegen, den Schmerz seiner Tochter mitzufühlen. Eine solche Schwäche durfte er sich nicht erlauben.

»Mein Gott… o mein Gott…« Ganz gegen ihre Natur schien Sophie kurz vor einem hysterischen Anfall zu stehen. Normalerweise war sie kühl, ruhig, vernünftig und zeigte ihre Gefühle kaum, genau wie ihr Vater. Aber was er ihr gerade gesagt hatte, überstieg ihre schlimmsten Albträume. Ihr ganzes Leben lang war sie darauf vorbereitet gewesen, den Bruder zu verlieren, nicht aber ihre Mutter, die sie mehr liebte, als sie sich selbst eingestehen konnte. Als sie den Anruf ihres Vaters erhielt, hatte sie damit am allerwenigsten gerechnet. »Mein Gott, Papa, glaubst du denn, dass sie stirbt?« Er konnte hören, dass Sophie weinte, und wusste einen Augenblick lang nicht, was er sagen sollte.

»Es wäre möglich«, gab er zur Antwort und starrte von seinem Büroschreibtisch aus verdrossen ins Leere. Er musste an den Tod seiner Mutter denken und schob diese Erinnerung gewaltsam beiseite. »Dass sie noch immer am Leben ist, lässt hoffen, aber ihr Zustand ist sehr kritisch, und bisher ist noch keine Besserung eingetreten«, erklärte er ihr aufrichtig. Das Weinen wurde stärker, nun schluchzte Sophie laut. Gordon wartete ab, doch es fiel ihm nichts Tröstliches ein. Er wollte sie nicht anlügen oder falsche Hoffnung wecken, und die Wahrheit war, dass Isabelle jeden Augenblick sterben konnte. Dieser Tatsache musste Sophie ins Auge sehen, und Teddy ebenso.

Plötzlich kam Sophie ein Gedanke, der ihr Angst machte. »Weiß Teddy es schon?« Es war ihm, als sie ihn am Wochenende anrief, so gut gegangen, und er hatte Sophie noch nie angelogen. Bestimmt hätte er ein solches Geheimnis nicht für sich behalten und ihr die Fröhlichkeit nur vorgespielt.

»Nein, er weiß es nicht. Ich wollte warten, bis du kommst, und es ihm erst dann erzählen. Du solltest jetzt besser auflegen und deine Rückkehr vorbereiten. Kann dir dort jemand helfen?«

»Ich weiß nicht«, sagte Sophie unsicher. »Ich möchte nach London und Mama besuchen.« Ihr Tonfall war der einer Fünfjährigen, sie fühlte sich plötzlich schrecklich allein.

»Ich möchte, dass du zuerst nach Hause kommst«, entschied Gordon. Er wollte sie dabei haben, wenn er mit Teddy redete. Diese Last konnte er nicht allein tragen.

»In Ordnung«, antwortete sie schluchzend.

»Ruf mich an, wenn du weißt, wann du ankommst. Ich lasse dich dann abholen.« Selbst unter diesen Umständen wäre es ihm nie in den Sinn gekommen, dies selbst zu tun. Distanz und Unnahbarkeit waren ihm so selbstverständlich, dass er nicht über seinen eigenen Schatten springen konnte, auch nicht seiner Tochter zuliebe. Doch Sophie hatte, obwohl sie wusste, dass sie ihm von allen Menschen am nächsten stand, nichts anderes erwartet.

»Ich versuche heute Abend noch nach Hause zu kommen«, sagte sie und dachte bereits darüber nach, wie sie das schaffen könnte. Sie war zwei Stunden von Lissabon entfernt und wenn sie sich beeilte, erreichte sie vielleicht noch den Spätflug. Ansonsten musste sie bis zum nächsten Morgen warten.

Sie beendete das Telefongespräch, und Gordon ließ sich von seinem Fahrer nach Hause bringen. Zum ersten Mal seit vier Tagen sah er Teddy wieder. Es schien dem Jungen gut zu gehen, aber sobald er Gordon in der Tür zu seinem Zimmer stehen sah, erkundigte er sich nach seiner Mutter.

»Wo ist Mama? Ist sie unten?« Seine Augen strahlten, als er ihren Namen aussprach.

»Nein, ist sie nicht«, sagte Gordon vage und warf seinem Sohn einen strengen Blick zu, um weitere Fragen abzublocken. »Ich glaube, Sophie kommt wahrscheinlich heute Abend aus Portugal zurück.«

»Tatsächlich?« Der Junge war überrascht, aber die Ablenkung hatte funktioniert, wenigstens für den Augenblick. »Mama hat gesagt, Sophie bleibt zwei Wochen weg. Warum kommt sie denn früher zurück?« Bei ihrem Anruf am Samstag hatte Sophie das gar nicht erwähnt, und instinktiv spürte Teddy, dass etwas nicht stimmte. Wie ein Hund, der nicht von seinem Knochen lassen will, wiederholte er seine vorige Frage noch einmal: »Wo ist Mama?« Gordon wagte nicht ihm zu sagen, dass sie noch immer in London war, denn dann hätte Teddy Verdacht geschöpft. Er war zu klug und sensibel, um sich an der Nase herumführen zu lassen. Gordon konnte nur hoffen, dass Sophie bald kam und ihm half, dem Jungen von dem Unfall zu erzählen.

»Ich komme gleich wieder zu dir«, sagte Gordon, ohne auf die Frage einzugehen. »Ich muss ein paar Anrufe erledigen.« Damit verließ er Teddys Zimmer und floh. Doch ganz offensichtlich machte sein Sohn sich Sorgen. »Wo ist meine Mutter?«, hörte ihn Gordon, als er die Tür schloss, die Pflegerin fragen.

Mit grimmiger Miene ging Gordon den Flur hinunter zu seinem Zimmer.

Es würde eine lange Nacht werden, bis Sophie nach Hause kam. Er beschloss, das Problem damit zu lösen, dass er unten in der Bibliothek blieb. Umso mehr erstaunte es ihn, als er eine Stunde später aufblickte und Teddy langsam ins Zimmer kommen sah. Sein Sohn hatte darauf bestanden, allein nach unten zu gehen, und die Schwester hatte ihn nicht aufhalten können. Er wirkte erregt und sehr blass.

»Etwas stimmt hier nicht«, stellte Teddy mit ruhiger Stimme fest, lehnte sich atemlos an einen Stuhl und sah seinem Vater fest in die Augen. Solange Teddy lebte, war er von Gordon abgewiesen worden, aber diesmal würde er das nicht zulassen. Sein entschlossener Blick erinnerte Gordon an Isabelle. Nie zuvor hatte er bei Teddy einen solchen Gesichtsausdruck gesehen. Und zum ersten Mal bemerkte er, dass sein Sohn alles Kindliche verloren hatte. »Ich möchte wissen, wo meine Mutter ist«, erklärte Teddy und setzte sich. Wenn es sein musste, würde er die ganze Nacht auf die Antwort warten. Sie würden ihn schon aus dem Zimmer schleppen müssen.

Gordon sah Teddy entrüstet an, um sich seine Angst nicht anmerken zu lassen. In Gegenwart des Jungen hatte er sich immer unbehaglich gefühlt, weil Teddy so krank und zerbrechlich wirkte. Allerdings hatte er schon lange nicht mehr so gut ausgesehen. Noch vor sechs Monaten wäre er nicht in der Lage gewesen, allein nach unten zu kommen. Aber jetzt konnte Gordon ihm nicht ausweichen und er seufzte.

»Deine Mutter ist in London«, antwortete er wahrheitsgemäß und betete, nicht mehr sagen zu müssen. Aber ein Blick in die Augen seines Sohnes sagte ihm, dass diese Hoffnung vergeblich war.

»Warum?«

»Sie ist dort, um sich eine Kunstausstellung anzusehen«, erwiderte Gordon. Er wandte den Blick ab, als könne er damit weitere Fragen vermeiden.

»Das weiß ich. Das war vor sechs Tagen. Warum ist sie nicht mit dir zurückgekommen?« Bei diesen Worten richtete Gordon seine Augen wieder auf Teddy und hatte das Gefühl, seinen Sohn zum ersten Mal wirklich zu sehen. Ein Leben lang hatte er ihn ignoriert und versucht, sich ihm zu entziehen. Jetzt konnte er Teddys forschendem Blick nicht mehr ausweichen.

Eigentlich war er ein schöner Junge, und doch hatte Gordon ihn nie annehmen können. Die Behinderung des Kindes hatte Gordon Angst gemacht. Als er jetzt die Qual in Teddys Augen sah, war er gegen seinen Willen gerührt. Er konnte ihm die Wahrheit nicht länger vorenthalten, doch er spürte die Last der Verantwortung. Teddys Leben schien immer an einem dünnen Faden zu hängen, und Gordon wollte nicht derjenige sein, der mit einer Schreckensnachricht über die von Teddy so überaus verehrte Mutter diesen Lebensfaden durchtrennte.

»Sie hatte einen Unfall«, sagte Gordon mit leiser Stimme. Erneut hatte er den Blick abgewandt und so hörte er nur, wie Teddy die Luft anhielt. Er wusste genau, was er in den Augen des Jungen sehen würde, und vermied es, ihn anzuschauen.

»Geht es ihr gut?« Teddys Stimme war nur noch ein Flüstern. Obwohl er bereits wusste, dass etwas nicht stimmte, wartete er voller Angst auf das, was sein Vater ihm sagen würde.

»Ich hoffe, dass sie wieder gesund wird. Noch wissen wir das nicht. Sie ist sehr krank. Es tut mir Leid«, sagte Gordon steif. Wenigstens weinte Teddy nicht. Er saß nur da und atmete vorsichtig aus und ein.

»Du darfst sie nicht sterben lassen«, flüsterte er, als stünde dies in Gordons Macht.

»Das liegt nicht in meiner Hand. Ich wollte nicht, dass ihr etwas zustößt, das weißt du.« Doch der Blick in Teddys Augen sprach Bände. Er wusste, wie unglücklich seine Mutter war, obwohl sie nie darüber mit ihm gesprochen hatte. Es war das zweite Mal in zwei Tagen, dass jemand Gordon der Gefühllosigkeit Isabelle gegenüber beschuldigte, und das gefiel ihm gar nicht.

»Kommt Sophie deshalb nach Hause?«, hakte Teddy nach, und Gordon nickte. Er saß entfernt von Teddy am anderen Ende des Raums. Nie wäre es ihm eingefallen, durchs Zimmer zu gehen und den Arm um seinen Sohn zu legen. Ganz im Gegensatz zu Isabelle, die Teddy fest an sich gedrückt hätte, wäre es um Gordon gegangen, zählte eine solche Geste nicht zu Gordons Repertoire. Allerdings wusste er um seine Unfähigkeit. »Ich möchte mit Sophie oder mit dir nach London fahren«, erklärte Teddy voller Entschlossenheit. »Wann fliegst du wieder hin?« Für ihn gab es keinen Zweifel, dass sein Vater dies vorhatte. Bestimmt würde Gordon Isabelle dort nicht allein lassen.

»Ich weiß es nicht«, gab Gordon zu. »Ich dachte, ich sollte lieber zu dir nach Hause kommen.« Auf diese Äußerung reagierte Teddy gar nicht, denn er war noch damit beschäftigt zu begreifen, was er gerade von seinem Vater erfahren hatte. Gordon war verblüfft und beeindruckt, dass der Junge nicht weinte. Teddy war tapferer, als er erwartet hatte.

»Ich möchte mit ihr reden. Können wir sie jetzt anrufen?«, bat Teddy, aber sein Vater schüttelte den Kopf.

»Nein, das können wir nicht. Sie ist bewusstlos seit dem Unfall. Durch eine Kopfverletzung liegt sie im Koma.«

»O nein!«, sagte Teddy, der plötzlich begriff, wie schwer krank sie war. Jetzt fing er doch zu weinen an. »Ich möchte jetzt zu ihr«, verlangte er aufgeregt.

»Sie würde gar nicht wissen, dass du da bist«, erklärte Gordon pragmatisch, »und dir würde es nicht gut tun. Du bist nicht stark genug für eine Reise.« Das war Teddys Realität, egal wie es seiner Mutter ging und wie gefährlich ihr Zustand war. Eine Reise nach London kam für Teddy nicht in Frage.

»Doch, ich bin stark genug«, erklärte Teddy entschieden und wischte sich tapfer die Tränen ab. »Sie braucht uns jetzt. Schließlich ist sie auch immer für mich da. Wir können sie nicht allein lassen. Das können wir ihr nicht antun.« Er weinte und sah plötzlich wieder aus wie ein hilfloses Kind.

»Lass uns abwarten, bis Sophie nach Hause kommt«, meinte Gordon müde. »Warum gehst du nicht nach oben und ruhst dich aus? Das hier tut dir nicht gut.« Dieser Appell an Teddys Vernunft klang, als rede er mit einem Erwachsenen, doch Teddy bemerkte es gar nicht. Er hatte nur ein Ziel – bei seiner Mutter zu sein. Nichts würde ihn daran hindern. Noch als er zu dem kleinen Aufzug ging, den man neben der Treppe für ihn eingerichtet hatte, sprach er von nichts anderem. Auch als er bereits im Bett lag und sich mit der Pflegerin unterhielt, spiegelte sich hitzige Erregung in seinen Augen. Sein Redefluss war nicht zu bremsen, und als seine Pflegerin nach dem Abendessen seine Temperatur maß, hatte er Fieber. Er hatte sich zu sehr aufgeregt, was für ihn gefährlich war. Genau diese Reaktion hatte Gordon erwartet.

Als Sophie spät nachts nach Hause kam, war Teddy noch immer hellwach. Sie hatte die letzte Maschine erreicht und traf um Mitternacht in Paris ein.

Gordon hatte auf sie gewartet. Als er draußen das Auto hörte, kam er ihr in der Eingangsdiele entgegen. Sobald sie ihn sah, warf sie sich ihm in die Arme und fing zu weinen an.

»O Papa ... bitte lass nicht zu, dass sie stirbt ...« Nie hatte er sie so aufgewühlt erlebt. Nach einer Weile beruhigte sie sich etwas und ging zu Teddy hinauf. Er lag im Bett und erwartete sie bereits. Die beiden umarmten sich, als hätten sie sich jahrelang nicht gesehen. Ihnen war das Schrecklichste widerfahren, was sie sich vorstellen konnten. Es schien unerträglich. Lange Zeit weinten sie eng umschlungen, bis ihr Vater schließlich ins Zimmer kam. Er war erschöpft, die Aufregungen des Tages forderten ihren Tribut, von ihm wie von seinen Kindern.

»Ich fahre mit dir nach London, um Mama zu besuchen«, sagte Teddy leise zu Sophie, während Gordon mit mürrischer Miene daneben stand. Die Reaktion seiner Kinder war sogar noch schlimmer, als er befürchtet hatte.

»Das sollte er keinesfalls«, erklärte Gordon ernst. »Dadurch wird er nur kränker, als er ohnehin schon ist.« Er redete, als wäre Teddy gar nicht anwesend oder taub.

»Damit wäre Mama bestimmt nicht einverstanden«, sagte Sophie beschwichtigend zu ihrem Bruder und strich sein zerzaustes Haar glatt. Allein schon diese Berührung verriet ihr, dass seine Temperatur zu hoch war. »Sie würde sich sehr aufregen, wenn du krank würdest, und das wäre gar nicht gut für sie, wenn sie aufwacht«, erklärte Sophie ihm einfühlsam und wählte bewusst das Wort »wenn« und nicht »falls«. Teddy sah sie mit großen Augen an.

»Ich möchte sie aber trotzdem sehen, auch wenn sie im Koma liegt. Sie wird wissen, dass ich da bin.« Es war dieselbe

Theorie, die auch Bill vertrat, doch Gordon konnte sich ihr nicht anschließen. Er hielt es für sinnlos, dass Teddy seine Mutter am Krankenbett besuchte.

»Sie bekommt doch gar nicht mit, ob jemand da ist«, erklärte Gordon überzeugt. Für ihn stand diese Tatsache fest, er konnte sich nicht vorstellen, dass Menschen im Koma etwas von dem hörten oder spürten, was sich um sie herum abspielte. Und seit er Isabelle in diesem Zustand gesehen hatte, war er sich dessen ganz sicher. Keinesfalls würde er dem Jungen die Reise erlauben. Es wäre Wahnsinn und für alle ein viel zu großes Risiko, ihn nach London zu bringen. Teddy war viel zu schwach zum Reisen.

»Und warum fährt Sophie dann zu ihr, wenn sie gar nicht weiß, dass sie da ist?«, fragte Teddy unverblümt.

»Sie ist nicht krank«, lautete Gordons vernünftige Begründung. »Und ich denke schon, dass sie fahren sollte. Ich bleibe hier bei dir.«

»Du kommst nicht mit, Papa?« Sophie war schockiert, als er den Kopf schüttelte.

»Noch nicht. Ich werde warten, bis du zurück bist. Du kannst morgen für einen Tag hinfliegen oder auch über Nacht bleiben, wenn du möchtest.«

»Ich hatte eigentlich vorgehabt, ein wenig länger zu bleiben. Ein paar Tage vielleicht.«

»Wir wollen mal abwarten, wie es ihr geht. Aber bleib nicht zu lang«, mahnte Gordon und ging aus dem Zimmer. Er hatte nicht vor, für längere Zeit mit seinem Sohn allein zu sein. Sophie sollte sich um ihn kümmern. Wenn sie bei ihrer Mutter in London war, konnte sie das nicht.

In dieser Nacht schlief Sophie bei Teddy im Bett und hielt ihren Bruder im Arm. Am nächsten Tag stand sie zeitig auf, während er noch schlief. Sie duschte und zog sich an. Als sie gerade zum Flughafen aufbrechen wollte, wurde er wach.

»Fährst du jetzt?«, erkundigte er sich verschlafen. »Ich möchte mit.« Aber er war zu müde und so schwach, dass er nicht aufstehen konnte. Die Ereignisse der letzten Nacht hatte ihm arg zugesetzt, er sah so schlecht aus wie schon lange nicht mehr.

»Ich bin bald wieder zurück«, flüsterte Sophie und verließ sein Zimmer. Sie wollte sich noch von ihrem Vater verabschieden, doch er hatte das Haus schon verlassen. Noch am Abend zuvor war für Sophie ein Flug reserviert und im Claridge's ein Zimmer gebucht worden und sie wusste, dass ihre Mutter im Londoner St. Thomas Hospital lag. Zum Glück hatte sie von ihrer Portugalreise noch Geld übrig. Vor der Tür wartete der Fahrer ihres Vaters, und eine halbe Stunde später war sie in Roissy am Flughafen.

Als ihr Flugzeug landete, war es in England Mittag. Ein Wagen des Claridge's brachte sie direkt ins Krankenhaus. Sie kam sich sehr erwachsen vor in ihrem schlichten marineblauen Kleid und den Schuhen, die ihre Mutter ihr gekauft hatte. Doch trotz ihrer Aufmachung und der Frisur – sie hatte die Haare hinten zusammengebunden – wirkte sie mit ihren achtzehn Jahren auf jeden, der sie sah, wie ein Kind mit großen, kummervollen Augen.

Die Schwestern lächelten ihr zu, als sie an den Empfangsschalter trat. Sie nannte ihren Namen und wurde sofort zum Zimmer ihrer Mutter geführt. Auf der gegenüberliegenden Flurseite stand eine Zimmertür offen, und sie entdeckte einen Patienten, der sie beobachtete. Er konnte gar nicht anders, denn man hatte ihn auf die Seite gebettet, und er schien bewegungsunfähig, so dass sein Blick zwangsweise auf die Tür gerichtet war.

Zögerlich trat Sophie in das Zimmer ihrer Mutter, und der Anblick, dem sie sich dort gegenüberfand, erschütterte sie zutiefst. Das Gesicht ihrer Mutter war leichenblass unter dem riesigen Kopfverband, ein Beatmungsgerät pumpte ihr den lebensnotwendigen Sauerstoff in die Lungen, und ihr ganzer Körper war an Schläuche und Monitore angeschlossen. Mit Tränen in den Augen ging Sophie auf das Bett zu, wo sie lange stehen blieb, den Blick auf ihre Mutter gerichtet und die Hand auf die ihre gelegt. Dann stellte eine Schwester ihr einen Stuhl ans Bett, und Sophie setzte sich. Instinktiv fing Sophie zu sprechen an, in der Hoffnung, Isabelle könnte sie irgendwo und irgendwie hören. Sie sagte ihr, sie habe sie sehr lieb, und flehte sie an, am Leben zu bleiben. Isabelle gab kein Lebenszeichen.

Die einzigen Bewegungen kamen vom Beatmungsgerät und den kleinen Lichtkurven auf den Monitoren. Ansonsten herrschte Stille. Der Anblick ihrer Mutter war noch erschreckender, als Sophie erwartet hatte. Es fiel schwer, daran zu glauben, dass sie überlebte.

Sophie blieb lange Zeit bei Isabelle; erst gegen vier Uhr nachmittags verließ sie das Zimmer. Der Mann, der ihr Kommen beobachtet hatte, sah sie auch jetzt wieder an. Bill hatte von den Schwestern mittlerweile erfahren, wer sie war, aber er hätte sie auch so erkannt. Sophie sah aus wie eine sehr junge Isabelle.

»Sophie?«, rief er, und sie zuckte zusammen, als sie ihren Namen hörte, überrascht, dass der Mann wusste, wer sie war. Sie ging langsam auf das Zimmer zu und blieb im Türrahmen stehen.

»Ja?«, sagte sie zögernd, noch völlig aufgewühlt von der Begegnung mit ihrer todkranken Mutter. Bill hätte ihr am liebsten den Arm um die Schultern gelegt, nicht nur, um sie und sich selbst zu trösten, sondern auch wegen Isabelle. Es gab so wenig, was er für sie tun konnte!

»Ich heiße Bill Robinson. Deine Mutter und ich sind Freunde. Ich war mit ihr im Auto«, erklärte er im Tonfall einer Entschuldigung. »Was passiert ist, tut mir so Leid.« Sophie nickte nur und sah ihn an. Sie konnte sich nicht erinnern, dass ihre Mutter jemals seinen Namen erwähnt hatte, aber er sah nett aus und war offenbar selbst schwer verletzt, auch wenn er im Gegensatz zu ihrer Mutter wach war und sprechen konnte.

»Was ist Ihnen denn bei dem Unfall passiert?«, erkundigte sie sich zaghaft, zögerte aber, das Zimmer zu betreten.

»Ich habe mir den Hals gebrochen und einen Schlag auf den Kopf bekommen. Aber deine Mutter ist in einer sehr viel schlimmeren Verfassung als ich«, sagte er. Sein Gesichtsausdruck wurde traurig. »Ich gäbe alles dafür, mit ihr tauschen zu können, Sophie. Das darfst du mir glauben. Ich gäbe mein Leben für sie, wenn ich könnte.« Sophie war gerührt von seinen Worten, Bill schien ein liebenswürdiger Mann zu sein. Doch sie fragte sich, wie und wann ihre Mutter sich mit ihm angefreundet hatte. Sie blieb doch wegen Teddy immer zu Hause und ging selten aus.

»Wie nimmt Teddy es auf?«, fragte er. »Weiß er es überhaupt?«

»Mein Vater hat es ihm gestern Abend gesagt.« Es war seltsam, er schien alles über ihre Familie zu wissen, sie aber nichts über ihn. »Er hat sich sehr aufgeregt. Gestern Nacht hatte er Fieber, aber er wollte unbedingt mitkommen nach London. Morgen muss ich wieder nach Hause, um mich um ihn zu kümmern. Ich würde lieber hier bleiben, aber ich denke, er braucht mich auch.« Sie trat in Isabelles Fußstapfen. Wie gern hätte Bill die Hand nach ihr ausgestreckt, um sie zu berühren. Sie ähnelte ihrer Mutter so sehr.

»Kann ich was für dich tun?«, erkundigte sich Bill, obwohl er sich genauso hilflos fühlte wie sie. In dieser Situation waren sie alle machtlos. Was geschehen war, ließ sich nicht mehr rückgängig machen. Ob Isabelle aus dem Koma aufwachte, lag allein in Gottes Hand.

»Nein, danke, es geht mir gut.« Doch sie sah unbeschreiblich traurig aus.

»Wo übernachtest du?«

»Im Claridge's.«

»Meine Frau und meine Töchter sind auch dort. Falls du jemanden zum Reden brauchst, kannst du dich an sie wenden.« Bei diesen Worten kamen Cynthia und die Mädchen den Flur entlang und sahen Sophie im Gespräch mit Bill. Er stellte alle einander vor, dann verabschiedete sich Sophie höflich. Sie wollte nicht aufdringlich wirken. Aber sie fand Bills Töchter nett und vermutete sehr richtig, Jane müsse ungefähr in ihrem Alter sein. Später wollte sie noch einmal wiederkommen, um nach ihrer Mutter zu sehen.

»Ist das ihre Tochter?«, erkundigte Cynthia sich leise.

»Ja, das ist sie. Sie hat auch einen Sohn, aber der ist sehr krank.« Cynthia sagte nichts dazu und fing an, das Zimmer aufzuräumen, weil ihr nichts Besseres einfiel. Die Mädchen plauderten mit Bill.

Sie hatten beschlossen, am nächsten Tag abzureisen. Sie wollten für eine Woche nach Paris reisen und ihn danach noch einmal in London besuchen, ehe sie nach Hause flogen. Er fand das eine großartige Idee und wünschte ihnen viel Spaß. Bill war mit Cynthia übereingekommen, dass sie erst vor der Rückreise in die USA mit den Mädchen über die Scheidung sprechen würden. Die beiden konnten sich dann zu Hause mit dem Gedanken vertraut machen. Den Aufenthalt in Paris wollte er ihnen nicht verderben. Am letzten Abend in London plante Cynthia, ihre Töchter zum Essen auszuführen. Sie hatten vor, Bills Mitgliedschaft in Harry's Bar zu nutzen. Als sie ihm davon erzählte, musste er sofort an Isabelle denken und an den Abend, den er dort mit ihr verbracht hatte.

Nachdem Cynthia, Jane und Olivia gegangen waren, lag Bill still auf dem Rücken und ließ diesen Abend Revue passieren. Da kam Sophie zurück, um ihre Mutter zu besuchen. Dieses Mal blieb sie stehen, als sie ihn sah, und betrat sein Zimmer.

»Wie geht es Ihnen, Mr. Robinson?«, fragte sie ihn höflich, als er sie anlächelte.

»Unverändert. Und dir?« Sie zuckte die Achseln, und die Tränen schossen ihr in die Augen. Es tat ihr in der Seele weh, ihre Mutter so zu sehen. Nichts deutete daraufhin, dass Isabelle irgendwelche Fortschritte machte. Sie schien sich an einem weit entfernten Ort zu befinden, und niemand wusste, ob sie jemals wiederkehren würde. Die Schwestern hatten Bill erklärt, sie könne jahrelang so weiterleben und nie mehr aus dem Koma erwachen, bis sie schließlich starb. Es war ein grauenhafter Gedanke, dass eine so außergewöhnliche Frau auf solche Weise vor sich hin dämmerte. Das alles war so ungerecht, und Bill hatte sich seit dem Unfall mehr als einmal gewünscht, er selbst wäre gestorben und Isabelle wäre dafür dies alles erspart geblieben.

»Wie haben Sie meine Mutter kennen gelernt?«, fragte ihn Sophie, die sich an sein Bett gestellt hatte. Diese Frage hatte sie nicht mehr losgelassen, seit sie ihm am Nachmittag überraschend begegnet war. Ihr Vater hatte nicht erwähnt, dass noch jemand mit in dem Unfallauto gesessen hatte.

»Wir sind uns vor langer Zeit einmal in der amerikanischen Botschaft in Paris begegnet.« Plötzlich hatte er das Bedürfnis, jemandem von seiner Freundschaft zu Isabelle zu erzählen, und freute sich, dass Sophie offen gefragt hatte. »Wir gehen ein paar Mal im Jahr miteinander zum Mittagessen und telefonieren manchmal. Dabei spricht sie oft von Teddy und dir.« Sophie hätte ihn gern gefragt, ob er Isabelle liebte oder ihre Mutter ihn, doch da beide verheiratet waren, kam ihr das unpassend vor. Sie fand es jedoch merkwürdig, dass sie noch nie etwas von ihm gehört hatte. Ihre Mutter hatte seinen Namen nie erwähnt.

»Kennen Sie auch meinen Vater?«, fragte sie. Da lächelte er und bat sie, Platz zu nehmen, was sie auch tat.

»Ja, ich kenne ihn. Ich glaube, er ist seit dem Unfall ziemlich wütend auf mich. Vermutlich glaubt er, deiner Mutter wäre nie etwas passiert, wenn wir nicht zum Abendessen ausgegangen wären. Wahrscheinlich ginge es mir an seiner Stelle ebenso.«

»Es ist nicht Ihr Fehler. Die Schwester hat mir erzählt, dass der Fahrer bei dem Unfall umgekommen ist. Das ist alles so schrecklich. Ich verstehe nicht, wie so etwas passieren kann.« Ihre Augen füllten sich wieder mit Tränen. »Meine Mutter ist so ein guter Mensch. Das darf doch gar nicht sein!«

»Ja, sie ist ein sehr guter Mensch.« Jetzt hatte auch er Tränen in den Augen, und er reichte ihr die Hand. Es war fast, als würde er Isabelle berühren, und für Sophie war es, als sei dieser Mann, dieser Freund ihrer Mutter, ein Mittel, um sie zu erreichen. Das ungewöhnliche Bindeglied zwischen ihnen war Isabelle.

»Ich war nicht immer freundlich zu ihr«, gestand Sophie nach einer Weile. »Ich war oft wütend auf sie. Als ich noch jünger war, hat sie so viel Zeit mit Teddy verbracht und ich fand, sie kümmerte sich nicht genügend um mich.« Es war ihr ganz selbstverständlich, sich ihm anzuvertrauen. Bill verstand sie.

»Sie liebt dich so sehr, Sophie. Ich habe sie immer nur sagen hören, dass du ein wunderbares Mädchen bist.« Es lag ihm viel daran, ihr Trost zu spenden. Mehr konnte er nicht für sie tun.

»Ist sie denn an jenem Abend glücklich gewesen?«, fragte Sophie voller Traurigkeit. »Hat sie sich amüsiert?« Es war eine seltsame Frage, fand Bill, und er musste sofort wieder an ihren ersten und letzten Kuss denken.

»Ja, das war sie. Wir haben uns am Nachmittag eine wunderbare Ausstellung angesehen, von der sie ganz begeistert war. Später sind wir dann ausgegangen, um zu Abend zu essen. Ich war hier in London, weil ich den amerikanischen Botschafter treffen wollte« – um ihrer beider willen bog er die Wahrheit ein wenig zurecht – »und da wir einander im Claridge's über den Weg liefen, beschlossen wir, gemeinsam essen zu gehen.« Wieso sollte er diesem Kind erzählen, dass sie sich absichtlich in London getroffen hatten und dass er Isabelle liebte. Das wäre Isabelle bestimmt nicht recht gewesen. »Wir hatten einander lange Zeit nicht gesehen.«

»Meine Mutter hat selten Spaß. Immer muss sie zu Hause bleiben und sich um Teddy kümmern.«

»Ich weiß. Aber das will sie auch. Sie liebt euch beide sehr.« Sophie nickte, und sie saßen eine Weile schweigend beieinander, bis Sophie schließlich aufstand. Sie wusste zwar immer noch nicht recht, wer er war, aber sie hatte das Gefühl, einen neuen Freund gefunden zu haben. Ehe sie ging, blieb sie einen Augenblick lächelnd vor ihm stehen, und als er zu ihr aufblickte, sah er in ihr nur Isabelle – und die Frau, die Sophie eines Tages sein würde.

»Ich komme morgen noch einmal vorbei«, versprach Sophie. »Morgen früh, bevor ich abreise.«

»Das fände ich sehr schön. Danke, Sophie.« Dies war für ihn ein tröstlicher Moment. In dieser schrecklich einsamen Zeit hatte ihn das Gespräch getröstet, es war wichtiger gewesen, als Sophie ahnte oder Bill selbst begriff. Das Leben, das er gekannt hatte, würde sich für immer verändern. Nie wieder würde er laufen oder hüpfen oder tanzen oder eine Straße entlangschlendern. Seine Fortbewegung würde von nun an so schwierig sein wie sein gesamter Alltag. Er hatte seine Ehe aufgegeben und die Frau verloren, die er liebte. Was ihm blieb, war die unmittelbare Gegenwart. Ansonsten fühlte er sich verloren auf offener See und kein Land in Sicht. Die paar Minuten mit Isabelles Tochter hatten ihm Trost gegeben. Selbst wenn er sie nie wieder sehen würde, was ziemlich wahrscheinlich war, empfand er tiefe Dankbarkeit dafür, dass sie einander begegnet waren.

Am nächsten Morgen kamen Cynthia und die Mädchen, um sich kurz zu verabschieden, bevor sie zum Flughafen fuhren. Sophie erschien, als sie gerade gegangen waren. Sie blieb über eine Stunde bei ihrer Mutter und trat dann noch einmal in Bills Zimmer, um ihm Lebewohl zu sagen. Er machte einen niedergeschlagenen Eindruck. Sophie vermutete, dass er sich nach der Abreise seiner Familie allein fühlte. Sie wusste nicht, dass ihre Mutter die Hauptursache seines Kummers war, auch wenn sie ahnte, dass Bill Isabelle liebte.

»Auf Wiedersehen, Mr. Robinson«, verabschiedete Sophie sich höflich. »Hoffentlich geht es Ihnen bald besser.« Er fragte sie nicht, ob sie wiederkommen werde. Es schien ihm unpassend, da noch immer unklar war, ob Isabelle am Leben blieb.

»Pass gut auf dich auf, Sophie… schon deiner Mutter zuliebe. Ich weiß, dass sie sich jetzt große Sorgen um dich machen würde. Achte auf dich und kümmere dich um Teddy«, sagte er mit Tränen in den Augen. Ähnliche Worte gebrauchte ihre Mutter auch immer, bevor Sophie zu einer Reise aufbrach. »Ich werde an dich denken.«

»Ich werde für Sie beten, wenn ich in die Kirche gehe«, erklärte sie liebevoll. Es stimmte sie traurig, Bill zu verlassen, es war, als ließe sie auch bei ihm einen Teil ihrer Mutter zurück. Er war so liebenswürdig. Sophie freute sich, dass er und ihre Mutter Freunde waren und vor dem Unfall eine schöne Zeit miteinander verbracht hatten.

»Ich werde auch für dich beten.« Er streckte ihr seine Hand hin, nahm die ihre und küsste sie zart, weil sein Stützapparat es ihm nicht erlaubte, ihr einen Wangenkuss zu geben. Mit einem scheuen Lächeln verließ sie ihn. Bill lag mit geschlossenen Augen in seinem Bett und dachte an sie.

Bald darauf ließ er sich in Isabelles Zimmer schieben. Sie war so still und fern wie immer, doch während er in seinem Bett neben dem ihren lag, erzählte er ihr von Sophies Besuch.

»Sie ist ein wunderbares Mädchen. Ich kann verstehen, dass du stolz auf sie bist«, sagte er, als könnte sie ihn hören – und tatsächlich hatte er diese Hoffnung noch nicht aufgegeben.

Dann konzentrierte er seine Gedanken lange Zeit auf Isabelle, wünschte sich mit aller Kraft, sie möge die Hand ausstrecken und wieder leben. Als man ihn zurück in sein Zimmer rollte, war er müde. Seine regelmäßigen Besuche bei Isabelle waren inzwischen zur Selbstverständlichkeit geworden. Die Schwestern akzeptieren sie als liebevolle Gesten seinerseits. Keiner fragte nach den Gründen oder wunderte sich, und nicht wenige von ihnen glaubten fest daran, dass Isabelle, wenn überhaupt, dann durch Bill wieder zurückgeholt werden könnte.

Kapitel 8

Auf ihrem Rückflug nach Paris musste Sophie viel an Bill denken. Sie konnte verstehen, warum ihre Mutter ihn mochte. Er schien ein sehr anständiger Mann zu sein, und sie hatte Mitleid mit ihm. Eine der Schwestern hatte ihr gesagt, er werde nie wieder laufen können. Diese Tatsache schien er mit philosophischer Gelassenheit hinzunehmen, während es ihm schwer auf der Seele lag, dass Isabelle so schwer verletzt worden war, während sie mit ihm in London unterwegs war.

Bei der Landung in Paris wandte sie sich wieder den Gedanken an ihre Mutter und ihren Bruder zu. Sophie fühlte sich zwischen beiden hin und her gerissen, daher hatte sie beschlossen, zunächst für ein paar Tage nach Hause zurückzukehren. Dann wollte sie wieder nach London, um sich um ihre Mutter zu kümmern.

Am Flughafen stieg sie in ein Taxi. Als sie zu Hause ankam, herrschte im Haus eine merkwürdige Stille. Kein Geräusch war zu hören, und als sie nach oben ging, sah sie, dass in den Räumen ihres Vaters kein Licht brannte. Sie betrat Teddys Zimmer und war entsetzt darüber, wie schlecht es ihm ging. Er hatte hohes Fieber, schien fast im Delirium zu sein. Seine Pflegerin berichtete Sophie, der Arzt sei gerade erst gegangen. Wenn das Fieber bis zum nächsten Tag nicht sank, wollte der Arzt Teddy ins Krankenhaus einliefern lassen. Der bloße Gedanke daran war mehr, als Sophie im Augenblick verkraften konnte.

»Was ist passiert?« Erschöpft setzte sie sich auf einen Stuhl. Sie hatte das Gefühl, über Nacht erwachsen geworden zu sein.

Teddy merkte gar nicht, dass sie da war. Man hatte ihm ein Beruhigungsmittel gegeben, und er schlief fest.

»Ich denke, er macht sich Sorgen wegen seiner Mutter«, flüsterte die Schwester ihr zu. »Er hat seit Tagen nicht mehr richtig geschlafen. Er will nichts essen, nichts trinken.« Gemeinsam mit dem Arzt habe sie überlegt, ihm eine Infusion anzulegen, doch Teddy habe protestiert und zu weinen begonnen, als er davon erfuhr. Schließlich seien sie übereingekommen, noch einen Tag zu warten, nachdem er versprochen hatte, wenigstens zu essen und zu trinken. Sophie hatte den Eindruck, dass er abgenommen hatte.

»Wo ist mein Vater?«, wollte Sophie wissen und strich sich dabei übers Haar, eine Geste, die sie von Isabelle übernommen hatte. In den letzten Tagen war sie ihrer Mutter immer ähnlicher geworden.

»Er ist heute Abend ausgegangen«, antwortete die Pflegerin kommentarlos. Sie hatte Gordon schon seit dem Vortag nicht mehr gesehen, behielt das aber für sich. »Wie geht es deiner Mutter?« erkundigte sie sich dann besorgt.

»Unverändert«, sagte Sophie und musste dabei an Bill denken. »Keiner weiß, wann sich ihr Zustand bessern wird. Sie sagen, es sei durchaus möglich, dass sie lange Zeit im Koma bleibt und sich dann doch noch erholt.« Sophie gab sich Mühe, an dieser Hoffnung festzuhalten, doch die Ärzte hatten ihr auch gesagt, Isabelle könne jederzeit sterben. »Ich fahre in ein paar Tagen wieder hin.« Die Pflegerin nickte und fühlte dann wieder Teddys Puls. Er ging schnell und unregelmäßig, und sie zog sorgenvoll die Stirn kraus, als sie für den Arzt den Wert notierte. Sie war sich so gut wie sicher, dass er bald ins Krankenhaus musste. Dieser Meinung schloss sich auch Sophie an. Es schien ihr das Sicherste zu sein.

Sophie blieb auf, um auf ihren Vater zu warten. Sie wollte mit ihm über Teddys Zustand sprechen. Als er zu ihrem Erstaunen um Mitternacht noch immer nicht zu Hause war, erkundigte sie sich bei der Pflegerin, ob er überhaupt wisse, wie krank Teddy sei.

»Ich habe ihn heute Nachmittag in seinem Büro angerufen«, erwiderte die Schwester mit ausdruckslosem Gesicht. »Ich bin mir sicher, dass er bald nach Hause kommen wird.« Aber um drei Uhr wartete Sophie noch immer auf ihn. Sie hatte mittlerweile in London im Krankenhaus angerufen, um zu hören, wie es ihrer Mutter ging, doch es gab keine Neuigkeiten. Einen Augenblick lang hätte sie fast gefragt, ob sie Bill sprechen könne, um ihm kurz Hallo zu sagen, aber dann war es ihr peinlich, und sie beendete das Gespräch.

Als Sophie am nächsten Morgen erwachte, saß sie vollständig angezogen in einem Sessel neben Teddys Bett. Genauso hatte sie ihre Mutter oft angetroffen, wenn er krank war. Sophie hatte allerdings nicht die Absicht gehabt, am Bett ihres Bruders zu wachen; sie hatte nur auf ihren Vater gewartet und war schließlich eingeschlafen. Wahrscheinlich war er beim Heimkommen ganz leise gewesen, um sie nicht zu wecken.

Als sie sich nun auf die Suche nach ihrem Vater machte, war Teddy wach und sah ein wenig besser aus. Die Pflegerin meinte, das Fieber sei gesunken, doch Sophie hatte den Eindruck, dass Teddy noch immer sehr krank war. Als sie den Flur entlangging, um mit ihrem Vater zu reden, standen die Türen zu seinen Räumen zu ihrer Überraschung offen, doch als sie in die Zimmer sah, war keiner da.

Überrascht wandte sie sich an das Hausmädchen. »Hat mein Vater denn letzte Nacht hier geschlafen, Josephine?« Die Frau schüttelte nur den Kopf und verschwand über die Treppe nach unten. Offenbar wagte sie nicht, mit dem jungen Mädchen über den Lebenswandel ihres Vaters zu sprechen. Doch Sophie sah selbst, dass er nicht hier übernachtet hatte. Die Rollos waren heruntergelassen und die Vorhänge zugezogen, die Lichter brannten nicht und die Räume wirkten unberührt. Sein Bett war nicht zerwühlt. Einen kurzen Moment lang erfasste sie Panik. Was, wenn auch ihrem Vater etwas passiert wäre? Dann würden sie und Teddy vielleicht zu Waisen, das wurde ihr schlagartig klar. Sie konnte sich nicht denken, wo er die Nacht über gewesen war. Eine Stunde später rief sie ihn im Büro an, und er meldete sich in gelassenem Tonfall. Er hatte Sophie nicht mehr gesehen, seit sie nach London abgereist war, und er tat, als hätten sie sich gerade erst getrennt. Aber dass er nicht zu Hause bei Teddy geblieben war, fand sie noch viel ungewöhnlicher. Sein Verhalten war verantwortungslos.

»Teddy ist krank«, sagte sie anklagend, als wäre dies sein Fehler.

Ungerührt antwortete Gordon: »Ich weiß, ich habe gestern Nachmittag mit Marthe gesprochen. Der Arzt war bei ihm. Heute habe ich bereits mit ihm telefoniert.« Er war nicht bereit, sich von einem achtzehnjährigen Mädchen Vorwürfe machen zu lassen.

»Du bist gestern Nacht nicht nach Hause gekommen«, sagte Sophie ärgerlich, und er musste lachen, als er diesen Ton in ihrer Stimme hörte. Ihr hingegen war gar nicht nach Lachen zumute.

»Ich weiß. Ich war mit Freunden aus, es ist spät geworden. Da fand ich es klüger, in der Stadt zu übernachten, als nach Hause zu fahren.«

Sophie vermutete, dass er getrunken hatte, und angesichts dessen, was ihrer Mutter zugestoßen war, fand sie es gut, dass er nicht übermüdet Auto gefahren war.

»Ich habe gerade mit London telefoniert«, fuhr er ruhig fort, »es hat sich nichts geändert.«

»Oh.« Diese Nachricht verschlechterte Sophies Stimmung noch. Aber vor allem regte sie auf, dass ihr Vater in der Nacht nicht nach Hause gekommen war. Wäre Teddy etwas zugestoßen, dann hätte niemand gewusst, wo er zu erreichen war. Gordon zeigte allerdings keinerlei Reue, und Sophie kam der Gedanke, ob er vielleicht regelmäßig ganze Nächte wegblieb, auch wenn sie davon nie etwas bemerkt hatte. Wie von selbst drängte sich ihr die Frage auf, ob es vielleicht Dinge zwischen ihren Eltern gab, von denen sie nichts wusste. Seit sie Bill kennen gelernt hatte, wunderte sie sich darüber, dass ihre Mutter nie über diese Freundschaft gesprochen hatte. Und die Räume ihres Vaters wagte sie normalerweise spät am Abend oder früh am Morgen nicht zu betreten, um ihn nicht zu stören. Es wäre also durchaus denkbar, dass er auch früher schon anderswo übernachtet hatte. Abends hatte er sehr häufig geschäftliche Termine, und ihre Mutter begleitete ihn nur noch selten. Sophie hatte plötzlich das Gefühl, den Boden unter den Füßen zu verlieren, und das nicht nur wegen Isabelles Unfall, sondern wegen all der Dinge, die jetzt ans Licht kamen. Ihr ganzes Leben lang hatte Sophie ihren Vater vergöttert, doch jetzt fragte sie sich, ob er Geheimnisse hatte, die sie nicht kannte. Vielleicht gab es mehr Gründe als nur Teddys Krankheit, dass ihre Mutter immer zu Hause blieb und die Eltern in getrennten Zimmern schliefen.

»Kommst du heute Abend nach Hause?«, fragte sie ihren Vater in gereiztem Ton. In ihrer Unsicherheit redete sie mit ihm, als wäre sie seine Frau und nicht seine Tochter. Es war einfach zu viel Schreckliches geschehen.

»Ja, ich komme. Ich esse auswärts, aber bevor du ins Bett gehst, bin ich zu Hause«, versicherte er ihr.

»Falls Teddy ins Krankenhaus muss, brauche ich dich«, erklärte ihm Sophie.

»Der Arzt scheint es nicht so dramatisch zu sehen. Ich glaube, Teddy hat einfach einen Schock erlitten und braucht Zeit, um sich davon zu erholen.«

»Das geht uns allen so«, sagte Sophie traurig. »Wann fährst du wieder nach London?«

»In ein paar Tagen. Ich kann ja doch nichts machen. Sie werden uns anrufen, wenn sich etwas tut.« Sophie dachte daran, dass niemand bei Isabelle sein würde, falls sie starb. Wenn sich ihr Tod durch Vorzeichen ankündigte, würde es Stunden dauern, bis sie von Paris aus in London waren. Am liebsten wäre Sophie bei ihr geblieben, doch sie wusste, dass auch Teddy sie brauchte. Nachdem sie nun wusste, dass ihr Vater ganze Nächte außer Haus verbrachte, hatte sie erst recht das Gefühl, nicht einfach wegfahren zu können. Es fiel so schwer, die richtige Entscheidung zu treffen. Ihr Vater schien sich da weitaus weniger Sorgen zu machen.

Gordon musste gleich nach dem Telefonat in eine Besprechung, und Sophie verbrachte den Tag mit ihrem Bruder. Sie las ihm vor, erzählte ihm Geschichten und unterhielt sich mit ihm über ihre Mutter. Sie tat ihr Bestes, aber beide wussten, dass sie Isabelle nicht ersetzen konnte. Als Gordon nach dem Abendessen nach Hause kam, war sie völlig erschöpft. Sophie hatte ihn kommen hören und ging durchs Haus, um ihn zu suchen.

Er saß in der Bibliothek, rauchte eine Zigarre und schien gut gelaunt zu sein. Es überraschte sie, dass er zur Begrüßung nicht zu ihr nach oben gekommen war. Früher war er immer freundlich zu ihr gewesen und so interessiert. Sie konnte sein plötzlich so distanziertes Verhalten gar nicht deuten, vor allem angesichts des Zustands ihrer Mutter. Doch während sie ihn beobachtete, fragte Sophie sich plötzlich, ob er sein Interesse womöglich nur geheuchelt hatte. Vielleicht hatte er Isabelle ärgern und ihr das Gefühl geben wollen, dass sie ihm weniger bedeutete als die Tochter. Immer war Sophie sein kleiner Schatz gewesen, während er seine Frau kühl und abweisend behandelte, genau so wie er sich jetzt Sophie gegenüber verhielt.

»Wie war dein Tag, Papa?«, fragte sie, um mit ihm vorsichtig ins Gespräch zu kommen. Ihr eigener Tag war ziemlich hart gewesen, erfüllt von der Sorge um die Mutter und der Fürsorge für den kranken Jungen.

»Lang. Und deiner?«

»Ich war die ganze Zeit bei Teddy.« Sie erwartete, dass er weitere Fragen stellte, doch sobald von ihrem Bruder die Rede war, machte ihr Vater ein gelangweiltes Gesicht und schenkte sich ein Glas Portwein ein.

»Was hast du sonst noch getan?«, fragte er, offenbar ganz auf seine Zigarre konzentriert. Es war ein seltsames Gefühl, bei ihm zu sitzen und zu plaudern, als wäre nichts passiert. Ihre Mutter lag in London im Koma, und ihr Bruder war kränker geworden, seit er davon wusste. Ihren Vater schien das alles erstaunlich wenig zu kümmern. Sophie sah Bill Robinsons verzweifeltes Gesicht vor sich, der, wenn er von ihrer Mutter sprach, Angst um sie zu haben schien. Nichts davon entdeckte sie in den Augen ihres Vaters. Wann immer er sie erwähnte, wirkte er ungerührt und sachlich.

»Das war alles, Papa. Ich bin bei Teddy geblieben. Es hat ihn sehr mitgenommen.« Gordon nickte, sagte aber nichts. Fast schien er Sophies Anwesenheit vergessen zu haben, da läutete das Telefon und Gordon hob ab. Er sagte dem Anrufer, er werde zurückrufen. Sophie blieb fast das Herz stehen, als sie das Klingeln hörte. Bei jedem Anruf fürchtete sie, dass er aus London kam und das Schlimmste bedeutete.

»Du solltest ins Bett gehen«, sagte Gordon, nahm einen Schluck Portwein und bedeutete mit einer Geste, sie solle das Zimmer verlassen. »Du hattest einen harten Tag.« Ganz offensichtlich lag ihm nichts an einer Unterhaltung mit ihr. Sophie war verletzt. Noch nie in ihrem Leben hatte sie sich so einsam gefühlt wie in diesem Augenblick.

»Wann fliegst du wieder nach London?«, fragte sie noch leise, ehe sie den Raum verließ.

»Wenn ich es für angebracht halte.« Er speiste sie mit einem Stirnrunzeln ab. Sie war ihm lästig. Über Nacht war sie in die Rolle ihrer Mutter geschlüpft.

»Ich möchte mit dir kommen.« Sie ließ nicht locker, obwohl sie spürte, dass sie ihn verärgert hatte. Das kümmerte sie im Augenblick nicht.

»Dein Bruder braucht dich hier.«

»Ich möchte aber Mama wieder sehen.« Ihr widerspenstiger Ton und ihre störrische Haltung gefielen Gordon gar nicht.

»Sie würde es doch gar nicht merken, wenn du dort wärst. Ich brauche dich hier. Ich kann mich nicht den ganzen Tag um diesen Jungen und seine Pflegerinnen kümmern. Ständig rufen sie mich im Büro an. Für so etwas habe ich keine Zeit, Sophie. Du musst für ihn sorgen.« Er bat sie nicht darum, sondern sagte ihr einfach, was sie zu tun habe, und erwartete, dass sie seine Anordnungen befolgte.

»›Dieser Junge‹ ist dein Sohn, Papa. Und er braucht auch dich, nicht nur mich oder Mama. Du sprichst nie mit ihm.« Sie konnte sich nicht mehr zurückhalten.

»Er hat nichts zu sagen«, gab Gordon unwirsch zurück und schenkte sich das nächste Glas ein. »Und dir steht es nicht zu, mir zu erklären, was ich zu tun habe.« Es war ein Gespräch, wie es Isabelle im Lauf der Jahre oft mit ihm geführt hatte, bis sie es vor langer Zeit aufgegeben hatte. Die Gründe für Gordons Verhalten lagen größtenteils in seiner eigenen Vergangenheit. Er wünschte keinerlei Beziehung zu seinem Sohn, und dagegen konnte auch Sophie in ihrer Naivität nichts ausrichten. Wäre Teddy gesund und kräftig und in der Lage gewesen, die Interessen seines Vaters zu teilen, dann hätte Gordon ihn akzeptiert und vielleicht sogar geliebt. Aber wie die Dinge lagen, existierte der Junge für ihn gar nicht, er bemühte sich noch nicht einmal, Interesse an ihm zu zeigen. Allerdings fühlte er sich durch ihn gestört, auch wenn er ihm jetzt Leid tat. Teddy war für seinen Vater nur ein Ärgernis und eine Belastung. Und er fand, dass es Isabelles Aufgabe war, sich um ihn zu kümmern, nicht seine. In ihrer Abwesenheit ging diese Verantwortung auf Sophie über.

Schon allein der Ton, in dem ihr Vater über Teddy redete, machte Sophie traurig. Sein Verhalten war seit Jahren ein Gesprächsthema zwischen ihr und Teddy, denn Teddy hatte dieses Problem immer wieder angesprochen. Jedes Mal hatte sie ihren Vater verteidigt. Jetzt sah sie, dass Teddy Recht hatte. Er behauptete, ihr Vater sei gemein, selbstsüchtig und kalt und hasse ihn. Nun wurde ihr klar, dass ihr Bruder eine Seite von ihm kannte, die sie nie hatte sehen wollen. Einen Sohn wie Teddy zu haben war Gordon peinlich, daher schloss er ihn weg und vergaß ihn. So, wie er das auch mit seiner Frau gemacht hatte.

In ihrem Zimmer zog Sophie sich ihr Nachthemd an, dann ging sie in Teddys Zimmer. Die Pflegerin hatte ihr mitgeteilt, er habe wieder Fieber. Also stieg Sophie zu ihm ins Bett und kuschelte sich an ihn. Noch nie in ihrem Leben hatte sie sich so traurig und einsam gefühlt. Es war, als wären sie zwei Kinder, die ihre Mutter verloren hatten – auch wenn Isabelle noch lebte. Sophie ließ ihren Tränen freien Lauf und klammerte sich an die Hoffnung, ihre Mutter würde bald aus dem Koma erwachen. Denn wie ihr Leben aussehen würde, wenn sie starb, daran wollte sie lieber nicht denken.

KAPITEL 9

Im Krankenhaus in London ging alles seinen gewohnten Gang. Bill wurde von Physiotherapeuten untersucht, die ein Reha-Programm für ihn erstellten. Man bettete ihn häufig um, damit sein Kreislauf in Schwung blieb und er sich keine Lungenentzündung holte, doch die Tage zogen sich endlos. Ein oder zwei Mal am Tag ließ er sein Bett in Isabelles Zimmer schieben, denn die Schwestern hielten sich nicht an Gordons Verbot. Einige von ihnen hofften, die Besuche von Bill würden Isabelle gut tun. Schaden konnten sie jedenfalls nicht, und Bills Stimmung erfuhr dadurch jedes Mal einen ungeheuren Auftrieb. Nach jedem Besuch bei ihr fühlte er sich gleich besser. Am meisten vermisste er die nächtlichen Telefongespräche mit ihr. Nachts lag er oft stundenlang wach und war in Gedanken bei ihr auf der anderen Flurseite. Tag für Tag freute er sich auf die wenigen Minuten, die er an ihrer Seite sein durfte.

Seine eigenen Verletzungen heilten allmählich. Nacken und Rückgrat bereiteten ihm zwar noch große Schmerzen, doch er konnte sich schon besser bewegen als zuvor und hatte sogar in den Beinen gelegentlich leichte, phantomhafte Empfindungen. Dennoch hatte sich die Prognose für ihn nicht verändert. Er versuchte guter Dinge zu sein und Pläne zu schmieden für die Zeit, wenn er wieder in den Staaten war. Doch die Veränderungen, auf die er sich einstellen musste, waren unbeschreiblich hart.

Bill war der Liebling des Pflegepersonals. Hinter vorgehaltener Hand tauschte man Vermutungen aus, welcher Art wohl seine Beziehung zu Isabelle sein mochte. Aber das, was Außenstehende zu sehen bekamen, war keineswegs eindeutig. Die meisten gingen davon aus, dass er eine Affäre mit Isabelle hatte. Eine der Schwestern hatte sogar mitbekommen, wie er seiner Frau die Scheidung vorschlug. Doch welcher Art sein Verhältnis zu Isabelle auch gewesen sein mochte, die Schwestern mochten ihn und fanden, dass er ein sehr sympathischer Mann sei.

»Ich würde ihn schon nehmen!«, flachste eine der Schwestern, während sie mit ihren Kolleginnen in der Cafeteria zusammensaß. »Er sieht gut aus.« Bill hatte bei keiner der Schwestern Annäherungsversuche gemacht, war nie schlecht gelaunt, grob oder unhöflich, und jede, die mit ihm zu tun hatte, bewunderte ihn aufrichtig. Außerdem wusste man, dass der amerikanische Botschafter ihn gelegentlich besuchte.

»Was macht er eigentlich beruflich?«, wollte eine andere Schwester wissen.

»Irgendwas mit Politik«, erzählte eine von Isabelles Krankenschwestern. »Er muss verrückt nach ihr gewesen sein. Es ist so schade.« Dem konnten alle nur beipflichten.

Gordon hatte seine Frau nicht wieder besucht. Auch Sophie war in der Woche, die Cynthia und ihre Töchter in Paris verbrachten, nicht wiedergekommen, Jetzt kehrten die drei Frauen gut gelaunt zurück nach London. Nachdem jedoch Cynthia und Bill den Mädchen erklärt hatten, dass sie sich scheiden lassen wollten, war die Ernüchterung groß. Olivia und Jane waren schockiert.

»Warum?« Olivia saß im Krankenzimmer ihres Vaters und weinte. »Ihr liebt euch doch ... oder? Mama? ... Papa? ...« Die Mädchen hatten dies immer als gegeben vorausgesetzt. Nun versuchte Bill ihnen zu erklären, dass er und Cynthia sich im Laufe der Jahre auseinander gelebt hätten und es besser für sie wäre, wenn ihre Wege sich trennten. Er wollte ihnen nichts von den Affären ihrer Mutter erzählen oder davon, wie unglücklich sie beide gewesen waren. Darüber hatten sie schließlich jahrelang Stillschweigen bewahrt. Bill hatte festgestellt, dass er sich wohler fühlte, seit er Cynthia um die Trennung gebeten hatte. Sein Umgang mit ihr war jetzt offener und ehrlicher.

Cynthia ließ ihn jedoch vor ihrer Abreise noch einmal wissen, dass sie, sollte er es sich doch noch anders überlegen, lieber mit ihm verheiratet bliebe. Bill regierte darauf freundlich, aber bestimmt. Er wollte diese Ehe nicht mehr weiterführen. Seine Träume galten nun Isabelle.

»Es ist besser so«, beharrte er, doch Cynthia war durch die Reaktion der Mädchen sehr verunsichert. Bill hätte es nie über sich gebracht, seinen Töchtern zu erklären, dass er ihrer Mutter nicht zutraute, mit einem behinderten Mann zusammenzuleben. Mehr als alles andere zählte für ihn die Tatsache, dass er Cynthia nicht mehr liebte. Durch seine Gefühle für Isabelle hatte er viel über sich selbst gelernt und einen Blick dafür entwickelt, was ihm fehlte. Er wollte keine Lüge mehr leben. Zwar wusste er, dass es für ihn und Isabelle wohl nie ein gemeinsames Leben geben würde, egal ob sie sich erholte oder nicht, aber die Liebe zu ihr hatte ihm klar gemacht, dass er sich aus seiner armseligen Ehe lösen musste. Er hatte sich viel zu lange damit abgefunden.

Nachdem seine Familie gegangen war, blieb Bill still und nachdenklich zurück. Er hatte versprochen, oft mit den Mädchen zu telefonieren, wenn sie wieder zu Hause waren. Auf ihrem Weg zum Hotel fragten sie ihre Mutter, ob ihr Vater durch den Unfall und die Kopfverletzung womöglich ein wenig verwirrt sei. Vielleicht werde er seine Meinung später, wenn es ihm besser gehe, wieder ändern? Sie lächelte traurig und schüttelte den Kopf.

»Er ist nicht verwirrt. Ich glaube, ich selbst war lange Zeit nicht ganz richtig im Kopf. Ich bin ihm keine sehr gute Ehefrau gewesen«, beichtete sie. »Ich habe ihn als selbstverständlich hingenommen und ihm dabei seinen Erfolg und seine Unabhängigkeit geneidet. Das war schäbig von mir.« Sie wusste nun, dass die Mädchen davon nichts gemerkt hatten, und das machte sie froh. Aber Olivia und Jane waren erschüttert bei der Vorstellung, dass ihre Eltern von nun an kein gemeinsames Zuhause mehr hatten.

»Und wie wird Papa es schaffen, allein mit seinem Schicksal zurechtzukommen?«, sorgte sich Jane. Schließlich waren seine

Verletzungen sehr schwer und die Ärzte hatten ihnen gesagt, er werde nie mehr laufen können.

»Ich weiß es nicht«, seufzte Cynthia. »Er ist sehr stolz und sehr tüchtig. Er wird sich schon was ausdenken. Doch um deine Frage zu beantworten – Jane, nein, ich glaube nicht, dass er seine Meinung ändern wird. Das tut er nie. Wenn er sich einmal was in den Kopf gesetzt hat, bleibt er normalerweise dabei, egal, um was es sich handelt. Er würde nicht einmal zugeben, einen Fehler gemacht zu haben, er wird damit leben. Doch sosehr mir seine Entscheidung auch missfällt, glaube ich doch, dass sie für ihn richtig ist.« In gewisser Weise hatte er erreicht, was er wollte: Er hatte ihre Freundschaft bewahrt, indem er ihre Ehe beendet hatte, und obwohl sie dies bedauerte, bewunderte sie ihn doch dafür. Nur die Mädchen taten ihr Leid, für sie war es tatsächlich ein Schlag. Doch auch um ihrer selbst willen war Cynthia besorgt, denn sie wusste, dass sie nie wieder einen Mann wie Bill finden würde.

»Glaubst du, er hat mit Isabelle Forrester eine Affäre gehabt?«, wollte Olivia wissen. Cynthia dachte über eine passende Antwort nach, sie hatte sich diese Frage schließlich selbst schon oft gestellt.

»Ich weiß es einfach nicht. Er sagt, nein, und er hat mich nie angelogen, jedenfalls nicht, dass ich wüsste. Ich glaube, dass er sie liebt, aber ich glaube nicht, dass sie etwas getan haben, was sie nicht hätten tun sollen. Nach Aussage deines Vaters nimmt sie ihre Ehe mit Gordon Forrester sehr ernst. Entweder waren sie unsterblich ineinander verliebt oder einfach nur Freunde, beides ist möglich.«

»Was meinst du, wird Papa sie heiraten, wenn sie überlebt?«, fragte Jane mit besorgter Miene.

»Ich glaube, das ist im Moment kein Thema«, erwiderte Cynthia, »aber vermutlich wird er das nicht tun, selbst wenn sie überlebt. Dein Vater sagt, sie werde Forrester nie verlassen, denn ihr ganzes Leben drehe sich um ein schwer krankes Kind.«

»Was wird Papa denn machen, wenn er nach Hause kommt…, ich meine, wenn er zurück in den Staaten ist …« Olivia sah traurig aus.

»Ich weiß es nicht. Sich eine Wohnung suchen. Wieder arbeiten. Er wird lange Zeit für seine Rehabilitation brauchen. Außerdem dauert es sicher noch einige Monate, bis er zurückkommt. Sie wollen hier mit ihm arbeiten.« Die Mädchen nickten und schwiegen auf der restlichen Fahrt zum Hotel. Sie konnten einfach noch nicht glauben, was sie gerade erfahren hatten.

Eigentlich konnte auch Cynthia die Endgültigkeit seiner Entscheidung noch nicht richtig fassen. Es war typisch für Bill, dass er einfach tat, was er für richtig hielt, auch wenn es schwierig war. In der Ehe mit ihm war ihr Respekt vor ihm stets gewachsen, und sie wusste, es würde nie wieder einen vergleichbaren Mann in ihrem Leben geben. Wie sehr wünschte sie sich nun, sie hätte diese Tatsache eher begriffen. Obwohl Bill die Schuld bereitwillig auch bei sich suchte, wusste Cynthia, dass für das Scheitern ihrer Ehe hauptsächlich sie selbst die Verantwortung trug.

Der Flug nach Amerika ging am nächsten Morgen so zeitig, dass für einen Besuch bei Bill keine Zeit mehr blieb. Daher riefen ihn Cynthia und die Mädchen vom Flughafen aus an, um sich zu verabschieden, und beide Mädchen weinten, als sie auflegten. Bill war ebenfalls traurig, wenn er das auch niemandem anvertraute. Jetzt war er allein. Allmählich begann er zu begreifen, was für ein harter Weg vor ihm lag. Er musste sich darauf einstellen, dass er mindestens ein Jahr, vielleicht auch länger, mit qualvollen Rehabilitationsmaßnahmen verbringen musste. Doch er hatte keine Wahl. Hin und wieder führte er geschäftliche Telefonate, ein paar Leute hatten von dem Unfall gehört und meldeten sich bei ihm. Doch die meiste Zeit hatte er das Gefühl, in einem Kokon zu leben, umgeben von Pflegekräften und Ärzten und Isabelle, die auf der anderen Flurseite im Koma lag. Es war keine leichte Zeit für ihn.

Zwei Wochen nach dem Unfall hatte Bill sich schon recht gut erholt. Gordon Forrester war immer noch nicht aufgetaucht, um seine Frau zu besuchen, und für Bill war es inzwischen zur Routine geworden, sich morgens und abends in Isabelles Zimmer schieben zu lassen. Dort lag er in seinem Bett und redete eine Weile mit ihr in der Hoffnung, sie könne ihn in ihrem tiefen Schlaf hören. Dann kehrte er in sein Zimmer zurück.

Die Schwestern hatten ihm erzählt, Forrester könne nicht kommen, weil sein Sohn krank sei, und so machte Bill sich an Isabelles Stelle Sorgen um Teddy. Er hoffte, dass es dem Jungen nicht allzu schlecht ging. In Gedanken war er auch häufig bei Sophie und wünschte ihr alles Gute.

Als die dritte Woche seit dem Unfall anbrach, hatte Bill fast jede Hoffnung aufgegeben, dass Isabelle jemals aus ihrem Koma erwachte. Er fragte sich, ob Gordon sie einfach hier allein lassen wollte, vergessen und ungeliebt. Ein Transport nach Paris kam noch immer nicht in Frage, denn durch das Beatmungsgerät war das zu gefährlich für sie, doch Bill machte sich Sorgen, was mit ihr geschah, wenn er zurück in seine Heimat flog. Die Ärzte stellten ihm in Aussicht, dass er in etwa einem Monat nach Hause könnte. Der Gedanke, sie allein zu lassen, ohne dass jemand sie besuchte, mit ihr redete, sie tröstete und sich darum kümmerte, was aus ihr wurde, war ihm unerträglich. Für Bill war es unfassbar, wie Gordon sie jetzt hatte verlassen können. Dieser Gedanke beschäftigte ihn auch an diesem Abend, während er in seinem Bett neben ihr lag, mit ihr redete und ihre Hand hielt. Die Schwestern fanden nichts Ungewöhnliches mehr daran. Sie lächelten und plauderten mit ihm, wenn er Isabelle besuchte, als sei es ganz natürlich, dass er mehrmals am Tag bei ihr war.

Er sagte Isabelle, wie schön sie sei und wie sehr er es vermisse, in einer warmen, duftenden Julinacht wie dieser mit ihr zu plaudern. Die Fenster standen offen, und von draußen drangen Geräusche herein. Plötzlich musste er wieder an den Abend denken, an dem sie zuerst in Harry's Bar und später dann im Annabel's gewesen waren. Wie gerne hätte er die Uhr zurückgedreht und hätte diesen Abend noch einmal erlebt.

»Erinnerst du dich an die schöne Zeit, die wir miteinander hatten?«, murmelte er, während er ihre Finger streichelte und küsste. »Ich tanze so gern mit dir, Isabelle. Wenn du aufwachst, könnten wir eines Tages wieder tanzen gehen.« Natürlich wusste er, dass dies für ihn nichts weiter als Erinnerung und ein ferner Traum war. Aber er redete weiter mit ihr, erzählte ihr von diesem herrlichen Abend, als er plötzlich einen leichten Druck auf seine Handfläche spürte. Zunächst glaubte er an einen Reflex und sprach weiter, doch dann fühlte er die Bewegung erneut. Verwirrt unterbrach er seinen Monolog und richtete seinen Blick auf die Schwester, die gerade hereinkam. Noch wollte er nichts davon sagen, doch er setzte sein Gespräch mit Isabelle ein wenig entschlossener fort. Schließlich unterbrach er sich dann und brachte sich in eine Lage, die es ihm erlaubte, Isabelle anzuschauen.

»Ich habe gespürt, wie du mir die Hand gedrückt hast«, sagte er deutlich zu ihr. »Ich möchte, dass du das noch einmal tust.« Er wartete eine Weile, die ihm sehr lang vorkam, während die Schwester sie beide beobachtete. Als nichts geschah, wandte sie sich ab.

»Mach's noch einmal, Isabelle. Drück meine Hand, nur ein klein wenig… Ich möchte, dass du es mit aller Kraft versuchst.« Und dann, wie eine Reaktion aus einer anderen Welt, tat sie es kaum wahrnehmbar noch einmal. Ein breites Lächeln überzog Bills Gesicht, und er hatte Tränen in den Augen. »Das war wunderbar«, ermutigte er sie, überwältigt von dem, was er gerade gespürt hatte. »Jetzt möchte ich, dass du die Augen öffnest. Nur ein kleines bisschen … ich sehe dich an, Isabelle. Und ich möchte, dass du mich ansiehst.« In ihrem Gesicht zeigte sich keine Regung. Allerdings bewegten sich ihre Finger wieder, und er fragte sich, ob es nicht doch nur ein zufälliger Reflex gewesen war. Gerade als sein Mut ihn verlassen wollte, kräuselte sich ihre Nase, die Augen hingegen blieben geschlossen. Sein Herz raste. Sie kam zurück.

»Was war das denn? Das war eine lustige Grimasse, aber es war schon sehr gut. Wie wär's jetzt mit einem kleinen Lächeln?« Bill liefen die Tränen über die Wangen, während er mit ihr sprach, und all seine Kraft und seine Liebe konzentrierten sich auf Isabelle. Die Schwester blieb wie festgewurzelt an ihrem Platz stehen und beobachtete, was geschah. Auch sie hatte gesehen, wie Isabelle das Gesicht verzog – und das war keinesfalls ein Reflex gewesen. »Kannst du für mich lächeln, mein Schatz? Oder einfach ein Auge aufmachen ... Ich habe dich so vermisst ...« Bill flehte sie an, versuchte sie mit seiner ganzen Willenskraft zurückzuholen, wollte in den Abgrund greifen, über dem sie noch hing, und sie sicher zu sich hochziehen. Eine halbe Stunde lang gab er sich alle Mühe, doch sie rührte sich nicht. Bill war erschöpft und ausgelaugt, aber er weigerte sich aufzugeben. »Isabelle ... also gut, mach noch mal das lustige Gesicht, komm schon ... zieh die Nase kraus.« Aber dieses Mal hob sie stattdessen eine Hand mehrere Zentimeter vom Bett in die Höhe und ließ sie gleich wieder fallen, als sei die Anstrengung einfach zu groß gewesen. »Das war sehr, sehr gut. Und sehr harte Arbeit. Ruh dich ein bisschen aus, Liebes. Dann versuchen wir es noch einmal.« Er sprach über jedes ihrer Lebenszeichen, immer wieder, um sie wach zu halten, bis sie wieder bei ihm und zurück im Leben war. Er redete unentwegt, versuchte, sie zum Blinzeln zu bringen, sie zu überreden, dass sie einen Teil ihres Gesichts bewegte, ihre Augen öffnete oder noch einmal seine Hand drückte. Lange Zeit regte sich gar nichts, dann nahm er ein ganz zartes Flattern ihrer Lider wahr.

»O mein Gott ...«, flüsterte er der Schwester zu, und sie eilte aus dem Zimmer, um einen der Ärzte zu suchen. Dieser sollte mit eigenen Augen sehen, was hier geschah. Nach drei Wochen zwischen Leben und Tod kehrte Isabelle zurück. Bill führte sie liebevoll und gewissenhaft nach Hause.

»Isabelle«, sagte Bill jetzt in strengerem Ton. »Du musst deine Augen aufmachen, Liebes. Ich weiß, dass es schwer ist. Du hast lange Zeit geschlafen. Es ist Zeit aufzuwachen. Ich möchte, dass du mich ansiehst. Ich möchte dich sehen und ich weiß, dass auch du mich sehen möchtest. Öffne doch deine Augen ein klein wenig!« Kaum hatte er diesen Wunsch ausgesprochen, da tat sie es. Damit hatte er gar nicht gerechnet. Nach dieser langen Zeit hätte er sich auch mit dem kleinsten Zeichen zufrieden gegeben. Aber dieses Mal war sie den Weg zu Ende gegangen, sie öffnete die Augen, die so lange geschlossen gewesen waren, einen Spalt weit. »Das ist es ... das ist gut ... kannst du sie jetzt noch ein wenig weiter aufmachen ... bemüh dich, Schatz ... öffne deine wunderschönen Augen ...« Inzwischen war der Arzt ins Zimmer gekommen, aber er hielt sich zurück und griff nicht ein. Bill machte das ausgezeichnet, und der Arzt glaubte nicht, dass er selbst es besser könnte.

»Isabelle«, versuchte Bill es wieder. »Ich warte darauf, dass du mich ansiehst. Ich warte schon so lange darauf.« Als er dies sagte, kam ein langer, anmutiger Seufzer aus dem Bett nebenan, und unter leichtem Lidflattern schlug sie die Augen auf, ohne ihn anzusehen – nur um sie gleich darauf wieder zu schließen, als wäre die Anstrengung zu gewaltig. »Komm schon, mein Schatz, lass sie länger offen und sieh mich an. Bitte, Liebes ...« Als schwebte sie von einem fernen Ort zur Erde, konnte Bill beobachten, wie das Leben allmählich in sie zurückkehrte, während er mit ihr sprach. Und dann endlich, endlich schlug sie wieder die Augen auf, drehte ihren Kopf und sah ihn direkt an. Dabei stöhnte sie leise. Bill vermutete, dass durch die Bewegung ihr Kopf schmerzte. Dann schloss sie die Augen, lächelte und schien sich mit einem Wort abzumühen. Lange Zeit arbeitete sie daran, bis sie endlich die Augen wieder aufschlug und mit einer Stimme, die kaum mehr als ein Krächzen war, seinen Namen aussprach.

»Bill ...« Er küsste ihre Hand, als sie dies sagte, und musste ein Schluchzen unterdrücken.

»Isabelle, ich liebe dich so sehr ...«, sagte er mühsam. »Was bist du nur für ein Schatz. Du hast so hart daran gearbeitet, um zurückzukommen.«

»Ja«, flüsterte sie. Ihre Augen wollten wieder zufallen, doch diesmal öffnete Isabelle sie von selbst. »Ich liebe dich ...« flüsterte sie und sprach seinen Namen noch einmal aus, als wollte sie das Wort auskosten.

»Ich glaube, an dieser Stelle waren wir schon einmal«, sagte er und lächelte sie durch einen Tränenschleier an. Ein ganzes Leben und mehr lag zwischen diesem Augenblick und der Nacht, in der sie sich geküsst hatten und vom Bus überrollt worden waren. »Du warst so lange weg, mein Liebes. Ich habe dich so sehr vermisst.«

»Sprich mit mir ...«, bat sie ihn leise und lächelte, während Bill, die Schwester und der Arzt lachten. Er hatte drei Wochen lang auf sie eingeredet, allein in dieser Nacht mehrere Stunden lang. Es war fast, als hätte er die ganze Zeit gewusst, dass er sie ins Leben zurückführen konnte. Er hatte es immer wieder versucht, obwohl er zuletzt fast schon alle Hoffnung aufgegeben hatte. »Höre ... dich ... so gern ... reden«, sagte sie, als sei sie unendlich müde. Bill spürte ihre Erschöpfung wie am eigenen Leib. Sie hatte so hart gearbeitet.

»Ich höre dich auch gerne reden. So lange habe ich gewartet, dich wieder sprechen zu hören. Wo bist du gewesen, mein Schatz?«, fragte er sie leise, ohne ihre Hand loszulassen.

»Weg«, sagte sie und lächelte wieder. Dann sah sie ihn mit tausend Fragen in den Augen an. Sie wusste, dass er die Antworten darauf kannte. »Wie lange?«

»Drei Wochen«, sagte er aufrichtig. Sie war überrascht.

»So viel?« Sie schien noch Mühe zu haben, die richtigen Worte zu finden, aber sie machte es gut. Auch der Arzt, der sie beobachtete, fand das.

»So lange.« Es gab so vieles, was er ihr erzählen wollte, woran er sie teilhaben lassen wollte, aber noch war es zu früh. Sie war gerade erst von einem sehr fernen Ort zurückgekehrt.

Ihr schien etwas einzufallen, und sie sah ihn mit sorgenvollen Augen an. »Teddy ... und Sophie?«

»Denen geht es gut.« Er hoffte, sie damit nicht anzulügen, denn er hatte keine aktuellen Nachrichten und wusste nur, dass Teddy sehr krank gewesen war. Doch Bill war sich sicher, dass sich der Zustand des Jungen sofort stabilisieren würde, wenn er erfuhr, dass seine Mutter das Bewusstsein wiedererlangt hatte. »Sophie war hier. Sie hat dich besucht. Sie ist ein wunderbares Mädchen und sieht genauso aus wie du.« Isabelle lächelte und schloss die Augen. Als sie sie wieder öffnete, stand die nächste Frage darin. Bill wusste sofort, was sie fragen wollte, er konnte fast ihre Gedanken lesen. »Er war da.« Sie nickte, dann zuckte sie zusammen.

»Mein Kopf ... tut weh.«

»Das glaube ich dir gern.«

»Auch … andere … Dinge.« Das interessierte den Arzt, der ihr nun ein paar Fragen zu ihrem körperlichen Zustand stellte. Insgesamt aber war er hocherfreut über ihre Entwicklung und schlug vor, beide sollten sich ausruhen, da sie in dieser Nacht Großartiges vollbracht hätten. Isabelle hatte besorgt den Worten des Arztes gelauscht und sah jetzt, wie die Pfleger kamen, um Bill wegzubringen. »Nein … geh nicht …« Sie hielt seine Hand fester, als sie das bisher getan hatte. Und Bill sah den Arzt fragend an.

»Könnte ich nicht hier bleiben?« Der Arzt dachte lange nach. Eigentlich sprach nichts dagegen. Sie waren erwachsen, waren Freunde, und die Krankenschwestern konnten auf beide ein Auge haben. Und irgendwie fand der Arzt es auch richtig so.

»Ich halte das für eine gute Idee.« Bill war nicht mehr an Geräte angeschlossen, er benötigte nur noch die Halterung mit der Infusion neben seinem Bett und Schmerzmittel, wenn er danach verlangte, was aber selten der Fall war.

»Ich möchte, dass du hier schläfst«, bat Isabelle und klammerte sich an seine Hand. Bill strahlte sie an. Sie war wieder da, sie lebte, sie war zu ihm zurückgekehrt. Das war die glücklichste Nacht ihres Lebens. Beide lächelten, als die Schwestern ihre Betten richtig hinstellten. Der Arzt untersuchte Isabelle sorgfältig und war recht zufrieden. Er stellte noch ein paar Fragen, und sie erzählte ihm, wie seltsam sich ihr Kopf anfühle. Ihr Körper komme ihr zu schmal vor, klagte sie, alles daran sei so gepresst. Der Arzt erklärte ihr, das komme von den inneren Verletzungen, die sie noch eine Weile spüren werde. Weitere Untersuchungen konnten bis zum nächsten Tag warten. Jetzt brauchten beide vor allem Ruhe.

Die Schwester löschte alle Lichter bis auf eines, eine zweite Schwester bettete Bill in Seitenlage. Es freute ihn, dass er Isabelle jetzt besser sehen konnte. Am liebsten hätte er gar nicht geschlafen, sondern sie nur die ganze Nacht angesehen, ihr Gesicht betrachtet, ihre Hand berührt. Sie hielt seine Hand auch dann noch fest, als sie einander gegenüberlagen, und lächelte ihn an wie ein Kind. Sie war wirklich das genaue Ebenbild von Sophie.

»Du bist so schön«, wisperte er, »und ich liebe dich so sehr.« Sie war es wert, dass er auf sie gewartet hatte, die vergangenen drei Wochen und ein ganzes Leben lang.

»Ich habe dich vermisst, als ich weg war«, flüsterte sie zurück.

»Woher weißt du das?«, fragte er sie, und die Schwester lächelte ihnen von der Zimmerecke aus zu.

»Ich weiß es eben.« Wie zwei Kinder auf einer Pyjamaparty tuschelten sie miteinander im Dunkeln, nachdem der Arzt und die zweite Schwester das Zimmer verlassen hatten. Beide lächelten und schauten sich immer wieder in die Augen. Es war ein schöner Anblick. Keiner hatte ernsthaft damit gerechnet, dass Isabelle überlebte.

Der Arzt rief noch in der Nacht in Paris an, um Gordon mitzuteilen, dass seine Frau aus dem Koma erwacht sei. Das glaubte er ihm schuldig zu sein. Doch Gordon war nicht zu Hause, und so bat er die Frau, die ans Telefon ging – Teddys Pflegerin –, Mr. Forrester lediglich auszurichten, dass er angerufen habe. Eine weitere Nachricht wollte er nicht hinterlassen, und hätten Bill und Isabelle das gewusst, wären sie ihm dankbar gewesen.

Während sie einander von Angesicht zu Angesicht gegenüberlagen, hatten sie das Gefühl, nie anders geschlafen zu haben. Isabelle versuchte einmal, sich auf den Rücken zu drehen, aber bereits die Bewegung des Kopfes verursachte ihr solche Schmerzen, dass sie sich Bill wieder zuwandte, der sie mit wachen Augen beobachtete.

»Was ist denn mit dir passiert?«, fragte sie ihn besorgt. Erst jetzt fiel ihr der riesige Stützapparat um seinen Hals auf. In den letzten Stunden war zu viel auf einmal geschehen, erst jetzt fand sie Zeit zum Nachdenken.

»Ich habe mir den Hals und mein Rückgrat verletzt. Aber das wird wieder«, erklärte er ihr lächelnd. Daran glaubte er jetzt fest. Drei Wochen lang hatte er sich nichts anderes gewünscht als dieses hier.

»Bist du dir sicher?«

»Ja. Ich habe mich noch nie im Leben so gut gefühlt wie gerade jetzt.«

»Das geht mir genauso.« Dann sah sie ihn nachdenklich an. »Ich kann mich an nichts mehr erinnern… wie sind wir hier hergekommen?«

»Das, mein Schatz, ist ein lange Geschichte, über die wir morgen reden können. Wir sind mit einem Bus zusammengestoßen.« Er wollte ihr jetzt noch nicht berichten, dass dabei elf Menschen gestorben waren und sie beinah die Zwölfte gewesen wäre. »Das Letzte, woran ich mich erinnern kann, ist der Kuss, den ich dir gegeben habe, dann war ich hier.«

»Daran erinnere ich mich auch«, lächelte sie schläfrig und gähnte. Gern hätte er sie wieder geküsst, aber er konnte sich nicht bewegen. Da es ihm unmöglich war, seine Lage zu verändern, berührte er mit einer Hand ihr Gesicht. »Ich würde dich an einem der nächsten Tage gern wieder küssen«, murmelte Isabelle verträumt. Bill schwieg dazu. Er dachte daran, dass er womöglich gar kein richtiger Mann mehr war, jedenfalls nicht so, wie er es verstand. Wortlos hielt er ihre Hand. Mehr hatte er jetzt nicht zu bieten. »Hoffentlich geht es den Kindern gut.« In Gedanken war sie jetzt bei ihren Kindern, ohne von der schrecklichen Angst zu ahnen, die Bill quälte.

»Wenn sie erfahren, wie es dir geht, geht es ihnen auch gut«, versicherte er ihr.

Doch für einen Augenblick schlich sich Trauer in ihre Augen, und sie klammerte sich fester an Bills Hand. »Und dann wird er zurückkommen, oder?« Er wollte ihr nicht sagen, dass ihr Mann sich zwei Wochen lang nicht um sie gekümmert hatte. Es stand ihm nicht zu, Gordon bei ihr anzuschwärzen, doch er konnte diesen Mann nur hassen. Er verachtete ihn, weil er Isabelle vernachlässigte und weil er sie rücksichtslos behandelte.

»Lass uns jetzt nicht darüber nachdenken«, flüsterte Bill. »Schließ doch einfach die Augen und versuche zu schlafen.« Wie gern hätte er ihr Haar gestreichelt.

»Ich dachte, du wolltest, dass ich aufwache«, neckte sie ihn. In Anbetracht ihres dreiwöchigen Komas und ihrer lebensbedrohlichen Verletzungen ging es ihr tatsächlich recht gut, sie hatte sich nicht verändert. Ihr Wille war noch immer stark.

Schließlich hatten dieser Wille und Bills Liebe sie zurück ins Leben gebracht.

»Du musst wieder schlafen. Du redest zu viel, damit erschöpfst du dich.« Bill musste sie immerzu anlächeln. Sie kam ihm schöner vor denn je.

»Ich möchte die ganze Nacht mit dir reden«, antwortete sie grinsend, dann fiel ihr etwas ein. »Ich möchte mit dir wieder tanzen gehen.« Bill fühlte sich, als halte er sie in den Armen und drehte sich mit ihr über die Tanzfläche.

»Das werden wir eines Tages auch.«

»Und ich möchte auch in Harry's Bar.« Sie erstellte eine Wunschliste, die er freudig akzeptierte.

»Jetzt gleich?« Er genoss es, neben ihr zu liegen und mit ihr zu reden.

»In Ordnung. Morgen. Und dann ins Annabel's. Wir müssen die verlorene Zeit wettmachen. Ich habe seit Wochen nicht getanzt«, seufzte sie zufrieden.

»Du benimmst dich jetzt lieber, sonst schicken die Ärzte dich wieder zurück in den Tiefschlaf.«

»Ich möchte einfach nur hier mit dir liegen.« In dem abgedunkelten Zimmer hörte er ihr leises Lachen. »Jetzt können wir doch auch sagen, dass wir miteinander geschlafen haben, oder?«

»Du benimmst dich sehr schlecht für eine Frau, die drei Wochen lang schwer krank gewesen ist. Ich finde es nicht gut, wenn du jetzt an solche Sachen denkst«, tadelte er sie und hätte sie nur zu gern umarmt. In seinem Herzen würde sie immer ihm gehören. In dieser Nacht war sie die Seine geworden, und daran würde sich nie etwas ändern, was auch kommen mochte. Sie war durch die Dunkelheit gegangen, um zu ihm zurückzukehren, und was auch immer passierte, wo immer sie auch hingingen, er wusste, er würde sie nie mehr verlieren.

»Ich bin mit dir auf ein sehr helles Licht zugegangen ... wir waren unterwegs auf einem schmalen Pfad ... dann fingen die Kinder an, uns zu rufen, und du hast mich dazu gebracht umzukehren.« Als sie diese Worte aussprach, durchfuhr es ihn wie eine Erleuchtung. Diese Erinnerung hatte er auch, genau wie sie es gerade beschrieben hatte. Er hatte es selbst so erlebt, als er aus der Bewusstlosigkeit auftauchte.

»Wie war das?«

»Sehr hell ... und ich war sehr müde ... ich wollte mich auf einen Stein setzen. Ich wollte nicht zurückkommen, aber du hast mich gezogen. Du sagtest, wir könnten ein andermal dorthin gehen ... Ich wollte nicht, aber ich habe zugelassen, dass du mich zurückzogst.« Ihre Beschreibung des Steins und des hellen Lichtes stimmte genau mit dem überein, was er selbst auch gesehen hatte.

»Das habe ich auch erlebt, Isabelle.« Er sah aus, wie vom Donner gerührt, und sie wusste nicht, warum. »Ich hatte genau den gleichen Traum wie du. Es war genau so, wie du es beschrieben hast.«

»Ich weiß, dass du dort warst«, sagte sie, als wäre das ganz normal, »ich habe dich gesehen und deine Hand gehalten, und ich bin mit dir zurückgekehrt.«

»Warum?« Er suchte in seiner Erinnerung, denn er wollte verstehen, was ihnen widerfahren war. Für ihn war dieses Erlebnis ganz und gar nicht selbstverständlich. Zwar hatte er von derartigen Erfahrungen gehört, aber er glaubte nicht, dass alle denselben Traum träumten, mit demselben hellen Licht, demselben Stein, demselben Weg, derselben Erinnerung. Da wurde ihm klar, dass sich auf eine tiefe, bedeutsame Weise ihre beiden Seelen begegnet waren und sich vereint hatten. Sie waren sich in einem anderen Leben begegnet und eins geworden.

»Ich bin zurückgekommen, weil du mich dazu aufgefordert hast«, sagte Isabelle ruhig. »Aber danach habe ich dich wieder verloren. Ich glaube, ich bin neben dem Weg eingeschlafen.«

»Das stimmt, und wenn dir das noch einmal passieren sollte, Isabelle, werde ich ernsthaft böse auf dich. Wir dürfen uns nicht mehr verlieren.«

»Ich werde aufpassen«, versprach sie und küsste seine Finger und seine Hand. »Ich danke dir, dass du auf mich gewartet und mich zurückgebracht hast.« Jetzt wurde sie schläfrig und gähnte mehrmals, und ehe er noch etwas sagen konnte, war sie an seiner Hand friedlich eingeschlafen. Die Erinnerung an ihren Traum stand ihm jetzt klar vor Augen, ihr gemeinsamer Gang auf das helle Licht zu, und Isabelle, die direkt vor ihm auf dem Pfad ging. Es hatte seine ganze Kraft gekostet, sie von diesem Licht zurückzuholen. Über die Bedeutung all dessen war er sich nicht im Klaren, aber er spürte, dass sie beide etwas Außerordentliches erlebt hatten. Und in der Gewissheit, dass er trotz allem, was geschehen war, ein sehr glücklicher Mann war, sah er ihr nun beim Schlafen zu.

Kapitel 10

Der Arzt rief Gordon Forrester am nächsten Tag um acht Uhr morgens erneut an, um ihm die Neuigkeit mitzuteilen, doch dieselbe Stimme wie in der Nacht sagte ihm, Mr. Forrester sei nicht zu Hause. Um zehn Uhr endlich erreichte er Gordon in seinem Büro. Die Nachricht schien Gordon zu überraschen, und er sagte, er freue sich sehr. Dann erkundigte er sich, ob er Isabelle sprechen könne, doch sie hatte noch keinen Telefonanschluss. Der Arzt versprach, sich darum zu kümmern, Gordon könne sie dann am Nachmittag auf ihrem Zimmer erreichen.

»Ich bin sicher, dass die Kinder mit ihr sprechen wollen«, sagte Gordon und blickte zerstreut auf seinen Schreibtisch. Er hatte sich bereits damit abgefunden, dass Isabelle nie mehr aus dem Koma erwachen würde. Auch wenn er erleichtert war, musste er sich doch erst an diesen Gedanken gewöhnen.

»Wie kam es dazu?«, erkundigte Gordon sich unschuldig, und am anderen Ende der Leitung entstand eine Pause. Der Arzt wollte ihm nichts von Bill Robinson erzählen, denn er ging zu Recht davon aus, dass Gordon verärgert reagieren würde, welche Rolle dieser Mann bei Isabelles Rückkehr ins bewusste Leben gespielt hatte.

»Sie hat es aus eigener Kraft geschafft«, erklärte er. Mehr brauchte Gordon nicht zu wissen.

»Gut gemacht«, meinte Gordon daraufhin, als ginge es um ein Golfturnier oder um ein Tennismatch. In scharfem Kontrast zu Bills Freudentränen klang Gordon so leidenschaftslos, als wäre Isabelle eine entfernte Freundin. Kaum zu glauben, dass es sich um seine Frau handelte, dachte der Arzt. Doch womöglich erklärte dies ihre Beziehung zu Bill. Nachdem er die beiden zusammen erlebt hatte, war ihm vieles klar geworden. Er fragte sich nur, wie lange es dauerte, bis Gordon wieder nach London kam, um Isabelle zu besuchen. Um ihrer und um Bills willen hoffte er, es möge nicht allzu bald sein. Er hatte die beiden ins Herz geschlossen, denn einer Liebe wie dieser, die bis an den Rand des Todes reichte, konnte man sich nur schwer entziehen. Der Arzt wusste, dass nur wenigen Menschen eine solche Erfahrung vergönnt war. »Sagen Sie ihr, ich rufe sie heute Nachmittag an, wenn ich nach Hause komme«, beendete Gordon nun kurz angebunden das Gespräch, und der Arzt versicherte ihm, er werde es ausrichten.

Die Schwester gab die Nachricht an Isabelle weiter, als sie das Telefon in ihrem Zimmer anschloss. Isabelle freute sich darauf, mit den Kindern zu sprechen, sah aber einem Gespräch mit Gordon sorgenvoll entgegen.

»Was machen wir jetzt?«, fragte sie Bill am Nachmittag, als er ihr in seinem Bett Gesellschaft leistete, während sie ihre erste Mahlzeit zu sich nahm. Man hatte ihr eine Tasse sehr dünner Suppe und eine Schale Wackelpeter gebracht. Sie hatte so lange kein Essen gesehen, dass es überhaupt keinen Reiz für sie hatte.

»Was meinst du damit?«, hakte Bill nach. »Sprichst du von Krocket oder Golf oder einem Spaziergang durch den Park?« Er neckte sie wieder, aber diesmal lächelte sie nicht.

»Gordon will bestimmt, dass ich nach Paris komme, sobald es mir wieder besser geht.« Natürlich brannte Isabelle darauf, ihre Kinder zu sehen, aber sie wollte Bill nicht verlassen.

»Das dauert noch eine Weile«, tröstete Bill sie, aber mehr zu seiner eigenen Beruhigung. »Ich glaube nicht, dass du einfach aus dem Bett springen und durch die Tür rennen kannst.« Ihre inneren Verletzungen waren noch lange nicht verheilt, und auch ihr Kopf musste noch mit Vorsicht behandelt werden. Der Arzt hatte ihr am Morgen erzählt, dass sie, grob geschätzt, noch mit weiteren vier Wochen Krankenhausaufenthalt rechnen musste. Und so lange wollte Bill sie auch bei sich haben.

»Und danach?«, fragte sie ihn, während die Schwester sie mit Suppe fütterte. Isabelle hatte noch keine Kraft, selbst zu essen, und war überhaupt sehr geschwächt, was aber nur sie selbst erstaunte.

»Das überlegen wir uns noch.« Noch hatte er ihr nicht gesagt, dass seine Beine auf Dauer in Mitleidenschaft gezogen waren und er sich nicht sicher war, ob er jemals wieder laufen konnte. Er wusste nicht recht, ob sie das überhaupt erfahren musste. Sofern sich Isabelle durch das Koma nicht vollkommen verändert hatte, stand für Bill fest, dass sie zu Gordon zurückkehren und sich um ihr krankes Kind kümmern würde. Natürlich konnte er sie weiterhin anrufen und auch von Zeit zu Zeit sehen, doch er wollte ihr Mitleid nicht, falls er für den Rest seines Lebens einen Rollstuhl benötigte. Er wollte einzig und allein ihre Liebe. Jetzt überlegte er, dass es womöglich nach ihrer Entlassung aus dem Krankenhaus kein Wiedersehen mehr mit ihr geben würde, sollte es für ihn mit dem Laufen tatsächlich vorbei sein. Dann bliebe ihnen nur noch die Beziehung übers Telefon. Noch hatte Bill sich nicht entschieden, was er tun würde oder ob er sie danach noch sehen konnte. Isabelle ging im Augenblick davon aus, dass sein angeschlagener Zustand genauso wie der ihre vorübergehend sei, und dabei wollte er es auch belassen. Dann machte sie sich wenigstens keine Sorgen und konnte ihn nicht bemitleiden. Auch von der Scheidung hatte er ihr noch nichts erzählt, denn sie sollte nicht das Gefühl bekommen, er wollte sie unter Druck setzen. Bill verstand nur zu gut, dass Isabelle schließlich zu ihrer Familie zurückkehren musste. Doch die Zeit, die ihnen blieb, wollte er mit ihr genießen.

Als Gordon am Nachmittag anrief, befand sich Bill gerade in Isabelles Zimmer. Gordon sagte zu ihr, er sei erleichtert zu wissen, dass es ihr besser gehe. Seine Formulierung legte eher nahe, dass sie sich von einem verstauchten Knöchel oder einem schlimmen Sturz erholte. Doch in Wirklichkeit hatte er das Gefühl, sie sei von den Toten auferstanden. Eigentlich hatte er schon gar nicht mehr damit gerechnet, dass sie ins Leben zurückfinden werde, und sich bereits mit dem Gedanken vertraut gemacht, Witwer zu sein. Nun musste er im Geiste die

Uhr zurückdrehen, um die Ehe mit ihr fortzusetzen. Gordon hörte sich seltsam an am Telefon, und Isabelle vermutete ganz richtig, dass er auf Bill wütend war und sie mit einer Bestrafung rechnen musste. Das ganze Gespräch hatte etwas Peinliches, doch sobald sie mit Teddy und Sophie redete, war davon nichts mehr zu spüren. Sophie weinte, als sie die Stimme ihrer Mutter hörte, und Teddy rang mühsam nach Luft und schluchzte. Isabelle fand, dass er sich sehr krank anhörte. Nachdem sie das Gespräch mit ihren Kindern beendet hatte, erkundigte sie sich bei Gordon nach Teddys Gesundheitszustand. Noch immer liefen ihr die Tränen über die Wangen, so sehr hatte sie das Erlebnis, ihre Kinder nach langer Zeit wieder zu hören, aufgewühlt.

»Teddy wird es jetzt bestimmt gleich viel besser gehen«, meinte Gordon beiläufig. Sophie hatte den Wunsch geäußert, Isabelle zu besuchen, Gordon jedoch vertrat die Ansicht, ihre Mutter komme ohnehin bald nach Hause. »Wann wird man dich entlassen?«, fragte er sachlich.

»Sie haben gemeint, es wird noch etwa vier Wochen dauern, je nachdem wie es meiner Leber, meinem Kopf und meinem Herz geht.« Diese Verletzungen konnte man wohl kaum gering abtun, aber Gordon schien das nicht zu beeindrucken. Jetzt, da sie aus dem Koma erwacht war, war ihm alles andere egal.

»Vier Wochen sind aber eine ziemlich lange Zeit, oder? Ich bin mir sicher, sie werden dich auch eher gehen lassen, wenn du darum bittest.« In Gordons Worten schwang Argwohn mit, und er überlegte tatsächlich, ob sie sich den Ärzten unterwarf, weil Bill noch dort war. Als ihr Ehemann konnte er das auf keinen Fall tolerieren. »Ich werde selbst mit dem Arzt sprechen. Du bekommst auch hier jede medizinische Hilfe, die du brauchst.« Als Isabelle auflegte, war sie völlig aufgelöst. Sie informierte den Arzt, dass Gordon ihn anrufen werde, um ihn zu drängen, sie bald nach Hause zu entlassen.

»Wollen Sie das denn, Isabelle? Wahrscheinlich könnten wir Sie in etwa einer Woche in ein Krankenhaus in Paris verlegen. Aber Sie können auf keinen Fall schon nach Hause.«

»Ich möchte hier bleiben«, sagte sie mit sorgenvoller Miene. Sie wussten beide, warum.

»Ich werde mich darum kümmern«, versicherte er ihr. Das wollte er für sie und Bill gerne tun. Sie waren gemeinsam durch die Hölle gegangen, und ihre Kinder konnten dieses eine Mal warten. Später gestand Isabelle Bill allerdings, wie besorgt sie um Teddy sei. Er habe sich am Telefon überhaupt nicht gut angehört. Einzig und allein deshalb habe sie das Gefühl, es sei doch besser, früher als geplant nach Hause zurückzukehren. Sie werde ganz verrückt bei dem Gedanken an ihn. Er brauche sie so sehr und sie sei schon so lange weg, auch wenn sie ihn in guten Händen wisse. Bill war einfühlsam wie immer, als sie über Teddy sprachen.

»Das war sicherlich ein traumatisches Erlebnis für ihn. Weiß Gott, wie Gordon ihm deinen Zustand beschrieben hat. Aber nachdem er jetzt deine Stimme gehört hat und weiß, dass du in ein paar Wochen wieder zu Hause bist, wird er sicherlich jeden Tag Fortschritte machen.« Bills Worte beruhigten sie.

»Hoffentlich«, sagte sie mit Inbrunst. »Ein Glück, dass Sophie zu Hause ist. Sie wollte kommen, um mich zu besuchen, aber ich finde, sie sollte lieber in Paris bleiben. Teddy braucht sie mehr als ich.« Denn sie hatte ja Bill. Diese Zeit mit ihm, ehe sie sich trennen mussten, weil sie zurückkehrte, war ihr wichtig, doch nicht auf Kosten ihrer Kinder. »Was ist mit Cindy? Wird sie dich hier noch einmal besuchen?«

»Nein«, sagte er schlicht, ohne näher darauf einzugehen. Auch die Mädchen würden nicht kommen, denn sie waren den ganzen Sommer über beschäftigt. »Ich habe ihnen gesagt, dass wir uns sehen, wenn ich wieder zurück bin.« Bill hatte den Arzt gebeten, Isabelle nicht zu erzählen, wie schlimm seine Rückgratverletzung war und dass er womöglich nie wieder würde laufen können. Davon und von der Scheidung sollte Isabelle nichts erfahren. Bill brauchte Zeit, um zu sehen, welche Fortschritte möglich waren. Isabelle ging davon aus, dass Bill einen langen Heilungsprozess vor sich hatte, etwa sechs Monate oder auch ein Jahr, und war deshalb nicht überrascht, dass er noch nicht laufen konnte.

Wäre sie bereit gewesen, Gordon zu verlassen, hätte die Sache für ihn anders ausgesehen. Dann hätte er ihr womöglich die Wahrheit über seine Beine erzählt. Doch da sie entschlossen war, zu ihrem Ehemann zurückzukehren, wollte Bill verhindern, dass sie sich Sorgen um ihn machte. Sie hatte mit ihrem kranken Kind genug eigene Probleme. Und nachdem Bill Gordon jetzt persönlich kennen gelernt hatte, wusste er auch, wie ihre Zukunft aussehen würde. Ihm wurde übel, wenn er daran dachte. Was Isabelle betraf, schien Gordon keine Rücksicht, keine Liebe, keine Freundlichkeit, keinen Respekt und keine Wärme zu kennen. Für Gordon Forrester drehte sich die ganze Welt nur um einen Menschen, um ihn selbst. Isabelle war für ihn einfach nur nützlich, als Pflegerin des gemeinsamen kranken Sohnes. Gordon wusste das Juwel nicht zu schätzen, das er besaß. Und Bill hatte große Sorge, Isabelles Leben mit ihrem Mann könnte noch härter werden, als es vor dem Unfall schon gewesen war. Vermutlich würde Gordon sie für die heimlich begangenen Sünden bestrafen, die er ihr unterstellte. Isabelle würde sich vor seinem Zorn in Acht nehmen und sich gegen ihn behaupten müssen, wenn ihr Leben kein qualvoller Albtraum werden sollte. Schließlich war Gordon noch nicht einmal dazu bereit gewesen, ein paar Tage bei ihr in London zu bleiben, als sie im Koma lag und dem Tod nahe war. Seitdem hatte er sich überhaupt nicht mehr blicken lassen. Diese Tatsache erwies sich allerdings, seit Isabelle wach und mit Bill zusammen war, als Vorteil.

Als der Arzt später mit Gordon telefonierte, verteidigte er beharrlich seinen Standpunkt, dass Isabelle frühestens in vier Wochen verlegt werden könne. Ihr Ehemann war davon nicht begeistert. Seiner Ansicht nach war das übertriebene Vorsicht, doch der Arzt schaffte es zuletzt doch, ihn zu verunsichern, indem er auf mögliche Komplikationen hinwies.

Schlimmstenfalls müsse man sogar mit einem Rückfall ins Koma rechnen, warnte er düster. »Das könnte mich meine Zulassung kosten«, sagte der Arzt lachend, als er Bill und Isabelle später davon erzählte. Er fand, dass die beiden eine kleine Chance zum Glücklichsein verdient hatten, eine Belohnung für all die durchlittenen Schmerzen. Außerdem wusste er nur zu gut, wie lang und hart Bills Rehabilitation sein würde. Er hatte sich bereits mit einem Krankenhaus in New York in Verbindung gesetzt, wo man Bill helfen würde, seine Beine bestmöglich zu trainieren. Weder Isabelle noch Bill hatten eine Ahnung davon, was Bill dort erwartete.

Doch jetzt blieben ihnen noch vier Wochen, um zusammen zu sein, miteinander zu lachen und zu reden, ihre Liebe zu genießen und einander zu trösten. Nach dem durchgestandenen Leiden war das Krankenhaus ein sicherer Hafen, bevor sie wieder in ihr jeweiliges Leben zurückkehren mussten. Die Wirklichkeit würde sie noch früh genug ereilen.

Auch in dieser Nacht schliefen sie wieder gemeinsam in Isabelles Zimmer. Da sie beide von den Überwachungsgeräten befreit worden waren, konnten sie problemlos zwischen ihren beiden Zimmern hin und her wechseln. Den ganzen Nachmittag lang sprachen sie über ihr Leben, ihre Hoffnungen und Träume. Sie empfanden die Zeit, die sie miteinander verbringen konnten, als ein kostbares Geschenk.

Wenn sie nicht in ein Gespräch vertieft waren, spielten sie Karten, lasen oder Bill brachte Isabelle Knobeln bei. Auch die Mahlzeiten nahmen sie gemeinsam ein. Isabelles Leber ging es besser, das Organ heilte langsam von selbst. Auch ihr Herzschlag hatte sich stabilisiert, war aber immer noch unregelmäßig. Manchmal wurde sie auch von heftigen Kopfschmerzen geplagt. Sie ermüdete leicht und schlief viel. Bills Nacken steckte noch immer in dem schrecklichen Stützapparat. Seine Wirbelsäule heilte zwar, doch er hatte häufig Rückenschmerzen. Dann massierte Isabelle ihm sanft die Schultern und die Arme. Es war ihr aufgefallen, wie wenig er mit seinen Beinen machen konnte, doch Bill versicherte ihr immer wieder, bei ihrem nächsten Wiedersehen werde er laufen können. Isabelle war nur allzu gern bereit, ihm zu glauben. So akzeptierte sie es als normal, dass seine Beine ihm vorerst noch den Dienst verweigerten. Schließlich war seit dem Unfall erst ein Monat vergangen, keine lange Zeit, wenn man seine schweren Rückenverletzungen bedachte. Über Schmerz und Leid sprachen sie ansonsten eher selten. Sie füllten die gemeinsame Zeit lieber mit vertraulichen Gesprächen, heiterten einander auf und lachten miteinander.

Es war zwei Wochen her, seit Isabelle aus dem Koma aufgewacht war, und sie lag an einem sonnigen Julinachmittag auf

Bills Bett. Die Fenster standen offen, es war ein warmer Tag. Sie erzählten sich Geschichten aus ihrer Kindheit. Isabelle achtete darauf, Bill nicht zu stoßen und ihn nicht an einer schmerzhaften Stelle zu berühren. Seine Wirbelsäule war besonders empfindlich. Isabelle erzählte ihm gerade von ihrer Zeit bei den Großeltern in Hampshire und streichelte dabei träge seinen Arm. Vorher hatte sie ihn am Nacken gekratzt, weil er nicht hinkam, jetzt strich sie mit ihren Fingern langsam über seine Schultern und dann vorsichtig den Rücken hinunter, wo sie wusste, dass es ihm nicht wehtun konnte. Dabei sah er sie voll Verlangen an und lächelte dann wie ein Junge, den man bei einem Streich ertappt hatte.

»Warum siehst du mich so an?«, wollte sie wissen, unsicher, ob er sie vielleicht auslachte. »Das mit meinem Großvater habe ich ernst gemeint. Er war ein sehr freundlicher Mann.«

»Das war er bestimmt. Doch ich höre dir schon seit fünf Minuten nicht mehr zu«, gestand er. »Das Verlangen nach dir macht mich ganz verrückt.«

»Woran denkst du stattdessen? Willst du lieber knobeln?« Er gewann ständig und weigerte sich, ihr zu sagen, woran er erkannte, dass sie schwindelte. Sie war ein schlechte Lügnerin, und das gefiel ihm. Mit seiner früheren Frau war das anders gewesen.

»Was Besseres als das«, sagte er und küsste sie sanft auf die Lippen. Er hatte herausgefunden, wie weit er sich vorbeugen konnte, um sie zu küssen. Und sie küssten sich oft, besonders in der Nacht, wenn sie nebeneinander lagen. »Isabelle«, sagte er leise, »ich weiß zwar nicht, wie es funktionieren soll, aber ich möchte dich gerne lieben.« Die letzte halbe Stunde hatte ihn in überwältigende Erregung versetzt. Sie waren einander inzwischen so vertraut geworden, dass er es versuchen wollte. Beide waren zwar noch ziemlich geschwächt, aber er sehnte sich schon seit langer Zeit danach, mit ihr zu schlafen. Schon vor dem Unfall hatte er davon geträumt, hätte es aber nie gewagt, sie zu fragen. Jetzt traf sein hoffnungsvoller Blick Isabelle direkt ins Herz.

»Gut, mein Schatz.« Für ihn war sie dazu bereit, selbst wenn sie einander nur in den Armen liegen würden. Sie wusste genau, was er im Sinn hatte. »Was meinst du, sollten wir nicht die Tür zuschließen?« Es gab Schlösser an ihren Türen, die noch nie benutzt worden waren, doch jetzt waren sie nützlich.

»Glaubst du, man wird uns aus dem Krankenhaus werfen?.« Er grinste, als sie aufstand, um die Tür abzusperren. Er konnte sich zwar kaum bewegen, aber seit einer halben Stunde hatte er ein unwiderstehliches Verlangen nach Isabelle und konnte an nichts anderes mehr denken. Immer wieder hatte er sich überlegt, ob es wohl funktionieren würde, und jetzt, wo er es mit ihr ausprobieren konnte, war er nervös. Doch sie konnten beide der Versuchung nicht widerstehen. Ihre Beziehung war zärtlich und leidenschaftlich und durch gegenseitiges Vertrauen gefestigt.

»Ich denke nicht, dass sie das im Sinn gehabt haben, als sie uns im selben Zimmer schliefen ließen«, erwiderte Isabelle mit einem schelmischen Lächeln.

»Das war aber dumm von ihnen«, entgegnete er und sah ziemlich aufgeregt aus. »Es ist doch das Beste daran.« Das hoffte er jedenfalls. Und wenn es nicht ging? Bei diesem Gedanken zitterte er.

Da gebot sie ihm mit ernstem Gesicht Einhalt und küsste ihn sanft auf die Lippen. »Ich möchte dir nur sagen, dass wir das Beste schon haben ... einander zu lieben, zusammen zu sein ... einander festzuhalten ... Ich liebe alles an dir, Bill. Was jetzt auch kommen mag, ist nur noch ein zusätzliches Geschenk, aber nicht das Beste. Das bist du.«

Er hatte keine Ahnung, ob er in der Lage sein würde, sich mit ihr zu vereinigen, doch er wünschte es sich so sehr. Falls es fehlschlug, wäre dies sicherlich eine große Enttäuschung für sie beide, und er hätte das Gefühl, versagt zu haben. Doch vor Isabelle sprach er seine Ängste nicht an. Er wollte nicht, dass sie sich Sorgen machte oder Mitleid mit ihm hatte. Vor Letzerem fürchtete er sich am meisten.

Unendlich sanft zog sie ihm sein Krankenhaushemd aus. Er hatte einen schönen Körper, der sich nach ihr verzehrte. Sie schämten sich nicht voreinander, denn nach alledem, was sie gemeinsam durchlitten hatten, kam es ihnen vor, als wären sie schon immer zusammen. Isabelle streichelte und liebkoste ihn. Er spürte ihre Berührungen, doch ob sein Körper reagieren würde, wusste er nicht. Auch sie streifte ihr Nachthemd ab, und Bill nahm ihre Brüste in die Hände. Die so schlimm verletzten und beschädigten Körper vergaßen plötzlich allen Schmerz. Isabelle fing an, ihn zu küssen, erst auf den Mund, dann arbeitete sie sich raffiniert nach unten. Sie wussten beide um ihre große Liebe, und dies war nun der letzte geheime Garten, den sie noch nicht besucht hatten. Gemächlich erkundeten sie ihn, und Bill war überwältigt von seinen Gefühlen für sie. Mit übergroßer Vorsicht versuchte sie ihn zu erregen, achtete darauf, keinen Druck auf seinen Rücken auszuüben, ihn nur gerade genug und an den richtigen Stellen zu streicheln. Bill empfand die Lust, die sie ihm bereitete, doch die gewünschte Wirkung blieb zu seiner Bestürzung aus.

Obwohl Bill die Sinnesreizungen spürte, kamen sie doch nur gedämpft bei ihm an. Einerseits war er erfüllt von einer überwältigenden Leidenschaft für Isabelle, andererseits spürte er, dass ihm sein Körper nicht gehorchte. Irgendeine Verbindung in seinem Inneren funktionierte nicht, er wusste nicht genau, ob es an seinem Gehirn oder an der Wirbelsäule lag. Auch wenn sein ganzes Sehnen darauf gerichtet war, mit Isabelle zu schlafen, machte sich die nackte Angst in ihm breit und drosselte das Verlangen. Während sie noch ahnungslos auf ihm lag, wurde ihm klar, dass es nicht funktionieren würde, und er kam sich nicht nur dumm, sondern verrückt vor, weil er es überhaupt versucht hatte.

Isabelle bekam undeutlich mit, was bei ihm vorging, doch sie liebte ihn so sehr. Sie wollte ihn unbedingt glücklich machen und ihm das Gefühl geben, geliebt zu werden. Auch ihr war klar gewesen, dass es womöglich nicht funktionieren würde, jedenfalls nicht beim ersten Mal. Nach seinem schweren Trauma musste man vernünftigerweise davon ausgehen, dass es Geduld brauchte, ihn auch sexuell wieder zum Leben zu erwecken. Sie wollte ihn nicht unter Druck setzen, sondern ihm Hoffnung und Liebe schenken. Doch statt der Hoffnung sah sie nun Verzweiflung in seinen Augen, als er spürte, wie dieser erste Versuch fehlschlug.

»Es ist gut, mein Schatz … es ist alles gut … das braucht eben Zeit«, flüsterte sie, während er sich an sie klammerte. Doch dann entzog er sich ihr und wandte sich ab. Er war am Boden zerstört, weil er sie körperlich nicht lieben konnte. Nun lag er neben ihr und ihn beherrschte nur noch der eine Gedanke, dass er versagt hatte. Daran vermochte keines ihrer Worte etwas zu ändern. Er hielt sie in seinen Armen und schwor sich, es nie wieder zu versuchen. Trotz all ihrer Zärtlichkeit und Liebe für ihn fühlte er sich gedemütigt und mutloser, als er es seit dem Unfall je gewesen war. Es war der schlimmste Tag in seinem Leben. Er war kein Mann mehr. Und um nichts auf der Welt würde er sich verleiten lassen, einen zweiten Versuch zu wagen. Und schon gar nicht mit Isabelle.

»Zieh dich an«, flüsterte er ihr zu, doch sie zögerte. Gern hätte sie alles für ihn getan, was ihr möglich war. Aber sie musste ihn nur ansehen, um zu wissen, dass jedes weitere Bemühen, ihm Lust zu bereiten, ihn zu trösten, zu liebkosen oder zu streicheln, ihn nur noch mehr aufregen würde. Sie glitt neben ihm unter die Decke und kuschelte sich an ihn.

»Es wird alles gut, Bill«, wisperte sie zärtlich. »Irgendwann wird es klappen.« Beide wussten, wie tief seine Gefühle für Isabelle waren, doch er wollte mehr als das, mehr für sie beide. »Das ist erst der Anfang«, sagte sie, küsste ihn liebevoll auf die Wange und fasste nach seiner Hand. Doch er entzog sie ihr. Er kämpfte gegen die Tränen an und wäre am liebsten davongelaufen, wenn er nur gekonnt hätte.

»Nein, es ist nicht der Anfang«, widersprach er verärgert. Er war wütend auf sich, nicht auf sie. »Es ist das Ende.« Das Ende seines Lebens als Mann, davon war er fest überzeugt.

»Es ist keinesfalls das Ende«, sagte sie zu ihm wie zu einem störrischen Kind. »Der Arzt hat doch gesagt, dass es seine Zeit braucht, bis alles wieder in Gang kommt.« Doch Bill war von der Angst besessen, sein Versagen sei von Dauer. Keine Frau wäre in der Lage gewesen zu begreifen, was diese Unfähigkeit, sexuell zu lieben, für ihn bedeutete. Das ließ sich nicht einfach wegküssen. Er sah eine schreckliche Zukunft ohne Sex vor sich, weil er als Mann nicht mehr funktionierte. Wie jedem Mann war ihm dies hin und wieder in seinem Leben passiert, wenn er zu müde oder zu aufgebracht gewesen war, sich von den Problemen der Politik nicht hatte freimachen können oder zu viel getrunken hatte. Aber hier ging es um einen Wendepunkt, eine Manifestation seiner Liebe zu Isabelle, um das erste Mal mit ihr. Außerdem sah er darin seine einzige Chance, nach dem Unfall zu beweisen, dass er noch immer ein Mann war, ob er nun laufen konnte oder nicht. Diese Erfahrung veränderte alles für ihn, und davon ahnte Isabelle nichts. Sie blieb verständnisvoll und sehr gelassen, denn sie war sicher, dass es irgendwann einmal klappen würde. Und falls nicht – sie war bereit, alle Einschränkungen zu akzeptieren und sich in ihrer Liebe zu ihm nicht beirren zu lassen. Für sie änderte sich nichts, aber Bills ganze Welt war zusammengebrochen. Sollte er seine Männlichkeit nicht mehr zurückgewinnen, wollte Bill nicht mehr Teil von Isabelles Leben sein, so viel stand für ihn fest. Mit einer Beeinträchtigung seiner Gehfähigkeit konnte er sich noch abfinden, mit dem Versagen seiner Männlichkeit aber nicht. Sollte dieser Verlust endgültig sein, und davon ging er aus, hatte er an diesem Abend sehr viel verloren: sein Selbstwertgefühl, seine Identität als Mann und jegliche Hoffnung auf eine wie auch immer mögliche Zukunft mit Isabelle. In Isabelles Augen war es Unsinn, nach einem einzigen verfehlten Versuch solche Schlüsse zu ziehen. Aber Bill wurde von seinen Ängsten beherrscht. Er fürchtete, dass dies für sie beide das Ende bedeutete, auch wenn für Isabelle seine Unfähigkeit, sich körperlich mit ihr zu vereinen, bedeutungslos war. Ihre Liebe wurde dadurch nur umso stärker, und sie empfand unendliche Zärtlichkeit für ihn.

Kapitel 11

Der fehlgeschlagene Versuch, mit Isabelle zu schlafen, hatte Bills Lebensgeister schwer in Mitleidenschaft gezogen. Obwohl beide weiterhin in einem Raum schliefen, weigerte er sich hartnäckig, es ein weiteres Mal zu versuchen. Eine zweite Demütigung wollte er nicht riskieren. Isabelle versuchte ihn zu einer optimistischen Haltung zu bewegen, doch sie bedrängte ihn nicht. Sie gab sich ruhig und gelassen, unterstützte ihn und vertrat, wenn er überhaupt einmal ein Gespräch über dieses Thema zuließ, hartnäckig ihren Standpunkt, dass er seine Fähigkeit, sexuell aktiv zu sein, im Lauf der Zeit und mit viel Geduld sehr wahrscheinlich zurückerlangen werde. Und nach allem, was er während ihres kurzen Versuchs gefühlt hatte, fiel es auch ihm schwer, davon auszugehen, er werde für immer empfindungslos bleiben. Dennoch weigerte sich Bill, dieser Hoffnung Raum zu geben. Für ihn war die Tür zu seinem Leben als Mann für immer zugefallen. Isabelle und Bill blieben einander nah und trösteten sich gegenseitig, doch er hatte nicht die Absicht, noch einmal einen Liebesakt mit ihr zu wagen.

Während sich ihre Gefühle füreinander noch vertieften, schien die Zeit davonzurasen. Bill begann mit der Krankengymnastik, und Isabelle musste sich einer Reihe von Tests unterziehen, einem EEG zur Messung ihrer Gehirnfunktionen und verschiedener Sonogramme. Je mehr Fortschritte beide machten, desto deutlicher wurde ihnen bewusst, dass ihre gemeinsamen Tage gezählt waren. Der Unfall war der hohe Preis dafür, dass sie fast zwei Monate zusammen verbringen durften, eine Zeit, in der sie sich beinahe wie ein Ehepaar vorkamen.

Sie verbrachten die Tage gemeinsam auf dem einen oder anderen Zimmer. Am Morgen lasen sie Zeitung und frühstückten gemeinsam, Bill begleitete Isabelle zu ihren Tests und nachts schliefen sie in ihren Krankenhausbetten, die man nebeneinander gestellt hatte. Einzig und allein der Sex fehlte in ihrem Zusammenleben. Doch obwohl die körperliche Seite ihrer Beziehung unbefriedigt blieb, war Isabelle noch nie in ihrem Leben so glücklich gewesen.

»Ich komme mir vor wie im Strandhotel«, scherzte eine der Schwestern liebenswürdig, als die beiden von einem Sonnenbad zurückkehrten. Isabelle hatte an diesem Tag Kopfschmerzen gehabt, doch nach der Ultraschalluntersuchung ihres Gehirns hatte der Arzt gemeint, es sehe gut aus. Ihre Fortschritte wurden sehr sorgfältig registriert, und sie hatte sich bemerkenswert gut erholt. Gordon bedrängte sie, doch endlich heimzukommen, und Isabelle wie auch Bill wussten, dass ihr bis zur Rückkehr nach Paris nicht mehr viel Zeit blieb. Natürlich hatte sie nicht den Wunsch, den Aufenthalt durch Komplikationen bei der Genesung zu verlängern, doch sie fürchtete sich, Bill zu verlassen, weil sie nicht wusste, wann sie ihn wieder sehen würde.

Jeden Tag telefonierte sie mit ihren Kindern. Sophie war die Anspannung anzuhören, und Isabelle machte sich Sorgen um sie. Auf den Schultern ihrer Tochter lag die ganze Verantwortung für Teddy, dessen Gesundheitszustand sich trotz vieler Gespräche mit seiner Mutter nicht wesentlich verbessert hatte. Isabelle hatte Schuldgefühle, weil sie die beiden so lange allein ließ, doch dazu gab es im Augenblick keine Alternative außer einem Krankenhausaufenthalt in Paris. Außerdem wusste sie nur zu gut, dass das Glück, ihre Kinder wieder zu sehen, mit dem fürchterlichen Schmerz erkauft werden würde, Bill zu verlassen.

Manchmal redeten sie darüber. Isabelle schlug dann vor, sie könnten sich doch auch in Zukunft irgendwo treffen, wie sie das im Juni getan hatten. Zwar wusste sie nicht, wie sie es anstellen sollte, doch glaubte sie fest daran, dass es möglich wäre. Was sie und Bill verband, wollte sie nicht so einfach aufgeben, selbst wenn nur wenige Begegnungen im Jahr möglich waren. Wenn sie davon sprach, antwortete Bill nicht. Im Moment konnte er daran noch nicht einmal denken, obwohl er ständig Fortschritte machte. Bei ihm ging die Genesung langsamer voran als bei ihr, und sein Mut war gesunken. Er wollte ihr kein Wiedersehen versprechen, solange er nicht wusste, wie er mit seiner Rehabilitation vorankam. Auf keinen Fall wollte er für Isabelle zu einer Last werden, so viel stand für ihn fest. Doch auch Bill hatte den Wunsch, sie wieder zu sehen. Nach all dem, was sie im Krankenhaus gemeinsam erlebt hatten, konnte er sich kaum vorstellen, dass Telefongespräche genügen würden.

»Ich bin mir nicht sicher, ob du unsere Chancen, uns in Paris zu treffen, realistisch einschätzt«, gab Bill zu bedenken. »Gordon ahnt zwar nicht, was hier passiert ist, aber er weiß, dass wir in jener Nacht zusammen waren. Er hat mich, als er hier war, ganz unmissverständlich aufgefordert, dein Zimmer zu verlassen. Ich glaube nicht, dass er tatenlos zusehen wird, wenn du ausgehst, um dich mit mir zu treffen. Er dürfte ziemlich argwöhnisch sein, was dich und mich betrifft.« Bill rechnete damit, dass Gordon ihre Telefonate überwachte. Schließlich war es offenbar ein großer Schock für ihn, als er merkte, dass Isabelle direkt vor seinen Augen eine Freundschaft zu einem anderen Mann begonnen hatte.

Ohne mit Isabelle darüber zu reden, hatte Bill allerdings schon vor Wochen beschlossen, dass er, sollte er auf Dauer an den Rollstuhl gefesselt bleiben, weder Isabelle noch sonst jemandem zur Last fallen wollte. Dieser Entschluss war ein weiterer Grund für seine Trennung von Cynthia gewesen. Und wenn er nun für Isabelle kein richtiger Mann sein konnte, nicht in der Lage war, sie körperlich zu lieben, dann musste er die Beziehung zu ihr beenden.

Falls er wieder laufen lernte, würde er sie irgendwo in Frankreich heimlich treffen, sofern sie von zu Hause weg konnte. Allerdings blieb auch dann noch die Frage offen, wie es um seine Sexualität stand. Sollte das Rehazentrum in den Vereinigten Staaten ihm nicht erfolgreicher auf die Beine helfen können, als die Ärzte in London derzeit für möglich hielten, würde er sie nie mehr wieder sehen. Er wollte ihr nicht mit seinen Einschränkungen zur Last fallen, wenn er für den Rest seines Lebens im Rollstuhl saß. Während ihrer letzten gemeinsamen Tage im Krankenhaus quälten ihn die Fragen, ob er jemals wieder würde gehen können und ob die Zeit seine Männlichkeit wiederherstellte. Keins dieser Probleme wollte er Isabelle aufbürden, und so hatte sie keine Ahnung, wie hoffnungslos er sich fühlte. Bill gab sich alle Mühe, seine Sorgen zu verschweigen, allerdings spürte Isabelle sie manchmal auch ohne Worte.

Er hatte sogar seinem Arzt den Versuch, mit Isabelle zu schlafen, gestanden und ihm berichtet, wie niederschmetternd sein Versagen gewesen sei. Der Arzt hatte versucht, ihn zu trösten.

»Das überrascht mich nicht, wissen Sie«, erklärte er. »Eigentlich hört sich das ganz hoffnungsvoll an für das erste Mal – nach einem so ausgedehnten Trauma. Sie müssen sich sehr viel mehr Zeit lassen. Es wäre noch völlig unrealistisch zu erwarten, dass Sie innerhalb des ersten Jahres eine Erektion, geschweige denn einen Orgasmus haben. Ich glaube, Sie sind zu früh und ein wenig zu enthusiastisch und optimistisch an die Sache herangegangen. Sie stehen erst ganz am Anfang.« Doch Bill konnte ihm einfach nicht glauben. Nach der demütigenden Erfahrung beim ersten Versuch war er davon überzeugt, dass seine Lage aussichtslos war. Sein sexuelles Vermögen würde nie wieder zurückkehren. Und er wehrte sich gegen jeden von Isabelles liebevollen Anläufen, seine Männlichkeit auf kreative Weise wiederzuerwecken, mit großer Vehemenz. Für den Rest ihrer gemeinsamen Zeit, und vielleicht für immer, sah er keine Möglichkeit zu einer körperlichen Beziehung mit Isabelle.

Doch trotz Bills qualvoller Grübeleien teilten er und Isabelle noch immer ein Zimmer, und Isabelle schmiedete Pläne, wie sie ihr Leben in Zukunft gestalten wollte. Für sie stand fest, dass sie, wegen Teddy und Sophie, ihre Ehe nicht aufgeben würde, andererseits war sie nicht bereit, auf Bill zu verzichten. An ein Leben als Bills Geliebte hätte sie vor dem Unfall nie gedacht, doch jetzt wünschte sie sich das aus ganzem Herzen. Mit Bill verband sie etwas, was sie bisher noch nie kennen gelernt hatte. Oft hatte sie das Gefühl, sie wären zwei Körper mit einer einzigen Seele. Sie konnte sich nicht vorstellen, so etwas Schönes aufzugeben.

Mit Gordon sprach sie alle paar Tage. Täglich ließ er seine Sekretärin im Schwesternzimmer anrufen, um sich über den Gesundheitszustand seiner Frau zu informieren. Für Isabelle war es eine Frage des Respekts, dass auch sie ihn anrief, meist im Büro, und sich nach Teddy erkundigte. Doch normalerweise wurde sie von Sophie telefonisch auf dem Laufenden gehalten. Natürlich telefonierte Isabelle auch täglich mit Teddy selbst. Gordon gab sich bei ihren Telefongesprächen distanziert und kühl. Meistens hatte sie das Gefühl, ihn gestört oder zur falschen Zeit angerufen zu haben. Seit dem Unfall hatte er ihr nicht mehr viel zu sagen, und sie spürte, dass er kein Vertrauen mehr zu ihr hatte, wenngleich er das nie ansprach. Sie empfand sein Verhalten als Bestrafung und wusste auch, dass er, sobald sie wieder zu Hause in Paris war, eine Erklärung von ihr verlangen würde. Die Tatsache, dass sie und Bill gemeinsam im Annabel's, in Harry's Bar und zu so später Stunde unterwegs gewesen waren, sprach für sich. Ein einziges Mal kam Gordon bei einem Anruf indirekt darauf zu sprechen: »Du bist nicht mehr die Frau, die ich geheiratet habe, Isabelle. Und eigentlich weiß ich gar nicht, wer du bist.« Sie wurde von Schuldgefühlen geplagt und sagte sich oft, es sei nicht richtig, ihre Beziehung zu Bill aufrechtzuerhalten. Aber sie wusste, dass sie auf diese Liebe nicht mehr verzichten konnte, ihr Leben hing davon ab.

Eines Abends, als sie gerade Bills Beine massierte, sprach sie darüber. Bill sagte, seine Beine fühlten sich noch immer meist taub an, aber er habe doch dort unten im Unterleib Empfindungen. Manchmal täten ihm die Beine weh, fast als hätte er eine lange Wanderung hinter sich. Isabelle erzählte ihm von dem Gespräch mit Gordon.

»Ich glaube nicht, dass er mir je wieder vertrauen wird. Und er hat natürlich Recht. Ich darf gar nicht daran denken, wie der Alltag zu Hause werden wird. Wie ist das bei dir? Wie wütend ist Cynthia?« Isabelle war aufgefallen, dass er nie über sie sprach, nur über die Mädchen. Doch Bills Ehe war immer schon ganz anders gewesen als die zwischen Gordon und ihr. Bill und Cynthia hatten zwei getrennte Leben geführt, und sie hatten kaum gemeinsame Interessen. Nach wie vor hatte Bill ihr nichts von der Scheidung erzählt. Es war das einzige Geheimnis, das er ihr vorenthalten hatte. Er wollte nicht, dass sie erfuhr, wie bald er frei sein würde. Sie sollte sich durch nichts unter Druck gesetzt fühlen. Ihm war klar, dass sie an ihrer Ehe festhielt, und es schien ihm das Beste zu sein, dass sie weiterhin glaubte, er sei verheiratet.

»Glücklich war sie jedenfalls nicht, als sie nach Hause fuhr«, gab Bill zu. »Ich habe ihr über meine Gefühle zu dir reinen Wein eingeschenkt. Was gar nicht nötig gewesen wäre, denn sie kennt mich und hat gemerkt, wie besorgt ich um dich war.«

»Und das hat ihr nicht zu schaffen gemacht?«, erkundigte Isabelle sich überrascht.

»Doch, das bestimmt. Aber sie weiß auch, dass sie es sich nicht erlauben kann, deshalb Theater zu machen. Sie hat in ihrer Vergangenheit oft genug Geheimnisse vor mir gehabt.« Er lächelte Isabelle an. »Man kann einen Mann nicht dafür ins Gefängnis stecken, dass er liebt. Und Cynthia lebt schon lange ihr eigenes Leben. Sie hat in den letzten zehn Jahren nichts anbrennen lassen.«

Isabelle hörte nachdenklich zu. »Ich glaube nicht, dass Gordon mich je betrogen hat«, meinte sie. »Er ist viel zu konservativ, rechtschaffen und vernünftig für so etwas.« Aus eigener Erfahrung war Bill sich dessen nicht so sicher, doch er widersprach ihr nicht. Bill wäre überrascht gewesen, hätte ein Mann, der zu seiner Ehefrau so kalt, ja sogar grausam war, nicht längst irgendwo anders Annehmlichkeit und Trost gesucht. Und seit der Begegnung mit Gordon hielt Bill ihn weniger denn je für einen Mann, der treu und loyal zu jemandem stehen konnte. Isabelles Ehemann war nur auf seinen eigenen Vorteil bedacht. Eine heimliche Geliebte konnte durchaus der Grund für Gordons ablehnendes Verhalten gegenüber seiner Frau sein.

»Wie kommst du darauf?«, bohrte Bill behutsam nach. Er wollte Isabelle nicht verunsichern, schließlich wollte sie mit

Gordon weiterleben. Bill wünschte ihr ein friedliches Leben und hatte nicht vor, sie zu einem Feldzug gegen ihren Mann zu ermutigen, der nur allzu leicht zu einem skrupellosen Gegenschlag ausholen konnte.

»Zuneigung ist ihm nicht wichtig, Sex ebenso wenig«, sagte sie frei heraus. »Wir schlafen schon seit Jahren nicht mehr in einem Zimmer.« Bill wusste, was sie damit sagen wollte, und er lächelte ihr zu. In gewisser Hinsicht war Isabelle eine sehr anständige und zurückhaltende Frau, auch wenn sie im Umgang mit ihm inzwischen auf eine angenehme Weise offen war. Doch was ihren Ehemann betraf, war sie einfach naiv, dessen war Bill sich ganz sicher.

Über das Glück, das Bill und Isabelle in ihrer Zweisamkeit empfanden, legte sich in der folgenden Zeit ein dunkler Schatten. Für Isabelle standen mehrere Untersuchungen an, und sollten ihre Ärzte mit den Ergebnissen zufrieden sein, würde sie heimkehren. Inzwischen war es Ende August; sie hatten zwei Monate im Krankenhaus verbracht. Gordon wurde jeden Tag wütender und warf den Ärzten vor, Isabelles Entlassung hinauszuzögern. Auch Bill musste nach Amerika zurückkehren. Auf ihn wartete das Rehazentrum, in dem er die nächsten Monate verbringen sollte. Das Ende ihrer seltsamen Idylle stand unmittelbar bevor. Dieser Tatsache ins Auge zu sehen fiel beiden nicht leicht.

»Schwörst du, mich jeden Tag anzurufen?«, flehte Isabelle und sah Bill traurig an. Sie lagen zusammen im Bett, am nächsten Morgen sollte die letzte große Gehirnuntersuchung bei Isabelle stattfinden. Ihre Leber heilte, auf dem letzten Sonogramm hatte ihr Herz gut ausgesehen, und ihre Lungen waren endlich wieder frei.

»Wenn ich kann, rufe ich dich auch zehn Mal am Tag an«, sagte er und zog sie an sich. »Und du weißt ja, dass du mich jederzeit anrufen kannst.«

»Das werde ich auch tun. Ich werde immer ganz zeitig aufstehen, damit ich dich erreiche, ehe du abends schlafen gehst.« Doch ihr war klar, dass sie nicht zu oft anrufen durfte, damit Gordon oder seine Sekretärin Bills Nummer nicht auf den Rechnungen fanden. Selbst diese Freiheit war sehr eingeschränkt.

Und natürlich wusste sie auch, dass ihre Telefonate nur ein fader Abklatsch dessen sein würden, was sie hier erlebt hatten. Gar keine Verbindung mehr zu einander zu haben wäre allerdings unerträglich gewesen für sie.

Durch ihre gemeinsame Zeit im Krankenhaus waren sie verwöhnt, und der Gedanke an ihre Trennung machte Isabelle Angst. Sie wusste nicht, wann sie Bill wieder sehen würde. Die Ärzte hatten ihm gesagt, sein Aufenthalt im New Yorker Rehazentrum könne zwischen sechs Monaten und einem Jahr dauern. Für beide klang das wie lebenslänglich.

»Du musst schnell gesund werden«, forderte sie nun Bill auf, beugte sich über sein Bett und küsste seine Brust. »Ich möchte, dass du so bald wie möglich nach Paris kommst.« Ein Besuch in New York kam für Isabelle nicht in Frage. Sophie hatte lange genug die schwere Verantwortung für Teddy getragen, außerdem musste sie wieder zurück auf die Universität. Es würde viele Monate, vielleicht Jahre dauern, bis Isabelle Paris wieder verlassen konnte, in dieser Hinsicht hatte sie keine Illusionen. Natürlich sehnte sie sich danach, Teddy wieder zu sehen. Er hatte am Telefon von Mal zu Mal schwächer geklungen.

Aber Bill ging nicht darauf ein, als sie von einem Besuch in Paris sprach. Er hatte sich geschworen, wenn er nicht würde laufen können oder, was noch schlimmer wäre, seine Männlichkeit auf immer verloren hatte, allmählich aus ihrem Leben zu verschwinden. Diese Vereinbarung hatte er mit sich selbst getroffen, ohne mit Isabelle darüber zu reden. Er hatte ihr auch nie verraten, wie schlimm die Prognose für ihn aussah und wie sehr er sich davor fürchtete, tatsächlich nie mehr laufen zu können. Erst wollte er abwarten, was man in dem Rehazentrum in New York dazu meinte. Noch wollte er nicht an ein Leben im Rollstuhl glauben. Wenn dem aber so wäre, dann wollte er nicht der zweite Invalide in Isabelles Leben werden.

Die Vorstellung, von Isabelle bemitleidet oder gar genau wie ihr Sohn umsorgt zu werden, war ihm unerträglich. Sie hatte vierzehn Jahre mit einem todkranken Kind verbracht. Ähnliches wollte Bill ihr ersparen. Doch selbst wenn er sie tatsächlich nie mehr würde sehen können, war es ihm unvorstellbar, nicht mehr mit ihr zu sprechen. Er hatte sich inzwischen so sehr daran gewöhnt, Isabelle an seiner Seite zu haben, wenn er morgens oder nachts aufwachte. Der bloße Gedanke an die Trennung schmerzte ihn. Was für eine erschreckende Vorstellung, ihr keinen Blick zuwerfen, sie nicht zu verwöhnen oder ihr Lächeln, wenn sie ins Zimmer kam, nie mehr sehen zu können! Die gemeinsam verbrachte Zeit war die glücklichste in seinem Leben. Wenn doch nur die Umstände günstiger wären, Teddy gesünder und Gordon nicht ganz so beherrschend! So viele Wünsche hatte er für sie beide, doch er fürchtete, dass keiner davon wahr würde.

Während der letzten Tage im Krankenhaus flog die Zeit nur so dahin. Die Tests, denen man Isabelle unterzog, zeigten alle gute Ergebnisse, und sie war auch etwas kräftiger geworden. Sie konnte entlassen werden, alles war vorbereitet. Gordon sollte aus Paris kommen, um sie abzuholen, doch in letzter Minute engagierte er eine Krankenschwester zu Isabelles Begleitung. Seine Arbeit erlaube es ihm nicht, seine Frau persönlich abzuholen, lautete seine Begründung. Isabelle war das nur recht, auf diese Weise hielt niemand und nichts sie davon ab, ihre letzte Nacht mit Bill zu verbringen.

Die Schwestern ließen die beiden allein. Bill und Isabelle wollten die letzten Stunden ganz für sich haben. Isabelle würde am nächsten Morgen abreisen, Bill in der darauf folgenden Woche. Er musste noch ein paar Untersuchungen über sich ergehen lassen.

»Ich kann mir gar nicht vorstellen, dich morgen zu verlassen«, seufzte Isabelle unglücklich. Sie war in sein Bett gestiegen, und sie lagen eng aneinander geschmiegt. Gerne hätte sie einen Weg gefunden, mit ihm zu schlafen, doch sie wollte ihn nicht verärgern, falls es nicht funktionierte, schon gar nicht in ihrer letzten gemeinsamen Nacht. Die Vorstellung, zu Gordon zurückzukehren, belastete sie, doch sie war froh, dass zwischen ihr und ihrem Ehemann schon lange eine große Distanz herrschte, Sie konnte sich kaum mehr an die Zeit erinnern, als ihre Ehe noch funktioniert hatte. Inzwischen fühlte sie sich Bill wesentlich näher.

»Pass auf dich auf, mein Schatz, versprich es mir«, sagte Bill und drückte sie an sich. Man hatte seine sperrige Nackenstütze gegen ein kleineres Modell ausgetauscht, das es ihm erlaubte, seinen Kopf ein wenig zu bewegen. Es gelang ihm damit, sich so weit zu drehen, dass er Isabelle ansehen konnte. Ihr Blick genügte ihm. Für das, was sie beide fühlten, bedurfte es keiner Worte. Sie hatten längst andere Ebenen des Austauschs gefunden. Jetzt mussten sie diese Fähigkeiten noch verbessern. Vor ihnen lag ein Leben, das es ihnen nicht mehr erlaubte, einander täglich zu sehen, einander zu berühren. Isabelle würde ihre sanften Hände nicht mehr auf Bills Schultern legen, wenn er erschöpft war, und Bill würde sie nicht mehr in den Arm nehmen, während sie einschlief. Sie mussten beide lernen, sich damit abzufinden. So unvorstellbar das für Isabelle auch war, so schnell würde die Wirklichkeit sie einholen, wenn sie am nächsten Tag wieder in das Haus in der Rue de Grenelle zurückkehrte.

»Ich kann es nicht«, flüsterte sie, und die Tränen liefen ihr dabei über die Wangen. »Ich schaff es nicht ohne dich.«

»Doch, du schaffst es. Ich bin nicht weiter weg als das Telefon.« Und doch würde es anders sein. Vor allem machte Isabelle sich wegen Gordon Gedanken. Am Telefon war er immer so eisig zu ihr gewesen. Deshalb rechnete sie fest damit, dass er sie für die Tatsache, dass sie mit Bill zusammen war, als der Unfall passierte, bestrafte. Als wären die Ereignisse jener Nacht nicht schlimm genug gewesen. Ihr Gefühl täuschte sie nicht, Gordon war tatsächlich wütend auf sie, weil sie mit Bill im Wagen gefahren war, aber was er ihnen bisher nur unterstellt hatte, war jetzt erst Wirklichkeit geworden.

Lange Zeit lagen sie schweigend da und betrachteten den Vollmond am Nachthimmel. Viel zu schnell nahte der Morgen. Sie genossen noch die letzten Minuten miteinander, bis die Schwester hereinkam und Isabelle daran erinnerte, dass sie aufstehen musste. Sie duschte, zog sich an und frühstückte dann mit Bill. Keiner von beiden brachte einen Bissen hinunter. Sie sahen einander nur an. Isabelle kämpfte gegen die Tränen an, bis sie Trost und Zuflucht in Bills Armen suchte.

»Es wird alles gut, Isabelle. Ich rufe dich heute Abend an«, versprach er ihr und musste sich doch selbst Mut machen. »Nicht weinen, Liebes…« Sie klang wie ein zutiefst verzweifeltes Kind. Ihn zu verlassen schien ihr schlimmer als ein Abschied von ihrem Zuhause.

Gordon hatte ihr aus Paris Kleider geschickt: ein schlichtes schwarzes Chanelkostüm, das lose an ihr herunterhing, und ein paar schwarze Lederschuhe, die ihr zu groß vorkamen. Sie hatte viel Gewicht verloren, und ihr Körper schien sich verändert zu haben. Doch obwohl sie spindeldürr war, fand Bill sie schöner als je zuvor. Ihr langes dunkles Haar trug sie zu einem ordentlichen Pferdeschwanz zusammengebunden, und außer Lippenstift hatte sie kein Make-up aufgelegt. Als er sie so sah, musste er sofort wieder daran denken, wie sie im Juni nach London gekommen war, und an jenen ersten Tag, als sie gemeinsam zu Mittag aßen und abends dann in Harry's Bar gingen. So viel war passiert, so viel hatten sie durchlitten. Ein unglaublicher Gedanke, dass sie fast gestorben wären und sich dann wieder gefunden hatten. Doch jetzt ging ihr Traum zu Ende. Beide mussten in die Wirklichkeit zurückkehren, in eine Welt, in der sie nicht gemeinsam leben konnten.

»Pass gut auf dich auf«, sagte sie, als sie ihn umarmte. »Komm bald zurück zu mir«, flüsterte sie, während Bill sie mit feuchten Augen anlächelte. »Und vergiss nicht, wie sehr ich dich liebe.«

»Sei stark, Isabelle ... Ich liebe dich auch.« Nach diesem letzten Abschiedsgruß riss Isabelle sich von ihm los und ging mit entschlossenen Schritten zur Tür. Dort blieb sie stehen, um ihm einen letzten Blick zuzuwerfen, und verließ dann mit einem Lächeln im tränenüberströmten Gesicht das Zimmer.

Sie bedankte sich bei den Schwestern und verabschiedete sich von den beiden Ärzten, die eigens gekommen waren. Die Schwester, die sie nach Hause begleiten sollte, hielt sich dicht neben ihr, für den Fall, dass Isabelle stürzte. Gemeinsam gingen sie zum Aufzug. Doch die ganze Zeit wäre sie am liebsten in Bills Zimmer zurückgerannt. Sie wünschte sich nichts sehnlicher, als die Uhr zurückdrehen zu können, falls nötig bis zu ihrer Zeit im Koma, nur um bei ihm bleiben zu können. Gebeugten Hauptes betrat sie den Lift, und alle sahen ihre Tränen, als sie noch einmal winkte, ehe sich die Tür schloss.

Nachdem Isabelle gegangen war, betrat niemand Bills Zimmer, man wollte ihm nach dem Abschied seine Ruhe lassen. Keiner sah, wie er weinte und die Decke anstarrte. Ein Lauscher an der Tür hätte hin und wieder ein Schluchzen hören können. Es war der Laut sinkender Hoffnung und verlorener Träume, das Schluchzen eines Mannes, der wusste, dass er die geliebte Frau nie wieder sehen würde. Und als die Schwestern Stunden später schließlich kamen, um nach ihm zu sehen, hatte er sich in den Schlaf geweint.

Kapitel 12

Das Flugzeug, in dem Gordons Sekretärin für Isabelle einen Platz gebucht hatte, landete kurz nach zwei Uhr mittags am Flughafen Charles de Gaulle. Isabelle hatte kein Gepäck, nur eine kleine Tragtasche mit ihrem Waschzeug und ein paar Büchern sowie einigen Fotos von den Kindern und von Bill. Das waren die einzigen persönlichen Besitztümer aus ihrer Zeit im Krankenhaus. Mit einem Blick auf ihren Ausweis winkte der Zollbeamte sie durch. Keiner war da, um sie abzuholen. Gordon war nicht gekommen und offenbar hatte er auch Sophie nicht darüber informiert, mit welchem Flug ihre Mutter kommen würde.

Als sie endlich in dem von Gordon geschickten Wagen saß, stellte sie verblüfft fest, dass sie ziemlich erschöpft war. Sie konnte kaum mehr einen Fuß vor den anderen setzen. Zwar war ihr bewusst, dass dafür zum Teil auch ihre Gefühlslage verantwortlich war, doch die Welt draußen stellte Anforderungen an sie, an die sie sich erst wieder gewöhnen musste. Zum Glück hatte die Schwester einen Rollstuhl besorgt, mit dem sie Isabelle durch den Flughafen fuhr. Währenddessen konnte Isabelle ungestört an Bill denken. Nach der Landung hatte sie versucht ihn anzurufen, aber die Schwestern erklärten, er schlafe gerade, und sie wollte nicht, dass man ihn weckte. Sie hatte ihm ohnehin nur sagen wollen, dass sie ihn liebe und es ohne ihn kaum aushalte. Schon hatte sie Sehnsucht nach ihm und war doch erst ein paar Stunden weg. Aber die Freude, ihre Kinder zu sehen, würde den Abschiedsschmerz sicherlich überdecken, wenn sie erst einmal zu Hause war.

Die Krankenschwester sprach nicht viel auf dem Flug nach Paris. Das Krankenhaus in London hatte sie engagiert; sie übte ihren Beruf selbstständig aus und würde bereits um sechs Uhr abends wieder zurückfliegen. Ihre einzige Aufgabe war, während des Fluges auf Isabelle aufzupassen. Bill war darüber erfreut gewesen, nachdem Gordon sie nicht selbst abholen konnte. Sollte Isabelle schwindelig werden, sie stürzen, Angst bekommen oder sich nicht zurechtfinden, war es besser für sie, wenn sie nicht allein war. Schließlich hatte sie eine lange Zeit der Krankheit hinter sich und einen heftigen Schock erlitten. Die Krankenschwester hatte ihr ein paar nüchterne Fragen zum Unfall gestellt – das Krankenblatt hatte sie ohnehin gelesen –, dann schwieg sie. Im Flugzeug hatte sie sich in einem Buch vergraben.

Während der Fahrt in die Stadt fühlte Isabelle sich seltsam niedergeschlagen. Das Wiedersehen mit Paris hatte für sie nichts Aufregendes, sogar der Anblick des Eiffelturms ließ sie kalt. Sie wäre viel lieber auf der anderen Seite des Ärmelkanals gewesen, bei Bill im Krankenhaus. Als sie die Stadt erreichten und auf das linke Seine-Ufer fuhren, zwang sie sich, ihre Gedanken auf Teddy und Sophie zu richten. Und als der Wagen in die Rue de Grenelle einbog, wurde sie dann plötzlich doch sehr aufgeregt. Jetzt dachte sie an ihre Kinder, konnte es kaum erwarten, sie wieder zu sehen, wenngleich sie noch immer von ihrer überwältigenden Trauer und Sehnsucht nach Bill erfüllt war.

Die riesigen Bronzetüren zum Innenhof standen zu ihrem Empfang offen. Der Portier hielt bereits Ausschau nach dem Wagen, und als sie auf den Hof fuhren, richtete Isabelle ihren Blick aufs Haus. Niemand war zu sehen, doch dies wunderte sie nicht. Die Zimmer der Kinder lagen wie ihr eigenes Schlafzimmer zum Garten hin, und mit Gordon rechnete sie um diese Uhrzeit ohnehin nicht. Er hatte ihr gesagt, er werde wie immer um sechs Uhr zu Hause sein, er habe im Büro einen harten Arbeitstag. Er bewies mehr Macht, indem er nicht da war, als wenn er sie in London oder am Flughafen in Paris abgeholt hätte. Auf diese Weise zeigte er ihr, dass sie ihn nicht unter Kontrolle hatte und nie haben würde. Als sie aus dem Wagen stieg, kam niemand, um sie zu begrüßen.

Der Portier verbeugte sich und tippte sich schweigend an die Kappe und sie nickte ihm zu. Der Fahrer wendete den Wagen, während die Krankenschwester Isabelle über die kurze Treppe hoch zum Haus folgte.

Isabelle klingelte. Es dauerte eine Weile, dann öffnete Josephine, die Haushälterin. Sie sah Isabelle an, brach in Tränen aus und schloss sie in die Arme.

»O Madame …« Sie hatte gedacht, Isabelle würde sterben, und freute sich nun aus ganzem Herzen, sie wiederzusehen. Josephine war die ganzen Ehejahre über an Isabelles Seite gewesen. Und als Isabelle sie nun mit einem Lächeln drückte, tupfte sie sich die Augen trocken.

»Wie schön, Sie zu sehen, Josephine«, begrüßte Isabelle sie und sah sich in der vertrauten Diele um. Alles sah ganz anders aus als in ihrer Erinnerung. Größer, dunkler, irgendwie bedrückender. Seltsam, welche Streiche einem der Geist spielte, aber das Haus kam ihr nicht mehr wie früher gemütlich vor, es wirkte fremd, als hätte sie das falsche Gebäude betreten. Isabelle fragte sich, ob dieses Gefühl wohl auf ihren Unfall und ihre Kopfverletzung zurückzuführen war. Sie war so lange weg gewesen. Seit sie es verlassen hatte, waren aus den zwei Tagen, die sie im Juni in London hatte verbringen wollen, über zwei Monate geworden. Es war so viel passiert, und es war so seltsam, wieder zu Hause zu sein. Sie hatte das Gefühl, nicht mehr hierher zu gehören. Eigentlich wollte sie nicht mehr in diesem Haus leben. Was sie hier noch hielt, waren ihre Kinder.

Sie bedankte sich bei der Schwester für die Begleitung und überließ sie der Obhut Josephines. Langsam stieg sie die Treppe hoch, um die Kinder zu begrüßen. Zwischendurch musste sie immer wieder innehalten und Atem schöpfen, und vom Treppenabsatz aus hörte sie Stimmen. Einen Augenblick lang verblasste alles um sie herum, nur die Stimme ihres Sohnes drang zu ihr durch. Sie konnte ihn mit jemandem sprechen hören. Auf leisen Sohlen ging sie zu seinem Zimmer und öffnete die Tür.

Weil Teddy im Bett lag und sich mit seiner Lieblingspflegerin Marthe unterhielt, sah er sie zunächst gar nicht. Isabelle hörte aber bereits am Klang seiner Stimme, wie müde und kränklich er war. Ohne weitere Vorwarnung trat sie ins Zimmer.

Einen Augenblick lang sah er sie nur an, schien gar nicht zu begreifen, was passiert war. Dann machte er im Bett eine Art Freudensprung, ließ sich so schnell wie möglich über die Bettkante gleiten und eilte auf sie zu. Er umarmte sie so stürmisch, dass er sie fast umgeworfen hätte.

»Mama!! Du bist wieder da!!« Er umarmte und drückte und küsste sie, und Isabelle fürchtete schon, sie würden beide fallen, als die Pflegerin ihn ermahnte, ein wenig sanfter zu sein. Ihn einfach so zu halten, ihn zu spüren und zu berühren und den frischen Duft seines Haars zu riechen trieb ihr die Tränen in die Augen.

»O mein Gott, ich habe dich so vermisst … ich kann es gar nicht glauben … Ich liebe dich, Teddy.« Wie eine Hundemutter von ihrem Welpen ließ sie sich herzen und liebkosen, an ihr ziehen und zerren. Nichts hätte ihr deutlicher machen können, wie sehr sie ihn vermisst hatte, das wurde ihr schlagartig klar. Doch als sie sich ihm ein wenig entzog und sich auf sein Bett setzte, sah sie, wie blass er war. Er war dünner geworden und sah viel zerbrechlicher aus als damals im Juni, und sobald er sich neben sie setzte, fing er zu husten an. Sie sah ihm an, wie schwer es ihm fiel, den Husten zu unterbrechen und Luft zu holen.

Isabelle warf einen Blick auf die Pflegerin, der die Tränen über die Wangen liefen. Das umfangreiche Sortiment an Tabletten und Hustensäften neben Teddys Bett verriet Isabelle, wie es um seinen Gesundheitszustand stand. Als sie ihn damals verlassen hatte, war es ihm so gut gegangen. Doch die vergangenen zwei Monate hatten ihm schwer zugesetzt.

»Was machst du um diese Zeit im Bett?«, fragte sie ihn besorgt. Doch er lächelte sie nur glücklich an, kroch ins Bett zurück und kuschelte sich in die Kissen.

»Der Arzt will mich nicht aufstehen lassen«, erklärte er in abwehrendem Tonfall, als sei die ganze Angelegenheit völlig unwichtig. Jetzt, da sie wieder zu Hause war, kümmerte es ihn nicht, wie krank er war. »Ich habe ihm gesagt, wie dumm das ist. Gestern wollte ich in den Garten, aber Sophie hat es mir nicht erlaubt. Sie ist noch alberner als du, sie macht sich unentwegt Sorgen. Bei ihr darf ich überhaupt nichts tun.«

»Klingt aber sehr vernünftig«, widersprach ihm seine Mutter. Dann strahlte sie ihn an. »Sophie scheint sich ja während meiner Abwesenheit prächtig um dich gekümmert zu haben.«

Nun erkundigte sich Teddy mit sorgenvollem Blick: »Geht es dir gut?« Sein Husten hatte aufgehört, doch als sie ihn näher betrachtete, bemerkte sie, dass seine Hände zitterten. Vermutlich war eines seiner Medikamente die Ursache dafür. Schon einmal hatte eine der Arzneien, die er für seine Atmung bekam, ein solches Zittern bei ihm ausgelöst. Isabelle mochte diese Mittel nicht, weil sie sein Herz zu sehr belasteten. Sophie hatte davon wohl nichts gewusst. Isabelle war dennoch überzeugt, dass sie ihre Sache sehr gut gemacht hatte. »Papa hat gesagt, dass du im Koma gelegen hast, dann aufgewacht bist und dass es dir jetzt wieder gut geht.«

»So in etwa. Ganz so schnell ging es leider nicht. Aber jetzt geht es mir gut.«

»Wie war das im Koma? War das schön?«, fragte er sie mit einer seltsamen Wehmut im Blick. »Erinnerst du dich daran?«

»Nein. Ich erinnere mich nur noch an einen Traum, den ich dort hatte. Du bist auch darin vorgekommen. Da war ein ganz helles Licht, auf das ich zuging, aber du hast mich zurückgerufen, also kam ich zurück.« Es war der gleiche Traum, den auch Bill gehabt hatte und über den sie so viele Male gesprochen hatten. Beim Gedanken daran traf die Sehnsucht nach Bill Isabelle wie ein Schlag. Sie wünschte sich, er könnte Teddy sehen. Sie hatte so viel von ihrem Sohn erzählt und fand es ungerecht, dass Bill ihn nicht kennen lernen konnte. Vielleicht würde es ja eines Tages möglich sein?

»Hast du dir sehr wehgetan?« Teddy war sehr besorgt um seine Mutter. Wie er so im Schneidersitz auf dem Bett saß, das Gesicht gerahmt von weichen Locken, erinnerte er an den kleinen Prinzen von Saint-Exupéry. Er wirkte sehr viel jünger als er war. Mit seinen vierzehn Jahren hatte er noch keine Schule besucht, kaum das Haus verlassen und noch nie einen Freund gehabt. Sein Umfeld bestand aus Sophie und seinen Eltern. Doch auf Isabelle hatte er immer am meisten gebaut.

»Es hat nur am Anfang wehgetan. Danach musste ich mich einfach viel ausruhen, verschiedene Untersuchungen über mich ergehen lassen, meine Medizin nehmen und mich gut erholen, bis ich wieder zu dir nach Hause kommen konnte.«

»Ich habe dich vermisst«, sagte er schlicht. Seine Worte konnten auch nicht ansatzweise ausdrücken, wie sehr er sich nach ihr gesehnt hatte und wie groß seine Angst gewesen war, sie werde nie mehr zurückkommen.

»Ich habe dich auch vermisst.« Von seinem Bett aus ließ sie das Zimmer auf sich wirken. In diesem Raum fühlte sie sich wohl, weitaus wohler als in der Eingangshalle oder vermutlich auch in ihrem eigenen Zimmer. Hier war der Ort, an dem sie die meiste Zeit verbrachte, wenn sie zu Hause war. »Wo ist Sophie?«

»Sie musste Einkäufe erledigen. Nächste Woche fängt die Uni wieder an. Gut, dass du wieder da bist. Papa ist die ganze Zeit über weg gewesen, Sophie hat sich schrecklich darüber aufgeregt.«

»Dann werden du und ich jetzt viel miteinander lesen und ein paar wunderbare Puzzles machen. Wenn alle anderen so geschäftig sind, haben wir beide doch mehr Zeit für uns, nicht wahr?« Sie ging nicht auf Teddys Bemerkung ein, fragte sich aber doch, wo Gordon gewesen sein mochte. Natürlich war es auch möglich, dass Teddys Wahrnehmung nicht ganz den Tatsachen entsprach und Gordon gar nicht so oft außer Haus gewesen war, wie der Junge behauptete.

Sie redeten, lachten und umarmten sich immer wieder. Da kam Sophie mit einem Stapel Zeitschriften für Teddy ins Zimmer. Sie stieß einen kleinen Schrei aus, als sie die Mutter neben ihrem Bruder auf dem Bett liegen sah.

»Mama!« Sie rannte auf Isabelle zu, um sich auf sie zu stürzen, hatte dann aber plötzlich Sorge, sie zu verletzen. Wie Teddy machte auch ihre Mutter einen sehr zerbrechlichen Eindruck. »Du siehst so dünn aus!«

»Das Essen im Krankenhaus war schrecklich.« Isabelle lächelte sie an. Sie erzählte ihr nicht, dass Bill mehrmals Gourmetmenüs ins Krankenhaus bestellt hatte. Doch sie hatte nie Hunger gehabt, und bis jetzt hatte sie kaum Appetit.

»Wie fühlst du dich denn?«, erkundigte sich Sophie besorgt. Während ihre Mutter im Krankenhaus war, hatte sie die Fürsorge für die Familie übernommen.

»Jetzt, da ich euch beide wieder um mich habe, geht es mir ausgezeichnet.« Isabelle strahlte und die beiden Kinder sahen glücklich aus. Sie blieb noch eine Stunde, ehe sie sich in ihr Zimmer zurückzog, um sich eine Weile auszuruhen. Nun war sie vollkommen erschöpft. Teddys Pflegerin Marthe versprach, sich um Teddy zu kümmern.

Isabelle legte sich aufs Bett, streifte ihre Schuhe ab und sah sich um. Der ganze Raum war mit blasser, zart geblümter Seide tapeziert. Vor einem elfenbeinfarbenen Hintergrund hoben sich rosa und weiße und lavendelfarbene Blüten ab. Die Möbel im Zimmer waren alle im Louis-quinze-Stil. Eigentlich war Isabelle durchaus froh, wieder hier zu sein, und nachdem sie nun ihre Kinder gesehen hatte, war ihre Welt auch fast wieder in Ordnung, hätte da nicht ein Stück von ihr gefehlt. Es war eine überwältigende Erfahrung, wie sehr sie Bill vermisste. Wenn sie an ihn dachte, empfand sie beinahe Panik. Sie waren beim Abschied beide so tapfer gewesen, doch sie wusste nicht, wann sie ihn wieder sehen würde. Lange Zeit jedenfalls nicht, wenn überhaupt jemals. Sie sehnte sich danach, seine Stimme zu hören, sein Lächeln zu spüren oder seine Hand zu berühren. Und sie fühlte sich seltsam allein in diesem Haus, das sie mit ihren Kindern bewohnte und mit dem Ehemann, der für sie schon so lange ein Fremder war.

Eigentlich wollte sie sich nur ein paar Minuten ausruhen, doch sie schlief ein und wurde erst wieder wach, als Sophie hereinkam und sie sanft an der Schulter berührte.

»Alles in Ordnung, Mama?« Ihre Tochter war in diesem Sommer viel zu schnell erwachsen geworden, schien von der Kindheit einen riesigen Sprung in die volle Verantwortung des Erwachsenendaseins getan zu haben. Wenn man sie reden hörte, konnte man fast glauben, sie habe nun die Elternrolle übernommen. Isabelle drehte sich auf den Rücken und sah lächelnd zu ihr auf. Unausgesprochen spürte sie eine neue Art von Nähe zwischen ihnen.

»Es geht mir gut, Liebes. Ich muss weggedöst sein. Ich bin einfach ein wenig müde.«

»Du darfst dich von Teddy nicht aufreiben lassen. Er ist so glücklich, dich wieder hier zu haben, und benimmt sich wie ein großes Hündchen. Er hat in den letzten Tagen wieder Fieber gehabt«, erklärte Sophie voller Besorgnis.

»Er ist so dünn«, bestätigte Isabelle und klopfte auf das Bett, damit Sophie sich neben sie setzte.

»Du aber auch«, meinte Sophie und sah ihre Mutter eindringlich an. Etwas an ihr war ganz anders als früher, als wäre in der Zwischenzeit etwas Einschneidendes mit ihr passiert, das über die Unfallverletzungen hinausging.

»Du hast dich ganz großartig um Teddy gekümmert«, lobte Isabelle sie. Besser als jeder andere wusste sie, wie anstrengend es war, für ein so krankes Kind wie Teddy da zu sein. Er war ein lieber Kerl und dankbar für alles, was man ihm Gutes tat, doch seine Bedürfnisse waren enorm. Man musste ständig um ihn sein, auf ihn aufpassen und ihn beobachten. Es war ein Leben in ständiger Wachsamkeit, das dem, der ihn umsorgte, buchstäblich keine Ruhe ließ. »Es tut mir Leid, dass es mit dem Heimkommen so lange gedauert hat«, entschuldigte sich Isabelle.

»Ich bin einfach nur froh, dass du am Leben bist«, sagte Sophie mit einem müden Lächeln.

»Du musst jetzt ausspannen. Ich werde Teddy morgen Gesellschaft leisten. Du sollst noch ein wenig Spaß haben, ehe du wieder zur Uni musst.« Und als Sophie daraufhin Isabelle anlächelte, sah sie wieder wie ein Mädchen aus. Sie wollte vor ihrer Mutter nicht klagen oder jammern, wie schwer es gewesen war und wie einsam sie sich gefühlt hatte. Bis auf ihre Freunde, mit denen sie regelmäßig telefonierte, hatte sie sich niemandem anvertrauen können, keiner hatte ihre Sorgen geteilt. Anfangs kamen ihre Freunde sogar hin und wieder zu Besuch, doch nach ein paar Wochen waren sie es leid, dass Sophie so angebunden war. Außerdem waren die meisten ohnehin den Sommer über verreist. Für Sophie waren es lange und schwere zwei Monate gewesen, die sie ohne jede Unterstützung von Seiten ihres Vaters durchgestanden hatte. Allem Anschein nach interessierte Teddy ihn überhaupt nicht. Er lebte sein Leben und nahm auf die Krankheit seiner Frau und seinen behinderten Sohn keine Rücksicht. Nur ganzen selten hatte er in der ganzen Zeit einmal das Wort an Sophie gerichtet, und sie hatte sich oft weniger wie seine Tochter denn wie eine ausgebeutete Angestellte gefühlt.

Isabelle stand auf, wusch sich das Gesicht und kämmte sich die Haare. Sie überlegte, Bill anzurufen, stellte dann aber fest, dass dazu keine Zeit mehr blieb, bis Gordon um sechs Uhr nach Hause kam. Wie sich herausstellte, kam er erst um sieben. Isabelle war bei Teddy und las ihm eine Geschichte vor, als sie eine große, dunkle Gestalt vorbeigehen sah – Gordon. Bestimmt hatte er ihre Stimme erkannt, doch er ging einfach weiter, ohne stehen zu bleiben, ins Zimmer zu schauen oder sie zu begrüßen.

Isabelle las die Seite zu Ende und legte das Buch nieder. Teddy hatte sein Abendessen eine Stunde zuvor auf einem Tablett ans Bett gebracht bekommen und war müde nach all der Aufregung über das Wiedersehen mit seiner Mutter. Sophie war nach zwei Monaten zum ersten Mal wieder mit Freunden ausgegangen. Nachdem Isabelle Teddy auf die Wange geküsst und versprochen hatte, bald wiederzukommen, trat sie leise hinaus auf den Flur, um ihren Mann zu begrüßen. Sie traf Gordon in seinem Ankleidezimmer beim Telefonieren an. Er schien überrascht, als sie das Zimmer betrat, fast als habe er vergessen, dass sie nach Hause gekommen war. Das konnte natürlich nicht sein, entsprach aber seiner Art. Er machte nie viel Aufhebens, wenn jemand kam oder ging. Wenn er selbst eine Reise antrat, verabschiedete er sich kaum, einen Gruß am Morgen, bevor er ins Büro ging, hielt er für völlig überflüssig, und wenn er wieder nach Hause kam, begab er sich normalerweise erst in seine Zimmer, um sich zu entspannen, ehe er zu Isabelle oder seinen Kindern ging. Das war an diesem Abend auch nicht anders. Er war davon ausgegangen, dass sie sich bei Teddy aufhielt, und wusste deshalb, dass er sie irgendwann ohnehin sehen würde. Auf jeden Fall hatte er keine Eile damit.

»Wie war die Reise?«, fragte er sie mit einem Lächeln. Er machte keinerlei Anstalten, auf sie zuzugehen, und sie blieb zögernd auf der Schwelle stehen.

»Gut.« Es war, als hätte es die letzten beiden Monate überhaupt nicht gegeben. Plötzlich hatte sie das Gefühl, nur zwei Tage verreist gewesen zu sein, denn er wirkte, als wäre er sich der Tatsache, dass sie zwei Monate weggewesen war und unterdessen fast gestorben wäre, überhaupt nicht bewusst zu sein. »Die Schwester war sehr hilfsbereit. Ohne sie hätte ich die Reise kaum geschafft. – Den Kindern scheint es gut zu gehen«, fügte sie dann hinzu. Innerlich ergänzte sie: wenn man davon absah, dass Teddy an Gewicht verloren und Fieber hatte und Sophie in den zwei Monaten um fünf Jahre gealtert war. Aber das wollte er gewiss nicht hören. Für alles, was die Kinder und das Haus betraf, fühlte Gordon sich nicht zuständig.

»Wie geht es dir?« Als Gordon diese Frage stellte, machte er zu Isabelles Überraschung ein besorgtes Gesicht. Sie hatte damit gerechnet, dass er von ihr erwartete, so zu tun, als sei sie nie krank gewesen. Krankheit und kranke Menschen waren ihm so verhasst, dass er es als ein Zeichen von Schwäche ansah, wenn es jemandem nicht gut ging. Wie sie beide wussten, erinnerte ihn jegliche Krankheit qualvoll an seine Mutter.

»Es geht mir gut. Ich bin nur erschöpft. Vermutlich wird es noch eine Weile dauern, ehe ich mich wieder ganz wie früher fühle.« In der nächsten Woche hatte sie einen Termin bei einem Spezialisten, der ihr Herz und ihre Leber untersuchen sollte. Außerdem hatten die Ärzte in London sie ermahnt, bei Kopfschmerzen, auch bei ganz leichten, sofort einen Arzt aufzusuchen. Sie rechneten damit, dass ihre vollständige Genesung mindestens ein Jahr dauern werde.

»Du siehst sehr gut aus«, stellte Gordon freudig fest. Er betonte diese Feststellung, weil es seinen Wünschen entsprach. Aus verschiedenen Gründen hätte er die letzten zwei Monate am liebsten ungeschehen gemacht. Noch immer war er nicht aufgestanden, um Isabelle in den Arm zu nehmen oder zu küssen. Und während sie miteinander sprachen, beugte er sich nicht einmal in ihre Richtung. Bill und er waren so unterschiedliche Charaktere. Isabelle fragte sich wieder, ob Gordon wütend auf sie war. Von der Freundschaft zu Bill wusste er, und Bill hatte ihr erzählt, dass Gordon ihn aus ihrem Zimmer verbannt hatte. Doch nun stellte Gordon keine Fragen und erwähnte Bill mit keinem Wort. Damit war klar, dass Bill Robinson ein absolutes Tabuthema war. Gordon musste sie gar nicht erst warnen, sie verstand es auch so. »Hast du schon zu Abend gegessen?«, erkundigte er sich kühl.

Sie schüttelte den Kopf, wobei ihr leicht schwindelig wurde. Plötzliche Bewegungen mit dem Kopf musste sie vermeiden, wenigstens eine Zeit lang. »Nein, noch nicht. Ich habe auf dich gewartet. Teddy hat schon gegessen und Sophie ist mit Freunden aus.« Gordon runzelte die Stirn.

»Ich bin davon ausgegangen, dass du dich ins Bett legen würdest, sobald du angekommen bist. Das war ein langer Tag für dich, Isabelle, und dein erster Tag draußen. Ich habe heute Abend noch ein Geschäftsessen mit einem wichtigen Kunden aus Bangkok.«

»Das ist schon in Ordnung.« Sie lächelte ihn an. Noch immer stand sie unter der Tür. Gordon bat sie nicht ausdrücklich ins Zimmer, und sie respektierte das. Er hatte nie einen Zweifel daran gelassen, dass ohne Aufforderung niemand seine Räume betreten durfte. Das galt sogar für Isabelle. »Ich werde mir von Josephine ein Tablett hochbringen lassen. Viel Hunger habe ich ohnehin nicht.« Sie wollte nur etwas Suppe und vielleicht Toast mit Eiern.

»Das ist doch eine ausgezeichnete Idee. Wir essen morgen gemeinsam zu Abend.« Früher hätte es sie gar nicht überrascht, dass er nach langer Abwesenheit so gleichgültig reagierte. Doch nachdem sie Bill jetzt so gut kennen gelernt und einen freundlicheren Umgang erfahren hatte, erschreckte sie Gordons distanziertes und kühles Verhalten. Die beiden Männer hätten unterschiedlicher nicht sein können. Gordon erwähnte ihre Krankheit kaum, machte keine Anstalten, ihre Genesung zu feiern, und empfing sie nicht mit Blumen. Als sie nun leise auf den Flur zurücktrat, folgte er ihr nicht. Sie war sich sicher, dass sie ihn an diesem Abend nicht mehr sehen würde. Daher war sie ziemlich überrascht, als er auf seinem Weg nach draußen noch einmal ihr Zimmer betrat. Er trug einen dunkelblauen Anzug, ein weißes Hemd, eine marineblaue Krawatte von Hermès und duftete nach Eau de Cologne. Er sah aus, als ginge er auf eine Dinnerparty, doch sie fragte nicht nach.

»Hast du was gegessen?« Für Gordon war eine solche Frage schon ein Beweis ungewöhnlicher Besorgnis, und Isabelle war gerührt. Dies waren die Zuneigungsbröckchen, mit denen sie sich in der Vergangenheit zufrieden gegeben hatte.

»Ich habe Eier und Suppe gegessen«, antwortete sie höflich, und er nickte.

»Ruh dich aus. Du solltest diese Nacht nicht bei Teddy wachen. Dafür hat er eine Pflegerin.« Sie wäre gern bei Teddy geblieben, wusste aber, dass dies ihre Kräfte im Moment noch überstieg.

»Er schläft schon«, teilte sie Gordon mit. Kurz bevor er zu ihr ins Zimmer gekommen war, hatte sie noch einmal nach Teddy gesehen. Dann hatte sie sich zu Bett begeben.

»Das solltest du auch tun«, sagte er, ohne sich ihrem Bett zu nähern. Berührungen von ihm waren äußerst selten, umarmt oder geküsst hatte er sie schon seit Jahren nicht mehr, und wenn er sich mit ihr im selben Raum befand, hielt er spürbar Abstand zu ihr. Nur in der Öffentlichkeit gab er sich liebevoll. Vor Jahren hatte sie sich noch davon täuschen lassen und geglaubt, er entdecke endlich seine Gefühle für sie, doch wenn sie dann nach Hause kamen, behandelte er sie wieder mit derselben Kälte, sobald sich die Schlafzimmertür geschlossen hatte. Jemandem nah zu sein war für Gordon das Schwerste, ganz im Gegenteil zu Isabelle, die warmherzig, zärtlich und liebevoll war. Gordons Verhalten war Lichtjahre entfernt von der Erfahrung, die sie gerade erst mit Bill gemacht hatte, der sie ständig festhalten und berühren wollte. »Dann bis morgen«, sagte Gordon und zögerte ein wenig. Einen Augenblick lang dachte sie, er werde ins Zimmer und auf sie zutreten, doch dann machte er ohne ein weiteres Wort auf dem Absatz kehrt und ging. So hatte sie sich ihre Ehe nicht erträumt. Doch dieser Gedanke führte zu nichts, eine andere Ehe würde es für sie nicht geben. Nach den Monaten mit Bill blieb ihr nichts anderes übrig, als sich wieder an das Leben mit Gordon zu gewöhnen. Es würde nicht leicht werden.

Kurz nachdem Gordon gegangen war, nahm sie den Hörer auf und wählte die Londoner Nummer. Als die Telefonzentrale des Krankenhauses sich meldete, bat sie, zu Bill durchgestellt zu werden. Als er abnahm, klang er niedergeschlagen, doch sobald er am anderen Ende ihre Stimme hörte, hellte sich seine Stimmung schlagartig auf.

»Ich habe hier gelegen und an dich gedacht«, sagte er voller Freude. »Wie geht's den Kindern?«

»Wunderbar.« Als sie ihn hörte, ging ein Strahlen über ihr Gesicht. Er hörte sich an wie ein liebevoller Ehemann, der sich von einer Reise aus danach erkundigte, wie sie den Tag verbracht habe. »Sie waren so glücklich, mich wieder zu sehen. Die arme Sophie sieht erschöpft aus.«

»Und Teddy?«

»Er ist sehr dünn. Und hat wieder Fieber. Aber heute Abend scheint es ihm ein bisschen besser zu gehen. Ich werde den ganzen morgigen Tag mit ihm verbringen.«

»Übertreib's nicht. Du bist selbst noch nicht auf der Höhe.«

»Ich weiß, Liebster. Und wie war's bei dir?« Für ihn war es ein schrecklicher Tag gewesen, doch das behielt er für sich. Nachdem sie abgereist war, hatte er sich sehr einsam gefühlt. Doch er wusste, er würde sich daran gewöhnen müssen. Es blieben ihnen nur noch ihre Telefongespräche. Wie früher. Doch nach fast zweimonatigem Zusammenleben waren diese Anrufe zu wenig. Beide sehnten sich nach der gemeinsamen Wärme und Nähe.

»Ganz gut«, log er. »Ich habe dich vermisst. Sie versuchen, mich auf meine Entlassung nächste Woche vorzubereiten. Das sieht schon fast nach Rausschmiss aus.« Das Rehazentrum hatte man wegen des besonders rigorosen Programms für ihn ausgewählt. Die Ärzte gaben ihm dort die besten Erfolgschancen. Davon hing seine Zukunft ab – und die Zukunft ihrer Beziehung. Obwohl die Londoner Ärzte pessimistisch schienen, was seine Beine betraf, hatte Bill die Hoffnung noch nicht aufgegeben. Er war sicher, dass man ihm in den Vereinigten Staaten etwas anderes sagen würde. Er hatte großes Vertrauen in die dortige Medizin.

Sie unterhielten sich eine Weile über Isabelles Heimkehr und die Kinder. Bill hatte am Nachmittag einen Anruf von Jane erhalten, sie hatte ihn ein wenig aufgeheitert. Erst am Ende des Gesprächs erkundigte Bill sich nach Gordon.

»Wie hat er sich verhalten?«

»Wie Gordon sich immer verhält. Er ist spät aus dem Büro nach Hause gekommen und ist heute Abend ausgegangen. Was soll's.« Ihr Herz war bei Bill in London, bis auf den Teil, der ihren Kindern gehörte. Für ihren Ehemann blieb da nichts mehr übrig. Außerdem war es zu spät; in all den Jahren war zu viel kaputt gegangen. Selbst wenn sie Bill nie wieder sehen sollte, hätten sie und Gordon keine Chance mehr gehabt. Von ihrer Ehe war nur noch eine leere Hülle übrig geblieben, der Schein einer Gemeinschaft, ohne Substanz.

»Hattest du den Eindruck, dass er wütend ist?« Seit seiner Begegnung mit Gordon machte sich Bill diesbezüglich Sorgen.

»Nein, eigentlich nicht. Aber er würde seine Wut auch nie zeigen. Selbst wenn er innerlich kocht, platzt er erst dann, wenn man gar nicht mehr damit rechnet. So ist er eben. Er spart es sich auf. Die Rache erfolgt immer erst später.« Doch sie erwartete von Gordon keinen Wutausbruch. Er hatte so viel Distanz zu ihr, und das schon seit Jahren. Er war wie immer. Alles war mehr oder weniger so wie früher.

»Ich möchte nur nicht, dass er dich dafür bestraft, dass du während des Unfalls mit mir zusammen warst. Ich weiß, dass er sich darüber schrecklich aufgeregt hat. Aus gutem Grund.« Die Gründe waren inzwischen noch gewichtiger, aber zum Glück ahnte Gordon davon nichts.

»Hast du mit Cynthia gesprochen?«, fragte Isabelle bemüht beiläufig. In London war ihr natürlich aufgefallen, dass seine Frau ihn nie anrief. Bill hatte vom Krankenhaus aus mehrmals mit seinem Anwalt telefoniert und die Scheidung eingereicht, ohne Isabelle davon zu erzählen. »Jane hat mir berichtet, dass sie in South Hampton ist. Ich werde sie sehen, wenn ich in New York im Rehazentrum bin.«

»Das hoffe ich doch.« Isabelle war schockiert über so viel Desinteresse.

Bill versprach, Isabelle am nächsten Tag anzurufen. Sie sagte, sie werde den ganzen Tag zu Hause sein. Solange es nur die eine Stunde Zeitdifferenz zwischen London und Paris zu überwinden galt, war es einfach, einander abzupassen. War er erst wieder daheim in New York, würde es schwieriger werden, aber Isabelle wusste, dass es möglich war – wie früher auch. Bevor Bill auflegte, beteuerte er ihr seine Liebe. Als Isabelle dann in dem Haus, das angeblich ihr Zuhause war, im Bett lag, kam sie sich völlig fehl am Platz vor. Ihr wirkliches Zuhause war bei Bill in London.

Sie hörte Gordon nicht nach Hause kommen, sondern schlief tief und fest in ihrem Zimmer. Doch als sie am nächsten Tag zu Teddy wollte, lief sie ihm über den Weg. Sie hatte länger als sonst geschlafen, und es war fast neun Uhr, als sie aufstand. Sie trug einen Morgenmantel, ihr Gesicht war gewaschen und das Haar gekämmt, als sie Gordon mit seiner Aktentasche den Flur entlangeilen sah. Er wechselte kein Wort mit ihr, winkte nur, als er über die Treppe nach unten rannte. Dabei sprach er in sein Mobiltelefon. Einen Augenblick später hörte sie ihn aus dem Hof fahren.

Isabelle und Teddy verbrachten einen schönen Tag zusammen. Sie lag neben ihm auf dem Bett und las ihm viel vor. Wieder wurden Erinnerungen wach an ihre Zeit mit Bill im Londoner Krankenhaus. Mit Lesen, Gesprächen und Spielen verging der Vormittag. Nach dem Mittagessen machte Teddy einen langen Mittagsschlaf, danach kam der Arzt zu ihm. Er stellte fest, dass es dem Jungen sehr viel besser ging, aber als Isabelle ihn hinaus begleitete, wandte er sich mit einem merkwürdigen Ausdruck im Gesicht an sie.

»Sie wissen doch, dass sein Zustand sich allmählich verschlechtert, Isabelle?« Davor hatte sie Angst gehabt, denn sie hatte sich eingeredet, es sei nur vorübergehend. Doch jetzt war sie wieder zu Hause und sie würde ihre ganze Kraft darauf verwenden, Teddy wieder dahin zu bringen, wo er zwei Monate vorher gewesen war. Und sie hatte die Gewissheit, dass sie es schaffen konnte. Sophie hatte während ihrer Abwesenheit zwar gut für ihn gesorgt, aber natürlich verfügte sie nicht über Isabelles Erfahrung.

»Er sieht blass aus und hat Gewicht verloren, aber heute Morgen scheint es ihm viel besser zu gehen«, sagte sie voller Hoffnung.

»Er ist glücklich. Aber er wird immer schwächer. Seine Herzfunktion hat sich verschlechtert, und seine Lungen arbeiten schon den ganzen Sommer über nicht gut.«

»Was wollen Sie damit sagen, Doktor?« Sie sah ihn sorgenvoll an.

»Dass sein Körper Mühe hat, mit seinem Wachstum Schritt zu halten. Das stellt eine große Herausforderung für sein Herz und seine Lungen dar.«

»Und was halten Sie von einer Transplantation?«, hakte sie nach.

»Eine solche Operation würde er nie überleben.« Aber ohne Organersatz waren Teddys Tage gezählt, das wusste sie. Kaum zu Hause und selbst noch geschwächt, sah sie sich schon wieder mit großen Problemen konfrontiert. Der Arzt forderte sie auf, sich selbst ebenfalls zu schonen. »Ich sähe gerne, dass er zunimmt, und Sie auch, Isabelle.« Er machte sich Sorgen um sie. Ihr Körper hatte einen fürchterlichen Schock erlitten, und man sah es ihr an.

»Ich werde mich bemühen. Wir werden uns beide einer Mastkur unterziehen.« Lächelnd ließ sie die Worte des Arztes auf sich wirken. Es war ein harter Sommer für Teddy gewesen, für sie beide, aber jetzt war sie entschlossen, eine neue Richtung einzuschlagen, und glaubte fest an ihren Erfolg.

»Ich komme in ein, zwei Tagen wieder vorbei. Wenn es Probleme gibt, rufen Sie mich an.«

Doch Isabelles Probleme in den nächsten Tagen hatten nichts mit Teddy zu tun, sondern mit Gordon. Als er am Abend nach Hause kam, zog er ein mürrisches Gesicht, gab aber keine Erklärung dafür. Er ließ sich das Abendessen auf sein Zimmer kommen, während Isabelle unten allein aß. Er redete nicht mit ihr und besuchte sie auch nicht in ihrem Zimmer. Als sie dann nachts wachlag und über sein Verhalten nachdachte, hörte sie ihn weggehen. Sie hatte keine Ahnung, wo er hinwollte, und sah ihn erst am nächsten Morgen wieder. Als sie zum Frühstücken nach unten kam, traf sie ihn dort an. Er saß im Esszimmer, las Zeitung und trank eine Tasse Kaffee. Lange Zeit tat er so, als wäre sie gar nicht im Raum, bis er die Zeitung weglegte und seinen Kaffee austrank. Sie hatte den Eindruck, dass er wütend auf sie war, aber keine Ahnung, womit sie ihn verärgert hatte.

»Hast du was von deinem Freund in London gehört?«, fragte er sie unverblümt. Die Frage traf sie völlig unerwartet. Sie wollte ihn nicht anlügen, ihm aber auch nicht erzählen, dass Bill sie tags zuvor zweimal angerufen hatte.

»Ja, ich habe mit ihm gesprochen«, sagte sie nur. Es überraschte sie, dass er auf einmal auf Bill zu sprechen kam.

»Findest du es nicht ungehörig von ihm, dich hier anzurufen, Isabelle? Das müsste ihm doch eigentlich peinlich sein. Schließlich hätte er dich beinahe getötet.«

»Der Bus hätte uns beide beinahe getötet. Es war nicht sein Fehler.«

»Hättest du dich nicht mit ihm herumgetrieben, wäre das Ganze nicht passiert. Ich kann mir nicht vorstellen, dass es dir gefallen würde, wenn deine Kinder wüssten, dass du mit einem anderen Mann unterwegs gewesen bist, als der Unfall passierte.« Dahinter verbarg sich die unausgesprochene Drohung, es ihnen zu erzählen. Sie verstand die Warnung.

»Nein, das würde mir nicht gefallen. Aber es war nicht so, wie du es darstellst. Wir waren Freunde«, sagte sie ruhig, obwohl ihr Herz heftig klopfte.

»Willst du damit andeuten, dass die Freundschaft vorbei ist?«

»Das habe ich nicht gesagt. Wir haben eine Menge gemeinsam durchgemacht.« Sie sah ihren Mann genau an. Sie wusste, wie rachsüchtig er sein konnte, und wollte keinen Krieg anfangen. Denn den würde er gewinnen, das stand fest. Er gewann immer. Er legte Wert darauf, stets Macht und Kontrolle zu behalten, und würde es nicht dulden, wenn Isabelle ihm in die Quere kam. Sie wollte es nicht auf eine Machtprobe ankommen lassen. »Du hast nichts von ihm zu befürchten, Gordon. Ich bin jetzt zu Hause.«

»Darum geht es nicht. Ich kann dir nur raten, die Verbindung zu ihm abzubrechen, Isabelle. Wenn du mich wütend machst, gehst du ein großes Risiko ein. Das würde ich dir nicht empfehlen.«

»Ich habe nicht die Absicht, dich wütend zu machen. Es tut mir Leid, eine so peinliche Situation herbeigeführt zu haben.« Bei diesen Worten senkte sie den Blick.

»Das nenne ich eine interessante Wortwahl.« Seine Augen bohrten sich in ihre und sandten eine unmissverständliche Warnung aus. »Ich würde behaupten, es ist entschieden ›peinlich‹, dass du einen beinah tödlichen Unfall hattest, während du mich betrogen hast.«

»Ich habe dich nicht betrogen. Ich war zum Essen aus«, sagte sie ruhig.

»Und zum Tanzen. Und du warst um zwei Uhr morgens unterwegs.« Sie fragte ihn nicht, wo er in der vergangenen Nacht gewesen war oder wohin er ging, wenn er spätabends noch das Haus verließ. Sie hatte ihn nie gefragt. Das hätte sie gar nicht gewagt. Schon ganz zu Beginn ihrer Ehe hatte er ihr deutlich zu verstehen gegeben, dass er es war, der die Regeln festlegte und dass er selbst tun und lassen konnte, was er wollte. Von ihr erwartete er, dass sie sich anpasste. Zwischen ihnen bestand das stillschweigende Übereinkommen, dass sie das akzeptierte und weder seine Autorität noch seine Unabhängigkeit in Frage stellte. Hätte sie es dennoch gewagt, wäre ihr die schlimmste Bestrafung sicher gewesen. Das war die Grundlage ihrer Beziehung. Gleichheit war in ihrer Ehe nicht einmal annähernd möglich. Gordon hatte sie ihr nie angeboten oder versprochen und wollte auch jetzt nichts davon wissen. Das hatte sie längst verstanden. Was sie jedoch überraschte, war die Bereitwilligkeit, mit der sie diese Rollenverteilung immer akzeptiert hatte. Auf einmal erkannte sie, dass sie in einer Diktatur lebte, nicht in einer Ehe. »Du bist eine verheiratete Frau«, ermahnte er sie nun, »und ich erwarte von dir, dass du dich auch so verhältst. Hoffentlich hast du deine Lektion gelernt.«

Sie fragte sich, wie diese Lehre wohl aussah. Dass ein Bus sie überfahren würde, falls sie noch einmal mit einem anderen Mann essen ginge? Sie überlegte, was Gordon wohl anstellen würde, wenn er wüsste, dass sie im Krankenhaus mit Bill das Zimmer geteilt hatte. Seine Äußerungen ließen an Eindeutigkeit nichts zu wünschen übrig. Sie hatte sich zu fügen und sich mustergültig zu verhalten. Alles andere würde er bestrafen, mit Schweigen, mit Drohen, mit Zurückweisung, wenn nötig mit Verleumdungen oder vielleicht sogar mit Verbannung, im schlimmsten Fall ohne ihre Kinder. Und wenn er sich von ihr scheiden ließe, hätte sie keine Möglichkeit mehr, sich um Teddy zu kümmern – das Einzige, was ihr wirklich wichtig war.

»Du kannst von Glück sagen, dass ich bereit bin, dir zu verzeihen. Aber sollte ich dahinter kommen, dass du dich nicht erwartungsgemäß benimmst oder er dich hier besucht, wird sich unsere Beziehung für dich äußerst unangenehm gestalten. Und ich würde dir raten, ihm zu sagen, er solle seine Anrufe einstellen.« Aber dazu war Isabelle keinesfalls bereit. Sie hatte nur noch ihre Telefongespräche. Von Gordon hatte sie weder Wärme noch Unterstützung zu erwarten. Er stand vom Tisch auf, nahm seine Aktenmappe und ging aus dem Zimmer. Seine Botschaft war er losgeworden, jetzt brach er auf ins Büro.

Sie blieb eine Weile wie niedergeschmettert am Esstisch sitzen und sammelte ihre Gedanken. Immer wieder hatte sie sich gefragt, ob er sie bestrafen würde, jetzt wusste sie es. Sie war eine Gefangene, auf Bewährung verurteilt. Sollte sie seine Gesetze erneut brechen und er käme dahinter, weiß Gott, was er dann mit ihr anstellte. Er wäre sogar fähig, sich scheiden und ihr das Sorgerecht für Teddy entziehen zu lassen. Das war ihr schlimmster Albtraum. Sie wollte Bill anrufen, traute sich aber nicht. Lieber wartete sie darauf, dass er sich meldete. Das tat er, um die Mittagszeit, nachdem er die vormittägliche Physiotherapie hinter sich gebracht hatte. Er klang müde, doch ganz gut gelaunt, und war glücklich, mit ihr reden zu können.

»Hallo, Schatz, was ist los mit dir?«, fragte er sie mit fröhlicher Stimme, denn er hatte sofort gehört, dass etwas passiert war. »Was ist geschehen? Du hörst dich so beunruhigt an.«

»Nein, mir geht's gut«, log sie zunächst, doch weil er nicht locker ließ, erzählte sie ihm schließlich von dem Wortwechsel, den sie am Morgen mit Gordon gehabt hatte.

»Er will dir nur Angst einjagen und seine Schreckensherrschaft sichern.« Bill war voller Hass auf Gordon. Jetzt wurde ihm auch klar, dass Gordon Isabelle nicht mehr im Krankenhaus besucht hatte, weil er sie auf diese Weise bestrafen und ihr Angst einjagen wollte. Gordon hatte natürlich nicht gewusst, dass sich das für Isabelle und ihn als Segen erwiesen hatte, dass er ihnen damit ein unfreiwilliges Geschenk machte. »Er kann gar nichts machen. Er kann dir Teddy nicht wegnehmen.« Vergeblich versuchte er, Isabelle zu beruhigen. Aber sie war voller Panik.

»Die Gerichte hier sind auf Seiten der Väter«, erklärte sie. »Er könnte die Richter bestimmt davon überzeugen, dass ich eine untaugliche Mutter bin.« Bill war verzweifelt über ihren Kummer. Offenbar war sie schon den ganzen Vormittag über so aufgeregt.

»Wie soll das denn gehen? Soll er dem Gericht erzählen, du seist eine ›untaugliche‹ Mutter, weil du dich vierzehn Jahre lang Tag und Nacht um deinen Sohn gekümmert hast? Sei nicht albern, Liebes. Er versucht doch nur, dich in Angst und Schrecken zu versetzen, und er hat Erfolg damit.« Vielleicht war die Angst unbegründet, doch Gordon war es immer gelungen, sie einzuschüchtern. Er kam ihr so allmächtig und allwissend vor.

»Er ist sehr beeindruckend.« In ihren Augen war er das immer gewesen.

»Mich beeindruckt er überhaupt nicht«, erwiderte Bill wütend. Wie gerne hätte er diesem Mann vorgehalten, wie schlecht er seine Frau behandelte. Gordon Forrester war ein Tyrann. »Versuch einfach, ihn zu ignorieren und kümmere dich um deine Angelegenheiten.«

»Das mache ich ja.«

»Esst ihr heute gemeinsam zu Abend?«

»Ich weiß es nicht. Er sagt es mir nie vorher.«

Es machte Bill wahnsinnig zu hören, wie sie litt, aber ihm waren die Hände gebunden. Am liebsten wäre es ihm gewesen, sie hätte sich von Gordon scheiden lassen, aber das würde sie nie tun. Zu viel stand für sie auf dem Spiel, und sie hatte große Angst vor dem, was Gordon ihr antun würde. Genau darauf baute dieser. Bill versuchte ihr diesen Zusammenhang zu erklären, doch Isabelle war davon überzeugt, dass sie Gordons Gnade vollkommen ausgeliefert war. Sie verfügte über keinerlei eigenes Geld, hatte aber ein schwer krankes Kind, das äußerst kostenintensive medizinische Betreuung brauchte. Bill wurde sehr ärgerlich, als er das hörte. Wie gerne hätte er sie geheiratet und sich um den Jungen gekümmert! Doch jetzt war es zu spät, für den Augenblick jedenfalls: Solange er nicht wusste, ob er mit einer dauerhaften Behinderung leben musste, konnte er sie schließlich nicht fragen, ob sie ihn heiraten wollte. Ihm waren die Hände gebunden. Und Männer wie Gordon fanden immer die richtige Waffe, um sie gegen ihre Opfer einzusetzen. In diesem Fall war es die Angst. Bill fragte sich, wie lange das wohl schon so ging und wie viele Kränkungen und Drohungen sie im Lauf der Jahre hatte einstecken müssen. Jahrelang hatte dieser Mann sie rücksichtslos behandelt, aber mit ihrer Reise nach London und dem Unfall, der ihre Beziehung zu Bill ans Tageslicht brachte, hatte Isabelle selbst die Waffe für ihn geladen.

»Versuch ihm aus dem Weg zu gehen. Und in Zukunft werde ich dich anrufen.« Am besten war es, wenn seine Telefonnummer gar nicht auf den Telefonrechnungen auftauchte. Damit würde sie nur Gordon in die Hände spielen. »Ruf mich nur an, wenn es unbedingt sein muss«, bat Bill sie. »Ich melde mich bei dir.« Als sie ihre Situation überdachte, fühlte sie sich noch einsamer und isolierter. Mehr als Bill ahnte, war sie in Ungnade gefallen, und Gordon wartete nur darauf, sie bezahlen zu lassen. Auf Heller und Pfennig.

Sie unterhielten sich noch eine Weile, dann musste er wieder zur Therapie. Er versprach, sie am Nachmittag noch einmal anzurufen, ehe Gordon aus dem Büro zurückkam.

Aber diesmal überraschte Gordon sie. Ganz gegen seine Gewohnheit kam er früh nach Hause. Es war erst vier Uhr, und er sah aus, als hätte er damit gerechnet, Isabelle bei irgendeinem Verstoß zu ertappen. Doch Bill hatte bereits angerufen. Und sie lag auf Teddys Bett und spielte mit ihm Karten. Teddy war leidenschaftlicher Romméspieler.

Gordon winkte, als er am Zimmer vorbeikam, blieb aber nicht stehen, um sich mit dem Jungen oder mit Isabelle zu unterhalten. Er zeigte genau das gleiche Verhalten, das Sophie den ganzen Sommer über beobachtet hatte. Nach diesen zwei

Monaten sah Sophie ihren Vater mit anderen Augen. Sie fand es widerlich, wie er mit ihr redete und Teddy überging, als wäre er gar nicht vorhanden. In Gordons Augen war der Junge unzulänglich und mit Fehlern behaftet, deshalb nahm er ihn einfach nicht wahr. Sein Sohn hatte seine Aufmerksamkeit nicht verdient, und das verheimlichte er nicht. Folglich hatte Teddy schon seit Jahren keinen Respekt mehr vor seinem Vater und empfand nur wenig Zuneigung. Gordon liebte weder seinen Sohn noch Isabelle, und das schon seit langer Zeit, eine Tatsache, die Sophie erst allmählich begriff. Doch als sie am Nachmittag ihre Mutter besuchte, ehe sie wegging, um den Abend mit Freunden zu verbringen, sprach sie Isabelle darauf an.

»Warum lässt du dich so von ihm behandeln?«, warf Sophie ihr vor. Es wäre ihr lieber gewesen, ihre Mutter würde Gordon die Stirn bieten und sich nicht alles gefallen lassen. Dass Isabelle sich kaum wehrte, ärgerte Sophie. Obwohl sie die ganzen Jahre über mit Isabelle gestritten und gekämpft hatte, war ihre Tochter jetzt ihre stärkste Verbündete.

»Er macht das nicht aus böser Absicht, Liebes. Er ist einfach so.« Isabelle hatte vor den Kindern immer schnell eine passende Entschuldigung zur Hand, egal wie berechtigt die Klagen über Gordon waren. »Er kann seine Gefühle nicht zeigen«, erklärte Isabelle. Doch damit ließ sich Sophie nicht abspeisen. Sie hatte in diesem Sommer viel über ihren Vater erfahren, mehr als ihr lieb war, und dabei sämtliche Illusionen über ihn verloren. Ihre Sympathien galten nun ausschließlich ihrer Mutter. Isabelle war für sie zur Heldin geworden.

»Ich sehe bei ihm nur Gleichgültigkeit, Zurückweisung und Bosheit. Er ist gemein zu dir und um Teddy kümmert er sich überhaupt nicht«, stellte Sophie aufgeregt fest.

»Doch, er kümmert sich, Sophie.« Was Sophie ihr da sagte, beunruhigte Isabelle, obwohl sie wusste, dass sehr viel Wahres daran war.

»Er kümmert sich nur um sich selbst. Ich bin ihm doch auch völlig egal!«

»Er ist sehr stolz auf dich.« Sophie wollte ihrer Mutter nicht widersprechen, doch sie glaubte ihr nicht.

»Das mag ja sein, aber trotzdem hat er nicht das Recht, dich und Teddy so zu behandeln.« Gordon war zu Sophie zwar immer noch ein wenig freundlicher als zu den anderen, doch auch das hatte in letzter Zeit merklich nachgelassen. Nie hatte er sich bedankt, dass sie sich so viel Mühe gab, auf so vieles verzichtete und in Abwesenheit ihrer Mutter den Bruder mit Liebe überschüttete. Sophie sah ihren Vater mittlerweile als den kalten, hartherzigen und rücksichtslosen Mann, der er tatsächlich war. Sein Verhalten hatte ihn im Beruf zwar weit gebracht, aber zu Hause in der Familie gereichte es ihm keineswegs zur Ehre.

»Mach dir deswegen bitte keine Sorgen«, bat Isabelle Sophie eindringlich. »Dein Vater ist trotzdem ein guter Mensch.« Doch schon als sie diese Worte aussprach, wusste sie, dass das nicht stimmte, und Sophie wusste es auch. Er war alles andere als gut, und freundlich erst recht nicht. »Dein Vater und ich haben uns aneinander gewöhnt. Wir wissen, was wir vom gemeinsamen Leben erwarten können und was wir für den anderen empfinden. Es ist nicht so schlimm, wie es von außen betrachtet aussieht.« Aber Sophie wusste genau, dass es einfach noch schlimmer war. Jetzt verstand sie, warum ihre Eltern getrennte Schlafzimmer hatten, und sie hatte selbst erlebt, dass ihr Vater nur selten zu Hause war. Während Isabelle in London im Krankenhaus lag, war er fast jeden Abend unterwegs gewesen, und mehr als einmal hatte sie entdeckt, dass er auch die Nacht über nicht nach Hause gekommen war. Davon erzählte sie ihrer Mutter nichts, um sie nicht zu verletzen. Sophie nahm nicht an, dass Gordon eine Freundin hatte. Er war nicht der Typ dazu. Aber sie hatte keine Ahnung, wohin er ging. Nie hinterließ er eine Telefonnummer, unter der man ihn erreichen konnte. »Es ist alles in Ordnung«, wiederholte Isabelle, doch ihre Tochter überzeugte sie damit nicht.

»War er denn immer so?« Auch nach längerem Nachdenken – wozu Sophie in den vergangenen beiden Monaten reichlich Zeit gehabt hatte – tauchten in ihrer Erinnerung keine Bilder auf, die gezeigt hätten, dass ihr Vater ihre Mutter einmal anders behandelt hatte. Hatte sie eigentlich jemals erlebt, dass ihre Eltern voll Wärme und Zuneigung miteinander umgingen? Sie konnte sich nicht entsinnen, dass ihr Vater ihrer Mutter je einen Kuss gegeben oder sie in den Arm genommen hätte. Und seit Teddy auf der Welt war, hatten die Eltern getrennte Zimmer. Zur Erklärung hatte ihre Mutter damals angeführt, sie könne sich so besser um Teddy kümmern, ohne den Vater zu stören. Jetzt wusste Sophie, dass noch viel mehr dahinter steckte. Es war ihr unbegreiflich, dass sie nicht schon eher etwas davon gemerkt hatte. Seit ihrer frühesten Kindheit hatte sie den Vater ihrer Mutter vorgezogen, jetzt hatte sie deswegen Schuldgefühle. In Isabelles langer Abwesenheit hatte sie viel gelernt und war sehr erwachsen geworden. Dass sie ihre Mutter bei dem Unfall beinahe verloren hätte, machte sie ihr nur umso lieber. »War er denn anders, als ihr geheiratet habt?« Sophie sah ihre Mutter traurig und voller Zärtlichkeit an.

»Als wir geheiratet haben, war er mein großer Beschützer«, erwiderte Isabelle offen. »Er war so stark und so entschlossen, dass ich dieses Verhalten mit Liebe verwechselte. Ich war sehr jung. Und als du geboren wurdest, war er ganz wunderbar. Er war so glücklich.« Sie erzählte Sophie nicht, dass Gordon lieber einen Jungen gehabt hätte. Danach hatte sie eine Fehlgeburt, und dann kam vier Jahre nach Sophie endlich Teddy zur Welt. Danach war alles bitter geworden. Gordon machte ihr Vorwürfe wegen Teddys Frühgeburt und ließ sich nicht davon abbringen, dass Isabelle diese durch irgendein Fehlverhalten während der Schwangerschaft hervorgerufen hatte. Seiner Ansicht nach war sie an allem schuld.

Von Anfang an hatte Gordon sich von dem kränkelnden Baby losgesagt. Und nur wenige Monate später hatte er sich von Isabelle entfernt. Sie hätte in dieser harten Zeit seine Unterstützung und seine Liebe gebraucht. Während der ersten zwei Lebensjahre hatten sie mehr als einmal um Teddys Leben bangen müssen. Er war so winzig, so zart und so gefährdet, aber Gordon gab Isabelle immer wieder zu verstehen, es sei alles ihre eigene Schuld. Ständig behauptete er, sie sei unzulänglich und unfähig, sie mache alles falsch. Damit höhlte er Isabelles Selbstwertgefühl aus und nahm ihr den Glauben, als Mutter, als Frau, als seine Ehefrau etwas wert zu sein. Als Teddy dann zwei Jahre war, hatte er sie endgültig aus seinem

Leben ausgeschlossen. Wirklich verstanden hatte sie das nie, aber irgendwie war sie zu der Überzeugung gelangt, es müsse an ihr liegen. Selbst jetzt empfand sie das noch manchmal so. Sie wurde das Gefühl nicht los, Gordon würde sie noch lieben und zwischen ihnen wäre alles gut, wenn sie sich nur richtig verhalten hätte. Genau wie er ihr am Morgen ihr Verhalten und den Unfall in London vorgeworfen hatte, machte er ihr ständig Vorwürfe, und bereitwillig nahm sie stets die Schuld auf sich. Wenn dies auch, dank Bill, in letzter Zeit nachgelassen hatte. Sie wusste, dass es nicht in Ordnung gewesen war, sich heimlich mit Bill in London zu treffen, aber ansonsten war sie sich bis zu diesem Zeitpunkt keiner Verfehlung bewusst. Es sollte ein harmloses Treffen werden, und Isabelle hatte Bill nie im Unklaren darüber gelassen, dass sie ihre Ehe achtete. Erst im Krankenhaus, nach dem Unfall, war alles anders geworden. Sie liebte Bill jetzt so sehr, dass sie bereitwillig die Schuld auf sich nahm, allein, um ihn nicht aufgeben zu müssen.

»Ich weiß nicht, warum du ihn überhaupt geheiratet hast, Mama«, sagte Sophie. Neben vielem anderen hatte sie in diesem Sommer entdeckt, dass die Gemeinheit ihres Vaters manchmal schon an Grausamkeit grenzte. Dafür verachtete sie ihn.

»Ich habe ihn geheiratet, weil ich ihn liebte.« Isabelle lächelte traurig. »Ich war einundzwanzig und glaubte an ein wunderbares gemeinsames Leben. Er sah gut aus, war klug und erfolgreich. Für meinen Vater war er ein Geschenk des Himmels. Er hat ihn mir als den perfekten Ehemann angepriesen, und ich habe ihm geglaubt. Dein Vater hat großen Eindruck auf ihn gemacht. Er war ein sehr vielseitiger Mann.« Mit seinen achtunddreißig Jahren war Gordon bereits Direktor einer Bank. Andererseits hatten ihm Isabelles familiäre Beziehungen zum Königshaus und zur besseren Gesellschaft imponiert. In der Anfangszeit ihrer Ehe war sie ihm außerdem nützlich gewesen. Durch ihre Eltern hatte sie Freunde, die ihm weiterhelfen konnten. Doch als er dann eine eigene gesellschaftliche Stellung hatte, stieß er Isabelle weg. Es wurde ihm unmöglich, ihr Zuneigung oder Liebe zu zeigen. Sein anfänglicher Charme war schnell in Grausamkeit umgeschlagen, alles in ihrer Ehe drehte sich nur noch um ihn, als existiere sie nicht oder nur, um ihm zu dienen.

Nachdem Isabelles Vater gestorben war, wurde ihre Ehe endgültig zum Albtraum, was Isabelle aber nie zugegeben hätte. Sie schämte sich viel zu sehr, denn Gordon war es inzwischen gelungen, sie zu überzeugen, dass das allein ihre Schuld war. Seit jener Zeit widmete sie ihre ganze Liebe Sophie und Teddy. Wenigstens das glaubte sie richtig gemacht zu haben. Ganz im Gegensatz zu Gordon schien Bill allerdings der Meinung zu sein, dass sie gar keine Fehler gemacht hatte. Noch immer konnte sie kaum begreifen, wie zwei Männer sie so völlig unterschiedlich sehen konnten. Aber mittlerweile war Bill derjenige, dem sie vertraute und dessen Ansichten sie respektierte. Auch wenn sie sich dafür entschieden hatte, bei Gordon zu bleiben und das Beste daraus zu machen.

Das Abendessen nahmen Gordon und Isabelle gemeinsam im Esszimmer ein. Nach ihrem Wortwechsel am Morgen schwiegen jetzt beide. Isabelle wollte Gordons Zorn nicht schüren, der noch immer dicht unter der Oberfläche zu brodeln schien. Auch ohne Worte machte er deutlich, dass er ein Gespräch mit ihr als Zumutung empfände, da es ihn nicht interessiere. Sie unterhielten sich ohnehin nur noch über die Kinder, und das langweilte ihn. Während des Essens und beim Kaffee sagte Isabelle kein Wort, dann ging sie hinauf in Teddys Zimmer. Gordon verbarrikadierte sich wie üblich in seinen Räumen. Als er das Esszimmer verließ, sagte er nur, er habe zu arbeiten. Im Bett dachte Isabelle über all das nach, was Sophie gesagt hatte. Ihre Tochter war ein kluges, scharfsichtiges Mädchen. Das Verhalten ihres Vaters widerte sie an, doch zugleich ärgerte sie sich über die Reaktion ihrer Mutter. Sie hätte sich gewünscht, dass Isabelle ihm die Stirn bot, doch stattdessen verteidigte die Mutter ihn, egal was er ihr antat. Das machte Sophie traurig und wütend.

Isabelle hatte nicht gehört, dass Gordon in der Nacht noch das Haus verließ, doch als sie ihn am nächsten Morgen wegen eines wichtigen Anrufs aus New York suchte, entdeckte sie, dass sein Bett unberührt geblieben war. Sie hatte keine Ahnung, wo er die Nacht verbracht hatte, konnte auch niemanden im

Haus danach fragen. Die Entdeckung machte sie stutzig. Hatte er das womöglich schon öfter getan? Es war ihr bisher nie aufgefallen. Aber von jetzt an würde sie die Augen offen halten. Sie sagte keinem etwas davon und verwies die Anrufer aus New York an sein Büro. Gern hätte sie ihn selbst angerufen und gefragt, wo er gewesen sei, doch so weit würde sie sich nicht erniedrigen. Stattdessen tat sie, was Bill ihr geraten hatte: Sie kümmerte sich um ihre eigenen Dinge, sorgte für Teddy und wartete darauf, dass Gordon am Abend nach Hause kam. Als er kam, fragte sie ihn nicht. Konfrontation war nicht ihre Art, und Gordons Zurückweisungen trafen sie nicht mehr. Sie hatte Bill und die gemeinsame Liebe. Nach dem Abendessen ging sie gleich zu Bett, und als sie schon lange schlief, verließ Gordon das Haus. Vorsichtig und lautlos, damit keiner ihn hörte, zog er die Tür hinter sich zu.

Kapitel 13

Fünf Tage nach Isabelle verließ auch Bill das Londoner Krankenhaus. In den Tagen, die er dort noch ohne sie verbrachte, war er unendlich niedergeschlagen gewesen. Ohne Isabelle fühlte er sich sehr einsam – doch daran würde er sich gewöhnen müssen. Jetzt galt es für ihn den Mount Everest zu besteigen. Die Therapeuten hatten festgelegt, welches Trainingsprogramm er im kommenden Jahr zu absolvieren hatte. Als sie es ihm vorlegten, warnten sie ihn aber davor, seine Erwartungen zu hoch anzusetzen. Ihrer Einschätzung nach käme es einem Wunder gleich, wenn er seine Beine je wieder gebrauchen könnte. Zwar bewunderten sie seine Entschlossenheit, wollten ihm aber eine allzu große Ernüchterung ersparen, falls er schließlich doch nur mit Schienen und auf Krücken stehen könnte und die meiste Zeit auf den Rollstuhl angewiesen sein würde. Eigentlich waren sie sich fast sicher, dass es so kommen würde. Angesichts der Schwere seiner Rückgratverletzung war es ihrer Ansicht nach schon ein ganz außergewöhnliches Phänomen, dass er überhaupt Empfindungen darin hatte. Doch sie klärten ihn darüber auf, dass zwischen der Tatsache, in den Beinen ein Gefühl zu haben, und der Fähigkeit, wieder richtig laufen zu können, ein himmelweiter Unterschied bestand.

Als Bill sich verabschiedete, umarmten ihn sämtliche Schwestern unter Tränen. Sie hatten sich alle in ihn verliebt und bewunderten seine tiefe Zuneigung zu Isabelle. Dass die beiden ihren Unfall überlebt hatten, empfanden alle als eins der größten Geschenke des Lebens. Und alle hatten neuen Glauben und neue Hoffnung daraus geschöpft. Es gab keinen auf der Intensivstation, der nicht davon überrascht gewesen war.

Er versprach, ihnen allen Postkarten aus New York zu schicken, und bestellte bei Harrod's Abschiedsgeschenke. Die Schwestern bekamen wunderschöne goldene Armreifen, und sein Arzt eine Uhr von Patek Philippe. Bill war ein freundlicher und aufmerksamer Mensch, er wusste zu schätzen, was man für ihn getan hatte, und bewies jetzt großzügig seine Dankbarkeit. Das Personal würde ihn sehr vermissen. Eine Schwester und ein Pfleger begleiteten ihn zum Flughafen und setzten ihn ins Privatflugzeug. Am Kennedy Airport von New York würden ihn dann Pflegekräfte des Rehazentrums abholen.

Bill hatte mit seinen Töchtern telefoniert, um ihnen mitzuteilen, dass er sich auf die Heimreise machte. Beide hatten ihm versprochen, ihn in den nächsten Tagen im Rehazentrum zu besuchen. Cynthia rief er nicht an; er versuchte Distanz zu ihr zu halten. In Anbetracht der bevorstehenden Scheidung, die er vor einigen Wochen eingereicht hatte, hielt er das für besser. Er hatte eine beträchtliche Geldsumme für sie vorgesehen, sie würde das Anwesen und einige Autos behalten sowie ein eindrucksvolles Bündel an Investmentpapieren. Cynthia hatte auf die Geschwindigkeit, mit der er die endgültige Trennung vorantrieb, und auf seine Großzügigkeit ziemlich erstaunt reagiert, ging aber immer noch davon aus, dass er hoffte, Isabelle heiraten zu können. Bill hatte ihr zwar in aller Deutlichkeit und Aufrichtigkeit erklärt, das stimme nicht, aber Cynthia hatte gesehen, wie sehr Bill Isabelle liebte, und glaubte ihm daher nicht.

Während der ersten paar Stunden konnte Bill ganz bequem in seinem Flugzeugsessel sitzen, doch dann bekam er Nacken- und Rückenschmerzen. An beiden Stellen trug er Schienen. Nun war er dankbar, in seinem eigenen Flugzeug reisen zu können, und streckte sich aus. Schon fühlte er sich besser. Sein Arzt hatte ihm empfohlen, während des Flugs weder zu essen noch zu trinken, und er hielt sich daran. Den Vorschlag, sich von einer Krankenschwester begleiten zu lassen, hatte er abgelehnt, bereute das aber, sobald er in der Luft war. Aber er hatte sich seine Unabhängigkeit beweisen wollen. Als er in New York landete, war er völlig erschöpft und litt unter erheblichen Schmerzen.

Am Flughafen warteten schon zwei Pfleger und ein Fahrer auf ihn. Die Zollbeamten winkten ihn ohne weitere Überprüfung durch, und draußen stand ein Transporter mit einer Krankenbahre für ihn. Zunächst ließ er sich von den Pflegern zur Toilette fahren, dann hatte er eigentlich vorgehabt, bei Isabelle anzurufen, doch er entschied sich dafür, das auf später zu verschieben. Er hatte schlimme Schmerzen und wünschte sich nichts mehr, als sich hinzulegen.

»Na, wie ist das? Besser?«, fragte einer der Pfleger, als sie es ihm im Wagen bequem machten. Bill lächelte.

»Das war wirklich ein sehr langer Flug.« Obwohl er während eines Großteil des Fluges gelegen hatte, war er arg mitgenommen. Selbst in Liegeposition war sein Sitz noch ein wenig abgeknickt gewesen, daher rührten seine höllischen Schmerzen. Auf sehr unerfreuliche Weise wurde er daran erinnert, dass er noch einen langen Weg der Genesung vor sich hatte.

Die Pfleger hatten ihm eine Thermoskanne Kaffee, etwas Kaltes zu trinken und ein Sandwich mitgebracht. Und als sie losfuhren, fühlte er sich schon viel besser. Es war ein wunderbarer Herbsttag, und die Luft war noch warm.

Die Fahrt zum Rehazentrum dauerte eine halbe Stunde. Es war ein weitläufiges Anwesen mit gepflegten Rasenflächen am Rande New Yorks. Bill fühlte sich eher an einen Country Club als an ein Krankenhaus erinnert, aber er war zu müde, sich genauer umzusehen, als sie eintrafen. Er wollte nur noch ins Bett. Während er sich anmeldete, sah er sich überall von Männern und Frauen in Rollstühlen und auf Krücken umgeben. Zwei Mannschaften spielten vom Rollstuhl aus Basketball, beobachtet und angefeuert von Leuten, die auf Rollbetten lagen. Es herrschte eine freundliche und lebhafte Atmosphäre, und die meisten Menschen schienen voller Energie zu stecken. Dennoch deprimierte Bill der Anblick. Diese Umgebung würde nun mindestens neun Monate, wahrscheinlich aber für das ganze nächste Jahr sein Zuhause sein. Er kam sich vor wie ein Kind, das man ins Internat geschickt hatte, und ihn packte das

Heimweh nach Isabelle und dem St.-Thomas-Krankenhaus mit all den freundlichen, vertrauten Gesichtern. Gedanken an sein Zuhause in Connecticut verdrängte er. Das gehörte jetzt der Vergangenheit an und lag schon in weiter Ferne. Als man ihn in sein Zimmer schob, hatte er Tränen in den Augen. Noch nie im Leben hatte er sich so einsam und so verwundbar gefühlt.

»Ist alles in Ordnung, Mr. Robinson?« Er konnte nur mit einem Nicken antworten.

Sein Zimmer hätte ebenso gut in einem ordentlichen Hotel liegen können. Trotz des äußerst hohen Preises war es nicht luxuriös, es gab keine Kinkerlitzchen und nur wenig Behaglichkeit. Die Einrichtung war schlicht und modern, ein sauberer Teppichboden, ein Krankenhausbett wie das, in dem er neben Isabelle geschlafen hatte, und an der Wand ein Poster mit einer südfranzösischen Landschaft. Es war der Druck eines Aquarells, das ihm bekannt vorkam, eine Ansicht von Saint-Tropez, wie er zu wissen glaubte. Der Raum war angenehm hell, es standen ein Faxgerät und Telefon darin, und ein Computeranschluss war vorhanden. Außerdem hatte er ein eigenes Badezimmer. Eine Mikrowelle dürfe er in seinem Zimmer nicht haben, teilte man ihm mit, aber das machte ihm nichts aus. Unausgesprochen stand dahinter die Idee, die Patienten nicht zu isolieren, indem sie auf ihrem Zimmer aßen. Man wollte, dass Bill wie jeder andere auch in der Cafeteria aß, sich einer Sportmannschaft anschloss, die Gemeinschaftsräume benutzte und Freundschaften schloss. All das war Teil der Rehabilitation. Egal, wer er war oder gewesen war, vielleicht in Zukunft auch wieder sein würde, während seines Aufenthalts hier erwartete man von ihm, dass er sich aktiv in die Gemeinschaft einbrachte.

Als er die Anschlüsse in seinem Zimmer sah, fiel ihm ein, dass er seine Sekretärin anrufen musste. In den letzten zweieinhalb Monaten war seine politische Betätigung fast auf null gesunken. Seine Arbeit konnte nicht vom Bett aus erledigt werden, und so hatte sie alle Termine für ihn absagen müssen. Unmöglich, in seinem Zustand Leute miteinander bekannt zu machen, Kampagnen zu planen oder seinen Schützlingen unter die Arme zu greifen, damit ihr Feldzug erfolgreich wurde. Das erforderte sehr viel Geschick und ständige Aufmerksamkeit. Und während er sich im Zimmer umsah, machte er sich erneut klar, dass dieser Teil seines Lebens noch ein Jahr lang brachliegen würde, sofern an eine Rückkehr überhaupt jemals zu denken war.

Der kleine Kühlschrank in seinem Zimmer war mit den gleichen Dingen gefüllt, die sich auch in der Minibar eines guten Hotels fanden, Getränke, Snacks, Schokoriegel und zu seiner Freude und Überraschung auch zwei Halbliterflaschen Wein. Nachdem die Pfleger ihn allein gelassen hatten, öffnete er eine Dose Cola, nahm einen Schluck und sah auf die Uhr. Er hätte gern bei Isabelle angerufen, sorgte sich aber, Gordon könnte zu Hause sein. Doch er fühlte sich so einsam und wollte auf den Anruf nicht verzichten. Sollte Gordon ihn entgegennehmen, würde er auflegen.

Schon beim zweiten Klingeln wurde abgenommen, und Bill hörte Isabelles Stimme. Bei ihr war es elf Uhr nachts, aber sie klang hellwach. Ihre vertraute sanfte Stimme traf ihn wie ein Messerstich ins Herz, so groß war seine Sehnsucht nach ihr.

»Ist das eine gute Zeit?«, fragte er sofort, und sie lachte.

»Wofür, mein Schatz? Aber es ist tatsächlich eine sehr gute Zeit, ich wünschte, du wärst hier. Gordon ist über Nacht in München. Wie war die Reise?«

»Schmerzhaft«, sagte er aufrichtig. »Ich bin im Gefängnis.« Wieder ließ er seinen Blick durchs Zimmer schweifen. Obwohl er wusste, dass es für solche Einrichtungen wirklich hervorragend war, machte es ihn trotzdem depressiv. »Ich halte es hier nicht aus«, klagte er wie ein heimwehkrankes Kind.

»Na, komm schon, Kopf hoch. Denk doch an all das Gute, was man dort mit dir machen wird«, ermunterte sie ihn. Sie redete mit ihm wie mit Sophie, wenn sie wieder zur Uni musste. »Du wirst dich daran gewöhnen, und ehe du dich's versiehst, hast du alles hinter dir. Vielleicht musst du ja auch nur ein paar Monate bleiben.« Sie wollte ihm Mut machen, denn er klang so niedergeschlagen und ihr Herz fühlte mit ihm. Wie gern hätte sie mehr für ihn getan, doch auf diese Entfernung war das kaum möglich. Jeder von ihnen musste seinen Kampf allein ausfechten. Und Bills Aufgabe war in vieler Hinsicht härter als die ihre.

»Und wenn ich zwei Jahre hier bleiben muss?«, jammerte er weiter.

»Das wird nicht der Fall sein. Ich wette, du kommst da ganz schnell wieder raus. Wie sind denn die anderen Leute in dieser Einrichtung?« Beide hatten befürchtet, er werde dort nur auf ältere Schlaganfallpatienten treffen, mit denen er nur wenig Gemeinsamkeiten hatte. Doch nach dem Wenigen zu urteilen, was er mitbekommen hatte, waren die meisten Patienten jung, oft jünger als er. Viele hatten Autounfälle, Skiunfälle oder andere Sportunfälle hinter sich. Wer hierher kam, hatte meist noch ein langes produktives Leben vor sich.

»Soweit ich das bisher mitbekommen habe, sind sie ganz in Ordnung.« Er seufzte und schaute durchs Fenster hinunter auf das große Außenschwimmbecken mit 50-m-Bahnen, in dem einige Leute schwammen und um das ringsherum Rollstühle geparkt waren. »Ich wäre nur lieber woanders, entweder zurück in Washington, um zu arbeiten, oder bei dir in Paris. Hier habe ich das Gefühl, das Leben zieht an mir vorbei.« Aber seine Wünsche waren unerfüllbar, das wusste er. Wenn er in seinen Beruf zurückwollte, musste er in der Lage sein, lange Sitzungen durchzuhalten, stundenlang aufrecht zu stehen, eigenständig zu reisen und sich selbst zu versorgen. Ausdauer, Mobilität und ein klarer Verstand waren unverzichtbar für ihn. Dazu kam die Befürchtung, man könnte ihn vielleicht ablehnen, aus psychologischen Gründen. Die Wahrnehmung der Menschen war manchmal sehr merkwürdig. So hielten seine Kunden womöglich jemanden, der im Rollstuhl saß oder auf andere Weise behindert war, für unfähig, eine erfolgreiche Wahlkampagne durchzuführen. Noch konnte er nicht einschätzen, mit welchen Vorurteilen er konfrontiert sein würde. Aus tausenderlei Gründen kam es für ihn deshalb ganz entschieden darauf an, wieder auf die Füße zu kommen und gehen zu lernen.

Isabelles Gefühle für Bill waren nicht davon abhängig, ob er wieder laufen konnte. Zwar wünschte sie es um seinetwillen, doch ihre Liebe wurde nicht geringer, wenn er im Rollstuhl saß. Das hatte sie ihm oft genug gesagt. Doch er hatte sich in den Gedanken verbissen, dass er von niemandem abhängig sein durfte. Nicht von Cynthia, nicht von seinen Töchtern, nicht von seinen Mitarbeitern oder Freunden, und auf keinen Fall von Isabelle. Wenn er sie nicht beschützen, sich nicht um sie kümmern und sie nicht körperlich lieben konnte, sah er für sich in ihrem Leben keinen Platz. Von seiner Genesung hing seine ganze Zukunft ab, davon war er fest überzeugt. Obwohl er diese Ansicht Isabelle gegenüber noch nie in ihrer ganzen Tragweite ausgesprochen hatte, spürte sie doch, wie viel auf dem Spiel stand.

»Wie geht es Teddy?«, erkundigte sich Bill nun besorgt. »Und wie geht es dir?«

»Mir geht es gut. Für Sophie hat gestern das Semester wieder begonnen. Teddy ist noch immer sehr matt, und ich mache mir Sorgen um sein Herz. Manchmal habe ich das Gefühl, es geht mit ihm bergab, dann hat er wieder einen guten Tag und fühlt sich gleich besser. Es ist schwer zu sagen. Aber er ist immer guten Mutes.« Das war er tatsächlich, seit sie wieder zu Hause war, aber eine innere Stimme sagte ihr, dass der Arzt Recht hatte. Teddy war so schwach wie seit langem nicht mehr. Er schwand immer mehr dahin.

»Olivia und Jane sind letzte Woche wieder zurück aufs College, aber sie wollen mich dieses Wochenende besuchen.«

»Wird Cynthia auch kommen?« Obwohl Isabelle es Bill gegenüber niemals zugegeben hätte, war sie ein wenig eifersüchtig auf seine Frau. Doch er ahnte es, und es schmeichelte ihm. Cynthia hatte tatsächlich angeboten, die Mädchen zu begleiten, aber Bill wollte sie lieber nicht sehen. Isabelle erzählte er davon nichts, er hatte ihr ja auch noch immer nichts von seiner Scheidung erzählt. Er war der Meinung, dass er sie weniger unter Druck setzte, wenn er sie in dem Glauben ließ, sie seien beide verheiratet. Dann kam sie nicht auf den Gedanken, er warte auf sie oder sähe sich gar nach einer anderen um. Sollte sie je von Gordon loskommen, würde Bill für sie da sein. Bis dahin brauchte Isabelle nicht zu wissen, dass er ein allein stehender Mann war.

»Ich glaube, Cynthia ist für ein paar Tage weggefahren«, erklärte er ausweichend. Isabelle wunderte sich wie so oft über

Cynthias Rücksichtslosigkeit, derart kompromisslos ihr eigenes Leben zu führen, aber das behielt sie für sich.

»Gordon ist über Nacht in München, er ist dort im Auftrag der Bank auf einer Konferenz. Übers Wochenende kommt er nach Hause. Er hat aber was vor, glaube ich«, erklärte sie. An Gordons Plänen nahm sie keinen Anteil mehr, und sie interessierte sich auch nicht mehr dafür. Seit ihrer Zeit mit Bill in London fühlte sie sich innerlich vollkommen getrennt von Gordon, und es verdross sie nicht mehr, dass er sie nirgendwohin mitnahm. Er ging davon aus, dass sie zu Hause bei ihrem Sohn bleiben wollte, und lag damit richtig. Außerdem war sie immer noch sehr müde. Abends ging sie zeitig zu Bett, die Tage verbrachte sie mit Teddy. Bevor Sophie auf die Universität zurückkehrte, war Isabelle mit ihr zum Essen ausgegangen, und schon diese Anstrengung hatte sie völlig erschöpft. Der Arzt hatte ihr gesagt, es werde mehrere Monate dauern, bis sie wieder ganz gesund wäre. Für Bill würde es noch länger dauern, das wusste er jetzt. Der Flug hatte ihm arg zugesetzt. Seit Wochen hatte er nicht so schlimme Schmerzen gehabt.

»Was wirst du heute Abend machen?«, erkundigte Isabelle sich liebevoll. Es war ihm anzuhören, wie müde und niedergeschlagen er war, und sie hatte Mitleid mit ihm.

»Ins Bett gehen, denke ich. Es gibt hier keinen Zimmerservice, aber ich habe auch keinen Hunger.« Die Schmerzen raubten ihm den Appetit, aber Schmerztabletten wollte er nicht nehmen. Schon vor Wochen hatte er sie abgesetzt, weil er Sorge hatte, davon abhängig zu werden. Das war zum Glück nicht passiert, doch jetzt wollte er nicht wieder damit anfangen.

»Vielleicht solltest du dich einfach mal umsehen.« Sie fand die Vorstellung, dass er allein auf seinem Zimmer blieb, bedrückend.

»Das mache ich morgen. Recht viel anderes bleibt einem hier auch gar nicht übrig. Morgen früh um sieben Uhr beginnt meine Therapie, und ich werde erst um fünf Uhr nachmittags wieder auf meinem Zimmer sein.« Die Rehakur war streng, aber genau aus diesem Grund hatte er dieses Haus gewählt. Er hoffte, schneller Erfolge zu sehen, wenn er härter an sich arbeitete. Aber in seiner augenblicklichen Verfassung hätte er die Sache, noch ehe sie angefangen hatte, am liebsten wieder aufgegeben. »Ich rufe dich morgen an, wenn ich aufgestanden bin.« Dann wäre es bei ihr Mittag, eine gute Zeit für sie, wie er wusste. Rief er sie erst bei seiner Rückkehr ins Zimmer an, dann wäre es bei ihr elf Uhr abends. Wenn Gordon dann an den Apparat ginge, brächte sie das in Schwierigkeiten.

»Ich kann dich auch manchmal anrufen«, schlug sie vor, doch er meinte, es sei wahrscheinlich besser, er riefe an.

»Wir sprechen uns morgen wieder, mein Schatz«, beendete er schließlich erschöpft das Gespräch. Er konnte nicht mehr weiterreden, auch nicht mit Isabelle. Sein Rücken tat ihm höllisch weh, sein Nacken war steif, seine Stimmung auf dem Nullpunkt, und er kam sich vor wie auf einem anderen Planeten, weit weg von ihr und dem Leben, das er einmal gekannt hatte. Er war zwar in sein Heimatland zurückgekehrt, aber seine Lage hatte sich nicht verbessert. Für ihn war dies ein Aufenthalt im Nirgendwo, auf einer verlassenen Insel, wo er wie ein Verdammter ein Jahr lang ausharren musste. Kein sehr beglückender Gedanke.

»Ich liebe dich, Liebster«, flüsterte Isabelle ins Telefon. Nachdem sie aufgelegt hatten, lag sie noch lange wach und dachte an ihn. Wie gerne hätte sie ihn in den Arm genommen, ihn gedrückt und getröstet, doch auf diese Entfernung konnte sie ihn nur lieben und hoffen, dass ihre Gedanken ihn erreichten.

Am nächsten Morgen stand Bill um sechs Uhr auf. Seit seinem Gespräch mit Isabelle hatte er das Bett nicht mehr verlassen. Er hatte sich einfach zur Seite gedreht und war in seinen Kleidern eingeschlafen. Erst als der Wecker klingelte, wurde er wach. Der Jetlag machte ihm zu schaffen, er war noch immer müde und konnte sich kaum rühren. Er klingelte nach einem Pfleger, der ihn wieder in seinen Stuhl setzte und unter die Dusche brachte. Eine halbe Stunde später fühlte er sich schon sehr viel besser, und er rief Isabelle an, ehe er sein Zimmer verließ.

»Wie geht es dir heute, mein Liebster?«, fragte sie mitfühlend. Seine Stimme klang heller, offenbar war er in besserer Verfassung als am Abend zuvor.

»Viel besser. Ich war ausgelaugt.«

»Das weiß ich.« Sie lächelte. Teddy war mit guter Laune aufgewacht, und es war ein schöner Septembertag. Bei ihr war es Mittag.

»Tut mir Leid, dass ich dir gestern die Ohren voll gejammert habe. Ich kam mir vor wie ein Kind im Internat.« Bei diesen Worten musste sie lächeln, denn genauso hatte sie es auch empfunden.

»Ich weiß. Am liebsten wäre ich rübergeflogen und hätte dich nach Hause geholt«, versicherte sie ihm zärtlich.

»Das machen nur Mütter. Väter sagen dem Kind einfach, es soll sich nicht so anstellen. Das ist der grundlegende Unterschied zwischen den Geschlechtern. Die Mädchen haben jedes Mal Heimweh bekommen, wenn sie im Ferienlager waren. Cindy wollte sie dann früher nach Hause holen, doch ich fand, sie müssten das aushalten.«

»Und wer hat gewonnen?«, fragte Isabelle belustigt. Das schien die weichere Seite von Cynthia zu sein, die er nie erwähnt hatte. Isabelle fand sie gleich viel sympathischer, denn sie selbst hätte das Gleiche gesagt. Sie hatte keines ihrer Kinder weggeschickt, bis Sophie auf die Universität ging, was Isabelle auch noch zu früh fand. Ihr wäre es lieber gewesen, Sophie wäre in Paris geblieben und hätte auf der Sorbonne studiert anstatt in Grenoble.

»Sie natürlich. Ich war ja immer weg und konnte meine Prinzipien nicht durchsetzen. Wenn ich nach Hause kam, waren die Mädchen wieder da.«

»Ein Glück für sie.«

»Na gut, ich breche jetzt wohl besser auf und sehe mir mal an, welche Folterqualen mich hier erwarten. Ich bin mir sicher, dass sie hier einiges auf Lager haben.« Doch was ihn tatsächlich erwartete, war härter als alles, was er sich vorgestellt hatte.

Nach der behutsamen Therapie, mit der man in London begonnen hatte, kam das, was er hier zu leisten hatte, dem

Drill bei den Marines gleich. So gut es ging, machte er im Rollstuhl seine Gymnastik. Er musste Gewichte stemmen, um seinen Oberkörper zu kräftigen, und an Geräten arbeiten. Für seinen Nacken bekam er als Spezialtherapie ein ausdauerndes Trainingsprogramm im Schwimmbecken, wo er auch spezielle Beinübungen machte. Ihm blieb eine halbe Stunde Zeit zum Mittagessen, in der er es kaum bis in die Cafeteria schaffte, geschweige denn mit jemandem ins Gespräch zu kommen. Als er um fünf Uhr wieder auf sein Zimmer kam, war er so müde, dass er sich kaum noch rühren konnte. Er schaffte es nicht einmal mehr, sich vom Stuhl ins Bett zu hieven, und musste einen Pfleger holen, der ihn aber nur anlächelte, als Bill stöhnte.

»War ihr Training gut, Mr. Robinson?« Es war ein junger Afroamerikaner, der bei den New York Jets Football gespielt hatte und fünf Jahre zuvor selbst verletzt worden war. Jetzt machte er eine Ausbildung als Physiotherapeut. Bill fand es ermutigend, dass von den früheren Verletzungen nichts mehr zu sehen und der junge Mann fantastisch in Form war. Allerdings war er auch erst sechsundzwanzig.

»Soll das ein Scherz sein?« Bill sah ihn kläglich an. »Ich dachte, die wollten mich umbringen.«

»In ein paar Wochen werden Sie das gar nicht mehr spüren. Dann ist es ein Kinderspiel für Sie.« Das war schwer vorstellbar. Bill bekam noch eine Massage, und nachdem der Pfleger gegangen war, beschloss Bill, aufs Abendessen zu verzichten und im Bett zu bleiben. Er döste bereits, als ein Klopfen an der Tür ihn wieder wach machte. Schläfrig fragte er, wer dort sei. Doch als er die Augen aufschlug, war ein junger Mann im Rollstuhl bereits in sein Zimmer gefahren.

»Hallo. Ich bin Joe Andrews. Ich wohne im Zimmer nebenan. Könnte ich Sie vielleicht zu einem Basketballspiel überreden? So gegen acht Uhr?« Bill stöhnte, als er ihn ansah, dann lachte er. Andrews saß entspannt in seinem Rollstuhl, schien aber nur einen Arm benutzen zu können. Er war ein hübscher Junge Anfang zwanzig. Sechs Monate zuvor war er in einen Autounfall verwickelt gewesen, bei dem vier der Insassen ums Leben gekommen waren.

»Ein Basketballspiel? Das ist doch nicht Ihr Ernst? Sie könnten mich als Ball nehmen. Ich glaube nämlich nicht, dass ich jemals wieder aufrecht sitzen kann, geschweige denn mich bewegen.«

»Am Anfang ist es hart«, gab Joe Andrews lächelnd zu. »Nach einer Weile wird es leichter. Es ist großartig hier. Vor sechs Monaten war ich an eine Körperschale geschnallt und konnte nur meine Augen bewegen. Damals wäre ich schon glücklich gewesen, mich nur an der Nase kratzen zu können.« Als Bill das hörte, wurde er wieder ernst und setzte sich stöhnend auf.

»Sie haben die Jugend auf Ihrer Seite«, gab Bill zu bedenken. Allerdings war auch er bis zu dem Unfall großartig in Form gewesen. »Ich bin ein alter Mann.«

»So etwas gibt es hier nicht. Der Kapitän des Basketballteams ist zweiundachtzig, er hat einen Schlaganfall gehabt. Er hat vor sechzig Jahren bei den Yankees gespielt.«

»Das ist nicht meine Liga. Ich hätte doch bei den Marines einsteigen sollen.«

»Das wäre vielleicht leichter gewesen, macht aber nicht so viel Spaß. Hier gibt's ein paar wirklich hübsche Frauen.« Das hörte sich an wie eine unterhaltsame Variante der Überlegung, welches College man besuchen sollte, und Bill war der Junge auf Anhieb sympathisch. Er hatte lachende Augen, ein freundliches Lächeln und leuchtend rote Haare.

»Klingt ja, als wären Sie hier schon sehr umtriebig gewesen.« Das traf zwar auf Joe nicht zu, aber wenigstens hatte er hier wieder Spaß am Leben gefunden. Seine Verlobte war bei dem Autounfall ums Leben gekommen, aber davon erzählte er Bill nichts.

»Am Wochenende fahre ich meist in die Stadt. Vielleicht möchten Sie ja auch mal mitkommen. Mit dem Zug ist man in zwanzig Minuten da.«

»Gute Idee. Aber jetzt im Moment kann ich mich wirklich nicht rühren.«

»Warum kommen Sie nicht mit und schauen zu? Ich stelle Ihnen einige der Jungs vor.« Er war entschlossen, Bill mitten ins Geschehen zu zerren. Weil Joe auf diesem Stockwerk die längste Erfahrung von allen hatte, war er Flurältester und hatte sich freiwillig bereiterklärt, sich um Bill zu kümmern. Für die Moral der Patienten war es wichtig, sie auch unabhängig von ihren individuellen Therapien in die Gemeinschaft einzubinden. Genau das hatte Joe das Leben gerettet. Als er nach dem Unfall ins Rehazentrum gekommen war, hatte er nur noch an Selbstmord gedacht. Jetzt hatte er das Schlimmste hinter sich und war auf dem Weg zurück ins Leben.

»Was ist mit den Mädchen?«, neckte Bill ihn.

»Sind Sie verheiratet?«, versuchte Joe ihn auszuhorchen.

»Nein. Ich lasse mich gerade scheiden.«

»Das ist aber schade. Doch es gibt zwei Frauen im Team. Eine davon ist achtzehn.«

»Ich habe eigentlich nicht vor, ins Gefängnis zu wandern. Wie alt ist die andere?«

»Dreiundsechzig.« Joe grinste.

»Die nehme ich. Die entspricht eher meinem Alter.«

»Wie alt sind Sie denn?«

»Zweiundfünfzig. Aber heute gehe ich auf die Neunzig zu.«

»Haben Sie schon zu Abend gegessen?«

»Das wollte ich eigentlich sausen lassen.« Es schien ihm zu anstrengend, das Zimmer noch einmal zu verlassen.

»Das ist nicht gut. Ich hole Sie um halb sieben Uhr ab, dann können Sie sich immer noch entscheiden, ob Sie hinterher mit zum Spiel gehen.« Ehe Bill Einwände erheben konnte, war Joe schon aus dem Zimmer gerollt.

Er hatte ganze Arbeit geleistet. Gegen seinen Willen saß Bill um Viertel nach sechs Uhr wieder im Rollstuhl und fühlte sich besser als eine Stunde davor. Er hatte geduscht, sich rasiert und die Haare gekämmt. Er trug ein T-Shirt und Jeans, und er und Joe sahen wie zwei Collegeboys aus, als sie gemeinsam den Speisesaal ansteuerten. Joe schien jeden zu kennen, der ihnen begegnete, und stellte Bill seinen Mitpatienten vor. Inzwischen wusste Bill, dass Joe zweiundzwanzig war und aus Minneapolis kam. Er hatte seinen Collegeabschluss gemacht und wollte im nächsten Jahr mit dem Jurastudium beginnen. Er hatte zwei Schwestern und einen eineiigen Zwillingsbruder, der beim Unfall mit ihm im Auto gesessen hatte. Sein Zwillingsbruder und seine Verlobte sowie beide Insassen des anderen Wagens waren bei dem Unfall ums Leben gekommen. Joes Zwillingsbruder war gefahren, als das andere Fahrzeug nachts bei Schneefall frontal mit ihrem Wagen zusammengestoßen war. Viele Leute hier im Krankenhaus hatten ähnlich schwere Schicksale: Einer Frau hatte man bei einem Überfall auf ein Lebensmittelgeschäft, wo sie für ihre Kinder Cola kaufen wollte, ins Rückgrat geschossen, es gab Menschen mit Unfällen und Traumata jeglicher Art. Viele von ihnen waren nicht nur in physiotherapeutischer Behandlung, sondern wurden auch psychotherapeutisch betreut, wie Joe und die Frau, der man ins Rückgrat geschossen hatte. Dahinter stand die Idee, dass jeder, der die Rehaeinrichtung verließ, in der Lage sein sollte, wieder ein produktives und möglichst normales Leben zu führen.

Zweihundert Patienten waren stationär untergebracht und weitere dreihundert kamen täglich als ambulante Patienten ins Haus. Doch diejenigen, die hier wohnten, bildeten eine eingeschworene Gemeinschaft, kümmerten sich umeinander und wurden während der ausgedehnten Aufenthalte zur Ersatzfamilie. Der Lärm in der Cafeteria erinnerte Bill weniger an eine Mensa als an eine Cocktailparty, die bereits in vollem Gang war. Alle lachten, redeten laut, schmiedeten Pläne, brüsteten sich entweder mit den Siegen, die sie an diesem Tag errungen hatten, oder klagten, dass man sie zu hart rannahm. Aber Bill fiel auf, dass er schon lange nicht mehr so viele lächelnde Gesichter gesehen hatte. Das hatte er überhaupt nicht erwartet.

»Nächste Woche findet ein Tennisturnier statt, falls Sie Tennisspieler sein sollten.« Während Joe mit sechs Leuten gleichzeitig redete, wovon mindestens vier Mädchen waren, klärte er Bill auf. Außer Joe gab es noch jede Menge gut aussehender junger Männer in Rollstühlen. Bills Einschätzung nach war die Hälfte der Leute, die er sah, in den Zwanzigern und männlich. Die andere Hälfte verteilte sich gleichmäßig auf die übrigen Altersgruppen, und davon wiederum waren weniger als die Hälfte Frauen oder Mädchen. Drei Viertel der Patienten waren also Männer. Offenbar kamen sie öfter in Schwierigkeiten oder hatten mehr Pech, fuhren ihre Autos zu schnell, gingen größere Risiken ein oder betrieben gefährlichere Sportarten. Auch eine ganze Reihe Frauen und Männer in Bills Alter waren vertreten. An ihrem Tisch saß eine äußerst hübsche junge Frau mit regelmäßigen Gesichtszügen, die aber nur schleppend sprechen konnte. Sie war Model gewesen und hatte sich bei einer Fotosession schwerste Kopfverletzungen zugezogen, als sie eine Marmortreppe hinabfiel. Acht Monate hatte sie im Koma gelegen, und als Bill sich mit ihr unterhielt, wurde ihm klar, was für ein Glück er und Isabelle gehabt hatten. Die Frau hieß Helena, ihre beste Freundin im Rehazentrum war eine junge Ballerina, die einen Autounfall erlitten hatte, aber entschlossen war, wieder zu tanzen. Es gab Leute, die bemerkenswerte Hürden genommen hatten und sich alle erdenkliche Mühe gaben, von den angebotenen Hilfeleistungen unabhängig zu werden. Bill war voller Bewunderung für sie.

Nach dem Abendessen fühlte Bill sich deutlich besser, und Joe und Helena konnten ihn dazu überreden, mit zum Spiel zu kommen. Bill wollte aber selbst nicht spielen, sondern nur Zuschauer sein.

»Die Teams sind ziemlich gut«, meinte Helena und lächelte Bill an. Auch sie saß im Rollstuhl, aber nur weil sie noch unter Schwindelanfällen litt und manchmal unvermutet stürzte. Im Stuhl fühlte sie sich sicherer. Ihre Schönheit machte Eindruck auf Bill, und er fand, dass sie Isabelle ähnelte. Von Joe wusste er, dass sie in New York, Paris und Mailand gearbeitet hatte und vor ihrem Unfall auf den Titelseiten von *Vogue* und *Harper's Bazaar* zu sehen gewesen war. Joe meinte, sie komme ganz gut voran. »Das nächste Mal sollten Sie aber mitspielen«, ermunterte sie Bill.

»Warum nicht Sie?«, zog er sie auf. Sie war größer als einige der Männer, das konnte er anhand ihrer endlos langen Beine beurteilen. Sie trug Shorts und Sandalen, und ihre Füße waren tadellos gepflegt und die Nägel leuchtend rot lackiert. Viele der jungen Männer konnten die Augen nicht von ihr lassen, doch sie war fest liiert mit dem Fotografen, mit dem sie an jenem Tag gearbeitet hatte. Er war ihr treu ergeben, und sie würden heiraten, sobald sie aus dem Krankenhaus kam. Der

Verlobungsring, den sie trug, war groß wie ein Ei, wie Cynthia gesagt hätte.

Seite an Seite verfolgten Bill und Helena das Spiel. Beide Mannschaften wurden mit lautem Geschrei und Gekreische angefeuert. Alle Mitspieler schienen begeistert bei der Sache zu sein, egal wie schlimm ihre Verletzungen waren. Die Tatsache, dass sie überhaupt spielten, war schon ein Sieg für sie. Bill war beeindruckt von der Sporthalle.

»Sind Sie verheiratet?«, erkundigte Helena sich beiläufig. Bill machte sie neugierig. Schließlich war er ein gut aussehender Mann, den sie in einem anderen Leben äußerst anziehend gefunden hätte. Jetzt aber war sie mit ihrem Verlobten glücklich.

»Geschieden. So gut wie. In ein paar Monaten.«

»Das ist aber traurig«, sagte sie mitfühlend. »Dann werden Sie hier sehr gefragt sein.« Sie grinste. Aber Bill war anderer Meinung, denn er hatte noch nie so viele gut aussehende Männer an einem Ort gesehen, und die meisten waren nur halb so alt wie er. Doch das bereitete ihm kein Kopfzerbrechen, er stand ohnehin nicht zur Verfügung. Er liebte Isabelle. »Haben Sie eine Freundin?« Bill wollte schon nein sagen, entschied sich dann aber doch, aufrichtig zu sein.

»Ja.«

»Werden Sie sie heiraten?« Sie kam gleich zur Sache.

»Nein.« Dann schlug er alle Vorsicht in den Wind. Hier waren Geheimnisse fehl am Platz. »Sie ist verheiratet und wird es auch bleiben. Doch jetzt ist das auch ganz gut so.«

»Was soll das heißen?« Helena sah ihn eindringlich an und verpasste dabei einen der wichtigen Momente des Spiels. Der Lärm um sie herum in der Halle war ohrenbetäubend, doch sie interessierte sich mehr für das, was Bill gerade sagte.

»Es heißt, dass sie sich zu ihren Problemen nicht auch noch meine aufladen muss. Sie hat ein krankes Kind. Da braucht sie nicht auch noch einen Ehemann im Rollstuhl.« Für ihn schien das auf der Hand zu liegen.

»Warum nicht? Das sollte doch eigentlich egal sein. Wenn nicht, sollten Sie die ganze Sache lieber vergessen. Empfindet sie das denn auch so?«

»Wahrscheinlich nicht. Aber ich empfinde es so. Ich habe nicht vor, ihr zur Last zu fallen.«

»Das ist freundlich von Ihnen. Was ist mit denen da?« Sie deutete auf die Jungs auf dem Spielfeld, die miteinander zusammenstießen, in Höchstgeschwindigkeit über das Feld rollten, breit lächelnd und mit schweißüberströmten Gesichtern. Sie waren bester Laune. »Sehen die für Sie wie eine Last aus?«

»Ich bin nicht mit ihnen verheiratet. Aber vielleicht würde ich es so empfinden, wenn ich das wäre. Sehen Sie, Helena, ich kann nicht tanzen, ich kann nicht stehen, ich kann nicht die Straße hinuntergehen, ich weiß nicht einmal, ob ich jemals wieder arbeiten kann. Das kann ich doch keinem anderen aufbürden.« Und dabei verschwieg er noch, dass er möglicherweise keinen Sex mehr haben konnte.

»Was waren Sie denn von Beruf? Eisschnellläufer?«, fragte Helena mit hochgezogener Braue. Sie war ein kluges Mädchen, und Bill gefiel ihre Art.

»Mein Beruf ist die Politik.«

»Und das kann man nicht im Sitzen machen? Das ist mir aber neu.«

»Sie wissen doch, wovon ich rede.«

»Ja natürlich. Ich habe mich genauso gefühlt, bis ich herausgefunden habe, wie dumm das ist. Ich habe jetzt eine lustige Sprache. Manchmal vergesse ich Dinge oder falle mitten im Gespräch um. Ziemlich peinlich. Und ich weiß auch nicht, ob ich jemals wieder arbeiten kann. Aber ich werde doch verdammt noch mal deswegen nicht mein Leben aufgeben. Ich habe noch mehr Fähigkeiten, ich kann was anderes machen. Ich sehe immer noch halbwegs gut aus«, sagte sie bescheiden. Bill verdrehte die Augen bei dieser Untertreibung, eine Geste, die zeigte, dass sie bereits dabei waren, Freunde zu werden. Hier wurden rasch Freundschaften geschlossen; es war wie auf einem Schiff, das gemeinsame Los verband sie. »Ich bin noch immer clever, selbst wenn ich mich blöd anhöre. Und wenn das den Leuten nicht gut genug ist, dann zum Teufel mit ihnen. Meinem Verlobten ist das alles piepegal, und wenn's anders wäre, würde ich ihn sowieso nicht haben wollen. Vielleicht sollten Sie der Dame eine Chance geben, selbst zu einer Entscheidung zu kommen.«

»Die Dinge sind leider ein wenig komplizierter.«

»Das gilt für das meiste im Leben«, erwiderte Helena unbeeindruckt und verfolgte einen Augenblick lang das Spiel, ehe sie sich wieder an Bill wandte. »Vergewissern Sie sich, ob Sie nicht aus falschen Gründen eine voreilige Entscheidung treffen. Ich verwette meinen Hintern, dass sie, wenn sie Ihrer Liebe wert ist – was ich annehme –, darauf pfeift, ob Sie laufen können oder nicht.« Er wusste, dass Helena die Wahrheit sagte, aber er war nicht bereit, seinen Vorsatz zu überdenken. Ob Bill Isabelle weiterhin sah oder nicht, hing für ihn ganz davon ab, ob er wieder laufen konnte. Diese Bedingung hatte er sich ohne Isabelles Wissen auferlegt. Außerdem war da immer noch Teddy.

»Also diese Wette würde ich gerne annehmen, Helena«, neckte er sie. Doch er hatte genau zugehört und war zutiefst gerührt, sowohl von ihrem Mut wie von der Ehrlichkeit, mit der sie ihm ihre Meinung sagte.

»Welche Wette?«

»Ihren Hintern«, sagte er, und sie lachte lauthals.

»Nun mal halblang, mein Junge. Sie sind verliebt, und ich bin verlobt.«

»Wirklich eine Schande«, sagte er gutmütig. Den Rest des Spiels verfolgten sie wie zwei alte Freunde.

Joes Team hatte gewonnen, als er glücklich und verschwitzt schließlich wieder zu ihnen stieß. Zu dritt kehrten sie in die Cafeteria zurück, um noch etwas zu trinken. Die Mannschaften und ihre Fans hatten sich fast geschlossen dort versammelt. Es wurde ein lustiger Abend, und nachdem Helena auf ihr Zimmer gegangen war, grinste Joe Bill an.

»Na, löst sie ihre Verlobung?«, fragte er verschmitzt. »Das haben wir alle schon versucht.«

»Bis jetzt noch nicht, aber ich arbeite daran.« Beide wussten, dass sie nur Spaß machten. Helena war bis über beide Ohren verliebt, und Joe erzählte, dass ihr Verlobter ein toller Mann sei. Sie wollten im Frühjahr heiraten, und Helena war entschlossen, den Gang zum Altar ohne Hilfsmittel zurückzulegen. Bill zweifelte nach dem, was er an diesem Abend von ihr gesehen hatte, nicht daran, dass sie es mit ihrem unbeugsamen Willen, der sie wie ein Leuchtfeuer umgab, schaffen würde. Sie war ein großartiges Mädchen.

»Sie hat eine Schwester, die manchmal auf Besuch kommt«, erzählte Bill, als sie zu ihren Schlafzimmern zurückfuhren, »aber die sieht aus wie ein Frosch.« Bill lachte laut. »Sie müssen verschiedene Mütter haben. Helena wollte mich mit ihr verkuppeln, und ich war ziemlich überrascht, als ich sie sah. Aber sie ist sehr nett.« Die beiden tauschten einen Blick unter Männern, und Bill lachte erneut auf.

»Manchmal funktioniert so was.«

»Werden Sie also nächstes Mal mitspielen?«, fragte Joe, als sie den Flur entlangrollten.

»Ich glaube, ich sehe lieber zu.« Bill hatte das Gespräch mit Helena sehr genossen und dachte über das nach, was sie gesagt hatte. Dennoch, er konnte sich ihrer Meinung einfach nicht anschließen. Er wollte für niemanden eine Last im Leben sein, keinem sein körperliches Leiden zumuten, Isabelle schon gar nicht, selbst wenn sie sich nur ein paar Mal im Jahr trafen. Sie sollte sich nicht auch noch über ihn Sorgen machen müssen. Sie hatte ohnehin schon genug am Hals.

»Möchten Sie morgen mit mir nach New York kommen? Ein paar der anderen Jungs kommen auch mit. Wir gehen essen und sehen uns dann eine Show an.«

»Ich würde gern«, erwiderte Bill freundlich, »aber meine Töchter kommen morgen zu Besuch. Sie reisen extra von ihren Studienorten an.« Olivia kam aus Washington und Jane aus New York.

»Wie alt sind sie?«, erkundigte Joe sich interessiert. Offensichtlich war er an Mädchen sehr interessiert, wenn er auch seit dem Tod seiner Verlobten keine feste Freundin mehr gehabt hatte.

»Neunzehn und einundzwanzig. Ich würde sie dir gerne vorstellen, wenn du noch da bist.«

»Wir fahren nicht vor sechs Uhr abends in die Stadt«, sagte Joe, als sie zu Bills Zimmer kamen. »Hier findet morgen ein Schwimmfest statt, aber ich bin da.« Er war Kapitän der Schwimmmannschaft seines Colleges gewesen.

»Ich werde dich suchen«, versprach ihm Bill, dann fuhren beide auf ihre Zimmer. Bill hatte ein schlechtes Gewissen, weil er an diesem Abend noch keine Zeit gehabt hatte, Isabelle anzurufen, aber jetzt war es zu spät dazu. Bei ihr war es jetzt fünf Uhr morgens. Er beschloss, noch eine Stunde zu warten und sie anzurufen, wenn sie aufstand.

Er legte sich ins Bett und las eine Stunde, damit ihm nicht die Augen zufielen, und rief sie dann um Mitternacht an. Sie kam sehr schnell ans Telefon und schien erleichtert zu sein, seine Stimme zu hören.

»Wie geht es dir? Ich habe mir Sorgen um dich gemacht.«

»Mir geht es gut. Ich habe mir ein Basketballspiel angesehen. Die reiben einen hier völlig auf. Aber es ist schon ein beeindruckender Ort.« Er erzählte ihr von den Menschen, die ihm begegnet waren, den Geschichten, die er gehört hatte, und wie seine Therapie den ganzen Tag über ausgesehen hatte.

»Du liebe Zeit. Ich glaube nicht, dass ich das schaffen könnte«, meinte sie beeindruckt.

»Ich bin mir da auch nicht sicher. Man hat nur einen freien Tag. Morgen kommen die Mädchen, ich freue mich auf sie.« Bill hatte seine Töchter zwei Monate lang nicht gesehen und vermisste die beiden. Zu seiner Überraschung vermisste er auch Cynthia. Aber das sagte er Isabelle nicht. Nach dreißig Jahren war Cynthias sporadische Anwesenheit eine Gewohnheit in seinem Leben geworden, mit der sich nun gar nicht so leicht brechen ließ. »Und wie geht es dir, mein Schatz?«

»Gut. Ich bin gerade aufgestanden. Teddy schläft noch.« Sie plauderten eine Weile und legten auf, als der Junge sich zu regen begann. Doch in Gedanken war Isabelle noch bei Bill, als sie nach Teddy sah. Sie gab ihrem Sohn seine Morgenmedizin, und er schlief sofort wieder ein. Dann ging sie auf ihr Zimmer und zog sich an. Lange stand sie vor dem Fenster und blickte, in Gedanken an Bill versunken, hinaus in den Garten. Traurig machte sie sich mit der Tatsache vertraut, dass es noch lange dauern würde, ehe sie sich wieder sehen könnten. Die Trennung diente einem guten Zweck, aber ein Jahr war eine lange Zeit.

Als Bill wieder in seinem Bett lag, lächelte er bei dem Gedanken an Isabelle und schlief ein. Gerade als er eindöste, kamen ihm Helenas Worte wieder in den Sinn. Er konnte ihre Argumentation nachvollziehen, glaubte aber dennoch, dass das für ihn nicht zutraf. Er gehörte nicht in Isabelles Leben oder das eines anderen Menschen, wenn er nicht wieder gehen lernte. Und daran glaubte er fest, obwohl diese Überzeugung allem widersprach, was er hier sah. Helena war eben schön und jung, und eine Frau ... sie verstand einfach nicht, wie er fühlte ... für ihn war das etwas anderes ... er war ein Mann. Wenn er nicht auf eigenen Beinen in Isabelles Leben zurückkehren konnte, hatte er keine Daseinsberechtigung mehr darin.

Kapitel 14

Als Olivia und Jane Bill am nächsten Tag besuchten, waren beide überglücklich, ihn zu sehen. Sie fanden, dass er gut aussah. Er zeigte ihnen die Gebäude und die Anlage der Rehaklinik, stellte sie allen vor, die ihnen begegneten. Dann fanden sie ein ruhiges Eckchen, wo sie draußen in der lauen Septemberluft sitzen konnten. Es war ein sonniger Nachmittag, und beide Mädchen machten einen fröhlichen und gesunden Eindruck. Sie hatten viel zu erzählen und redeten oft über ihre Mutter. Sie betonten, wie sehr sie ihn vermisst hatten und wie sehr sie sich wünschten, er möge wieder nach Hause kommen. Beide konnten es noch immer nicht fassen, dass ihre Eltern sich scheiden ließen. Zum Glück waren sie jetzt durch ihr Studium abgelenkt.

Bevor die Mädchen am Spätnachmittag wieder aufbrachen, gingen sie in die Cafeteria, um Hamburger zu essen. Dort lief Joe ihnen über den Weg. Bill stellte die drei jungen Leute einander vor, und sie schienen sich auf Anhieb gut zu verstehen. Olivia kannte jemanden, der in Minneapolis studiert hatte – die Welt der Collegestudenten war klein. Joe wollte von Jane wissen, ob sie sich an der New Yorker University wohl fühle, da er vorhabe, dort Jura zu studieren. Sie sagte, es gefalle ihr sehr gut dort, und bald lief das Gespräch ganz ohne Bills Beteiligung munter weiter. Joe aß einen Hamburger mit, und sie unterhielten sich über die unterschiedlichsten Themen. Dass Joe dabei im Rollstuhl saß, schien überhaupt keine Rolle zu spielen. Keiner bemerkte es, keinen kümmerte es, wie Bill beobachten konnte, als sie alle zusammen zu seinem Zimmer zurückgingen, Olivia an seiner Seite, Jane neben Joe. Joe schien von Jane sehr angetan zu sein und fragte sie, ob sie Lust habe, mit ihm und ein paar Freunden am Abend in New York ins Kino zu gehen. Aber sie entschuldigte sich, sie hatte schon etwas anderes vor. Es schien ihr jedoch Leid zu tun, und sie schlug vor, er solle sie ein andermal anrufen, oder sie werde sich selbst bei ihm melden. Sie schienen viele Gemeinsamkeiten entdeckt zu haben. Joe blieb bei ihnen, bis es für Olivia und Jane fast Zeit zum Aufbruch war. Dann zog er sich diskret zurück und ließ die Familie allein. Joe war einfühlsam, höflich und intelligent, und sobald er gegangen war, meinte Bill, er habe ihn sehr gern.

»Er ist nett«, lautete Janes ganzer Kommentar, und Olivia lachte sie aus.

»Also ›nett‹ ist gar kein Ausdruck, er ist ein Wahnsinnstyp!« Bill amüsierte sich über den Wortwechsel. Die drei hatten ihn an junge Hunde beim Spiel erinnert.

Die Mädchen wollten bei ihrer Mutter übernachten. Als Bill sie verabschiedet hatte, kehrte er auf sein Zimmer zurück. Dort wartete Joe bereits auf ihn, er machte ein nachdenkliches Gesicht.

»Ich würde dich gern was fragen«, sagte er mit nervöser Stimme.

»Nur zu, Joe, was gibt's?« Bill vermutete, dass es wieder um ein Basketballspiel ging.

»Ich wollte wissen ob ... also eigentlich habe ich überlegt ...« Es schien sich doch um etwas Ernstes zu handeln. Der kluge, hübsche Junge war plötzlich um Worte verlegen und wurde rot bis unter die Haarwurzeln.

»Ist bestimmt eine gute Frage«, zog Bill ihn auf. »Klingt, als wolltest du dir mein Auto borgen. Aber ich hab gar keins, und keiner von uns kann fahren.«

Joe Andrews musste lachen. »Ich habe mich gefragt, ob es dir etwas ausmachen würde, wenn ...« Er holte tief Luft und sprang dann ins kalte Wasser: »... ob es dir was ausmachen würde, wenn ich Jane hin und wieder anrufe? Ich tu's nicht, wenn es dir nicht passt, und wahrscheinlich will sie mich sowieso nicht sehen ... ich meine ... du weißt schon ...«

»Ich finde das eine hervorragende Idee.« Vor zwei Jahren hatte Jane einen Freund gehabt, den keiner aus der Familie leiden konnte. Bill war sehr froh gewesen, als die Beziehung vor einem Jahr in die Brüche ging. Seitdem hatte sie an keinem Mann mehr größeres Interesse gezeigt. »Soweit ich weiß, ist sie frei und keinem versprochen, obwohl ich natürlich nicht immer in die letzten Geheimnisse eingeweiht bin. Du wirst das schon selbst herausfinden müssen.«

»Sie hat gemeint, ich könne sie anrufen, und hat mir die Nummer ihrer Mutter und die auf der Universität gegeben. Aber ich wollte dich erst fragen.« Das war eine nette Geste von ihm, Bill war gerührt.

»Das klingt ja hoffnungsvoll«, meinte Bill. »Ist sie denn besser als Helenas Schwester?«

»Willst du mich veräppeln? Die beiden lassen sich überhaupt nicht vergleichen. Jane ist bombig! Ich meine ... Helenas Schwester ist ein nettes Mädchen, aber ...«

»Ich weiß. Sie sieht aus wie ein Frosch.«

»Erzähl Helena bloß nicht, was ich gesagt habe. Ihre Schwester ist wirklich ganz reizend und sehr klug.« Der Gedanke, Bill könnte Helena erzählen, was er gesagt hatte, machte ihm offenbar wirklich Kopfschmerzen.

»Das werde ich bestimmt nicht tun, ich versprech's dir. Es schmeichelt mir, dass Jane dir gefällt. Ich bin auf beide Mädchen sehr stolz.« Joe wusste, warum. Er mochte auch Olivia, aber sie wirkte älter, reifer und reservierter. Bei Jane fühlte er sich wohler, und ihr Aussehen hatte ihm imponiert.

»Vielleicht rufe ich sie heute Abend noch an.«

»Das hängt von dir ab«, meinte Bill mit väterlichem Blick. »Ab jetzt geht es mich nichts mehr an. Sie ist ein großes Mädchen.« Doch er war sehr gerührt, dass dieser Junge, den er so gern hatte, sich zu Jane hingezogen fühlte. Es würde ihnen beiden gut tun, fand er. Sie brauchte jemanden, der klug, anständig und freundlich zu ihr war, und er hatte ein wenig Glück verdient, nach allem, was er durchgemacht hatte. Keinen Augenblick lang dachte Bill daran, die Beziehung könnte unpassend sein, weil Joe im Rollstuhl saß. Dieses Gefühl hatte er nur bei sich selbst, wenn es um Isabelle ging, aber bei Joe und Jane sah er darin kein Problem. Dass darin ein Widerspruch lag, kam ihm gar nicht in den Sinn.

Die Mädchen waren mit ihrem Besuch bei Bill zufrieden. Sie riefen beide bei ihm an, ehe sie am nächsten Tag wieder zu ihren jeweiligen Studienorten aufbrachen. Jane kam nicht auf Joe zu sprechen, und Bill wusste deshalb nicht, ob er sie angerufen hatte, aber er wollte nicht neugierig erscheinen. Ehe die beiden auflegten, kam Cynthia an den Apparat und fragte Bill, ob sie ihn in dieser Woche besuchen dürfe. Erst zögerte er, dann willigte er ein. Schaden würde es nicht. Schließlich hatte er ihr selbst gesagt, er lasse sich von ihr scheiden, damit sie Freunde bleiben konnten.

Zwei Tage darauf, am Dienstag, kam Cynthia zum Abendessen zu ihm. Ihr Erstaunen war groß, als sie zusammen die Cafeteria betraten. Die Patienten lächelten und lachten und hatten glückliche Gesichter und es schien ihnen egal zu sein, ob sie gehen konnten, in Rollstühlen saßen oder in Körperschalen geschnallt auf Rollbahren lagen. Alle schienen einander zu kennen und genug Gesprächsstoff zu haben. Es war der lebhafteste Ort, den sie je erlebt hatte.

Helena kam vorbei, um ihn zu begrüßen, und er stellte ihr Cynthia als seine Frau vor.

»Wer war das denn?«, wollte Cynthia hinterher wissen. »Sie sieht ja umwerfend gut aus.«

»Sie ist ein Model.«

»Gehst du mit ihr aus?«, fragte sie mit einem Anflug von Eifersucht im Blick. Bill lachte.

»Sie ist verlobt.«

»Der Glückliche.« Cynthia klang erleichtert.

»Das hab ich auch gesagt.« Sie kehrten auf sein Zimmer zurück und unterhielten sich eine Weile. Sie sah zwar nicht unglücklich aus, hörte sich aber bedrückt an, als sie über die Scheidung redeten.

»Bist du sicher, dass du das auch wirklich willst?«, fragte sie ihn wieder. »Ich halte das nach all den Jahren in unserem Alter für eine ziemliche dumme Entscheidung.«

»Es war nichts mehr von unserer Ehe übrig, Cyn. Das weißt du auch.« Er sagte ihr das sanft, aber bestimmt.

»Doch, da war noch was. Und es ist immer noch etwas davon da. Sieh uns doch an! Wir haben uns stundenlang unterhalten. Ich liebe dich noch immer, Bill. Warum geben wir uns keine zweite Chance?«

»Ich kann dir nichts mehr geben«, sagte er aufrichtig. »Ich liebe dich auch, aber meine Reserven sind verbraucht. Ich werde dich immer lieben, aber wenn wir es noch mal versuchten, wird es wieder genauso laufen, fürchte ich. Wenn ich wieder arbeite, werde ich weg sein, du wirst sauer sein und dich nur noch um deine Angelegenheiten kümmern.« Er brauchte es nicht auszusprechen, sie wussten beide, was gemeint war. Sie würde wieder Affären haben. »Und wenn ich nicht wieder arbeiten kann, sitze ich im Haus herum und blase Trübsal, während du dein Leben lebst, und in diesem Fall wäre ich sauer. Ich bleibe lieber allein. Und du auch, bis du den Richtigen findest.«

»Du warst der Richtige«, sagte sie traurig. Sie konnte ihn nicht davon überzeugen, dass er einen Fehler machte. Aber sie hatte kein gutes Gefühl dabei, ihn in dieser Situation allein zu lassen.

»Vielleicht war ich das, vielleicht auch nicht. Wenn ich es gewesen wäre, hätte es eigentlich besser funktionieren müssen.«

»Ich war dumm damals. Jetzt bin ich erwachsen geworden.«

»Das sind wir beide. Also lass uns erwachsen handeln.« Sie sagte eine Weile nichts, dann seufzte sie. Ihr war klar, dass sein Entschluss feststand.

»Was ist mit Isabelle?«, wollte Cynthia daraufhin wissen.

»Was soll mit ihr sein?« Bill wollte mit Cynthia nicht über Isabelle reden. »Da gibt es nichts zu erzählen.«

»Warum nicht?« Cynthia war überrascht. Er war so offenkundig verliebt in Isabelle, dass sie kaum glauben konnte, er wollte auch das aufgeben. Sie fragte sich, ob er womöglich entmutigt war.

»Sie ist verheiratet. Ich bin hier. Und hier endet es auch.«

»Es sieht dir gar nicht ähnlich, so schnell aufzugeben. Warum tust du das? Sie kann doch unmöglich glücklich sein mit diesem Eisberg, den ich in London kennen gelernt habe. Er scheint ein ganz mieser Kerl zu sein.«

»Ist er auch. Aber sie hat ein schwer krankes Kind. Das habe ich dir schon erzählt. Sie kann Forrester nicht verlassen, sie meint, das wäre für den Jungen zu traumatisch, außerdem kann sie allein nicht für ihn sorgen. Glaub mir, Cynthia, es ist kompliziert. Und ich werde ihr zu allem anderen nicht auch noch meine Probleme aufhalsen. Sie hat etwas Besseres verdient. Und du auch.«

Cynthia sah ihn eindringlich an. »Ist das der Grund, weshalb du die Scheidung wolltest?« Der Gedanke machte ihr Angst.

»Zum Teil«, gab er zu, »aber für uns gibt es auch andere Gründe. Ich habe es für mich getan. Und um ihretwillen werde ich mich von ihr fernhalten. Es sei denn, hier geschieht ein Wunder.«

»Du weißt, was sie dir in London gesagt haben«, bemerkte Cynthia tadelnd. »Das ist nicht möglich, du wirst hier nicht auf Rollerblades hinausfahren, Bill. Tu dir das bitte nicht an. Erwarte nicht zu viel.«

»Tu ich auch nicht. Ich gehe davon aus, dass alles, was ich hier erreiche, eine Verbesserung darstellt. Ich will damit nur sagen, dass ich mich aus Isabelles Leben heraushalte, solange dieser Zustand anhält.«

»Weiß sie das?«, fragte Cynthia bestürzt. Aus diesem Grund jemanden zu verlassen, den man liebte, fand sie ganz entsetzlich und weitaus schlimmer als die Gründe, die ihn zur Scheidung bewogen hatten. In gewisser Hinsicht hielt sie es sogar für richtig, dass er die Scheidung wollte, obwohl sie das vor ihm nie zugegeben hätte. Wäre er bereit gewesen, zu ihr zurückzukehren, hätte sie ihn blitzschnell genommen. Aber sie wusste nur zu gut, wie gleichgültig sie in all den Jahren gewesen war. Erst jetzt war ihr klar geworden, wie viel sie an Bill gehabt hatte. »Weiß sie denn, warum du die Beziehung beendest?« Ihr taten die beiden Leid.

Bill schüttelte den Kopf. »Sie weiß nicht einmal, dass ich sie beenden werde. Aber man kann etwas auf eine solche Entfernung und ohne dass man den anderen sieht, nicht lange aufrechterhalten. Wir werden uns schließlich entfremden. Ich werde sehr lang hier sein. Sie hat ihr eigenes Leben. Sie wird darüber hinwegkommen.«

»Da wäre ich mir nicht so sicher. Offenbar hat sie sonst nicht viel im Leben. Und viel wichtiger ist doch die Frage, ob du darüber hinwegkommen wirst? Warum solltest du auch? Wenn sie nur zur Hälfte dem Menschen entspricht, für den ich sie halte, weil du so verrückt nach ihr bist, wird ihr dein Zustand vollkommen egal sein. Du bist besser als die meisten Männer, die noch auf ihren beiden Füßen stehen.« Genau das hatte ihm auch Helena gesagt.

»Mag sein. Aber ich kann nun mal nicht aus meiner Haut. Das werde ich ihr nie antun. Sie verlässt Forrester sowieso nicht. Kann sie gar nicht.« Keine glückliche Lage, wie Cynthia fand. Nachdem sie gegangen war, blieb Bill eine ganze Weile still sitzen und dachte nach. Warum ritten denn alle so beharrlich darauf herum, dass es egal sei, wenn er für immer auf den Rollstuhl angewiesen bliebe? Für ihn war es nicht egal. Und er wusste, dass es auf lange Sicht auch Isabelle nicht egal wäre. Er weigerte sich, diesen schweren Weg mit ihr oder einer anderen Frau zu gehen, mochte Cynthia sagen, was sie wollte. Sie hatte keine Ahnung, wie er sich fühlte. Am Ende hätte sie ihn für all das gehasst, was er nicht mehr sein oder tun konnte. Und Isabelle würde er das ebenso wenig antun, selbst wenn er sie anlügen und ihr sagen müsste, dass sie ihm nichts mehr bedeutete. Wenn er nicht auf seinen eigenen Füßen aus dem Flugzeug steigen konnte, war er entschlossen, sie in Paris nicht mehr zu besuchen. Und es war unwahrscheinlich, dass ein Wunder geschah, wie Cynthia ihm noch einmal vor Augen geführt hatte. Wenn er darauf hoffte, hätte er nach Lourdes gehen sollen.

Die Zeit in der Rehaklinik verging für Bill wie im Flug. Ständig war er beschäftigt oder müde, weil er sich bei sämtlichen Therapien verausgabte und ihm kaum Zeit blieb, Atem zu schöpfen.

Die meisten der klugen, energischen und vorwiegend jungen Therapeuten, mit denen Bill zu tun hatte, waren durchweg sympathisch. Ihnen allen lag das Wohl ihrer Patienten am Herzen. Gleich von Anfang an hatten sie Eindruck auf ihn gemacht. Nur bei einer fühlte er sich unwohl, und das war die Sexualtherapeutin Linda Harcourt. Gleich bei der ersten Sitzung hatte er ihr zu verstehen gegeben, dass er kein Interesse daran habe, mit ihr über eine Therapie zu reden.

»Warum nicht?«, hatte sie ihn gefragt und ihn über den Schreibtisch hinweg gelassen angesehen. Sie war eine auffallend gut aussehende Frau etwa in seinem Alter, mit guter Figur und einem intelligenten Gesicht. »Haben Sie vor, für immer auf Sex zu verzichten?«, fragte sie ihn mit einem Lächeln. »Oder ist alles in Ordnung?« Er überlegte, sie anzulügen, doch die Aufrichtigkeit in ihrem Blick hielt ihn davon ab. Er wollte ihr zwar nichts über sein nicht vorhandenes Sexleben erzählen, aber die Art, wie sie ihn beobachtete, machte ihm deutlich, dass es schwer sein würde, ihr auszuweichen. Er verstand selbst nicht, was ihm an ihrer Meinung über ihn lag, doch aus unerfindlichen Gründen war ihm diese nicht gleichgültig. Linda Harcourt war eine auffallende Person, die Respekt einflößte. Einerseits wirkte sie, als sei nicht mit ihr zu spaßen, zugleich war sie aber wie die anderen Therapeuten in der Klinik besorgt und warmherzig. »Ihrem Krankenblatt habe ich entnommen, dass Sie verheiratet sind«, meinte sie leichthin. »Glauben Sie denn, Ihre Frau würde sich mit mir unterhalten wollen?« Sie war sich fast sicher, dass seine Sexualfunktionen durch seine Verletzungen in Mitleidenschaft gezogen worden waren, und wenn er darüber nicht mit ihr reden wollte, würde das vielleicht seine Frau tun. Für sie war es nichts Ungewöhnliches, dass Männer anfangs Schwierigkeiten hatten, mit ihr über Sexualität zu reden. Manchmal war ein Gespräch mit den Frauen, sofern es welche gab, der sanftere Einstieg. Aber Bill schüttelte ganz rasch den Kopf.

»Ich lasse mich gerade scheiden«, sagte er schlicht und schlug ihr damit quasi die Tür vor der Nase zu.

»Das ist interessant. Trug der Unfall zu dieser Entscheidung bei?« Bill wandte sich ab, sagte erst nichts, schüttelte dann aber wieder den Kopf.

»Nicht wesentlich. Wir hätten das schon vor Jahren tun sollen. Der Unfall hat meine Sicht der Dinge nur irgendwie gerade gerückt.«

Daraufhin wurde die Ärztin ein wenig direkter. »Hatten Sie seit dem Unfall Geschlechtsverkehr oder haben Sie es versucht?«, fragte sie so beiläufig, dass es ihn überraschte, sich antworten zu hören.

»Ja.« In diesem einzigen Wort lag kein Hinweis darauf, ob es geklappt hatte.

Mit ihrer sanften Stimme forschte sie weiter. Sie war sachlich und zeigte keinen Anflug von Mitleid in ihrem Gesicht. »Wie war es?«

»Wie es für mich war?« Dabei musste er lachen, und sie lächelte. Das sagten die Männer meistens, vor allem, wenn es nicht funktioniert hatte. Und sie wusste auch schon, was als Nächstes kommen würde. »Eigentlich war gar nichts.«

»Keine Erektion oder keine Ejakulation, oder fehlte beides?«, fragte sie nüchtern, als ginge es darum zu erfahren, ob er seinen Kaffee mit Milch oder Zucker oder beidem haben wollte. Die Antwort fiel ihm leichter, als er gedacht hatte.

»Beides. So weit kamen wir gar nicht.«

»Hatten Sie denn eine Empfindung?« Er nickte wieder. »Gedämpft oder deutlich?«

»Eigentlich recht deutlich. Doch ich habe keine Erektion bekommen, ich fühlte zwar alles ... na ja, fast alles. Aber es funktionierte nicht.«

»Das braucht oft Zeit. Trotz allem, was Sie mir erzählen, kann sich durchaus alles so weit zum Guten entwickeln, dass Sie später wieder ein relativ normales Sexleben führen können. Dabei kommt es vor allem auf Ihr Gefühl an. Erfolg auf diesem Gebiet kann eine sehr kreative Angelegenheit sein.« Schon das Zuhören machte ihn niedergeschlagen. Er wollte nicht »kreativ« sein oder seine Definition von »Erfolg« neu überdenken. Er wollte es auch eigentlich gar nicht mehr versuchen. Und mit wem hätte er es auch ausprobieren sollen? Mit Isabelle? Sie war in Paris, er wollte sie nicht in ein weiteres Fiasko hineinziehen, und mit Cindy zu schlafen, dazu hatte er keine Lust mehr. Es mit ihr zu versuchen wäre noch sehr viel demütigender gewesen. Schließlich liebte er sie nicht mehr. »Haben Sie eine Partnerin?«, fragte Dr. Harcourt unverblümt.

»Nein. Habe ich nicht.«

»Ist in Ordnung. Wir können darüber reden, und Sie können es auch an sich selbst ausprobieren. Es hängt wirklich ganz entschieden davon ab, wie Sie es empfinden und wie Sie damit umgehen, nicht nur wie Sie es körperlich fühlen oder wie die Praxis aussieht.«

»Ich möchte mich damit überhaupt nicht mehr befassen«, erwiderte er schroff. Er nahm sich vor, seinem Arzt zu sagen, dass er die Sexualtherapeutin nicht mehr sehen wolle. »Ich glaube nicht, dass das für mich im Augenblick von Bedeutung ist.«

»Aber für immer?« Ihre Augen trafen sich, und er nickte.

»Das ist schon in Ordnung so, Frau Doktor. Ich werde mich nicht zum Narren machen, wenn ich doch weiß, dass es nicht funktioniert.«

»Und wenn doch? Es ist ein wichtiger Teil Ihres Lebens, den Sie da in Ihrem Alter aufgeben.«

»Manchmal ist das eben so. Ich arbeite viel.«

»Ich auch«, mit einem Lächeln reichte sie ihm ein Buch über den Schreibtisch. Es schien sachlich und sehr medizinisch ausgerichtet zu sein, Bill nahm es zögernd an. »Lesen dringend empfohlen. Nächste Woche gibt es ein Quiz dazu.« Ihre Worte machten ihm Angst, da lachte sie. »Nein, war nur ein Scherz. Aber es wird Sie bestimmt interessieren.«

Damit beendete sie das Gespräch; für den ersten Tag waren sie weit genug gekommen. Sie kannte seine Einstellung, seine Erfahrung, die er bei dem einzigen Versuch nach dem Unfall gesammelt hatte, und er hatte etwas Lesenswertes mitbekommen. In den kommenden Monaten würde ihr noch genug Zeit bleiben, mit ihm zu arbeiten, sie war weitaus optimistischer als er. Als Bill auf sein Zimmer zurückkehrte schleuderte er mit wütender Geste das Buch aufs Bett und starrte dann lange Zeit aus dem Fenster. Er wollte keine Sextherapie, wollte nicht lernen, »kreativ« zu sein. Er wollte ein Mann sein, und wenn er keiner mehr sein konnte, hatte er vor, allem, was ihm lieb war, den Rücken zu kehren, zumindest Isabelle. Und ganz gewiss würde er jetzt nicht anfangen, sich zu verabreden und zu experimentieren, um herauszufinden, ob er eine anhaltende Erektion bekommen konnte. Seine Würde wollte er wenigstens bewahren, das war das Mindeste.

Als er tags darauf mit Isabelle telefonierte, erzählte er nichts von dem Gespräch mit Linda Harcourt. Über diese Facette der

Rehaklinik schwieg er sich aus. Doch die Begegnung mit der Sexualtherapeutin hatte ihn so aufgewühlt, dass er erst nach Tagen das Buch in die Hand nahm. Zu seiner Überraschung stellte er fest, dass es sehr informativ war. Die Lektüre zeigte ihm, dass seine erste Erfahrung ganz und gar nicht atypisch gewesen war und noch erhebliche Verbesserungen möglich sein würden, je besser seine Verletzungen verheilten. Doch auch nach der Lektüre des Buches blieb er skeptisch. Noch immer glaubte er fest daran, zu dem großen Kreis von Männern zu gehören, die zwar Empfindungen, aber keine ausreichende Kontrolle darüber hatten, sowie Erektionen, die rasch wieder verschwanden. Er hatte kein Verlangen danach, auszuprobieren, ob möglicherweise eine Verbesserung stattgefunden hatte, weder mit einer Partnerin noch allein. Nach seinem nächsten Gespräch mit Linda Harcourt eine Woche später entschied er sich dann auch für den leichteren Weg, diesen Teil seines Lebens einfach wegzuschließen. Er teilte ihr mit, er wolle keine weiteren Gespräche mehr mit ihr führen, doch nachdem sie ihm zwei Bücher in die Hand gedrückt hatte, schlug sie vor, sich wenigstens noch einmal zu treffen. Sie wolle seine Meinung zu diesen auch für sie neuen Büchern hören, sagte sie. Linda Harcourt war eine sehr kluge Frau, deren offene Art Bill gut gefiel. Dennoch wehrte sich in ihm alles gegen ihre Forderung, mit ihr über sein Sexleben zu sprechen. Nach eigener Einschätzung war er zum Eunuchen geworden, und er hatte vor, das zu bleiben, wenn alles andere mit Demütigung, Versagen und Enttäuschung verbunden war. Das konnte er nicht gebrauchen. Er wollte lieber enthaltsam und allein leben.

Inzwischen hatten einige seiner Freunde aus der Politik mitbekommen, dass er wieder im Lande war. Ein paar flogen aus Washington herbei, um ihn zu besuchen, andere reisten aus New York an. Wenn sie bei ihm waren, schien keiner seine körperliche Verfassung überhaupt wahrzunehmen, alle suchten vor allem seinen Rat. Um die Weihnachtszeit herum klingelte dann ständig das Telefon. Es fiel Bill schon schwer genug, sich auf die verschiedenen Therapien zu konzentrieren, daher versuchte er sein berufliches Engagement möglichst gering zu halten. Aber seine alten Weggefährten waren entschlossen, ihn wieder zurück ins politische Leben zu holen. Das war auf jeden Fall sehr schmeichelhaft, und Bill freute sich zu hören, was alle so machten, wie ihre Hoffnungen, Strategien und Pläne aussahen. Wie immer bestand seine Funktion darin, ihnen dabei zu helfen, aus Kandidaturen gute Wahlergebnisse zu machen.

Bill hatte sich dazu überreden lassen, Weihnachten mit Cynthia und den beiden Mädchen in ihrem Haus in Greenwich zu feiern. Er hatte eine Limousine bestellt, die ihn am Weihnachtsabend hinbringen sollte, und den Mädchen versprochen, die Nacht über dort zu bleiben. Dabei fühlte er sich ein wenig komisch, aber Cynthia schlug vor, er könne in einem der beiden Gästezimmer im Erdgeschoss übernachten. Von den Mädchen hatte er erfahren, dass es in Cynthias Leben einen neuen Mann gab, und das freute ihn. Alles schien gut zu werden.

Der Wagen holte ihn um vier Uhr nachmittags ab, und eine Stunde später fuhr er in Greenwich die vertraute Einfahrt zu seinem früheren Zuhause hinauf. Es war ein weitläufiges und imposantes Anwesen, das er immer sehr geliebt hatte. Diesmal hatte er bei seinem Anblick ein seltsam nostalgisches Gefühl. Aber sobald Bill die Mädchen sah, fühlte er sich besser.

Als er ins Wohnzimmer rollte, schmückten sie gerade den Weihnachtsbaum. Aus der Stereoanlage tönten Weihnachtslieder, und Cynthia sah so gut aus wie schon seit Jahren nicht mehr. Als er sich umsah, fielen ihm fast die Augen aus dem Kopf, denn am Fenster saß Joe Andrews in seinem Rollstuhl.

»Wie bist du denn hier hergekommen?«, fragte Bill erstaunt. Noch am Nachmittag hatte er ihn im Speisesaal gesehen. Jetzt lachte er verlegen, Bill aber grinste. Joe war erleichtert, dass Bill sich allem Anschein nach nicht überrumpelt fühlte. Jane stellte sich neben Joe und hielt seine Hand.

»Jane hat mich auf dem Heimweg von der Uni abgeholt«, erklärte Joe. »Wir wollten dich überraschen.« Die beiden strahlten, und Bill sah sie neugierig an. Seit der ersten Begegnung der beiden hatte Joe kein Wort mehr darüber verloren. Bill hatte keine Ahnung, dass die beiden einander trafen und ihre Beziehung in den letzten drei Monaten große Fortschritte gemacht hatte.

»Ich muss schon sagen, das ist euch gelungen.« Bill lächelte die beiden an. Er freute sich, weil er Joe wirklich ins Herz geschlossen hatte.

Sie aßen gemeinsam zu Abend und gingen danach in die Kirche. Am nächsten Morgen rollten Bill und Joe gerade ins Wohnzimmer, als die Mädchen die Treppe herunterkamen. Cynthia hatte schon Frühstück gemacht, und zum Mittagessen kam auch ihr neuer Freund dazu. Er schien ein angenehmer, intelligenter Mann zu sein, ein Witwer mit vier erwachsenen Kindern. Bill freute sich, weil er Cynthia offenbar sehr gern hatte. Zu seiner Überraschung verspürte er keinerlei Eifersucht oder Besitzansprüche, was ihn noch einmal darin bestätigte, mit der Scheidung das Richtige getan zu haben.

Am Abend kehrten Bill und Joe gemeinsam in die Klinik zurück. Auf der Fahrt unterhielten sie sich über den wunderbaren Kurzurlaub. Auch Bill war zufrieden, aber er vermisste Isabelle sehr. Er hatte mehrmals während der Festtage bei ihr angerufen und von ihr erfahren, dass alles in Ordnung sei, aber ihrer Stimme hatte er angehört, wie unglücklich und angespannt sie war. In den vergangenen zwei Monaten hatte Gordon ihr das Leben schwer gemacht. Noch immer bestrafte er sie für die angebliche Affäre mit Bill, als wäre der Unfall nicht Strafe genug gewesen. Außerdem schwanden Teddys Kräfte immer mehr dahin. Sophie war über die Feiertage nach Hause gekommen, doch gleich nach Weihnachten war sie mit Freunden zum Skifahren nach Courchevelle aufgebrochen.

»Du bist nicht sauer auf mich, weil ich mich mit Jane treffe?«, erkundigte sich Joe vorsichtig bei Bill, aber Bill lächelte und schüttelte den Kopf.

»Sie hat so einen netten Kerl wie dich verdient, und dir steht auch was Besseres zu als ein Mädchen, das aussieht wie ein Frosch.« Beide lachten bei der Erinnerung an das Rendezvous mit Helenas Schwester. Helena war über Weihnachten zu ihrem Verlobten nach New York gefahren, nachdem sie in der Klinik alle kleine Geschenke ausgetauscht hatten.

Bill ging davon aus, dass weder Jane noch Joe die Beziehung allzu ernst nahmen, also machte er sich auch keine Sorgen. Beide waren noch viel zu jung, um weit voraus zu denken, aber sie waren liebe junge Menschen, die er gern zusammen sah. Olivia hatte ihm gestanden, dass auch sie einen neuen Verehrer hatte. Er war die rechte Hand eines Senators, den Bill gut kannte. Auf dem Heimweg wurde ihm schlagartig klar, dass jeder im Leben jemanden hatte, nur er nicht. Natürlich liebte er Isabelle nach wie vor, aber sie schien mit Gordon und ihren Kindern in Paris Lichtjahre entfernt von ihm zu sein. Und zum ersten Mal seit langem fühlte er sich einsam und traurig, als er zurück auf seinem Zimmer war. Joe war gleich nach ihrer Rückkehr mit Freunden losgezogen, am nächsten Tag wollte Jane zu Besuch kommen. Bill ging zu Bett und versuchte zu lesen, doch seine Gedanken schweiften immer wieder ab. Als Jane dann spätabends noch anrief, war das eine Erleichterung für ihn.

»Bist du sauer auf mich, Papa?«, fragte sie vorsichtig. Dabei hatte sie die gleiche Stimme wie damals, als sie in ihrem ersten Jahr auf dem College seinen Wagen zu Schrott gefahren hatte. Bill lachte unbeschwert.

»Natürlich nicht. Weswegen sollte ich denn sauer auf dich sein?« Und er dachte an die schönen Stunden, die sie gerade miteinander verbracht hatten.

»Ich wusste nicht recht, was du von mir und Joe hältst.«

»Was hältst du denn von ihm?« Er wünschte sich, sie hätten dieses Gespräch schon eher geführt, zu Hause, damit er ihr Gesicht hätte sehen können, während sie sich unterhielten. Ihre Stimme klang sehr ernst.

»Ich liebe ihn sehr. Jemand wie er ist mir noch nie begegnet.«

»Ich mag ihn auch. Und er hat viel durchgemacht.« Der Verlust seiner Gehfähigkeit, das Unfalltrauma, der Tod seiner Verlobten und seines Zwillingsbruders.

»Ich weiß. Er hat mir alles erzählt. Stell dir vor, Papa, das Mädchen, mit dem er verlobt war, ist in seinen Armen gestorben. Er sagte, das werde er sich nie verzeihen.«

»Soweit ich informiert bin, war der Unfall nicht seine Schuld. Er hat die Schuldgefühle eines Überlebenden, weil er sein Leben weiterführen kann, während andere gestorben sind. Darüber wird er im Lauf der Zeit hinwegkommen.«

»Ich möchte für ihn da sein, Papa.« Es dauerte eine Weile, bis Bill die ganze Tragweite dieser Worte erfasst hatte.

»Was willst du mir damit sagen, Janie?« Plötzlich fragte er sich, ob sie ihm damit ihre bevorstehende Hochzeit mitteilen wollte. Dagegen hätte er sich vehement ausgesprochen. Sie waren beide zu jung, und Joe hatte noch einen harten Weg vor sich. Es bestand keine Hoffnung für ihn, je wieder laufen zu können. Und Bill fand, dass diese Verantwortung für Jane zu groß wäre. Eine Romanze, ja, selbst wenn sie ein paar Jahre dauerte, aber eine dauerhafte Bindung kam seiner Meinung nach für beide nicht in Frage.

»Ich glaube, ich will dir damit sagen, dass es was Ernstes ist, Papa.«

»Langsam verstehe ich. Empfindet er das genauso?«

»Ich glaube schon. Wir haben eigentlich noch nicht darüber gesprochen, aber er ist so ein Typ.« Diese Qualität gefiel Bill an Joe, der zweifellos Tiefgang hatte. Aber dennoch hielt er es für falsch.

»Ich glaube nicht, dass du jetzt schon etwas Ernsteres in Erwägung ziehen solltest. Du bist noch in der Ausbildung und … Also lass uns ein andermal darüber reden.« Daraufhin wechselte er das Thema und sprach darüber, wie schön doch die gemeinsamen Feiertage gewesen waren, fast wie in alten Zeiten und eigentlich noch besser. Zwischen ihm und Cynthia hatte es keine Spannungen gegeben, und er mochte ihren neuen Freund. Dann versprach Jane, ihm einen Besuch abzustatten, wenn sie am nächsten Tag bei Joe sei.

Das Gespräch ließ ihn auch nicht los, nachdem sie schon aufgelegt hatten, und er sprach mit Isabelle über das Thema, als er sie spät nachts anrief.

»Ich möchte nicht, dass sie auch nur daran denkt, diesen Jungen zu heiraten«, gab er aufrichtig zu. »Es ist wirklich schade, denn er ist ein großartiger Kerl.«

»Warum sollten sie denn dann nicht heiraten? Viele Leute heiraten in ihrem Alter. Sie sind jung, aber Jane scheint für ihr Alter sehr reif zu sein, und der arme Junge hat so viel durchgemacht.«

»Es wäre eine Katastrophe für sie, Isabelle. Sie braucht jemanden, der mit ihr mithalten kann. Sie geht gern Ski fahren, läuft gern, fährt gern Fahrrad. Sie wird eines Tages Kinder haben wollen. Aber er ist für den Rest seines Lebens an den Rollstuhl gefesselt. Sie hat mehr verdient als das.« Er auch, aber er hatte keine andere Wahl. Jane aber schon.

»Da sagst du etwas ganz Furchtbares.« Isabelle wurde ärgerlich. »Was macht das schon, wenn sie mit Freunden zum Skifahren geht oder mit einem anderen Mann tanzt? Willst du mir damit sagen, du bist, obwohl sie sich lieben, gegen eine Heirat, weil er nicht Fahrrad fahren kann? Da siehst du die Sache aber unglaublich eng. Ich kann gar nicht glauben, dass du so etwas Dummes wirklich ernst meinst.«

»Ich weiß, wovon ich rede«, widersprach er trotzig und zog die Stirn kraus.

»Nein, das weißt du nicht!«, sagte sie mit Nachdruck. Es war der erste Streit, den sie hatten. »Ich hoffe nur, dass Janes Mutter klüger ist als du. So etwas Dummes habe ich noch nie gehört. Ich kann nur hoffen, dass du das nicht auch zu Jane gesagt hast. Das würde sie dir nie verzeihen und zwar zu Recht.«

Sie wandten sich anderen Themen zu und beruhigten sich beide wieder. Er erzählte ihr von dem gemeinsamen Weihnachtsfest mit Cynthia und den Mädchen, kam aber natürlich nicht auf Cynthias neuen Freund zu sprechen, da Isabelle ja nicht wusste, dass Bill und Cynthia getrennt waren. Isabelle erzählte Bill, Gordon werde am nächsten Tag nach Sankt Moritz reisen, um dort mit Freunden Ski zu fahren. Sie bleibe mit Teddy in Paris, und sie würden Silvester alleine verbringen. Sophie sei schon weggefahren.

Bill konnte es noch immer nicht fassen, wie wenig Aufmerksamkeit Gordon Isabelle entgegenbrachte. Gleichzeitig war er erleichtert, auf diese Weise konnte Gordon Isabelle wenigstens nicht quälen. Seine Abwesenheit war eigentlich ein Segen. An diesem Abend unterhielten sie sich lange. Bill fühlte sich verwundbar und ein wenig traurig. Seit vier Monaten hatten sie sich nicht mehr gesehen, und er vermisste sie schrecklich, wie sie ihn auch. Doch an ein Treffen war überhaupt nicht zu denken – noch lagen viele Monate Reha vor ihm.

Nach dem Gespräch lag er lange Zeit wach und dachte darüber nach, was Isabelle über Jane und Joe gesagt hatte. Er konnte ihr nicht zustimmen, sie wusste nicht, wovon sie redete, welche gewaltigen Schwierigkeiten auf die beiden zukamen. Egal, wie gern Bill Joe auch hatte, für Jane wünschte er sich eine weniger komplizierte Ehe. Zum ersten Mal war er ganz und gar anderer Auffassung als Isabelle. Sie war zu gutmütig und zu idealistisch, um die Folgen einer solchen Entscheidung zu verstehen und absehen zu können. Bill war entschlossen, mit Jane darüber zu reden, falls es nötig wurde. Bis jetzt sah es zum Glück so aus, als wollten die beiden nichts überstürzen. Bill hoffte, sie würden zur Vernunft kommen, ehe sie sich endgültig entschieden.

Er schlief ein und träumte von dem Weihnachtsbaum seiner Familie, und zum ersten Mal tauchte auch das weiße Licht wieder auf. Er ging darauf zu und hielt dabei Isabelles Hand. Als sie sich ihm zuwandte, küsste er sie. Selbst im Traum überraschte es ihn, als er Jane und Joe auf dem gleichen Weg auf sie zukommen sah. Joe saß im Rollstuhl, und Jane lief neben ihm her. Sie sah leidend aus, und als sie im Traum stehen blieben, wandte sie sich an ihren Vater und fragte ihn, warum er sie nicht vor dem harten Leben, das sie jetzt führte, gewarnt hatte.

KAPITEL 15

Nachdem Gordon nach Sankt Moritz abgereist war, herrschte Totenstille im Haus. Draußen war es dunkel und ungewöhnlich kalt. Im Haus zog es, und Isabelle hatte Teddy noch einen Pullover über seinen Schlafanzug gezogen und die Steppdecke gut festgesteckt. Den ganzen Nachmittag saß sie bei ihm im Zimmer und las ihm vor.

An Weihnachten war es ihm gut gegangen, er hatte tonnenweise Bücher und neue Spiele bekommen. Isabelle hatte ihm einen großen Teddybären geschenkt, der ihm Gesellschaft leisten sollte. Doch viel lieber hätte Isabelle ihm eine gute Gesundheit beschert. Er war und blieb ihr Sorgenkind.

Da Bill von Gordons Skiurlaub wusste, rief er Isabelle in diesen Tagen sehr viel häufiger an, und auch sie meldete sich ein, zwei Mal bei ihm. Sie sprachen mindestens zwei Mal am Tag miteinander. Isabelle sehnte sich zurück nach ihren gemeinsamen Tagen im Krankenhaus, als sie jederzeit und ohne Verabredung miteinander reden konnten. Sie hatte keine Lust auszugehen oder Freunde zu sehen. Deshalb war sie sehr überrascht, als sie kurz nach Gordons Abreise beim Öffnen der Post eine Einladung für sie beide fand. Die Gastgeber gehörten zur besseren Gesellschaft, wie Isabelle wusste. Die Frau leitete ein Modehaus, ihr Ehemann war bereits sehr alt, hatte einen Adelstitel und war einmal Chef einer wichtigen Bank gewesen. Isabelle konnte sich nicht erinnern, den beiden je begegnet zu sein, aber sie vermutete, dass Gordon sie bei einem jener gesellschaftlichen Anlässe, zu denen er sie nicht mitnahm, kennen gelernt hatte, vielleicht kannte er den Ehemann aber auch über die Bank. Die Einladung war hübsch gestaltet, der Anlass die Hochzeit ihrer Tochter im Januar. Isabelle nahm sich vor, der Braut ein Geschenk zu schicken, vergaß die Angelegenheit dann aber wieder. Solche Feste besuchte sie schon lange nicht mehr, und Gordon bat sie, wenn er hinging, auch nicht um ihre Begleitung.

Sie verbrachte die folgenden Tage mit Teddy und führte lange Gespräche mit Bill. Dieser verbrachte den Silvesterabend im Rehazentrum, wo jede Menge Feste geplant waren. Er versprach sie anzurufen, wenn es in Paris Mitternacht war, damit sie gemeinsam das neue Jahr beginnen konnten, sie würde ihn dann anrufen, wenn New York den Jahreswechsel einläutete. Sie wartete gerade auf Bills Anruf, als das Telefon läutete und eine Frau am anderen Ende der Leitung höchst überrascht auf ihre Stimme reagierte.

»Ach, wie dumm von mir!«, sagte sie. »Es tut mir schrecklich Leid, da habe ich wohl die falsche Nummer erwischt. Ich wollte nur sagen, dass ich meinen Flug verpasst habe.« Offenbar verwirrt und auch ein wenig angetrunken, legte sie danach auf. Wer sie war und wohin sie fliegen wollte, blieb für Isabelle ein Rätsel. Da Isabelle davon ausging, dass die Frau sich tatsächlich verwählt hatte, legte sie ebenfalls auf.

Bill rief wie versprochen auf die Minute pünktlich an, und sie ließen das neue Jahr in Paris hochleben. Teddy schlief bereits. Isabelle rief Bill dann um sechs Uhr morgens ihrer Zeit an, als es bei ihm Mitternacht war. Sie hatten beide ihren Spaß an diesem Spiel. Nach dem Telefongespräch mit ihm ging sie nach unten, um sich eine Tasse Tee zu machen, las die Zeitung und ging dann wieder ins Obergeschoss. Teddys Pflegerin hatte den Neujahrstag frei bekommen, und Isabelle kümmerte sich gern um ihren Sohn.

Er schlief lange, und so nahm sie sich wieder die Zeitung vor. Zu ihrer Überraschung stieß sie in einer Klatschspalte auf Gordons Namen mit dem Hinweis, er halte sich in Sankt Moritz auf. Es hieß, er sei mit Freunden dort, und neben dem seinen standen Namen wie Aga Khan, Prinz Charles und die anderer Berühmtheiten. Dann sprang ihr noch ein anderer Name ins

Auge. In der Kolumne stand, die Comtesse de Ligne werde für den Silvesterabend ebenfalls dort erwartet. Das war die Frau, deren Einladung zur Hochzeit der Tochter Isabelle tags zuvor gelesen hatte. Isabelle konnte nur vermuten, dass sie mit Gordon befreundet war. Doch als sie darüber nachdachte, fiel ihr der Anruf im der Nacht zuvor wieder ein, die Frau, die gesagt hatte, sie habe ihren Flug verpasst. Einen verrückten Augenblick lang sträubten sich Isabelle die Nackenhaare. Warum sollte diese Frau bei Gordon angerufen haben? Und warum zum Teufel hatte Isabelle den Verdacht, es könne sich dabei um die Comtesse de Ligne gehandelt haben? Sie hieß Louise mit Vornamen. Isabelle konnte sich eigentlich nicht vorstellen, dass sie irgendetwas mit Gordon zu tun hatte, viel wahrscheinlicher war sie eine Freundin von einem der anderen Gäste. Doch dieses zufällige Zusammentreffen verfolgte sie den ganzen Tag. Und um sechs Uhr abends entschied Isabelle sich, etwas völlig Verrücktes zu tun. Aus einer Laune heraus wollte sie Louise de Lignes Stimme hören. Über die Telefonauskunft erhielt sie die Nummer, überlegte kurz und wählte dann. Am anderen Ende der Leitung wurde abgehoben.

»Allo? Bitte?«

»Spreche ich mit Madame de Ligne?«, fragte Isabelle ohne den Titel zu erwähnen.

»Ja.«

»Ich rufe an, um Ihren Flug nach Sankt Moritz zu bestätigen«, sagte Isabelle ohne zu wissen, was sie danach sagen sollte.

»Ich habe Ihnen doch vor einer Stunde gesagt, dass ich frühestens morgen fliegen kann. Mein Mann ist sehr krank«, erwiderte sie irritiert, doch Isabelle wusste bereits genug. Es war dieselbe Stimme, die in der Nacht zuvor etwas wirr und ein wenig angetrunken angerufen hatte, um zu sagen, dass sie den Flug verpasst hatte.

»Oh, das tut mir schrecklich Leid. Das muss meine Kollegin gewesen sein. Natürlich. Entschuldigen Sie bitte, Madame de Ligne.«

»Muss ich den Flug denn noch mal bestätigen?«, herrschte die Gräfin sie an. Seltsam, sie hatte die gleiche wegwerfende

Arroganz in der Stimme, die Isabelle von Gordon kannte. Sie fand, die beiden klangen wie Geschwister.

»Nein, das brauchen Sie nicht. Gute Reise«, wünschte Isabelle freundlich und legte dann auf.

Ohne recht zu wissen, warum, zitterte sie und versuchte dem eben Gehörten eine Bedeutung zu geben. Was ihren Argwohn geweckt hatte, hätte Isabelle nicht sagen können, aber er war da. Plötzlich ließ die Frage, weshalb die Gräfin nachts bei Gordon angerufen hatte, sie nicht mehr los. Zwar wollte sie keine voreiligen Schlüsse ziehen, aber sie vermutete, dass Gordon eine Affäre mit ihr hatte. Das sagte Isabelle ihr sechster Sinn. Eigentlich hatte die Gräfin Gordon wohl in Sankt Moritz anrufen wollen, um ihm mitzuteilen, dass sie ihren Flug verpasst hatte. Da sie offenbar getrunken hatte, war sie fälschlicherweise in seinem Pariser Haus gelandet.

»Wer war das?«, wollte Teddy wissen, als er ins Zimmer seiner Mutter kam, was er nur selten tat. Er erschrak, als er Isabelles Gesichtsausdruck sah. »Stimmt etwas nicht?«

»Nein, ich... ich habe nur gerade Papa in Sankt Moritz angerufen. Er war nicht da.«

»Wahrscheinlich fährt er Ski oder ist zu einer Dinnerparty«, lautete Teddys vernünftige Erklärung, und sie nickte.

Als Bill später anrief, kam sie darauf zu sprechen.

»Ich finde das ziemlich weit hergeholt«, meinte Bill vorsichtig. »Aber Frauen haben in diesen Dingen eine erstaunliche Intuition. Ich vertraue deinem Bauch mehr als meinem Kopf. Ich habe es auch immer geahnt, wenn Cynthia mit jemandem geschlafen hat. Sie war dann immer ganz anders zu mir, freundlicher und herzlicher. Wahrscheinlich hat es ihr mehr Spaß gemacht als mit mir.« Das war ihm sehr oft passiert, und fast immer hatte er Recht gehabt, wenn er eine Affäre dahinter vermutete.

»Ich kann dir nicht einmal sagen, warum ich angerufen habe. Natürlich hätte sie sich auch verwählt haben können, dafür war sie aber zu freundlich. In so einem Fall legt man doch einfach auf. Warum lädt sie uns denn beide zur Hochzeit ihrer Tochter ein?«

»Wenn deine Theorie stimmt, hat Gordon ihr wahrscheinlich versichert, du würdest ohnehin nicht kommen. Ihn aber möchte sie dabei haben. Sie hat sich Mühe gegeben, höflich zu sein«, meinte Bill trocken, »eigentlich hätte sie ihn auch allein einladen können.«

»Vielleicht sollte ich beiden einen Schrecken einjagen und zusagen«, überlegte Isabelle.

»Macht es dir denn was aus?« Bill war neugierig auf ihre Reaktion. Er wusste, dass Isabelle schon seit Jahren nicht mehr mit Gordon geschlafen hatte, doch sie war noch immer mit ihm verheiratet. Und da Gordon sich ihr gegenüber seit dem Unfall so ekelhaft verhielt, wäre es in gewisser Weise eine Erleichterung, etwas gegen ihn in der Hand zu haben. Das empfand auch Isabelle so, wenngleich sie eine solche Einstellung unter normalen Umständen nie gutgeheißen hätte. Doch schließlich hatte Gordon, seit sie aus dem Krankenhaus zurück war, die beleidigte Tugend gespielt, und Isabelle war es Leid, in ihrem eigenen Haus wie eine Kriminelle behandelt zu werden.

»Ich weiß nicht, was ich dabei empfinde«, beantwortete sie Bills Frage aufrichtig. »Ich bin wütend, verletzt, erleichtert, gedemütigt, voller Rachegefühle – keine Ahnung. Vielleicht sind sie ja auch nur miteinander befreundet, und ich liege falsch mit meiner Vermutung.«

»Es wäre interessant, das herauszufinden«, meinte Bill.

»Wie soll ich das herausbekommen? Wenn ich Recht habe, wird er es abstreiten. Außerdem wird er durchdrehen. Ich habe keine Ahnung, was er macht, wohin er geht oder wen er trifft.« Jahrelang schon ließ Gordon sie über sein Leben im Unklaren.

»Heuere einen Detektiv an«, schlug Bill pragmatisch vor.

»Das wäre nun doch zu unverschämt. Und er wird toben, wenn er dahinter kommt. Er wird mich noch mehr quälen, um seine eigene Schuld zu vertuschen.« In dieser Hinsicht gab Bill ihr Recht.

»Na ja, dann musst du eben die Ohren offen halten. Vielleicht steht auch etwas in der Zeitung, wenn sie in Sankt Moritz gewesen ist.«

»Gordon ist zu klug, um sich derart zu exponieren«, entschied Isabelle nach einiger Überlegung. Doch nachdem sie aufgelegt hatte, kam ihr eine Idee. Vor Jahren hatte sie eine Bekannte in der Welt der Haute Couture gehabt. Sie hatten gemeinsam die Schule besucht und waren gute Freundinnen gewesen, aber Isabelle hatte sie schon seit langem nicht mehr gesehen, seit Teddys Geburt und dem Beginn seiner Krankheit. Sie hieß Nathalie Vivier.

Isabelle rief wieder die Telefonauskunft an und ließ sich Nathalies Nummer geben. Ihre Freundin hatte nie geheiratet und war in der Welt der Designermode zu Hause. Im Grunde hatte sie die gleiche Position wie Louise, war also auch eine einflussreiche Persönlichkeit, nur in einem anderen Modehaus. Isabelle hatte das Gefühl, einem großen Geheimnis auf der Spur zu sein. Jetzt wollte sie unter allen Umständen so viel wie möglich über Louise de Ligne herausfinden. Dieser Wunsch war bei ihr in den vergangenen zwölf Stunden zur Obsession geworden.

Isabelle wartete eine günstige Zeit ab und wählte dann Nathalies Nummer. Es war Samstag, und Nathalie war sofort selbst am Apparat. Als sie Isabelle erkannte, war sie erst einmal sprachlos.

»Mein Gott, wir haben uns ja seit Jahren nicht mehr gesprochen ... Wie geht es deinem kleinen Jungen?« Isabelle klärte sie darüber auf, dass Teddy seit vierzehn Jahren krank und zu ihrem einzigen Lebensinhalt geworden war.

»Ich habe mir schon so etwas gedacht. Alle sagen, du seist zur Einsiedlerin geworden. Malst du noch?«

»Ich habe keine Zeit dazu.« Eine Weile tauschten sie sich aus über die vergangenen Jahre, in denen sie nichts voneinander gehört hatten. Nathalies Mutter war gestorben, ihr Vater hatte wieder geheiratet, sie hatte zehn Jahre lang mit einem Senator zusammengelebt, der dann zu seiner Ehefrau zurückgekehrt war, als diese todkrank wurde. Nathalie hatte keine Kinder, sie war mit ihrem Beruf verheiratet. Sie plauderten, als wäre seit ihrem letzten Treffen kaum Zeit verstrichen. In der Schule waren sie die besten Freundinnen gewesen, doch als Isabelle und Gordon heirateten, trennten sich ihre Wege. Nathalie hatte Isabelles Ehemann nie leiden können, sie fand ihn aufgeblasen und arrogant und war davon überzeugt, er habe Isabelle wegen ihrer gesellschaftlichen Beziehungen geheiratet. Sie hatte ihm nie getraut, wusste das aber vor Isabelle zu verbergen. Isabelle brachte als Erste seinen Namen ins Gespräch.

»Mir brennt eine ganz schreckliche Frage auf den Nägeln, die ich dir gerne stellen würde. Du bist mir keine Antwort schuldig, Nat. Ich möchte nur etwas herausfinden und weiß mir sonst keinen Rat.« Am anderen Ende gab es eine lange Schweigepause, denn Nathalie überlegte, wie ehrlich sie sein sollte. Diesen Anruf hatte sie schon längst erwartet und war deshalb gar nicht so sehr überrascht, von Isabelle zu hören. Obwohl sie es seltsam fand, dass ihre Freundin sich erst jetzt, nach so langer Zeit, meldete.

»Was möchtest du denn wissen?«, fragte Nathalie mit ruhiger Stimme.

»Ich möchte von dir etwas über jemanden in Erfahrung bringen, werde aber keinem sagen, dass ich dich gefragt habe. Und ich bitte dich, mir die Wahrheit zu sagen. Was weißt du über Louise de Ligne?«

Vom anderen Ende der Leitung war ein kleiner Seufzer zu hören. Nathalie entschied sich für Offenheit, wollte aber nicht gleich mit der Tür ins Haus fallen. »Sie ist sehr begabt, sehr schwierig, sieht verdammt gut aus, obwohl sie ein bisschen älter ist als wir, kann sehr unverschämt sein. Ziemlich kalt und sehr ehrgeizig, wie ich glaube. Es heißt, sie habe viel Geld in das Haus gepumpt, in dem sie arbeitet. Dahinter steckt vermutlich ihr Ehemann, der ist uralt, völlig gaga und sehr krank. Wenn er stirbt, erbt sie sein Vermögen. Er war schon einmal verheiratet, und seine Kinder hassen sie aus ganzem Herzen, wie ich gehört habe. Aber sie ist klug genug, sie in dem ihr möglichen Rahmen auszustechen. Damit hat sie sich sogar schon gebrüstet. Sie hat ihn wegen seines Geldes geheiratet, als er schon über achtzig war und sie ein Kind von ihm hatte, das ihre Zukunft mit ihm absicherte. Inzwischen ist er schon Ende neunzig. Er wird es nicht mehr lange machen. Er ist einer der vermögendsten Männer Frankreichs.« Diese Informationen waren alle sehr interessant, aber nicht ganz das, was Isabelle gerne erfahren wollte.

»Was weißt du sonst noch?«

»Isabelle, rühr doch nicht an Dinge, die dir nur wehtun. Das Leben ist schmerzhaft genug. Warum fragst du mich das?«

»Weil ich es wissen möchte. Du weißt doch etwas, oder?«

Ein langes Schweigen und ein weiterer Seufzer folgten. »Es ist eigentlich kein Geheimnis. Halb Paris weiß es.« Bei diesen Worten spürte Isabelle ihr Herz rasen.

»Hat sie was mit Gordon?« Endlich stellte Isabelle die entscheidende Frage, und Nathalie lachte. Nach all den Jahren war Isabelle immer noch so naiv. Genau das hatte Nathalie an ihr gefallen, als sie gemeinsam zur Schule gingen. Isabelles Unschuld war einfach rührend. Aber irgendwann würde sie erwachsen werden müssen. Vielleicht war jetzt die Zeit dafür gekommen.

»Sie ist seit etwa zehn, zwölf Jahren seine Geliebte. Sie machen alles gemeinsam. Es überrascht mich, dass dir das noch keiner erzählt hat. Sie zeigen sich ganz offen in der Gesellschaft, und das seit Jahren. Jeder weiß es.«

»Ich kenne überhaupt niemanden mehr«, meinte Isabelle ganz offensichtlich erstaunt. »Stimmt das tatsächlich?«

»Ja. Er kauft ihr Schmuck, er hat ihr ein Auto gekauft. Ich glaube, sie haben irgendwo am linken Seineufer auch eine gemeinsame Wohnung. Rue du Bac, glaube ich. Im Sommer steigen sie immer im Hotel du Cap ab. Letztes Jahr bin ich ihnen in Saint-Tropez begegnet.« Gordon teilte ein ganzes Leben mit ihr, eine ganze Welt, von der Isabelle nichts wusste. Es war weit schlimmer, als sie angenommen hatte. »Will er dich verlassen?«, erkundigte Nathalie sich pragmatisch. »Wenn er das vorhat, musst du zusehen, dass du eine anständige Abfindung von ihm bekommst. Soweit ich weiß, hat er ein Vermögen für sie ausgegeben.«

»Ich kann das nicht glauben, Nathalie. Wie ist das möglich? Bist du dir dessen sicher?«

»Ganz und gar. Wenn du mir nicht glaubst, rufe zehn Leute an, die du früher mal gekannt hast, und sie werden dir alle dasselbe sagen. Sie sind seit Jahren ein Paar.«

»Er verlässt mich nicht«, meinte Isabelle gedankenverloren. »Ich habe nur gestern darüber nachgedacht, beziehungsweise eine Vermutung gehabt. Aber mit so etwas habe ich nicht gerechnet.« Schlimmstenfalls hatte sie an einen Seitensprung in jüngster Zeit gedacht oder an eine gelegentliche Affäre, aber keinesfalls an ein zweites Leben, das er schon seit einem Dutzend Jahren führte, während sie zu Hause saß und ihren Sohn pflegte.

»Noch hat er keinen Grund, dich zu verlassen. Solange ihr Mann noch lebt, kann sie nirgendwo hin. Und wenn Gordon sich von dir trennt, wird er Louise vermutlich vorher festnageln wollen. Sie hat Macht und ist reich. Aber wer weiß, vielleicht ist sie Gordons inzwischen auch überdrüssig geworden. Das kann man nie wissen. Doch sei auf der Hut vor ihr, sie ist wirklich ein Luder. Sollte sie eine Bedrohung in dir sehen, wird sie dich ins Visier nehmen. Genauso hat sie es auch in der Modewelt gemacht. Sie ist ein ganz übler Charakter. Sie war eine kleine Schneiderin in irgendeinem kleinen Provinznest, bis sie dem alten Mann über den Weg lief, der sie zur Gräfin machte und ihr den tollen Job kaufte. Aber sie macht ihre Sache gut, das muss man ihr lassen. Wittert sie jedoch Gefahr, ist mit ihr nicht zu spaßen. Sie vernichtet dich, ohne mit der Wimper zu zucken. Und wenn sie Gordon haben will, dann wird sie ihn dir unter deiner Nase wegschnappen.« Was sie ja, wie beide wussten, in gewisser Weise längst getan hatte.

»Ich bin für sie keine Gefahr«, sagte Isabelle. Die Qualen, die sie durchstand, waren ihr anzuhören. Wie hatte Gordon sie nur so zum Narren halten können? Und dann war er auch noch die ganzen Jahre grausam zu ihr gewesen. Das war wirklich die größte Gemeinheit.

»Das sieht sie vielleicht anders, so Leid es mir tut, Isabelle.« Nathalie gefiel sich gar nicht in der Rolle der Überbringerin schlechter Nachrichten. Sie hatte Isabelle immer gern gehabt.

Isabelle konnte es noch gar nicht fassen, dass Gordon so tief in einer Beziehung mit einer anderen Frau steckte. Und sie fragte sich wieder einmal, ob es ihr Fehler war, weil sie sich nur noch um ihren Sohn gekümmert hatte. Nathalie hatte gesagt, das gehe schon zehn oder zwölf Jahre so. Und genau zu dieser Zeit hatte Gordon sie aus seinem Zimmer, aus seinem Herzen und aus seinem Leben ausgeschlossen. Das machte Sinn.

»Eines Tages wird es dir ohne ihn besser gehen, Isabelle«, sagte Nathalie aufrichtig. »Und ihr ebenso. Er ist immer nur auf seinen eigenen Vorteil bedacht, und meiner Einschätzung nach hasst er Frauen sogar.« Isabelle erzählte ihr von ihrem Unfall, ließ Bill dabei aber unerwähnt, Beim Abschied versprachen sie beide, einander bald wieder anzurufen. Isabelle war dankbar, dass sie nun die Wahrheit erfahren hatte, so schmerzlich diese auch war. Nachdem sie aufgelegt hatte, starrte sie lange Zeit ins Leere, dann rief sie Bill an. Sie holte ihn aus dem Tiefschlaf, doch sie konnte es nicht erwarten, ihm all das zu erzählen, was sie gerade gehört hatte.

Während er versuchte wach zu werden, rasselte sie die Fakten herunter, und als sie fertig war, saß er fassungslos und mit großen Augen aufrecht im Bett. Das hörte sich alles sehr französisch an. In den Vereinigten Staaten war es die absolute Ausnahme, dass jemand über ein Jahrzehnt oder länger eine Geliebte hatte. Die meisten Menschen ließen sich dann scheiden. Aber die Gräfin wartete auf den Tod ihres Mannes, um das Erbe einzustreichen.

»Das ist ja eine irre Geschichte. Und du bist dir sicher, dass Nathalie dir die Wahrheit erzählt hat?« Das bestätigte nur, was er immer vermutet hatte – Gordon war ein äußerst bösartiger Mensch.

»Nathalie weiß immer alles. Warum hat man mir das denn nicht schon eher gesagt?« Es war so demütigend, dass es jeder wusste. Isabelle hatte das Gefühl, dass Gordon sie vor aller Welt lächerlich gemacht hatte.

»Wahrscheinlich sind alle davon ausgegangen, dass du es längst weißt, und haben sich dafür entschieden, nicht daran zu rühren. Das machen viele Leute so, vor allem in Europa, aber hier auch.« Ihm hatte auch keiner etwas von Cynthias Affären erzählt, er wusste es einfach.

»Seit man sich scheiden lassen kann, kommt das ja auch nicht mehr so häufig vor. Was soll ich denn deiner Meinung nach tun?« Sie wusste nicht, was sie mit ihrem neu gewonnenen Wissen anfangen sollte.

»Was möchtest du denn tun?«

»Ich weiß es nicht. Am liebsten würde ich es ihm um die Ohren hauen, sobald er nach Hause kommt, oder ihn in Sankt Moritz anrufen, aber ich weiß, dass das nicht klug wäre.« Wenn sie das täte, würde er sich wie ein Tiger auf sie stürzen, das war ihr klar.

»Ich finde, du solltest warten und es ihm heimzahlen, wenn er dich das nächste Mal angreift. Möchtest du ihn verlassen?« Am liebsten würde sie das, hatte aber das Gefühl, dass sie es nicht tun sollte. Die Veränderung wäre für Teddy trotz allem schwer zu verkraften, und sie hatte keine Garantie, von Gordon genügend finanzielle Unterstützung für den Jungen zu bekommen. Da Gordon seine Freundin ohnehin nicht heiraten konnte, war ihm vermutlich gar nicht daran gelegen, sich von Isabelle scheiden zu lassen. Falls doch, gäbe es für ihn sicherlich keinen Anlass zur Großzügigkeit. Er würde unter allen Umständen versuchen, einen Skandal zu vermeiden, vor allem in Anbetracht seiner gesellschaftlichen Stellung und seines tadellosen Rufs in der Bank. Es war wirklich klüger, still zu sein und zu warten, wie Bill es vorschlug. Es gab viel zu überlegen und viel zu entscheiden. »Na ja, jetzt hast du für alle Fälle ein paar Geschütze auf Lager. Das Klügste wäre sicherlich, wenn du es für dich behalten könntest, bis der richtige Zeitpunkt gekommen ist, um es ihm dann ins Gesicht zu schleudern.«

»Da es ohnehin alle wissen, wäre es doch gar kein großer Skandal, wenn wir uns scheiden ließen, oder?«

»Doch, das wäre es schon. Eine Geliebte zu haben, selbst wenn hinter geschlossenen Türen darüber geredet wird, ist eine Sache. Eine ganz andere Sache ist es aber, wenn eine erzürnte Ehefrau mordsmäßig Krach schlägt, es an die Presse bringt, ihn öffentlich beschuldigt, einen Haufen Geld herauszuschlagen versucht und die öffentliche Meinung gegen ihn aufbringt. Du siehst mit deinem kranken Kind nun mal aus wie die Jungfrau Maria. Ich kenne mich doch aus in der Politik. Würde einer meiner Kandidaten in so einem Schlamassel stecken, könnte ich ihm nur raten, sich um Himmels willen bedeckt zu halten, nichts nach außen dringen zu lassen, an der Ehe zu dir festzuhalten, sich einen respektablen Anstrich zu geben und sich um Waisenkinder zu kümmern oder blinde Nonnen zu adoptieren. Aber ganz sicher würde ich ihm davon abraten, seine Deckung auffliegen zu lassen, alles zuzugeben und sich dann scheiden zu lassen. Gordon wird die ganze Angelegenheit so unauffällig wie möglich vom Tisch bekommen wollen, und ob das gelingt, hängt von dir ab, mein Schatz. Du hast es, du hast ihn in der Hand. Was er keinesfalls riskieren möchte, ist ein öffentlicher Skandal oder eine Scheidung. Vor allem, solange seine Geliebte noch nicht frei ist. Wenn sie das ist, wird er die Scheidung still und leise über die Bühne bringen wollen, aber keinen Moment eher. Und wie ich Gordon kenne, glaube ich nicht, dass er sich entschuldigt und auf einmal ein freundlicher Mensch wird, ganz egal was du machst. Am Ende wird er immer dich für alles verantwortlich machen. Je mehr er zu verbergen hat, umso gemeiner wird er auftreten. Konfrontierst du ihn mit der Wahrheit, dann macht er dir die Hölle heiß. Er wird dir einen Schrecken einjagen, dass du ganz schnell darauf verzichten wirst, die Katze aus dem Sack zu lassen. Du musst ganz vorsichtig sein, Liebes. Wenn er sich in die Ecke gedrängt fühlt, wird er dir an die Kehle springen. Ich kenne diesen Typus, er wird keinen Rückzieher machen und sich leise davonschleichen – eher bringt er dich um. Diese Ehe hat aus welchen Gründen auch immer einen Zweck für ihn erfüllt, und er wird ganz bestimmt nicht zulassen, dass du seine Pläne durchkreuzt. Vielleicht möchte seine Geliebte auch um ihrer Ehrbarkeit willen, dass du mit ihm verheiratet bleibst. Sie wird den alten Mann nicht vergraulen wollen, ehe er stirbt. Ich denke, da sind noch ganz andere Erwägungen mit im Spiel, von denen du nicht die geringste Ahnung hast, also sei vorsichtig und pack ihn nicht zu hart an.«

Das war ein vernünftiger Ratschlag. Isabelle wusste, dass Bill Recht hatte. Dennoch ließ die Geschichte sie nicht los. Ihr wurde auf einmal klar, dass es vermutlich viele Nächte gegeben hatte, in denen er nicht zu Hause geschlafen hatte, sondern bei der Gräfin in der gemeinsamen Wohnung. Ihr Argwohn, er verbringe gelegentlich Nächte außer Haus, war erst vor kurzem geweckt worden, genauso wie bei Sophie. Doch jetzt fielen ihr all die Reisen wieder ein, die er mit Freunden unternommen hatte, seine »allein« verbrachten Urlaube, die Partys, die er besucht hatte, die Städte, in die er gereist war. Nathalie hatte Recht, das reichte alles bestimmt zwölf Jahre zurück.

»Aber es ist doch interessant, nicht wahr?« Isabelles Stimme war der Schock noch immer anzuhören. Gordon war nun endgültig ein Fremder für sie geworden. Und Louise de Ligne wirkte auf sie viel gewagter und raffinierter, als sie selbst es je gewesen war. Isabelle fühlte sich dumm und klein angesichts dessen, was sich da vor ihren Augen über Jahre hinweg abgespielt hatte.

»Ich würde gern darüber nachdenken. Übereile nichts«, riet Bill nachdenklich. Er wollte unter allen Umständen vermeiden, dass ihr etwas passierte, und das konnte leicht geschehen.

»Ich tue nichts.«

»Denk immer dran, wenn du ihn in die Ecke drängst, wird er durchdrehen. So viel ist gewiss.« Dem stimmte sie hundertprozentig zu. Gordon konnte unglaublich bösartig sein, wenn man ihn wegen irgendetwas angriff. Das wusste sie schon seit Jahren.

In den darauf folgenden Tagen kamen Bill und Isabelle immer wieder auf dieses Thema zu sprechen, fanden aber keine andere Lösung. Als Gordon braun gebrannt aus dem Skiurlaub zurückkam, machte er einen glücklichen Eindruck und war überraschend freundlich zu Isabelle. Er erkundigte sich sogar, wie es Teddy gehe, und sie versicherte ihm, alles sei in Ordnung. Die Comtesse de Ligne erwähnte sie mit keinem Wort.

Nur als sie ihm die Post aushändigte, spielte sie ihm einen kleinen Streich. Einen Brief hatte sie entfernt, da er an sie beide adressiert war. Ganz beiläufig erwähnte sie die Einladung zur Hochzeit der Tochter von Comte und Comtesse de Ligne. Sie erklärte, sie habe für sie beide zugesagt, und es klang wie ein Scherz. Isabelle machte dabei einen völlig unschuldigen Eindruck und verriet sich durch nichts. Im ersten Augenblick schien Gordon gar nicht auf ihre Äußerung zu reagieren.

»Teddys Arzt hat gemeint, ich solle ein wenig öfter ausgehen, und er hat Recht. Ich habe angenommen, dass du die beiden kennst, und da die Einladung an uns beide ging, dachte ich, du hättest bestimmt nichts dagegen, wenn ich mitkomme«, säuselte sie zuckersüß und sah ihn mit großen Augen an.

»Natürlich nicht«, erwiderte Gordon und machte dabei einen derart unbeteiligten Eindruck, dass Isabelle sich einen Augenblick lang fragte, ob Nathalie ihr nicht doch etwas Falsches erzählt hatte. Doch dann wandte Gordon sich ihr wieder zu und sah sie ganz merkwürdig an: »Es sind aber ziemlich uninteressante Leute, sind auch beide schon recht alt. Du wirst dich bestimmt langweilen. Wenn du schon damit anfangen möchtest, wieder mehr unter die Leute zu gehen, solltest du dir was Lustigeres aussuchen.« Er wirkte besorgt und gar nicht erschrocken.

»Also mit einer heiratsfähigen Tochter können sie doch gar nicht so alt sein, oder?«, hakte Isabelle in unschuldigem Tonfall nach, und Gordon zuckte mit den Schultern.

»Ich glaube nicht, dass sie so jung ist, wahrscheinlich ist sie ein spätes Mädchen und ziemlich unattraktiv. Ich finde diese Veranstaltung jedenfalls nicht amüsant.«

Offenbar war er wild entschlossen, Isabelle die Teilnahme an der Hochzeit auszureden, und zum ersten Mal in all den Jahren fand sie es lustig, mit ihm zu verhandeln.

»Du hast Recht, es klingt wirklich nicht nach einem lustigen Abend. Soll ich ihnen schreiben und ihnen mitteilen, dass wir leider doch nicht kommen können, oder wäre das unverschämt?«

»Ich werde mich darum kümmern. Wo ist im Übrigen die Einladung?«

»Die liegt auf meinem Schreibtisch.«

»Ich nehme sie mit, bevor ich gehe. Das wird meine Sekretärin erledigen.«

»Danke, Gordon. Ich werde zum Ausgleich ein hübsches Geschenk schicken.«

»Darum kann sich auch Elisabeth kümmern. Du hast genug zu tun.«

Sie dankte ihm reizend, und Gordon brach mit der Einladung in der Hand ins Büro auf. Als Isabelle später Bill davon erzählte, musste er lachen.

»Du bist wirklich ein Biest. Aber denk an das, was ich dir gesagt habe. Sei vorsichtig mit ihm – er ist kein Dummkopf. Kann sein, dass er dich jetzt beobachtet, um zu sehen, was du unternimmst. Wenn deine Freundin Recht hat und es wirklich ganz Paris weiß, geht er vermutlich davon aus, dass dir jemand etwas verraten hat.«

»Ich werde gar nichts unternehmen.« In den darauf folgenden Tagen machte sie es sich zur Angewohnheit, spätabends in seinem Zimmer nachzusehen, ob er da war, in den frühen Morgenstunden, wenn sie aufstand, wiederholte sie dies. Es war, wie sie es sich gedacht hatte: Er kam keine Nacht nach Hause. Offenbar rechnete er nicht damit, dass sie davon etwas merkte, da es ihr strikt verboten war, seine Räume zu betreten. Höchstwahrscheinlich hielt er sich mit Louise in ihrer gemeinsamen Wohnung in der Rue du Bac auf.

Während des ganzen Monats spielte Isabelle mit Gordon Katz und Maus, und nichts änderte sich, alles blieb, wie es in den vorangegangenen Jahren auch gewesen war. Er hatte sein zweites Leben mit dieser Frau, hatte eine Wohnung und eine Beziehung und war in gewisser Hinsicht mehr mit seiner Geliebten verheiratet als mit Isabelle. Ebenso wie sie sich auf ähnliche Weise mehr mit Bill verheiratet fühlte.

Inzwischen war er schon fünf Monate in der Rehaklinik und fühlte sich kräftig und so gesund wie schon seit Jahren nicht mehr. Sein Nacken bereitete ihm kaum noch Probleme, seine Schultern waren breiter geworden, seine Hüften schmaler, und beim Schwimmen sah er aus wie ein sehr junger Mann. Die Empfindungsfähigkeit in seinen Beinen hatte sich verbessert und er konnte sich mit seinem Rollstuhl inzwischen sehr gut bewegen. Aber er konnte noch immer weder laufen noch stehen. Seine Beine waren nicht kräftig genug, sie knickten unter ihm ein, wenn er sie belastete. Selbst die Schienen, die man für ihn angefertigt hatte, halfen nichts. Er fiel sogar noch leichter hin, wenn er sie anhatte. Um die Abmachung, die er mit sich selbst in Hinblick auf Isabelle getroffen hatte, war es nicht gut bestellt.

Trotz seiner anfänglichen Widerstände ging er noch immer zu Dr. Harcourt, der Sexualtherapeutin. Beharrlich verteidigte er seinen Standpunkt, dass Sex für ihn abgeschrieben sei. Sein Erlebnis mit Isabelle war so nachhaltig gewesen, und nichts konnte ihn von der Überzeugung abbringen, dass sich nie etwas ändern würde. Aber er genoss die Gespräche mit Linda Harcourt dennoch. Immer wieder versorgte sie ihn mit interessanten Büchern. Doch seine Zweifel blieben.

Zu allem Überfluss kamen dann im März auch noch Jane und Joe zu ihm, um ihm mitzuteilen, dass sie sich verloben wollten. Obwohl Bill Joe sehr gern hatte, regte er sich sehr darüber auf und führte lange Telefongespräche mit Cynthia. Sie zeigte sehr viel mehr Verständnis als er, und sie stritten sich wochenlang. Schließlich führte Bill ein langes Gespräch mit Jane, als sie ihn besuchte.

»Wir wissen, was wir tun, Papa. Wir sind keine Kinder mehr. Außerdem bin ich jetzt seit sieben Monaten mit Behinderten konfrontiert. Ich weiß, worauf ich mich einlasse.« Wegen seiner Verletzungen musste Joe Windeln tragen, er nahm Medikamente und konnte nur einen Arm benutzen. Seine Einschränkungen waren weitaus größer als die von Bill. Ab Herbst hatte er einen Platz an der juristischen Fakultät, und er war sehr klug. Die Ärzte gaben ihm durchaus eine Chance, einmal Kinder haben zu können. Linda hatte Bill erklärt, dass einige Männer, die ihre Sexualität zwar nicht selbst praktizieren konnten, dennoch in der Lage seien, Kinder zu zeugen, mit medizinischer Hilfe. Noch stand nicht fest, ob Joe dauerhaft zu dieser Gruppe gehörte, aber er war ebenfalls ihr Patient. Anders als Bill war Joe allerdings optimistisch, was seine Sexualität anging. Bill fühlte sich zu alt, um zu »experimentieren« und ein Versagen zu riskieren. Lieber verzichtete er für den Rest seines Lebens auf Sex. Joe akzeptierte die Tatsache nicht als unausweichlich.

»Du weißt doch gar nicht, worauf du dich einlässt«, widersprach Bill seiner Tochter. »Er wird völlig abhängig sein von dir, sowohl körperlich als auch emotional.«

»Das stimmt nicht. Joe kümmert sich um mich, er ist der einzige Mann, der das außer dir je getan hat. Er wird Anwalt, er hat sein Schmerzensgeld vom Unfall investiert; er hat eine Million Dollar in Microchip-Aktien angelegt und ein paar andere sehr gute Kapitalanlagen getätigt. Mamas Börsenmakler hat sich das angesehen und gemeint, Joe habe sein Geld richtig angelegt. Und mir macht es nichts aus, wenn er nicht klettern oder tanzen kann.«

»Eines Tages vielleicht doch.«

»Das habt ihr beide, du und Mama, doch auch nicht gemacht, und damals konntest du noch laufen. Was ist also der Unterschied? Warum sind wir so viel schlechter dran als ihr damals bei eurer Hochzeit?«

»Weil er behindert ist und das eine ganz erhebliche Belastung für dich sein wird.« Bill ließ sich nicht beirren. »Es stimmt schon, dass Mama und ich das alles nicht gemacht haben, als ich noch laufen konnte, aber jetzt käme ich nicht einmal mehr auf den Gedanken, sie zu heiraten.«

»Das ist sehr pathetisch. Ich kann nicht glauben, dass du im Ernst so denkst.«

Plötzlich tat es Bill Leid, dass sie je ins Krankenhaus gekommen war und er sie mit Joe bekannt gemacht hatte. Er hatte sich über das Interesse der beiden aneinander gefreut, es aber als harmlose Freundschaft abgetan. Doch damit hatte er sich getäuscht. Zwei weitere Wochen lang stritt er sich mit Cynthia und seinen beiden Töchtern, schließlich traf er sich zu einem Gespräch mit Joe. Dieser war darauf gefasst, von Bill ernsthaft unter Druck gesetzt zu werden, denn es war offensichtlich, dass Bill bereits aufgebracht war, ehe das Gespräch überhaupt begann. Was Joe ihm zu sagen hatte, das hatte Bill allerdings nicht erwartet.

»Ich weiß, wie du dich fühlst, Bill«, sagte Joe ruhig. Jane hatte ihm Bills Bedenken geschildert. Sie war wütend auf ihren Vater und hätte sich am liebsten über seine Einwände hinweggesetzt. Aber Joe respektierte Bill und natürlich auch Jane viel zu sehr, um einen solchen Schritt zu tun. »Ich habe keine

Argumente, die ich dir entgegenhalten kann. Ich kann auch nicht behaupten, dass es ein leichter Weg sein wird, das wissen wir beide. Mir ist das sicherlich viel mehr bewusst als Jane. Aber wir sind beide jung. Auch in den besten Zeiten ist eine Ehe keine leichte Sache. Meine Eltern sind geschieden, du und Cynthia auch. Es gibt keine Garantien im Leben. Nichts ist sicher. Aber ich denke doch, dass Jane und mich etwas ganz Besonderes verbindet, und ich glaube ehrlich daran, dass wir es schaffen können. Ich werde alles tun, um sie zu schützen und zu lieben und für sie zu sorgen.« Joe hatte Tränen in den Augen, und Bill wandte sich ab, weil er fürchtete, sich davon umstimmen zu lassen. »Aber ich respektiere dich viel zu sehr, um etwas gegen deinen Wunsch zu tun. Ich vertraue deinem Urteil, selbst wenn ich der Meinung bin, dass du in diesem Punkt irrst. Ich finde nur, dass auch Menschen wie du und ich ein Recht auf ein gutes Leben haben, auf eine gute Ehe, wie jeder andere. Bloß weil ich nicht laufen und meinen linken Arm nicht benützen kann, heißt das doch nicht, dass ich kein Recht habe zu lieben. Ich hoffe für dich, dass du das auch so siehst. Aber wenn du nicht möchtest, dass ich Jane heirate, wenn du nein sagst, werde ich ihr erklären, dass ich darüber nachgedacht und meine Meinung geändert habe. Wenn du das möchtest, ist es mir lieber, von ihr als von dir gehasst zu werden. Du bist ihr Vater, sie braucht dich, vielleicht mehr als sie mich braucht. Ich möchte nicht Teil deiner Familie sein, wenn du das nicht willst. Es hängt von dir ab.« Bill fühlte sich elend, während er zuhörte. Er hätte die Dinge ja auch gerne so gesehen, fürchtete aber, die Belastungen dieser Ehe könnten für die beiden zu schwer werden. Vor allem wollte er sein kleines Mädchen beschützen. Er wünschte ihr einen Mann, der aus eigener Kraft mit ihr in den Sonnenuntergang spazieren konnte.

»Und was ist, wenn du doch keine Kinder zeugen kannst?« Das war für Bill ein großes Problem, denn vielleicht würde Jane eines Tages darunter leiden.

»Dann adoptieren wir welche. Jane und ich haben schon darüber gesprochen. Was das betrifft, gibt es für niemanden eine Garantie. Viele äußerlich gesunde Paare müssen irgendwann feststellen, dass sie keine Kinder bekommen können. Wir werden tun, was uns richtig erscheint.«

Bill wusste, dass man wahrlich nicht mehr von einem Mann erwarten konnte. Joe war anständig, liebevoll, verrückt nach Jane, intelligent, höflich, überlegt, gebildet, finanziell abgesichert – doch für den Rest seines Leben an den Rollstuhl gefesselt. Es war die härteste Entscheidung, vor der Bill je gestanden hatte. Lange hörte er Joe zu, dann streckte er ihm unter Tränen beide Hände entgegen, und die beiden Männer umarmten sich.

»Also gut, du Mistkerl, tu, was du nicht lassen kannst.« Bills Lippen zitterten und er rang um Worte. »Aber wehe, du machst sie unglücklich, dann bring ich dich um.«

»Ich schwöre dir, ich werde den Rest meines Lebens alles für Jane tun, was mir möglich ist.« Mehr konnte man sich nicht wünschen von einem Mann, der die eigene Tochter heiraten wollte. Beide Männer wischten sich die Augen trocken und lächelten, und dann holte Bill eine der Halbliterflaschen Wein aus dem Kühlschrank.

»Wann wollt ihr beiden denn heiraten?«, erkundigte sich Bill und schenkte zwei Gläser ein. Ihm war, als hätte er in der letzten halben Stunde einen hohen Berg erklommen, und Joe fühlte sich ebenso.

»Wir haben an Juni oder Juli gedacht. Dann bin ich schon an der Universität und wir können in New York heiraten. Auf diese Weise gerät ihr Studium nicht durcheinander.« Jane wäre dann zwanzig und ab Herbst im vorletzten Studienjahr. Joe war dreiundzwanzig. Gewiss, sie waren jung, aber andere vor ihnen hatten auch jung geheiratet und waren gut damit gefahren. Bill wünschte ihnen von ganzem Herzen, dass sie zu den Glücklichen gehörten.

»Wann kommst du hier raus?«, fragte Bill.

»In ein, zwei Monaten. Ich bin jetzt seit einem Jahr hier, und die Therapeuten sind der Meinung, dass ich nicht mehr viel verbessern kann. Ich habe überlegt, eine Weile heim nach Minneapolis zu fahren.« Bill nickte. Das klang alles sehr vernünftig. Säße Joe nicht im Rollstuhl, hätte Bill einen Freudensprung getan. Aber zumindest hatte er eingewilligt.

Beiden stieg der Alkohol etwas zu Kopf. Als Joe wieder auf seinem Zimmer war, rief er sofort Jane an. Er fühlte sich völlig ausgelaugt. Mit großer Angst vor Bills Reaktion war er in dieses Gespräch gegangen, doch es war erstaunlich gut gelaufen. Und sobald Jane von Bills Zustimmung erfuhr, weinte sie Tränen der Erleichterung. Der Segen ihres Vaters war trotz allem das Wichtigste für sie. Sie und Joe hatten sich so sehr gewünscht, mit seinem Einverständnis in die Ehe zu gehen.

Fünf Minuten nachdem Joe Bills Zimmer verlassen hatte, rief Jane bei Bill an, weinte und lachte und bedankte sich aus ganzem Herzen bei ihm. Dann gab sie den Hörer an Cynthia weiter.

»Das hast du gut gemacht. Ich habe mich eine Zeit lang ziemlich um dich gesorgt, aber du hast das Richtige getan.« Sie klang bemerkenswert ruhig und reif. Sie waren in diesem letzten Jahr alle erwachsen geworden, nicht nur die Kinder.

»Was macht dich so sicher?«, wollte Bill wissen, und seine Zweifel waren ihm noch anzuhören.

»Ich weiß es einfach. Und du auch, du hast einfach nur Angst. Er wird gut zu ihr sein.« Mehr konnte man nicht erwarten. Den Rest würde das Schicksal entscheiden.

»Das muss er auch. Sonst kriegt er's mit mir zu tun.«

»Ich bin stolz auf dich«, sagte Cynthia.

»Das brauchst du nicht, er ist einfach so ein netter Junge, da konnte ich nicht nein sagen.«

»Ich bin froh«, sagte auch Isabelle, als sie ihn anrief, um zu erfahren, wie es gelaufen war.

»Ich hätte es dir nie verziehen, wenn du nein gesagt hättest«, erklärte sie inbrünstig. Die ganze Nacht hatte sie sich Gedanken gemacht und war schließlich um vier Uhr früh aufgestanden, um Bill anzurufen. Alle hatten Joe und Jane die Daumen gedrückt. Nichts war so unwiderstehlich wie die Liebe, und eines war sicher, dass die beiden sich liebten. Bill konnte nur hoffen, dass das Leben es gut mit ihnen meinte. Joe jedenfalls hatte schon genug bezahlt.

Inzwischen war es in Paris Frühling geworden. Für Isabelle hatte sich in den vergangenen zwei Monaten nicht viel verändert. Sie wollte Gordon noch nicht mit ihrer Entdeckung konfrontieren, sie wartete auf den richtigen Augenblick. Doch seit sie hinter seine Liaison mit Louise gekommen war, sah Isabelle ihre ganze Lebenssituation in einem anderen Licht. Sie hatte keine Schuldgefühle mehr wegen ihrer Liebe zu Bill, und sie hielt sich so gut es ging von Gordon fern. Sie nahm ihn nicht mehr in Schutz, erwartete nichts mehr von ihm. Er war nur noch ein Fremder, der zufällig die gleiche Adresse hatte wie sie. Bill war jedoch in Sorge, Gordon könnte merken, wie verändert sie war. Doch bis jetzt schien er noch völlig ahnungslos.

Noch immer rief Bill täglich bei Isabelle an, wusste aber, dass Entscheidungen anstanden. Sieben Monate lang war er jetzt schon in der Rehaklinik, und obwohl er kräftiger und gesünder geworden war, konnte er keine einschneidenden Veränderungen feststellen. Seine Verletzungen waren geheilt, und die Therapeuten meinten, er könne schon bald entlassen werden, obwohl er anfänglich ein Jahr eingeplant hatte. Er dachte daran, eventuell im Mai die Klinik zu verlassen. Offenbar konnte man nichts mehr für ihn tun. Er würde sein Leben lang auf den Rollstuhl angewiesen sein. Es gab kein Wunder, keine Operation, die ihm die Ärzte anbieten konnten. Nun kam es auf ihn an, mit seinem Leben, so wie es war und bleiben würde, Frieden zu schließen. Es war der denkbar grausamste Schlag für ihn. Schlimmer wäre nur noch gewesen, wenn Isabelle beim Unfall gestorben wäre. Für Bill bedeutete die Tatsache, nie wieder laufen zu können, das Ende seiner Beziehung zu Isabelle. Er wollte sie nie wieder sehen. Lieber wäre er gestorben, als ihr mit seinen Beeinträchtigungen zur Last zu fallen. Die Aussage, man könne nichts mehr für ihn tun, war ein vernichtendes Urteil. Noch hatte er Isabelle nicht gesagt, dass sie sich trennen mussten, aber er wusste, dass er es bald hinter sich bringen sollte. Sonst würde er es sich womöglich anders überlegen. Er hatte sich gelobt, sich irgendwann in der nächsten Zeit von ihr zu verabschieden.

Seine Freunde aus Washington meldeten sich nach wie vor bei ihm, und ein wichtiger Anwärter auf einen Senatorenposten bat ihn, ab Juni seinen Wahlkampf zu begleiten. Der Mann hoffte auf eine Präsidentschaftskandidatur in vier Jahren und wusste, dass Bill der richtige Mann war, um ihm dazu zu verhelfen. Aber Bill hatte bis jetzt noch nicht zugesagt.

In ihren Gesprächen hatte Isabelle ihn darin bestärkt, die Arbeit wieder aufzunehmen. Sie spürte, dass er mit seinen Fortschritten in der Rehaklinik nicht zufrieden war. Außerdem hatte sie das Gefühl, dass er seine Entlassung hinauszögerte. Offenbar hatte er Angst, den warmen Schoß zu verlassen, der ihm so lange Halt gegeben hatte.

Isabelles Verletzungen waren inzwischen geheilt. Sämtliche Werte waren wieder normal, Kopfschmerzen hatte sie nur noch selten. Ihre Genesung war ganz hervorragend verlaufen, nur eine lange, dünne Narbe entlang ihres linken Arms, wo die durchtrennte Arterie genäht worden war, erinnerte sichtbar an den Unfall. Die andere Folge blieb Außenstehenden verborgen: Es war ihre im Krankenhaus gewachsene Beziehung zu Bill. Noch immer vermisste sie ihn schrecklich. Sie hatte ihn gebeten, sie zu besuchen, sobald er aus der Rehaklinik entlassen war. Doch wann immer sie ihn darauf ansprach, blieb er ihr eine konkrete Antwort schuldig. Natürlich wusste sie, dass es für Reisepläne noch zu früh war, aber sie hoffte, es würde bald so weit sein. Sieben Monate lang hatte sie ihn nicht gesehen, es kam ihr wie eine Ewigkeit vor. Auch Bill empfand das so.

Je mehr Zeit verstrich, umso mehr quälte Bill sich. Er hätte Isabelle gern gesehen, doch es schien ihm nicht richtig zu sein. Seitdem er begriffen und akzeptiert hatte, dass er nie wieder laufen konnte, sah alles anders aus. Auch ihre Telefonate hatten für ihn an Unschuld verloren. In Anbetracht der von ihm getroffenen Entscheidung hatte er das Gefühl, sie zu hintergehen. Seiner Ansicht nach konnte er ihr nichts anderes geben als seine emotionale Unterstützung und ein paar gestohlene Augenblicke, die ihnen vielleicht ein paar Mal im Jahr vergönnt waren. Solange Isabelle verheiratet war, konnte Bill ihr keine Zukunft bieten, keinen Schutz vor Gordon oder Fürsorge für ihr krankes Kind. Ihm blieben nur Worte. Und was er keinesfalls von ihr wollte, war ihr Mitleid. Das würde er nicht verkraften. Wenn er sich dazu durchringen sollte, sie zu verlassen, um sie zu schützen, musste Isabelle glauben, er sei gesund. Sie durfte nicht annehmen, er brauche sie, denn dann würde sie ihn nie loslassen. So gut kannte er sie. Doch jedes Mal, wenn er endgültig entschlossen war, Schluss zu machen, sie nicht mehr anzurufen, spürte er, dass ihm der Verlust das Herz brechen würde. Er wollte ihr nicht das Gefühl geben, von ihm verlassen zu werden, doch er redete sich ein, dass eine Trennung auf Dauer die beste Lösung wäre. Hätte er ihr eine Zukunft nach seinen Vorstellungen bieten können, hätte er bis in alle Ewigkeit auf sie gewartet. Doch das war nicht möglich. Nachdem er auf immer an den Rollstuhl gefesselt sein würde, musste er sie um ihrer selbst willen loslassen. Und dies umso mehr, da er sie körperlich nicht lieben konnte. Auch wenn Joe und Jane verrückt genug waren, ein gemeinsames Leben zu wagen, es käme ihm nie in den Sinn, dies Isabelle anzutun. Jeden Tag aufs Neue kämpfte Bill diesen Ringkampf gegen sein Gewissen.

Für Isabelle gab es außer dem Glück, Bill an ihrer Seite zu wissen, noch die Freude, dass Teddys Zustand sich in den letzten beiden Monaten radikal verbessert hatte. Sie wusste nicht, ob es am Wetter lag oder einfach Glück war, doch er wirkte kräftiger und gesünder als während der letzten Monate. Er kam sogar ab und zu nach unten ins Esszimmer, um dort mit Isabelle zu Abend zu essen. Und im April fuhr sie mit ihm zum ersten Mal seit Jahren wieder durch den Bois de Boulogne. Sie machten Rast, um im Jardin d'Acclimatation ein Eis zu essen, und Isabelle war außer sich vor Begeisterung, als sie Bill später anrief. So etwas hatte sie nicht mehr mit Teddy unternommen, seit er ein kleiner Junge gewesen war. Als er am ersten Mai fünfzehn Jahre alt wurde, dankte sie Gott für das Glück, das er in ihr Leben gebracht hatte.

Am Nachmittag des folgenden Tages rief Bill an und begann mit der Vorarbeit für das, was er seiner Überzeugung nach tun musste. Zum ersten Mal log er Isabelle an. Er hatte es sich lange und gut überlegt. Egal, wie schrecklich dieser Schritt war, er wusste, er tat ihn für sie. Seine Liebe zu ihr war groß genug, sich für sie zu opfern. Teddy ging es besser, Gordon hatte sie monatelang in Ruhe gelassen und war nur noch selten zu Hause. Außerdem war Bill klar, dass es für das, was er glaubte tun zu müssen, nie einen guten Zeitpunkt geben würde. So erklärte er unter Herzklopfen, er habe fantastische Neuigkeiten zu berichten. Dabei bemühte er sich, überzeugend zu klingen. Da sie ihn so gut kannte, fürchtete er, dass sie gleich merken würde, wenn er log. Doch wunderbarerweise glaubte sie ihm, als er ihr erzählte, er sei heute gelaufen. Es sei ihm endlich gelungen, die Verbindung zwischen seinem Gehirn und seinen Beinen herzustellen. Sie nahm die Nachricht mit ungläubigem Erstaunen auf und brach in Tränen aus, weil sie sich so sehr für ihn freute. Das machte es für ihn nur noch schlimmer. Doch er war beherrscht von dem Gedanken, dass es nur diese eine Lösung gab: Er musste Isabelle loslassen, und deshalb musste er sie davon überzeugen, dass er geheilt war. Teddy war Belastung genug, sie brauchte nicht auch noch Bill. Für ihn stand fest, dass er ihr nichts zu bieten hatte, egal, welche Weichen Gordon möglicherweise noch stellen würde. Bill wollte ihr diese Belastung nicht antun. Er würde nicht ihr Leben zerstören, indem er sie dazu zwang, ihn eines Tages zu pflegen. Im Unterschied zu Jane und Joe wusste Bill es besser. Er konnte nicht zulassen, dass Isabelle ihn bemitleidete und sich aus diesem Grund um ihn kümmerte. Wenn er nicht auf eigenen Beinen stehen konnte, hatte er in Isabelles Leben nichts verloren. Und die Behauptung, er sei gelaufen, war nur der erste Schritt, sie von ihm zu befreien. Die Freiheit war alles, was er ihr noch geben konnte, davon war er felsenfest überzeugt. Es schien ihm wie die Befreiung eines wunderschönen Vogels.

Sie sprachen lange miteinander. Isabelle wollte wissen, was er bei seinen ersten Schritten empfunden hatte, ob es erschreckend oder schön gewesen sei, und er ließ sich endlos darüber aus. Tag für Tag berichtete er von seinen Fortschritten und festigte seine Geschichte. Wenn er sie jetzt anrief, fühlte er sich elend dabei, weil er es hasste, sie anzulügen. Isabelle war so warmherzig und wunderbar, so verwundbar und vertrauensselig, und er liebte sie so sehr. Und aus purer Liebe musste er sich in seinem Zustand aus ihrem Leben heraushalten. Selbst wenn große Teile von ihm funktionierten, würde er doch nie wieder ein vollständiger Mensch werden. Die Diagnose der

Therapeuten zerstörte alles, was von seinem privaten Leben übrig war und was er mit Isabelle geteilt hatte.

Wenn Bill nicht mit Isabelle telefonierte, bereitete er sich auf sein zukünftiges Leben in Washington vor. Endlich nahm er die Planung für die Zeit nach der Rehaklinik in Angriff. Er hatte versprochen, ab Ende Juni die Wahlkampagne für den Senatskandidaten zu leiten.

Vorher allerdings musste er sich um eine Wohnung kümmern. Danach würde er viel Zeit mit dem Kandidaten verbringen, um so viel wie möglich über ihn zu erfahren. Aber ehe er sich wieder an die Arbeit machte, stand noch die Hochzeit von Jane und Joe an. Jane sollte ein halbes Dutzend Brautjungfern unter der Führung von Olivia bekommen, und es war geplant, den Empfang im Haus in Greenwich abzuhalten. Dreihundert Gäste waren eingeladen, die in einem Zelt im Vorgarten bewirtet wurden. Es gab jede Menge zu tun, und Cynthia kümmerte sich mit Begeisterung um die Verhandlungen mit Caterern und Floristen und um die Kleideranproben der Mädchen.

Joe und Jane waren im siebten Himmel. Sie hatten eine Wohnung für Ehepaare auf dem Campus der New York University beantragt. Einmal begleitete Jane ihren Verlobten nach Minneapolis, um seine Eltern kennen zu lernen. Die Flitterwochen wollten sie in Italien verbringen. Wenn Bill Joe, mit dem er jeden Tag zur Therapie ging, reden hörte, fühlte er sich ganz elend wegen seiner heimlichen Pläne mit Isabelle. Aber sein Entschluss stand fest. Er glaubte keine andere Wahl zu haben und das Richtige zu tun. Seine Entscheidung war getroffen. Jetzt musste er Isabelle nur noch davon erzählen.

»Ist alles in Ordnung mit dir?«, fragte Joe ihn eines Nachmittags, als sie auf ihre Zimmer zurückkehrten. »Du bist so still in letzter Zeit.« Joe machte sich Sorgen, weil Bill so verändert wirkte. Er wusste, dass Bills Genesungsprozess zum Stillstand gekommen war. Diesen Punkt hatte sie alle irgendwann einmal erreicht, und dann mussten sie der Realität ins Auge sehen.

»Ich bereite mich darauf vor, in die wirkliche Welt zurückzukehren. Gleich nach der Hochzeit wartet jede Menge Arbeit auf mich«, erklärte Bill.

Aber Joe war aufgefallen, dass sein zukünftiger Schwiegervater seit etwa einem Monat beinahe jegliches Interesse an der Therapie verloren hatte. Schließlich hatte er auch die Gespräche mit Linda Harcourt abgebrochen. Er hatte nichts mehr zu sagen und kein Interesse mehr an ihren Büchern, seit er jegliche Hoffnung auf ein Leben mit Isabelle aufgegeben hatte. Zwar hatte Bill sich überreden lassen, noch einen Monat in der Rehaklinik zu bleiben, doch schien er nicht mehr mit dem Herzen bei der Sache zu sein. Gedanklich war er bereits ausgezogen. Er wirkte zerstreut und still, und wenn er sich nicht mit seinen Mitpatienten unterhielt, was jetzt oft vorkam, dann wirkte er deprimiert.

Ende Mai begegnete er auf dem Weg zum Speisesaal einer tränenüberströmten Helena. Sie steuerte auf Bill zu und hätte ihn mit ihrem Rollstuhl fast umgefahren.

»He, Fahrerflucht ist ein schweres Verbrechen!«, rief Bill ihr nach. Sie wurde langsamer und kam zum Stehen, ohne ihn anzusehen, dann legte sie den Kopf in die Hände und schluchzte. Bill lenkte seinen Rollstuhl neben ihren und berührte ihre Schulter. »Kann ich dir helfen?« Sie schüttelte heftig den Kopf, sagte aber nichts. Dann wandte sie sich ihm zu und sah ihn aus verheulten Augen an. Als sie sich mit der Hand die Tränen wegwischte, sah er, dass der Ring fehlte, der riesige Diamant, ohne den er sie in den neun Monaten ihrer Bekanntschaft nie gesehen hatte. Es war nicht schwer zu erraten, was passiert war. »Möchtest du mit in mein Zimmer kommen? Dort können wir ungestört reden«, sagte er und sie nickte. Er schloss die Tür und reichte Helena eine Packung Papiertaschentücher. Nachdem sie sich die Nase geputzt hatte, bedankte sie sich mit einem tränenverschleierten Lächeln.

»Entschuldige. Ich bin fix und fertig.« Selbst unter Tränen war sie schön wie immer. Sie war wirklich eine umwerfende Erscheinung, ungeachtet der Tatsache, dass sie im Rollstuhl saß.

»Soll ich raten, oder willst du es mir sagen?«

»Es ist wegen Sergio. Er hat angerufen … in letzter Zeit ist es zwischen uns nicht gut gelaufen. Er hat in Mailand gearbeitet und ist viel unterwegs gewesen. Vor ein paar Monaten haben wir die Hochzeit verschoben, weil er der Meinung war, wir bräuchten mehr Zeit... Verdammt, Bill, wir sind jetzt seit sechs Jahren zusammen... aber verlobt haben wir uns erst nach dem Unfall. Ich glaube, er hat das nur getan, weil er sich schuldig daran fühlte, dass ich gestürzt bin. Er hat mich damals immer weiter und weiter zurücktreten lassen, bis ich rückwärts die Treppe hinuntergestürzt bin... und... jetzt sagt er mir, er kann's nicht, es sei zu schwer, ich bräuchte zu viel Aufmerksamkeit. Er sagt, er brauche jemanden an seiner Seite, der unabhängiger ist als ich. Es ist deswegen!« Sie schlug auf die Seiten ihres Rollstuhls ein und fing wieder an zu weinen. Bill legte ihr tröstend den Arm um die Schultern. Sie sprach längst nicht mehr so undeutlich und schleppend wie vor neun Monaten, aber ihr sonstiger Zustand hatte sich nicht verbessert, und die Aussichten waren schlecht. Was Helena ihm hier erzählte, bestätigte, was Bill befürchtet hatte. Aus diesem Grund hatte er sich zunächst gegen die Hochzeit von Joe und Jane gestellt, deshalb wollte er Isabelle die Freiheit zurückgeben, ehe sie ihn für all das hasste, was er nicht mehr sein und nicht mehr tun konnte.

»Wahrscheinlich hat er Angst bekommen«, sagte Bill. Sergio war derzeit einer der erfolgreichsten jungen Fotografen, und er war erst neunundzwanzig. Er hätte jedes Model bekommen können, er musste sich nicht mit einer Frau abfinden, die im Rollstuhl saß. Bill versuchte Helena klar zu machen, dass es zwar schön gewesen wäre, wenn Sergio sein Versprechen hätte einhalten können, es aber besser sei, wenn er jetzt seine Schwäche eingestand. »Weißt du, Helena, wenn er es nicht schafft, dann hat er für euch beide das Richtige getan. Du willst doch nicht, dass er dir davonläuft, wenn ihr verheiratet seid. Jetzt weißt du wenigstens, dass er nicht der Richtige für dich ist.« Diese Ansicht war auch die Grundlage der bevorstehenden Trennung von Isabelle, wenngleich er genau wusste, dass sie ihn nie im Stich lassen und sich wohl freiwillig nie von ihm trennen würde. Daher musste er das an ihrer Stelle tun. Bill hatte sich in den letzten Wochen in diese Vorstellung hineingesteigert und war völlig davon überzeugt, Recht zu haben.

Sergios Schritt bestätigte ihn nur noch in der Meinung, dass vollständige Menschen nicht mit Menschen zusammengehörten, die nicht mehr alles konnten und vielleicht Hilfe benötigten. »Glaub mir, Helena, eines Tages wirst du froh sein, dass es so gekommen ist«, sagte er. Ihr Weinen wurde heftiger. Für sie ergab das alles keinen Sinn. Sie liebte Sergio und hatte fest geglaubt, er liebe sie ebenso. Das Hochzeitskleid war bereits fertig, das Festessen, der Fotograf, die Band waren bestellt. Aber eine Ehe erforderte mehr als ein fröhliches Hochzeitsfest, vor allem unter Umständen wie den ihren.

»Soll ich etwa jubeln, weil er mich verlassen hat?« Helena fand Bills Erklärungen unverständlich.

»Du möchtest ihm doch nicht zur Last fallen. Irgendwann hätte er dich doch bestimmt gehasst.«

»Ich bin keine Last«, erwiderte sie erbost. »Ich bin keine andere als vor dem Unfall. Ich bin noch immer derselbe Mensch.« Joe und Jane hätten ihren Worten applaudiert, Bill konnte das nicht. Er vertrat genau den gegenteiligen Standpunkt.

»Keiner von uns ist mehr derselbe. Das ist gar nicht möglich. Wir leben mit Einschränkungen. Es gibt Dinge, die wir nie wieder tun werden.« Den letzten Satz sagte Bill leise und dachte dabei an Isabelle.

»Zum Beispiel? Tanzen? Skifahren? Rollerskate fahren? Wen interessiert das?« Helena schnäuzte sich wieder.

»Ihn offenbar schon. Das meine ich ja. Er war wenigstens ehrlich, dafür solltest du ihn bewundern.«

»Ich bewundere ihn aber nicht. Er ist ein mieser Kerl. Ich habe ihm nichts getan, und er lässt mich im Stich.«

»Nein. Du hattest einfach Pech. Wie wir alle. Deshalb sind wir ja hier.«

»Willst du damit behaupten, keiner von uns darf je wieder lieben, nur weil wir so sind, wie wir sind? Wenn du das glaubst, dann irrst du dich gewaltig. Ich finde es ganz schrecklich, so etwas zu sagen. Was ist mit Joe und Jane? Sieh sie dir doch an.«

»Du bist alt genug, um klüger zu sein als die beiden.« Helena war achtundzwanzig und wünschte sich ein Leben mit Ehemann und Kindern. »Ich bin immer noch der Meinung, dass sie einen Fehler machen und eines Tages dafür zahlen werden. Vielleicht wird Jane eines Tages genau das machen, was Sergio jetzt getan hat. Und dann? Bis dahin haben sie ein paar Kinder und machen sich gegenseitig das Leben schwer.«

»Glaubst du das wirklich? Dass keiner bei uns bleiben wird oder uns haben will? Das ist Schwachsinn und du weißt es. Hoffe ich jedenfalls. Wir haben das Recht, dieselben Dinge zu tun wie alle anderen auch.«

»Vielleicht auch nicht«, erwiderte er mit verbitterter Miene. »Für mich gilt das jedenfalls nicht. Ich kann nur für mich sprechen. Und ich meine, dass ich kein Recht habe, das hier« – dabei deutete er auf ihre beiden Rollstühle – »jemand anders zuzumuten. Es wäre nicht fair.« Sie wussten beide, dass er von Isabelle sprach, und Helena regte sich nur noch mehr auf.

»Hast du dich eigentlich in letzter Zeit mal mit dem Seelenklempner hier unterhalten?«, fragte sie Bill. Sie machte sich plötzlich Sorgen um ihn. »Das solltest du nämlich, weil deine Haltung unmöglich ist. Ich finde, dass Sergio ein Mistkerl ist, und du hast vielleicht sogar Recht, dass es besser ist, wenn er die Sache jetzt beendet, als wenn er mich später verlässt, aber ich finde nicht, dass das irgendetwas damit« – und nun deutete sie auf die Rollstühle – »zu tun haben sollte. Letztlich kommt es doch darauf an, ob er mich liebt oder nicht, und wie ich als Ehefrau sein werde. Vielleicht meint er, ich sei nicht gut genug für ihn.«

»Genau das sage ich doch«, sagte Bill selbstgefällig, und Helena sah ihn wütend an.

»Nein, das stimmt nicht. Du bist verwirrt. Du glaubst, wir hätten unser Recht, geliebt zu werden, verwirkt, weil wir im Rollstuhl sitzen. Das glaube ich nicht und werde es nie glauben. Dazu laufen draußen viel zu viele gute Menschen herum, denen es völlig egal ist, ob wir aufstehen können oder sitzen bleiben. Ich finde das bestimmt nicht toll, viel lieber würde ich aus eigener Kraft aufstehen, laufen und hohe Absätze tragen. Aber das kann ich nicht. Und jetzt? Willst du mir damit sagen, du würdest keine Frau lieben, die im Rollstuhl sitzt? Bist du so kleinmütig? Ich hoffe nicht.« Sie sah ihn scharf an.

»Vielleicht nicht.« Er wich ihrer Frage aus, obwohl er spürte, dass in ihren Worten etwas Wahres steckte. Denn säße Isabelle an seiner Stelle im Rollstuhl, würde er sie genauso lieben wie zuvor, vielleicht sogar noch mehr. Aber darum ging es nicht. »Vermutlich will ich damit sagen, dass es Leute gibt, denen die nötige Größe fehlt, so etwas zu ertragen. Und selbst wenn sie sie haben, dazu bereit sind und alles mit dir gemeinsam durchstehen würden, musst du für dich herausfinden, ob du das wirklich willst. Möchtest du den oder die Geliebte dieser Situation wirklich aussetzen oder liebst du sie genug, um sie aufzugeben?« Er redete weniger mit Helena als mit sich selbst. Sie sah ihn verdutzt an.

»Warum lassen wir uns nicht alle einfach irgendwo auf einem Eisberg aussetzen? Damit wäre das Problem gelöst. Dann würden wir keinen mehr stören, die anderen müssten sich nicht mehr wie anständige Wesen verhalten oder Mitleid haben oder auch nur erwachsen werden. Weißt du was? Ich kann dir gar nicht sagen, wie sehr ich Jane und Joe für das bewundere, was sie tun. Sie glauben aneinander, und sie haben Recht damit. Für die Liebe lohnt sich alles. Der Rest – der Rollstuhl oder die Krücken oder kein Rollstuhl und keine Krücken –, das hat überhaupt nichts zu bedeuten. Jedenfalls nicht für mich. Mir ist es völlig egal, ob der Junge, den ich heirate, taub, stumm oder blind ist, solange er nur ein guter Mensch ist und wir einander lieben. Wenn ein anderer als ich in diesem Rollstuhl säße, wäre mir das doch auch völlig egal.«

»Gut. Dann heirate doch mich«, schlug Bill vor, und sie lehnte sich in ihrem Stuhl zurück und lächelte unter Tränen.

»Du kannst einem wirklich den letzten Nerv rauben«, meinte sie. »Aber für deine Zukunft sehe ich schwarz. Ich bin immer noch der Meinung, du solltest zum Psychodoktor, ehe du dich von hier verabschiedest, sonst stellst du doch noch irgendeinen Blödsinn an.« Auch Helena gehörte zu Linda Harcourts Patienten und hatte die Stunden als sehr hilfreich empfunden. Allerdings war sie auch zur Arbeit an sich selbst bereit gewesen.

»Was denn zum Beispiel?« Bill ging in Abwehrstellung. Er mochte Helena gern, sie war ein kluges Mädchen und sie waren gute Freunde geworden, doch auch sie durfte ihm nicht alles sagen.

»Etwa Menschen sitzen lassen, die dich lieben, nur weil du glaubst, für sie eine Last zu sein. Warum lässt du sie das nicht selbst herausfinden, anstatt ihnen die Entscheidung abzunehmen? Du hast nicht das Recht, ihnen Vorschriften zu machen.«

»Vielleicht weiß ich es einfach besser. Wenn man jemanden liebt, möchte man ihn vor sich selbst schützen.«

»Du kannst die Menschen nicht schützen«, sagte Helena mit Nachdruck. Sie hatte viel an sich gearbeitet und sich intensiv mit ihrer neuen Situation auseinandergesetzt, viel mehr als Bill. Dieser hatte seine Zeit damit zugebracht, Gewichte zu stemmen, sich aber jeder psychologischen Beratung verweigert. »Jeder Mensch sollte so etwas für sich selbst entscheiden dürfen. Du kannst das niemandem abnehmen, genauso wenig wie jemand das für dich tun kann. Das ist eine Frage des Respekts.«

»Vielleicht hast du ja Recht«, meinte Bill nachdenklich. »Ich kenne die richtigen Antworten auch nicht. Ich kenne nur die Fragen. Und ich bin viel älter als du. Möglicherweise wäre ich in deinem Alter auch mutiger. Vielleicht stimmt es ja, und Sergio ist wirklich nichts wert. Aber wenn dem so ist, dann bist du wirklich besser dran, wenn du es jetzt weißt.«

»Da gebe ich dir Recht«, sagte sie traurig, »aber weh tut's trotzdem.«

»Ja«, sagte er, »es tut weh. Aber so ist nun mal das Leben. Es passiert so vieles, was verdammt wehtut. Es gibt Leute, die können einen nur enttäuschen. Und solche Menschen siebt man am besten gleich von Anfang an aus«, meinte er, und sie nickte. Dabei dachte er an Cynthia, und auch dabei spielte der Rollstuhl überhaupt keine Rolle.

»Sergio wird wohl auch zu denen gehören«, pflichtete Helena ihm bei.

»Vielleicht kriegst du das nächste Mal ja einen kleineren Ring und dafür einen größeren Kerl.« Sie nickte. Sie plauderten noch eine Weile, dann kehrte Helena auf ihr Zimmer zurück. Doch ehe sie ging, erinnerte sie Bill noch einmal daran, dass er vor seiner Entlassung noch einmal zur Therapeutin gehen sollte. Als Isabelle dann spätabends anrief, wirkte Bill bekümmert. Was Helena zu ihm gesagt hatte, beschäftigte und verwirrte ihn. Ihre so vehement zum Ausdruck gebrachte Meinung, dass ihre Behinderung für diejenigen, die sie liebten, nicht von Bedeutung waren, brachte ihn fast dazu, ihr zu glauben – aber nur fast. Sie war eine junge Frau, und wenn ein Mann sich um sie kümmern wollte, war das eine Sache. Er aber war ein Mann und davon überzeugt, einer Frau mehr bieten zu müssen als das.

»Du hörst dich müde an«, sagte Isabelle, weil sie spürte, dass er niedergeschlagen war. »Bist du zu viel gelaufen oder hast dir für heute zu viel zugemutet?« Sie hatte seine Behauptung, dass er wieder laufen könne, nie hinterfragt. Schuldbewusst blickte Bill auf seinen Rollstuhl, während er ihr zuhörte. Diese Lüge machte es ihm nun tatsächlich unmöglich, sie wieder zu sehen. Doch genau das war ja sein Plan gewesen. Er hatte keinesfalls vor, einen Rückzieher zu machen, auch wenn Helena seine starre Haltung kurzfristig erschüttert hatte. Aber er hatte ohnehin schon zu viele Schritte unternommen, um die Trennung vorzubereiten, und zwar unbeirrbar in seinem Glauben, das Richtige zu tun, indem er sie verließ. Die einzige noch offene Frage war der Zeitpunkt.

»Ja, mag sein. Ich muss noch viel erledigen, bevor ich hier verschwinde«, antwortete er ausweichend.

»Die Therapeuten haben gute Arbeit geleistet«, sagte Isabelle sanfter und vertrauensseliger denn je, und das schnitt ihm tief ins Herz. Mochte sein Entschluss auch noch so töricht sein, so wollte er ihr doch nur die Freiheit schenken, er wollte sie von einer Last befreien, die, wie er glaubte, ihr Leben zerstören würde. Aber zugleich wusste er, was Helena dazu sagen würde: Er hatte Isabelle das Recht genommen, ihre eigene Entscheidung zu treffen. Doch seit Tagen hörte Isabelle in seiner Stimme einen merkwürdigen Unterton, den sie nicht zu deuten wusste. Bill klang so anders, so fern und so unglücklich. Sie konnte nur vermuten, dass ihn die Aussicht, die geschützte Umgebung des Rehazentrums bald zu verlassen und ein neues Leben zu beginnen, verunsicherte. Da er nun aber wieder laufen konnte, ging sie davon aus, dass vieles für ihn sehr viel einfacher werden würde als zunächst angenommen.

»Und was ist mit der Hochzeit?«, fragte sie Bill dann in der Hoffnung, ihn auf andere Gedanken zu bringen.

»Cynthia dreht völlig durch. Ich versuche, mich aus den Vorbereitungen herauszuhalten. Eigentlich muss ich nur die Rechnungen bezahlen. Das ist das Leichteste.« Das Härteste war das, was er mit Isabelle vorhatte, wovon sie noch nichts ahnte. »Wie geht es Teddy?« Bill wechselte rasch das Thema. Es war Isabelle in letzter Zeit aufgefallen, dass er häufiger sprunghaft von einem Thema zu einem anderen wechselte, als fühlte er sich unbehaglich, wenn sie ausführlicher über eine Sache redeten. Das entsprach ganz und gar nicht seinem Stil und den Gesprächen, die sie in den letzten fünf Jahren geführt hatten. Sie kannte ihn besser, als er dachte, besser, als ihm lieb war.

»Es geht ihm blendend«, versicherte ihm Isabelle. Nie hätte Bill es übers Herz gebracht, sich von Isabelle zu trennen, solange es Teddy schlecht ging. Indem sie ihm die Gewissheit gab, ihr Sohn wäre wohlauf, besiegelte sie ihr Schicksal. »Es ist ihm noch nie so gut gegangen.«

»Schön.« Dann berichtete Bill ihr, er werde in der folgenden Woche nach Washington fahren, um sich dort nach einer Wohnung umzusehen. Und Isabelle fragte ihn wieder einmal, wann er denn nach Paris kommen wolle.

»Vielleicht könntest du nach der Hochzeit kommen, wenn die Feier dich nicht zu sehr ermüdet hat. Nur für ein paar Tage, ehe du wieder zu arbeiten anfängst.« Das war zwar viel von ihm verlangt, doch Isabelle fürchtete, er werde danach überhaupt keine Zeit mehr finden. Sie wusste, wie viel Arbeit auf ihn wartete.

»Ich nehme vielleicht schon diese Woche die Wahlkampagne in Angriff.« Auch das war gelogen. Er würde nicht vor Ende Juni damit loslegen und hätte genügend Zeit, nach Paris zu kommen. Doch durch sein Lügengebäude hatte er sich jede Möglichkeit zu einem Besuch bewusst genommen. »Wir werden sehen«, lautete seine Antwort, und als sie dieses Mal auflegten, war Isabelle sehr beunruhigt. Sie hatte das deutliche Gefühl, er weiche ihr aus, doch sie wusste nicht, warum. Von einem Tag auf den anderen, buchstäblich über Nacht, war diese seltsame Veränderung eingetreten. Sie konnte natürlich nicht wissen, dass er seine Manöver an dem Tag begonnen hatte, als die Therapeuten ihm erklärten, er werde nie wieder laufen können. Das war für Bill der Wendepunkt gewesen. So viele Monate lang hatte er sich gelobt, seine Anrufe bei Isabelle einzustellen und sie nie mehr wieder zu sehen, wenn dies der Fall sein sollte. Doch noch brachte er es nicht über sich, auf ihre vertraute Stimme zu verzichten. Isabelle jedoch machte sich Sorgen, ob sie ihn womöglich durch eine Äußerung verletzt hatte, auch wenn er nicht wütend zu sein schien, nur distanziert. Neun Monate waren vergangen, seit sie ihn zuletzt gesehen hatte, und noch immer wusste sie nicht, wann er sie in Paris besuchen würde. Für Isabelle kam ein Besuch in Washington oder New York nicht in Frage. Sie konnte Teddy nicht so lange allein lassen und sich so weit fort wagen.

Als die Hochzeit näher rückte, bekam Isabelle es mit der Angst zu tun. Ein paar Mal schon hatte Bill seine täglichen Anrufe versäumt, und als sie ihn darauf ansprach, erklärte er, er habe zu viel zu tun. Er habe in Washington jetzt eine Wohnung gefunden, er habe sich auch schon mit dem jungen Politiker getroffen, dessen Wahlkampagne er übernommen hatte. Bill war sehr aufgeregt, als er davon erzählte. Nach der Hochzeit meldete er sich zwei Tage überhaupt nicht. Aus unerklärlichen Gründen hatte Isabelle plötzlich Angst, selbst bei ihm anzurufen. Er hatte sich eingemauert und sie ausgesperrt.

Es war eine Traumhochzeit gewesen, und alle hatten geweint, als Joe und Jane sich das Jawort gaben. Joe im Rollstuhl und Jane daneben, die seine Hand hielt, waren ein unglaublich rührender Anblick. Keiner weinte mehr als Bill, der neben Cynthia am Ende der ersten Reihe in seinem Rollstuhl saß.

»Fühlst du dich auch gut?«, hatte sie ihn beim Empfang gefragt. Er saß neben ihr, und sie fand ihn ungewöhnlich schweigsam. »Du wirkst so angespannt.«

»Ich denke über die Arbeit nach. In ein paar Tagen verlasse ich die Rehaklinik und gehe nach Washington. Du kennst mich doch.« Rein körperlich sah er fantastisch aus, aber sie sah ihm an, dass ihn etwas quälte.

»Du wirkst etwas mitgenommen.« Aber sie vermutete, dass ihm die Heirat seiner Jüngsten so zugesetzt hatte.

Olivia setzte sich eine Weile zu Bill. Als Joe an der Reihe gewesen wäre, mit Jane zu tanzen, tanzte sie stattdessen mit ihrem Schwiegervater, während Joe ihnen lächelnd zusah. Joe schien sich gar nicht daran zu stören, Bill aber sehr wohl. Aber es war eine wunderschöne Hochzeit, ein tolles Fest, und alle amüsierten sich großartig. Als Bill abends dann zurück in die Rehaklinik fuhr, musste er ständig an Isabelle denken.

Er blieb auf seinem Zimmer und ging zwei Tage lang zu keinem Therapietermin. Endlich nahm er allen Mut zusammen und wählte Isabelles Nummer. Sie war inzwischen äußerst beunruhigt, denn als sie sich schließlich doch überwunden hatte, ihn anzurufen, war er nicht ans Telefon gegangen. In den vergangenen zwei Tagen hatte sie mehrmals versucht, ihn zu erreichen. Bill hatte gewusst, dass der Anrufer nur Isabelle sein konnte. Doch er hatte bewegungslos auf seinem Bett gelegen. In Gedanken war er bei ihr und er wäre am liebsten gestorben.

»Wo bist du gewesen?«, fragte Isabelle ihn, als er endlich anrief, und die Angst war ihr anzuhören. »Ich habe schon gedacht, du bist mit Joe und Jane in die Flitterwochen gefahren.« Doch er hörte die Sorge in ihrer Stimme, spürte wie verletzt sie war, und hasste sich dafür. Zugleich wusste er, dass ihre Besorgnis nichts war im Vergleich zu dem Schmerz, der ihr bevorstand. Unvorstellbar, dass sie nach den fünf Jahren, die sie im ständigen Gespräch miteinander verbracht hatten, nicht mehr Teil seines Lebens sein sollte. Doch er trug in sich die Gewissheit, ihr dieses letzte Geschenk schuldig zu sein. »Wie war die Hochzeit?«, fragte sie unbedarft, und er seufzte.

»Wunderschön. Während der Zeremonie haben alle geheult, danach haben sich alle amüsiert.«

»Erzähl mir doch davon.« Teddy schlief bereits, und sie hatte jede Menge Zeit.

Er kam ihrem Wunsch nach, dann holte er tief Luft. Es war wie ein Sprung vom Zehnmeterbrett. »Ich muss dir etwas sagen, Isabelle.« Ihr blieb beinahe das Herz stehen. Noch ehe er weitersprach, wusste sie, dass etwas ganz Fürchterliches geschah.

»Und das wird mir nicht gefallen, oder?« Sie hielt den Atem an und wartete auf den entscheidenden Schlag.

»Cynthia und ich haben unser Ehegelübde erneuert.« Am anderen Ende der Leitung herrschte Totenstille, bis das eben Gesagte zu Isabelle durchgedrungen war.

»Was genau bedeutet das?« Sie bemühte sich um einen höflichen Ton, obwohl sie am liebsten geschrien hätte. Aber wie immer war sie so entgegenkommend, eine Erklärung von ihm abzuwarten.

»Wir haben unsere Ehe wieder neu aufleben lassen.« Das war die zweite schlimme Lüge, die er ihr zumutete. »Es hat sich viel verändert, seit ich hier in der Rehaklinik bin. Wir hielten es für wichtig wegen der Mädchen.« Die eine war verheiratet, die andere zweiundzwanzig. Wie wichtig sollte es zwei erwachsenen Frauen sein, dass ihre Eltern ihr Ehegelübde erneuerten? Aber Isabelle stellte diese nahe liegende Frage nicht, für sie zählte nur, dass sie es getan hatten und er ihr das gesagt hatte.

»Wann hast du das entschieden?« Sie zitterte am ganzen Leib, klang aber täuschend ruhig.

»In den letzten paar Wochen.« Das kam fast unbekümmert, und Bill zwang sich, nicht daran zu denken, was er Isabelle gerade antat.

»Ich habe gespürt, dass etwas nicht stimmte«, bekannte sie. Sie kannte Bill sehr gut, was nach fünf Jahren kaum verwunderlich war. »Hast du deshalb keine Pläne machen wollen, nach Paris zu kommen?« Das also war die Erklärung für sein Zögern. Sie hatte immer gewusst, dass ihn etwas beunruhigte, sich aber nicht denken können, was es war. »Und was bedeutet das für uns?«

»Ich finde, wir sollten nicht mehr miteinander telefonieren.« Seine Worte trafen sie härter als der Aufprall des Busses. Es verschlug ihr für kurze Zeit regelrecht die Sprache, und sie glaubte, im nächsten Moment in Ohnmacht zu fallen. Sie bekam keine Luft mehr und spürte zum ersten Mal seit dem Unfall wieder ihr Herz. Seine Worte trafen sie so hart, als hätte er eine Abbruchkugel auf sie niedersausen lassen. Sie konnte nicht sofort antworten, wollte aber etwas sagen. Nicht im Traum hätte sie diesen Schlag erwartet. Doch es stand ihr wohl kaum zu, ihm Vorwürfe zu machen. Schließlich hatte sie sich Teddy zuliebe geweigert, Gordon zu verlassen. Sie konnte Bill nur so wenig geben, nur ihre Gespräche am Telefon. Dass er nun seine Beziehung zu Cynthia wieder aufnahm, konnte sie nur zu gut verstehen, egal wie weh ihr das tat. Es schien für ihn die richtige Entscheidung, und Isabelle liebte Bill genug, um nur das Beste für ihn zu wollen.

»Ich weiß nicht, was ich sagen soll. Ich freue mich für dich, Bill.« Nicht nur seine Beine waren geheilt, auch seine Ehe, und sie wünschte ihm alles Gute. Bill hörte sie weinen und wäre am liebsten gestorben. Doch noch immer war er davon überzeugt, dass es so für sie das Beste sei, ob sie selbst das nun auch so sah oder nicht. Nur seine Liebe zu ihr hatte ihn diesen derart schrecklichen Schritt tun lassen. Dabei wusste er genau, dass er mit seinen Worten auch einen Teil seines eigenen Herzens abtötete. Es war das größtmögliche Opfer, das er ihr bringen konnte.

»Ich möchte, dass du auf dich aufpasst. Lass Gordon nicht die Oberhand gewinnen. Spar dir deine Munition auf und setze sie dann gegen ihn ein, wenn er dich quält. Danach wird er dich wohl nicht mehr behelligen. Solange Louises Ehemann lebt, will er vermutlich an der Ehe zu dir festhalten.« Bill hatte viel über dieses Thema nachgedacht, doch seine Besorgnis war geblieben. Er wollte nicht, dass Gordon Isabelle quälte, wenn er nicht mehr an ihrer Seite war. Doch schützen konnte Bill sie ohnehin nicht vor Gordon. Da war nur seine Liebe, die er ihr gerade entzog.

»Nett, dass du dir deswegen Sorgen machst.« Isabelle schien noch unter Schock zu stehen. »Ich verstehe nur nicht… du hast mir nie gesagt, dass sich die Beziehung zwischen dir und Cynthia gebessert hat. Wie kam das? Und wann?«

»Das weiß ich selbst nicht. Vermutlich hat der Entschluss der Kinder, zu heiraten, uns auf die Idee gebracht, es noch einmal mit unserer Ehe zu versuchen.« Tatsächlich war ihre Scheidung im März bestätigt worden, als Jane und Joe sie von ihren Heiratsplänen unterrichtet hatten. Cynthia schien eine recht ernste Beziehung zu dem Witwer zu unterhalten, den sie nun seit einigen Monaten kannte, und Bill freute sich für sie.

»Ich möchte, dass du glücklich wirst, Bill«, sagte Isabelle großzügig, »was immer das auch für dich bedeuten mag. Trotz alledem liebe ich dich von ganzem Herzen.«

»Das weiß ich.« Ihm liefen die Tränen über die Wangen, aber er bemühte sich, seine Stimme zu kontrollieren, damit sie es nicht merkte. Ihre Freiheit hing von seiner Überzeugungskraft ab, und er war entschlossen, seine Sache gut zu machen. »Ich liebe dich auch, Isabelle.« Gern hätte er ihr gesagt, dass er sie immer lieben werde, aber das schien ihm unpassend. »Pass gut auf dich auf. Wenn du jemals etwas brauchen solltest, ruf mich an. Ich werde immer für dich da sein.«

»Ich kann mir nicht vorstellen, dass Cynthia das gefallen würde.«

»Es tut mir Leid. Dreißig Jahre sind eine lange Zeit. Da fällt es schwer, einfach alles aufzugeben.« In Wirklichkeit hatte Bill die dreißig Jahre seiner Ehe längst hinter sich gelassen. Sein Herz gehörte Isabelle und würde ihr immer gehören, Aber das wusste nur er allein.

»Ich werde dich schrecklich vermissen«, schluchzte Isabelle. »Aber ich möchte, dass du glücklich bist ... glücklich bist ... Sei gut zu dir, Bill. Du hast es verdient.« Für das, was er ihr antat, hätte er verdient, in der Hölle zu schmoren, das spürte Bill, doch das änderte nichts an seiner Überzeugung, dass das Geschenk, das er ihr machte, größer war als der Schmerz, den er ihr zufügte. Eines Tages würde sie es ebenso sehen, dessen war er sich sicher.

»Adieu«, sagte er schlicht und legte behutsam auf. Sobald Isabelle den Hörer auflegte, wurde sie von einem Weinkrampf geschüttelt. Sie war so verzweifelt, als wäre Bill gestorben.

»Was ist denn, Mama?« Teddy kam mit vor Schreck geweiteten Augen in ihr Zimmer gehumpelt. Er hatte sie vom Flur aus gehört. Als er sie erreicht hatte, war er ganz außer Atem. So hatte er seine Mutter noch nie erlebt.

Isabelle brachte kein Wort heraus, doch dann riss sie sich um seinetwillen zusammen. »Ein alter Freund von mir ist gestorben.« Etwas anderes fiel ihr nicht ein, und in gewisser Weise war es auch so. Bill war jetzt tot für sie. Verschwunden. Für sie verloren. Ein Leben ohne ihn, ohne seine Anrufe konnte sie sich nicht vorstellen. Es kam einem Todesurteil gleich. Jetzt blieben ihr nur noch die Kinder. Teddy sah ihr erschrocken zu, wie sie aufstand und ihren Mantel holte. Dann umarmte sie ihren Sohn. »Es geht schon, ich bin nur traurig. Ich mache einen kleinen Spaziergang.« Sie brachte Teddy zurück auf sein Zimmer und sorgte dafür, dass er sich wieder ins Bett legte. Dann verließ sie das Haus und ging mehrere Stunden lang spazieren. Es war fast Mittagszeit, als sie zurückkam. Sie war aschfahl im Gesicht und so schweigsam, als wäre jegliches Leben aus ihr gewichen. Selbst Teddys Pflegerin bekam es mit der Angst zu tun.

»Geht es Ihnen gut, Mrs. Forrester?«, erkundigte sie sich höflich. Noch nie hatte sie Isabelle in all den Jahren, die sie sich kannten, so elend gesehen. Isabelle nickte schweigend mit einem erstarrten Lächeln, aber ihre Augen spiegelten unendlichen Schmerz.

«Ja, ja«, antwortete sie mechanisch. Was hätte sie auch sonst sagen sollen. Während sie an diesem Nachmittag ihrem Sohn vorlas, stahlen sich immer wieder Tränenrinnsale über ihre Wangen, und Teddy tätschelte ihr still die Hand. Er wusste nicht, was er ihr hätte sagen sollen. Als sie ihn beim Zubettgehen umarmte, kämpfte sie gegen ein Schluchzen an.

»Es tut mir Leid, Mama«, sagte er zärtlich und drückte sie ganz fest. Isabelle nickte und sah ihn mit einem traurigen Lächeln an.

»Mir auch, mein Schatz.«

In dieser Nacht musste sie ständig an Bill denken. So niedergeschmettert hatte sie sich in ihrem ganzen Leben noch nicht gefühlt. Bill hatte ihr die Hoffnung und das Lachen und den Trost ihrer dunklen Tage genommen. Jetzt hatte sie niemand mehr, an den sie sich wenden konnte, und sie wusste genau, es würde keinen mehr wie ihn geben. Sie würde als Gordons Gefangene sterben, doch es machte ihr nichts mehr aus. Ihr war alles gleichgültig geworden. Nun würde sie nur noch für Teddy und Sophie da sein, für den Rest ihrer Tage.

Auf seinem Zimmer in der Rehaklinik lag Bill im Dunkeln. Seit seinem Anruf war er wie erstarrt. Er hatte die ganze Nacht nicht geschlafen, hatte nur dagelegen und geweint. Doch er hatte das Richtige getan. Das zu wissen, war sein einziger Trost.

Kapitel 16

Seit Bill sich aus Isabelles Leben verabschiedet hatte, wurden die Tage für sie endlos. Da war nichts mehr, keine Minute des Tagen, die ihr Erleichterung brachte. Sie kümmerte sich um Teddy, wie sie das immer getan hatte, doch jetzt war sie diejenige, die schlecht aussah. Sie aß nicht, sie schlief nicht, sie sprach wenig, obwohl sie sich im Umgang mit Teddy immer Mühe gab, normal zu erscheinen. Doch sie hatte das Gefühl, in einen Abgrund geworfen worden zu sein, in den weder Sonnenschein noch Licht drang. Sie hatte Sehnsucht nach Bills Stimme, aber sie hätte nicht einmal gewusst, wo sie ihn erreichen konnte. Seine neue Adresse in Washington hatte sie nicht, und sie fragte sich, ob Cynthia wohl mit ihm gegangen war. Doch wo immer er sich auch aufhalten mochte, er gehörte nicht mehr zu ihr, hatte wohl eigentlich nie zu ihr gehört. Er war ein zeitlich befristetes Geschenk in ihrem Leben gewesen, und dafür war sie dankbar. Doch der Schmerz über seinen Verlust war so stark, dass sie sich jeden Tag aufs Neue fragte, ob sie ihn überleben würde. Bill zu verlieren schien ihr schwerer als der Kampf um ihr Leben nach dem Busunfall. Diesmal hatte der Aufprall ihre Seele getroffen.

Obwohl Gordon nur selten zu Hause war, merkte er, dass mit Isabelle etwas nicht stimmte. Offenbar war ihre Gesundheit stark angeschlagen, und er fragte sich, ob das wohl noch die Folge des Unfalls war. Als Sophie von der Universität nach Hause kam, war sie entsetzt. Isabelle sah aus, als wäre sie todkrank.

»Geht es dir nicht gut?«, fragte Gordon sie endlich eines Tages beim Frühstück. Er hatte tatsächlich einmal eine Nacht zu Hause verbracht. Noch immer wusste er nicht, dass Isabelle von den Übernachtungen bei seiner Freundin wusste. Isabelle hatte so viel Gewicht verloren, dass ihr die Kleider noch mehr um den Leib schlotterten als nach dem Unfall.

»Ich fühle mich etwas krank. Ich habe immer wieder Migräneanfälle«, sagte sie, um ihre graue Gesichtsfarbe zu erklären. Sie wusste selbst, wie sie aussah, konnte aber weder Appetit entwickeln, noch Schlaf finden.

»Scheint ein Rückfall zu sein«, meinte Gordon mit leicht besorgter Miene. »Ich möchte, dass du zum Arzt gehst.« Zum ersten Mal seit Monaten zeigte er einen Anflug von Interesse. »Ich fahre nächste Woche weg und finde, du solltest dich untersuchen lassen, ehe ich abreise.« Sie fragte sich, ob er diese Reise wohl gemeinsam mit Louise antrat. Inzwischen war ihr längst klar geworden, dass er den ganzen vergangenen Sommer, während sie mit Bill im Krankenhaus lag, mit Louise verbracht hatte. Isabelles Abwesenheit war für ihn ein Segen gewesen, dessen war sie sich sicher. Auch hatte es wohl nichts mit ihr oder mit seiner Wut auf Bill zu tun gehabt, dass er sie kein zweites Mal in London besucht hatte. Der wahre Grund war seine Beziehung zu Louise, mit der er sich vergnügen wollte, solange Isabelle weg war. Isabelle war das alles inzwischen gleichgültig. Es war ein Tatbestand ihres Ehelebens und dies offenbar schon seit Jahren.

»Wohin fährst du?«, erkundigte sie sich, Interesse heuchelnd. Bis auf ihre Sorge um Teddy interessierte sie nun ohnehin nichts mehr. Sie war erleichtert, dass Sophie für ein paar Tage nach Hause gekommen war.

»Nach Südfrankreich, um Kunden zu besuchen.« Sie war sich sicher, dass dieser »Kunde« Louise war. »Ich möchte, dass du noch heute den Arzt anrufst«, erinnerte Gordon sie, als er ins Büro aufbrach, doch sie tat es nicht. Sie wusste genau, was ihr fehlte. Ihr Herz war gebrochen, und das hatte nichts mit dem Unfall im vergangenen Jahr zu tun. Der verhängnisvolle Abend in London war jetzt genau ein Jahr her. Sie konnte noch immer nicht glauben, dass Bill nicht mehr zu ihrem Leben gehörte. Und sie ertappte sich in letzter Zeit bei dem Wunsch, sie wäre bei dem Unfall gestorben. Das wäre so viel einfacher gewesen als all das, was sie jetzt durchmachte. Sie konnte sich nicht vorstellen, dass dieser Schmerz jemals enden würde. Ein Tag war schlimmer als der andere. Es gab nichts mehr, worauf sie sich freuen, was sie sich wünschen, worauf sie hoffen, woran sie glauben konnte. Bill hatte alles mitgenommen und ihr nur die Erinnerung und die Trauer zurückgelassen. Sie war nicht einmal wütend auf ihn, das war das Schlimmste. Sie liebte ihn noch immer und wusste, dass diese Liebe ewig währen würde. Isabelle kam sich vor wie ein Tier, dessen Partner gestorben war, und das nun Ausschau hielt nach einem ruhigen Platz zum Sterben.

Was ist denn mit dir los, Mama?«, fragte Sophie mit ängstlicher Stimme, als sie sich am Nachmittag vor Teddys Zimmer begegneten.

»Nichts, mein Schatz. Ich bin nur müde.« Isabelle sah so schrecklich aus, dass es jedem auffiel. Sophie und Teddys Pflegerin Marthe hatten sich am Nachmittag darüber unterhalten. Teddy wusste zu berichten, dass es Isabelle so schlecht ging, seit sie telefonisch vom Tod eines Freundes erfahren hatte. Aber die anderen spürten, dass die Ursache für ihre Verzweiflung sehr viel tiefer lag, und alle machten sich ernste Sorgen nicht nur um ihre Gesundheit, sondern um ihr Leben.

Als Gordon am Abend wissen wollte, was der Arzt gesagt habe, behauptete Isabelle, er halte sie für gesund. Sie wusste, dass Gordon das nicht überprüfen würde.

Gordon überlegte kurz, ob nicht ein sehr heftiger emotionaler Schmerz der Grund dafür sein könnte, eine fehlgeschlagene Liebesaffäre, ein gebrochenes Herz. Diese Idee brachte seine Alarmglocken zum Klingen und er hatte einen Moment lang Bill vor Augen, doch dann verwarf er diesen Gedanken sofort wieder. Bestimmt hätte es Isabelle nach all seinen Drohungen niemals gewagt, wieder eine Affäre anzufangen. Gordon ahnte nichts von der Macht ihrer Liebe zu Bill.

Am nächsten Tag brach Gordon unbekümmert nach Südfrankreich auf. Die Telefonnummer, die er ihr hinterließ, gehörte zum Hotel du Cap. Er hatte vor, drei Wochen wegzubleiben, und Isabelle fragte nicht weiter nach. Sie war erleichtert, als er fort war. Jetzt brauchte sie sich keine Entschuldigungen mehr einfallen zu lassen, weshalb sie sich schlecht fühlte oder schlecht aussah. Das Alleinsein war viel einfacher.

Doch als Gordon drei Wochen später zurückkam, bemerkte er erschrocken, dass sich ihr Zustand keineswegs gebessert hatte. Er selbst war gesund und braun gebrannt, während Isabelle aussah, als litte sie an einer tödlichen Krankheit im Endstadium. Auch Teddy schien es wieder schlechter zu gehen. Sophie weinte, als sie mit Gordon darüber sprach. Aber ihr Vater beruhigte sie damit, dass ihre Mutter vor ein paar Wochen beim Arzt gewesen sei. Dieser habe bestätigt, sie sei gesund. Mehr wollte Gordon gar nicht wissen. Außerdem graute ihm bei der Vorstellung, möglicherweise eine weitere Schwerkranke im Haus zu haben.

Im August verreiste Gordon erneut, diesmal führte ihn eine ausgedehnte Geschäftsreise nach Italien und Spanien. Sophie war in die Bretagne gefahren, um dort Freunde zu besuchen. Isabelle war froh, mit Teddy allein zu sein. Sie las ihm häufig vor und beschäftigte sich viel mit ihm, um ihn nicht zu beunruhigen, doch sie konnte sich nicht vorstellen, jemals wieder zu ihrem früheren Lebensgefühl zurückzufinden. Schon beim Aufwachen am Morgen musste sie an Bill denken und wünschte sich, tot zu sein.

Als Gordon und Sophie schon eine Weile weg waren, fing Teddy sich eine schlimme Sommergrippe ein. Zunächst waren nur die oberen Luftwege betroffen, doch dann breitete sich die Erkältung auf seine Lunge aus. Er bekam hohes Fieber, und der Arzt verordnete Antibiotika. Aber das Fieber stieg und stieg, und was Isabelle und die Pflegerin auch versuchten, sie konnten es nicht senken. Am dritten Tag bekam Teddy kaum noch Luft. Der Arzt stellte besorgt fest, dass der Junge kaum auf die Medikamente ansprach. Nach zwei weiteren Tagen hatte sich eine Lungenentzündung entwickelt, und immer noch zeigte sich keine Besserung. Am fünften Tag wies der Arzt ihn schließlich ins Krankenhaus ein. Isabelle begleitete ihn. Einen Moment lang überlegte sie, Gordon anzurufen, zog es dann aber vor, ihn nicht zu belästigen. Teddys Erkrankungen hatten ihn ohnehin nie interessiert. Dafür war immer Isabelle zuständig.

»Werde ich sterben?«, fragte Teddy, der mit riesigen glasigen Augen in seinem Krankenhausbett lag. Isabelle strich ihm über den Kopf und legte ihm kalte Tücher auf die Stirn und die Handgelenke. Die Schwestern nahmen ihre Hilfe dankbar an.

»Natürlich nicht. Aber du musst dich jetzt erholen. Das ist ein ganz übler Erreger, und du bist jetzt lange genug krank gewesen.« Doch dann hatte er in der Nacht erneut über vierzig Grad Fieber. Am nächsten Tag rief Isabelle bei Gordon an.

»Ich weiß nicht, was es ist. Es muss irgendein Virus sein. Er ist sehr krank.« Sie klang noch erschöpfter als vor seiner Abreise und sah schlimmer aus denn je.

»Er ist doch immer krank.« Gordon reagierte ärgerlich. Er war in der Toskana, und Isabelle konnte sich eigentlich nicht vorstellen, dass er geschäftlich dort zu tun hatte. Es war zweifellos ein weiterer Urlaub mit Louise. Isabelle machte das nichts mehr aus. »Von hier aus kann ich doch ohnehin nichts tun.«

»Ich habe nur gedacht, du möchtest es vielleicht erfahren«, erwiderte sie und fragte sich, warum sie sich überhaupt die Mühe gemacht hatte, ihn anzurufen. Sie konnte von seiner Seite ohnehin nicht mit Hilfe rechnen.

»Ruf mich an, wenn's schlimmer wird.« Und was würde er dann tun? überlegte Isabelle. Sollte sie ihn anrufen, wenn sein Sohn starb? Oder würde er auch das als Zumutung empfinden? Aber sie blieb höflich und sagte nichts.

Sie wartete noch einmal zwei Tage, dann rief sie bei Sophie an. Anders als ihr Vater kehrte Sophie noch in derselben Nacht aus der Bretagne zurück und stand ihr bei. Inzwischen war Teddy im Delirium, und Isabelle bekam es mit der Angst zu tun, als sie erfolglos mit ihm zu sprechen versuchte. Man verabreichte ihm die Antibiotika intravenös, doch seine Lungenfunktion ließ immer mehr nach, und der Arzt machte sich große Sorgen wegen des Herzens. Plötzlich sah Isabelle sich dem gegenüber, was sie immer gefürchtet hatte. Die beiden Frauen saßen stundenlang an Teddys Bett, keine von beiden konnte schlafen. Über seinem schlaffen Körper hielten sie sich an den Händen. Manchmal redete Teddy im Schlaf, aber seine Worte ergaben nur selten einen Sinn.

Als Teddy am nächsten Morgen aufwachte, wirkte er sehr ruhig. Es war ein drückend schwüler Tag, und obwohl Teddy wie ein Backofen zu glühen schien, sagte er immer wieder, dass ihm kalt sei. An diesem Tag dauerte es bis zum Abend, ehe er ein verständliches Wort an seine Mutter und Sophie richtete. Der Arzt und die Schwestern sahen häufig nach ihm, und spät am Abend erklärte der Arzt Isabelle, dass es nicht gut um Teddy stehe. Sein Zustand verschlechtere sich zusehends.

»Was heißt das?«

»Sein Herz ist dieser Belastung nicht gewachsen. Er ist ein sehr kranker Junge.« Das wusste sie bereits, doch sie war tief enttäuscht, dass die Ärzte offenbar nichts mehr für ihn tun konnten.

Sie verbrachten eine weitere entsetzliche Woche an Teddys Krankenbett, der jetzt zwischen Leben und Tod schwebte. Sophie und Isabelle waren gleichermaßen mit ihren Kräften am Ende. Beide waren kaum weniger blass als der kranke Junge. Isabelle fand es schockierend, dass Gordon es nicht für nötig erachtete, sich gelegentlich nach Teddys Befinden zu erkundigen. Mittlerweile war es fast zwei Wochen her, dass sie ihn in der Toskana angerufen hatte. Vermutlich ging er davon aus, Teddy hätte sich inzwischen erholt. Zu Beginn der dritten Woche war Teddy kaum noch bei Bewusstsein. Er hatte mehrere Krampfanfälle, und seine Lungenentzündung hatte sich noch verschlimmert. Für Isabelle war es kaum vorstellbar, dass er so noch viel länger durchhalten konnte, und sie setzte sich in den Flur und weinte. Dann kehrte sie wieder zurück an sein Bett. In dieser Nacht rief sie Gordon zum zweiten Mal an.

Wie erwartet war er davon ausgegangen, dass es seinem Kind gut ging, und er reagierte mit Erstaunen auf die Schilderung, wie schlimm Teddys Zustand nun war.

»Ich weiß nicht, vielleicht möchtest du ja nach Hause kommen?«

»Sollte ich das denn?« Er nahm diesen Vorschlag nicht gerade begeistert auf, doch er klang besorgt. Die Lage war weitaus schlimmer, als er erwartet hatte.

»Das hängt von dir ab. Teddy ist sehr krank.« Der Junge war seit der vergangenen Nacht bewusstlos, und der Arzt schien sich zu bezweifeln, dass er das Bewusstsein noch mal zurückerlangen werde. Gordon versprach, den Arzt am nächsten Tag anzurufen.

Isabelle und Sophie hielten die ganze Nacht Wache an Teddys Bett. Um fünf Uhr morgens schlug er die Augen auf und lächelte sie an. Beide weinten vor Erleichterung und hielten es für ein gutes Zeichen. Aber die Schwester meinte, das Fieber sei in der Nacht noch einmal gestiegen, auf 41 °C. Doch Teddy redete mit ihnen. Als der Arzt diesmal zur Untersuchung kam, schüttelte er den Kopf. Das Herz des Jungen mache nicht mehr mit. Das war der Augenblick, vor dem sich Isabelle so lange gefürchtet hatte. Jetzt war er gekommen. Sie sah sehr erschöpft aus, fühlte aber eine seltsame Ruhe in sich, während sie mit ihrem Sohn darauf wartete, wie das Schicksal für ihn entschied.

Teddys Worte waren jetzt ganz klar, und er hielt Isabelles Hand. Mit engelsgleichem Lächeln sah er Sophie an. Isabelle küsste seine Wange, die sich heiß und trocken anfühlte, bis sie von ihren Tränen überschwemmt wurde. Sie konnte nicht aufhören zu weinen.

»Ich liebe dich, mein Kleiner.« Er war immer so zärtlich zu ihr gewesen, so geduldig und so lieb. Sein ganzes Leben hatte aus Schmerzen bestanden und nie hatte er sich beklagt. Auch jetzt kam kein Wort der Klage über seine Lippen. Er hielt nur ihre Hand in der seinen und trieb zwischen Schlafen und Wachen dahin. Isabelle hatte den unwiderstehlichen Drang, ihn festzuhalten, ihn zurückzureißen vom Rand jenes Abgrunds, an dem seine Seele taumelte. Der Gedanke, ihn zu verlieren, war ihr unerträglich. Doch auf das, was mit ihm nun geschah, hatte sie keinen Einfluss.

Teddy sah sie an und lächelte. »Ich bin glücklich, Mama«, sagte er leise und wandte sich dann an seine Schwester: »Ich liebe dich, Sophie.« Dann schied er mit einem winzigen Seufzer dahin. Beide Frauen hielten seine Hände. Die Befreiung seiner Seele von dem Körper, der ihn sein ganzes Leben lang gequält hatte, vollzog sich friedlich und leicht. Isabelle schloss ihren

Sohn in die Arme und hielt ihn weinend fest, Sophie sah schluchzend zu. Dann drückte Isabelle Sophie an sich. Teddy sah wunderschön aus, als er so dalag, und die beiden Frauen umarmten und küssten ihn ein letztes Mal, ehe sie leise den Raum verließen. Es war ein heißer, sonniger Tag, doch Isabelle kam sich verloren vor, als sie auf die Straße trat. Sie konnte nicht glauben, dass Teddy sie verlassen hatte. Es war unverstellbar, undenkbar, untragbar. Er hatte am Ende so bezaubernd ausgesehen, und sie wusste, dass sie diesen letzten Ausdruck ihr ganzes Leben lang nicht vergessen würde. Schluchzend stand sie auf der Straße und umarmte ihre Tochter, und Sophie klammerte sich an sie.

Die beiden Frauen hielten ein Taxi an und fuhren nach Hause. Als Isabelle Teddys Zimmer sah, brach ihre Trauer erneut mit Schluchzen aus ihr heraus. Er war wirklich wie der kleine Prinz aus Saint-Exupérys Buch gewesen, der jetzt in seine eigene Welt zurückgekehrt war, die er nie hätte verlassen dürfen. Doch während seiner kurzen Zeit auf Erden hatte er ihr so viel Freude bereitet.

Sie machte für Sophie eine Tasse Tee, dann rief sie Gordon an und war dabei erstaunlich gefasst. Die Nachricht traf ihn unerwartet, und er versprach, noch in der Nacht zurückzukommen. Doch er weinte nicht und zeigte auch kein Mitleid. Er sagte nur wenig und legte dann auf. Isabelle war versucht, Bill anzurufen, aber sie wusste, dass es sinnlos gewesen wäre. Er war nicht mehr für sie da und hatte den Jungen noch nicht einmal gekannt. Sie musste Bill loslassen, sie durfte ihn nicht mehr anrufen und würde sich in Zukunft aus seinem Leben heraushalten.

Am Nachmittag fuhren Isabelle und Sophie zum Bestattungsinstitut und trafen die Vorbereitungen zu Teddys Beerdigung. Sie wählten einen schlichten weißen Sarg für ihn aus, und Isabelle bestellte Blumen – Maiglöckchen und weiße Rosen. Sie wusste, dass außer ihnen und den Pflegerinnen niemand zu seiner Beerdigung kommen würde. Er war nie zur Schule gegangen, hatte keine Freunde, und Isabelle hatte jahrelang ein zurückgezogenes Leben geführt. Die Familie und die Pflegerinnen waren die Einzigen, die ihn gekannt und geliebt hatten. Isabelle konnte sich nicht vorstellen, was sie ohne ihn tun würde. Teddy war nicht nur ein geliebtes Kind gewesen, dem ihr ganzes Herz gehörte, sondern auch ihr Lebensinhalt, der sie rund um die Uhr beschäftigte. Isabelle weinte still, und auch Sophie war untröstlich, während sie nach Hause fuhren. Gordon traf spät in der Nacht aus Rom ein. Er wirkte finster und bedrückt.

Am nächsten Tag begleitete er Isabelle und Sophie zum Bestattungsinstitut. Isabelle hatte den Sarg schließen lassen. Sie konnte Teddys Anblick nicht ertragen, obwohl er im Tod so schön aussah wie im Leben. Gordon hatte erklärt, er wolle ihn nicht mehr sehen, was Isabelle verstehen konnte. Schließlich hatte er sich nie mit Teddys Behinderung, mit seiner Krankheit abfinden können und kannte ihn kaum, obwohl er sein Vater war. Teddys ganzes Leben lang hatte Gordon sich geweigert ihn kennen zu lernen, jetzt war es zu spät.

Am Abend nahmen sie zu dritt das Abendessen ein. Isabelle sagte nichts, Sophie und Gordon unterhielten sich. Keiner sprach von Teddy, es wäre zu schmerzhaft gewesen. Danach ging Isabelle auf ihr Zimmer und legte sich aufs Bett. In ihren Gedanken war nur Platz für das Kind, das sie geboren hatte, und dessen ganzes Leben an einem dünnen Faden gehangen hatte. Teddy war wie ein Schmetterling gewesen, der sich schließlich von ihnen befreit hatte und davongeflogen war. Sie war dankbar, dass sie ihn hatte kennen und lieben dürfen.

Der Trauergottesdienst am nächsten Tag fand in der Kapelle ihrer Kirche statt, die Trauerrede hielt ein Geistlicher, der Teddy nicht gekannt hatte und seinen Namen falsch aussprach. Doch das war längst nicht so schlimm wie der Gang zum Friedhof. Für Isabelle war es unerträglich, ihren Sohn dort zurückzulassen, sie hätte sich am liebsten auf den Sarg gestürzt. Immer wieder berührte sie, ehe sie ging, das weiße Holz und sie nahm eine der zarten weißen Rosen mit, um sie zu trocknen. Sie fühlte sich wie unter Wasser oder als tauchte sie erneut aus einem Koma auf. Bei ihrer Rückkehr nach Hause fühlte sie sich selbst todkrank. Sie bekam kaum Luft, jede Bewegung fiel ihr schwer. Jeder Augenblick bereitete ihr unerträglichen Schmerz.

Es war später Nachmittag, als Gordon in ihr Schlafzimmer kam. Er sah sie stirnrunzelnd an. Sie lag auf dem Bett, ihr Gesicht war weiß wie Marmor. »Ich weiß wirklich nicht, was mit dir los ist«, eröffnete er das Gespräch. Er wirkte dabei allerdings eher ärgerlich als besorgt. Inzwischen war ihm bereits ihre Anwesenheit fast unerträglich. Ständig sah sie krank aus, und das schon eine ganze Weile. »Du siehst aus, als hätten wir heute dich anstatt Teddy begraben sollen. Was hast du eigentlich, Isabelle?«

»Ich habe gerade meinen Sohn verloren.« Ihr Blick war verschleiert, als sie ihn ansah, sie traute ihren Ohren nicht.

»Ich auch. Aber du siehst schon seit zwei Monaten so aus.«

»Wirklich? Das tut mir Leid.« Sie wandte ihr Gesicht ab. Sie wollte ihn nicht sehen und wünschte, er ginge.

»Für Sophie ist es hart, dich in so einem Zustand zu sehen.«

»Für mich ist es hart, dass ich meinen Sohn verloren habe«, entgegnete sie mit ausdrucksloser Stimme.

»Damit haben wir doch schon seit Jahren gerechnet«, erinnerte er sie. »Aber natürlich ist mir klar, dass es ein Schock für dich ist, vor allem nach der Erschütterung, die dein Körper letztes Jahr erlebt hat.« Langsam wuchs in ihm die Überzeugung, dass sie danach nie richtig gesund geworden war. Isabelle beobachtete ihn, und es erschreckte sie, wie kalt und gefühllos Gordon war. Keiner hätte geglaubt, dass auch er seinen Sohn verloren hatte. Er benahm sich eher wie ein Besucher des Hauses als wie ein Familienmitglied, keinesfalls hätte man in ihm den Vater des Kindes vermutet, das gerade gestorben war. Fast neugierig sah er Isabelle nun an und stellte dann eine seltsame Frage: »Was wirst du jetzt machen?«

»Womit?« Mit seinem Zimmer, seinen Kleidern, ihrem Leben? Schon der Gedanke daran war ihr unerträglich.

»In den letzten fünfzehn Jahren hast du nichts anderes getan, als dich um Teddy gekümmert. Du kannst dich doch jetzt nicht mit ihm eingraben.«

Warum nicht? Aber sie sprach die Worte nicht aus. Mit ein bisschen Glück, dachte sie, würde sie bestimmt sterben. Seit sie nach Bill nun auch noch Teddy verloren hatte, gab es außer Sophie nicht mehr viel, wofür es sich zu leben lohnte. Doch

Gordon wollte auf etwas ganz anderes hinaus. »Ich finde, du solltest mit Sophie nach Grenoble gehen, wenn in zwei Wochen das Semester wieder anfängt. Ich halte das für eine ausgezeichnete Idee. Du musst einmal aus diesem Haus herauskommen, und es wird dir gut tun, Sophie an deiner Seite zu haben.« Isabelle begriff sofort, dass er sie in die Provinz verbannen wollte, damit er ungestört mit Louise zusammenleben konnte. Das war ein sehr kluger Schachzug, der durch Teddys Tod eine ganz natürliche Erklärung fand. Einfach brillant.

»Das ist doch nicht dein Ernst?« Isabelle musste fast lachen, als sie seinen Gesichtsausdruck sah. Er gab sich alle Mühe, besorgt zu wirken, wünschte sich aber nichts sehnlicher, als sie loszuwerden. Offenbar fürchtete er, sie könnte nun, da sie ihr einziges Betätigungsfeld verloren hatte, versuchen, ihren Platz als seine Ehefrau wieder einzunehmen. »Und was, um Himmels willen, soll ich da? Außerdem wird Sophie kaum begeistert sein, mich ständig um sich zu haben.« Eine solche Reise war das Letzte, wonach Isabelle jetzt der Sinn stand.

»Aber du kannst doch nicht hier herumliegen«, sagte er mit zorniger Miene.

»Und du glaubst, dass ich das tun werde?« Jetzt kam ein scharfer Ton in ihr Gespräch. Isabelle hatte genug von der Heuchelei und den Spielchen, die sie viel zu viele Jahre mitgemacht hatte, sie würde sich jetzt nicht unter dem Vorwand abspeisen lassen, die Nähe von Sophie täte ihr gut. Teddys Tod hatte sie bis in ihre Grundfesten erschüttert, aber sie würde mit ihrer Trauer um ihren Sohn ganz bestimmt nicht Sophie auf die Nerven fallen. Über so viel Verstand und Würde verfügte sie noch. Und sie durchschaute sehr klug die Absichten, die Gordon eigentlich hegte.

»Ich weiß nicht, was du sonst noch machst«, erwiderte er barsch, »außer dich um dieses Kind zu kümmern.«

»›Dieses Kind‹ war dein Sohn, und er ist jetzt tot. Hab doch ein wenig Respekt. Ihm gegenüber. Und mir.« Zum ersten Mal wagte sie es, so mit Gordon zu reden. Und er war darüber ganz und gar nicht erfreut.

»Sag mir bloß nicht, wie ich mich zu benehmen habe, Isabelle. Wie du dich sicherlich erinnerst, habe ich mich sehr tolerant gezeigt gegenüber deinen Verfehlungen vom letzten Jahr. Mehr Unfug dieser Art werde ich nicht dulden.«

»Tatsächlich?« Isabelle sah ihn mit gefährlich glitzernden Augen an. Jetzt überschritt er ihre Toleranzschwelle und zwar mit rasanter Geschwindigkeit. »Und was waren das bitte für Verfehlungen?«

»Du weißt genau, worauf ich anspiele. Ich habe deine Affäre mit Bill Robinson hingenommen. Du kannst von Glück sagen, dass ich mich nicht habe scheiden lassen.« Jetzt waren die Waffen gezückt. Doch nach den vielen Verlusten hatte Isabelle zum ersten Mal keine Angst mehr vor Gordon. Mit Teddys Tod hatte er jede Handhabe gegen sie verloren. Vielleicht für immer, aber gewiss für den Moment.

»Und du kannst von Glück sagen, dass ich die Art und Weise, wie du mich in den letzten zwanzig Jahren behandelt hast, hingenommen habe, genau wie dein rücksichtsloses Verhalten gegenüber deinem Sohn, seit er auf der Welt war.« Plötzlich waren sie mitten in einem giftigen Streit. Isabelle hatte nicht damit gerechnet, dass es schon so kurz nach Teddys Tod dazu kommen würde, aber sie war bereit. Sie erinnerte sich an Bills Abschiedsworte, sie solle sich ihre Munition aufsparen, bis Gordon offen zum Angriff überging – und das tat er jetzt. Am Tag von Teddys Beerdigung. Welch entsetzliche Grausamkeit, welche Respektlosigkeit – aber was konnte sie von ihm auch anderes erwarten?

Gordon sah aus, als würde er am liebsten zuschlagen, traute sich aber nicht. »Das geht zu weit, Isabelle. Wenn du nicht aufpasst, findest du dich mit dem Hut in der Hand draußen auf der Straße wieder.«

»Du machst mir keine Angst mehr, Gordon.« Isabelle hatte nichts zu verlieren. Sie brauchte Teddy nicht mehr zu beschützen, und ihr machte es nichts aus, ob Gordon sie hinauswarf. Es wäre am Ende ein Segen für sie. »Diese Zeiten sind vorbei.« Er sah ihr an, dass es ihr ernst damit war.

»Und wohin willst du gehen, wenn ich dich hinauswerfe?« Er spuckte ihr die Worte vor die Füße, aber Isabelle wirkte bemerkenswert ruhig, als ihre Blicke sich trafen und sie dem seinen standhielt.

»Vielleicht wäre ja die Comtesse de Ligne so freundlich, mich in eurer Wohnung in der Rue du Bac wohnen zu lassen? Ich nehme an, sie wird hier bei dir einziehen, wenn du mich auf die Straße setzt.« Sie sagte das mit ruhiger, gemessener Stimme, doch Gordon reagierte darauf mit zornigem Gebrüll. Er zitterte vor Wut.

»Du weißt ja nicht, wovon du sprichst!«, schrie er sie an. Ihre Feststellung kam für ihn völlig unerwartet. Mit diesem Schlag hatte er nicht gerechnet, und für einen Augenblick verlor er die Fassung.

»Mag sein, aber offenbar weiß es halb Paris und das schon seit zehn Jahren. Sie hat irrtümlich am Silvesterabend hier angerufen. Ich glaube, sie war betrunken, aber das hat mir die Augen geöffnet für das, was ich schon vor Jahren hätte sehen müssen. Lass also bitte Bill Robinson aus dem Spiel, Gordon. Der zählt in diesem Zusammenhang überhaupt nicht.«

»Spielt er noch eine Rolle in deinem Leben?« Das zu erfahren hatte er kein Recht, doch sie sagte es ihm trotzdem. Es verunsicherte ihn zutiefst, dass sie längst von Louise wusste, es aber für sich behalten hatte.

»Nein, das tut er nicht. Aber dafür wohl die Gräfin umso mehr in deinem. Ich nehme doch an, dass sie mit dir in Italien war?« Das gab Gordon zwar nicht zu, aber Isabelles Vermutung war richtig, und viele Leute wussten davon. »Ich habe mir sagen lassen, sie kann oder will dich nicht heiraten, solange ihr Ehemann lebt. Das dürfte für dich nicht ganz einfach sein. Und was hattest du denn mit mir vor, Gordon? Wie wolltest du mich loswerden? Gab es noch einen anderen Plan außer den, mich nach Grenoble zu Sophie zu verfrachten?«

»Du bist ja verrückt! Der Verlust deines Sohns hat dich völlig aus der Bahn geworfen. Ich höre mir diesen Unsinn nicht länger an.« Gordon machte Anstalten den Raum zu verlassen. Er wollte kein weiteres Wort mehr von ihr hören.

»Nein«, erwiderte sie ruhig, »ich leide zwar zutiefst, aber ich bin nicht verrückt. Aber ich muss es wohl gewesen sein, sonst wären deine Machenschaften nicht all die Jahre von mir unbemerkt geblieben. Du hast nicht einmal mehr hier geschlafen, und ich war zu dumm, das mitzukriegen, weil du mich ständig terrorisiert hast. Nun, das ist jetzt vorüber.«

»Verlass mein Haus!«, herrschte er sie an. Er raste vor Wut.

»Das werde ich auch, aber erst, wenn ich bereit dazu bin. Und in der Zwischenzeit, schlage ich vor, wohnst du bei ihr.« Er stürmte aus ihrem Schlafzimmer, und kurz darauf hörte sie ihn die Eingangstür zuknallen. Es war eine unglaubliche Szene gewesen. Erst jetzt realisierte Isabelle, dass ihr Gordons Angriff überhaupt nichts ausmachte. Es war, als hätte Teddys Tod sie endlich befreit. Mit Teddy und Bill hatte sie so viel verloren, dass ihr außer Sophie gar nichts mehr wichtig war. Wenn Gordon sie verließ, befreite er sie von dem Elend und den Lügen, die sie viel zu lange ertragen hatte.

»Was hat er zu dir gesagt, Mama?«, fragte plötzlich Sophie mit leiser Stimme. Isabelle hatte gar nicht bemerkt, dass ihre Tochter sich ins Zimmer gestohlen hatte, nachdem ihr Vater gegangen war. Die Angst stand Sophie ins Gesicht geschrieben. In ihrem ganzen Leben hatte sie ihre Eltern nicht so streiten hören.

»Das ist unwichtig«, erwiderte Isabelle und setzte sich wieder auf ihr Bett. Sie war aufgewühlt, aber erleichtert.

»Es ist wichtig«, beharrte Sophie. »Er benimmt sich so schrecklich dir gegenüber, Mama. Er ist mein Vater und ich liebe ihn, aber ich möchte nicht, dass er weiterhin so gemein ist zu dir.«

Als Isabelle ihre Tochter ansah, wurde ihr plötzlich klar, was gerade passiert war. »Er hat mir gesagt, ich sollte ausziehen.« Sie sprach diese Worte mit seltsamer Gelassenheit und Fassung aus. Aber Sophie wollte genauer wissen, was passiert war.

»Und musst du das tun?« Sophie sah sie mit großen Augen an, und Isabelle überlegte.

»Vermutlich schon. Es ist sein Haus.« Ihre Ehe war am Tag von Teddys Beerdigung zu Ende gegangen, was irgendwie stimmig war. Endlich war es vorbei.

»Wohin willst du gehen?« Sophie hatte Tränen in den Augen.

»Ich werde mir wohl eine Wohnung suchen. Das hätte ich schon längst tun sollen, aber ich hätte mich ohne seine Unterstützung nicht um Teddy kümmern können.« Sophie nickte.

Isabelle erkannte, dass alles um sie herum zu Ende ging. Was hatte sie nicht alles verloren: Teddy, Bill, ihr Zuhause, ihre Ehe. Alles, was sie gekannt oder geliebt hatte, woran ihr Herz gehangen hatte, worauf sie gebaut und woran sie geglaubt hatte, war nun zu Ende. Es blieb ihr nichts anderes übrig, als völlig von vorn anzufangen. Isabelle sah ihre Tochter an und Sophie kam zu ihr und legte die Arme um sie. Wortlos hielten die beiden Frauen einander fest.

Teddy war es, der Isabelle von Gordon befreit hatte. Teddy, der sie an die Hand genommen und weggeführt hatte. Bill hatte das nicht geschafft, er war vorher gegangen. Und den Mut, es selbst zu tun, hätte Isabelle nie gehabt. Aber indem Teddy sich von seinem irdischen Leib löste, der ihm nichts als Leid gebracht hatte, hatte er auch seine Mutter aus einem qualvollen Dasein befreit. Fast glaubte sie, ihn neben sich zu spüren, glücklich über das, was ihm gelungen war. Nach allem, was sie fünfzehn Jahre lang für ihn getan hatte, war dies sein letztes Geschenk an sie. Endlich war sie frei.

Kapitel 17

Gordon blieb dem Haus in der Rue de Grenelle mehrere Tage lang fern. Isabelle wusste zwar, wo sie ihn hätte finden können, aber sie wollte es nicht und versuchte es nicht. Wozu auch? Alles was gesagt werden musste, war gesagt, und für sie stand außer Zweifel, dass er bei der Comtesse de Ligne war.

Eine Zeit lang wanderte Isabelle ziellos durchs Haus und dachte über das, was geschehen war, nach. Stundenlang saß sie in Teddys Zimmer und weinte, unterbrochen immer wieder von einem plötzlichen Lächeln, wenn sie sich an etwas erinnerte, was er gesagt oder getan hatte. Sie schien in eine andere Welt eingetaucht zu sein. Eines Abends fing sie noch spät an, seine Sachen zu verpacken. Er hatte so wenig besessen, als wäre die Welt nur eine Durchgangsstation für ihn gewesen. Aus seiner Kindheit gab es Bücher, Puzzles und Spielsachen, dazu unendlich viele Schlafanzüge und ein paar Erinnerungsstücke, die er im Laufe der Jahre von Pflegerinnen geschenkt bekommen hatte. Isabelle schnüffelte an seinen Kleidern und seinem Kissen, um seinen Geruch einzuatmen, ehe sie alles wegpackte. Es war wirklich nicht sehr viel, und Bedeutung hatten für Teddy immer nur die Fotos von seiner Mutter und von Sophie gehabt. Und ein sehr schönes von Isabelle und Gordon an ihrem Hochzeitstag. Es war das einzige Foto seines Vaters, das er je hatte haben wollen.

Sie packte alles ein und war damit bis in die frühen Morgenstunden beschäftigt. Als Sophie am nächsten Tag aufstand, war alles vorbei. Ordentliche Päckchen stapelten sich in Teddys Zimmer. Nachdem dies erledigt war, kehrte Isabelle in ihr Schlafzimmer zurück und legte sich schlafen.

Spät am Nachmittag kam Gordon wieder zurück. Er wollte wissen, was sie nun vorhatte.

»Darüber habe ich bis jetzt noch nicht nachgedacht. Ich war damit beschäftigt, Teddys Sachen einzupacken.«

»So etwas Krankes! Warum hast du das nicht den Pflegerinnen überlassen?« Aus Respekt vor ihrem viel geliebten Kind hatte sie es selbst getan, aber das konnte Gordon nicht verstehen. Er liebte nur sich selbst und hatte auch nie einen anderen Menschen geliebt. Isabelle konnte sich gar nicht vorstellen, welcher Art seine Beziehung zu Louise sein mochte. Vermutlich ging es für ihn vor allem um die gesellschaftliche Position und den Titel der Comtesse de Ligne. Solche Eigenschaften hatten auch Isabelle einmal für ihn attraktiv gemacht. Einen Menschen aus Fleisch und Blut konnte er gar nicht annehmen. »Du hast dich das letzte Mal wirklich widerwärtig aufgeführt«, bemerkte er zornig, und sie spürte, dass er sie einschüchtern wollte. Aber sie ließ sich von seinem Tonfall nicht mehr beeindrucken. Entsetzt hatte ihn vor allem, wie sie es hatte wagen können, seine Affäre mit Louise ins Spiel zu bringen. Für ihn war es unfassbar, dass sie nach all den Jahren schließlich doch dahinter gekommen war. Er hatte Louise gefragt, ob sie am Silvesterabend tatsächlich in seinem Haus angerufen habe, und sie hatte es zugegeben. Es sei ein unbedachter Irrtum gewesen. Aber damit hatte sie zehn Jahre seines sorgfältig konstruierten Lügengebäudes enthüllt und ans Licht gezerrt. Gordon wagte es nicht, Louise deswegen Vorwürfe zu machen.

»Es war schließlich auch lange genug eine widerwärtige Situation«, konterte Isabelle schlicht und wahrheitsgemäß. »Ich habe immer geglaubt, dich irgendwie enttäuscht zu haben, und darin den Grund gesucht, weshalb du so kalt zu mir warst. Ich dachte, es wäre mein Fehler, weil ich so sehr mit Teddy beschäftigt war. Doch endlich habe ich begriffen, dass es gar nichts mit mir oder ihm zu tun hatte. Du wolltest einfach nicht bei uns sein.«

»Alles hatte nur mit dir zu tun«, widersprach er. »Wenn du dir die Zeit genommen hättest, anständig deiner Rolle als Ehefrau pflichtgemäß nachzukommen, wäre das alles nicht passiert.« Er gab nichts zu und schob alle Schuld auf sie, wie das für ihn typisch war.

»Ich bin dir eine anständige Ehefrau gewesen, Gordon. Ich war immer für dich da. Anfangs habe ich dich sogar geliebt. Du warst derjenige, der mich ausgeschlossen hat, der eine Mauer zwischen uns errichtet hat, der aus unserem Schlafzimmer ausgezogen ist und mich schließlich abgelehnt hat. Aber das hatte alles nichts mit mir zu tun, und das weißt du auch.«

»So leicht kannst du dich nicht von allem freisprechen. Ich hätte nichts davon getan, wenn du deine Lektionen von Anfang an richtig gelernt hättest.«

Er war der Lehrer und sie seine Schülerin, und sie sollte wissen, dass sie in ihrer Rolle versagt hatte. Ihre Liebe und ihr Anstand und ihr Herz zählten für ihn nicht. Er wusste gar nicht, wer sie eigentlich war, und es kümmerte ihn auch nicht, das wusste sie. Jahrelang hatte sie für ihn Rückwärtssaltos hingelegt, doch er hatte immer nur »höher«, »schneller« geschrien und nichts war ihm je gut genug gewesen. Nachdem er erst einmal die Vorteile ihrer Herkunft und ihrer Beziehungen für sich genutzt und seine Position gefestigt hatte, war sie wertlos geworden für ihn. Und Isabelle ahnte, dass er mit Louise genauso verfahren würde. Wenn die Welt erst einmal wusste, dass er eine Gräfin geheiratet hatte, die zudem eine sehr reiche und erfolgreiche Frau war, wenn er sie zu seiner Zufriedenheit ausgenutzt hatte, würde er auch sie wegwerfen. Isabelle glaubte nicht mehr daran, dass für Gordon andere Menschen überhaupt zählten, weder sie noch seine Kinder und vermutlich nicht einmal seine Geliebte. Er war narzisstisch bis zum Äußersten.

»Ich glaube, unter dem Unfall hat dein Gehirn sehr gelitten«, behauptete er nun dreist, und Isabelle begriff schlagartig, was für ein Bild er von ihr zu malen und in der Öffentlichkeit zu präsentieren gedachte. Sie sei nach dem Koma nie wieder richtig gesund geworden, sie sei ja schon immer ein wenig seltsam gewesen, und seit dem Tod ihres Sohnes sei sie nun völlig durchgedreht. Das wäre die perfekte Erklärung, um sie loszuwerden. Plötzlich erhaschte sie einen Blick in eine tiefe, dunkle Höhle und sah das Ungeheuer, das dort lebte. Früher hätte sie das in Panik versetzt und eingeschüchtert, aber jetzt nicht mehr. Mit diesem Monster wollte sie nichts mehr zu tun haben. »Ich erwarte von dir, dass du ganz schnell ausziehst«, verlangte er kalt. Er war fertig mit ihr und wünschte sich nur noch, dass sie endlich verschwand. Ihm kam das alles äußerst gelegen. Sie war nicht mehr von Nutzen, sondern zum Problem geworden, und Gordon musste sie loswerden. Sie hatte sich aufgelehnt, und das konnte er nicht hinnehmen. Sie hatte ihn in ein viel zu grelles Licht getaucht und sich geweigert, sich weiterhin zum Narren halten zu lassen. Viel zu lang hatte sie sich von ihm betrügen lassen, aber jetzt wollte sie nicht mehr.

»Ich werde ausziehen, sobald ich eine Wohnung gefunden habe, Gordon«, sagte sie müde. Sie war die ganze Nacht über wach gewesen, um Teddys Sachen zu packen. »Und dir ist wohl klar, dass man schlecht über dich reden wird, wenn du mich so kurz nach Teddys Tod auf die Straße setzt.«

»Ich werde sagen, dass du durch seinen Tod verrückt geworden und aus mir unerklärlichen Gründen weggelaufen bist.« Tatsächlich ein brillante Lösung, die er sich da ausgedacht hatte. Isabelle kam nicht umhin, sich zu fragen, ob Louise ihm dabei geholfen hatte.

»Du gehst davon aus, dass die Leute dir glauben werden, aber ich wäre mir da an deiner Stelle nicht so sicher. Manche vielleicht, aber wer mich kennt, weiß, dass ich nicht die *Irre von Chaillot* bin, die sich auf dem Dachboden versteckt, sondern eine Frau, die du belogen und betrogen und übel behandelt hast. Eines Tages werden auch andere Menschen merken, wer du wirklich bist, wie das auch deine Kinder schließlich gemerkt haben. Du kannst die Leute nicht auf Dauer täuschen – nicht einmal mich.« Sein Verrat hatte sie tief getroffen. Doch was er jetzt vorhatte, war angesichts des Schocks von Teddys Tod beinah noch schlimmer. Bill hatte sie nach fünf Jahren verlassen, jetzt verließ Gordon sie, der sich gefühlsmäßig schon vor Jahren von ihr verabschiedet hatte, und Teddy war gegangen, weil er keine andere Wahl hatte. Wie immer Isabelle es auch wendete, es war ein Leben voller Verluste, voller Schicksalsschläge. Als Gordon nun auch noch ankündigte, dass er ihren Ruf schädigen werde, war ihr klar, dass sie sich nie wieder ganz davon erholen würde, von Menschen, die sie einst leidenschaftlich geliebt hatte, so schlimm verraten worden zu sein. Für sie würde es kein Happyend geben. Sie hatte die Hoffnung aufgegeben. Sie wollten nur noch ihre Ruhe.

»Zieh aus, wann es dir passt. Aber lass es mich wissen. Ich habe heute meinen Anwalt angerufen. Er entwirft den Versorgungsausgleich für dich.« Da war keine Zeit verschwendet worden. Isabelle fragte sich, ob sich der Zustand des Comte de Ligne womöglich verschlechtert hatte, denn Gordon schien es plötzlich sehr eilig zu haben. Es hätte natürlich vorzüglich in seine Pläne gepasst, wenn sie bereit gewesen wäre, stillschweigend nach Grenoble zu verschwinden. Dann hätte er sagen können, sie sei in einem Sanatorium, sei verrückt geworden oder leide an einer Depression. Solange ihr keiner begegnete, konnte Gordon fast alles behaupten. Aber so leicht wollte sie es ihm dann doch nicht machen. Seine Worte führten ihr vor Augen, dass sie sich dringend nach einem Anwalt umsehen musste. Aber Gordon war noch nicht fertig: »Beim Packen sollte dir klar sein, Isabelle, dass du nur das mitnehmen kannst, was dir gehört, was du in die Ehe mitgebracht hast. Der Rest gehört mir.«

»Das hatte ich auch vor«, erwiderte sie kalt. Wie rasch reduzierte sich doch alles auf die Frage, was wem gehörte. Sie wollte nur ihre Kleider, Teddys Sachen, die paar Antiquitäten und Gemälde ihrer Eltern und die wenigen Schmuckstücke, die Gordon ihr geschenkt hatte. Alles andere wollte sie nie mehr wieder sehen, und den Schmuck nahm sie auch nur mit, um ihn Sophie schenken zu können. »Ich werde es dich wissen lassen, wenn ich etwas gefunden habe.«

In den folgenden Wochen suchte Isabelle mit großer Energie nach einer Wohnung. Nachdem Sophie wieder an die Uni zurückgekehrt war, fand sie die Vorbereitungen für ihren

Auszug einfacher. Die Ereignisse hatten Sophie so sehr durcheinander gebracht, dass Isabelle sie nicht noch mehr aufregen wollte. Ende September fand Isabelle schließlich ein passendes Domizil in der Rue de Varenne, nicht weit von dem Haus entfernt, das sie und Gordon in der Rue de Grenelle bewohnt hatten. Die Wohnung hatte zwei Schlafzimmer, ein großes sonniges Wohnzimmer, ein kleines Esszimmer, eine etwas altmodische Küche mit Speisekammer und eine Terrasse mit Blick auf das Musée Rodin. Eigentlich war es das zweite Stockwerk eines alten herrschaftlichen Privathauses, mit einem Stellplatz für ein Auto in den ehemaligen Stallungen. Die Wohnung war in recht ordentlichem Zustand. Das Haus selbst war einmal elegant gewesen, doch wie bei so vielen der wunderschönen Häuser aus dem achtzehnten Jahrhundert, die es am linken Seineufer noch gab, war den Leuten, in deren Familienbesitz es über Generationen gewesen waren, schon vor langem das Geld ausgegangen. Es gab einen winzigen Aufzug, der an einen Vogelkäfig erinnerte, die Decken waren hoch, die Böden schön, aber ramponiert. Die Eigentümer, eine Adelsfamilie, kannte sie flüchtig. Es war ein gutes Viertel und eine gute Adresse, und Isabelle fühlte sich sofort wohl. Die Möbel, die sie von ihren Eltern geerbt hatte, reichten aus, um die Wohnung einzurichten. Als sie den Mietvertrag unterschrieben hatte, rief sie Gordons Anwalt an und teilte ihm mit, sie werde in zwei Wochen ausziehen. Dann wählte sie Sophies Nummer.

Sophie reagierte auf die Nachricht von der neuen Wohnung mit einem lachenden und einem weinenden Auge. Einerseits war sie glücklich, dass ihre Mutter eine Wohnung gefunden hatte, doch war es ein seltsames Gefühl, auf einmal woanders zu wohnen. Wenn sie ihren Vater besuchte, würde sie weiterhin in der Rue de Grenelle wohnen, doch ohne ihre Mutter und Teddy fand sie diese Aussicht eher bedrückend.

Inzwischen hatte Isabelle von Gordon den Abfindungsvertrag bekommen. Darin war eine kleine Jahresrente festgeschrieben, die keineswegs dem Lebensstil entsprach, den sie und Gordon einundzwanzig Jahre lang gepflegt hatten.

Außerdem schlug sein Anwalt vor, sie solle sich Arbeit suchen, anstatt Gordon um Unterstützung zu bitten, was Isabelle ohnehin vorhatte. Der ganze Vertrag war zu Gordons Gunsten aufgesetzt und eigentlich ein Schlag ins Gesicht. Doch Isabelle wollte gar nichts von ihm, sie fühlte sich nur in ihren Befürchtungen bestätigt, die sie zu Teddys Lebzeiten von einer Trennung abgehalten hatten. Wäre sie damals gegangen, hätte er sie verhungern lassen. Jetzt wollte sie nur das Mindeste von ihm, gerade so viel, damit sie abgesichert war, falls etwas Unerwartetes passierte oder sie krank wurde.

Ihr eigener Anwalt fand die Vorschläge unerhört und bedrängte sie, um einen fairen Anteil zu kämpfen, ja sogar das Haus in der Rue de Grenelle für sich herauszuschlagen. Aber Isabelle wusste, es würde ein schaler Sieg sein. Ihr reichte es, wenn sie das zum Leben Notwendige bekam, mehr wollte sie nicht. Von Gordon wollte sie so wenig wie möglich.

Mitte Oktober zog sie in die Wohnung in der Rue de Varenne ein, die nach einigen Renovierungsarbeiten recht hübsch aussah. In der Rue de Grenelle fiel ihr nur der Abschied von jenen Räumen schwer, wo Teddy sein ganzes Leben verbracht hatte – und sie mit ihm. Doch ihre Erinnerungen nahm sie mit, und mit einem letzten traurigen Blick über die Schulter verließ sie das Haus. Sie versprach der in Tränen aufgelösten Haushälterin Josephine, sie bald zu sich in ihre neue Wohnung einzuladen.

Sophie war überrascht, als sie zum ersten Mal übers Wochenende nach Hause kam. Es war das lange Wochenende über Allerheiligen, und sie hatte vier Tage frei.

»Es sieht fantastisch aus, Mama!« Sophie strahlte, als sie ihr Zimmer sah. Isabelle hatte noch Stoff übrig gehabt und alle Polstermöbel mit lavendelblauer Seide in einem Muster mit Flieder und Veilchen überzogen. Die Wände hatte sie in einem warmen Elfenbeinton streichen lassen, mit einer Zierleiste in Lavendelblau. Es war ein richtig hübsches Mädchenzimmer. Ihr eigenes Schlafzimmer hatte Isabelle gelb streichen lassen, im Wohnzimmer standen die Antiquitäten, die einstmals Isabelles Mutter gehört hatten, edle Stücke, vorwiegend Louis quinze und seize. Sie wohnte gerade einmal zwei Wochen hier und fühlte sich schon zu Hause, viel mehr als jemals in der Rue de Grenelle. Es war ihr eigenes Reich.

Vor allem überraschte es Isabelle, wie schnell sie sich mit ihrem neuen Leben abfand. Sie vermisste Gordon überhaupt nicht, einzig und allein der Gedanke an Teddy bereitete ihr nach wie vor heftigen Schmerz. Die Beschäftigung mit der neuen Wohnung hatte sie ein wenig abgelenkt, aber nun musste sie sich der Tatsache stellen, dass ihr Sohn nicht mehr da war. In gewisser Hinsicht waren die neuen Räume da sogar eine Erleichterung, denn sie konnte nicht mehr nervös die Flure entlanglaufen, wie sie das früher getan hatte, oder erfüllt von Traurigkeit in dem Raum sitzen, wo sie die Stunden mit ihm verbracht hatte. Doch sie hatte in die neue Wohnung nicht nur ihre Trauer um Teddy mitgenommen, sondern auch ihre ewige Sehnsucht nach Bill war ihr hierher gefolgt. Nach wie vor war der Gedanke, ihn nie wieder zu sehen, unfassbar für sie. Nachdem er sich fünf Jahre lang am Telefon mit ihr unterhalten, sie beraten, sie getröstet hatte, ihr Mentor und bester Freund und schließlich ihr Geliebter gewesen war, hatte er sie einfach aus seinem Leben ausgeschlossen und war gegangen. Das hätte sie nie von ihm erwartet; es war die einzige Grausamkeit, die er je begangen hatte. In gewisser Weise war es sogar die größte Grausamkeit, die ihr je widerfahren war, eine Grausamkeit, die sie wohl ihr ganzes Leben nicht vergessen würde, denn Bill war immer noch in ihrem Herzen. Sie konnte sich nicht vorstellen, jemals wieder jemanden zu lieben oder zu vertrauen. Letztlich war es nicht Gordon gewesen, der ihr das Herz gebrochen und ihren Glauben an das Gute zerstört hatte, denn von ihm hatte sie schon seit Jahren nichts mehr erwartet. Bill hatte sie weitaus tiefer verletzt, ihn hatte sie aufrichtig geliebt, sie hatte ihm vertraut.

Zwei Wochen nach ihrem Einzug in die Wohnung, noch ehe Sophie über Allerheiligen nach Hause kam, sah sie in der *Herald Tribune* ein Foto von Bill. In dem Artikel ging es um die bevorstehenden Wahlen in den Vereinigten Staaten und um seine Rolle bei einem wichtigen Rennen um die Wahl zu einem Senatorenposten. Bill wurde sehr lobend erwähnt. Isabelle starrte lange Zeit das Foto an und fand, dass er gut aussah. Man konnte es zwar nicht genau erkennen, aber allem Anschein nach stand er in einer Gruppe von Männern, neben ihm der Kandidat, dessen Wahlkampf er begleitete. In dem Artikel wurde sogar der beinahe tödliche Autounfall, den er über ein Jahr zuvor in London gehabt hatte, angesprochen. Es hieß, er habe sich bemerkenswert gut erholt und stehe politisch stärker da denn je. Wenngleich es nicht ausdrücklich erwähnt wurde, schien doch alles darauf hinzudeuten, dass Bill tatsächlich wieder laufen konnte. Es hörte sich an, als ginge es ihm ausgezeichnet und als sei er vollständig genesen. Nachdem Isabelle zwei Tage lang das Foto betrachtet und sich damit gequält hatte, warf sie die Zeitung weg.

Als Sophie nach dem Allerheiligenwochenende wieder an die Uni zurückgekehrt war, sah Isabelle Bill auf *CNN*. Es war ein Bericht über eine Senatsanhörung in Washington, und er saß an einem langen Tisch und wandte sich an den Bewilligungsausschuss. Was dort zur Sprache kam, klang für Isabelle höchst kompliziert und langweilig, doch sobald sie sein Gesicht sah, war sie wie gebannt. Es war ihr den ganzen Tag über wegen Teddy sehr elend gegangen, daher war sie früh zu Bett gegangen und hatte den Fernseher angeschaltet, um sich abzulenken. Sie konnte die Augen nicht von Bill abwenden, sie beobachtete genau, wie er redete und sich bewegte, während er eine leidenschaftliche Ansprache hielt. Dann blickte er direkt in die Kamera, als spräche er zu ihr.

»Du gemeiner Kerl«, flüsterte sie zärtlich. Sie hätte ihm gern alles Gute gewünscht für seine Ehe mit Cynthia, aber sie konnte es nicht. Die Verletzung, die er ihr zugefügt hatte, saß zu tief. Noch war ihr jedes einzelne Wort gegenwärtig, mit dem er ihr verkündet hatte, es sei zu Ende zwischen ihnen. Das hatte sie nicht verdient – sie hatte ihn so sehr geliebt, sie waren so glücklich gewesen. Als die Kamera sich zurückzog und sie sich mit der Erinnerung an ihre gemeinsame Vergangenheit quälte, entdeckte sie, wie jemand ihn im Rollstuhl hinausschob. Mit offenem Mund sah sie zu. Er hatte ihr doch erzählt, seine Beine seien wieder voll einsatzfähig, doch wie sie sich selbst überzeugen konnte, war er offenbar noch immer auf den Rollstuhl angewiesen. Aber warum? Warum hatte er ihr erzählt, er könne laufen, wenn es nicht stimmte? Zu welchem Zweck? Doch während sie verfolgte, wie er mit einem Winken zur Menge vom Bildschirm verschwand, fiel ihr ein, was er ihr ganz zu Anfang gesagt hatte. Noch in London hatte er eine vage Andeutung gemacht, er werde, sofern er nicht wieder laufen könne, nicht mit ihr zusammenbleiben, weil er ihr nicht zur Last fallen wolle. Das hatte er zwar nie ganz direkt zum Ausdruck gebracht, doch sie hatte verstanden, was er meinte. Damals hatte sie diese Aussage auf seine niedergedrückte Stimmung geschoben. Sie hatte damals geglaubt, dass er dramatisierte, doch plötzlich überlegte sie, ob er seine Worte nicht etwa doch ernst gemeint hatte. Ihr klangen seine Worte noch klar und deutlich in den Ohren. Sie hatte nur keinen Gedanken mehr daran verschwendet, denn sie hatte nie Anlass gehabt, seine Aussage, er könne wieder laufen, in Zweifel zu ziehen. Und da tauchte plötzlich der Verdacht auf, ob er sie nicht auch in anderer Hinsicht belogen hatte.

Lange Zeit saß sie im Bett und überlegte, was sie nun machen sollte. Wie könnte sie herausfinden, was tatsächlich geschehen war? Am liebsten hätte sie den Hörer genommen und ihn einfach gefragt. Doch hätte Bill gewollt, dass sie die Wahrheit erfuhr, dann wäre er ihr gegenüber schon vor fünf Monaten ehrlich gewesen, anstatt sie anzulügen. Sie war sehr aufgeregt, warf die Decke zurück und stand auf. Dann lief sie im Zimmer auf und ab, während der Fernseher monoton brummte. Sie schaltete ihn aus, um klarer denken zu können, und sah auf die Uhr. In Washington war jetzt Mittag, in Paris sechs Uhr abends. Da kam ihr eine Idee. Sie rannte in die Küche, wo das Telefon stand.

Sie wählte die internationale Telefonauskunft und erkundigte sich nach der Nummer seines Büros in Washington, die man ihr auf Anhieb nennen konnte. Über ihren nächsten

Schritt war sie sich noch im Unklaren, doch als sich eine geschäftige Stimme meldete, fragte sie nach dem Assistenten von Mr. Robinson und wurde an eine männliche Stimme weitergeleitet. Isabelle erklärte, sie sei Mitglied der Gesellschaft für die Alphabetisierung von Kindern im Süden der USA. Mr. Robinson habe sie ermuntert, sich an ihn zu wenden. Offenbar war es ihr gelungen, die Aufmerksamkeit seines Assistenten zu erlangen, denn er lauschte aufmerksam. Isabelle wusste, dass die Alphabetisierung Amerikas Bills großes Anliegen war und er alle seine Kandidaten bedrängte, dieses wertvolle Ziel in ihr Programm aufzunehmen.

»Selbstverständlich«, sagte der Assistent und bestätigte Isabelle damit, dass sie auf dem richtigen Weg war.

»Wir würden uns freuen, wenn er und seine Frau zu unserer Veranstaltung im Dezember kämen. Es wäre eine große Ehre, wenn seine Frau die Schirmherrschaft übernehmen würde.« Eine kurze Pause trat ein. Offenbar war Bills Assistent überrascht. Isabelle überlegte, wie sie fortfahren könnte, und betete, sie möge mit ihrer Vermutung Recht haben.

»Ich bin mir sicher, dass Mr. Robinson gerne daran teilnehmen wird. Wenn Sie mir das genaue Datum nennen, werde ich sofort seinen Terminkalender überprüfen. Aber ich fürchte, dass ... äh ... Mrs. Robinson nicht in der Lage sein wird, die Schirmherrschaft für dieses Ereignis zu übernehmen. Sie könnte natürlich, aber ... nun ja, sie sind geschieden.« Es war dem Assistenten offensichtlich ein wenig peinlich, doch er fügte hinzu: »Sie wird nächsten Monat eine neue Ehe eingehen. Ich bin mir sicher, dass Sie bei ihr auf großes Interesse stoßen werden, falls Sie vorhaben, sie dennoch zu bitten. Ich gebe Ihnen gerne ihre Nummer, wenn Sie persönlich mit ihr sprechen möchten. Ansonsten könnte ich mir vorstellen, dass Mr. Robinson sich bereit erklären würde, die Schirmherrschaft für Ihre Veranstaltung selbst zu übernehmen. Sie brauchen mir nur das entsprechende Informationsmaterial zukommen zu lassen und mir das Datum zu nennen.«

»Das bekommen Sie. Ich werde es noch heute auf den Weg bringen.« Der Hörer in Isabelles Hand zitterte, und sie schloss die Augen. Er hatte sie in beiden Punkten angelogen. Er und Cynthia waren nicht mehr zusammen, und er konnte nicht laufen. Jetzt hatte sie Gewissheit. Er hatte sie um ihrer selbst willen freigegeben, aus der wahnwitzigen Vorstellung heraus, ihr das schuldig zu sein, weil er sie liebte. Oder liebte er sie vielleicht gar nicht mehr? Zwei Tatsachen allerdings standen fest: Er war nicht mehr mit Cynthia verheiratet und er saß noch immer im Rollstuhl.

»Besten Dank«, hauchte sie ins Telefon.

»Und wie war bitte noch mal das Datum?«

»Der zwölfte Dezember.«

»Ich werde das für Sie eintragen und ihn darüber informieren.«

»Danke.«

»Und Ihr Name? Tut mir Leid... ich habe ihn nicht behalten...«

»Keine Ursache. Sally Jones.«

»Danke, Miss Jones. Danke für Ihren Anruf.«

Danach saß sie lange auf ihrem Bett und überlegte, wie ihr nächster Schritt aussehen sollte. Je länger sie darüber nachdachte, umso größer wurde ihre Gewissheit, was Bill getan hatte und warum. Im Bruchteil eines Augenblicks war alles anders geworden. Doch diesmal erfüllte diese Veränderung sie mit neuem Leben und verbannte die Todessehnsucht der vergangenen fünf Monate.

Gegen Mitternacht fasste sie einen Entschluss. Sie ging ans Telefon und rief am Flughafen an, um sich für den folgenden Nachmittag einen Flug reservieren zu lassen. Zwar standen in vier Tagen für Bill die Wahlen an, und es war vermutlich ein denkbar ungünstiger Zeitpunkt, aber sie konnte nicht warten. Sie buchte einen Platz für die Vierzehn-Uhr-Maschine. In dieser Nacht konnte Isabelle nicht schlafen.

Am nächsten Morgen rief sie Sophie an, um ihr mitzuteilen, sie werde ein paar Tage nach Washington fliegen.

»Warum das?« Sophie war überrascht, aber sie freute sich. Monatelang und vor allem nach Teddys Tod war ihre Mutter so leblos, traurig und abwesend gewesen, dass sie mit Erleichterung von den neuen Plänen hörte.

»Ich werde einen alten Freund besuchen«, erklärte Isabelle.

»Kenne ich ihn?«, fragte Sophie und überlegte, wer es wohl sein konnte. Ihre Mutter schien aus einer plötzlichen Laune heraus zu handeln, sie hörte sich seltsam an, aufgeregt, glücklich und ängstlich zugleich.

»Bill Robinson. Mit ihm hatte ich den Autounfall«, sagte Isabelle mit warmer Stimme, und Sophie lächelte.

»Ich kenne ihn, Mama. Er war so nett zu mir, als ich dich in London im Krankenhaus besucht habe. Er hat zwei Töchter und eine nette Frau.«

»Das stimmt.« Bis auf die Frau.

»Er mochte dich sehr gern«, fügte Sophie unschuldig hinzu, und jetzt musste Isabelle lächeln.

»Ich mag ihn auch. Ich werde dich anrufen und dir sagen, wo ich zu erreichen bin und wann ich nach Hause komme. In Ordnung? Pass gut auf dich auf, mein Liebes. Ich bin bald wieder zurück.«

»Du brauchst dich nicht zu beeilen. Vor Weihnachten komme ich ohnehin nicht mehr nach Hause. Genieß die Zeit.«

»Danke«, sagte Isabelle und legte auf.

Um elf Uhr brach sie zum Flughafen auf. Den ganzen Flug über hielt sie es vor Aufregung kaum aus. Sie hatte keine Ahnung, wie sie eine Begegnung mit Bill arrangieren und was sie zu ihm sagen sollte. Vielleicht würde er ja wütend auf sie werden, weil sie ihn bei seiner Lüge ertappt hatte und nun zu ihm kam. Wenn er mit ihr zusammen sein wollte, dann hätte er sich nicht von ihr getrennt, sagte sie sich. Den ganzen Weg über den Atlantik hielt sie sich immer wieder vor Augen, dass er eine absolut eindeutige Entscheidung getroffen hatte. Doch sie war falsch. Und darum ging es. Er lag völlig falsch. Es war überflüssig, dass er sich für sie opferte. Isabelle war es vollkommen egal, ob er je wieder laufen konnte, sie wünschte es ihm natürlich, aber nicht ihretwegen. Doch sie wusste, es würde nicht leicht sein. Bill war starrköpfig. Lebhaft erinnerte sie sich wieder all seiner Einwände, die er gegen die Heirat von Joe und Jane vorgebracht hatte.

Als das Flugzeug auf dem Dulles Airport landete, schloss Isabelle die Augen und wünschte sich in einem stillen Stoßgebet, dass er sie wenigstens anhörte. Sie hatte ihre Zweifel daran, doch sie wollte nichts unversucht lassen.

Einen Moment stand sie draußen zitternd in der kalten Luft, dann stieg sie in ein Taxi. Der Fahrer brachte sie zum Four Seasons Hotel in Georgetown, wo sie am Vorabend ein Zimmer reserviert hatte. Jetzt brauchte sie nur noch herauszufinden, wo Bill sich gerade aufhielt.

Kapitel 18

Es war fast vier Uhr nachmittags, als Isabelle ihr Hotelzimmer bezog. Wenn sie herausfinden wollte, wohin Bill am Abend ging, musste sie bald in seinem Büro anrufen. Oder sollte sie lieber zum Büro fahren und ihn dort abpassen? Vielleicht war es auch eine verrückte Idee gewesen herzukommen. In ihrem Kopf spielten sich zahllose Szenarien ab, und sie hatte keine Ahnung, ob eines davon funktionieren würde. Während sie das Telefon anstarrte, beschlich sie der Gedanke, dass sie einen schrecklichen Fehler gemacht hatte. Womöglich empfand er gar keine Liebe mehr für sie. Nachdem sie sich eine halbe Stunde mit Zweifeln gequält hatte, nahm sie schließlich den Hörer ab.

Eine Empfangsdame antwortete, und Isabelle gab sich, als wäre sie sehr beschäftigt und unter starkem Stress.

»Hallo, ich bin heute Abend für die Sicherheit zuständig. Um welche Zeit wird Mr. Robinson erwartet?« Sie strengte sich an, so amerikanisch wie möglich zu sprechen, damit die Frau nicht merkte, dass sie Französin war.

»Ach Gott, das kann ich nicht sagen«, antwortete die junge Frau, die noch gestresster wirkte als Isabelle. »Heute Abend sind sechs verschiedene Veranstaltungen. In welcher Angelegenheit rufen Sie an?«

»Sicherheit. Sie wissen schon, für das Abendessen.«

»Oh, natürlich … verdammt … ich dachte, er hätte das abgesagt … nein, stimmt nicht … okay … er kommt um neun Uhr zu Ihnen … es tut ihm Leid, dass es so spät wird, aber eher schafft er es nicht. Es ist der vierte Termin. Und er kann nicht lang bleiben ... also, Sie wissen doch, dass er im Rollstuhl sitzt?«

»Ja, ja. Das habe ich in meinen Unterlagen gelesen«, antwortete Isabelle in sachlichem Tonfall.

»Sie müssen den Stuhl am Tisch wegstellen, damit er selbst an seinen Platz rollen kann. Er will kein Aufhebens machen. Und er will nicht im Rollstuhl fotografiert werden. Drückt das Profil. Er und Senator Johnson möchten durch eine Seitentüre hereinkommen und den Raum auf demselben Weg wieder verlassen.«

»In Ordnung«, erklärte Isabelle, ohne zu wissen wo das Abendessen stattfand, doch fragen konnte sie nicht.

»Senator Johnson hat seine eigenen Sicherheitsleute, die Sie am Seiteneingang des Kennedy Center treffen, genau wie letztes Mal ...« Gott sei Dank, dachte Isabelle bei sich. Das Kennedy Center.

»Trägt er Smoking? ... nur, damit wir ihn gleich erkennen ...« Sie musste wissen, was sie anziehen sollte.

»Nein, tut ihm sehr Leid ... wird er nicht ... doch das geht sicher in Ordnung so.«

»Ist gut.«

Sie unterhielten sich noch weitere zehn Minuten über Details, doch Isabelle achtete nicht länger auf das, was die Empfangsdame sagte. Die einzig wichtige Information für sie war die, dass Bill um neun Uhr abends am Kennedy Center sein wollte. Und um zehn Uhr von dort zu seiner nächsten Veranstaltung aufbrach. Sie konnte sich ihm in den Weg stellen, wenn er das Center betrat oder verließ. Sie konnte ihm auch beim Abendessen eine Szene machen, sich unter seinem Tisch verstecken, ihm quasi die Pistole auf die Brust setzen ... Es gab endlos viele Möglichkeiten und die meisten davon kamen ihr jetzt, da sie hier war, völlig abwegig vor. Sie hatte keine Ahnung, wie sie es anstellen sollte, doch sie wusste, dass sie es versuchen musste.

Zu guter Letzt beschloss sie, draußen auf ihn zu warten, und zwar nach dem Abendessen, wenn er das Kennedy Center verließ. Also um zehn Uhr. Bis dahin blieben ihr noch fünf Stunden Zeit. Es waren die längsten Stunden in ihrem Leben. Sie rief an der Rezeption an und bestellte für den Abend eine Limousine. Danach saß sie in ihrem Zimmer und quälte sich damit, was sie ihm sagen wollte, und immer wieder fragte sie sich, ob er ihr überhaupt die Chance geben würde, mit ihm zu reden. Sie musste auch die Möglichkeit in Betracht ziehen, dass er sie abblitzen ließ und erklärte, es gebe nichts mehr zu sagen. Schließlich war Bill derjenige, der den Schlussstrich gezogen und erklärt hatte, er wolle sie nicht mehr sehen. Doch er hatte sie belogen. Er hatte behauptet, er könne gehen und habe seine Ehe mit Cindy auf eine neue Grundlage gestellt. Fünf Monate lang hatte sie nicht verstanden, wie er so einfach jegliche Verbindung zu ihr hatte abbrechen können. Doch jetzt wusste sie es genau. Es war ihm einzig und allein darum gegangen, ihr nicht zur Last zu fallen. Deshalb wollte er sie auch nicht in Paris besuchen, denn dann hätte sie gemerkt, dass er nicht laufen konnte und es wohl auch nie wieder lernen würde. Das war ihr jetzt alles klar geworden. Doch, wie sollte sie ihn davon überzeugen, seine Meinung zu ändern? Sie wusste, dass ihr nur wenige Minuten blieben und die möglicherweise nicht einmal unter vier Augen, ehe er ins Auto stieg und davonfuhr. Sie hatte keine Ahnung, was sie sagen würde. »Ich liebe dich« wäre ein Anfang, aber das wusste er ohnehin, er hatte es auch gewusst, als er die Beziehung zu ihr beendete. Es hatte ihn jedenfalls nicht davon abgehalten. Warum sollte es jetzt etwas bewirken?

Es gab so vieles, wovon er nichts wusste: Teddys Tod, Isabelles Trennung von Gordon, ihr Auszug aus dem Haus an der Rue de Grenelle. Er wusste auch nicht, dass sein Entschluss, sich von ihr zu trennen, ihr das Herz gebrochen hatte. Und vor allem wusste er nicht, dass es ihr nichts ausmachte, dass er bis zum Ende seines Lebens auf den Rollstuhl angewiesen sein würde. Sie wollte nur bei ihm sein und ihn lieben dürfen, solange sie lebte.

Während sie über ihren Plan nachdachte fragte sie sich immer wieder, ob es nicht ein Fehler war, ihn an diesem Abend abzupassen. Vielleicht sollte sie ihn lieber im Büro besuchen, oder ihn anrufen. Wegen der bevorstehenden Wahl war er vermutlich ziemlich angespannt und beschäftigt. Sie könnte auch die drei Tage warten, bis die Wahl vorbei war, überlegte sie, doch danach verließ er womöglich die Stadt und verschwand erst mal. Sie wollte nicht warten. Das hatte sie lange genug getan.

Isabelle hätte nichts essen können. Sie versuchte ein Nickerchen zu machen, war aber hellwach. Schließlich nahm sie ein Bad und zog sich an. Um halb zehn Uhr saß sie in der Limousine und ließ sich zum Kennedy Center fahren. Als sie den Seiteneingang erreichten, bekam sie Panik. Und wenn er bereits gegangen war? Als sie aus dem Auto stieg, war sie vor Anspannung wie benommen. Sie suchte sich einen Platz seitlich vom Eingang, wo sie ihn herauskommen sehen musste. Die Luft war eiskalt, aber sie achtete nicht darauf. Dann fing es wie ein schreckliches Omen auch noch zu schneien an.

Wie weiße Spitze wirbelten die Schneeflocken aus dem Himmel. Sie blieben an den Kleidern, den Wimpern und den Haaren kleben. Nichts hatte sie angekündigt, und der eisige Wind schien sie überallhin zu treiben. Um Viertel nach zehn Uhr war von Bill noch nichts zu sehen, und Isabelle war sich schon sicher, dass er einen anderen Ausgang benutzt hatte. Vielleicht war der Plan geändert worden. Isabelle trug einen langen, schweren, schwarzen Mantel und einen Zobelhut, warme schwarze Wildlederstiefel und Handschuhe. Doch sie war durchgefroren bis aufs Mark und über und über mit Schnee bedeckt.

Um halb elf hatte sie jegliche Hoffnung aufgegeben. Sie würde sich eben einen anderen Weg ausdenken und es noch einmal versuchen müssen. Morgen war auch noch ein Tag. Sie nahm sich vor, bis elf Uhr zu bleiben, um nichts unversucht zu lassen, aber eigentlich war sie sich sicher, dass Bill und sein Kandidat schon längst bei der nächsten Veranstaltung waren.

Doch um zehn vor elf machte sich an der Tür Hektik bemerkbar. Zwei Polizisten in Zivil, die aber ihren Beruf nicht verleugnen konnten, kamen heraus, gefolgt von einem uniformierten Sicherheitsbeamten mit Mikro im Ohr und einem weiteren gut aussehenden Mann, der den Kopf wegen des Windes gesenkt hielt. Sie verließen das Gebäude und steuerten auf den wartenden Wagen zu, der scheinbar aus dem Nichts aufgetaucht war. Er war Isabelle vorher jedenfalls nicht aufgefallen. Bei dem Mann musste es sich eigentlich um den Senator handeln, doch sie war sich nicht sicher, weil sie sein Gesicht nicht genau sehen konnte. Sie beobachtete ihn einen Augenblick, doch es folgte ihm niemand mehr. War Bill womöglich gar nicht gekommen oder hatte beschlossen, noch zu bleiben? Isabelle behielt die Tür weiterhin im Auge und sah dann einen Rollstuhl langsam herausrollen. Bill war von mehreren Menschen umgeben, die auf ihn einredeten, und er nickte und hörte sich an, was sie sagten. Er rollte den Stuhl selbst. Trotz seines dicken Schals und des dunklen Mantels erkannte Isabelle sofort seine vertraute Gestalt. Mit Herzklopfen verfolgte sie, wie er sich auf die Stufen zubewegte und dann über eine Rampe in ihre Richtung fuhr. Er hatte sie noch nicht bemerkt. Seine Begleiter ließen ihn allein und flohen vor dem Schneefall zurück in das Gebäude. Der Senator und seine Männer waren bereits in der Limousine und warteten auf Bill.

In dem Gefühl, nun endlich ihr Leben in die Hand zu nehmen, ging Isabelle ihm auf der Rampe entgegen und blieb dann direkt vor dem Rollstuhl stehen. Wegen des Windes hielt er den Kopf gesenkt und konnte so nur ihren Mantel und ihre Beine sehen. Geistesabwesend murmelte er »Entschuldigen Sie«, aber sie wich nicht zur Seite.

Isabelle sah ihn an, und er hörte ihre Stimme, ehe er ihr Gesicht sah. »Du hast mich angelogen«, vernahm er eine Stimme, von der er seit fünf Monaten träumte. Er hatte geglaubt, sie nie wieder zu hören. Bill hob den Kopf und sah sie an, doch er war sprachlos. Die Überraschung stand ihm ins Gesicht geschrieben, doch er versuchte so schnell wie möglich, seine Fassung zurückzugewinnen.

»Hallo, Isabelle. Das ist aber ein Zufall, dich hier zu treffen.« Er vermutete sofort, dass Gordon geschäftlich in Washington zu tun hatte und sie ihn begleitete. Mit keinem Wort ging er auf die Tatsache ein, weshalb er trotz der frohen Botschaft, mit der er sie vor Monaten überrascht hatte, im Rollstuhl saß.

»Offen gestanden ist es kein Zufall«, erklärte sie. Für weitere Lügen war jetzt keine Zeit mehr. »Ich bin von Paris hierher geflogen, um dich zu sehen.« Darauf fiel ihm keine Antwort ein. Der Wind peitschte über ihre Gesichter und auf Isabelles Hut sammelte sich Schnee. Bill fühlte sich an eine Figur auf einer Weihnachtspostkarte erinnert oder an eine russische Prinzessin. Isabelle war so herzzerreißend schön, aber er verriet seine Gefühle mit keiner Regung. Er zwang sich, sie leidenschaftslos und gleichgültig anzusehen und sämtliche Empfindungen zu verbergen. Darin hatte er es zur Meisterschaft gebracht.

»Ich muss gehen. Cynthia wartet im Wagen auf mich.« Das war die einzige Ausrede, die ihm für eine schnelle Flucht einfiel. Er musste so schnell wie möglich weg von Isabelle, ehe seine Entschlossenheit ins Wanken geriet.

»Nein, das stimmt nicht«, sagte Isabelle und zog den Mantel fester um ihren Körper. »Du bist geschieden. Auch in dem Punkt hast du gelogen.«

»Ich habe wohl in vielen Punkten gelogen. Bis auf den, dass es für mich vorbei ist. Dieser Teil stimmte.« Jede Faser seines Körpers leistete ihr Widerstand, doch seine Augen verrieten ihn.

»Und warum ist es für dich vorbei?« Sie ließ nicht nach in ihrer Wahrheitssuche. Nur wenn er ihr ins Gesicht sagte, dass er sie nicht mehr liebte, würde sie für immer aus seinem Leben verschwinden. Aber dieses eine, vielleicht letzte Mal wollte sie ihn noch einmal sehen. Deshalb war sie hergekommen. Sollte er sie wieder fortschicken, hatte sie ihm wenigstens noch ein Mal in die Augen geschaut.

»So etwas geschieht eben manchmal. Wie geht es Teddy?«, fragte er, um die Spannung zwischen ihnen abzubauen und sie auf ein anderes Thema zu locken. Doch auf ihre Antwort war er nicht vorbereitet.

»Er ist vor zwei Monaten gestorben. Er hatte sich eine schlimme Erkältung zugezogen. Schade, dass du ihn nie kennen gelernt hast«, sagte sie und rang um Fassung. Sie hatte nicht vor, Bill mit ihrer Trauer zu belasten, doch sie fand, dass er es wissen sollte.

»Das tut mir aber Leid«, sagte er mit warmer Stimme und sah sie voll Mitgefühl an. Einen Augenblick lang rief der Gedanke an den Schlag, den sie, wie er wusste, dadurch erlitten hatte, seine Schuldgefühle wach, weil er ihr in dieser Zeit nicht nah gewesen war. »Und wie geht es dir?« Am liebsten hätte er die Arme nach ihr ausgestreckt und sie umarmt, aber er traute sich nicht. Außerdem war es ihm peinlich, dass sie ihn bei seinen Lügen ertappt hatte und ihn nun im Rollstuhl sah. Er war so sehr davon überzeugt gewesen, dass ihre Wege sich nie wieder kreuzten und sie es nie erfahren würde.

»Noch nicht so gut. Aber es wird schon wieder. Ich vermisse ihn sehr. Und dich vermisse ich auch.« Sie sagte das mit weicher, trauriger Stimme. »Und wie geht es dir?« Eigentlich wollte sie ihn fragen, ob auch er sie vermisste, ob er seinen Schritt inzwischen bereute, aber er schien es eilig zu haben, er musste weiter. Isabelle wusste, dass der Senator auf ihn wartete. Aber es war ihre einzige Chance.

»Mir geht es gut. Besser denn je. Ich arbeite wieder. In drei Tagen ist die Wahl.« Dabei warf er einen Blick auf seine Uhr. Für ihre nächste Veranstaltung waren sie schon eine Stunde zu spät dran. Bill sah Isabelle entschuldigend an und nichts an ihm deutete darauf hin, dass er ihr noch etwas sagen wollte. »Jetzt muss ich aber wirklich gehen.«

»Ich liebe dich noch immer, Bill«, sagte Isabelle und fühlte sich dabei fürchterlich verwundbar, aber das zu sagen, war schließlich der Grund, der sie nach Washington geführt hatte. Bill sollte wissen, dass sie ihn trotz allem noch immer liebte. »Und mir ist es völlig egal, dass du nicht Rollschuh fahren oder tanzen kannst. Ich bin sowieso keine große Tänzerin, das war ich nie.«

Ein erinnerungsseliges Lächeln breitete sich über sein Gesicht, dann streckte er eine Hand aus und berührte die ihre. »Ist es wahr, dass du hierher gekommen bist, um mich zu sehen?« Seine Stimme war sanft, es war jene Stimme, an die sie sich so gut erinnerte. Sie konnte nur nicken, denn ihre Augen füllten sich mit Tränen. Als ein paar verirrte Tränen über ihre Wangen liefen, riss sie sich zusammen und wischte sie mit ihrer behandschuhten Hand weg.

»Ich habe dich gestern auf CNN gesehen und glaubte auf einmal zu wissen, weshalb du mich angelogen hast. Du solltest erfahren, dass es mir nichts ausmacht.«

»Das weiß ich«, meinte er besänftigend, »es hat dir nie etwas ausgemacht. Aber mich stört es, und darauf kommt es an. Ich würde dir das nie zumuten wollen. Ich liebe dich viel zu sehr, um zuzulassen, dass du dein Leben ruinierst, indem du dir das hier aufhalst.« Bei diesen Worten senkte er den Blick auf den Rollstuhl. »Selbst wenn du Gordon eines Tages verlassen solltest – vor allem dann. Behandelt er dich denn anständig?« Zu Beginn ihres Gesprächs hatte er nach Gordon Ausschau gehalten, aber bald gemerkt, dass er nicht in der Nähe war. Offenbar war sie ihm irgendwie entwischt, oder sie hatte ihn im Hotel zurückgelassen.

Bei dieser Frage musste sie lächeln. »Ich habe nach Teddys Tod meine Munition gegen ihn eingesetzt, wie du es mir geraten hattest. Er hat mich hinausgeworfen. Sophie und ich leben jetzt in einer Wohnung in der Rue de Varenne.« Es hatte sich viel verändert in ihrer beider Leben. Doch das hatte keinen Einfluss auf seine Gefühle oder die Entscheidung, die er getroffen hatte. Isabelle leibhaftig vor sich zu sehen bestätigte ihn sogar in seinem Entschluss. Sie war jetzt frei und hatte Besseres verdient als das, was er ihr zu geben vermochte.

»Ich bin froh, dass es dir gut geht.« Mehr wollte er nicht sagen.

»Du musst los, ich weiß«, sagte sie und strich sich die Schneeflocken aus den Augen. »Ich wohne im Four Seasons Hotel. Wenn du mit mir reden möchtest, ruf mich an.«

Doch Bill schüttelte den Kopf. Sein Haar war mit Schnee bedeckt, und sie sah ihm an, dass er fror. »Ich werde dich nicht anrufen, Isabelle. Wir haben vor fünf Monaten einen Schlussstrich gezogen. Es war die richtige Entscheidung. Für uns beide. Damit müssen wir jetzt leben.«

»Das sehe ich ganz anders. Es war eine totale Fehlentscheidung. Für uns beide. Wir haben ein Recht darauf, uns zu lieben, Bill. Auch wenn du dich aus meinem Leben fernhältst, werde ich nicht aufhören, dich zu lieben. Niemals.«

»Irgendwann wirst du mich vergessen«, sagte er, aber sie schüttelte den Kopf und trat zur Seite. Er sah sie lang und eindringlich an. »Pass gut auf dich auf.« Er wollte ihr noch einmal versichern, wie Leid es ihm wegen Teddy tat, ließ es aber dann sein. Ihm fehlten die Worte. Er rollte das restliche Stück der Rampe hinunter, ohne einen Blick zurückzuwerfen, und stieg in den Wagen. Beim Senator entschuldigte er sich für seine Verspätung mit der Erklärung, er habe eine alte Freundin getroffen. Bis zu ihrer nächsten Anlaufstelle sprach er kein Wort, aber der Senator spürte seine getrübte Stimmung. Bill schien Lichtjahre entfernt zu sein.

Als Bill nach Hause kam, war es nach Mitternacht. Er rief sie nicht an. Es war ein für alle Mal zu spät, und er hatte sich auch fest vorgenommen, sie nie mehr anzurufen. An das, was er für sie getan hatte, glaubte er immer noch. Aus Liebe hatte er nicht anders handeln können. Hätte er sie weniger geliebt, hätte er sich ihr aufgedrängt, aber um ihr das anzutun, war sie ihm zu kostbar, und daran würde sich auch nie etwas ändern. Dass sie Teddy verloren hatte, tat ihm unendlich Leid, er wusste, wie viel der Junge ihr bedeutet hatte, und konnte sich vorstellen, wie schwer es für sie sein musste, diesen Tod zu verkraften. Wenigstens spielte Gordon in ihrem Leben keine Rolle mehr, das erleichterte ihn. Bestimmt würde sie bald jemand Neuen kennen lernen. Nie hatte sie so schön ausgesehen, aber auch nie so traurig wie in den Minuten, als er sie dort im Schnee hatte stehen sehen. Und mit diesem Bild vor Augen ging er zu Bett.

Es schneite die ganze Zeit, während Isabelle in ihrem Hotelzimmer saß und an Bill dachte. Jetzt wusste sie, dass er nie wieder anrufen würde. In seinem Gesicht hatte sie nichts anderes als den festen Entschluss gelesen, sich nicht wieder auf sie einzulassen. Nur seine Augen hatten ihr verraten, dass sie ihm noch immer etwas bedeutete. Nun musste sie seinen Entschluss akzeptieren. Selbst wenn er sie angelogen haben sollte, war es doch seine Entscheidung. Sie hatte also schon vor Monaten Recht gehabt: Es würde in ihrem Leben kein Happyend geben. Es gab nur Lektionen und Verluste, aber davon jede Menge.

Sie lag fast die ganze Nacht wach, und als sie endlich einschlief, träumte sie von Bill. Um vier Uhr morgens klingelte das Telefon an ihrem Nachttisch und klingelte sie aus dem Tiefschlaf. Es war Bill. Seine Stimme erkannte sie selbst im Halbschlaf.

»Entschuldige bitte, dass ich so spät anrufe. Hast du geschlafen?« Er klang so gequält, wie sie sich gefühlt hatte, ehe sie endlich eingeschlafen war.

»Ich war gerade eingeschlafen.« Sie war jetzt hellwach. Er klang so sehr vertraut und so nah! Da kam ihr ein Gedanke. »Wo bist du?«, fragte sie leise und hörte sein Zögern.

»Unten. In der Lobby deines Hotels. Ich bin genauso verrückt wie du, aber ich habe nicht gewusst, wann du wieder abreist, und morgen muss ich in New York sein. Da dachte ich, wenn du wirklich extra von Paris hierher gekommen bist, sollten wir vielleicht wenigstens miteinander reden.« Egal, wie ungewöhnlich früh am Morgen es auch sein mochte.

»Ich bin froh, dass du da bist. Komm doch herauf.«

Isabelle kämmte sich, putzte sich die Zähne und spritzte sich ein wenig Wasser ins Gesicht, während sie auf Bill wartete. Fünf Minuten später klopfte es an der Tür. Bill sah von seinem Rollstuhl aus zu ihr hoch und rollte langsam herein, sie hielt ihm die Tür auf und schloss sie dann leise hinter ihm. Wie gern hätte sie ihn berührt, doch sie wagte es nicht.

»Entschuldige bitte, dass ich um diese Unzeit komme, Isabelle. Ich konnte nicht schlafen. Es war ein Schock für mich, dich heute Abend zu sehen. Du musst verrückt sein, dass du so etwas tust.« Doch er schien darüber nicht unglücklich zu sein, er war gerührt, aber auch aufgewühlt. Mit ihrem Auftauchen hatte Isabelle Gefühle in Bill wachgerüttelt, denen er seit Monaten zu entfliehen versuchte. Alle Emotionen waren wieder über ihn hereingebrochen, als er Isabelle vor dem Kennedy Center im Schnee stehen sah. »Es tut mir so Leid um Teddy. Wie ist es denn passiert?«

Sie setzte sich ihm gegenüber auf die Couch und gab ihm eine kurze Zusammenfassung von den letzten Tage ihres Sohnes. Ihre Stimme war belegt und die Augen füllten sich mit Tränen. Beherrscht wischte sie sich die Feuchtigkeit von der Wange. Ganz spontan streckte Bill die Hand nach ihr aus.

»Es tut mir so Leid«, flüsterte er.

Sie lächelte ihn durch ihren Tränenschleier an. »Mir auch. Manche sagen, es sei ein Segen für ihn, was vermutlich auch stimmt, aber er hat in seinem Leben auch schöne Augenblicke gehabt. Und er fehlt mir so sehr. Mir ist gar nicht klar gewesen, wie sehr mein Leben sich um seines gedreht hat. Nachdem er jetzt nicht mehr da ist, weiß ich gar nicht, was ich mit mir anfangen soll, und Sophie ist auf der Universität.«

»Du wirst Zeit brauchen, um über seinen Verlust hinwegzukommen. Aber du wirst dich an das Leben ohne ihn gewöhnen. Es ist eine enorme Veränderung für dich.« Alles in ihrem Leben hatte sich verändert, durch den Umzug, die Scheidung, den Tod ihres Sohnes, den Verlust von Bill. Im ganzen letzten Jahr war sie ständig neuen Schicksalsschlägen ausgesetzt gewesen. »Ich weiß nicht, was ich sagen soll«, meinte Bill unglücklich. »Ich hätte nie gedacht, dass wir uns wieder sehen werden. Ich fand es besser so. Ich dachte, ich hätte kein Recht, dein Leben zu zerstören, Isabelle. Du hast mehr verdient, als ich dir bieten kann. Du brauchst einen wunderbaren Menschen in deinem Leben, einen vollständigen Menschen, nicht so einen wie mich.«

»Du bist vollständig«, sagte sie zärtlich und behielt ihn fest im Blick. Noch wusste sie nicht, was er ihr sagen würde, und sie wusste auch nicht, ob sie es hören wollte. Es klang wieder nach einem Abschied oder noch mehr Ausreden, weshalb er nicht mit ihr zusammen sein konnte. Doch diesmal waren es wenigstens keine Lügen, nur das, was er für die Wahrheit hielt.

»Wir wissen beide, dass das nicht stimmt.« Er wollte sie nicht erinnern an ihren katastrophalen Versuch, miteinander zu schlafen, den sie in London im Krankenhaus unternommen hatten. Im Unterschied zu seinem Schwiegersohn empfand er seine Behinderung als eine zu große Hürde, um an Heirat zu denken. Und weniger als das wollte er ihr nicht anbieten. Er war davon überzeugt, ihr nichts geben zu können, was von Wert wäre und für sie Sinn machte. Verschwommen erinnerte er sich dessen, was Helena ihm vorgehalten hatte, aber sie war jung und außerdem voller Ideale. Vielleicht war überhaupt die Liebe nur was für die Jungen. Er war in dieser Nacht zu ihr ins Hotel gekommen, um ihr alles zu erklären und sich anständig von ihr zu verabschieden. Das zumindest glaubte er ihr schuldig zu sein. Ihm war klar geworden, dass er sich beim letzten Mal auf grausame Weise davongeschlichen hatte. Damit hatte er ihr großen Schmerz zugefügt, und nun musste sie auch noch mit dem Verlust von Teddy fertig werden. »Ich wollte mich von dir verabschieden und dir sagen, wie Leid es mir tut. Ich hätte dich nie ermutigen dürfen, nach London zu fahren. Es war von Anfang an alles mein Fehler.«

»Du hast mir die einzige wirkliche Liebe geschenkt, die mir je ein Mann gegeben hat«, widersprach sie ihm sanft. »Und das ist nichts, wofür du dich bei mir entschuldigen müsstest, Bill.«

»Es tut mir Leid, dass ich nicht mehr sein kann, als ich bin ...« Er hatte Tränen in den Augen, als er sie ansah, und nahm ihre Hand. »Es tut mir alles so Leid«, sagte er traurig. Da beugte Isabelle sich vor und küsste ihn, und Bill zog sie sanft auf seinen Schoß und küsste sie wieder. Ihre Küsse waren zärtlich und leidenschaftlich zugleich, angefüllt mit der Erinnerung an all das, was sie sich erhofft, kaum gekostet und viel zu früh verloren hatten. Und während er sie festhielt, vergaß er für einen Augenblick seine verlorene Männlichkeit und spürte ein ungeheures Verlangen, das wie eine Woge Besitz von ihm ergriff. Er war machtlos. Aber keiner von beiden konnte und wollte der Leidenschaft widerstehen. Die unwiderstehliche Macht, mit der beide sich voneinander angezogen fühlten, überwältigte sie. Und plötzlich hatte Bill einen Augenblick lang keine Angst mehr. Sie küssten sich lange, und waren beide atemlos, als er sich von Isabelle zurückzog und sie ihm, ohne dass es einer Erklärung oder Worte bedurft hätte, auf die Couch half und zärtlich die Kleider auszog, während er ihr das Satinnachthemd über die Schultern zog und es zu Boden gleiten ließ.

Bill zögerte noch einen winzigen Moment, aber dann konnte er nicht mehr an sich halten. Mit jeder Faser seines Körpers und seiner Seele verlangte ihn nach ihr. Und dieses Mal geschah alles wie von selbst. Er konnte sich nicht erinnern, sich jemals so vollkommen vereint zu haben wie mit Isabelle, er hatte nie eine Frau mehr begehrt. Alles, wovon beide geträumt, was beide ersehnt hatten, wurde wahr, und noch nie hatte Bill eine solche Lust, gepaart mit Offenheit und Leidenschaft, erfahren. Nicht einmal vor dem Unfall oder in seiner Jugend. Isabelle war einzigartig. Sie hatte ihn wieder fühlen lassen, dass er ein Mann war und beide ließen sich von ihrer Lust überwältigen.

Danach hielt er sie in seinen Armen und lächelte. Seine schlimmsten Ängste waren von ihrer Zärtlichkeit und Liebe weggeschwemmt worden. Keiner von beiden hätte sich das, was zwischen ihnen gerade passiert war, schöner ausmalen können. Was auch immer von seinen Verletzungen noch übrig geblieben war, war offenbar geheilt. Auch ohne laufen zu können, fühlte Bill sich ganz, und das war er auch.

»Ach du!«, sagte sie zärtlich und klammerte sich an ihn. Bill lächelte. In ihren Armen kam er sich wieder wie ein Junge vor. »Das war wirklich umwerfend.«

»Du auch.« Doch nachdem Isabelle ihn eine Stunde später ins Badezimmer gerollt hatte, und Bill nach vierzig Minuten komplett angezogen wieder herauskam, las sie in seinen Augen etwas, was ihr Angst machte.

»Es war verrückt von mir, hierher zu kommen«, sagte er düster. Wieder war er ein Gefangener seiner Ängste, von Schuldgefühlen gebeutelt. »Ich hätte das nicht tun dürfen.« Er wollte sie nicht irreführen oder falsche Hoffnungen wecken. Noch immer war er überzeugt davon, dass sie ein besseres Leben verdient hatte als das, was er ihr zu bieten vermochte. Dass sie miteinander geschlafen hatten, machte alles nur noch komplizierter. Eine halbe Stunde lang hatte er in der Dusche verbracht und war mit sich ins Gericht gegangen. Trotz allem war er unendlich erleichtert, diese Erfahrung mit ihr geteilt zu haben. Seine Beine gehörten ihm nicht mehr, aber seine Männlichkeit war in voller Kraft zurückgekehrt.

»Ich wüsste nicht, warum wir das nicht hätten tun sollen«, entgegnete Isabelle ruhig. »Wir sind beide erwachsen, wir sind beide frei. Du bist geschieden, ich fast. Meine Scheidung wird in wenigen Monaten durch sein. Wir haben keine kleinen Kinder mehr, auf die wir Rücksicht nehmen müssten. Wir sollten uns keine Probleme machen, wo es keine gibt. Das Leben ist so schon schwer genug. Und«, sagte sie mit ernster Stimme und sah ihm dabei in die Augen, »das Leben ist kostbar und kurz. Wir hätten beide zusammen in London sterben können, oder, schlimmer noch, einer von uns. Wir sind nicht gestorben. Vielleicht sollten wir diesen Segen, der uns zuteil geworden ist, nicht in den Wind schlagen.«

»Ich bin kein Segen, Isabelle«, widersprach Bill mit entschlossener Miene. »Das Leben mit einem Mann im Rollstuhl ist kein Segen, in keinster Weise.«

»Das Leben von zwei Menschen, die einander lieben, ist es aber.« Sie hatten die Hölle durchlebt und waren zurückgekehrt, und Isabelle fand, sie habe das Recht, ein kleines Stückchen Himmel mit ihm zu teilen, wie ungewöhnlich es auch sein mochte. Sie liebte Bill so, wie er war, ohne Wenn und Aber, und war mehr als bereit, ihm den Rest seines Leben zur Seite zu stehen.

»Ich kann nicht zulassen, dass du das auf dich nimmst, Isabelle«, entschied er. »Das werde ich nicht tun. Unabhängig davon, was gerade passiert ist. Ich hätte es nicht so weit kommen lassen dürfen. Es war dumm und unverantwortlich von mir.«

»Aber menschlich. Lässt du dir je Platz für Gefühle? Kannst du nicht einfach zulassen, hin und wieder ein wenig glücklich zu sein und dich nicht immer zu quälen?« Er musste lächeln bei ihren Worten, denn er wusste, dass ein kleiner Teil davon der Wahrheit entsprach. »Warum musst du dir alles so schwer machen, wenn es gar nicht nötig ist? Wir lieben einander. Reicht das denn nicht?«

»Manchmal reicht Liebe allein nicht. Du weißt nicht, worauf du dich da einlässt, Isabelle.«

»Doch, das weiß ich«, widersprach sie ihm. Es war fast sechs Uhr morgens, und er würde bald aufbrechen müssen. »Ich habe mich fünfzehn Jahre lang um Teddy gekümmert. Ich weiß, was es heißt, für jemanden zu sorgen, der wirklich krank ist, und ihn zu lieben. Du bist nicht krank. Du bist stark und gesund. Du kannst nicht laufen – na und? Das ändert für mich nichts. Es hätte mir auch nichts ausgemacht, wenn du mich nicht mehr hättest lieben können. Das ist zwar sehr schön, aber ich wäre auch bereit gewesen, darauf zu verzichten. Was uns beide verbindet, ist mehr als das.«

»Das hätte ich aber nicht zugelassen«, sagte er mürrisch und seine Miene verfinsterte sich. »Und ich kann auch nicht zulassen, dass du dir das alles aufbürdest. Das will ich nicht. Ich bin hierher gekommen, um mich von dir zu verabschieden, und das müssen wir auch.«

»Das ist so dumm und so schade. Das erlaube ich dir nicht.«

»Du hast keine andere Wahl. Ich werde dich nicht mehr wieder sehen.« Und sie wussten beide, dass er dazu imstande war.

»Und dann? Willst du jeden von uns dazu verdammen, den Rest seines Lebens einsam zu bleiben und ständig an das zu denken, was wir besaßen, aber verloren haben, weil du so verbohrt bist? Wozu? Was gewinnst du damit? Glaubst du, man belohnt uns im Himmel dafür, dass wir uns für unsere Liebe bestraft haben, sie uns nicht gegönnt haben? Gut, vielleicht wird es nicht immer leicht sein. Es wird nicht ›perfekt‹ sein. Aber das ist das Leben nie. Aber was mich angeht, so ist das, was zwischen uns ist, so perfekt wie möglich. Warum kannst du nicht zulassen, dass wir uns an dem freuen, was wir haben? Du bist gestraft genug, wie viel Elend willst du dir noch aufbürden, und mir dazu? Ich habe genug in meinem Leben verloren, und du auch. Nimm doch um Himmels willen Vernunft an …« Isabelle liefen die Tränen über die Wangen. Sie sah ihn an, doch er zeigte keinerlei Regung.

»Es tut mir Leid«, flüsterte er und küsste sie auf den Kopf, dann rollte er zur Tür und sah sich von dort noch einmal nach ihr um.

»Warum tust du das?«, fragte sie ihn unter Tränen. »Und warum bist du überhaupt gekommen? Nur um uns beide zu quälen? Uns daran zu erinnern, wie sehr wir einander lieben, um dann wieder alles wegzunehmen, damit wir ewig in Dunkelheit und Gram weiterleben? Warum nur, da wir beide so glücklich zusammen sind und einander so sehr lieben? Warum kannst du das nicht zulassen? Fällt dir das so schwer?«

»Vielleicht liebe ich dich nicht genug«, meinte er traurig, »oder mich? Vielleicht wärst du auch gar nicht in der Lage, mich so sehr zu lieben, wie du glaubst.«

»Mach es nicht so kompliziert, wenn es doch so einfach ist. Ich liebe dich. Und nur das zählt. Und mir reicht die Liebe, die du mir geben kannst, wie viel auch immer es sein wird.«

»Ich bin nicht genug für dich, das ist der Punkt«, beharrte er und sah sie gequält von der Türschwelle aus an. Wie gern wäre er umgekehrt, um sie wieder in seine Arme zu nehmen, doch das würde er sich nicht gestatten.

»Lass mich das entscheiden. Lass mich beurteilen, wen ich liebe und wen nicht. Du hast nicht das Recht, mir diese Entscheidung abzunehmen.«

»Doch, das habe ich«, entgegnete er und rollte nach einem letzten Blick auf sie aus ihrem Zimmer. Eine Sekunde später fiel die Tür ins Schloss. Isabelle saß weinend auf der Couch und regte sich nicht.

Kapitel 19

Vier Tag lang blieb Isabelle in Washington. Bills Kandidat wurde zum Senator gewählt, und sie freute sich für Bill. Sie sah ihn in den Nachrichten in seinem Rollstuhl am Rand der Pressekonferenz sitzen – die Macht im Hintergrund. Er rief sie nicht an und sie versuchte auch nicht mehr, mit ihm Kontakt aufzunehmen. Jetzt glaubte sie ihm. Und sie wusste, dass sie seine Einstellung zu respektieren hatte, egal wie falsch diese Entscheidung ihrer Meinung nach war. Es fiel ihr zwar schwer zu glauben, dass er wirklich so stur war, all das zu opfern, was sie besaßen. Aber es sah tatsächlich danach aus, als wollte er auf alles verzichten, was er mit ihr hätte haben können. Es fiel Isabelle unendlich schwer, das zu akzeptieren, aber sie konnte ihn schließlich nicht zwingen, zu ihr zurückzukommen. Sie musste seine Entscheidung hinnehmen, egal wie wenig sie damit einverstanden war. Er hatte das Recht dazu, genauso wie sie selbst das Recht hatte zu glauben, sie könnten ein wunderbares Leben miteinander führen. Sie wäre stolz gewesen, mit ihm zusammen zu sein, Rollstuhl hin oder her. Für sie machte das keinen Unterschied, aber für ihn. Er hatte das Recht zu entscheiden, wie er leben wollte.

Am Abend nach der Wahl telefonierte sie mit Sophie und kündigte ihre Rückkehr nach Paris an. Isabelle klang traurig, aber Sophie fragte nicht nach dem Grund. Sie hatte fast genauso hart wie ihre Mutter mit dem Verlust ihres Bruders zu kämpfen.

»Hast du deinen Freund getroffen?«, fragte sie, weil sie Isabelle aufheitern wollte.

»Ja, ich habe ihn getroffen«, antwortete Isabelle leise. »Er sieht großartig aus.«

»Kann er denn wieder laufen?

»Nein.«

»Das habe ich mir schon gedacht. Als ich ihn im Krankenhaus kennen lernte, war er in einer sehr schlimmen Verfassung, genau wie du damals.«

»Ansonsten scheint es ihm aber gut zu gehen. Ich werde morgen Abend wieder zu Hause sein, Liebes. Falls du mich brauchen solltest.« Es war ihr wichtig, dass Sophie immer wusste, wo sie war. Für Sophie war das zwar längst nicht so entscheidend, aber es gab ihnen dennoch beiden ein Gefühl der Sicherheit. »Wir sehen uns dann in ein paar Wochen.«

»Ich rufe dich dann am Wochenende an, Mama. Hast du dich denn amüsiert?« Sophie hoffte es, aber ihr Mutter klang sehr niedergeschlagen.

»Eigentlich nicht«, gab Isabelle zu, »aber ich bin trotzdem froh, dass ich hierher gekommen bin.« Jetzt war sie gezwungen, die Trennung als endgültig zu akzeptieren, was sie bisher nicht geschafft hatte. Außerdem hatte sie einige Museen und Galerien besucht. Sie hatte sich vorgenommen, im neuen Jahr wieder an ihre alte Arbeitsstelle im Louvre zurückzukehren und Gemälde zu restaurieren, deshalb tauchte sie jetzt wieder in die Kunst ein. Die Beschäftigung mit Kunstwerken hatte sie an die Tage mit Bill in London vor mehr als einem Jahr erinnert. Alles erinnerte sie an Bill. Gemälde, Museen, Harry's Bar, Tanz, Musik, Gelächter, Luft. Vielleicht würde es ja eines Tages aufhören. Sie hoffte es. Wenn er nicht mehr Teil ihres Lebens war, musste sie ihn so bald wie möglich vergessen. Vielleicht würde sie sogar eines Tages aufhören ihn zu lieben. Es wäre eine Gnade für sie.

Am Mittwochmorgen packte sie die wenigen Sachen, die sie mitgebracht hatte, und rief den Portier an, um ihre Tasche abholen zu lassen. Ihr Flug ging um ein Uhr, sie verließ das Hotel um zehn. Als sie die Tür ihres Zimmers schloss, läutete das Telefon. Es dauerte eine Weile, bis sie wieder aufgeschlossen hatte, doch als sie den Hörer abhob, hatte das Läuten aufgehört. Als sie an der Rezeption den Schlüssel abgab, erklärte ihr der Empfangschef, er habe sie gerade angerufen, um zu erfragen, wann sie abreise. Es wartete bereits jemand auf ihr Zimmer.

Die Fahrt zum Flughafen war lang und verlief ruhig. In der Nacht zuvor hatte es wieder geschneit, und Washington sah schön aus unter seiner Schneedecke. Isabelle checkte für ihren Flug ein und ging dann los, um sich noch ein paar Zeitschriften und ein Buch zu kaufen, damit sie während des Fluges was zu lesen hatte. Sie war ruhig und traurig, fühlte sich in gewisser Weise aber auch frei. Nun hatte sie Bill zuletzt doch gehen lassen. Sie war dennoch froh, dass sie diesen Versuch noch unternommen hatte. Seit dem letzten Gespräch mit Bill empfand sie eine innere Ruhe, mit der sie nicht gerechnet hatte. Während sie ihre Zeitschriften und Bücher bezahlte, zwang sie sich, wenigstens einen Augenblick lang nicht an ihn zu denken. Sie bedankte sich gerade bei der Frau für das Wechselgeld, als sie direkt hinter sich eine Stimme hörte.

»Du weißt schon, dass du verrückt bist, oder? Ich wusste es immer schon.« Sie schloss die Augen. Das konnte nicht sein. Es war unmöglich. Aber es war möglich – als sie sich umdrehte, sah Bill sie aus seinem Rollstuhl an. »Du bist nicht nur verrückt, sondern auch im Irrtum«, sagte er leise. Er wirkte so vertraut, so voller Kraft, wie er da saß, dass sie gegen ihren Willen lächeln musste.

»Verfolgst du mich, oder reist du auch gleich ab?« Ihr Herz klopfte bei seinem Anblick. War es Zufall oder ein Wunder? Sie wagte nicht, ihn zu fragen.

»Ich habe dich im Hotel angerufen, aber du warst schon weg.«

»Das ist aber komisch, dann habe ich deinen Anruf wohl verpasst«, sagte sie und gab sich Mühe, gelassen zu wirken. Ihre Hände zitterten, als die eben gekauften Zeitschriften und Bücher einsteckte. »Das Telefon hat geklingelt, als ich ging, aber der Mann am Empfang hat mir gesagt, er habe mich wegen des Zimmers angerufen.«

»Dann werde ich wohl direkt nach ihm angerufen haben.« Vermutlich hatte er sich von ihr verabschieden wollen, aber warum war er dann hier? »Ich weiß, dass ich das Richtige getan habe«, sagte er und rollte seinen Rollstuhl aus dem Weg, während sie ihn weiterhin ansah. Um sie herum schoben sich die Leute vorbei, aber keinen schien es zu kümmern. Ihre Blicke klebten aneinander, Isabelle sah blass aus. Auch Bill machte den Eindruck, als hätte er seit Tagen nicht mehr geschlafen. »Du hast etwas Besseres verdient als mich.«

»Ich weiß, dass du das so siehst«, sagte sie und spürte dabei ihr wundes Herz. Wie oft wollte er ihr denn noch dasselbe sagen? »Aber es gibt nichts Besseres. Das ist das Beste, was wir haben können ... jedenfalls ist es das für mich. Ich habe Teddy verloren. Ich habe dich verloren. Ich habe nichts mehr zu verlieren, außer Sophie. Vor der Liebe sollte man nicht weglaufen. Sie ist zu kostbar und zu selten. Aber du siehst es wohl nicht so.« Sie wusste, dass sie nichts tun konnte, um ihn zu überzeugen oder seine Einstellung zu verändern. Er blieb unbeirrbar. Und sie auch.

»Ich wünsche mir etwas Besseres für dich. Ich wünsche dir ein Leben mit einem Mann, den du durchs Zimmer jagen, mit dem du laufen, springen und am Silvesterabend tanzen kannst.«

»Ich wünsche mir noch viel mehr als das. Ich wünsche mir jemanden, den ich liebe und der mich liebt, jemanden, den ich respektieren kann, den ich umsorgen und mit dem ich für den Rest meines Lebens lachen kann. Ich kann jemanden, der sitzt, genauso gut lieben wie jemanden, der aufrecht steht. Das kannst du vielleicht nicht«, sagte sie und nahm das Schicksal an, das er für sie beide entschieden hatte.

»Was macht dich da so sicher?«

»Würdest du mich lieben, wenn ich anstatt deiner im Rollstuhl säße?« Sie hatte Tränen in den Augen und ihre Stimme war brüchig. Bill nickte, sagte aber nichts. Dann antwortete er und endlich verstand er, worum es ging.

»Ja, das würde ich.«

»Wenn du also glaubst, dass ich das nicht kann, scheinst du keine besonders hohe Meinung von mir zu haben.«

Er sagte nichts, sondern zog sie zu sich herunter auf seinen Schoß, sah sie an, legte seine Arme um sie und küsste sie auf den Mund, bis ihr die Luft wegblieb.

»Was war das jetzt?«, musste sie ihn fragen. »Ein Hallo oder ein Adieu?«

»Entscheide du. Du kennst meine Meinung. Ich liebe dich. Du hast das Recht, selbst deine Entscheidung zu treffen.« Das hatte ihm Helena schon vor langer Zeit gesagt, und sie hatte Recht gehabt. Endlich hatte auch er das begriffen. Er hatte versucht, Isabelle zu schützen, doch das konnte er nicht mehr. Es war ihr gutes Recht, selbst über ihr Schicksal zu entscheiden, und diesmal vielleicht sogar über seines.

Mit einem Lächeln auf den Lippen flüsterte Isabelle »Hallo« und küsste ihn. Bill schloss sie fest in die Arme.

Der rubinrote Ring

Ich danke allen, die mir vertraut und mich unterstützt haben,
ich danke meinen Kindern, für die ich lebe,
und ich danke Beatie, Nick, Sammie, Victoria, Vanessa, Maxx,
Zara, Trevor und Todd voller Zuneigung.

d.s.

Erstes Kapitel

Es war ein klarer warmer Morgen im August. Marie-Ange Hawkins lag unter einem hohen alten Baum im Gras, lauschte dem Vogelgezwitscher und betrachtete die flauschigen weißen Wolken, die am Himmel entlangzogen. Sie kam oft hierher, ließ sich vom Summen der Bienen und dem süßen Blumenduft umfangen und aß mit Genuss einen Apfel oder anderes Obst, das sie im Obstgarten aufgeklaubt hatte. Mit ihren elf Jahren lebte sie in einer sicheren, behüteten Welt, umgeben von Menschen, die sie liebten. Vor allem im Sommer tobte sie gern im Freien herum, durchstreifte wie ein Rehkitz die Wälder und Hügel des Château de Marmouton, ihrem Zuhause, und watete in dem kleinen Bach umher, der durch das Anwesen floss. Unterhalb des Châteaus befand sich das alte Bauerngehöft, wo es Pferde und Kühe sowie einen großen Scheunenhof gab. Wenn die Landarbeiter Marie-Ange sahen, winkten sie ihr immer lächelnd zu. Sie war ein fröhliches, glückliches Kind, ungezwungen und frei. So rannte sie im Sommer meistens barfuß durch das hohe Gras und den riesigen Obstgarten, der voller saftiger Äpfel und Pfirsiche hing.

»Du siehst aus wie ein Zigeunerkind!«, schalt ihre Mutter sie oft, wenngleich nicht ohne ein zärtliches Lächeln. Denn Françoise Hawkins vergötterte ihre beiden Kinder.

Robert, Marie-Anges älterer Bruder, war kurz nach Kriegsende zur Welt gekommen, elf Monate nach der Hochzeit von Françoise und John Hawkins. Etwa um dieselbe Zeit hatte John Hawkins seinen Weinexporthandel eröffnet, der so erfolgreich war, dass er bereits nach fünf Jahren enorme Gewinne abwarf. Kurz nach Marie-Anges Geburt hatten sie das Château de Marmouton gekauft, in dem die Familie seither lebte. Wie ihr Bruder besuchte auch Marie-Ange das örtliche Gymnasium im Dorf. Nur würde Robert nun in einem Monat nach Paris gehen, an die Sorbonne, wo er Betriebswirtschaft studieren wollte, um später vielleicht in das väterliche Unternehmen einzusteigen. Der Absatzmarkt für Wein war weiterhin sprunghaft angestiegen, und selbst John staunte mitunter über den Erfolg, der ihnen allen ein solch unbeschwertes, komfortables Leben sicherte. Françoise war sehr stolz auf ihren Gatten, und nicht allein wegen seines beruflichen Erfolgs: Er war von Anfang an ihr Held gewesen. Denn sie hatten sich unter Umständen kennen gelernt, wie sie denkwürdiger und romantischer nicht hätten sein können.

In den letzten Kriegsmonaten war John als amerikanischer Soldat mit dem Fallschirm über Frankreich abgesprungen. Er war in einem Baum auf dem Bauernhof von Françoises Eltern gelandet und hatte sich dabei ein Bein gebrochen. Françoise und ihre Mutter waren zu diesem Zeitpunkt allein im Haus, da Françoises Vater, der der Résistence angehörte, auf einem jener geheimen Treffen weilte, die er fast jeden Abend besuchte. Die beiden Frauen halfen John ins Haus und versteckten ihn am nächsten Morgen, auf Anraten von Françoises Vater, auf dem Dachboden. Françoise war damals sechzehn Jahre alt und völlig hingerissen von dem hoch gewachsenen, attraktiven Amerikaner mit dem jungenhaften Charme. Zudem stammte er ebenfalls aus einer Bauernfamilie und war nur vier Jahre älter als Françoise. Ihre Mutter hatte ein wachsames Auge auf die beiden jungen Leute, da sie zu Recht fürchtete, Françoise könne sich in den jungen Mann verlieben und irgendeine Dummheit begehen. Doch obgleich sich die beiden tatsächlich heftig ineinander verliebten, verhielt sich John Françoise gegenüber immer korrekt. Nachts saßen sie zusammen in der finsteren Schwärze des Dachbodens und unterhielten sich flüsternd, während sie ihn Französisch und er sie Englisch lehrte. Aus Angst, die Deutschen könnten sie entdecken, wagten sie es nicht einmal, eine Kerze zu entzünden. John blieb vier Monate bei ihnen, und als er schließlich fortging, war Françoise vor Kummer am Boden zerstört. Ihr Vater und einige seiner Freunde aus der Résistence schmuggelten John in einer Nacht- und Nebelaktion auf die Seite der Amerikaner zurück, da er aktiv an der Befreiung von Paris teilnehmen wollte. Aber er hatte Françoise gelobt, er werde zu ihr zurückkommen, und sie zweifelte keine Sekunde daran.

Wenige Tage vor der Befreiung wurden ihre Eltern umgebracht, und man schickte Françoise nach Paris, wo ihre Cousinen lebten. Françoise wusste nicht, wo John sich aufhielt, und so hatte sie keine Möglichkeit, mit ihm in Verbindung zu treten. Erst Jahre später erfuhr sie, dass er sich zu jener Zeit ebenfalls in Paris aufgehalten hatte, meist sogar nur ein, zwei Meilen von ihrem Wohnort in einer Seitenstraße des Boulevard Saint-Germain entfernt.

Und so wurde John, ohne Françoise noch einmal gesehen zu haben, wieder in die Staaten verschifft und kehrte zu seiner Familie nach Iowa zurück. Dort erwarteten ihn traurige Nachrichten: Sein Vater war in Guam umgekommen, und John musste sich nun mit seiner Mutter und seinen Geschwistern um die elterliche Farm kümmern. Gleich nach seiner Rückkehr schrieb er an Françoise, doch all seine Briefe blieben unbeantwortet. Der Grund war simpel genug: Die Briefe erreichten sie nicht. Es dauerte zwei volle Jahre, bis er genügend Geld für eine Überfahrt nach Frankreich zusammengespart hatte, um Françoise dort zu suchen. Er hatte sie nie vergessen und war wie besessen von der Idee, sie wieder finden zu müssen. Doch als er am Bauernhof ihrer Familie ankam, fand er dort neue Besitzer vor. Und von den Nachbarn erfuhr er lediglich, dass Françoises Eltern tot und sie selbst nach Paris gegangen war.

Unverzüglich reiste er nach Paris weiter und klapperte alle nur erdenklichen Stellen ab, die ihm einen Hinweis über Françoises Verbleib geben könnten: die Polizei, das Rote Kreuz, die Verwaltung der Sorbonne, sämtliche Hochschulen. Als er dann am Tag vor seiner Rückreise niedergeschlagen in einem kleinen Café am linken Seine-Ufer saß, erspähte er auf der anderen Straßenseite wie durch ein Wunder Françoise, die langsam und mit gesenktem Kopf durch den Regen spazierte. John glaubte zunächst an eine Sinnestäuschung und sagte sich, dass die Frau sicherlich eine Fremde sei, die Françoise einfach nur sehr ähnlich sah. Trotzdem rannte er ihr nach, wollte es auf einen letzten Versuch ankommen lassen, auch wenn er Gefahr lief, wie ein ausgemachter Idiot dazustehen. Aber seine Augen hatten ihn nicht getrogen. Sie war es tatsächlich, und sobald sie ihn erblickte, brach sie in Tränen aus und fiel ihm um den Hals.

Sie verbrachten den Abend im Haus ihrer Verwandten, und am nächsten Morgen reiste er in die Staaten zurück. Ein Jahr lang führten sie einen regen Briefwechsel, bis er schließlich nach Paris zurückkehrte, diesmal mit der Absicht, für immer dort zu bleiben. Zwei Wochen darauf fand die Hochzeit statt; Françoise war damals neunzehn und John dreiundzwanzig Jahre alt. Heute waren sie schon neunzehn Jahre verheiratet und während der ganzen Zeit nicht eine Minute voneinander getrennt gewesen. Und wann immer sie über die Zeit ihres Kennenlernens erzählten, lächelten sie einander wissend zu und verkündeten einmütig, ihre Begegnung sei eine Fügung des Schicksals gewesen. Wie alle Leute, die diese Geschichte hörten, fand auch Marie-Ange sie ungemein romantisch und wurde nie müde, ihr zu lauschen.

John bemerkte oft, er fühle sich in Frankreich viel heimischer als zu Hause in Iowa. Marie-Ange hatte die Familie ihres Vaters nie kennen gelernt. Seine Mutter sowie seine beiden Brüder waren bereits vor ihrer Geburt gestorben. Eine Schwester war durch einen Unfall ums Leben gekommen, als Marie-Ange noch ein Baby war, und die andere war wenige Jahre zuvor den Folgen einer schweren Krankheit erlegen. Die einzige noch lebende Verwandte väterlicherseits war eine Tante, doch an der Art, wie ihr Vater über sie sprach, war unschwer zu erkennen, dass er sie nicht mochte. Er sagte, seine Familie habe ihn für verrückt erklärt, als er der Liebe wegen nach Frankreich ausgewandert war, und so war es kaum verwunderlich, dass ihn niemand aus seiner Familie je in Frankreich besucht hatte. Françoises einzige Verwandte wiederum, ihre Cousinen, waren bei einem Autounfall gestorben, als Marie-Ange drei Jahre alt war, und so bestand Marie-Anges Familie lediglich aus ihrem Bruder Robert, ihren Eltern und einer Großtante in Iowa, die ihr Vater offenbar hasste. Als Marie-Ange ihn einmal fragte, warum er diese Tante nicht leiden konnte, hatte er nur kurz erklärt, die Tante sei »bösartig und engstirnig«, was immer das auch bedeuten mochte. Sie standen nicht einmal mehr in Briefkontakt miteinander. Doch Marie-Ange genügte ihre kleine Familie vollauf. Ihr Leben war reich und erfüllt, und sie war von Menschen umgeben, die sie voller Zärtlichkeit und Hingabe liebten und als Geschenk des Himmels betrachteten. Ja, selbst in ihrem Namen, Marie-Ange, war die Bedeutung von Engel enthalten, auch wenn ihr Bruder Robert, der sie so gern neckte, sie mitunter »kleines Bengelchen« nannte.

Sie würde ihn vermissen, wenn er an der Sorbonne war, aber Françoise hatte Marie-Ange schon versprochen, sie öfter nach

Paris mitzunehmen, damit sie ihren Bruder besuchen könnte. Der Hauptsitz des väterlichen Unternehmens befand sich in Paris, und da beide Eltern die Stadt liebten, fuhren sie häufig für ein, zwei Tage dorthin. Marie-Ange überließen sie dann für gewöhnlich der Obhut von Sophie, der alten Haushälterin und Kinderfrau, die bereits seit Roberts erstem Lebensjahr bei ihnen war. Sie war mit ihnen ins Château gezogen und bewohnte ein kleines Haus auf dem Grundstück. Marie-Ange besuchte sie häufig und ließ sich von ihr mit Tee und selbst gebackenen Plätzchen verwöhnen.

Marie-Anges Leben war also in jeder Hinsicht vollkommen. Sie hatte eine Kindheit, wie man sie sich nur erträumen konnte, voller Freiheit, Liebe und Geborgenheit, und sie wohnte wie eine Prinzessin in einem wunderschönen alten Schlösschen. Und wenn ihre Mutter ihr eines der hübschen Kleider überzog, die sie eigens für Marie-Ange in Paris gekauft hatte, sah sie sogar aus wie eine Prinzessin. Das sagte zumindest ihr Vater. Wenn sie freilich barfuß durch die Felder stromerte oder auf Bäume kletterte und mit zerrissenen Kleidern und Kitteln heimkam, bemerkte er immer neckend, sie sähe aus wie ein armes Waisenkind.

»Na, du Bengelchen, was hast du heute wieder angestellt?«, fragte ihr Bruder sie jetzt. Er hatte sie im Freien aufgestöbert, um sie zum Mittagessen zu holen. Sophie war zu alt, um ihr noch hinterherzujagen, und so sandte ihre Mutter meist Robert nach seiner Schwester aus. Er kannte alle Lieblingsplätze und Schlupfwinkel seiner Schwester.

»Nichts.« Sie grinste ihn mit von Pfirsichsaft verklebtem Gesicht an, und ihre Taschen drohten vor Pfirsichkernen aus den Nähten zu platzen. Robert war ein großer, gut aussehender, blonder Bursche, ganz wie sein Vater. Auch Marie-Ange schlug nach der väterlichen Linie. Sie hatte blonde Locken, blaue Augen und feine Gesichtszüge. Nur Françoise hatte dunkles Haar und große, samtig braune Augen, und ihr Gatte sagte oft, er wünschte, sie hätten noch ein Kind, das ihr gliche. Allerdings verriet das Funkeln in Marie-Anges Augen, dass sie von ihrer Mutter zumindest den Übermut und Humor geerbt hatte.

»Maman sagt, es ist Zeit für das Mittagessen«, sagte Robert, während er sie wie ein störrisches Fohlen zum Haus scheuchte. Auch wenn er es ihr gegenüber nie zugab, er wusste schon jetzt, wie sehr er sie in Paris vermissen würde. Seit sie laufen konnte, war sie ihm wie ein Schatten gefolgt.

»Ich hab keinen Hunger«, sagte sie mit breitem Grinsen.

»Kein Wunder, wenn du dich den ganzen Tag über mit Obst voll stopfst. Komisch, dass du davon keine Bauchschmerzen bekommst.«

»Sophie sagt immer, Obst ist gesund.«

»Mittagessen auch. Komm jetzt, Papa wird jede Minute zu Hause sein. Du musst dir noch dein Gesicht waschen und Schuhe anziehen.« Energisch nahm er sie bei der Hand, und sie hüpfte und sprang wie ein junger Hund neben ihm her.

Als ihre Mutter sie sah, stieß sie ein lautes Stöhnen aus und verdrehte die Augen. »Marie-Ange!«, rief sie, wobei sie, wie immer, wenn sie ärgerlich auf ihre Tochter war, den Nasallaut in »Ange« übertrieben betonte. Ihr Vater sprach mit Marie-Ange auch Englisch, und abgesehen von einem französischen Akzent, beherrschte sie die Sprache mittlerweile verblüffend gut. »Das war ein neues Kleid, und jetzt ist es völlig zerfetzt!« Françoise versuchte, eine strenge Miene aufzusetzen, doch das gelang ihr nie. Insgeheim amüsierte sie sich meist über die Eskapaden ihrer Tochter.

»Nein, Maman, nur die Schürze ist zerrissen. Das Kleid ist völlig heil«, versicherte Marie-Ange mit unschuldigem Gesicht.

»Nun ja, man muss sich auch mit kleinen Dingen zufrieden

geben. Wasch dir jetzt schleunigst Gesicht und Hände und zieh dir Schuhe an. Sophie wird dir helfen.« Die alte Haushälterin in dem schlichten schwarzen Kleid und der gestärkten weißen Schürze nahm Marie-Ange an der Hand und ging mit ihr in das Kinderzimmer im obersten Stockwerk. Das Treppensteigen fiel Sophie nicht mehr leicht, doch für ihr »Baby« würde sie bis ans Ende der Welt gehen. Sie hatte sich schon um Robert gekümmert und war überglücklich gewesen, als Marie-Ange sieben Jahre später ganz unerwartet zur Welt kam. Sie hatte die gesamte Hawkins-Familie ins Herz geschlossen, als wären es ihre leiblichen Kinder. Ihre eigene Tochter lebte in der Normandie, und sie sahen einander nur selten. Sophie würde es sich zwar niemals eingestehen, doch sie umsorgte die Hawkins-Kinder viel hingebungsvoller, als sie es je bei ihrer Tochter getan hatte. Wie Marie-Ange war auch sie traurig, dass Robert sie bald verlassen und als Student sein eigenes Leben führen würde. Andererseits wusste sie, dass dies für ihn der richtige Weg war, und sie würde ihn ja sehen, wenn er in den Ferien und an Feiertagen nach Hause käme.

John hatte kurzzeitig erwogen, seinen Sohn für ein Jahr zum Studieren in die Staaten zu schicken, aber Françoise war davon alles andere als begeistert gewesen. Auch Robert hatte schließlich etwas verlegen eingestanden, er wolle lieber in der Nähe bleiben. Die Familienbande waren sehr eng; er hing an seinen Eltern und seiner Schwester und hatte in der Gegend viele Freunde. Paris war für ihn schon weit genug entfernt, und ungeachtet seines amerikanischen Vaters war er wie seine Mutter und Schwester durch und durch Franzose.

Als Marie-Ange wieder herunterkam, saß John bereits am Küchentisch. Françoise schenkte ihm gerade ein Glas Wein ein und dann ein kleineres Glas für Robert. Sie tranken zu jeder Mahlzeit Wein, und manchmal bekam auch Marie-Ange ein paar Tropfen Wein in ihr Wasserglas. John hatte sich mühelos an die französischen Sitten angepasst. Sein Geschäft führte er zwar auf Französisch, aber mit seinen Kindern sprach er konsequent Englisch, damit sie die Sprache auch wirklich lernten. Robert als der Ältere sprach dabei weit flüssiger als seine Schwester.

Das Tischgespräch verlief so lebhaft wie immer. John und Robert redeten über geschäftliche Dinge, während Françoise diverse Neuigkeiten aus dem Dorf kommentierte und darauf achtete, dass Marie-Ange beim Essen nicht herumkleckerte. Obwohl Marie-Ange ungezwungen durch Felder und Wälder streifen durfte, achtete man bei ihrer Erziehung auf eine formvollendete Etikette, und wenn sie wollte, konnte sie exzellente Manieren an den Tag legen.

»Und du, Kleine, was hast du heute gemacht?«, fragte ihr Vater und zauste ihr mit einer Hand durch die Locken, während Françoise ihm eine Tasse starken, dampfenden Kaffee servierte.

»Sie hat deinen Obstgarten leer geräumt, Papa«, sagte Robert und zwinkerte seiner Schwester zu, was sie mit einem fröhlichen Lachen quittierte.

»Robert sagt, wenn man zu viele Pfirsiche isst, kriegt man Bauchschmerzen, aber mir tut nichts weh!«, rief sie stolz. »Ich werde nachher noch zum Bauernhof gehen«, verkündete sie dann feierlich wie eine Königin, die ihren Untertanen die Gunst eines Besuches gewähren würde. Marie-Ange hatte noch nie jemanden kennen gelernt, den sie nicht mochte oder der sie umgekehrt nicht bezaubernd gefunden hätte. Sie war das sprichwörtliche Sonntagskind. Robert liebte sie von ganzem Herzen und wegen des Altersunterschieds von sieben Jahren hatte es zwischen den Geschwistern auch nie Rivalität oder Eifersucht gegeben.

»Koste deine Ferien ruhig aus«, schmunzelte ihr Vater. »Du weißt ja, bald fängt die Schule wieder an.«

Marie-Ange machte ein trauriges Gesicht, denn ihr wurde schlagartig wieder bewusst, dass mit dem Ende der Ferien auch Roberts Abschied in nächste Nähe rückte. Es würde für alle schwer werden, ganz besonders für sie beide, obgleich er natürlich gespannt war auf die Abenteuer, die ihn in Paris erwarteten.

Die Eltern hatten ihm eine kleine Wohnung am linken Seine-Ufer besorgt, und sie würden sich die ersten Tage noch um ihn kümmern, ehe sie ihn dann in sein eigenes Leben entließen. Françoise hatte bereits mehrere Möbel und Wäschetruhen vorausgeschickt, die in Paris auf ihn warteten.

Als schließlich der große Tag des Abschieds anbrach, stand Marie-Ange in der Morgendämmerung auf und versteckte sich im Obstgarten. Nach einiger Zeit tauchte Robert auf.

»Möchtest du vor meiner Abreise nicht noch mit mir frühstücken?«, fragte er. Sie warf ihm einen düsteren Blick zu und schüttelte den Kopf. Es war unschwer zu erkennen, dass sie geweint hatte.

»Nein, ich habe keinen Hunger.«

»Du kannst nicht den ganzen Vormittag hier draußen sitzen. Komm, trink eine Tasse Milchkaffee mit mir.« Kaffee war für Marie-Ange verboten, doch Robert ließ sie immer einen großen Schluck aus seiner Tasse trinken. Und nicht nur das: Sie durfte sogar mit Kaffee getränkten Würfelzucker naschen, den sie vorher tief eintauchte, damit er sich so richtig vollsog. Allerdings musste sie dabei sehr flink sein, damit Sophie sie nicht erwischte, bevor sie sich die Köstlichkeit in den Mund schieben konnte.

»Ich will nicht, dass du nach Paris gehst!«, stieß Marie-Ange nun mit Tränen in den Augen hervor. Doch Robert nahm sie zart, aber bestimmt an der Hand und führte sie zum Château zurück, wo ihre Eltern bereits auf sie warteten.

»Ich werde ja nicht lange fort bleiben. Schon an Allerheiligen kann ich für ein verlängertes Wochende nach Hause kommen.« Das waren die ersten freien Tage, die auf dem Stundenplan der Sorbonne standen, und bis dahin waren es nur zwei Monate, doch für seine kleine Schwester bedeutete das eine Ewigkeit. »Glaub mir, du wirst mich gar nicht vermissen. Du wirst in die Schule gehen, mit deinen Freunden spielen und Sophie, Maman und Papa mit deinen Einfällen wie üblich an den Rand des Wahnsinns treiben.«

»Warum musst du überhaupt auf diese blöde Sorbonne gehen?«, jammerte sie und rieb sich mit der Hand, an der noch die Erde vom Obstgarten klebte, die Augen. Unvermittelt begann er zu lachen. Ihr Gesicht war jetzt so schmutzig, dass sie wie ein Straßenkind aussah. Eine Woge der Zärtlichkeit übermannte ihn. Sie war so süß, so liebenswert, so unverfälscht in ihren Gefühlen. Ja, sie war wirklich ihrer aller geliebtes Hätschelkind.

»Ich muss eine Ausbildung haben, damit ich Papa bei der Leitung des Unternehmens zur Hand gehen kann. Und irgendwann wirst auch du studieren, es sei denn, du willst dein Leben lang auf Bäumen herumklettern. Obwohl du vermutlich genau das vorhast.« Sie lächelte ihn durch ihre Tränen hindurch an und setzte sich neben ihn an den Frühstückstisch.

Françoise war in ein schickes marineblaues Kostüm gekleidet, das sie im Jahr zuvor in Paris erstanden hatte. John trug eine graue Hose mit Blazer und dazu eine dunkelblaue Hermès-Krawatte, ein Geschenk seiner Gattin. Sie waren in der Tat ein schönes Paar. Françoise war achtunddreißig Jahre alt, wirkte aber mit ihrer mädchenhaften Figur gute zehn Jahre jünger. Ihr schönes, klares Gesicht wies noch dieselben feinen Züge auf, die John von Anfang an in den Bann geschlagen hatten. Und auch er war noch derselbe attraktive, verwegene Blondschopf von damals, der mit dem Fallschirm über Françoises Bauernhof abgesprungen war.

»Versprich mir, dass du Sophie während unserer Abwesenheit

brav folgst«, mahnte sie Marie-Ange und übersah dabei geflissentlich, wie Robert seiner Schwester unter dem Tisch ein von Kaffee triefendes Stück Würfelzucker zusteckte, das diese flugs im Mund verschwinden ließ. »Und treib dich nicht in irgendwelchen abgelegenen Gegenden herum, wo sie dich nicht finden kann.« Françoise wusste, wie schwer Marie-Ange der Abschied von dem geliebten Bruder fiel. Sie war froh, dass in zwei Tagen die Schule wieder begann und Marie-Ange dann etwas abgelenkt sein würde. »Papa und ich werden am Wochenende wieder zurück sein.«

»Ich werde dich von Paris aus anrufen«, versprach Robert.

»Jeden Tag?«, fragte Marie-Ange und sah ihn mit ihren großen, blauen Augen ernst an.

»So oft ich kann. Ich werde wahrscheinlich ziemlich viel büffeln müssen, aber ein Anruf hin und wieder wird schon drin sein.«

Nun wurde es Zeit für den Aufbruch. Die Eltern und Robert standen auf und gingen, gefolgt von Sophie, hinaus. Wortlos nahm Robert Marie-Ange in die Arme, presste sie an sich, küsste sie auf beide Wangen und stieg dann mit seinen Eltern in den Wagen. Ehe er die Tür schloss, drückte er seiner Schwester ein kleines Päckchen in die Hand. »Für dich. Damit du mich nicht vergisst«, murmelte er. Mit einem letzten Hupen fuhr der Wagen los, und Marie-Ange und Sophie winkten ihm weinend nach. Sobald sie wieder in der Küche waren, wickelte Marie-Ange das Päckchen auf und fand darin zu ihrer Überraschung eine feine Goldkette, an der ein kleines goldenes Medaillon hing. Vorsichtig klappte sie es auf; in der einen Hälfte steckte ein winziges Foto ihres Bruders, in der anderen eines ihrer Eltern. Es waren Fotos vom letzten Weihnachtsfest, und alle drei hatten ein fröhliches Lächeln im Gesicht. Marie-Ange war sprachlos vor Freude und ließ sich von Sophie helfen, die Kette umzulegen.

»Was für ein hübsches Geschenk!«, rief Sophie gerührt. Mit einem letzten tiefen Seufzer tupfte sie sich die Augen trocken und begann, den Frühstückstisch abzuräumen, während Marie-Ange in die Eingangshalle hinauslief, um sich in dem großen Spiegel zu bewundern. Das Medaillon war wirklich wunderschön, und als sie es erneut aufklappte, wurde sie beim Anblick der Fotos von einem jähen Gefühl der Einsamkeit übermannt. Ihre Mutter hatte ihr zum Abschied zwei dicke Küsse gegeben, und ihr Vater hatte sie fest umarmt, ihr dann, wie es seine Gewohntheit war, die blonden Locken gezaust und versprochen, sie bei seiner Rückkehr am Samstagmittag von der Schule abzuholen. Das Haus wirkte ohne ihre Eltern und ihren Bruder entsetzlich leer. Traurig ging Marie-Ange in ihr Zimmer hinauf, nicht ohne auf dem Weg dorthin einen kurzen sehnsüchtigen Blick in das Zimmer ihres Bruders zu werfen.

Als Sophie nach etwa einer halben Stunde auftauchte, um nach Marie-Ange zu sehen, saß diese verloren auf ihrem Bett.

»Möchtest du mich zum Bauernhof begleiten? Ich brauche Eier und habe Madame Fournier versprochen, ihr etwas Gebäck vorbeizubringen.« Doch Marie-Ange schüttelte nur bekümmert den Kopf. Heute vermochte sie nicht einmal der Bauernhof mit seinen vielen Tieren zu locken. Sie vermisste ihren Bruder schon jetzt. Ohne ihn würde es ein langer einsamer Winter in Marmouton werden. Da Sophie merkte, dass sie Marie-Ange nicht zum Mitgehen bewegen konnte, drang sie nicht weiter in sie ein. »Ich bin rechtzeitig zum Mittagessen wieder zurück, Marie-Ange. Bleib im Garten, ich will nicht den ganzen Wald nach dir absuchen. Versprichst du mir das?«

»Oui, Sophie«, sagte sie artig. Obwohl sie keine Lust auf irgendwelche Unternehmungen hatte, trottete sie, sobald Sophie fort war, in den Garten hinaus. Aber auch hier wusste sie nichts mit sich anzufangen und beschloss, in den Obstgarten hinunterzugehen, um wenigstens ein paar Äpfel aufzuklauben. Wenn sie genügend Äpfel in ihrer Schürze nach Hause brächte, könnte Sophie später einen ihrer köstlichen Apfelkuchen backen.

Als Sophie am Mittag zurückkehrte, servierte sie Marie-Ange eine Suppe und knuspriges, mit Käse überbackenes Brot. Normalerweise war das Marie-Anges Leibgericht, aber heute nagte sie nur lustlos daran herum. Auch Sophie aß kaum etwas und wirkte still und in sich gekehrt. Anschließend ging Marie-Ange wie immer nach draußen, legte sich auf die Wiese, schaute den vorbeiziehenden Wolken nach und dachte an ihren Bruder. Erst am späten Nachmittag schlenderte sie wieder barfuß und mit zerknautschten Kleidern zum Haus zurück. Vor der Einfahrt erspähte sie den Wagen der örtlichen Gendarmerie, was indes kein ungewöhnlicher Anblick war. Die Gendarmen kamen öfter auf eine Tasse Tee und ein kleines Schwätzchen beim Château vorbei. Vielleicht hatten sie erfahren, dass Marie-Anges Eltern nach Paris gefahren waren, und wollten nach dem Rechten sehen. Als Marie-Ange in die Küche ging, fand sie dort Sophie mit einem Polizisten vor. Sophie saß zusammengesunken auf ihrem Stuhl und weinte. Marie-Ange nahm an, dass Sophie dem Polizisten gerade von Roberts Abreise erzählt hatte. Unwillkürlich griff Marie-Ange nach ihrem Medaillon. Den ganzen Nachmittag über hatte sie danach getastet, aus Angst, sie könnte es im Gras verloren haben. Bei ihrem Erscheinen brach das Gespräch zwischen Sophie und dem Polizisten abrupt ab. Sophie blickte zu ihr auf, und in ihren Augen lag eine so tiefe Verzweiflung, dass es Marie-Ange ganz seltsam zumute wurde. Sie spürte intuitiv, dass es hier nicht nur um Roberts Abreise ging. Vielleicht war Sophies Tochter etwas zugestoßen. Aber statt eine Erklärung zu geben, starrten die beiden Erwachsenen Marie-Ange nur stumm an, und sie wurde von einer jähen Angst ergriffen.

Nach einem endlos währenden Schweigen warf Sophie dem

Polizisten einen hilflosen Blick zu und streckte dann die Arme nach Marie-Ange aus. »Komm, mein kleiner Liebling, komm her zu mir.« Sie klopfte einladend auf ihren Schoss, wie früher, als Marie-Ange noch ein kleines Mädchen gewesen war. Als sich Marie-Ange zögernd auf den Schoß der alten Frau setzte, wurde sie sogleich von deren dünnen, runzligen Armen umfangen. Der Polizist sah Sophie fragend an, und als diese nur den Kopf senkte und das Mädchen noch fester an sich drückte, holte er tief Luft und ergriff selbst das Wort.

»Marie-Ange«, begann er ernst. Marie-Ange spürte, wie Sophie zu zittern begann. Plötzlich hatte sie nur noch den Wunsch, sich die Ohren zuzuhalten und wegzulaufen. Sie wollte nicht hören, was ihr der Polizist zu sagen hatte. Doch sie konnte ihn nicht aufhalten. »Es hat einen Unfall gegeben … auf der Straße nach Paris«, erklärte er nun. Marie-Ange schnappte nach Luft, ihr Herz begann wie rasend zu hämmern. Was für ein Unfall? Und wieso erzählte er ausgerechnet ihr davon? Das konnte nur bedeuten, dass jemand, den sie kannte, dabei verletzt worden war, sonst wäre der Polizist ja nicht hier. Sie betete, dass es sich nicht um Robert handelte. »Einen schlimmen Unfall«, fuhr der Mann fort. Seine Worte drangen wie durch einen dichten Nebel zu ihr hindurch und griffen mit eisigen Fingern an ihr Herz. »Deine Eltern und dein Bruder …« Marie-Ange wollte nichts mehr hören; sie sprang von Sophies Schoß und versuchte, aus der Küche zu stürmen, aber er hielt sie am Arm fest. Er war ein braver, anständiger Mann, und man merkte ihm an, wie schwer ihm seine Aufgabe fiel. »Der Unfall hat sich vor etwa einer Stunde ereignet. Sie sind alle drei umgekommen. Ihr Wagen ist in einen Lastwagen gerast, der von der Straße abgekommen war. Sie waren sofort tot. Die Straßenwacht hat uns soeben informiert.« Er brach ebenso abrupt ab, wie er begonnen hatte. Marie-Ange erstarrte, das Blut rauschte in ihren Ohren. In der nun eintretenden Stille war nur das helle Ticken der Küchenuhr zu vernehmen. Jählings wirbelte sie zu dem Polizisten herum und funkelte ihn wutentbrannt an.

»Das ist nicht wahr!«, schrie sie. »Das ist eine Lüge! Meine Eltern und Robert können gar nicht bei einem Unfall gestorben sein! Sie sind in Paris!«

»Sie sind leider nie dort angekommen«, sagte er leise. Sophie schluchzte auf, und nun begann auch Marie-Ange laut zu weinen und zappelte wie wild hin und her, um sich dem Griff des Polizisten zu entwinden. Um ihr nicht weh zu tun, ließ er sie los, und sie stürzte aus der Küche und rannte nach draußen, in Richtung des Obstgartens. Hilflos wandte sich der Polizist an Sophie. Er hatte keine Kinder und wusste nicht, wie er sich nun verhalten sollte. »Soll ich ihr folgen?«, fragte er, doch Sophie schüttelte den Kopf und tupfte sich mit ihrem Schürzenzipfel die Augen trocken.

»Wir lassen sie am besten erst einmal allein. Ich werde später nach ihr sehen. Sie braucht Zeit, um das alles zu verarbeiten.« Von Trauer überwältigt, begann Sophie erneut zu weinen. Verzweifelt fragte sie sich, wie es jetzt mit Marie-Ange und ihr weitergehen sollte. Es war so unfassbar, so unerträglich – alle drei Familienmitglieder mit einem Schlag ausgelöscht. Die Unfallszenerie, die der Polizist geschildert hatte, war so grauenhaft gewesen, dass Sophie nur mit Mühe hatte zuhören können. Ihre größte Sorge galt freilich Marie-Ange, denn was würde nun, da beide Eltern tot waren, mit ihr geschehen? Auch der Polizist wusste auf diese Frage keine Antwort, meinte jedoch, dass sich in dieser Angelegenheit sicherlich ein Anwalt der Familie mit ihnen in Verbindung setzen würde.

Als der Polizist schließlich aufbrach, dämmerte es bereits, und Sophie ging nach draußen, um nach Marie-Ange Ausschau zu halten. Sie brauchte nicht lange zu suchen. Das Mädchen saß wie ein verängstigtes kleines Tier zusammengekauert unter einem Baum und weinte still vor sich hin. Wortlos ließ sich Sophie neben ihr nieder.

»Es ist Gottes Wille, Marie-Ange. Er hat sie zu sich in den Himmel geholt«, sagte sie unter Tränen.

»Das kann nicht Gottes Wille sein!«, stieß Marie-Ange heftig hervor. »Und wenn doch, so hasse ich ihn dafür!«

»Sag so etwas nicht. Lass uns lieber für sie beten«, sagte Sophie sanft, während sie Marie-Ange an sich zog und zärtlich in ihren Armen wiegte. Lange Zeit saßen sie schweigend da und weinten zusammen. Erst als sich die Nacht über das Land senkte, machten sie sich auf den Rückweg ins Château. Sophie hatte beschützend einen Arm um Marie-Ange gelegt, die sich vor Erschöpfung kaum auf den Beinen halten konnte. Im Schlosshof blieb Marie-Ange jählings stehen und sah Sophie mit angstgeweiteten Augen an.

»Was wird nun mit uns geschehen?«, wisperte sie. »Können wir hier wohnen bleiben?«

»Ich hoffe es, mein kleiner Liebling. Aber ich weiß es nicht«, erwiderte die alte Frau aufrichtig. Sie wollte keine Versprechen geben, die sie nicht einhalten könnte, und im Moment war sie ebenso ratlos wie ihr kleiner Schützling. Soweit Sophie wusste, gab es weder Großeltern, noch andere Verwandte: Marie-Ange stand also völlig allein in der Welt. Das Mädchen schien Sophies Gedanken zu erraten, denn sie klammerte sich Halt suchend an deren Hand fest. Ihre Zukunft tat sich wie ein schwarzer klaffender Abgrund vor ihr auf, der sie zu verschlucken drohte. Und am unerträglichsten war der Gedanke, dass sie weder ihre Eltern noch Robert jemals wieder sehen würde. Ihr beschütztes, behütetes Leben war nun vorbei, war so jäh beendet worden, als wäre sie zusammen mit ihrer Familie gestorben.

Zweites Kapitel

Die Bestattungsfeier fand in der Kapelle auf dem Anwesen statt, und die Menschen aus dem Dorf und von den benachbarten Gehöften nahmen daran teil. Roberts Schulkameraden waren ebenso anwesend wie die Freunde von Marie-Anges Eltern und die Geschäftspartner und Angestellten ihres Vaters. Gestützt von Sophie, ließ Marie-Ange die zahllosen Beileidsbekundungen tapfer über sich ergehen und begab sich anschließend mit den Trauergästen ins Château, wo die Dorffrauen einen Leichenschmaus vorbereitet hatten. Man aß und trank, doch angesichts der tragischen Umstände herrschte eine mehr als gedrückte Stimmung.

Einen Tag nach der Bestattung kam der Anwalt von Marie-Anges Vater vorbei, um über Marie-Anges Zukunft zu reden. Wie er dem Mädchen und Sophie erklärte, habe Marie-Ange nur eine lebende Verwandte, und zwar die Tante ihres Vaters, eine gewisse Carole Collins, die in Iowa lebe. Marie-Ange konnte sich dumpf daran erinnern, dass ihr Vater jene Tante einige Male erwähnt hatte. Und sie erinnerte sich auch daran, dass er sie nicht gemocht und keinerlei Kontakt mehr zu ihr gehabt hatte.

Wie der Anwalt ihnen weiterhin mitteilte, habe er die Tante angerufen, und diese habe sich bereit erklärt, Marie-Ange bei sich aufzunehmen. Er bot an, sich um den Verkauf des Châteaus und des väterlichen Unternehmens zu kümmern; er sprach von

»Anteilen« und »Erbmasse«, was für die elfjährige Marie-Ange, die ihn verständnislos ansah, völlig unbekannte Begriffe waren.

»Kann sie nicht hier wohnen bleiben, Monsieur?«, fragte ihn Sophie unter Tränen, worauf er den Kopf schüttelte. Seinem Dafürhalten nach konnte ein so kleines Mädchen unmöglich allein in einem Château, nur unter der Obhut einer betagten Haushälterin leben. In den nächsten Jahren würden wichtige Entscheidungen in Bezug auf Marie-Anges Ausbildung und Lebensweg anstehen, und damit wäre die alte Frau schlicht überfordert. Zudem hatte er sich im Unternehmen von Marie-Anges Vater umgehört und erfahren, dass es mit der Gesundheit der alten Haushälterin nicht mehr zum Besten stand. Sie mochte zwar die besten Absichten haben, dennoch schien es ihm am vernünftigsten, die Kleine zu ihrer Verwandten zu schicken, die sich um sie kümmern und ihr eine ordentliche Ausbildung zukommen lassen würde. Als der Anwalt sich nun wieder der Haushälterin zuwandte und ihr eine Pension anbot, rührte es ihn doch sehr, dass dies für die Frau völlig belanglos zu sein schien. Offenbar lag ihr einzig das Wohl des Kindes am Herzen, das nun bei einer Fremden in einem fremden Land aufwachsen sollte. Und Sophie machte sich in der Tat große Sorgen um Marie-Ange. Die Kleine hatte seit dem tragischen Unfall kaum etwas gegessen und war nach wie vor untröstlich. Den ganzen Tag über lag sie nur im hohen Gras des Obstgartens und starrte in den Himmel.

»Ich bin überzeugt, dass deine Tante eine sehr nette Frau ist«, sagte der Anwalt nun zu Marie-Ange, um ihr Mut zu machen. Doch sie sah ihn nur stumm an und senkte dann den Blick. Wie sollte sie ihm auch sagen, dass ihr Vater jene Tante als bösartig und engstirnig beschrieben hatte? »Sehr nett« hörte sich das auf jeden Fall nicht an.

»Wann wollen Sie Marie-Ange dorthin schicken?«, fragte Sophie in gedämpftem Ton, nachdem Marie-Ange das Zimmer verlassen hatte. Sie kannte das Kind, seit es auf der Welt war, und es erschien ihr unvorstellbar, sich nun von ihm zu trennen.

»Übermorgen«, erwiderte er, worauf sich der alten Frau ein Schluchzer entrang. »Ich werde sie persönlich nach Paris bringen und ins Flugzeug setzen. Ihre Tante wird sie dann abholen und zu ihrer Farm bringen. Ich glaube, das ist der Ort, an dem auch Mr Hawkins aufgewachsen ist«, fügte er wie als Trost hinzu. Allein für Sophies Schmerz gab es keine Linderung, ihre Welt lag in Trümmern. Sie hatte nicht nur ihre verehrten und geliebten Herrschaften verloren und den Jungen, den sie seit dessen Geburt umsorgt und verhätschelt hatte, sondern würde nun auch noch ihr geliebtes kleines Mädchen hergeben müssen, ihren Augapfel, ihren Sonnenschein. Dafür konnte sie keine noch so hohe Pension entschädigen. Es war fast noch schlimmer, als würde man ihr ihre leibliche Tochter wegnehmen, denn Marie-Ange brauchte sie, war von klein auf an sie gewöhnt.

»Wie sollen wir wissen, ob diese Tante sie gut behandelt?«, fragte Sophie verzweifelt. »Vielleicht wird sie dort unglücklich sein.«

»Sie hat keine andere Wahl«, entgegnete der Anwalt nüchtern. »Es ist ihre einzige Verwandte, Madame. Und ich finde, man muss es Mrs Collins hoch anrechnen, dass sie das Mädchen bei sich aufnimmt.«

»Hat sie selbst auch Kinder?«, erkundigte sich Sophie hoffnungsvoll, da ihr der Abschied leichter fiele, wenn sie Marie-Ange im Kreise einer liebevollen Familie wüsste.

»Sie ist meines Wissens schon älter, aber sie klingt intelligent und einfühlsam. Mein Anruf hat sie natürlich überrascht, obwohl sie sich sofort bereit erklärte, das Kind aufzunehmen. Außerdem scheint sie mir recht fürsorglich zu sein, denn sie hat darauf hinwiesen, dass Marie-Ange genügend warme Kleidung mitnehmen solle, da die Winter in dieser Region sehr kalt sind.«

Für Sophie war Iowa so fern und fremd, dass es genauso gut auf dem Mond hätte liegen können. Es schauderte sie bei dem Gedanken, das Kind ans andere Ende der Welt zu verfrachten. Sie wollte nicht nur alle warmen Sachen einpacken, sondern auch Marie-Anges Lieblingsspielzeug sowie Fotos von Robert und ihren Eltern, damit sie wenigstens ein paar vertraute Dinge um sich hätte.

Gleich am nächsten Tag machte sich Sophie ans Packen, und es gelang ihr, alle Dinge in drei riesigen Koffern zu verstauen. Als der Anwalt am Tag darauf erschien, um Marie-Ange abzuholen, verkniff er sich angesichts des stattlichen Gepäcks jeden Kommentar. Das Mädchen wirkte so traurig und verloren, dass der Anblick selbst einem so sachlichen, nüchternen Menschen wie ihm nahe ging. Das Strahlen in ihren Augen war erloschen, jetzt stand nur noch nackte Angst und Entsetzen darin. Als sie sich zum Abschied schluchzend in die Arme ihrer alten Kinderfrau warf, musste sich der Anwalt abwenden, um seiner eigenen Rührung Herr zu werden. Hilflos und verlegen wartete er eine Weile lang, bis er sich schließlich einen Ruck gab und das Mädchen sacht an der Schulter berührte.

»Wir müssen jetzt los, Marie-Ange. Du willst doch deinen Flug nicht verpassen.«

»Doch, das will ich«, schluchzte sie unglücklich. »Ich will nicht nach Iowa. Ich möchte hier bleiben.«

Er ersparte sich die Bemerkung, dass das Château, zusammen mit allem Mobiliar, verkauft werden würde. Der Erhalt des alten Gemäuers lohnte sich nicht, zumal Marie-Ange ja nun im Ausland leben würde. Ihre Zeit im Château de Marmouton war vorbei, das konnte man drehen und wenden wie man wollte. Offenbar war das auch Marie-Ange bewusst, denn sie ließ den Blick noch ein letztes Mal über das gesamte Anwesen schweifen, als wollte sie sich alles ganz genau einprägen. Als sie schließlich mit dem Anwalt in den Wagen stieg, weinte Sophie hemmungslos und versprach Marie-Ange unter Tränen, ihr jeden Tag zu schreiben.

Sophie sah dem Wagen noch nach, bis er außer Sicht war. Gramgebeugt ging sie darauf in die Küche zurück, räumte alles penibel auf und begab sich dann in ihr Cottage, um ihre Sachen zu packen. Nachdem sie sich noch einmal vergewissert hatte, dass sie alles in tadellosem Zustand zurückließ, trat sie in den sonnigen Septembertag hinaus und sperrte die Tür hinter sich zu. Sie hatte mit ihren Freunden vom Bauernhof bereits ausgemacht, dass sie einige Tage bei ihnen bleiben und anschließend zu ihrer Tochter in die Normandie ziehen würde.

Auf der langen Fahrt nach Paris redete Marie-Ange mit dem Anwalt ihrer Eltern kein Wort. Er unternahm anfangs noch ein paar Versuche, mit ihr ins Gespräch zu kommen, gab es aber nach einer Weile auf. Welchen Zuspruch konnte er einem Kind auch geben, das seine Familie und jetzt auch noch sein Zuhause verloren hatte? Das Mädchen würde notgedrungen lernen müssen, sein Schicksal zu akzeptieren. Sobald der erste Schmerz abgeklungen war, würde es bei seiner Großtante in Iowa sicher glücklich werden. Schließlich hieß es nicht umsonst, dass die Zeit alle Wunden heilte.

Auf halber Strecke hielten sie zum Mittagessen an, doch Marie-Ange rührte ihr Essen nicht an. Auch als sie spätnachmittags am Flughafen ankamen und der Anwalt ihr ein Eis vorschlug, lehnte sie mit einem Kopfschütteln ab. Ihre blauen Augen wirkten riesengroß in dem zarten Gesichtchen, und ihre Locken waren ein wenig zerzaust. Sophie hatte sich alle Mühe gegeben, ihren Liebling adrett einzukleiden. Und in der Tat bot Marie-Ange in dem hübschen blauen Kleid mit dem gesmokten Oberteil, dem farblich passenden blauen Jäckchen, den feinen Wildlederschuhen und dem zarten Goldkettchen mit dem Medaillon einen entzückenden Anblick. Von dem Wildfang, der barfuß durch die Felder stromerte und auf Bäumen herumkletterte, war nichts mehr zu erkennen. Da Marie-Ange allein reiste, wurde sie noch vor der Passkontrolle von einer Stewardess in Empfang genommen. Der Anwalt zog die Stewardess kurz beiseite und unterrichtete sie über den tragischen Verlust, den das Kind vor kurzem erlitten hatte. Die Stewardess war voller Mitgefühl und versicherte dem Anwalt, sie werde während des Fluges ein Auge auf die Kleine haben und sie bei der Zwischenlandung in Chicago sicher zu ihrem Anschlussflug begleiten.

Nun wurde es Zeit für den Abschied. Mit einem höflichen »Au revoir, Monsieur«, den ersten und einzigen Worten, die Marie-Ange in der ganzen Zeit an den Anwalt richtete, reichte sie ihm die Hand und ließ sich dann von der Stewardess zum Flugzeug führen. Wie eine tragische kleine Prinzessin schritt sie hoch erhobenen Hauptes neben der Stewardess her und drehte sich kein einziges Mal mehr um.

Bei dem Gedanken, was das Mädchen alles durchgemacht hatte, wurde es dem Anwalt schwer ums Herz. Er war froh, dass es wenigstens eine Großtante hatte, die sich um sein leibliches und seelisches Wohl kümmern würde.

Erst als das Flugzeug gestartet war, verließ er den Flughafen. Auf der langen Rückfahrt nach Marmouton dachte er nicht nur an das Mädchen, sondern auch an die Arbeit, die nun vor ihm lag. Er musste den Nachlass der Familie regeln und den gesamten Besitz sowie das väterliche Unternehmen verkaufen. Zum Glück hatte Marie-Anges Vater geordnete Verhältnisse hinterlassen, sodass Marie-Anges Zukunft gesichert war.

Während des langen Überseefluges blieb Marie-Ange fast die ganze Nacht wach. Nach wie vor hatte sie keinen Appetit; erst auf mehrfaches Drängen der Stewardess hin aß sie ein winziges Stückchen Huhn und ein paar Bissen Brot. Die meiste Zeit starrte sie in die Dunkelheit hinaus, die ihr ebenso finster und leer wie ihre eigene Zukunft erschien, bar aller Hoffnung und Träume. Mit ihren elf Jahren hatte sie das Gefühl, ihr ganzes Leben läge bereits hinter ihr. Wenn sie gelegentlich die Augen schloss, tauchten sofort die Gesichter ihrer Lieben vor ihr auf, und der Schmerz über deren Verlust wurde so übermächtig, dass sie die Augen wieder öffnete. Immer wieder tastete sie nach dem Medaillon mit den winzigen Fotos, das sich kühl und tröstlich an ihre Haut schmiegte und sie mehr als alles andere mit ihren Eltern und Robert vereinte. Sie hatte auch ein Foto von Sophie dabei, zusammen mit der Adresse ihrer Tochter. Marie-Ange hatte versprochen, ihr gleich nach der Ankunft auf der Farm ihrer Großtante zu schreiben.

Um einundzwanzig Uhr Ortszeit erreichten sie Chicago, wo Marie-Ange in das Flugzeug nach Iowa umsteigen musste. Die Stewardess begleitete sie bis zum Einstieg und sorgte dafür, dass die drei riesigen Koffer weitergeleitet wurden. Kurz vor Mitternacht landete das Flugzeug dann in Fort Dodge, und Marie-Ange drückte in banger Erwartung das Gesicht gegen die Fensterscheibe. Doch jenseits der beleuchteten Rollbahn war nur eine dunkle, weite Ebene zu erkennen, die sich bis an den Horizont zu erstrecken schien. Eine Stewardess begleitete Marie-Ange zur Ankunftshalle des kleinen Flughafens, wo ihnen sogleich ein Mann mit breitkrempigem Cowboy-Hut entgegen kam. Mit seinem schwarzen Schnurrbart und den dunklen Augen wirkte er auf Marie-Ange fremdartig und Furcht einflößend. Er stellte sich der Stewardess als Mrs Collins' Vorarbeiter vor und zeigte ein Schreiben, das ihn zum Abholen von Marie-Ange befugte. Die Stewardess überreichte ihm Marie-Anges Pass, verabschiedete sich und kehrte in den inneren Bereich des Flughafens zurück, während der Mann Marie-Ange bei der Hand nahm und mit ihr zur Gepäckausgabe ging. Beim Anblick der riesigen Koffer stieß er einen leisen Pfiff aus und grinste Marie-Ange an.

»He, da haben wir ja Glück, dass ich mit dem Lastwagen hier bin, was?«, sagte er, erhielt jedoch keine Antwort. Prüfend blickte er das Mädchen an. Vielleicht kann es ja, trotz des amerikanischen Vaters, kein Englisch, überlegte er. Bisher hatte sie kein Wort gesprochen und auch von der Stewardess hatte sie sich nur mit einem kurzen »Good-bye« verabschiedet. Er hatte einen leichten französischen Akzent herausgehört, was freilich nicht verwunderlich war. Schließlich war sie in Frankreich aufgewachsen und hatte eine französische Mutter. »Hast du Hunger?«, fragte er, absichtlich jedes Wort betonend. Tatsächlich schien sie ihn zu verstehen, denn sie schüttelte den Kopf, wenngleich sie weiterhin stumm blieb.

Mit Hilfe eines Trägers schleppte er die Koffer zum Lastwagen. Auf dem Weg dorthin erzählte er Marie-Ange, sein Name sei Tom und er arbeite für ihre Tante Carole. Marie-Ange nickte nur, und er fragte sich, ob die Kleine lediglich schüchtern war, oder ob sie sich durch den Tod ihrer Eltern womöglich in einem Schockzustand befand und die Sprache verloren hatte. Er tendierte zu letzterer Annahme, denn in ihren Augen stand ein solch verlorener Ausdruck, dass es ihm schier das Herz zerriss.

»Deine Tante ist ein guter Mensch«, sagte er aufmunternd, als sie in den Lastwagen gestiegen waren und losfuhren. Marie-Ange drehte den Kopf zur Seite und sah aus dem Fenster. Sie hasste diese Tante schon jetzt, denn sie hatte sie ihrem Zuhause und Sophie entrissen. Sie gehörte nicht hierher, ihre Heimat war Marmouton.

Nach etwa einer Stunde Fahrtzeit bog Tom von der Autobahn ab und fuhr einige Meilen über eine schmale, holprige Landstraße weiter. Schließlich konnte man in der Dunkelheit die Lichter eines großen Hauses mit zwei Silos, einer Scheune und weiteren

Nebengebäuden erkennen. Obwohl Marie-Ange inmitten von Bauernhöfen aufgewachsen war, kam ihr dieser Ort so fremdartig vor, als befände er sich auf einem anderen Planeten. Als sie vor dem Haus anhielten, blieb alles still; niemand kam zu ihrer Begrüßung heraus. Tom hob Marie-Anges Koffer aus dem Anhänger des Lastwagens und bedeutete ihr mit einem aufmunternden Nicken, ihm ins Haus zu folgen. Er führte sie in eine alte, etwas baufällig wirkende Küche und stellte die Koffer in der Mitte des Zimmers ab, während Marie-Ange zögernd auf der Schwelle stehen blieb. Sie wagte sich kaum umzusehen, aus Angst vor dem, was sie hier drinnen womöglich erwartete. Der Vorarbeiter drehte sich zu ihr um und schenkte ihr ein einladendes Lächeln.

»Komm ruhig rein, Marie«, sagte er, ihren Namen eigenwillig verkürzend. »Ich werde mal nachsehen, wo deine Tante Carole steckt. Sie wollte auf deine Ankunft warten.«

Marie-Ange war mittlerweile seit beinahe vierundzwanzig Stunden unterwegs. Sie war erschöpft und von all dem Neuen um sie herum zutiefst verwirrt. Ein jähes Geräusch ließ sie herumfahren. In der Diele entdeckte sie eine alte Frau in einem Rollstuhl, geisterhaft umrahmt von einem fahlen Lichtschein, der aus dem offenen Zimmer hinter ihr drang. Für ein kleines Mädchen war das ein mehr als unheimlicher Anblick.

»Was für ein unpraktisches, dummes Kleid für eine Farm«, bemerkte die Frau statt eines Grußwortes. Sie hatte ein hartes, kantiges Gesicht, kalte helle Augen, die nur sehr vage an die von Marie-Anges Vater erinnerten, und lange knochige Finger, die auf den Rädern ihres Rollstuhls lagen. Die Tatsache, dass ihre Großtante im Rollstuhl saß, traf Marie-Ange gänzlich unvorbereitet. Es erschreckte sie und flößte ihr noch mehr Angst ein. »Du siehst aus, als wolltest du auf eine Party gehen«, fuhr die Frau missbilligend fort, und Marie-Ange dachte voll Wehmut an die vielen anderen »dummen« Kleider, die Sophie liebevoll für sie eingepackt hatte. »Sprichst du Englisch?«, herrschte die Frau sie barsch an, worauf Marie-Ange schüchtern nickte. »Danke fürs Abholen, Tom«, wandte sich die Frau nun an ihren Vorarbeiter und wedelte kurz mit der Hand, um ihm zu zeigen, dass er hiermit entlassen war.

Bevor er ging, tätschelte er Marie-Ange freundlich die Schulter. Er hatte selbst Kinder und Enkelkinder und empfand Mitleid mit diesem armen Waisenkind, das nun in der Fremde leben musste. Sie war ein hübsches kleines Ding, wenn auch völlig verängstigt und verschreckt. Nun, Carole Collins war wahrlich keine liebevolle Frau. Sie hatte nie eigene Kinder gehabt und schien auch generell kein Interesse an ihnen zu haben. Die Kinder ihrer Angestellten und Bekannten waren ihr gleichgültig; sie erkundigte sich nie nach deren Befinden oder richtete das Wort an sie, wenn sie ihr über den Weg liefen. Es war schon beinahe eine Ironie des Schicksals, dass sie nun im Alter mit einem Kind konfrontiert wurde, für das sie sorgen musste. Man konnte nur hoffen, dass sie durch den Umgang mit dem Kind ein wenig weicher werden würde.

»Du musst müde sein«, sagte die Frau zu Marie-Ange, sobald sie allein waren. Der Unterschied zwischen dieser unzugänglichen Tante und der warmherzigen Sophie war so gewaltig, dass Marie-Ange vor Sehnsucht beinahe in Tränen ausgebrochen wäre. »Du kannst gleich zu Bett gehen.«

Natürlich war Marie-Ange müde, aber vor allem war sie erstmals seit Tagen wieder richtig hungrig. Carole Collins war der einzige Mensch auf dieser Reise, der ihr nichts zu essen anbot, und Marie-Ange wagte es auch nicht, sie danach zu fragen.

»Hast du denn gar nichts zu sagen?«, herrschte die Frau sie mit strengem Blick an. Marie-Ange glaubte, einen Vorwurf herauszuhören, weil sie sich nicht bedankt hatte.

»Danke, dass ich kommen durfte«, wisperte sie in korrektem, wenn auch mit französischem Akzent untermaltem Englisch.

»Nun, in diesem Fall hatten wir wohl beide keine andere Wahl«, bemerkte Carole Collins kühl. »Wir müssen eben das Beste daraus machen. Du kannst dich hier nützlich machen und einige Aufgaben übernehmen«, erklärte sie, als wollte sie gleich zu Beginn die Verhältnisse klären. »Ich hoffe, du hast auch etwas praktischere Kleidung mitgebracht als dieses Fähnchen da.« Mit geübten Bewegungen drehte sie sich in ihrem Rollstuhl herum, um Marie-Ange in ihr Zimmer zu führen.

Carole Collins war als kleines Mädchen an Kinderlähmung erkrankt und hatte seitdem eine verkümmerte Beinmuskulatur. Sie konnte sich zwar mit Hilfe von Beinschienen auf Krücken bewegen, hatte sich aber schon vor fünfzig Jahren für den Rollstuhl entschieden. Das war weniger erniedrigend und für die Arbeit praktischer. Im vergangenen April war sie siebzig Jahre alt geworden. Ihr Mann war vor vielen Jahren im Krieg gefallen, und sie hatte nie wieder geheiratet. Die Farm hatte sie von ihrem Vater geerbt; nach dem Tod ihres Bruders, dem Vater von John Hawkins, hatte sie auch dessen Farm von ihrer Schwägerin abgekauft und die beiden benachbarten Grundstücke zusammengelegt. Ihre Schwägerin war sofort bereit gewesen, sich auszahlen zu lassen, da sie wieder geheiratet hatte und mit ihrem neuen Ehemann wegziehen wollte. Carole Collins war die einzige Überlebende der Familie. Sie wusste eine Menge über die Bewirtschaftung einer Farm und absolut nichts über Kinder.

Es ärgerte sie, dass sie nun für Marie-Ange ihr Gästezimmer hergeben musste, obgleich sie so gut wie nie Besuch hatte. Dennoch erschien es ihr als Verschwendung, dem Kind ein gutes Zimmer zu opfern.

Beklommen folgte Marie-Ange ihrer Tante durch das schwach erleuchtete Wohnzimmer und weiter über einen langen, dunklen Flur. Kummer, Angst und Erschöpfung drohten sie zu überwältigen, und sie presste die Lippen fest zusammen, um nicht laut loszuweinen. Als sie schließlich das Zimmer erreicht hatten und ihre Tante das Licht anknipste, zuckte Marie-Ange unwillkürlich zusammen. Einen so kahlen, abweisenden Raum hatte sie noch nie gesehen. An den blanken Wänden hingen lediglich ein Kreuz und ein Druck mit einem Bild von Abraham Lincoln. Das Bett hatte einen Metallrahmen, und auf der dünnen Matratze lagen, ordentlich zusammengefaltet, zwei Laken, eine Decke und daneben ein Kissen und ein Handtuch. An einer Seite stand ein kleiner Schrank und gegenüber eine schmale Kommode. Sogar für ein Kind wie Marie-Ange war erkennbar, dass der Inhalt ihrer drei Koffer hier niemals Platz finden würde. Doch sie beschloss, dieses Problem auf den nächsten Morgen zu verschieben.

»Das Badezimmer befindet sich am Ende des Flurs«, erklärte die Frau. »Du wirst es dir mit mir teilen, also verbummle nicht zu viel Zeit darin. Aber für Tand und Firlefanz bist du ohnehin zu jung.«

Voller Sehnsucht dachte Marie-Ange an ihre Mutter, die immer gern ein langes, verschwenderisches, köstlich duftendes Schaumbad genommen hatte. Und wenn sie mit Marie-Anges Vater ausgegangen war, hatte sie Stunden mit Schminken und Frisieren verbracht, während Marie-Ange ihr bewundernd zugeschaut hatte, an den zahlreichen Flakons geschnuppert, sich mit der Puderquaste über die Nase gestrichen und den einen oder anderen Lippenstift ausprobiert hatte. Carole Collins hingegen trug kein Make-up, ihre grauen Haare waren so kurz geschnitten wie ihre Nägel, und sie war mit einer Jeans und einem Männerhemd bekleidet. An ihr war nichts Verspieltes oder Weibliches. Sie sah einfach nur alt und grimmig aus. »Ich nehme an, du weißt, wie man ein Bett macht. Falls nicht, wirst du es eben lernen«, verkündete die Frau schroff. Marie-Ange nickte. Sophie hatte ihr schon vor langem gezeigt, wie man Betten machte, obgleich Marie-Ange darin nie sonderlich geschickt gewesen war. Wenn Sophie ihr dann zu Hilfe geeilt war, hatte Robert sich immer beschwert, weil er sein Bett allein machen musste.

Nun fuhr die Frau mit ihrem Rollstuhl ein Stück zurück, kniff die Augen zusammen und musterte Marie-Ange eingehend von Kopf bis Fuß. »Du gleichst deinem Vater ungemein. Allerdings habe ich ihn zuletzt vor zwanzig Jahren gesehen«, fügte sie ohne jedes Bedauern hinzu. Allmählich dämmerte es Marie-Ange, weshalb ihr Vater seine Tante nicht gemocht hatte. Sie wirkte kalt, hart und unnahbar. Vielleicht kommt das daher, dass sie an den Rollstuhl gefesselt ist, überlegte Marie-Ange. Am liebsten hätte sie die alte Frau gefragt, warum sie im Rollstuhl saß, doch das wäre unhöflich gewesen. Ihre Mutter hatte sie immer dazu angehalten, anderen Menschen mit Takt und Zurückhaltung zu begegnen. »Er ist damals mir nichts, dir nichts nach Frankreich verschwunden«, fuhr die alte Frau jetzt fort. »Ganz schön selbstsüchtig, muss ich sagen, wo es doch hier jede Menge zu tun gab. Seine Mutter und seine Geschwister mussten die ganze Arbeit allein verrichten, aber das war ihm egal. Offenbar hat ihm deine Mutter derart den Kopf verdreht, dass er ihr wie ein Hund nachgelaufen ist.« Sie warf Marie-Ange einen anklagenden Blick zu, als erwarte sie, dass Marie-Ange sich für ihren Vater entschuldigte. Aber Marie-Ange konnte jetzt sehr gut nachvollziehen, weshalb ihr Vater nach Paris gegangen war. In dieser düsteren, bedrückenden Atmosphäre schnürte es einem förmlich die Luft ab, und diese Tante, die wie eine Giftspinne in dem alten Gemäuer hockte, trug noch das Ihre dazu bei. Wie anders war da ihre Mutter gewesen, voller Wärme, Anmut und Leben, immer zu einem Lachen aufgelegt und so wunderhübsch! Kein Wunder, dass sich ihr Vater in sie verliebt und ohne Bedauern diesem Land mit seinen grässlichen Menschen den Rücken zugekehrt hatte.

Marie-Ange war freilich zu jung, um zu erkennen, dass Carole Collins vor allem verbittert war. Das Schicksal hatte es nicht gut mit ihr gemeint, hatte sie in jungen Jahren verkrüppelt und ihr dann später auch noch den Ehemann geraubt. Ihr Herz war verhärtet, Freundlichkeit und Mitgefühl hatten da keinen Raum.

»Ich wecke dich auf, wenn ich aufstehe«, sagte die Tante mit einem warnenden Unterton, der Marie-Ange erneut in Alarmstimmung versetzte. Offenbar musste diese Frau alles, was sie sagte, in eine Warnung oder Drohung verpacken. »Danke«, flüsterte Marie-Ange verzagt. Sie war am Ende ihrer Kräfte angelangt und konnte ihre Tränen nicht länger zurückhalten. Doch die Frau nahm davon keine Notiz; sie wendete brüsk ihren Rollstuhl und fuhr aus dem Zimmer. Marie-Ange schloss die Tür, setzte sich auf das Bett und ließ nun endlich ihren Tränen freien Lauf. Nach einer Weile erhob sie sich schwerfällig, bezog das Bett und kramte dann in den Koffern nach ihren Nachthemden. Schließlich förderte sie einen ordentlich zusammengefalteten Stapel zutage. Die Nachthemden waren aus zarter Baumwolle, von Sophie mit ihren alten Händen liebevoll bestickt, und stammten wie alle Kleidung, die Marie-Ange besaß, aus Paris. Carole Collins hatte so etwas Hübsches sicher noch nie gesehen, geschweige denn besessen, dachte Marie-Ange bei sich. Aber wie sie die Frau inzwischen kannte, würde sie darauf auch keinen Wert legen.

Trotz ihrer Erschöpfung lag Marie-Ange in jener Nacht noch lange wach und starrte voller Verzweiflung in die Dunkelheit. Sie grübelte darüber nach, warum das Schicksal ausgerechnet sie so schwer heimgesucht hatte. Ihre Eltern und ihr Bruder waren tot; man hatte sie gezwungen, sich von Sophie zu trennen und mit dieser schrecklichen alten Frau in diesem beklemmenden Haus zu leben. Wie sollte sie das nur überstehen? Was war das noch für ein Leben? Voller Verzweiflung dachte sie, dass es das Beste gewesen wäre, wenn ihre Eltern sie auf die Fahrt nach Paris mitgenommen hätten.

Drittes Kapitel

Am nächsten Morgen wurde Marie-Ange durch eine scharfe Stimme aus dem Schlaf gerissen. Draußen war es noch dunkel, und sie wusste im ersten Moment nicht, wo sie sich befand. Doch dann entdeckte sie ihre Großtante auf der Türschwelle, die sie barsch zum Aufstehen aufforderte, ehe sie ihren Rollstuhl wendete und wegfuhr. Verschlafen und zerzaust sprang Marie-Ange aus dem Bett und eilte ihrer Großtante in die Küche nach. Ein Blick auf die Uhr verriet ihr, dass es halb sechs Uhr morgens war.

»Auf dieser Farm steht man zeitig auf, Marie«, sagte die Frau, ohne sie anzusehen. Marie-Ange war sich nicht sicher, ob die Frau ihren zweiten Namen absichtlich oder aus purer Nachlässigkeit unterschlug. Sie fasste sich ein Herz, sah die Frau fest an und sagte: »Ich heiße Marie-Ange.«

Ihren französischen Akzent hätte jeder andere Mensch bezaubernd gefunden, Carole Collins indes erinnerte er lediglich an die Torheit ihres Neffen. Abgesehen davon hatte sie sich bewusst für die Anrede entschieden, da ihr der Doppelname zu großspurig erschien.

»Marie ist für hier völlig ausreichend«, erklärte sie bestimmt, während sie eine Flasche Milch, einen Laib Brot und ein Glas Marmelade auf den Tisch stellte. »Wenn du willst, kannst du dir das Brot toasten«, sagte sie, indem sie auf einen altertümlichen, rostigen Toaster deutete. Folgsam stand Marie-Ange auf und legte zwei Scheiben Brot in den Toaster. Voller Heimweh dachte sie an die üppigen Frühstückstafeln in Marmouton zurück. Dort hatte es Eier mit Schinken gegegeben, gesalzene und süße Butter, frisch gepresste Säfte, verschiedene Wurst- und Käsesorten, knuspriges Baguette sowie frisches Obst aus dem Obstgarten. Als die Brotscheiben fertig getoastet waren, nahm sich Carole Collins eine Scheibe, bestrich sie dünn mit Marmelade und stellte das restliche Brot in den Schrank zurück. Offenbar war das Frühstück in diesem Haus Nebensache, denn obgleich Marie-Ange beinahe schlecht vor Hunger war, musste sie sich mit dieser einen Scheiben Brot begnügen.

»Ich habe Tom damit beauftragt, dich herumzuführen und in deine Pflichten einzuweisen. Von nun an wirst du gleich nach dem Aufstehen dein Bett machen, für uns beide das Frühstück vorbereiten, so wie du es heute bei mir gesehen hast, und danach, bevor du in die Schule gehst, deinen Pflichten nachkommen. Auf einer Farm muss jeder mit anpacken, und das wird auch für dich gelten. Falls du dich weigerst oder schlampig arbeitest«, fuhr sie mit drohendem Blick fort, »können wir dich hier nicht brauchen. Dann werde ich dich in ein staatliches Waisenhaus geben, wie es in Fort Dodge eines gibt. Glaub mir, dort würde es dir lange nicht so gut gehen wie hier. Also entweder tust du, was man dir sagt, und erfüllst deine Pflichten, oder du wanderst ins Waisenhaus. War das deutlich genug?«

Marie-Ange nickte benommen. Erstmals wurde ihr nun bewusst, dass sie tatsächlich eine Waise war.

»In zwei Tagen, also am Montag, beginnt deine Schule. Und morgen werden wir zusammen in die Kirche gehen. Tom wird uns hinfahren.« Carole Collins hatte nie daran gedacht, einen behindertengerechten Wagen zu kaufen, den sie selbst fahren konnte. Das wäre in ihren Augen pure Geldverschwendung gewesen, obgleich sie es sich durchaus hätte leisten können. »Wenn du mit deinem Rundgang fertig bist, werden wir in die Stadt fahren. Du brauchst ordentliche und praktische Arbeitskleidung. Ich glaube nämlich nicht, dass du irgendetwas Nützliches dabei hast.«

»Ich weiß nicht, ich … ich …« Marie-Ange rang um Worte, da ihr vor Hunger ganz schwindlig war. Ihr Magen knurrte, und sie konnte an nichts anderes mehr denken als an Essen. Jetzt tat es ihr Leid, dass sie während des Fluges kaum etwas gegessen hatte. Ach, wäre sie jetzt doch nur in Marmouton! Dann würde ihr Sophie sämtliche Köstlichkeiten servieren, nach denen es sie verlangte. »Sophie hat meine Koffer gepackt«, stieß sie bei dem Gedanken an Sophie hervor. Sie erklärte nicht, wer Sophie war, und es schien die Tante auch nicht zu interessieren. »Ich habe ein paar Kittelkleider, in denen ich immer gespielt habe«, fügte sie matt hinzu. Die gestopften Kleider, die sie sich beim Spielen zerrissen hatte, hatte sie freilich in Marmouton gelassen, da Sophie der Meinung gewesen war, es mache keinen guten Eindruck, wenn sie sie mitnähme.

»Wir werden deine Kleidung später durchsehen«, sagte Marie-Anges Tante gleichmütig. »Und denk daran, du wirst hier ordentlich zupacken müssen. Deine Unterbringung kostet mich nämlich eine Stange Geld. Du kannst nicht erwarten, freie Kost und Logie zu bekommen, ohne etwas dafür zu tun.«

»Ja, Madame … Tante … Mrs Collins …«, wisperte Marie-Ange unbeholfen und schlug die Augen nieder, um dem funkelnden Blick der alten Frau auszuweichen.

»Du kannst mich Tante Carole nennen«, sagte die Frau schroff und fügte sogleich hinzu: »Und jetzt spül das Geschirr ab.«

Eilfertig sprang Marie-Ange auf und räumte den Tisch ab. Das Spülen war im Nu erledigt, denn für das karge Frühstück waren lediglich zwei Teller und Tante Caroles Kaffeetasse benutzt worden. Anschließend ging sie in ihr Zimmer, setzte sich auf das Bett und betrachtete traurig die Fotos ihrer Familie, die sie auf die Kommode gestellt hatte. Und immer wieder tastete sie nach ihrem Medaillon, dem letzten Geschenk ihres geliebten Bruders.

Als sie den Rollstuhl ihrer Großtante an der Tür hörte, zuckte sie ängstlich zusammen. »Ich werde mir jetzt diese albernen Koffer vornehmen. Gleich drei Stück, und vermutlich randvoll mit unnötigem Firlefanz!«, schnarrte die alte Frau. »Ein Kind sollte nicht so viele Kleider haben, Marie. Das ist eitel, und Eitelkeit ist eine schwere Sünde.« In Gedanken an ihre Mutter lag Marie-Ange schon ein Widerwort auf den Lippen, doch sie schluckte es hinunter, ging folgsam zu ihren Koffern und öffnete sie der Reihe nach. Behutsam nahm sie die gerüschten Kleider heraus, die bestickten Nachthemden, die hübschen Faltenröckchen und Blusen, die Leibchen mit Monogramm, die feinen Schnürstiefelchen und die bezaubernden taillierten Jäckchen, die ihre Mutter ihr einmal aus London mitgebracht hatte. Die Jäckchen hatte sie immer beim sonntäglichen Kirchgang oder bei Ausflügen nach Paris getragen. Angesichts der verschwenderischen Pracht rümpfte die Tante missbilligend die Nase. »Genau wie ich es mir dachte – nichts als unnützer Firlefanz«, brummte sie, während sie ihren Rollstuhl näher heranschob und wartete, bis alle Kleidungsstücke ausgeräumt waren. Dann machte sie auf dem Bett einen kleinen Stapel aus Pullovern, Hosen und einigen wenigen Röcken. Es waren die weniger hübschen Sachen, die Sophie trotz Marie-Anges Protest eingepackt hatte, damit sie ein wenig zweckmäßige Kleidung für die Schule hätte. Marie-Ange nahm an, dass die Tante diese Dinge nun aussortierte, weil sie ihr gleichfalls nicht gefielen. Doch zu ihrer Verwunderung wies die Tante sie nun an, die hübschen Kleidungsstücke in die Koffer zurückzulegen und lediglich den aussortierten kleinen Stapel im Schrank zu verstauen. Zunächst glaubte Marie-Ange, sie habe sich verhört, doch auf ihren fragenden Blick hin sagte die Tante nur unwirsch: »Halt keine Maulaffen feil, Marie! Beeil dich, ich habe schließlich nicht den ganzen Tag Zeit!« Nachdem Marie-Ange die Sachen in den Schrank geräumt hatte, schickte die Tante sie nach draußen, damit sie sich von Tom in ihre Aufgaben einweisen lassen konnte, und verschwand wieder in ihrem Zimmer am anderen Ende des düsteren Flurs.

Der Vorarbeiter erwartete Marie-Ange bereits. Als Erstes führte er sie in den Stall und zeigte ihr, wie man eine Kuh molk und den Stall ausmistete. Auf dem anschließenden Rundgang machte er sie auch noch mit zahlreichen anderen Arbeiten vertraut, wie Hühner füttern, Unkraut jäten oder Laub zusammenfegen. Marie-Ange hatte Mühe, sich alles zu merken, und ihr wurde angesichts der Fülle der Aufgaben immer beklommener zumute. Tom spürte Marie-Anges Verwirrung und meinte, sie könne die Arbeiten, die sie morgens nicht schaffte, auch nach der Schule, am späten Nachmittag erledigen. Nach etwa zwei Stunden hatte er ihr alles erklärt und begleitete sie zum Haus zurück.

Schon von Ferne entdeckte Marie-Ange ihre Tante, die in ihrem Rollstuhl auf der Veranda saß und ihnen ungeduldig entgegensah. Offenbar wollte die Tante irgendwohin gehen, denn sie trug jetzt Straßenkleidung und einen Hut. Ohne Marie-Ange eines Blickes zu würdigen, befahl die alte Frau ihrem Vorarbeiter, Marie-Anges gesamtes Gepäck in den Wagen zu laden und sie zusammen mit dem Kind in die Stadt zu fahren. Marie-Anges Magen krampfte sich vor Angst zusammen, und ihre Knie drohten einzuknicken. Sie konnte sich nur vorstellen, dass man sie nun doch ins Waisenhaus bringen wollte. Benommen folgte sie ihrer Tante zu dem Lastwagen, mit dem sie am Abend zuvor abgeholt worden war. Der Vorarbeiter hatte ihre Koffer bereits aus dem Haus geholt und lud sie nun in den Anhänger. Eine tiefe Leere nahm von Marie-Ange Besitz. Seit dem Tod ihrer Familie war ihr Leben nur mehr ein einziger, endloser Albtraum. Auf der Fahrt in die Stadt saß sie stumm und versteinert da, unfähig zu weinen oder zu fragen, wie es nun mit ihr weiterginge. Vor einem Geschäft für Kleidung und andere Waren aus zweiter Hand ließ die Tante den Vorarbeiter anhalten. Behände sprang er aus dem Wagen, lud den Rollstuhl aus, klappte ihn auf und half der alten Frau hinein. Nachdem sie den Vorarbeiter angewiesen hatte, die Koffer in den Laden zu bringen, rief sie Marie-Ange ein knappes »Los, komm mit!« zu, ehe sie sich energisch in Bewegung setzte. Verängstigt und verwirrt stieg Marie-Ange nun gleichfalls aus und folgte ihrer Tante in das Geschäft. Sie konnte sich auf diese ganzen Vorgänge keinen Reim machen. Was sollte sie in diesem Laden? Und warum brachte man ihre Koffer dorthin?

Gefolgt von Tom, der Marie-Anges Koffer trug, traten sie ein. Die Frau an der Ladentheke schien Tante Carole zu kennen, denn sie begrüßte sie mit Namen.

»Wir brauchen einige Overalls für meine Nichte«, erklärte die Tante. Marie-Ange atmete vor Erleichterung auf. Vielleicht würde man ihr doch noch eine Chance geben und sie nicht ins Waisenhaus bringen. Ihre Tante wählte drei Overalls für sie aus sowie einige fleckige T-Shirts, ein abgetragenes, zerschlissenes Sweatshirt, ein Paar fast neu aussehende Laufschuhe und eine sehr hässliche braune Steppjacke, die zwar warm, aber viel zu groß war. Während Marie-Ange die Kleidungsstücke anprobierte, erzählte sie der Verkäuferin, sie sei gerade erst aus Frankreich gekommen und habe nicht genügend warme Sachen dabei. Sofort schaltete sich Tante Carole ein und erklärte in abfälligem Ton, das Kind habe zwar drei Koffer mitgebracht, aber gefüllt mit lauter nutzlosem Tand. Auf die Koffer deutend, fügte sie hinzu: »Ich gebe Ihnen die Koffer mitsamt Inhalt in Zahlung. Sie können sie mit der Kleidung, die wir gekauft haben, verrechnen und mir für den restlichen Wert Kredit geben. Das Kind kann nichts von diesen Dingen gebrauchen, vor allem, wenn sie tatsächlich im Waisenhaus enden sollte. Dort muss man nämlich eine Uniform tragen.« Die letzten Worte hatte sie mit bösartigem Grinsen an Marie-Ange gerichtet, die nun nicht mehr an sich halten konnte und zu weinen begann.

»Bitte, Tante Carole, darf ich wenigstens ein paar Sachen behalten? Meine Nachthemden … und Puppen …?«

»Du wirst hier keine Zeit haben, um mit Puppen zu spielen«, sagte die Tante streng, fügte dann aber nach kurzem Zögern hinzu: »Die Nachthemden kannst du meinetwegen behalten.«

Schweigend öffnete Marie-Ange einen der Koffer und holte ihre Nachthemden heraus. Unwillkürlich presste sie den Stapel fest an ihre Brust, als habe sie Angst, man könnte ihn ihr doch noch entreißen. All die anderen hübschen Dinge, die ihre Mutter so liebevoll für sie ausgesucht und die ihr Vater so gern an ihr gesehen hatte, waren nun für immer verloren. Es war, als müsste sie ein zweites Mal von ihren Eltern Abschied nehmen.

Wie sie so mit ihren Nachthemden dastand, bot sie einen derart beklagenswerten Anblick, dass man schon ein Herz aus Stein haben musste, um davon unberührt zu bleiben. In den Mienen des Vorarbeiters und der Verkäuferin spiegelte sich auch tiefes Mitleid, Carole Collins indes zeigte keine Reaktion. Wortlos drückte sie Tom die Tüten mit den Kleidungsstücken in die Hand und fuhr mit ihrem Rollstuhl aus dem Laden hinaus. Mit ruppiger Zärtlichkeit legte Tom Marie-Ange den Arm um die Schultern und führte sie zum Wagen. Schweigend fuhren sie zur Farm zurück. Ohne die vorbeiziehende Landschaft wahrzunehmen, blickte Marie-Ange aus dem Fenster. Ihr Leben war zerstört, ein unerbittliches Schicksal hatte ihr alles geraubt, was ihr lieb und wichtig war. Selbst der Gedanke an das Waisenhaus vermochte sie jetzt nicht mehr zu schrecken. Es konnte nicht schlimmer sein als das, was ihr bei dieser Tante widerfuhr.

Sobald sie die Farm erreicht hatten, begab Marie-Ange sich auf ihr Zimmer und verstaute ihre Nachthemden und die gebrauchten Sachen im Schrank. Kurz darauf wurde sie von der Tante zum Mittagessen gerufen, das aus einer dünnen Scheibe Brot mit Schinken, ohne Butter oder Mayonnaise, einem Glas Milch und einem harten, trockenen Keks bestand. Es war, als würde ihr die alte Frau jeden Bissen und jede Krume, die sie ihr gab, missgönnen. Marie-Ange hatte freilich keine Ahnung von dem Kredit im Wert von Hunderten von Dollar, den ihre Tante in dem Laden für Marie-Anges erlesene Garderobe erhalten hatte. Fürs Erste hatte Marie-Ange jedenfalls mehr Geld eingebracht als Kosten verursacht.

In den nächsten Stunden ging Marie-Ange ihren mannigfaltigen Aufgaben nach und sah ihre Tante erst zum Abendessen wieder, das ebenfalls sehr karg ausfiel. Es gab ein winziges Stück Hackbraten mit verkochtem, schauderhaft schmeckendem Gemüse und als Nachtisch einen widerlichen grünen Wackelpudding.

Nachdem Marie-Ange die Küche aufgeräumt und das Geschirr gespült hatte, begab sie sich in ihr Zimmer und ging sofort ins Bett. Doch auch in dieser Nacht lag sie lange wach und dachte voller Sehnsucht an ihre Eltern, ihren Bruder und ihre verlorene Kindheit, die ihr mittlerweile wie ein unwirklicher, schöner Traum erschien. Jetzt war ihr Leben nur noch von Angst, Einsamkeit und Hunger bestimmt. Ihre einzige verbliebene Verwandte war ein Ungeheuer, ein herzloses Wesen in Menschengestalt. Mehr denn je verstand Marie-Ange jetzt, weshalb ihr Vater jeden Kontakt zu Tante Carole abgebrochen und sich nur ablehnend über sie geäußert hatte. Und sicher hätte auch ihre Mutter, die so warm und zärtlich und heiter gewesen war, diese Frau aus tiefstem Herzen verabscheut. Aber diese Gedanken bringen mich nicht weiter, sagte sich Marie-Ange schließlich. Ihre Eltern und Robert waren tot, und ihr selbst blieb keine andere Wahl, als zu versuchen, mit dem neuen Leben zurechtzukommen.

Am nächsten Tag fuhr Tom Marie-Ange und ihre Tante in die Kirche. Marie-Ange hatte Mühe, der Messe zu folgen, die ihr entsetzlich langweilig und dumm erschien. Der Pfarrer redete eine Menge über die Sünde der Ausschweifung und ewige Verdammnis und erging sich dann in endlosen Litaneien. Einmal wäre Marie-Ange fast eingeschlafen und schreckte nur hoch, weil ihre Tante sie grob am Arm rüttelte.

Beim Abendessen erinnerte die Tante Marie-Ange an die Schule, die am nächsten Morgen beginnen würde. Carole Collins hatte mit Erleichterung festgestellt, dass das Kind, abgesehen von dem affektierten französischen Akzent, genügend Englisch sprach, um dem Unterricht in der Schule folgen zu können. Sie wusste nicht, ob Marie-Ange auch die englische Rechtschreibung beherrschte, doch falls das nicht der Fall sein sollte, so würde sie diese eben lernen.

»Du gehst ungefähr eine Meile die Straße hinunter, bis du an ein gelbes Schild kommst«, erklärte sie ihrer Großnichte. »Der Schulbus wird dich dort um sieben Uhr abholen. Bis zur Schule sind es vierzig Meilen, und der Bus hält unterwegs mehrmals an, um andere Kinder einzuladen. Ich weiß nicht, wie schnell du gehst, aber ich denke du solltest um sechs Uhr von hier aufbrechen, damit du selbst siehst, wie lange du brauchst. Natürlich wirst du vorher noch deine Arbeiten im Stall verrichten. Du musst also spätestens um halb fünf Uhr aufstehen.« Mit diesen Worten überreichte sie Marie-Ange huldvoll einen altertümlichen, klapprigen Wecker. Marie-Ange fragte sich, ob der Wecker gleichfalls aus jenem Laden stammte, der von der Bevölkerung offenbar als eine Art Müllhalde genutzt wurde und voller hässlicher, kaputter Dinge gewesen war. »Der Bus wird dich gegen vier Uhr nachmittags wieder hier absetzen«, fuhr die Tante fort. »Du wirst also spätestens um fünf Uhr hier sein und bis zum Abendessen genügend Zeit haben, um deine restlichen Arbeiten zu erledigen. Die Hausaufgaben kannst du dann ja nach dem Abendessen machen.«

Marie-Ange schauderte unmerklich zusammen. Ihr Leben würde fortan voller Drangsal und Mühen sein. Statt wie früher durch die Felder zu streifen oder mit ihren Schulfreunden zu spielen, würde sie nun tagein, tagaus wie eine Sklavin schuften. Sie verstand nicht, weshalb Tom sie nicht in seinem Wagen zur Schule bringen konnte, wagte aber nicht, ihre Tante danach zu fragen. Nachdem sie das Geschirr gespült hatte, wünschte sie der alten Frau mit leiser Stimme eine gute Nacht und ging auf ihr Zimmer.

Als der Wecker schrillte, hatte sie das Gefühl, sie habe nur wenige Minuten geschlafen. Rasch sprang sie aus dem Bett und zog die unförmige Hose und das hässliche Sweatshirt über, die ihre Tante für sie gekauft hatte. Da Tante Carole noch schlief, nutzte Marie-Ange die Gunst der Stunde und aß in der Küche gleich drei Scheiben Toast mit Marmelade. Es wäre ihrer Tante zuzutrauen gewesen, dass sie die Brotscheiben abgezählt hatte, aber im Moment war Marie-Anges Hunger stärker als die Angst vor Schelte.

Dann eilte sie in der Dunkelheit zum Stall, molk die Kühe und mistete die Boxen aus. Auch als sie anschließend zur Bushaltestelle ging, war es noch dunkel. Sie fühlte sich unwohl in ihren gebrauchten Sachen. Zu Hause in Frankreich hatte Sophie immer darauf geachtet, dass sie für die Schule hübsch und adrett gekleidet war. Jetzt trug sie nicht einmal ein Band im Haar, obgleich sie ihre Haare zumindest gebürstet hatte. Dennoch gab es hier keine Sophie, die ihr nachwinkte, keinen Robert, der ihr heimlich einen mit Kaffee getränkten Zuckerwürfel zusteckte, keine Eltern, die sich mit einem Kuss und einer Umarmung von ihr verabschiedeten. Hier musste sie allein den langen Weg zur Bushaltestelle gehen, nur umgeben von endlosen Weiten und trostloser Dunkelheit. Sie hatte keine Ahnung, was sie in der Schule erwartete. Aber das war ihr auch egal. Freunde würde sie in diesem fremden, unwirtlichen Land ohnehin nicht finden. Sie lebte in einem düsteren, freudlosen Gefängnis, und ihre Tante war die Gefängnisaufseherin.

An der Bushaltestelle standen bereits fünf oder sechs andere Kinder, die meisten älter als Marie-Ange und eines beträchtlich jünger. Neugierig starrten sie Marie-Ange an und stießen sich grinsend mit den Ellbogen in die Seiten. Jetzt ging die Sonne auf, und der Anblick erinnerte Marie-Ange schmerzlich an die Zeit in Marmouton, als sie im Morgengrauen im hohen Gras gelegen und zugesehen hatte, wie sich der Himmel langsam rosa verfärbte. Im Bus setzte sie sich dann auf einen Platz in der hintersten Reihe und blickte während der gesamten Fahrt abwesend und in sich gekehrt aus dem Fenster. Nach etwa einer Stunde erreichten sie ein langes, niedriges Backsteingebäude. Hier herrschte ein reges Treiben, da ständig von überall her Busse eintrafen, um die Kinder vor der Schule abzusetzen. Es waren Kinder aller Altersgruppen, und manche kamen von Farmen, die bis zu hundert Meilen entfernt lagen. In dem Gewimmel fühlte sich Marie-Ange noch verlorener, doch sie fasste sich ein Herz und betrat entschlossenen Schrittes das Schulgebäude. Nach wenigen Metern wurde sie von einer jungen Lehrerin angehalten.

»Bist du das Collins-Mädchen?«, fragte sie.

Marie-Ange schüttelte den Kopf. »Nein, ich bin Marie-Ange Hawkins.« Natürlich konnte sie nicht wissen, dass ihre Tante sie unter ihrem eigenen Namen angemeldet hatte und die Lehrerin deshalb eine Marie Collins erwartete.

»Du heißt nicht Collins?« Verwirrt musterte die Lehrerin das Mädchen. Die Schule hatte bereits vor zwei Wochen begonnen, und für heute war nur eine neue Schülerin angemeldet worden. Das konnte nur dieses Mädchen sein, wie schon allein der Akzent verriet. Freundlich bat sie Marie-Ange, ihr zu folgen, und führte sie in das Büro des Direktors. Der Direktor, ein Mann mit Glatze, Vollbart und freundlichen Augen, begrüßte Marie-Ange feierlich und erklärte ihr, wo sich ihr Klassenzimmer befand.

»Scheint einiges hinter sich zu haben, das arme Ding. Sie sieht so traurig aus«, bemerkte er, sobald Marie-Ange das Büro verlassen hatte.

»Sie hat ihre gesamte Familie in Frankreich verloren und lebt nun hier bei ihrer Großtante«, klärte ihn die Lehrerin mit gedämpfter Stimme auf.

»Wie gut ist ihr Englisch?«, erkundigte er sich besorgt und nickte dann zufrieden, als ihm die Lehrerin mitteilte, dass der Klassenlehrer einen Test mit dem Mädchen machen würde.

Während die beiden Lehrer sich über sie unterhielten, ging Marie-Ange mit mulmigem Gefühl den langen Flur entlang, bis sie ihr Klassenzimmer gefunden hatte. Schon von draußen vernahm sie ausgelassenes Geschrei und Gelächter, was nur bedeuten konnte, dass der Lehrer noch nicht da war. Zaghaft öffnete sie die Tür und sah sich einer riesigen Schar Kinder gegenüber, die um die Wette tobten und sich gegenseitig mit Papierkügelchen bewarfen. Marie-Ange hatte das Gefühl, unsichtbar zu sein, da niemand von ihr Notiz nahm. Sie setzte sich an ein Pult in der hintersten Reihe neben einen Jungen mit feuerrotem Haarschopf, blauen Augen und lustigen Sommersprossen. Eigentlich hätte sie lieber neben einem Mädchen gesessen, doch außer diesem gab es keine freien Plätze mehr.

»Hi«, sagte der Junge, redete jedoch nicht weiter, da in diesem Moment die Klassenlehrerin hereinkam. Nach der ersten Unterrichtsstunde überreichte die Lehrerin Marie-Ange einige Aufgabenblätter, die zur Bewertung ihrer Englischkenntnisse dienen sollten. Die Aufgaben waren recht simpel und stellten inhaltlich kein Problem dar, doch als Marie-Ange ihre Antworten niederschrieb, wimmelte es von Fehlern, da sie die Worte genauso schrieb, wie sie sie aussprach. »Kannst du nicht richtig schreiben?«, fragte ihr Sitznachbar verblüfft, während er neugierig auf ihr Blatt spähte. »Und was ist das für ein komischer Name? Marie-Ange! Nie gehört!« Er sprach den Namen mit breitem amerikanischem Akzent aus, »Merri-Entschi«, was sich für Marie-Anges Ohren ziemlich schauderhaft anhörte.

»Ich bin Französin«, erklärte sie würdevoll. »Aber mein Vater ist Amerikaner.« Eigentlich hätte sie »war Amerikaner« sagen müssen, doch das brachte sie nicht über sich.

»Du kannst Französisch?«, fragte der Junge und musterte sie mit neu erwachtem Interesse.

»Natürlich«, erwiderte sie stolz.

»Kannst du es mir beibringen?«, bat er so ungestüm, dass sie unwillkürlich lächeln musste.

»Du willst wirklich Französisch lernen?«, vergewisserte sie sich noch einmal.

Er nickte und grinste sie breit an. »Klar. Das wäre dann wie eine Geheimsprache, die außer uns niemand versteht.«

In der Pause begleitete er sie auf den Schulhof. Nachdem er sich als Billy Parker vorgestellt hatte, bat er Marie-Ange, ihm – gewissermaßen als erste Französischlektion – die korrekte Aussprache ihres Namens beizubringen. Unter angestrengten Grimassen versuchte er dann, den Nasallaut nachzusprechen, was Marie-Ange ein helles Lachen entlockte. Billy fand dieses neue Mädchen mit den blonden Locken, den blauen Augen und dem niedlichen französischen Akzent wunderhübsch, doch das wagte er nicht zu sagen. Umso mehr genoss er es, mit dem Mädchen über den Schulhof zu schlendern und sich als sein Beschützer zu fühlen. Er war zwölf Jahre alt, ein Jahr älter als Marie-Ange. Wegen eines akuten Anfalls von Gelenkrheumatismus hatte er längere Zeit zu Hause bleiben müssen. Inzwischen war er zwar wieder völlig gesund, hatte aber ein Schuljahr verloren.

Die Mittagspause verbrachten die beiden gleichfalls zusammen, und nach und nach gesellten sich auch einige andere Kinder hinzu, die Marie-Ange kennen lernen wollten. Mit Billy verstand sie sich jedoch am Besten, und als sie am Nachmittag mit ihm in den Schulbus stieg, war klar, dass sie zumindest einen neuen Freund gewonnen hatte. Er wohnte auf halber Strecke zwischen der Schule und der Farm ihrer Tante. Auf der Heimfahrt plauderten sie angeregt über dies und das. Billy sagte, er würde sie gern irgendwann besuchen, vielleicht sogar schon am Wochenende; er könnte ihr bei den Hausaufgaben helfen und als Gegenleistung sollte sie ihn dann Französisch lehren. Marie-Ange nahm den Vorschlag begeistert an, denn dann hätte sie endlich jemanden, mit dem sie in ihrer geliebten Muttersprache reden könnte.

Dank ihres neuen Freundes verlor die Schule für Marie-Ange jeden Schrecken, und am nächsten Morgen konnte sie es kaum erwarten, ihn im Bus wiederzutreffen. In der Pause erzählte sie ihm vom Tod ihrer Eltern und ihres Bruders und von ihrer kaltherzigen Tante Carole, die sie nur herumkommandierte und mit Arbeit überhäufte. Billy war entsetzt. »Die muss ja ganz schön gemein sein«, sagte er mitfühlend. Er selbst lebte, wie er Marie-Ange erklärte, mit seinen Eltern und sieben Geschwistern auf einer bescheidenen Farm, wo sie Mais anbauten und eine kleine Viehherde hielten. Etwas verlegen meinte er, er sei als echter Bauernjunge ans Zupacken gewöhnt und könne gelegentlich bei ihr vorbeikommen, um ihr bei den Stallarbeiten zu helfen. Marie-

Ange war über sein Angebot gerührt, obwohl sie nicht wusste, wie ernst es gemeint war. Ihrer Tante erzählte sie jedoch nichts von ihrem neuen Freund. Da Marie-Ange vor und nach der Schule ihren mannigfachen Pflichten nachgehen musste, sah sie ihre Tante ohnehin nur zum Abendessen, und das verlief meist in düsterem Schweigen.

Am Samstagnachmittag war Marie-Ange gerade dabei, die Hühner zu füttern, als sie plötzlich Billy erspähte, der mit dem Fahrrad die Zufahrt entlangkam und ihr ausgelassen zuwinkte. Er hatte sein Versprechen also wahr gemacht! Eilends stellte sie den Futterbehälter ab und rannte ihm entgegen. Während sie sich angeregt miteinander unterhielten, ertönte plötzlich ein Schuss, worauf die beiden Kinder erschrocken zusammenzuckten und instinktiv in Richtung des Hauses blickten, von wo der Schuss gekommen war. Tante Carole saß, eine Schrotflinte in den Händen, in ihrem Rollstuhl auf der Veranda. Es war unübersehbar, dass sie den Schuss abgefeuert hatte. Sie hatte zwar nicht auf sie gezielt, sondern lediglich in die Luft geschossen, dafür war ihr Blick umso bedrohlicher.

»Verschwinde von meinem Grundstück!«, schrie sie Billy an.

Am ganzen Leib zitternd, rief Marie-Ange: »Er ist mein Freund, Tante Carole! Ich kenne ihn von der Schule! Wir wollen nur zusammen Hausaufgaben machen! Wir sind …«

»Du hast unerlaubt Privatgrund betreten!«, herrschte die Tante Billy an, ohne auf Marie-Anges Erklärung zu achten.

»Ich möchte nur Marie-Ange besuchen«, erwiderte Billy höflich, wobei er heldenhaft versuchte, sich seine Angst nicht anmerken zu lassen. Die alte Frau sah nämlich tatsächlich so aus, als würde sie ihn ohne mit der Wimper zu zucken abknallen.

»Wir wollen keine Besucher haben, und wir haben dich auch nicht eingeladen! Hau ab! Schwing dich auf dein Rad und lass dich nie wieder hier blicken! Hast du mich verstanden?«

»Ja, Ma'am«, sagte er, während er sich hastig zurückzog. Auf dem Weg zu seinem Fahhrad raunte er Marie-Ange verstohlen zu: »Tut mir Leid … Ich wusste nicht, dass sie so schnell in Rage gerät. Wir sehen uns am Montag in der Schule.«

»Mir tut es auch Leid«, flüsterte sie zurück. Niedergeschlagen sah sie ihm nach, wie er auf seinem Fahrrad davonfuhr, als wäre der Teufel hinter ihm her. Dann drehte sie sich langsam wieder zu ihrer Tante um. Bis jetzt hatte sie die Tante einfach nur gefürchtet, jetzt aber hasste sie sie.

»Sag deinen Freunden, dass ihr Besuch hier nicht erwünscht ist, Marie«, knurrte die alte Frau. »Wir brauchen keine Herumtreiber und Tagediebe. Das würde dich nur von deinen Pflichten ablenken.« Sie legte die Schrotflinte auf ihrem Schoß ab und sah Marie-Ange fest an. »Falls sich noch einmal jemand hier blicken lässt, werde ich nicht mehr so gnädig reagieren. Ist das klar?«

»Ja, Tante Carole«, sagte Marie-Ange leise und kehrte wieder zu ihrer Arbeit im Hühnerstall zurück.

Falls die Tante gehofft haben sollte, ihr Verhalten würde die Freundschaft zwischen den beiden Kindern zerstören, so war das ein Trugschluss. Noch am gleichen Abend rief Billy auf der Farm an und bat höflich darum, Marie-Ange sprechen zu dürfen. Unwillig reichte Carole Collins ihrer Nichte den Telefonhörer. Es passte ihr zwar nicht, dass Marie-Ange angerufen wurde, doch solange sich der Bengel von hier fern hielt, wollte sie Gnade vor Recht ergehen lassen.

»Alles in Ordnung bei dir?«, fragte Billy. Er hatte sich während des Heimwegs große Sorgen gemacht. Die alte Frau war offenbar völlig verrückt und obendrein unberechenbar. Jetzt konnte er sich vorstellen, was Marie-Ange unter dieser Frau zu leiden hatte. Seine Familie hingegen war offen und gastfreundlich. Natürlich musste er ebenfalls auf dem Hof mitarbeiten, aber seine Freunde waren jederzeit willkommen.

»Ja, danke, mir geht es gut«, erwiderte sie zaghaft.

»Hat sie dir etwas getan, nachdem ich fort war?«

»Nein, aber sie hat mir sämtliche Besuche von Freunden verboten«, berichtete sie im Flüsterton, damit ihre Tante sie nicht hören konnte. »Also dann bis Montag. Ich kann dir ja in der Mittagspause Französischunterricht geben.«

»Ja, wir dürfen sie nicht reizen. Hauptsache, sie erschießt dich nicht«, sagte er mit der ganzen Würde seiner zwölf Jahre. »Bis Montag … Mach's gut, Marie-Ange.«

»Ja, bis dann.« Als sie den Hörer auflegte, kam ihr in den Sinn, dass sie es versäumt hatte, ihm für den Anruf zu danken. Er konnte nicht ahnen, wie viel ihr dieser Kontakt mit der Außenwelt bedeutete. In diesem düsteren, freudlosen Leben, das sie nun führte, war Billys Freundschaft der einzige Lichtstrahl.

Viertes Kapitel

Im Laufe der folgenden Monate und Jahre entstand zwischen Marie-Ange und Billy eine immer tiefere Freundschaft, die sie beide aus ihrem Leben nicht mehr wegdenken konnten. Sie waren miteinander vertraut wie Bruder und Schwester, und als er dann vierzehn und sie dreizehn Jahre alt war, fragten ihre Schulkameraden immer wieder neckend, ob sie nun ein Liebespaar seien. Marie-Ange stritt das jedes Mal vehement ab. Billy war einfach Billy, ihr Fels in der Brandung, auf den sie sich blind verlassen konnte. Er durfte sie zwar nach wie vor nicht besuchen, rief sie aber getreulich jeden Abend an. Das Leben mit Tante Carole hingegen blieb so kalt und leer wie es von Beginn an gewesen war. Marie-Ange wusste nicht, wie sie es ohne die Freundschaft mit Billy ertragen hätte. Und so freute sie sich jeden Tag aufs Neue auf die Schule und die gemeinsame Heimfahrt im Bus. Sie hatte auch Billys Familie ins Herz geschlossen und besuchte sie, wann immer es ihre Pflichten auf der Farm erlaubten. Die Farm der Parkers war ihr rettender Hafen, ein warmes, kuscheliges Nest, wo sie sich sicher und geborgen fühlte. Wenn sie von diesen Besuchen zu Tante Carole zurückkehrte, war sie zwar glücklich, weil sie für kurze Zeit die liebevolle Fürsorge einer Familie erlebt hatte, gleichzeitig aber auch tief traurig, weil ihr der Verlust ihrer eigenen Familie dann wieder umso schmerzlicher bewusst wurde. Auch Sophie fehlte ihr ungemein. Marie-Ange hatte der alten Frau in den zurückliegenden zwei Jahren regelmäßig geschrieben, aber nie eine Antwort erhalten. Das konnte nur bedeuten, dass Sophie irgendetwas Schlimmes passiert war, denn sonst hätte sie sicher zurückgeschrieben.

In gewisser Weise hatte Billy für Marie-Ange Roberts Platz eingenommen. Dank ihres Unterrichts sprach er inzwischen nahezu fließend Französisch, wie auch Marie-Anges Englisch im Laufe der Zeit fast akzentfrei geworden war. Aber auf dem Schulhof unterhielten sie sich oft auf Französisch, ihrer beider Geheimsprache, die außer ihnen niemand verstand. Eines Nachmittags jedoch geschah etwas, das Marie-Anges geschwisterliche Beziehung zu Billy kurzzeitig erschütterte. Auf dem Weg zum Schulbus murmelte er plötzlich völlig zusammenhanglos, dass er sie liebe. Im ersten Moment glaubte Marie-Ange, sich verhört zu haben, doch ein Blick auf seine verschämte Miene und seine vor Verlegenheit glühenden Ohren belehrte sie eines Besseren. Verdutzt blieb sie stehen und sah ihn ungläubig an.

»Das ist das Dümmste, was ich je gehört habe«, schimpfte sie. »Wie kannst du so etwas nur behaupten?«

Mit einer derart heftigen Reaktion hatte er nicht gerechnet, doch er wiederholte tapfer: »Weil ich dich wirklich liebe.« Sie redeten beide Französisch, damit die anderen Schüler den Inhalt ihres Gesprächs nicht mitbekamen. Und so konnte Marie-Ange auch kontern, ohne Billy vor den anderen bloßzustellen. »Mon dieu«, sagte sie spöttisch, »du bist wirklich ein Dummkopf.« Sie begann zu lachen. »Ach, jetzt guck nicht so mürrisch drein! Ich liebe dich ja auch. Aber lediglich wie eine Schwester. Und ich werde nicht zulassen, dass du mit solchem Blödsinn unsere Freundschaft aufs Spiel setzt!«, fügte sie entschlossen hinzu.

»Das war nie meine Absicht«, antwortete Billy hilflos. Vielleicht hätte ich mich gewählter ausdrücken sollen, überlegte er, oder eine günstigere Gelegenheit abwarten. Andererseits hatten sie, abgesehen von der Schule und Marie-Anges seltenen Besuchen bei ihm zu Hause, kaum Gelegenheit, sich zu sehen. Besonders schwierig war es im Sommer, wenn sie beide Ferien hatten. Dann bürdete Tante Carole Marie-Ange noch mehr Arbeit auf, als wollte sie ihr jegliche Freizeit vergällen. Trotzdem schaffte es Marie-Ange meistens, bis zum Nachmittag mit all ihren Pflichten fertig zu werden. Sie schwang sich dann auf ihr Fahrrad, um zu dem geheimen Treffpunkt zu eilen, den Billy und sie vor einem Jahr entdeckt hatten. Es war ein lauschiges Plätzchen am Ufer eines kleinen Baches, wo sie oft stundenlang saßen und sich über ihr Leben und ihre Träume, ihre Hoffnungen und Zukunftspläne unterhielten. Marie-Ange hatte fest vor, mit achtzehn Jahren nach Frankreich zurückzukehren; nach der Schule wollte sie sich sofort eine Arbeit suchen, um das nötige Geld für ihre Reise zu verdienen. Wann immer Marie-Ange darüber redete, erklärte Billy, er wolle sie unbedingt dorthin begleiten, damit er endlich jenes Land, über das er so viel gehört hatte, mit eigenen Augen sehen könne.

Ein weiteres Jahr zog ins Land. Marie-Ange hatte jenen Zwischenfall schon längst wieder vergessen und ging mit Billy so vertraut und freundschaftlich um wie eh und je. An einem heißen Nachmittag im Sommer trafen sie sich wie immer an der verschwiegenen Stelle am Bach. Marie-Ange hatte eine Thermoskanne mit eiskalter Limonade dabei, und während sie sich einen Becher des erfrischenden Getränks teilten und über dies und jenes unterhielten, beugte sich Billy plötzlich vor und küsste Marie-Ange auf den Mund. Billy war inzwischen fünfzehn Jahre alt, Marie-Ange gerade vierzehn Jahre alt geworden. Der Kuss verwirrte Marie-Ange, wenngleich sie bei weitem nicht so heftig wie im Jahr zuvor reagierte, als Billy ihr seine Liebe gestanden hatte, sondern mit einer flapsigen Bemerkung und einem Achselzucken darüber hinwegging. Dennoch beunruhigte sie der Vorfall so sehr, dass sie beschloss, Billy bei ihrem nächsten Treffen darauf anzusprechen. Als sie sich das nächste Mal sahen, redete sie dann auch gar nicht erst lange um den heißen Brei herum, sondern sagte unumwunden, sie wolle nicht, dass sich an ihrer Freundschaft etwas ändere. Etwas zögernd fügte sie hinzu, sie habe auch Angst, sie könnten sich ineinander verlieben.

»Warum?«, fragte er leise, während er mit den Fingern zart über ihre Wange strich. Er war zu einem hübschen jungen Mann herangewachsen, groß und schlank, mit breiten Schultern und kräftigen Oberarmen. Seine Gesichtszüge waren klar und sensibel, und wenn er lachte – was er häufig und gerne tat –, schienen die Sommersprossen in seinem Gesicht hin und her zu hüpfen. Marie-Ange liebte seine Sommersprossen, zog ihn aber aus purem Übermut gern damit auf. »Warum hast du davor Angst, Marie-Ange?«, wiederholte er weich. Inzwischen bereitete ihm die Aussprache ihres Namens keine Mühe mehr. Sein Französisch war zwar bei weitem nicht so perfekt wie Marie-Anges Englisch – weshalb sie wichtige Gespräche auch lieber in Englisch führten –, doch er konnte sich schon recht geschickt in der fremden Sprache ausdrücken. Zudem kannte er zahlreiche Redewendungen, mit denen er bei seinem zukünftigen Französischlehrer an der High School sicherlich Eindruck schinden würde. Denn ab September würden Marie-Ange und er die High School besuchen, die sich im selben Gebäudekomplex wie ihre jetzige Schule befand.

»Weil ich nicht will, dass sich zwischen uns etwas ändert«, antwortete sie aufrichtig. »Wenn wir uns verlieben, werden wir einander irgendwann überdrüssig sein und uns trennen. Wenn wir aber bloß Freunde bleiben, brauchen wir uns nie zu trennen.«

Billy war zwar der Ansicht, dass sich Liebe und Freundschaft nicht unbedingt ausschließen mussten, doch er fügte sich Marie-Anges Wunsch. Sie blieben Freunde, obwohl ihnen das niemand glauben wollte. Alle Welt hielt sie für ein Paar, sogar Tante Carole, die das freilich nicht davon abhielt, sich weiterhin abfällig über Billy zu äußern. Marie-Ange ließ die bissigen Bemerkungen stoisch an sich abprallen, da jedes Argumentieren sinnlos gewesen wäre.

Auch die Jahre an der High School taten ihrer Freundschaft mit Billy keinen Abbruch. Wenn er mit seiner Mannschaft Basketball spielte, saß Marie-Ange in der ersten Reihe und feuerte ihn an. Umgekehrt klatschte Billy begeistert Beifall, wenn Marie-Ange mit der Laienspielgruppe der High-School ein Theaterstück aufführte. Abgesehen von einigen flüchtigen Verabredungen hatte Billy nie eine feste Freundin, und auch Marie-Ange war weiterhin nicht an einer Liebesbeziehung interessiert, ob nun mit Billy oder einem anderen Jungen. Sie hatte nur das Ziel vor Augen, die Schule zu beenden und so bald wie möglich nach Frankreich zurückzukehren. Hinzu kam, dass ihre Tante ihr auch gar nicht erlaubt hätte, sich mit Jungen zu treffen. Sie hatte diesbezüglich sehr strenge Ansichten und war nicht bereit, davon auch nur ein Jota abzuweichen. Und wenn Marie-Ange doch einmal aufbegehrte – was selten genug geschah –, drohte ihr die Tante sofort mit dem Waisenhaus. Als der große Abschlussball der High School vor der Tür stand und Billy darauf bestand, dass Marie-Ange ihn begleitete, fürchtete Marie-Ange schon, sie müsse wie immer zu Hause bleiben. Doch ihre Tante zeigte sich ausnahmsweise einmal gnädig und gestattete ihr sogar, eigens für diesen Anlass ein neues Kleid zu kaufen.

Am Abend des Abschlussballs fuhr Billy mit dem Lastwagen seines Vaters vor der Farm vor, um Marie-Ange abzuholen. Als sie dann aus dem Haus trat, blieb ihm vor Staunen der Mund offen stehen. Sie sah hinreißend aus, wie eine Märchenprinzessin. Das hellblaue Satinkleid betonte ihre wunderschönen blauen Augen und zauberte glitzernde Lichtreflexe in ihr blondes Haar.

Billy schämte sich fast, dass er einem so elfenhaften Geschöpf nur einen Platz in einem zerbeulten Lastwagen anbieten konnte.

Sie verbrachten einen wunderschönen Abend zusammen. Nachdem sie stundenlang getanzt hatten, zogen sie sich in eine stille Ecke zurück, um Atem zu schöpfen und sich zu unterhalten. Ihr Gespräch drehte sich in erster Linie um Marie-Anges College-Stipendium, das sie wegen ihrer Tante ausschlagen musste. Die Universität befand sich in Ames, fünfzig Meilen entfernt, und Tante Carole hatte mehrfach betont, sie sei nicht bereit, auf Marie-Anges Arbeitskraft zu verzichten; sie würde ihr weder Taschengeld geben, noch einen Wagen zur Verfügung stellen, den Marie-Ange jedoch brauchen würde, um zum College zu gelangen. Billy war außer sich vor Zorn über dieses Verhalten.

»Du musst aufs College gehen, Marie-Ange! Sie kann nicht verlangen, dass du dein Leben lang nur für sie schuftest!«, rief er empört.

Marie-Ange hatte ihren Traum, mit achtzehn Jahren nach Frankreich zurückzukehren, vorerst begraben. Im August würde ihr achtzehnter Geburtstag sein, aber für eine Reise nach Frankreich fehlte ihr schlicht das Geld. Tante Carole hatte sie immer so mit Arbeit überhäuft, dass ihr keine Zeit für einen Nebenjob geblieben war. Außerdem hatte Marie-Ange das Gefühl, ihrer Tante gegenüber in der Schuld zu stehen und ihren Unterhalt abarbeiten zu müssen. Schließlich lebte sie bereits seit sieben Jahre bei der alten Frau – sieben Jahre, die Marie-Ange wie eine Ewigkeit erschienen. So sehr sie sich über das Stipendium auch gefreut hatte, sie konnte sich das College nicht leisten. Das Stipendium deckte lediglich die Studiengebühren ab, nicht aber die Bücher, das Studentenwohnheim oder das Essen. Selbst wenn sie nebenbei arbeiten würde, könnte sie ihren Lebensunterhalt als Studentin nicht finanzieren. Ein Collegebesuch wäre nur möglich, wenn sie weiterhin auf der Farm wohnen bliebe und täglich hin und her pendelte. Und das scheiterte eben an Tante Carole, die Marie-Ange weder aus ihren Pflichten entlassen, noch ihr ein Auto zur Verfügung stellen wollte.

»Herrgott noch mal, alles, was du brauchst, ist irgendein alter Karren!«, schimpfte Billy.

»Mag sein, aber ich habe nun einmal keinen. Ich werde dem College nächste Woche Bescheid geben, dass ich das Stipendium nicht in Anspruch nehmen kann«, sagte Marie-Ange in sachlichem Ton. Sie machte sich nichts vor: Stipendium hin oder her, wenn ihre Tante sie nicht unterstützte, musste sie das College vergessen. Irgendwann würde sie sich im Umkreis einen Job suchen und so lange arbeiten, bis sie genügend Geld für die Reise nach Frankreich gespart hätte. Allerdings hatte sie keine Vorstellung davon, was sie in Frankreich tun sollte. Ihr Geld reichte womöglich nur für einen kurzen Urlaub. Sie würde sehr gern in Frankreich leben, aber sie hatte weder Verwandte, die sie aufnehmen konnten, noch irgendwelche nützlichen Fähigkeiten, geschweige denn einen ordentlichen Beruf. Das Einzige, was sie gelernt hatte, waren Arbeiten wie Ausmisten, Melken, Vieh versorgen und dergleichen mehr. Auch Billy hatte nichts anderes gelernt, doch er war damit aufgewachsen und interessierte sich wirklich dafür. Er träumte davon, die Farm gemeinsam mit seinem Vater zu bewirtschaften und sie nach und nach zu modernisieren. Um sich die nötigen Kenntnisse anzueignen, wollte er Kurse über Landwirtschaft belegen. Er wollte ein moderner Bauer werden, und dazu musste er sich weiterbilden. Das sah sogar sein Vater ein, obwohl er ihn nicht auf das College schicken konnte, weil er ihn dringend auf der Farm benötigte. Dennoch unterstützte er Billy so gut er es vermochte. Aber bei Marie-Ange lag der Fall ganz anders. Billy war der Überzeugung, dass Marie-Ange unbedingt studieren sollte. Er hasste diese Tante, die Marie-Ange nur Steine in den Weg legte. Man hatte ihr nicht umsonst ein Stipendium angeboten; ihre Leistungen waren hervorragend und sie hatte eine rasche Auffassungsgabe. Nein, Marie-Ange musste einfach aufs College gehen. Billy redete so lange auf sie ein, bis sie einwilligte, noch einmal mit ihrer Tante über das Thema zu sprechen und mit der Rückgabe ihres Stipendiums bis zum Spätsommer zu warten.

Auf der Heimfahrt vom Ball waren sie beide in Hochstimmung. Sie hatten einen herrlichen Abend verlebt; sie waren jung, und das ganze Leben lag vor ihnen.

»Jetzt kennen wir uns schon fast sieben Jahre«, sagte Marie-Ange versonnen. Ihre Eltern waren sieben Jahre zuvor gestorben – manchmal kam ihr das wie Minuten, manchmal wie eine Ewigkeit vor. Nachts träumte sie noch immer von ihren Eltern und von Robert, und auch im Wachzustand brauchte sie nur die Augen zu schließen, um Marmouton und ihre Familie vor sich zu sehen. »Du bist jetzt meine Familie, Billy«, sagte sie lächelnd. Er erwiderte ihr Lächeln und drückte kurz ihre Hand. Er wusste, wie sehr sie nach wie vor unter dem Verlust ihrer Familie litt. Ihre Tante Carole war da beileibe kein Ersatz. Sie sah Marie-Ange nur als kostenlose Arbeitskraft an, die sie nach Belieben ausnutzen konnte, ob nun als Dienstmädchen, Stallmagd oder – seit neuestem, da sie allmählich etwas gebrechlich wurde – auch als Krankenschwester.

»Wir könnten eine richtige Familie sein. Für immer«, sagte Billy vorsichtig und warf ihr einen prüfenden Blick zu.

Marie-Ange runzelte die Stirn. Diese Wendung des Gesprächs war ihr unangenehm. Es missfiel ihr, wenn er so etwas sagte, aber um des lieben Friedens willen verbiss sie sich eine spitze Bemerkung.

»Wir könnten heiraten«, fuhr er mutig fort.

»Das ist Unsinn, Billy, und das weißt du genau«, stieß sie jetzt ungehalten hervor. »Wo sollen wir wohnen, wenn wir verheiratet sind? Und wovon sollen wir leben? Wir haben beide weder einen Job noch Geld.«

»Wir könnten bei meinen Eltern wohnen«, sagte er wie aus der Pistole geschossen, da er über dieses Thema schon sehr oft nachgedacht hatte. Er war vor kurzem neunzehn geworden, sie würde bald achtzehn werden – alt genug, um zu heiraten, auch ohne die Einwilligung ihrer Tante.

»Warum nicht gleich bei Tante Carole?«, entgegnete Marie-Ange spöttisch. »Das würde ihr sicher gefallen. Dann hätte sie noch jemanden, der für sie schuftet!« Sie lachte, wurde jedoch gleich wieder ernst. »Nein, Billy, wir können nicht heiraten. Und ich will mir möglichst bald einen Job suchen, damit ich endlich nach Frankreich fahren kann.«

Falls Marie-Ange tatsächlich irgendwann nach Frankreich reisen sollte, wollte Billy sie unbedingt begleiten. Allein schon deshalb, um sein Französisch anzuwenden. Er fand die Sprache wunderschön, und obwohl sie ihm hier in Iowa nichts nutzte, bereute er es nicht, sie gelernt zu haben. »Trotzdem möchte ich, dass du im Herbst aufs College gehst«, beharrte er störrisch.

Marie-Ange hatte sich innerlich schon längst mit ihrem Schicksal abgefunden und konnte inzwischen sogar darüber scherzen. »Aber sicher doch«, grinste sie spitzbübisch. »Ein Engel wird vom Himmel herabschweben und mir ein Beutel voller Geld geben, damit das arme Waisenkind studieren kann. Und dann wird Tante Carole meine Koffer packen und mir unter Tränen nachwinken. Entspricht das in etwa deiner Vorstellung, Billy?«

»Vielleicht«, erwiderte er nachdenklich, da ihm plötzlich eine Idee kam, die gar nicht mal so abwegig erschien. Als sie auf der Farm von Tante Carole ankamen, gab er Marie-Ange zum Abschied einen brüderlichen Kuss auf die Wange und bedankte sich für den schönen Abend. »Ich habe dir zu danken, Billy«, entgegnete Marie-Ange ernst, zauste ihm zum Abschied noch einmal liebevoll durch den widerspenstigen roten Haarschopf und sprang dann leichtfüßig aus dem Wagen.

Gleich am nächsten Tag begann Billy damit, seine Idee in die Tat umzusetzen. Er erstand für wenig Geld einen uralten Chevrolet, den er zunächst mit einem neuen Motor und nach und nach mit einem neuen Innenleben ausrüstete. Sein Bruder Jack arbeitete zeitweise in einer Autoreparaturwerkstatt und half ihm, die nötigen Ersatzteile zu beschaffen. Den ganzen Sommer lang bastelte Billy an dem Wagen herum, bis er damit dann am ersten August zur Farm von Marie-Anges Tante fuhr. Es war ein in jeder Hinsicht auffallender Wagen, hellrot lackiert, mit schwarzen Ledersitzen und einem ohrenbetäubend lauten Motor. Aber er fuhr.

Vor der Farm hielt Billy an und blickte sich beim Aussteigen argwöhnisch nach Tante Carole um. Er konnte sich noch gut an den Empfang erinnern, den sie ihm bei seinem ersten Besuch bereitet hatte, und wollte kein Risiko eingehen. Aber als die Haustür aufging, tauchte zu seiner Erleichterung Marie-Ange auf.

»Wow! Wo hast du denn diesen schicken Wagen her?«, fragte sie mit breitem Grinsen, während sie sich die Hände an einem Geschirrtuch abtrocknete.

»Ich habe ihn selbst zusammengebastelt«, erklärte er stolz. »Gleich nach dem Abschlussball habe ich damit begonnen. Hast du Lust auf eine Probefahrt?«

Marie-Ange hatte schon vor Jahren gelernt, Traktoren und andere landwirtschaftliche Nutzfahrzeuge zu fahren. Auch mit dem Kleinlastwagen ihrer Tante kannte sie sich aus, da sie ihre Tante oft herumkutschieren oder allein in die Stadt fahren musste, um Besorgungen zu machen. Gut gelaunt stieg sie nun in den Wagen und setzte sich hinter das Steuer. Es war das witzigste Auto, das sie je gesehen hatte, uralt und klapprig, aber liebevoll bis ins kleinste Detail restauriert. Nachdem Billy auf dem Beifahrersitz Platz genommen hatte, fuhr Marie-Ange bis zur Hauptstraße und gab dann Gas. Nach einigen Meilen wendete sie und fuhr wieder zurück, da sie für ihre Tante das Abendessen zubereiten musste.

»Was hast du mit dem Wagen vor? Willst du damit sonntags in die Kirche fahren?«, fragte sie mit schalkhaft blitzenden Augen. »Oder willst du einfach nur den Mädchen imponieren?«

»Quatsch. Ich habe einen weit besseren Verwendungszweck«, erklärte er geheimnisvoll. Als er sie ansah, wie sie hinter dem Lenkrad saß und vor Konzentration ihr Näschen krauste, übermannte ihn eine so tiefe Liebe, dass er meinte, sein Herz würde zerspringen. Aber er wusste, er konnte ihr diese Liebe nicht zeigen. Sie sah ihn als ihren Bruder an und wollte keine anderen Gefühle zulassen.

»Und welchen, wenn ich fragen darf?«, hakte sie neugierig nach, als sie vor der Farm anhielt.

»Als eine Art Schulbus.«

»Als Schulbus? Wie meinst du das?«

»Als Schulbus für dich, damit du dein Stipendium in Anspruch nehmen kannst. Du kannst damit jeden Tag ins College und zurück fahren. Nur das Geld für die Bücher musst du noch aufbringen.« Er sah, wie ihr die Tränen in die Augen stiegen. Am liebsten hätte er sie jetzt geküsst, doch das durfte er nicht.

»Du willst mir dein Auto leihen?«, rief sie und verfiel vor lauter Aufregung in ihre Muttersprache.

Bedächtig schüttelte er den Kopf. »Nein, von Leihen ist keine Rede, Marie-Ange. Das Auto ist ein Geschenk. Es gehört dir. Es ist dein Schulbus.«

»O Gott! Das kannst du doch nicht machen!« Sie fiel ihm um den Hals und umarmte ihn stürmisch. »Meinst du das wirklich ernst?«, fragte sie, während sie sich wieder zurücklehnte und ihn eindringlich musterte. Der Wagen war das schönste und ungewöhnlichste Geschenk, das sie jemals erhalten hatte. Sie war so gerührt, dass ihr die Worte fehlten. Billy hatte sein Geld und seine Freizeit geopfert, um ihr zu helfen, ihren Traum wahr werden zu lassen.

»Sicher meine ich es ernst. Er gehört dir, Baby«, sagte er flapsig, um seine eigene Rührung zu überspielen. »So, ich schlage vor, du fährst mich jetzt nach Hause, bevor deine Tante womöglich wieder mit der Schrotflinte auftaucht und mich erschießt.«

Lachend stieg sie aus und ging rasch ins Haus, um ihrer Tante mitzuteilen, dass sie gleich wieder zurück sei. Um lästigen Diskussionen aus dem Weg zu gehen, erzählte sie ihr nichts von dem Wagen; das hatte Zeit bis zum Abendessen.

Marie-Ange bestand darauf, dass sich Billy auf dem Weg zu seiner Farm selbst ans Steuer setzte. »Damit du siehst, was du verlierst«, sagte sie strahlend. Sie war überglücklich, schwärmte unentwegt über das wunderschöne Auto und rief immer wieder, dass sie ein so großes Geschenk eigentlich nicht annehmen könne.

»Hör endlich auf damit!«, rief er schließlich. »Du musst studieren, sonst sitzt du hier für immer fest. Eine gute Ausbildung ist deine Fahrkarte in die Freiheit.« Er wusste, wie lebenswichtig es für Marie-Ange war, von ihrer Tante fortzukommen. Auch wenn das für sie beide die Trennung bedeuten würde, so lag ihm ihr Glück doch mehr am Herzen als alles andere. Und im Moment freute er sich einfach an ihrem strahlenden Gesicht und den blitzenden Augen. Sie sah so süß aus, wenn sie aufgeregt war. Er liebte einfach alles an ihr.

»Du bist ein wahrer Freund«, sagte Marie-Ange unvermittelt. Ihr war klar, wie selbstlos er handelte. Er war ein durch und durch wertvoller Mensch, und sie war ihm unendlich dankbar.

Nachdem sie Billy zu Hause abgesetzt hatte, fuhr sie zur Farm zurück. Unterwegs kurbelte sie alle Fenster herunter, um den Fahrtwind in ihren Haaren zu spüren, und sang aus vollem Hals. Beim Abendessen erzählte sie Tante Carole schließlich von ihrem Geschenk, und die Reaktion war wie erwartet. »Das ist unerhört«, ereiferte sich die Tante. »So ein Geschenk kannst du unmöglich annehmen, auch wenn du vorhast, diesen Taugenichts zu heiraten!«

»Das habe ich nicht vor. Wir sind lediglich gute Freunde«, erwiderte Marie-Ange ruhig.

»Dann kannst du den Wagen erst recht nicht behalten!«, sagte die Tante mit verkniffenem Gesicht.

Zum ersten Mal in den sieben Jahren ihres Zusammenlebens war Marie-Ange entschlossen, für ihr Recht zu kämpfen. Sie würde wegen dieser bösartigen alten Frau nicht auf ein Studium verzichten. Sieben Jahre hatte sie sich knechten lassen, hatte auf Liebe und Zuwendung, auf Essen und Geld verzichten müssen, hatte ein in jeder Beziehung entbehrungsreiches Leben geführt. Aber ihre Ausbildung würde sie sich nicht wegnehmen lassen, dafür würde sie kämpfen.

»Dann werde ich mir das Auto eben von ihm borgen. Aber ich werde auf jeden Fall damit zum College fahren«, sagte sie mit fester Stimme.

»Ha, College! Dass ich nicht lache!«, rief die Tante höhnisch. »Was willst du werden? Etwa Ärztin?«

»Ich weiß noch nicht, welchen Beruf ich später ergreifen werde«, erwiderte Marie-Ange gelassen. Eines wusste sie jedoch genau: Sie wollte nicht wie Tante Carole leben. Sie wollte ein schönes und erfülltes Leben wie das ihrer Mutter führen, und nicht auf dieser öden Farm in Iowa versauern, wo es kein Lachen, keine Freude, keine Leichtigkeit gab. Eines Tages würde sie dieses öde Land verlassen und nach Frankreich zurückkehren. Aber das lag noch in weiter Ferne und war nicht mehr als ein vager Wunschtraum. Als Erstes musste sie sich um ihre Ausbildung kümmern, genauso, wie Billy es gesagt hatte.

»Du wirst dich in dieser alten Karre zum Gespött der Leute machen, vor allem wenn die Leute wissen, woher du sie hast.«

»Das ist mir egal«, entgegnete Marie-Ange trotzig. »Ich bin stolz auf das Auto.«

»Warum heiratest du den Kerl dann nicht?«, stichelte Tante Carole. Sie hatte schon oft versucht, Marie-Ange über ihre Beziehung zu Billy auszuquetschen, wenn auch aus bloßer Neugier und nicht etwa aus Interesse. Im Grunde interessierte sie sich für nichts und niemanden.

»Weil er für mich wie ein Bruder ist. Außerdem will ich nicht heiraten. Ich möchte eines Tages wieder nach Hause zurückkehren«, sagte Marie-Ange leise.

»Dein Zuhause ist jetzt hier. Ein anderes hast du nicht«, verkündete die Tante hämisch und funkelte Marie-Ange mit unverhohlener Bosheit an.

Schweigend erwiderte Marie-Ange den Blick aus diesen kalten hellblauen Augen. Carole Collins hatte ihr eine Bleibe gegeben, ein Dach über dem Kopf, aber keine Güte, keine Wärme, kein Mitgefühl und keine Familie. Sie hatte nicht einmal Weihnachten oder Thanksgiving richtig mit ihr gefeiert. In all den Jahren hatte sie kein gutes Wort für Marie-Ange übrig gehabt, sondern sie nur wie eine Dienstmagd behandelt, wie eine Sklavin ohne jedes Recht auf ein eigenes Leben. Sie war Marie-Anges Großtante, ihre Blutsverwandte, und dennoch stand Billys Familie ihr näher als es Tante Carole je tun würde. Und jetzt hatte Billy ihr ein Geschenk gemacht, das ihr die Möglichkeit bot, diesem trübseligen Leben irgendwann zu entfliehen. Das würde sie um nichts in der Welt aufgeben, mochte Tante Carole auch noch so wettern und schimpfen.

Schweigend machte sich Marie-Ange daran, den Tisch abzuräumen und das Geschirr zu spülen. Sobald ihre Tante in ihr Zimmer gegangen war, eilte Marie-Ange in die Diele und rief Billy an.

»Ich wollte dir nur noch einmal sagen, wie lieb ich dich habe und wie viel du mir bedeutest«, sagte sie auf Französisch. Sie war tief bewegt, und ihre Stimme bebte, doch sie wusste, dass er ihre Worte nicht falsch deuten würde. »Du bist der wunderbarste Mensch der Welt.«

»Nein, *du* bist der wunderbarste Mensch«, erwiderte er galant, meinte es aber ganz aufrichtig. »Ich freue mich, dass dir das Auto gefällt, Marie-Ange. Jetzt hast du endlich eine Chance, irgendwann von hier fortzugehen. Das hast du dir verdient.«

»Vielleicht werden wir ja zusammen fortgehen«, sagte sie hoffnungsvoll, doch sie glaubten beide nicht daran. Billy würde in Iowa bleiben, hier lagen seine Wurzeln. Sie hingegen war eine Fremde in diesem Land. Sie hatte noch einen langen Weg vor sich, aber sie würde es schaffen. Am Ende des Tunnels leuchtete nun ein winziges Licht.

Fünftes Kapitel

Das College begann im September, eine Woche nach dem Labor Day. An ihrem ersten Tag stand Marie-Ange schon um vier Uhr früh auf, um die Stallarbeit zu erledigen, und machte sich dann um sechs Uhr frohgemut mit dem alten Chevy auf den Weg zum College. Tante Carole war am Abend zuvor noch mürrischer und schweigsamer gewesen als sonst, aber dafür hatte Billy noch einmal angerufen und ihr für ihren Start alles Gute gewünscht. Sie hatte ihm versprochen, auf dem Heimweg – falls es ihre Zeit erlaubte – kurz bei ihm Halt zu machen und über ihren ersten Tag zu berichten. Doch der Unterricht dauerte länger als gedacht, und bis sie dann ihre Bücher gekauft hatte – das Geld hatte ihr freundlicherweise Tom geliehen –, war es bereits so spät, dass sie unverzüglich nach Hause fahren musste, um für Tante Carole das Abendessen zu kochen.

Sie beschloss, Billy am nächsten Morgen auf dem Weg zum College zu besuchen. Da der Unterricht erst um zehn Uhr begann, bliebe ihr nach getaner Stallarbeit noch genügend Zeit für eine Stippvisite. Um halb acht Uhr traf sie auf der Farm der Parkers ein und wurde sofort in die große, gemütliche Küche gebeten. Die Einrichtung und die Küchengeräte waren alt, die Arbeitsplatte an den Ecken abgeschlagen und der Linoleumboden abgenutzt, aber Billys Mutter hielt alles tadellos sauber, und das ganze Haus verströmte eine warme, behagliche Atmosphäre.

Marie-Ange fühlte sich in der Küche der Parkers genauso zu Hause wie damals in der Küche in Marmouton, zumal Billys Eltern sie immer mit offenen Armen empfingen und geradezu vernarrt in sie waren. Vor allem Billys Mutter sah in Marie-Ange insgeheim schon die zukünftige Schwiegertochter, obgleich sie es auch akzeptieren würde, wenn sich die jungen Leute anders entscheiden sollten.

»Schieß los! Wie war es gestern?«, fragte Billy, während er für sie beide Kaffee einschenkte.

»Es war unglaublich interessant!«, schwärmte Marie-Ange. »Mir gefällt es dort richtig gut. Nur schade, dass wir nicht zusammen aufs College gehen können«, fügte sie bedauernd hinzu. Billys Kurse fanden in Fort Dodge statt; daneben hatte er einige Fernkurse belegt und lernte hauptsächlich zu Hause.

»Das finde ich auch«, erwiderte er lächelnd. Er vermisste die gemeinsame Schulzeit, als sie sich täglich gesehen und in der Mittagspause tiefsinnige Gespräche auf Französisch geführt hatten. Jetzt war alles anders geworden. Für Marie-Ange würde nun ein neues Kapitel beginnen, ein Leben im Kreise von Professoren und Studenten, mit neuen Freunden, neuen Denkanstößen, neuen Träumen und Zielen. Er hingegen würde für immer auf der Farm bleiben. Die Vorstellung machte ihn ein wenig traurig, dennoch freute er sich für Marie-Ange. Nach dem entbehrungsreichen, harten Leben auf der Farm ihrer Großtante hatte sie wahrlich ein Zipfelchen Glück verdient.

Nachdem sie eine Stunde lang angeregt geplaudert hatten, machte sich Marie-Ange auf den Weg ins College, versprach jedoch, am nächsten Morgen wieder vorbeizukommen.

Entgegen aller Erwartungen und Befürchtungen sahen sich die beiden jungen Leute auch weiterhin sehr oft. Marie-Ange arbeitete nun an den Wochenenden als Kellnerin in einem kleinen Restaurant in der Stadt. Von ihrem Lohn konnte sie ihre Ausgaben decken und ihre Schulden bei Tom begleichen. Ihre Tante lehnte weiterhin jegliche finanzielle Unterstützung ab und meinte, wenn Marie-Ange so dringend Geld benötige, müsse sie eben dafür arbeiten. Aber trotz College, Job und der Arbeit auf der Farm gelang es Marie-Ange, Billy fast täglich zu sehen. Hin und wieder kam er auch zum Essen in das Restaurant, in dem Marie-Ange arbeitete, und lud sie anschließend ins Kino ein.

So vergingen die Monate, und schließlich begann Marie-Anges zweites Studienjahr. Zu dieser Zeit hatte Billy eine feste Freundin, wiewohl er Marie-Ange immer versicherte, sie sei für ihn weit wichtiger als es irgendein anderes Mädchen jemals sein könnte. Marie-Ange wusste, dass ihre Freundschaft zu Billy auf einem festen Fundament ruhte, und betrachtete seine Freundin nicht als Eindringling. Sie mochte sie vielmehr und kam gut mit ihr aus. Nach einigen Monaten beendete Billy das Verhältnis jedoch wieder. Das Mädchen war ihm zu langweilig, da es weder so schön wie Marie-Ange war, noch sich mit ihr in Bezug auf Klugheit oder Charme messen konnte. Er war durch Marie-Ange schlicht verwöhnt und unfähig, sich auf Dauer mit einem weniger reizvollen Mädchen zu begnügen. Während Marie-Anges drittem und vorletztem Collegejahr war Tante Carole die meiste Zeit über krank; sie war inzwischen neunundsiebzig Jahre alt und wurde allmählich schwach und gebrechlich. Nach außen hin trat sie zwar so herrschsüchtig wie eh und je auf, doch damit versuchte sie lediglich, ihre Schwäche zu überspielen. Mitunter empfand Marie-Ange sogar Mitleid mit ihr, obgleich Billy diese Regung für unangebracht hielt. Er hatte die hartherzige Frau, unter der Marie-Ange so leiden musste, immer verabscheut. Bei Marie-Ange verhielt sich die Sache anders. Sie teilte zwar Billys Urteil, hatte sich aber mittlerweile an Tante Carole gewöhnt und war ihr dankbar, weil sie sie bei sich aufgenommen hatte. Und so half sie der alten Frau nun so gut sie konnte, bereitete spät abends noch eine Mahlzeit zu, die die Tante am nächsten Tag nur aufzuwärmen brauchte, und kaufte von ihrem selbst verdienten Geld sogar das eine oder andere gesunde Nahrungsmittel.

Kurz vor Weihnachten kam Tante Carole mit einer gebrochenen Hüfte ins Krankenhaus. Sie war aus dem Rollstuhl gefallen, als sie auf dem Weg zur Scheune gegen einen vereisten Baumstumpf gefahren war. Marie-Ange verbrachte zum ersten Mal die gesamten Weihnachtsfeiertage bei Billy, und dieses Weihnachtsfest im Kreise seiner Familie war das Schönste, das sie seit ihrer Kindheit erlebt hatte. Sie schmückte mit Billy und dessen Geschwistern den Baum, tauschte mit der ganzen Familie Geschenke aus und sang mit ihnen Weihnachtslieder. Trotz allem vergaß sie Tante Carole nicht und brachte ihr eine Portion Truthahn ins Krankenhaus. Doch ihre Tante war zu schwach, um etwas zu essen, und wegen der Kinderlähmung schritt der Heilungsprozess nur sehr zögernd voran. Die alte Frau wirkte völlig kraftlos und ausgezehrt.

Auch den Silvesterabend verbrachte Marie-Ange mit Billy und seinen Geschwistern. Sie hatten eine Menge Spaß und tanzten und feierten bis weit nach Mitternacht. Eine von Billys Schwestern wurde vom vielen Weißwein etwas beschwipst und fragte Marie-Ange, wann sie Billy endlich zu heiraten gedenke. Durch den Alkohol mutig geworden, fügte sie hinzu, Marie-Ange habe Billy ohnehin für die restlichen Frauen der Welt verdorben. Außerdem hätte er völlig umsonst jahrelang Französisch gelernt, wenn er Marie-Ange nicht heiraten würde. Obwohl es scherzhaft gemeint war, glaubte Marie-Ange doch, eine unterschwellige Anklage herauszuhören und verspürte ein jähes Schuldgefühl.

»Das bildest du dir nur ein!«, sagte Billy später, als sie ihn darauf ansprach. Sie hatten beide kaum etwas getrunken und saßen nun, da die anderen zu Bett gegangen waren, in vertrauter

Zweisamkeit auf der Veranda und unterhielten sich. Es war eine klirrend kalte, sternklare Nacht, aber sie hatten sich gegen die Kälte in warme Decken gehüllt. »Meine Schwester hat keine Ahnung, wovon sie spricht. Du hast mich nicht ›verdorben‹, Marie-Ange, du hast mir geholfen. Außerdem sind unsere Kühe völlig vernarrt in die französische Sprache. Ich werde für meinen Kurs einen Aufsatz darüber schreiben. Glaub mir, sie produzieren mehr Milch, wenn ich während des Melkens Französisch mit ihnen rede«, erklärte er mit spitzbübischem Grinsen. Sie saßen nebeneinander und hielten sich, wie so oft, bei den Händen. Es war eine Angewohnheit aus ihrer Kindheit, die sie völlig selbstverständlich beibehalten hatten.

»Eines Tages wirst du dich sicher verlieben und heiraten«, sagte Marie-Ange sachlich, aber in ihrer Stimme schwang ein Anflug von Trauer mit. Ihnen war beiden klar, dass jeder von ihnen irgendwann sein eigenes Leben führen würde, aber sie waren beide noch nicht bereit dafür.

»Vielleicht werde ich nie heiraten«, erwiderte Billy gleichmütig. »Ich bin mir nicht sicher, ob ich das überhaupt will.«

Sie wussten beide, dass es eine Frau gab, die Billy sofort heiraten würde: Marie-Ange. Das hatte er oft genug erklärt, obwohl er sich dabei jedes Mal Marie-Anges Unmut zugezogen hatte. Und er war nicht bereit, sich auf eine andere Partnerin einzulassen, die ihn weder geistig noch emotional befriedigte. In gewisser Weise verstand ihn Marie-Ange sogar. Ihre Freundschaft war zu tief und zu erfüllend, um einen Kompromiss einzugehen und sich mit einer lauen Beziehung zu begnügen. Auch Marie-Ange hatte im Moment kein Interesse an irgendeiner Romanze. Sie war mit ihrem gegenwärtigen Leben vollauf zufrieden. Sie besuchte das College und hatte in Billy einen echten Freund, mit dem sie ihre Gedanken, Träume und Geheimnisse austauschen konnte.

»Willst du denn keine Kinder haben?«, hakte sie nach.

»Ich weiß nicht. Mal sehen. Auf jeden Fall werde ich eine Menge Nichten und Neffen haben. Das ist Stress genug, da brauche ich nicht unbedingt eigene Kinder«, sagte er, während er sie ruhig ansah. In Wahrheit wollte er nichts anderes, als ausschließlich mit Marie-Ange zusammen zu sein; jeder Eindringling war da unerwünscht. »Aber du wirst sicher irgendwann Kinder haben. Ganz bestimmt. Und du wirst eine wunderbare Mutter sein.«

»Keine Ahnung. Die Vorstellung ist mir im Moment noch völlig fremd«, sagte sie aufrichtig. In der Tat konnte sie sich kaum noch daran erinnern, wie es war, in einer richtigen Familie zu leben. Lediglich die Besuche bei Billy vermittelten ihr eine kleine Kostprobe davon. Sie war gern mit seiner Familie zusammen, fühlte sich dort wohl und willkommen, aber es war dennoch nicht ihre eigene Familie. Letztendlich war sie völlig auf sich allein gestellt.

Sie unterhielten sich bis spät in die Nacht hinein. Billy bestand darauf, dass Marie-Ange auf der Farm, im Zimmer seiner Schwestern übernachtete, und müde, wie Marie-Ange war, nahm sie das Angebot gern an. Pflichtbewusst brach sie jedoch am nächsten Morgen noch vor dem Frühstück auf, um ihre Tante im Krankenhaus zu besuchen.

Tante Carole erholte sich nur sehr langsam. Erst einen Monat später wurde sie aus dem Krankenhaus entlassen und blieb dann weitere zwei Monate fast ausschließlich in ihrem Zimmer, da ihr die Ärzte Schonung verordnet hatten. Die Krankheit hatte ihr freilich schwer zugesetzt; sie wirkte bei weitem nicht mehr so einschüchternd wie zuvor. Ihre Gebrechlichkeit war nun unübersehbar, und selbst ihre Boshaftigkeit schien an Schärfe verloren zu haben. Die ganze Frau wirkte kleiner, als wäre sie geschrumpft. Marie-Ange kümmerte sich nach besten Kräften um sie, aber dennoch blieb ihr Verhältnis so kühl und distanziert wie es immer gewesen war.

Am Anfang des Sommers, kurz vor Marie-Anges einundzwanzigstem Geburtstag, wurde Tante Carole achtzig. Es war ein schwerer Schlag für sie, als ihr Vorarbeiter von einem Tag auf den anderen verkündete, er wolle in den Ruhestand gehen und nach Arizona ziehen, um in der Nähe seiner pflegebedürftigen Schwiegereltern zu leben. Wie er erklärte, sei es für seine Frau zu anstrengend, ständig zwischen Arizona und Iowa hin und her zu pendeln.

»So alte Leute sollte man besser in ein Heim stecken«, sagte Tante Carole missmutig zu Marie-Ange, nachdem Tom gegangen war. Man sah ihr an, wie bestürzt sie über Toms Entscheidung war, obwohl sie das nie zugegeben hätte. Vielmehr bemerkte sie in abfälligem Ton, es sei ihr völlig egal, ob Tom ginge, schließlich könne man Vorarbeiter an jeder Straßenecke finden. Tom hatte seinen Neffen als Nachfolger vorgeschlagen, aber Marie-Ange wusste, dass Tante Carole ihn nicht mochte. Auch sie war traurig über Toms Abschied. Er war immer freundlich zu ihr gewesen und hatte versucht, ihr so gut er konnte zu helfen.

In den Sommerferien musste Marie-Ange jeden Tag arbeiten, um Geld für das nächste Studienjahr zu verdienen. In ihrer Freizeit war sie weiterhin oft mit Billy zusammen, der mittlerweile eine neue Freundin hatte. Und diesmal sah es fast so aus, als könnte es zwischen ihm und dem Mädchen etwas Ernsteres werden. Sie hatte ein einnehmendes Wesen, war sehr hübsch und vor allem sehr in Billy verliebt. Sie war in der High School eine Klasse unter ihm gewesen, und ihre Familien kannten einander schon seit etlichen Jahren. Bessere Bedingungen konnte man sich kaum vorstellen. Und in Marie-Anges Augen war Billy mit seinen zweiundzwanzig Jahren auch reif genug für eine Ehe.

Er hatte die High School drei Jahre zuvor abgeschlossen, im vergangenen Jahr seine Weiterbildungskurse beendet und arbeitete nun fleißig auf der Farm seines Vaters mit. Wie viele junge Männer, die seit frühester Jugend auf den elterlichen Farmen mitgearbeitet und die damit verbundene Verantwortung und Härte erlebt hatten, war er frühzeitig erwachsen geworden.

Als Marie-Ange an einem brütend heißen Tag mit dem Chevy losfuhr, um Billy zu besuchen, kam ihr ein fremder Wagen entgegen, an dessen Steuer ein älterer Mann mit Cowboyhut und Anzug saß. Sie nahm an, dass er sich für die Stelle als Vorarbeiter bewerben wollte, dachte aber nicht weiter darüber nach. Zu ihrer Überraschung stand der Wagen bei ihrer Rückkehr drei Stunden später noch immer auf der Auffahrt. Als sie mit den Lebensmitteln, die sie zum Abendessen gekauft hatte, aus dem Chevy stieg, kam der Mann in Begleitung ihrer Tante gerade aus dem Haus. Er lächelte Marie-Ange zu und tippte zum Gruß an seinen Cowboyhut.

Tante Carole stellte ihr den Mann vor, doch sein Name sagte Marie-Ange nichts. Er hieß Andrew McDermott und kam aus Des Moines. Marie-Ange wäre nie in den Sinn gekommen, dass er ihretwegen die lange Fahrt auf sich genommen haben könnte, und so fragte sie ihn unschuldig, ob er wegen der Stelle als Vorarbeiter gekommen sei.

»Ich hatte zwar mit Ihrer Tante einige geschäftliche Dinge zu besprechen«, erwiderte der Mann lächelnd, »aber in Wahrheit wollte ich zu Ihnen.«

Verwirrt fragte sich Marie-Ange, welches Anliegen der Mann wohl haben könnte. Sie stand unter Zeitdruck, weil sie für ihre Tante das Abendessen zubereiten musste. »Stimmt etwas nicht?«, fragte sie ihre Tante, doch die alte Frau schüttelte nur grimmig den Kopf. Carole Collins war über den Besuch offenbar alles andere als erfreut. Gleichwohl waren die Neuigkeiten, die ihr der Mann überbracht hatte, keineswegs überraschend. Das Meiste hatte sie bereits gewusst.

»Nein, nein, es ist alles in Ordnung«, sagte der Mann beschwichtigend. »Ich möchte mit Ihnen über ein Treuhandvermögen sprechen, das Ihnen Ihr Vater hinterlassen hat. Ich habe mich vor einigen Jahren schon einmal mit Ihrer Tante darüber unterhalten. Das Treuhandvermögen ist gut angelegt und hat im Laufe der Jahre ordentliche Zinsen erbracht. Da Sie nun die Volljährigkeit erreicht haben, muss ich Sie darüber informieren.«

Marie-Ange hatte keine Ahnung, wovon der Mann sprach. Hilfe suchend sah sie ihre Tante an, die jedoch nur mürrisch vor sich hinstarrte. Sie fragte sich, ob ihr Vater irgendwelche Schulden hinterlassen hatte, für die man sie jetzt verantwortlich machte. Der Ausdruck »Treuhandvermögen« war ihr völlig unbekannt. Die Stimme des Mannes riss sie aus ihren Gedanken. »Können wir uns vielleicht irgendwo hinsetzen, damit ich es Ihnen in Ruhe erklären kann?«, fragte er, da sie noch immer auf der Veranda standen. Marie-Ange nickte verwirrt und eilte mit einer gemurmelten Entschuldigung in die Küche, um ihre Einkaufstüten abzustellen.

»Es wird nicht lange dauern«, versprach sie Tante Carole, die ihr in ihrem Rollstuhl ins Haus gefolgt war, und ging dann wieder nach draußen.

»Miss Hawkins«, begann Andy McDermott, »hat Ihre Tante Sie über die Hinterlassenschaft Ihres Vaters bereits aufgeklärt?«

Marie-Ange schüttelte den Kopf. »Nein, aber ich bin immer davon ausgegangen, dass es da nichts gibt. Außer vielleicht Schulden«, fügte sie aufrichtig hinzu.

»Gott bewahre, ganz im Gegenteil!«, rief er entgeistert. »Er hat ein extrem erfolgreiches Unternehmen hinterlassen, das einige Monate nach seinem Tod verkauft wurde. Einer seiner Partner hat es gekauft – zu einem fairen Preis, möchte ich hinzufügen –, und auch der gesamte Grundbesitz Ihres Vaters war völlig unbelastet. Er hatte einige Ersparnisse und natürlich auch Schulden, aber die waren kaum der Rede wert. Nun, er hat ein Testament zu Ihren und Ihres Bruders Gunsten hinterlassen, aber da Ihr Bruder tot ist, geht dessen Anteil an Sie über.« Er hielt inne und wedelte sich mit seinem Cowboyhut Luft zu. Sie saßen zwar im Schatten, doch die Luft war stickig und schwül. »Ihr Vater hat verfügt«, fuhr er fort, »dass Sie mit einundzwanzig Jahren ein Drittel des Vermögens erhalten. Und da Sie vor kurzem volljährig geworden sind, ist das jetzt der Fall. Die Treuhandgesellschaft wird das restliche Vermögen weiterhin für Sie verwalten und Ihnen an Ihrem fünfundzwanzigsten Geburtstag das zweite Drittel auszahlen. Den Rest bekommen Sie dann mit dreißig. Um es vorweg zu sagen: Es handelt sich um eine recht stattliche Summe«, merkte er feierlich an. Angesichts Marie-Anges verständnisloser Miene dachte er bei sich, dass ihre Tante womöglich recht daran getan hatte, ihr nichts von dem Erbe zu erzählen. Das Mädchen wirkte völlig unverdorben, frei von jeglicher Erwartung oder Gier.

»Wie viel … wie viel hat mein Vater denn hinterlassen?«, fragte Marie-Ange stockend, da ihr die Frage peinlich war. »So viel kann es doch gar nicht sein.«

»Oho, da täuschen Sie sich mal nicht!« Er lächelte. »Der Betrag wurde, wie gesagt, gut angelegt, und beläuft sich zum gegenwärtigen Zeitpunkt auf ungefähr sechzig Millionen Franc, das sind umgerechnet mehr als zehn Millionen Dollar.«

Marie-Ange verschlug es die Sprache. Fassungslos starrte sie den Mann an, während sie versuchte, das Gehörte zu verdauen. Nein, das musste ein Scherz sein, sagte sie sich, und obendrein ein ziemlich schlechter. »W-was?«, stammelte sie.

»Die Treuhandgesellschaft verwaltet im Moment umgerechnet über zehn Millionen Dollar für Sie«, wiederholte er. »Ein Drittel wird Ihnen in den kommenden Tagen gutgeschrieben werden. Und gestatten Sie mir einen Rat: Sie sollten den Großteil davon so bald wie möglich wieder anlegen. In der Tat können wir das für Sie übernehmen.« Er teilte Marie-Ange mit, er sei der Anwalt für jene Bank, die ihr Treuhandvermögen verwaltete. Das Guthaben sei ursprünglich auf einer Bank in Frankreich gewesen, dann aber, auf Carole Collins' Vorschlag hin, nach Iowa transferiert worden, da Marie-Ange, wie ihre Tante annahm, wohl nicht mehr nach Frankreich zurückginge. »Ich denke, Sie sollten erfahren«, fuhr er in vertraulichem Ton fort, »dass wir Ihrer Tante einen monatlichen Betrag zur Deckung Ihres Unterhalts angeboten haben, was sie großmütig abgelehnt hat. Ihre Tante ist in den vergangenen zehn Jahren selbst für Sie aufgekommen, ohne auch nur einmal auf das Vermögen, das Ihnen Ihr Vater hinterlassen hat, zurückzugreifen. Eine noble Geste, meine ich.«

Marie-Ange war da anderer Ansicht. Tante Carole hatte ihr nur Kleidung aus zweiter Hand gekauft, hatte sie fast verhungern lassen und sie gezwungen, jeden Penny, den sie für sie ausgab, abzuarbeiten. Schlimmer noch, sie hatte sich geweigert, ihr das College zu finanzieren. Auch wenn sie das Vermögen von Marie-Anges Vater nicht angetastet hatte, hatte sie Marie-Ange doch all die Jahre hindurch darben lassen und ihr nicht einmal eine Ausbildung gewährt. Hätte Billy ihr nicht das Auto geschenkt, wäre sie nie aufs College gegangen.

Es war schwer zu sagen, ob Tante Carole ein Ungeheuer war oder eine rechtschaffene Frau, die einfach nur das getan hatte, was sie für das Beste hielt. Aber sie hatte Marie-Ange mit keinem Wort über das Erbe, das sie erwartete, aufgeklärt. Die Neuigkeit traf sie wie ein Blitz aus heiterem Himmel. Der Anwalt überreichte ihr nun einen Umschlag aus Manilapapier, in dem sich die Dokumente befanden, und sagte, sie solle sich alles in Ruhe durchlesen. Zu guter Letzt bat er sie noch, ihm eine Vollmacht zu unterschreiben, da er für sie ein Konto eröffnen müsse, und brach dann auf. Zum Abschied schüttelte er ihr die Hand und gratulierte ihr herzlich zu ihrem Glück. Marie-Ange fand dieses Glück eher fragwürdig. Ihr wäre es lieber gewesen, wenn ihre Familie am Leben geblieben und sie im Kreise ihrer Lieben in Marmouton aufgewachsen wäre, statt in diesem trostlosen Iowa unter dem harten Regime einer bösartigen alten Frau. Kein Geld der Welt könnte sie jemals für die Einsamkeit und das Leid, das sie hier erfahren hatte, entschädigen. Dieser plötzliche Reichtum war ein Schock für sie. Sie konnte es noch immer nicht begreifen, geschweige denn sich darüber freuen.

»Wann gibt es endlich Essen?«, ertönte Tante Caroles herrische Stimme durch die Fliegentür. Marie-Ange erwachte aus ihrer Erstarrung. Sie eilte in die Küche, legte den Umschlag auf die Theke und machte sich daran, das Abendessen zu kochen. Die Mahlzeit verlief so stumm wie immer, als wäre nichts geschehen, bis schließlich Marie-Ange das Schweigen brach.

»Du hast das alles gewusst?«, fragte sie leise, während sie ihre Tante aufmerksam musterte. Sie entdeckte in deren Miene keine Regung – weder Zuneigung, noch Bedauern, noch Freude. Sie sah so aus wie immer: verbittert, verhärmt, alt und entsetzlich kalt.

»Nicht in allen Einzelheiten. Die kenne ich noch immer nicht. Und die Sache geht mich auch nichts an. Ich weiß, dass dein Vater dir eine Menge Geld hinterlassen hat, und mehr muss ich nicht erfahren. Mir kommt das ganz gelegen. Du kannst dann wenigstens auf eigenen Beinen stehen, wenn ich fort bin.« Sie legte eine gekonnte Pause ein, und in ihren Augen lag ein bösartiges Funkeln, als würde sie sich an Marie-Anges Verwirrung weiden. Gleich darauf holte sie zu ihrem nächsten Überraschungsschlag aus. »Nächsten Monat werde ich die Farm verkaufen. Man hat mir ein gutes Angebot gemacht, und du bist ja jetzt versorgt. Ich bin alt und müde. Ich werde in das Heim nach Boone gehen.« Sie sagte das völlig sachlich, ohne jedes Bedauern. Es schien sie auch nicht zu kümmern, wie es nun mit Marie-Ange weitergehen sollte. Sicher, Marie-Ange war finanziell versorgt, aber sie war erst einundzwanzig Jahre alt und würde nun zum zweiten Mal in ihrem Leben ihr Zuhause verlieren.

»Wann willst du in das Heim gehen?«, fragte Marie-Ange betroffen. Sie konnte kaum glauben, was sie da eben gehört hatte.

»Wenn mit dem Verkauf alles glatt geht, könnte ich bis Ende Oktober dort sein. Tom hat versprochen, bis dahin zu bleiben.«

Also nur noch sechs Wochen, rechnete Marie-Ange nach. Sie müsste also sehr bald eine Entscheidung treffen. In Kürze begann ihr letztes Studienjahr. Sie könnte sich eine Wohnung in der Nähe des Colleges mieten oder aber ein Jahr aussetzen und nach Frankreich fahren. Wer weiß, überlegte sie mit einem jähen Glücksgefühl, vielleicht könnte sie ja das Château zurückkaufen. Sie hatte keine Ahnung, wer der jetzige Besitzer war oder ob das Château noch existierte. Aber diese Information würde sie wahrscheinlich in den Dokumenten finden, die ihr der Anwalt gegeben hatte.

»Wenn du die Farm aufgibst, werde ich vielleicht nach Frankreich gehen. Zumindest für eine gewisse Zeit«, sagte sie versonnen. Eine Frage lag ihr noch auf dem Herzen, auch wenn ihr die Antwort eigentlich schon klar war. »Meinst du, du wirst in einem Heim glücklich sein, Tante Carole?« Sie hatte das Gefühl, als wäre sie der alten Frau etwas schuldig, wie unfreundlich und kalt sie auch gewesen sein mochte. Immerhin hatte sie ihr zehn Jahre lang Obdach gewährt und ihr das Waisenhaus erspart.

»Ich bin auch hier nicht glücklich. Wo soll da also der Unterschied sein? Für das Leben auf einer Farm bin ich inzwischen einfach zu alt. Du wirst nach Frankreich zurückkehren oder dir nach dem College irgendwo eine Arbeit suchen. Du hast keinen Grund, hier zu bleiben, es sei denn, du entscheidest dich um und heiratest diesen Burschen doch noch. Aber das wäre ziemlich unklug. Mit dem vielen Geld kannst du dir einen richtig fetten Goldfisch angeln.«

Diese Worte hörten sich so hässlich an, dass Marie-Ange unwillkürlich erschauerte. Offenbar kam es ihrer Tante gar nicht in den Sinn, dass man in erster Linie aus Liebe heiratete. Zum wiederholten Mal fragte sich Marie-Ange, wie Tante Caroles Leben an der Seite ihres Mannes ausgesehen haben mochte. Hatte sie ihn je geliebt, ja, war sie überhaupt fähig zu lieben? Es war Marie-Ange unmöglich, sich ihre Tante als glückliche, liebende junge Frau vorzustellen.

Nach dem Essen begab sich die alte Frau sofort auf ihr Zimmer, da sie früh schlafen gehen wollte. Mechanisch räumte Marie-Ange den Tisch ab und spülte das Geschirr, aber in ihrem Inneren herrschte Aufruhr. Nach getaner Arbeit rief sie bei Billy an und sagte, sie müsse ihn unbedingt sehen.

»Ist etwas passiert?«, erkundigte er sich besorgt.

»Nein … ja … ach, ich weiß nicht. Ich bin ziemlich durcheinander. Heute ist tatsächlich etwas passiert, worüber ich mit dir reden möchte.« Sie musste mit ihm sprechen; er war der einzige Mensch, dem sie sich anvertrauen konnte. In finanziellen Angelegenheiten kannte er sich zwar genauso wenig aus wie sie, aber er war sensibel und intelligent und wollte nur das Beste für sie. Es kam ihr keine Sekunde lang in den Sinn, dass er auf sie neidisch sein könnte. Der Gedanke war einfach zu abwegig.

»Ist alles in Ordnung mit dir?«, hakte er nach.

Sie zögerte einen Moment lang. »Ja. Doch. Es sind gute Neuigkeiten. Ich muss sie nur erst verarbeiten.«

»Komm einfach vorbei. Das kriegen wir schon hin«, sagte er

beruhigend. Seine Freundin war gerade bei ihm, aber da sie auf einer Farm ganz in der Nähe wohnte, bot er ihr an, sie rasch nach Hause zu fahren. Sie respektierte Billys Freundschaft mit Marie-Ange und reagierte sehr verständnisvoll.

Zwanzig Minuten später traf Marie-Ange auf Billys Farm ein. Sie ging auf die Veranda, wo Billy sie bereits erwartete. In der Hand hielt sie den Umschlag mit den Dokumenten. »Was ist das?«, fragte er. Sein erster Gedanke war, dass es sich um ein Schreiben vom College handelte, vielleicht die Nachricht über ein weiteres Stipendium.

»Ich hatte heute Besuch von einem Anwalt«, sagte Marie-Ange in gedämpftem Ton, damit der Rest der Familie sie nicht hörte. Sie wollte nicht, dass alle Welt von ihrem neuen Reichtum erfuhr. Billy hingegen vertraute sie ohne Wenn und Aber. Er hatte ihr Vertrauen noch nie enttäuscht und würde es auch jetzt nicht tun.

»Und was wollte er?«

»Mein Vater hat mir Geld hinterlassen, das mir jetzt, mit Beginn meiner Volljährigkeit, ausgezahlt wird«, berichtete sie. Billys argloses Lächeln verriet ihr, dass er an einen Betrag von einigen hundert oder bestenfalls einigen tausend Dollar dachte. »Eine Menge Geld«, fügte sie entschlossen hinzu, um ihn langsam auf die richtige Spur zu lenken. Aber wie sollte Billy ahnen, um welche Größenordnung es sich handelte, wenn sie es selbst noch gar nicht begreifen konnte?

»Wie viel denn?«, fragte er, verbesserte sich jedoch sofort. »Oder möchtest du das lieber für dich behalten? Es ist völlig in Ordnung, wenn du es mir nicht erzählen möchtest. Schließlich geht es mich nichts an«, bemerkte er diskret.

»Vielleicht sollte ich es wirklich nicht sagen«, erwiderte sie, von der jähen Angst ergriffen, das Geld könnte ihre Beziehung zu Billy irgendwie verändern. »Vielleicht willst du dann nichts mehr mit mir zu tun haben.«

»Sei nicht albern. Hat dein Vater etwa jemanden ermordet, oder hat er das Geld gestohlen?«, neckte er sie.

»Nein, natürlich nicht«, wehrte sie mit nervösem Lächeln ab. »Es sind die Erträge aus dem Verkauf des Anwesens und des Unternehmens sowie einige Geldanlagen. Aber die Summe ist innerhalb der letzten zehn Jahre ziemlich angewachsen, Billy.« Sie zögerte, ehe sie hervorstieß: »Es ist wirklich sehr viel Geld!« Plötzlich verspürte sie das Bedürfnis, sich für diesen unverhofften Geldsegen zu entschuldigen. Es erschien ihr sündig, so viel zu besitzen. Aber so war es nun mal. Sie musste lernen, damit umzugehen.

»Du machst mich ganz verrückt, Marie-Ange. Willst du es mir nun erzählen oder nicht? Ach, eine Frage interessiert mich brennend: Wusste deine Tante Carole davon?«

»Ja, mehr oder weniger. Aber sie hat jede Unterhaltszahlung für mich strikt abgelehnt. In gewisser Weise spricht das ja für sie, andererseits hätte es mein Leben sicher erleichtert, wenn sie das Geld angenommen hätte. Nun, wie auch immer, jetzt gehört es mir.« Sie begegnete seinem forschenden Blick, atmete einmal tief durch und flüsterte dann jene Worte, die für sie selbst noch unfassbar waren und vielleicht sogar immer bleiben würden. »Es sind zehn Millionen Dollar.«

»Klar doch, sicher!« Billy lehnte sich in seinem Stuhl zurück und brach in schallendes Gelächter aus. »Und ich bin Micky Maus!«, japste er. Amüsiert über seinen eigenen Witz schlug er sich auf die Schenkel.

»Nein, ich meine es ganz ernst. Es sind zehn Millionen«, wiederholte sie so kläglich, als würde sie ihm etwas Furchtbares anvertrauen.

Unvermittelt hörte er auf zu lachen und starrte sie verdutzt an. »Das war kein Scherz?«, stammelte er und schloss, als sie den Kopf schüttelte, für einen Moment die Augen. »Lieber Himmel,

Marie-Ange! Was wirst du damit tun?« Jetzt verstand er ihre Verwirrung. Es war in der Tat beängstigend. Solch eine Summe lag außerhalb jeder Vorstellungskraft. Er hatte Angst, dass Marie-Ange diesem Reichtum vielleicht gar nicht gewachsen sein könnte.

»Ich weiß es nicht«, sagte sie leise. »Tante Carole hat mir heute Abend eröffnet, dass sie die Farm nächsten Monat verkaufen und in ein Heim nach Boone ziehen will. Sie hat bereits einen Interessenten für die Farm. Für mich bedeutet das, dass ich in sechs Wochen keine Bleibe mehr haben werde.«

»Du kannst hier wohnen«, bot er spontan an.

Sie wusste sein großzügiges Angebot zu schätzen, doch zum einen gab es auf der Farm kein freies Zimmer, zum anderen wäre es auch ungehörig gewesen. »Das ist lieb von dir. Aber ich kann mir genauso gut in der Nähe des Colleges eine Wohnung mieten oder ins Studentenwohnheim ziehen. Ich weiß selbst noch nicht, wie ich mit dieser neuen Situation umgehen soll.«

»Puh, ich wäre damit sicher auch überfordert.« Billy grinste verlegen und bemerkte etwas eingeschüchtert: »Du scheinst ja aus richtig reichem Haus zu kommen. Irgendwie war mir das nie bewusst. Dieses Château, von dem du erzählt hast, war wahrscheinlich so groß und prächtig wie der Buckingham Palast.«

»Ach, Unsinn. Es war einfach nur ein hübsches kleines Schlösschen, ganz heimelig und gemütlich. Sicher, das Grundstück war ziemlich groß und das Unternehmen meines Vaters offenbar sehr erfolgreich. Er hatte auch Ersparnisse und … Ach, Billy, ich weiß nicht … Was soll ich jetzt nur tun?« Sie hatte gehofft, er könne ihr einen Rat geben, doch sie waren beide viel zu jung und unerfahren, um eine solche Situation in ihrer gesamten Tragweite zu erfassen. Schließlich lebten sie in der tiefsten Provinz, weitab vom Trubel der Welt.

»Was würdest du denn gern tun?«, gab er die Frage zurück.

»Möchtest du nach Frankreich zurückkehren und dort ein neues Leben beginnen, oder willst du erst einmal dein Studium beenden? Du hast alle Freiheit der Welt. Herrgott, Marie-Ange, wenn dir der Sinn danach steht, kannst du sogar nach Harvard gehen!« Mit leuchtenden Augen sah er sie an, als er sich ausmalte, welche Möglichkeiten sich ihr nun eröffneten. Er freute sich aufrichtig für sie.

»Ja, ich würde wirklich gern für eine Weile nach Frankreich gehen und Marmouton wieder sehen. Wer weiß, vielleicht kann ich es sogar zurückkaufen«, sagte sie versonnen.

Und vielleicht nie wieder zurückkehren, dachte er bei sich. Er versuchte zu lächeln, um die aufkeimende Angst zu überspielen. Aber sie kannte ihn gut genug und wusste, was ihm durch den Kopf ging.

»Ich werde nicht für immer dort bleiben«, versicherte sie ihm. »Ich möchte einfach nur sehen, was aus Marmouton geworden ist. Was hältst du davon, wenn ich mir ein Semester freinehme und Weihnachten wieder nach Iowa zurückkomme?«

»Ja, das hört sich eigentlich ganz vernünftig an«, sagte Billy, fest entschlossen, seine eigenen Gefühle zugunsten von Marie-Anges Wohlergehen zurückzustellen. Er liebte sie und wollte nichts anderes als ihr Glück. »Aber vielleicht fühlst du dich in Frankreich wohler als hier«, fügte er heldenhaft hinzu. Sie war immerhin Französin und hatte außer ihrer Tante Carole keine Verwandten in den Vereinigten Staaten. Obwohl sie fast ihr halbes Leben hier verbracht hatte, würde sie ihre Wurzeln nie verleugnen können.

»Mag sein. Im Moment kann ich einfach keinen klaren Gedanken fassen.« Marie-Ange hatte das Gefühl, nirgendwo mehr hinzugehören. Iowa würde zwar nie ihre Heimat sein, aber nach den vielen Jahren hatte sie auch den Bezug zu Frankreich verloren. »Wenn ich tatsächlich in Frankreich bleiben sollte, würdest du mich dann besuchen kommen?«, fragte sie. »Dann könntest du endlich dein Französisch anwenden. Ich würde dir auch ein Flugticket schicken«, sagte sie, obwohl ihr klar war, dass er ein solches Geschenk nie annehmen würde. Und selbst wenn er das Geld für ein Ticket hätte, könnte sein Vater ihn auf der Farm nur schwerlich für längere Zeit entbehren. »Versprich mir, dass du mich besuchen kommst!«, flehte sie.

»Den College-Abschluss wirst du aber auf jeden Fall noch machen, oder?«, lenkte Billy zu einem anderen Thema über, das ihm im Moment wichtiger erschien.

Sie nickte. »Ja, eigentlich schon. Ich denke, ich werde mich aber erst einmal für ein Semester beurlauben lassen und sehen, was dann passiert.«

»Es wäre jammerschade, wenn du deine Ausbildung nicht zu Ende bringst«, mahnte er fürsorglich wie ein großer Bruder.

»Ja, damit hast du wohl Recht«, seufzte sie. Dann holte sie die Dokumente aus dem Umschlag und breitete sie auf dem Tisch aus. Eine Weile lang saßen die beiden jungen Leute brütend darüber, ohne freilich irgendetwas zu verstehen. Genauso gut hätten sie versuchen können, einen chinesischen Text zu entziffern.

»Ich fasse es einfach nicht, Marie-Ange«, sagte Billy, während Marie-Ange die Dokumente wieder einsammelte. »Das ist wie im Märchen.« Plötzlich grinste er und drückte sie überschwänglich an sich. »Herrgott noch mal, wer hätte gedacht, dass du dich als steinreiches Mädchen entpuppst!«

»Ich fühle mich wie Aschenputtel«, flüsterte sie kläglich.

»Dann wird wohl bald ein hübscher Prinz auftauchen, der dich in sein Schloss entführt«, scherzte er. Er wusste, dass er nun endgültig jede Hoffnung auf eine Heirat mit Marie-Ange begraben musste. Sie war jetzt eine reiche Erbin und unerreichbarer denn je. Dafür würde sie immer seine beste Freundin bleiben. Ihr Reichtum würde daran nichts ändern, das hatte er ihr gelobt.

Sie hatte ihm zwar fest versprochen, an Weihnachten wieder zurückzukommen, aber er hatte da seine Zweifel. Warum sollte sie in ein fremdes Land zurückkehren, das so schlimme Erinnerungen für sie barg? Tante Carole hatte ihr zwar ein Dach über dem Kopf geboten, aber kein Heim, geschweige denn eine Heimat. Nein, Marie-Ange würde in Frankreich bleiben, dem Land ihrer glücklichen Kindheit.

Als sie aufbrach, begleitete Billy sie zum Auto und umarmte sie zum Abschied noch einmal fest. Angesichts der jüngsten Ereignisse erschien ihm der alte Chevy, den er ihr geschenkt hatte, beschämend klapprig und lächerlich. »Fahr vorsichtig«, mahnte er sie wie üblich, wenn sie mit dem Auto fuhr.

»Ich liebe dich, Billy«, sagte sie schlicht.

Er verstand sehr wohl, wie sie das meinte, und erwiderte lächelnd: »Ich liebe dich auch. Das weißt du.« Bevor sie in den Wagen stieg, zog er sie noch einmal neckend an ihren blonden Locken und blieb dann winkend vor dem Haus stehen, bis sie außer Sicht war.

Am nächsten Morgen fuhr Marie-Ange nach Des Moines, um etwas zu erledigen. Sie hatte den ganzen Abend darüber nachgedacht und wollte ihre Idee sofort in die Tat umsetzen. In Des Moines angekommen, rief sie Andy McDermott an und erklärte ihm ihr Vorhaben. Anfangs wirkte er ein wenig konsterniert und mahnte sie zur Besonnenheit. Er meinte, sie sei erst einundzwanzig Jahre alt und solle nicht unbedacht und voreilig handeln. Doch sie erläuterte ihm ihren Standpunkt mit einer erstaunlichen Reife und Entschlossenheit, die ihn schließlich überzeugten.

Binnen einer Stunde war das Geschäft unter Dach und Fach – sie hatte ein Auto gekauft, das am nächsten Morgen zur Farm geliefert werden sollte. Die Verkäufer des Autohauses wussten gar nicht, wie ihnen geschah, denn so rasch entschieden sich ihre Kunden normalerweise nicht. Als der Wagen am nächsten Morgen geliefert wurde, geriet Tante Carole außer sich.

»Typisch! Es war ja abzusehen, dass du dein Geld nur für Blödsinn verschwendest. Was willst du mit diesem idiotischen Ding anfangen?« Sie spuckte Gift und Galle, war aber machtlos. Marie-Ange konnte mit ihrem Geld machen, was sie wollte.

»Ich werde das Auto Billy schenken«, sagte Marie-Ange gelassen, während sie in den knallroten, nagelneuen Porsche stieg. Drei Jahre zuvor hatte Billy ihr ermöglicht, das College zu besuchen und sich weiterzubilden; jetzt wollte sie etwas für ihn tun, ihm etwas schenken, das er sich selbst wahrscheinlich niemals leisten könnte. Um ihm keine zusätzlichen Kosten aufzubürden, hatte sie die Versicherung für zwei Jahre im Voraus bezahlt. Danach würde man weitersehen. Oh, sie konnte es kaum erwarten, seine überraschte Miene zu sehen!

Als sie mit dem Porsche bei Billy eintraf, kam er gerade mit einem seiner Brüder auf dem Traktor angefahren. Verdutzt starrte er Marie-Ange an.

»Hast du den Flitzer gegen den Chevy eingetauscht? Ich hoffe, du hast dich nicht übers Ohr hauen lassen!« Lachend sprang er vom Traktor, um den flotten Rennwagen aus der Nähe zu inspizieren. »Toller Schlitten! Aber wie willst du das den Leuten erklären, Marie-Ange?«, fragte er besorgt. Er wusste, dass sie ihr Erbe geheim halten wollte, um jedem Klatsch aus dem Weg zu gehen.

»Darüber habe ich mir noch keine Gedanken gemacht«, erwiderte sie vergnügt. »Vielleicht erzähle ich einfach, dass ich den Wagen gestohlen habe. Ich werde ihn ohnehin nicht fahren.«

»Warum denn nicht?« Verwirrt blickte er sie an, als sie ihm die Schlüssel in die Hand drückte und ihn auf französische Art auf beide Wangen küsste.

»Weil es dein Auto ist, Billy«, sagte sie leise. »Ein Geschenk für meinen besten Freund und Bruder.«

Er war sprachlos und zu Tränen gerührt. Als er sich wieder einigermaßen gefasst hatte, stammelte er, dass er ein so wertvolles Geschenk unmöglich annehmen könne, ganz gleichgültig, wie viel Geld sie auch geerbt haben mochte. Aber sie meinte nur, das Auto sei nun einmal auf seinen Namen zugelassen und gehöre damit ganz offiziell ihm. Ohne sich auf eine weitere Diskussion einzulassen, setzte sie sich auf den Beifahrersitz und forderte ihn auf, mit ihr eine Probefahrt zu machen.

»Ich weiß gar nicht, wie ich dir danken soll«, sagte Billy mit erstickter Stimme, als er sich ans Steuer setzte. Inzwischen waren seine Geschwister und die Farmarbeiter zusammengelaufen, um den Wagen zu bestaunen, auch wenn sie sich keinen Reim darauf machen konnten.

»Bedeutet das, dass du ihn jetzt doch heiratest, Marie-Ange?«, rief Billys Mutter aus dem Küchenfenster. Sie hatte keine Ahnung von Marie-Anges neuem Reichtum und nahm an, sie habe das Auto bei einem Preisausschreiben oder in der Lotterie gewonnen.

»Nein, das bedeutet lediglich, dass Billy jetzt ein neues Auto hat!«, rief Marie-Ange grinsend zurück, während Billy den Schlüssel im Zündschloss herumdrehte und den Wagen anließ. Sobald das satte Brummen des Motors ertönte, war Billy nicht mehr zu halten. Mit einem wilden Jauchzer gab er Vollgas und fuhr mit quietschenden Reifen davon. Marie-Ange legte laut lachend den Kopf in den Nacken, sodass ihr langes blondes Haar im Wind wie eine Fahne hinter ihr herflatterte.

Sechstes Kapitel

Wie Tante Carole angekündigt hatte, verkaufte sie die Farm, und schon zwei Wochen später zog sie in das Heim nach Boone um. Als Marie-Ange ihr beim Packen half, dachte sie mit leiser Wehmut an die drei riesigen Koffer zurück, mit denen sie damals in Iowa angekommen war. In den Koffern hatte sich ihr gesamter Besitz befunden, und dennoch war Tante Carole so grausam gewesen, die Koffer zusammen mit fast all ihren Habseligkeiten zu verkaufen. Es erschien Marie-Ange beinahe wie eine Ironie des Schicksals, dass nun sie diejenige war, die für ihre Tante kleine Erinnerungsstücke und Andenken einpackte. Als sie im Heim ankamen, drehte sich die alte Frau in ihrem Rollstuhl zu Marie-Ange um, bedachte sie mit einem langen, harten Blick und sagte: »Sieh zu, dass du nicht allzu viel Unsinn anstellst.«

»Ich werde mein Bestes versuchen«, erwiderte Marie-Ange. So sehr sie auch in sich hineinhorchte, selbst in dieser Abschiedsstunde verspürte sie keine warme Regung für Tante Carole. Die alte Frau hatte sie von Anfang an auf Abstand gehalten und ihr Bedürfnis nach Liebe und Zuwendung mit gleichgültiger Kälte erstickt. Nein, sie würde diese Frau nicht vermissen. Um die Form zu wahren, sagte Marie-Ange höflich: »Ich werde dir schreiben und berichten, wie es mir geht.«

»Das brauchst du nicht. Ich schreibe nur höchst ungern Briefe. Wenn ich dich aufspüren muss, kann ich ja bei der Bank anrufen«, entgegnete Tante Carole schroff. Nach zehn Jahren des Zusammenlebens war das ein sehr nüchterner, unsentimentaler Abschied. Zu tieferen Gefühlsäußerungen war Carole Collins schlicht unfähig, und das war wohl schon immer so gewesen. Als Marie-Ange ihre Tante verließ, fühlte sie sich dennoch traurig wegen all der vertanen Chancen, eine lebendige, warme Beziehung zwischen ihnen aufzubauen. Abgesehen von ihrer Freundschaft mit Billy waren es, emotional gesehen, zehn vergeudete Jahre gewesen.

Sie fuhr zum Haus zurück, packte ihre Sachen und verstaute ihren Pass und das Flugticket schon einmal in ihrer Handtasche. Tom und seine Frau waren bereits gegangen, und das Haus wirkte fremd und leer. Sie war froh, dass sie am nächsten Morgen abreiste. Wie damals auf ihrem Hinflug würde sie zunächst in Chicago zwischenlanden und dann weiter nach Paris fliegen. Dort wollte sie einige Tage bleiben, sich vielleicht in Hinblick auf ein späteres Studium an der Sorbonne umsehen und anschließend mit einem Mietwagen nach Marmouton fahren. Und sie wollte unbedingt herausfinden, was mit Sophie geschehen war. Obwohl Marie-Ange ihr oft geschrieben hatte, war nie eine Antwort gekommen. Sie war sich fast sicher, dass Sophie tot war, anders ließ sich das nicht erklären. Wahrscheinlich hatte sie den Tod von Marie-Anges Eltern und Bruder und den Abschied von Marie-Ange einfach nicht verkraftet und war an gebrochenem Herzen gestorben.

Am Abend war sie bei Billy und seiner Familie zum Abendessen eingeladen. Sein neuer Porsche war in der ganzen Gegend Thema Nummer eins, und Billy fuhr ihn bei jeder nur möglichen Gelegenheit. Sein Vater meinte schon halb scherzhaft, er verbringe mehr Zeit im Porsche als auf dem Traktor. Und Billys Freundin Debbie war ganz vernarrt in den Wagen. Aber Billy bedeutete der Wagen vor allem deshalb so viel, weil er ein Geschenk von Marie-Ange war. Zwischendurch hatte er zwar immer wieder geäußert, er könne ein so teures Geschenk nicht annehmen, doch im Grunde war er überglücklich darüber. Es war nun mal sein Traumwagen.

»Ich werde versuchen, dich von Paris aus anzurufen«, beteuerte Marie-Ange ihm, als er sie an diesem Abend nach Hause fuhr. Den Chevy hatte sie ihm zurückgegeben, wenngleich nur leihweise, wie sie betonte. Billy sollte den Wagen für sie unterstellen, für den Fall, dass sie zurückkäme, um das College zu beenden. Sie wollte ihn nicht verkaufen, dazu bedeutete er ihr zu viel. Die meisten anderen Gegenstände, die sich im Lauf der Jahre angesammelt hatten, konnte sie problemlos zurücklassen. Sie würden sie nur an die düstere, bedrückende Zeit mit Tante Carole erinnern.

Billy versprach, sie am nächsten Morgen abzuholen und zum Flughafen zu fahren. An jenem letzten Abend erschien ihr das Haus unheimlich und Furcht einflößend, angefüllt mit schmerzlichen Erinnerungen, die wie Spinnweben in jedem einzelnen Raum hingen. Sie fragte sich, wie es Tante Carole wohl in dem Heim ergehen mochte, wollte sie aber nicht anrufen, da Tante Carole dies strikt untersagt hatte.

Vor Aufregung konnte Marie-Ange kaum einschlafen und wachte nachts immer wieder auf. Als sie schließlich aufstand und sich fertig machte, konnte sie gar nicht glauben, dass sie tatsächlich nach Frankreich fliegen würde. Schon am nächsten Morgen würde sie in Paris sein und wenige Tage darauf in Marmouton. Sie kniff sich in den Arm, um sicher zu gehen, dass dies nicht nur ein Traum war.

Pünktlich um neun Uhr traf Billy ein und stellte ihre Reisetasche in den Wagen. Sie hatte nur das Allernötigste eingepackt, keine Andenken, außer den Dingen, die ihr Billy im Laufe der Jahre zum Geburtstag und zu Weihnachten gebastelt hatte, sowie einige Fotos von ihm. Daneben waren ihr nur die Fotos von ihren Eltern und von Robert wichtig und natürlich ihr geliebtes Medaillon, das sie seit jenem tragischen Unfall vor vielen Jahren niemals abgelegt hatte.

Auf der Fahrt zum Flughafen waren die beiden jungen Leute schweigsam und in sich gekehrt. Es hätte so vieles zu sagen gegeben, aber ihnen fehlten die Worte. Zehn Jahre lang waren sie immer füreinander da gewesen, und das würde auch weiterhin so sein. Trotzdem war ihnen beiden klar, dass fortan fünftausend Meilen zwischen ihnen lägen, die ihre Beziehung zwangsläufig verändern würden.

»Ruf an, wenn du mich brauchst!«, stieß Billy heiser hervor, als sie auf den Aufruf der Maschine nach Chicago warteten. Marie-Ange konnte nur nicken, da sie ständig gegen ihre Tränen ankämpfen musste. Neben der Trauer über den Abschied überkam sie auch mit aller Gewalt wieder die Erinnerung daran, wie sie vor vielen Jahren verstört, verzweifelt und mutterseelenallein mitten in der Nacht auf eben diesem Flughafen angekommen war. In der ganzen Zeit war Billy ihr einziger Freund gewesen, ihre Zuflucht, wo sie Trost und Geborgenheit gefunden hatte. Ihre Großtante hatte ihr ein Dach über dem Kopf und Nahrung geboten, aber keine Liebe. Billy bedeutete für sie Familie, Tante Carole hingegen würde immer eine Fremde bleiben. Als der Flug schließlich aufgerufen wurde, warf sich Marie-Ange schluchzend in Billys Arme und drückte ihn fest an sich. Auch er konnte seine Tränen nicht länger unterdrücken.

»Du wirst mir so schrecklich fehlen«, weinte sie. Es war, als würde sie Robert ein zweites Mal verlieren, und sie hatte plötzlich Angst, es könnte auch bei Billy ein Abschied für immer sein. Doch wie so oft erahnte er ihre Gedanken und redete ihr begütigend zu.

»Mach dir keine Sorgen um mich, ich komm schon zurecht.

Du wirst Frankreich wahrscheinlich hassen und in Nullkommanichts wieder zurück sein«, sagte er, ohne freilich selbst daran zu glauben.

»Pass gut auf dich auf«, wisperte sie erstickt. Sie umarmten und küssten sich noch ein letztes Mal, dann legte Marie-Ange den Kopf in den Nacken und sah Billy eine Weile lang stumm an, um sich sein vertrautes, sommersprossiges Gesicht für immer einzuprägen. »Ich liebe dich, Billy.«

»Ich liebe dich, Marie-Ange«, erwiderte er leise. Am liebsten hätte er sie angefleht, sie möge bei ihm bleiben. Doch das wäre egoistisch gewesen. Ihr stand jetzt die ganze Welt offen, und diese Chance musste sie ergreifen.

Er winkte dem Flugzeug nach, bis es nur noch ein winziger Punkt am Himmel war. Erst jetzt wurde ihm wirklich bewusst, dass Marie-Ange fort war. Und als er in seinem neuen roten Porsche langsam zur Farm zurückfuhr, weinte er um seine Freundin und um seine unerfüllte Liebe, die er nun für immer begraben musste.

Siebtes Kapitel

Das Flugzeug landete um vier Uhr morgens auf dem Flughafen Charles-de-Gaulle. Mit ihrer kleinen Reisetasche als einzigem Gepäckstück gelangte Marie-Ange zügig durch den Zoll. Es war seltsam, plötzlich von Französisch sprechenden Menschen umgeben zu sein, und sie dachte mit einem Lächeln an Billy, der seine Französischkenntnisse sicher sofort ausprobieren würde, wenn er sie besuchen käme.

Sie fuhr mit dem Taxi zu einem kleinen Hotel am linken Seine-Ufer, das ihr eine der Stewardessen empfohlen hatte. Es war sauber und ordentlich, und nachdem sich Marie-Ange kurz frisch gemacht und ihre Tasche ausgepackt hatte, beschloss sie, Frühstücken zu gehen. Nur wenige Schritte vom Hotel entfernt befand sich ein kleines Café, wo sie ein Croissant und eine Tasse Kaffee bestellte. In Gedenken an Robert tunkte sie feierlich einen Zuckerwürfel in den Milchkaffee und schob ihn sich in den Mund. Mit einem Schlag wurden die Erinnerungen an Robert und an ihre sorglose Kindheit in Marmouton wieder lebendig, und ihr wurde so weh ums Herz, dass sie es kaum ertragen konnte. Anschließend schlenderte sie stundenlang durch die Straßen, betrachtete die Menschen, lauschte voll Freude der vertrauten Sprache und genoss das herrliche Gefühl, wieder in der Heimat zu sein. Erschöpft und mit schmerzenden Füßen kehrte sie am späten Nachmittag ins Hotel zurück.

Am Abend aß sie nur eine Kleinigkeit in einem Bistro und ging gleich darauf zu Bett. Trotz ihrer Müdigkeit konnte sie zunächst nicht einschlafen, da die Erinnerungen einfach zu überwältigend waren. Sie weinte um ihren Bruder und ihre Eltern und um all die verlorenen Jahre, und danach weinte sie um ihren Freund, den sie in Iowa zurückgelassen hatte. Aber trotz aller Traurigkeit überwog die Freude, wieder in Frankreich zu sein. Tags darauf ging sie zur Sorbonne, um sich nach Studienunterlagen zu erkundigen, und ließ sich dann erneut durch das bunte Gassengewirr und die breiten Alleen treiben. Gleich am nächsten Morgen mietete sie sich einen Wagen und machte sich auf den Weg nach Marmouton.

Die Fahrt dauerte den ganzen Tag, und als sie schließlich langsam durch das Dorf fuhr, schlug ihr das Herz bis zum Hals. Einer spontanen Eingebung folgend, hielt sie bei der Bäckerei an, die sie aus ihrer Kindheit kannte, und glaubte ihren Augen nicht zu trauen, als sie hinter der Ladentheke noch dieselbe alte Frau von früher entdeckte. Die Bäckersfrau war eine enge Freundin von Sophie gewesen.

Mit weichen Knien betrat Marie-Ange die Bäckerei und erklärte, wer sie sei. Die alte Frau brach in Tränen aus.

»Mein Gott, Mädchen, du bist ja eine richtige Schönheit geworden! Und so erwachsen! Ach, Sophie wäre unendlich stolz auf dich!«, rief sie, während sie Marie-Ange umarmte.

»Was ist mit Sophie passiert?«, fragte Marie-Ange und nahm dankend den süßen Hefekringel entgegen, den ihr die Frau reichte.

»Sie ist letztes Jahr gestorben«, berichtete die Bäckersfrau betrübt.

»Ich habe ihr so oft geschrieben, aber nie eine Antwort erhalten. Sie war wohl schon sehr lange krank?« Vielleicht hat Sophie gleich nach unserer Trennung einen Schlaganfall erlitten, überlegte Marie-Ange. Das wäre die einzig mögliche Erklärung für ihr Schweigen.

»Nein, nach deiner Abreise – ich darf dich doch noch duzen, mein Kind? – ist sie zu ihrer Tochter gezogen. Trotzdem hat sie mich fast jedes Jahr hier besucht«, erzählte die Bäckersfrau bereitwillig. »Wir haben dann immer über dich gesprochen. Sie sagte, sie habe dir im ersten Jahr sicher an die hundert Briefe geschrieben, aber alle Briefe seien ungeöffnet wieder zurückgekommen. Schließlich gab sie es auf. Sie dachte, sie habe womöglich eine falsche Adresse, aber der Anwalt deines Vaters meinte, die Adresse würde stimmen. Vielleicht hat jemand die Briefe abgefangen«, gab die Frau zu bedenken.

Bei diesen Worten krampfte sich Marie-Anges Herz zusammen. Es gab keinen Zweifel: Tante Carole hatte Sophies Briefe zurückgeschickt und ihre eigenen weggeworfen, damit Marie-Ange keine Verbindung mehr mit ihrer Vergangenheit hätte. Diese Art von Hinterlist und Grausamkeit war typisch für Tante Carole. Es war bösartig, gemein und obendrein völlig sinnlos. Und jetzt war Sophie tot, war für immer aus Marie-Anges Leben verschwunden. Marie-Anges Augen verdunkelten sich vor Kummer, und ihr Gesicht drückte eine solche Qual aus, dass die Bäckersfrau ihr tröstend über das blonde Haar strich und mitleidig murmelte: »Es tut mir so Leid.«

»Wer lebt jetzt im Château?«, fragte Marie-Ange leise. So sehr sie sich auf Marmouton gefreut hatte, war das Wiedersehen doch eine schwere Prüfung, da von allen Seiten die bittersüßen Erinnerungen auf sie einströmten. Sie wusste, sie würde an die Grenze ihrer Belastbarkeit gehen, wenn sie das Château wiedersähe, doch sie hatte keine andere Wahl. Um ihrer Eltern und ihres Bruders willen musste sie der Vergangenheit ihre Referenz erweisen, so schwer es ihr auch fiel. Das war sie ihren Lieben schuldig.

»Es gehört jetzt einem Grafen, dem Comte de Beauchamps. Er lebt in Paris und ist nur selten hier. Bisher hat ihn noch kaum jemand zu Gesicht bekommen. Aber du kannst dir das Château ansehen, das Tor ist immer geöffnet. Er hat einen Verwalter eingestellt, vielleicht erinnerst du dich ja an ihn. Es ist Alain Fournier, Madame Fourniers Enkel.«

Marie-Ange erinnerte sich sogar sehr gut an ihn. Er hatte auf dem Gehöft gewohnt und war nur wenige Jahre älter als sie. Als Kinder hatten sie hin und wieder miteinander gespielt. Einmal hatte er ihr geholfen, auf einen Baum zu klettern, und anschließend hatte Sophie sie beide ausgeschimpft und verlangt, dass sie sofort wieder herunterkäme. Marie-Ange fragte sich, ob Alain sich wohl auch noch so deutlich an diese Episode entsinnen konnte.

Sie bedankte sich bei der Bäckersfrau und versprach, auf dem Rückweg noch einmal vorbeizukommen. Langsam fuhr sie weiter zum Château und fand das Tor tatsächlich geöffnet vor. Angesichts der Tatsache, dass der Besitzer so gut wie nie anwesend war, war das eigentlich erstaunlich.

Nachdem sie den Mietwagen vor dem Grundstück abgestellt hatte, ging sie feierlich durch das Tor, als würde sie die Pforte zum Paradies durchschreiten. Niemand hielt sie auf; es war kein Geräusch zu hören, alles wirkte wie ausgestorben. Auch Alain Fournier war nirgendwo zu sehen. Das Château machte einen unbewohnten Eindruck; die Fensterläden waren geschlossen, der Park verwildert, und Teile des Daches waren baufällig. Es bot einen trostlosen, traurigen Anblick. Hinter dem Schloss erspähte Marie-Ange die vertrauten Felder, Wälder und Obstgärten, die noch genauso aussahen wie in ihrer Erinnerung. Sie hatte das Gefühl, sie sei wieder ein Kind und jeden Moment würde Sophie auftauchen, um nach ihr Ausschau zu halten. Ja, und gleich würde ihr Bruder sie zum Essen rufen, ihre Mutter würde im Haus auf sie warten, und dann käme der Wagen ihres Vaters um die Ecke gebogen. Von ihren Gefühlen überwältigt, blieb Marie-Ange einen Moment lang stehen und lauschte in die Stille. Jetzt hörte sie den Gesang der Vögel und das Rauschen des Windes in den Baumwipfeln. Die Luft war weich und kühl und der ganze Ort trotz aller Vernachlässigung so bezaubernd schön wie früher. Sie wünschte, Billy wäre bei ihr, um ihm zu zeigen, dass alles exakt so aussah, wie sie es ihm immer beschrieben hatte.

Mit gesenktem Kopf spazierte sie in die Felder hinaus und dachte dabei an ihre Familie und ihre wunderschöne Kindheit, die so abrupt und so tragisch beendet worden war. Jetzt war sie wieder zurück, und das Château gehörte jemand anderem. Dieses Wissen war schwer zu verkraften. Sie setzte sich auf einen flachen Stein und hing ihren Gedanken nach, bis der klare Oktobertag zu verblassen begann und die Dämmerung über das Land fiel. Langsam machte sie sich auf den Rückweg. Als sie an der Küchentür des Schlosses vorbeiging, kam plötzlich ein Sportwagen angebraust und blieb mit quietschenden Reifen neben ihr stehen. Der Fahrer des Wagens stutzte bei ihrem Anblick, lächelte dann und stieg aus. Er war groß und schlank und hatte dichtes dunkles Haar und grüne Augen. Er wirkte so durch und durch aristokratisch, dass es sich nur um den Comte de Beauchamps handeln konnte.

»Haben Sie sich verirrt? Brauchen Sie Hilfe?«, fragte er freundlich. Jetzt bemerkte Marie-Ange auch den goldenen Wappenring, der den Mann als Adeligen auswies.

»Nein, entschuldigen Sie mein Eindringen. Ich bin einfach nur spazieren gegangen«, sagte sie und musste dabei unwillkürlich daran denken, wie Tante Carole seinerzeit Billy mit der Schrotflinte von ihrem Grundstück vertrieben hatte. Dieser Mann indes hatte weit bessere Manieren als Tante Carole.

»Ein hübsches Anwesen, nicht wahr?«, bemerkte er lächelnd. »Ich wünschte, ich könnte öfter hier sein.«

»Ja, es ist wunderschön«, sagte Marie-Ange wehmütig, konnte jedoch nicht weitersprechen, da nun ein anderer Wagen durch das Tor kam und neben ihnen anhielt. Ein junger Mann stieg aus, in dem Marie-Ange sofort Alain Fournier wiedererkannte. »Alain?«, entfuhr es ihr spontan. Er war klein und kräftig und hatte noch dasselbe freundliche Gesicht wie früher, als sie zusammen gespielt hatten. Und auch er erkannte sie sofort wieder, obwohl sie ihr Haar nun lang trug. Dafür hatte es denselben goldenen Schimmer wie früher. Sie war zwar erwachsen geworden, aber noch unverkennbar dieselbe Marie-Ange.

»Marie-Ange!«, rief er verblüfft.

»Sie sind Freunde?«, erkundigte sich der Graf belustigt.

»Wir kennen uns von früher«, erklärte Alain, während er Marie-Ange die Hand schüttelte. »Wir haben als Kinder zusammen gespielt. Seit wann bist du wieder zurück?«, fragte er, an Marie-Ange gewandt.

»Seit heute …« An den Comte gewandt fuhr sie reumütig fort: »Ich bitte nochmals um Entschuldigung. Aber ich wollte das Anwesen einfach wieder sehen.«

»Sie haben früher hier gewohnt?«, fragte der Graf erstaunt.

»Ja, als Kind. Meine Eltern … Ich … Sie sind vor langer Zeit gestorben, deshalb bin ich nach Amerika gegangen, um bei meiner Großtante zu leben. Ich bin heute von Paris hierher gefahren.«

»Ich auch.« Er lächelte sie freundlich an, während Alain ihr zum Abschied kurz zuwinkte und hinter dem Haus verschwand. Der Graf war in einen blauen Blazer und eine graue Flanellhose gekleidet, beides von bester Qualität und Machart. Er strahlte Wohlerzogenheit und Klasse aus. »Möchten Sie hereinkommen und sich ein wenig umschauen?«, fragte er. Sie zögerte, da sie ihn nicht weiter belästigen wollte, obwohl das Angebot nahezu unwiderstehlich war. Offenbar bemerkte er ihren inneren Zwiespalt, denn er fügte in bestimmtem Ton hinzu: »Ich bestehe darauf, dass Sie hereinkommen. Sie sind sicher ziemlich durchgefroren. Ich werde Ihnen eine Tasse Tee machen, und dann können Sie sich in Ruhe umsehen.« Wortlos folgte sie ihm in die vertraute Küche, und sogleich wurde ihre verlorene Kindheit wieder schmerzhaft lebendig. Gegen ihre Tränen ankämpfend, sah sie sich um. »Hat es sich sehr verändert?«, erkundigte er sich sanft. Die tragischen Umstände, die zum Tod von Marie-Anges Familie geführt hatten, waren ihm zwar nicht bekannt, doch er merkte, dass dies für sie ein sehr bewegender Moment war. »So, jetzt werde ich uns erst mal einen schönen heißen Tee aufbrühen«, sagte er, worauf sie dankbar nickte. Es war ihr peinlich, dass sie so bei ihm hereingeplatzt war; umso mehr wusste sie zu schätzen, wie souverän er mit dieser Situation umging.

»Eigentlich hat sich hier fast gar nichts verändert«, sagte sie voller Verwunderung. In der Tat standen da noch dieselben Küchenmöbel wie früher, derselbe Tisch, unter dem Robert ihr immer die aufgeweichten Zuckerstücke zugesteckt hatte. »Haben Sie das Château vom Nachlassverwalter meines Vaters gekauft?«, fragte sie, während er eine Teekanne und ein antikes silbernes Teesieb bereitstellte.

»Nein. Ich habe es von dem letzten Besitzer gekauft, der aber nie hier wohnte. Ich glaube, seine Frau war krank, oder vielleicht wollte sie auch nicht auf dem Land leben. Jedenfalls hat er es an mich weiterverkauft. Ich möchte demnächst eine längere Zeit hier verbringen und das Château restaurieren. Es befindet sich noch nicht sehr lange in meinem Besitz, und bisher war ich zu beschäftigt, um mich darum zu kümmern. Aber ich hoffe, dass ich diesen Winter oder spätestens nächstes Frühjahr mit der Arbeit beginnen kann. Das Château ist einfach zu schön, um es dem Verfall zu überlassen.«

Marie-Ange hatte zwar einige Mängel bemerkt, doch von »Verfall« konnte eigentlich nicht die Rede sein. »Ich denke, es muss nicht allzu viel daran gemacht werden«, sagte sie zu ihrem Gastgeber, der gerade den Tee aufgoss. Sicher, die Wände brauchten einen neuen Anstrich und die Böden frisches Wachs, doch ansonsten wirkte alles noch recht intakt.

Er lächelte über ihre positive Einschätzung. »Leider sind die sanitären Anlagen in ziemlich üblem Zustand, und die elektrischen Leitungen sind geradezu katastrophal. Man sieht es vielleicht nicht auf den ersten Blick, doch man muss hier eine Menge Arbeit hineinstecken. Außerdem müssen sowohl die Weingärten, als auch der Obstgarten neu bepflanzt werden, und das Dach ist an manchen Stellen baufällig … Es tut mir Leid, Mademoiselle, aber ich muss gestehen, dass ich Ihr Elternhaus schändlich vernachlässigt habe.« Seine letzten Worte waren von einem zerknirschten Grinsen begleitet, das voller Charme und Esprit war. »Gestatten Sie, dass ich mich vorstelle: Bernard de Beauchamps.« Er reichte ihr die Hand.

»Marie-Ange Hawkins.«

Als sie ihren Namen nannte, wurde er hellhörig. Ihm fiel wieder jene Geschichte über den schrecklichen Unfall ein, der drei Todesopfer gefordert und ein kleines Mädchen als Vollwaise zurückgelassen hatte. Der Mann, der ihm das Château verkauft hatte, hatte ihm davon erzählt.

»Sie können gern auch die anderen Räume besichtigen, Mademoiselle«, sagte er einfühlsam. »Ich werde so lange in der Küche warten.« Mit einem dankbaren Lächeln ging sie hinaus, und er hörte, wie sie nach oben ging, zu den ehemaligen Kinderzimmern. Als sie nach einer Weile zurückkehrte, war ihr anzusehen, dass sie geweint hatte.

»Es muss sehr schmerzhaft für Sie sein, Ihr einstiges Elternhaus wiederzusehen«, sagte er. Mit einer Handbewegung forderte er sie auf, am Küchentisch Platz zu nehmen und reichte ihr eine Tasse Tee. Er hatte den Tee absichtlich stark gemacht, damit sie wieder zu Kräften käme.

»Ja, es ist schwerer, als ich dachte«, gab sie zu. Vorsichtig nippte sie an dem heißen Tee. Dem Comte fiel auf, wie jung und wie hübsch sie war. Er selbst war vor kurzem vierzig Jahre alt geworden, fast doppelt so alt wie Marie-Ange.

»Das ist auch nicht verwunderlich«, bemerkte er ernst. »Ich habe von dem schlimmen Schicksal gehört, das Ihrer Familie und Ihnen widerfahren ist.« An seinem Verhalten war nichts Arglistiges oder Zweideutiges. Er wirkte einfach nur sehr freundlich und verständnisvoll. »Mir hat das Schicksal auch schwer zugesetzt«, fuhr er fort. »Vor zehn Jahren habe ich bei einem Brand meine Frau und meinen Sohn verloren. Ich wohnte damals übrigens in einem ähnlichen Château wie diesem, doch nach dem Tod meiner Familie habe ich es dort nicht mehr ausgehalten und das Anwesen verkauft. Man kann einen solchen Verlust nur schwer verwinden, wenn überhaupt. Dieses Château habe ich nur deshalb gekauft, weil es mich so an mein eigenes erinnert, aber es ist mir nicht leicht gefallen. Vielleicht war ich deshalb so selten hier und habe die nötigen Reparaturarbeiten immer wieder aufgeschoben. Aber wenn ich hier erst einmal fertig bin, wird es sicher wunderhübsch sein.«

»Damals war es auch wunderhübsch«, erzählte Marie-Ange, durch die unaufdringliche Offenheit des Mannes ermutigt. »Meine Mutter hat immer alle Räume mit frischen Blumensträußen geschmückt.«

»Und was waren Sie damals für ein Mädchen?«, erkundigte er sich lächelnd.

»Ich bin den lieben langen Tag auf Bäumen herumgeklettert und habe den Obstgarten geplündert.« Beide lachten bei dieser Vorstellung.

»Nun, seitdem sind Sie zweifellos erwachsener geworden«, bemerkte er neckend. Marie-Anges Gesellschaft bereitete ihm Vergnügen. Die Abende im Château konnten recht einsam sein, und da bedeutete das unerwartete Auftauchen der jungen Frau eine nette Abwechslung. »Ich werde diesmal einen Monat bleiben und möchte mit dem hiesigen Bauunternehmer die Pläne für die Renovierung ausarbeiten. Sie müssen mich wieder besuchen, wenn Sie Zeit haben. Werden Sie länger in Paris bleiben?«

Ratlos zuckte sie die Achseln. »Ich weiß noch nicht. Ich bin erst vor zwei Tagen aus den Staaten angekommen und ziemlich überstürzt hierher gefahren, weil ich unbedingt wissen wollte, was aus dem Château geworden ist. Aber im Grunde wollte ich nach Paris fahren und mich vielleicht für ein Studienjahr an der Sorbonne einschreiben.«

»Sind Sie denn für immer nach Frankreich zurückgekehrt?«

»Keine Ahnung«, gestand sie. »Ich habe mich noch nicht entschieden. Mein Vater hat mir …« Gerade noch rechtzeitig hielt sie inne. Es wäre zu indiskret, ihr ererbtes Vermögen zu erwähnen. »Ich bin jetzt in der glücklichen Lage, mein Leben frei gestalten zu können. Das will allerdings wohl überlegt sein.«

»Nun, so eine Zwickmühle lobe ich mir«, erwiderte er grinsend und schenkte ihr Tee nach. »Wo wohnen Sie, Miss Hawkins?«

»Auch das weiß ich noch nicht«, verkündete sie lachend. Ihr war bewusst, wie naiv und unreif sie klingen musste. Bernard de Beauchamps wirkte dagegen so vornehm und kultiviert. »Und bitte, nennen Sie mich Marie-Ange«, fügte sie hinzu.

»Mit dem größten Vergnügen.« Seine Manieren waren untadelig, sein Charme unwiderstehlich, und obendrein sah er blendend aus. »Mir kommt da gerade eine recht ungewöhnliche Idee«, sagte er mit einem Augenzwinkern. »Vielleicht werden Sie mich ja dafür verdammen, aber ich lasse es auf einen Versuch ankommen. Was halten Sie davon, Marie-Ange, wenn Sie einfach hier übernachten? Ich weiß, Sie kennen mich nicht, aber Sie können, wenn Sie möchten, alle Türen in Ihrem Flügel zusperren. Ich schlafe tatsächlich immer im Gästezimmer, weil es mir dort besser gefällt. Der Raum ist heller und fröhlicher. Aber die obere Suite lässt sich mühelos verriegeln, und Sie wären völlig sicher vor mir, falls Sie da Befürchtungen hätten.«

Sprachlos starrte Marie-Ange den Comte an, überwältigt von dem großzügigen Angebot. Sie konnte so viel Güte und Freundlichkeit kaum fassen. Und sie hatte kein bisschen Angst vor ihm. Von einem Mann, der so wohlerzogen und höflich war, hatte sie nichts zu befürchten. Ja, es war tatsächlich ihr größter Wunsch, in ihrem früheren Elternhaus zu übernachten und sich ihren Erinnerungen hinzugeben, die in jedem Winkel gegenwärtig waren. All die Jahre über hatte sie sich genau danach gesehnt.

»Es wäre sicher sehr unhöflich von mir, wenn ich auf dieses Angebot einginge, nicht wahr?«, fragte sie zaghaft, da sie einerseits seine Freundlichkeit nicht ausnutzen wollte, andererseits aber nichts lieber getan hätte, als in Marmouton zu bleiben.

»Ganz und gar nicht, schließlich habe ich Sie eingeladen. Und das war durchaus ernst gemeint. Wenn es mir nicht recht wäre, hätte ich Ihnen dieses Angebot niemals gemacht. Ich denke, wir werden ganz gut miteinander auskommen«, fügte er mit einem fast väterlichen Lächeln hinzu. Ohne weiteres Nachdenken nahm Marie-Ange das Angebot an, versicherte ihm jedoch hastig, sie werde gleich am nächsten Morgen nach Paris aufbrechen. »Sie können bleiben, so lange Sie wollen«, beruhigte er sie. »Wie gesagt, ich habe diesmal einen ganzen Monat eingeplant, und so ganz allein kann es hier ziemlich langweilig und öde werden.« Marie-Ange hätte ihm für die Übernachtung gern Geld angeboten, fürchtete aber, ihn damit zu kränken. Er war offensichtlich wohlhabend und obendrein ein Graf. Sie wollte ihn nicht beleidigen, indem sie das Château mit einem Hotel gleichsetzte. »Gut, nachdem das geklärt wäre, können wir uns ja den leiblichen Genüssen zuwenden«, sagte er gut gelaunt. »Was wollen wir zu Abend essen? Haben Sie einen besonderen Wunsch, oder soll ich einfach irgendetwas improvisieren? Ich bin kein begnadeter Koch, aber ich bekomme durchaus etwas Genießbares zustande. Im Auto habe ich ein paar Tüten mit Lebensmitteln.«

»Ich kann nicht verlangen, dass Sie mich auch noch verköstigen«, sagte Marie-Ange verlegen, da sie ihm keinesfalls zur Last fallen wollte. Es wäre ihr nie in den Sinn gekommen, dass sie ihm mit ihrer Gesellschaft eine echte Freude bereitete. »Wenn Sie wollen, kann ich für Sie kochen«, bot sie schüchtern an. Schließlich hatte sie jeden Abend für Tante Carole gekocht. Es waren nur einfache Gerichte gewesen, aber Tante Carole hatte sich nie beklagt.

»Sie können kochen?« Der Comte sah aus, als würde ihn dieser Gedanke amüsieren.

»In Amerika musste ich immer für meine Großtante kochen.«

»Und arbeiten, wie Aschenputtel?«, neckte er sie mit vergnügt funkelnden Augen.

»So in etwa.« Marie-Ange stand auf und stellte ihre leere Tasse in den vertrauten Ausguss. Sogleich wurden unzählige Erinnerungen an Sophie in ihr wach, und voller Trauer dachte sie an Sophies Briefe, die sie nie erreicht hatten.

»Ich werde Sie bekochen«, bestimmte er. Schlussendlich einigten sie sich jedoch auf eine kalte Mahlzeit, bestehend aus Gänseleberpastete, frischem Baguette und Brie. Dazu gab es einen exzellenten Rotwein, den Marie-Ange jedoch ablehnte.

Während des Essens unterhielten sie sich so angeregt, als würden sie sich schon seit Ewigkeiten kennen. Der Comte stammte aus Paris, hatte einen Teil seiner Kindheit in England verbracht und war anschließend wieder nach Frankreich zurückgekehrt.

Nach einer Weile ging das Gespräch zu persönlichen Themen über, und der Comte berichtete von seinem kleinen Sohn, der im Alter von vier Jahren bei dem Brand ums Leben gekommen war. Der Comte erzählte, er habe anfangs geglaubt, dass er nie darüber hinwegkommen würde, und in gewisser Weise leide er immer noch unter dem Verlust. Er habe nicht wieder geheiratet, sagte er abschließend, und führe ein sehr zurückgezogenes Leben. Auf Marie-Ange wirkte er jedoch keineswegs verbittert oder verknöchert, sondern im Gegenteil sehr amüsant und unterhaltsam.

Um zehn Uhr erhoben sie sich vom Tisch, und er begleitete sie in die ehemaligen Räume ihrer Eltern. Nachdem er sich vergewissert hatte, dass die Betten frisch bezogen waren, wünschte er ihr mit einer höflichen Verbeugung eine gute Nacht und begab sich in die Gäste-Suite im gegenüberliegenden Flügel.

Als Marie-Ange im breiten Ehebett ihrer Eltern lag, war an Schlaf freilich nicht zu denken. Die Vergangenheit stürmte mit aller Macht auf sie ein, Bilderfetzen und Fragmente einer längst erloschenen, glücklichen Zeit. In diesen vertrauten Gemäuern hatte sie das Gefühl, die Gegenwart ihrer Eltern und ihres Bruders noch immer zu spüren, und ihr Herz und ihre Gedanken weilten die ganze Nacht bei ihnen.

Achtes Kapitel

Als Marie-Ange am nächsten Morgen in die Küche kam, fühlte sie sich nach der unruhigen Nacht wie zerschlagen. Der Comte saß bereits am Frühstückstisch, trank einen Milchkaffee und las Zeitung.

»Wie haben Sie geschlafen?«, fragte er, besorgt über ihre Blässe und die dunklen Schatten unter ihren Augen.

»Ach … mir sind eine Menge Dinge durch den Kopf gegangen. Hier ist alles voller Erinnerungen«, erklärte sie. Auf seine einladende Geste hin setzte sie sich zu ihm an den Tisch, beschloss jedoch, baldmöglichst aufzubrechen, um seine Gastfreundschaft nicht länger zu strapazieren.

»Das habe ich, offen gestanden, befürchtet«, sagte er, während er ihr eine große Tasse Milchkaffee einschenkte. »Es dauert seine Zeit, bis man schmerzliche Erfahrungen verarbeitet hat.«

»Bei mir ist das nun zehn Jahre her«, murmelte sie. Sie nippte an ihrem Kaffee und musste dabei zwangsläufig an Robert und seine aufgeweichten Zuckerwürfel denken.

»Und hier sind Sie plötzlich wieder mit Ihrer Vergangenheit konfrontiert«, bemerkte der Comte einfühlsam. »Ich kann mir vorstellen, wie Sie das mitnimmt. Hätten Sie Lust auf einen Spaziergang oder auf einen Besuch auf dem Gehöft?«

»Nein, vielen Dank. Sie sind wirklich sehr freundlich«, erwiderte sie lächelnd. »Aber ich werde heute nach Paris zurückfahren.« Es gab keinen Grund, noch länger hier zu bleiben. Sie hatte eine Nacht gehabt, um sich ihren Erinnerungen hinzugeben, doch das Château gehörte jetzt Bernard de Beauchamps. Es war an der Zeit, einen Schlussstrich zu ziehen.

»Haben Sie in Paris einen wichtigen Termin?«, erkundigte er sich ruhig. »Oder meinen Sie lediglich, es sei ungehörig, wenn Sie noch länger hier blieben?«

Sie nickte und sah ihn verlegen an. Seine Miene war frei von Spott oder Zweideutigkeit. Marie-Ange dachte, dass die meisten Menschen wohl geschockt gewesen wären, weil sie eine Nacht allein im Haus eines Fremden verbracht hatte, aber sie fühlte sich in der Gegenwart des Comtes vollkommen sicher.

»Ich denke, Sie sollten Gelegenheit haben, Ihr neues Heim zu genießen, ohne dass eine Fremde Ihr Schlafzimmer in Beschlag nimmt«, sagte sie fest. »Sie sind sehr liebenswürdig, Monsieur le Comte, aber ich habe kein Recht mehr, hier zu sein.«

»Als mein Gast haben Sie jedes Recht darauf. Abgesehen davon würde ich für die Renovierungsarbeiten gern Ihren Rat einholen, denn wer wüsste besser als Sie, wie das Château früher aussah? Ich wäre Ihnen wirklich sehr dankbar, wenn Sie mir ein wenig Ihrer kostbaren Zeit schenken würden. Wäre das möglich?«

Wenn Marie-Ange etwas im Überfluss besaß, so war es Zeit. »Sind Sie sicher, Monsieur le Comte?«, fragte sie, fassungslos über seine enorme Großherzigkeit und Güte.

»Ganz sicher. Und lassen Sie doch bitte die förmliche Anrede. Nennen Sie mich einfach Bernard.«

Vor dem Mittagessen machten sie einen ausgedehnten Spaziergang, auf dem sie ihm erzählte, wie es früher in der Gegend ausgesehen hatte. Um ihnen den langen Rückweg zu ersparen, rief er vom Gehöft aus Alain an, damit er sie im Wagen abholte.

Anschließend fuhr Marie-Ange in die Stadt und kaufte Lebensmittel sowie einige Flaschen guten Wein für Bernard, um sich für seine Gastfreundschaft erkenntlich zu zeigen. Eigentlich wollte sie am Abend etwas kochen, doch er meinte, er würde lieber mit ihr auswärts essen. Er führte sie in kleines gemütliches Restaurant in der Nähe, das erst vor kurzem eröffnet worden war, und sie verbrachten einen wunderbaren Abend miteinander. Bernard war ein ausgezeichneter Unterhalter, charmant, witzig und intelligent. Die Stimmung zwischen ihnen war so locker und entspannt, als wären sie alte Freunde.

Wie am Abend zuvor geleitete er Marie-Ange bis zur Tür des Elternschlafzimmers, und als sie diesmal zu Bett ging, schlief sie sofort ein. Am nächsten Morgen erwachte sie mit dem festen Vorsatz, nun endgültig abzureisen. Entschlossen ging sie in die Küche hinunter und teilte Bernard ihr Vorhaben mit.

»Offenbar habe ich etwas getan, das Sie beleidigt hat, Marie-Ange«, sagte er mit gespielt zerknirschtem Gesicht und fügte gleich darauf ernst hinzu: »Bitte, bleiben Sie noch für eine Weile. Wie gesagt, ich wäre Ihnen für Ihre Hilfe unendlich dankbar.«

Marie-Ange wusste weder ein noch aus. Es war völlig verrückt. Sie war einfach wieder in ihr Elternhaus eingezogen und lebte dort mit einem fremden Mann zusammen, als wäre das die selbstverständlichste Sache der Welt. Und auch er schien es völlig normal zu finden und verstand es, jegliche Bedenken sofort zu zerstreuen.

»Können Sie es sich nicht noch einmal überlegen?«, bat er. »Ich gebe am Wochenende eine Dinnerparty und würde Sie sehr gern einigen Freunden vorstellen. Meine Freunde wird es sicher interessieren, was Sie über Marmouton erzählen können. Einer von ihnen ist Architekt; er wird meine Renovierungspläne ausarbeiten. Es wäre mir wirklich sehr daran gelegen, Sie dabeizuhaben. Außerdem ist mir rätselhaft, weshalb Sie überhaupt abreisen wollen. In Paris erwarten Sie keine dringenden Angelegenheiten, und Sie sagten selbst, dass Sie jede Menge Zeit haben.«

»Sind Sie meiner noch nicht überdrüssig?«, fragte Marie-Ange besorgt, musste dann jedoch selbst über die Frage lächeln. Er demonstrierte mit jeder Geste, dass er sie gern um sich hatte, beinahe so, als habe er sie erwartet, und es schien ihm auch absolut nichts auszumachen, dass sie das Schlafzimmer besetzte und sich hier im wahrsten Sinn des Wortes zu Hause fühlte. Nein, er behandelte sie nicht wie einen Eindringling, sondern wie einen willkommenen Gast und Freund.

»Warum sollte ich Ihrer überdrüssig sein? Was für ein törichter Gedanke! Sie sind eine bezaubernde Gesellschaft, und darüber hinaus sind Ihre Kenntnisse über das Château von unschätzbarem Wert für mich.« In der Tat hatte sie ihm einen Geheimgang gezeigt, den Robert und sie einmal entdeckt hatten, und er war fasziniert davon gewesen. Nicht einmal Alain hatte von dem Gang gewusst, obwohl er als Verwalter im Schloss ein und ausging. »Nun, werden Sie bleiben? Und wenn Sie wirklich schon gehen müssen – was ich für meinen Teil nicht glaube –, dann warten Sie doch bitte noch bis nach dem Wochenende.«

»Und ich falle Ihnen auch wirklich nicht zur Last?«

»Ganz im Gegenteil, Marie-Ange. Ich bin gern mit Ihnen zusammen.«

Und so blieb Marie-Ange. Um sich ein wenig zu revanchieren, steuerte sie weiterhin Lebensmittel bei, und jeden Abend entbrannte aufs Neue eine scherzhafte Debatte, wer denn nun kochen dürfe. Zudem bestand Bernard darauf, sie noch einmal in das kleine Restaurant einzuladen. Als dann das Wochenende anbrach, waren sie beste Freunde geworden. Sie konnten sich stundenlang über alle möglichen Themen unterhalten. Da Bernard sehr an Politik interessiert war, klärte er Marie-Ange über die politische Situation in Frankreich auf und ließ sich von ihr die amerikanischen Verhältnisse erläutern. Er erzählte ihr von den Menschen aus seinem Bekanntenkreis, von seinen Freunden und gelegentlich auch von seiner verstorbenen Frau und seinem Sohn. Bernard hatte früher für eine Bank gearbeitet und war jetzt als selbstständiger Berater tätig, was ihm viel Freizeit ermöglichte. Jahrelang hatte er hart gearbeitet, war aber nach dem schrecklichen Verlust seiner kleinen Familie so verzweifelt gewesen, dass er seine feste Stelle aufgegeben hatte. Inzwischen genoss er es, sich hin und wieder dem harten Konkurrenzkampf zu entziehen und einfach Urlaub zu machen. Für Marie-Ange klang das alles sehr vernünftig.

Kurz vor dem Wochenende beschloss sie, Billy anzurufen, um ihn über den neusten Stand der Dinge zu unterrichten. Um Bernard nicht die Kosten für ein Überseegespräch aufzubürden, fuhr sie zur Post und rief von einer Telefonzelle aus an.

»Rate mal, wo ich bin!«, rief sie aufgeregt, sobald sie Billy am Apparat hatte.

»Hm, ich würde sagen in Paris. An der Sorbonne.« Er hoffte noch immer, sie würde nach Iowa zurückkommen und ihr Studium beenden. Bei der Vorstellung, sie könne sich an der Sorbonne eingeschrieben haben, befiel ihn eine leichte Enttäuschung.

»Viel besser! Rate noch mal!« Es machte ihr Spaß, ihn zu necken, und jetzt merkte sie auch, wie sehr sie die Gespräche mit ihm vermisst hatte.

»Keine Ahnung. Ich gebe es auf«, erwiderte er vergnügt.

»Ich bin in Marmouton. Und ich wohne im Château.«

»Hat man es in ein Hotel umgewandelt?« Er freute sich für sie, denn sie klang so glücklich und zufrieden wie lange nicht mehr. Offenbar hatte sie Frieden mit ihrer Vergangenheit geschlossen und war mit sich und der Welt im Reinen. Es war gut, dass sie nach Marmouton gereist war.

»Nein, es ist nach wie vor in privater Hand. Der neue Besitzer ist ein unglaublich netter Mann, der mich bei sich wohnen lässt.«

»Hat er Familie?«, erkundigte sich Billy in so argwöhnischem Ton, dass sie in helles Gelächter ausbrach.

»Er *hatte* Familie«, erklärte sie. »Seine Frau und sein Sohn sind bei einem Brand ums Leben gekommen.«

»Erst vor kurzem?«

»Vor zehn Jahren«, berichtete sie wahrheitsgemäß. Marie-Ange wusste, dass sie von Bernard nichts zu befürchten hatte. Er hatte sich immer absolut korrekt verhalten, und sie betrachtete ihn als ihren Freund. Das ließ sich freilich am Telefon nur schwer erklären. Sie fühlte einfach instinktiv, dass sie Bernard vertrauen konnte.

»Wie alt ist er denn?«

»Vierzig«, antwortete sie in einem Ton, als wären es hundert Jahre. Und verglichen mit ihrer Jugend war er tatsächlich uralt.

»Marie-Ange, das ist gefährlich!«, mahnte Billy besorgt. »Du lebst allein mit einem vierzigjährigen Witwer unter einem Dach. Was genau spielt sich zwischen euch ab?«

»Wir sind Freunde. Er will das Château renovieren, und ich helfe ihm, indem ich ihm erzähle, wie es früher ausgesehen hat.«

»Warum bist du nicht in einem Hotel abgestiegen?«

»Weil ich lieber im Château wohne. Natürlich habe ich seine Einladung zunächst abgelehnt, aber er hat nicht locker gelassen. Er meint, ich könne ihn bei seinen Renovierungsarbeiten beraten und ihm dadurch eine Menge Zeit sparen.«

»Ich finde, du bewegst dich da auf sehr dünnem Eis, Marie-Ange«, beharrte Billy. »Und was, wenn er zudringlich wird oder über dich herfällt? Du bist ganz allein mit ihm im Haus.«

»So etwas würde er nie tun, glaub mir. Für das Wochenende hat er übrigens Freunde eingeladen, denen er mich vorstellen will.«

Einerseits freute sich Billy für Marie-Ange, andererseits verstand er nicht, wie sie so dumm sein konnte, einem Fremden zu vertrauen. Doch je mehr Einwände er erhob, desto mehr lachte sie ihn aus. Sie klang mit einem Mal sehr französisch.

»Tu, was du nicht lassen kannst, aber sei bitte vorsichtig. Du weißt ja nicht einmal, wer er ist, außer, dass er der neue Besitzer des Châteaus ist. Das reicht nicht.«

»Er ist ein sehr ehrbarer Mann«, verteidigte Marie-Ange Bernard.

»Vielleicht macht er dir nur etwas vor«, entgegnete Billy halsstarrig, aber gleich darauf bedauerte er seine harten Worte. Sie klang so glücklich und gelöst und freute sich so sehr, wieder zu Hause zu sein. Denn aus dem, was sie sagte und wie sie es sagte, ging klar hervor, dass sie das Château nach wie vor als ihr Zuhause betrachtete. Als sie ihm nun von Sophies Briefen erzählte, war er nicht sehr erstaunt. Ein solch perfides Vorgehen passte zu Tante Carole. »Wie auch immer«, sagte er zum Abschluss, »pass gut auf dich auf und halte mich bitte auf dem Laufenden.«

»Das werde ich sicher. Du musst dir keine Sorgen um mich machen, Billy. Mir geht es blendend«, erwiderte sie, und das war in der Tat unverkennbar. »Trotzdem fehlst du mir«, fügte sie leise hinzu. Auch er vermisste sie. Und trotz ihrer Beteuerungen machte er sich große Sorgen um sie.

Am nächsten Morgen trafen Bernards Freunde ein, eine lebhafte und ausgelassene Truppe. Männer wie Frauen waren gebildet, witzig, gut gekleidet und ausgesprochen freundlich zu Marie-Ange. Bernard stellte sie vor und erzählte, dass sie ihre Kindheit im Château verbracht hatte. Einer der Männer horchte bei ihrem Namen auf und fragte, ob sie etwa die Tochter des Unternehmers John Hawkins sei. Als Marie-Ange bejahte, meinte er, ihr Vater sei ein sehr angesehener und erfolgreicher Geschäftsmann gewesen. Bernard hatte von Marie-Ange bereits über die romantische Liebesgeschichte ihrer Eltern erfahren und war sehr berührt davon gewesen. Doch weitaus mehr beeindruckte ihn nun, was sein Freund über den erfolgreichen Weinexport ihres Vaters erzählte. Innerlich schmunzelnd, überlegte Marie-Ange, dass Männer von geschäftlichen Dingen offenbar mehr fasziniert waren als von Herzensangelegenheiten.

Es wurde ein idyllisches Wochenende mit interessanten Gesprächen, langen Spaziergängen und einer fröhlichen Dinnerparty. Als Marie-Ange dann am Montag ihre Reisetasche packte, bat Bernard sie inständig, noch eine Weile zu bleiben. Aber diesmal ließ sich Marie-Ange nicht umstimmen. Sie hatte seine Gastfreundschaft lange genug in Anspruch genommen und ihm alles, was sie wusste, über das Château erzählt. Es war höchste Zeit, nach Paris zurückzukehren und ihr Leben selbst in die Hand zu nehmen. Sie hatte zehn wundervolle Tage in Marmouton verbracht, die ihr Kraft gegeben hatten und von denen sie noch lange zehren würde. Beim Abschied bedankte sie sich überschwänglich bei Bernard und war gerührt, als er sie auf beide Wangen küsste und ihr sagte, wie traurig er über ihre Abreise sei.

In Paris stieg sie wieder in demselben Hotel wie bei ihrer Ankunft ab, und als sie abends allein im Hotelrestaurant beim Essen saß, dachte sie an Bernard und die schönen Tage im Château zurück. Bernard hatte ihr mit dieser Möglichkeit, sich mit ihrer Vergangenheit zu konfrontieren, ein kostbares Geschenk gemacht, und sie war ihm unendlich dankbar dafür. Gleich am nächsten Morgen schrieb sie ihm einen langen Brief, in dem sie sich noch einmal für alles bedankte. Tags darauf ging sie schließlich erneut zur Sorbonne, um sich wegen eines Studiums zu erkundigen. Sie war nach wie vor unschlüssig, ob sie sich an der Sorbonne einschreiben oder ob sie ihr letztes Collegejahr in Iowa abschließen sollte. Um in Ruhe darüber nachdenken zu können, machte sie am selben Nachmittag einen langen Spaziergang entlang der Seine. Auf dem Rückweg in ihr Hotel kam ihr plötzlich Bernard de Beauchamps entgegen.

»Was machen Sie denn hier?«, rief sie verwundert. »Ich dachte, Sie wollen für längere Zeit in Marmouton bleiben?«

»Das hatte ich auch vor«, sagte er mit zerknirschter Miene. »Aber ich musste Sie sehen. Das Château kam mir nach Ihrer Abreise wie ein Grab vor.«

Sie war gerührt und geschmeichelt zugleich, sagte sich aber, dass er wahrscheinlich geschäftliche Dinge in der Stadt zu erledigen hatte. Dennoch freute sie sich, ihn zu sehen.

Am Abend führte er sie zum Essen ins *Lucas Carton* und tags darauf zum Mittagessen ins *Chez Laurent*. Während der ganzen Zeit bat er sie immer wieder, mit ihm nach Marmouton zurückzukehren, und wenn es auch nur für ein paar Tage wäre. Anfangs widerstand sie ihm noch, aber schließlich gab sie sich geschlagen und willigte ein. Sie packte ihre Sachen, gab auf Bernards Geheiß hin den Leihwagen zurück und fuhr bei ihm mit. Die Fahrt verging wie im Flug; sie plauderten angeregt über dies und das, hielten unterwegs in einem kleinen Dorf an, um einen Kaffee zu trinken, und als sie schließlich in Marmouton ankamen, hatte Marie-Ange das Gefühl, nach Hause zu kommen.

Diesmal blieb sie eine Woche, und in dieser Zeit wurden Bernard und sie noch vertrauter miteinander. Sie streiften durch die Wälder, erkundeten in stundenlangen Wanderungen das Umland und bekochten sich abends gegenseitig.

Nachdem Bernard Marie-Ange nach Paris zurückgebracht hatte, fuhr er für einige Tage nach Marmouton zurück und besuchte sie dann erneut in Paris. Sie waren ständig zusammen, spazierten durch den Bois de Boulogne, schlenderten über Flohmärkte und probierten neue Restaurants aus. Marie-Ange fühlte sich in Bernards Gesellschaft so wohl, wie sie es sonst nur bei

Billy erlebt hatte. Er war ein echter Freund geworden. Das Einzige, was ihr Kopfzerbrechen bereitete, war die Frage, ob sie sich an der Sorbonne einschreiben oder an das College in Iowa zurückgehen sollte. So sehr sie das jeweilige Für und Wider auch abwog, sie konnte sich zu keiner Entscheidung durchringen.

Als sie mit Bernard auf einer Bank in den Tuileries saß, brachte sie das Thema zur Sprache. »Hm, bevor du dich entscheidest, hätte ich noch einen anderen Vorschlag zu machen«, sagte Bernard geheimnisvoll. Erwartungsvoll sah sie ihn an, denn inzwischen wusste sie, dass Bernard immer für eine Überraschung gut war. Aber als er ihr dann vorschlug, ihn nach London zu begleiten, fiel sie aus allen Wolken. »Ich habe dort geschäftlich zu tun«, erklärte er. »Trotzdem bleibt genügend Zeit für Unternehmungen. Wir können ins Theater gehen, in *Harry's Bar* essen, im *Annabel's* das Tanzbein schwingen. Glaub mir, Marie-Ange, das wird dir gut tun. Am Wochenende würden wir nach Marmouton zurückfahren, und danach kannst du entscheiden, was du tun wirst.« Er sprühte förmlich vor Begeisterung und sah Marie-Ange so flehend an, dass sie schließlich lachend einwilligte.

Und so flogen sie nach London, nahmen sich im *Claridge's* zwei Einzelzimmer und stürzten sich jeden Abend ins Nachtleben. Marie-Ange verliebte sich sofort in die quirlige Stadt. Sie gingen ins Theater, besuchten eine Auktion bei *Sotheby's*, stöberten in Antiquitätenläden herum, kurzum: Sie verbrachten eine herrliche Zeit. Entgegen ihrer sonstigen Gepflogenheiten rief Marie-Ange Billy nicht an, um ihn über ihren Trip nach London zu unterrichten. Er hätte es nicht verstanden, dessen war sie sich sicher. Ihr selbst war dieses Jet-set-Leben ebenfalls ein wenig unheimlich, obwohl sie es gleichzeitig in vollen Zügen genoss. Und Bernard verhielt sich ihr gegenüber nach wie vor einwandfrei und unternahm keinerlei Annäherungsversuche. Sie waren einfach nur gute Freunde – bis zu jenem Abend im

Annabel's, als er sich nach dem Tanzen zu ihr hinunterbeugte und sie auf den Mund küsste. Es war nur ein zarter Kuss, der sie dennoch zutiefst verwirrte, da sie nicht wusste, wie er gemeint war. Danach taten beide so, als wäre nichts geschehen, und doch hätte Marie-Ange gern mit jemandem darüber gesprochen. Aber außer Bernard hatte sie keine Freunde, und Billy konnte sie in dieser Angelegenheit wohl kaum um Rat fragen.

Als Bernard und Marie-Ange am Wochenende nach Marmouton zurückkehrten, kam er von sich aus auf das Thema zu sprechen. Sie spazierten wie so oft Hand in Hand durch den Wald, nur war diesmal eine merkwürdige Spannung zu spüren.

Unvermittelt blieb Bernard stehen und sah Marie-Ange ernst an. »Marie-Ange, ich habe mich in dich verliebt«, sagte er leise. »Das ist mir seit dem Tod meiner Frau nicht mehr passiert. Ich will ganz offen zu dir sein, damit du weißt, woran du bist.«

Marie-Ange war durch seine Worte tief berührt, und ihr wurde bewusst, dass zwischen ihnen tatsächlich etwas gewachsen war, das über bloße Freundschaft hinausging.

»Klingt das für dich abwegig, weil wir uns erst so kurze Zeit kennen?«, fügte er mit ängstlicher Miene hinzu. »Sicher, mein Verstand sagt mir, dass ich viel älter bin als du. Ich habe kein Recht, in dein Leben einzugreifen, zumal du vielleicht nach Amerika zurückgehen willst. Aber mein Herz sehnt sich nur danach, mit dir zusammen zu sein. Was meinst du dazu, Marie-Ange?«

»Ich bin sehr bewegt«, sagte sie vorsichtig. »Ich hätte nie gedacht, dass du so für mich empfindest, Bernard.« Natürlich schmeichelte es ihr, dass ein so gebildeter und schillernder Mann wie er sich in sie verliebt hatte. Andererseits waren auch ihre Gefühle für ihn stärker, als sie es sich bisher eingestanden hatte. Sie hatte sie vorher immer verdrängt, da sie überzeugt gewesen war, dass er sie lediglich als Freundin betrachtete. Doch er hatte ihr nicht nur sein Herz geöffnet, sondern auch sein Heim. Er hatte sie rückhaltlos und bedingungslos bei sich aufgenommen, und jetzt sehnte sie sich nur noch danach, mit ihm zusammen im Château zu leben. So verrückt es sich auch anhören mochte, aber irgendwie hatte sie das Gefühl, dieser Mann sei ihr vom Schicksal bestimmt worden.

»Wie soll es nun mit uns weitergehen, meine Liebste?«, fragte er so zärtlich, dass ihr das Herz überströmte. Und als er sie dann in jenem Wald küsste, wo sie als Kind gespielt hatte, schien die Zeit für einen Moment stillzustehen.

»Das ist alles so neu für mich«, wisperte sie. »Ich war noch nie verliebt.« Die Liebe war für sie ein unbekanntes Terrain und ungemein aufregend. Sie hatte das Gefühl, ihr ganzer Körper würde vibrieren.

»Vielleicht sollten wir uns noch ein wenig Zeit lassen«, sagte er vernünftig. Doch sie waren beide schon zu sehr von ihren Gefühlen beherrscht, um noch Vernunft walten zu lassen.

Sie blieben länger als geplant in Marmouton. Bernard verwöhnte Marie-Ange maßlos, überhäufte sie mit Blumen und kleinen, liebevoll ausgesuchten Geschenken, und wann immer sie sich ansahen, konnte sie nicht anders, als sich zu küssen. Bernard war so leidenschaftlich verliebt, dass Marie-Ange einfach mitgerissen wurde und sich nicht länger gegen ihre Gefühle sträubte. Im November, etwas mehr als einen Monat nach ihrer ersten Begegnung, liebten sie sich zum ersten Mal. Und als sie danach eng umschlungen dalagen, sagte er all jene süßen Worte, die Marie-Ange nur aus Büchern kannte. Nie hätte sie zu träumen gewagt, dass ein Mann einmal so zu ihr reden würde.

»Ich möchte dich heiraten«, flüsterte er. »Ich möchte mit dir Kinder haben. Ich möchte immer, immer mit dir zusammen sein.« Er sagte, seit dem Verlust seiner Frau und seines Sohnes wisse er um die Vergänglichkeit des Lebens, und er wolle nun jeden Moment auskosten. Marie-Ange war so glücklich wie nie zuvor. Ihre Leidenschaft war erweckt worden, und sie konnte gar nicht genug von Bernard bekommen. »Was tun wir da nur, Marie-Ange?«, stöhnte er schließlich bekümmert. »Ich bin ein Mann von vierzig Jahren, und du bist ein blutjunges Mädchen. Wenn die Leute herausfinden, dass wir eine Beziehung haben, werden sie sicher schlecht über dich reden, und das möchte ich nicht. Nein, das könnte ich nicht ertragen.« Er wirkte so niedergeschlagen, dass sie schon fürchtete, er habe es sich anders überlegt und wolle ihre Romanze wieder beenden. Doch gleich darauf stellte er klar, wie er es gemeint hatte. »Du hast keine Familie, die dich beschützt. Du stehst ganz allein in der Welt und bist mir auf Gedeih und Verderben ausgeliefert.«

»Mir gefällt es ganz gut, dir ausgeliefert zu sein«, erwiderte sie lächelnd.

»Nein, ich meine es ernst. Wenn du eine Familie hättest, die dir zur Seite steht, würde es anders aussehen.«

»Was schlägst du also vor? Willst du mich adoptieren?«, neckte sie ihn. Es gefiel ihr, dass er sich um sie sorgte und ihre Ehre schützen wollte. Das hatte bisher noch niemand getan, außer vielleicht Billy, und der war nur ein Junge. Bernard hingegen war ein richtiger Mann. Er war alt genug, um ihr Vater sein zu können, und mitunter benahm er sich auch so. Aber da Marie-Ange ihren eigenen Vater so früh verloren hatte, genoss sie diese Fürsorge umso mehr. Ja, sie war bis über beide Ohren in ihn verliebt.

»Ich will dich nicht adoptieren, Marie-Ange«, beantwortete er ihren Scherz mit feierlichem Ernst und nahm ihre Hand. »Ich möchte dich heiraten. Und ich denke, wir sollten damit nicht mehr allzu lange warten. Obwohl wir uns erst kurze Zeit kennen, sind wir vertrauter miteinander als die meisten anderen Paare nach fünf Jahren. Wir haben keine Geheimnisse voreinander, wir sind seit unserer ersten Begegnung nahezu unentwegt zusammen gewesen. Marie-Ange,« – er sah sie zärtlich an – »ich liebe dich so sehr, wie ich noch niemals einen Menschen geliebt habe.«

»Ich liebe dich auch, Bernard«, erwiderte sie weich. Sein Heiratsantrag verblüffte sie. Alles ging so schnell, dass sie gar nicht mehr zum Nachdenken kam. Dennoch schien es ihr das einzig Richtige zu sein. Die Sorbonne und das College zählten nicht mehr. Jetzt gab es nur noch Bernard, ihr gemeinsames Leben im Château – und vielleicht bald eine eigene Familie. Er bot ihr ein Leben an, das sie sich selbst in ihren kühnsten Träumen nicht erhofft hätte.

»Lass uns noch diese Woche heiraten«, bat er. »Hier, in Marmouton. Wir können uns in der Kapelle trauen lassen und dann unser gemeinsames Leben beginnen. Es wird für uns beide ein neuer Anfang werden.« Eindringlich blickte er sie an. »Marie-Ange, willst du meine Frau werden?«

»Ich … Ja, ich will«, sagte sie mit tränenfeuchten Augen.

Sie verbrachten den ganzen Nachmittag im Bett und liebten sich wieder und wieder. Gleich am nächsten Tag ging Bernard zum Pfarrer und machte einen Termin aus. Und Marie-Ange rief Billy an, diesmal aber vom Château aus. Anfangs wusste sie nicht, wie sie es ihm beibringen sollte. Sie hatte Angst, ihn zu verletzen, obgleich sie ihm in Bezug auf ihrer beider Verhältnis nie etwas vorgemacht hatte. Nachdem sie eine Weile herumgedruckst hatte, platzte sie schließlich übergangslos mit ihrer Neuigkeit heraus.

»Du wirst was?«, schrie Billy fassungslos. »Ich dachte, ihr seid nichts weiter als gute Freunde!« Er war völlig entsetzt und schimpfte, sie habe offenbar den Verstand verloren. Marie-Ange hatte vorher nie zu impulsiven Handlungen geneigt, aber sie war nun einmal hoffnungslos in Bernard verliebt. Er war der Mittelpunkt ihres Lebens geworden, ein Mann voller Leidenschaft, Entschlossenheit und mit einer ungemein starken Ausstrahlung. Er hatte Marie-Anges Herz binnen kurzer Zeit im Sturm erobert.

»Wir waren wirklich nur gute Freunde, aber daraus hat sich plötzlich mehr entwickelt«, sagte sie kleinlaut, da sie nicht mit einer derart heftigen Reaktion gerechnet hatte.

»Mag sein, aber trotzdem solltest du dir noch etwas Zeit geben, um deine Gefühle zu überprüfen. Du bist erst seit kurzem in Frankreich. Die Rückkehr ins Château hat dich sicherlich sehr aufgewühlt. Ich denke, dein spontaner Entschluss zu heiraten, hängt vor allem damit zusammen«, argumentierte Billy.

»Nein, das stimmt nicht«, widersprach sie trotzig. »Das hat einzig mit Bernard zu tun.«

Billy wollte sie nicht fragen, ob sie mit ihm schlief. Aber davon konnte man eigentlich ausgehen. Und so sehr er auch an ihre Vernunft appellierte, sie wollte einfach nicht auf ihn hören. Als er schließlich den Hörer auflegte, war er außer sich vor Sorge, aber er wusste, er konnte nichts tun. Marie-Ange war sich dessen sicher nicht bewusst, aber wie er die Sache einschätzte, wollte sie diesen Mann, den sie kaum kannte, vor allem deswegen heiraten, weil er im Château ihres Vaters lebte. Darüber hinaus war er auch noch ein Graf, was ihrem Sinn für Romantik entsprach. Mit einer Mischung aus Hilflosigkeit und Wut starrte Billy das Telefon an, als könne er Marie-Ange dadurch umstimmen.

»Wer war das?«, fragte Bernard, nachdem Marie-Ange am anderen Ende der Leitung aufgelegt hatte.

»Mein bester Freund aus Iowa.« Sie lächelte ihn an. »Er denkt, ich habe meinen Verstand verloren.« Es betrübte sie, Billy Kummer zu bereiten, doch sie war sich Bernards und ihrer Liebe absolut sicher.

»Ich habe auch den Verstand verloren«, erwiderte Bernard grinsend. »Das scheint wohl ansteckend zu sein.«

»Was hat der Pfarrer gesagt?«, erkundigte Marie-Ange sich interessiert. Trotz Billys Argumenten zweifelte sie keine Sekunde an der Richtigkeit ihrer Entscheidung. Billy misstraute Bernard, das war nur allzu verständlich, doch mit der Zeit würde er seinen Irrtum einsehen. Obwohl er sich so heftig gegen ihre Heirat ausgesprochen hatte, bedauerte sie es nicht, ihn angerufen zu haben. Schließlich war er ihr bester Freund, ihr Bruder und Vertrauter. Am Ende des Gesprächs hatte er gesagt, sie solle ihn wieder anrufen, wenn sie zur Besinnung gekommen wäre, aber natürlich auch dann, wenn dieser wünschenswerte Fall nicht eintreten sollte. Und er hatte versprochen, weiterhin ihr Freund zu bleiben und immer für sie da zu sein. Doch so sehr sie Billy auch liebte, er war nun weniger wichtig für sie geworden. Sie ging völlig in Bernards Welt auf und fragte sich unentwegt, was seine Freunde wohl über die Heirat denken mochten – wenngleich ihm das gleichgültig zu sein schien. Ja, sie waren beide absolut überzeugt davon, das Richtige zu tun.

»Ich habe mit dem Pfarrer abgesprochen, dass wir uns in zwei Tagen, also am Freitag, auf dem Standesamt trauen lassen. Am Samstag wird dann die kirchliche Trauung in der Kapelle stattfinden. Er will noch heute das Aufgebot aushängen. Monsieur le Comte und Madame la Comtesse – wie hört sich das für dich an?«, fügte er schmunzelnd hinzu.

Daran hatte Marie-Ange bisher noch gar nicht gedacht: Sie würde eine Gräfin werden. Es war wirklich wie im Märchen. Noch vor vier Monaten war sie Tante Carols Sklavin gewesen, das Aschenputtel, und jetzt war sie plötzlich eine reiche Erbin und die zukünftige Gemahlin eines Grafen, der sie anbetete. Und als wäre das nicht genug, würde sie auch noch nach Marmouton, in ihr einstiges Elternhaus zurückkehren. Ihr wurde ganz schwindlig, wenn sie darüber nachdachte.

Und das Märchen wurde Wirklichkeit, denn zwei Tage später

gingen sie tatsächlich zum Standesamt und tags darauf standen sie in der Kapelle und gaben sich auch vor Gott das Jawort. Madame Fournier und Alain waren die Trauzeugen; die alte Frau weinte während der gesamten Zeremonie und dankte Gott, dass Marie-Ange nach Hause zurückgekehrt war.

Anschließend stießen sie im Château mit Champagner an, und nachdem die Fourniers und der Pfarrer gegangen waren, hob Bernard Marie-Ange schwungvoll hoch, trug sie in die Gäste-Suite hinauf und legte sie in ihrem hübschen seidenen Brautkleid sanft auf dem Bett ab. Zärtlich strich er über ihr goldenes Haar und küsste sie. »Ich bete dich an, Marie-Ange«, raunte er. Selig vor Glück erwiderte sie seinen Kuss. Behutsam entkleidete Bernard seine Braut und streifte auch seine Kleidung ab. Als sie sich in jener Hochzeitsnacht liebten, war er nur von dem Wunsch beseelt, sie glücklich zu machen. Und von der Hoffnung, dass sie sein Kind empfing.

Neuntes Kapitel

Ihr erstes gemeinsames Weihnachtsfest im Château war wunderschön. Am Mittag wanderten sie durch die stille, schneebedeckte Landschaft zum Gehöft, überreichten ihre Geschenke und ließen sich dann auf Madame Fourniers Drängen hin zu einem Gläschen selbst gemachtem Kräuterlikör einladen. Zurück im Château schmückten sie den Baum, zündeten die duftenden Bienenwachskerzen an und standen andächtig und eng umschlungen davor. Für Marie-Ange war dieses erste Weihnachtsfest im Château ihrer Kindheit voller nostalgischer Gefühle, die nun aber, mit Bernard an ihrer Seite, frei von jedem Stachel waren. Nach dem Abendessen rief sie Billy in Iowa an; er freute sich über ihr Glück, wenngleich er erneut zu bedenken gab, dass sie ihren Ehemann kaum kannte und zu überstürzt geheiratet hatte. Sie versuchte Billy so gut sie konnte zu beruhigen. Und in der Tat war sie nie zuvor glücklicher gewesen.

»Wer hätte noch vor einem Jahr gedacht, dass ich das nächste Weihnachtsfest als Hausherrin von Marmouton feiern werde«, sagte sie versonnen zu Billy. Sie konnte nicht sehen, wie er bei diesen Worten betrübt lächelte, da er an all die schönen Stunden zurückdachte, die sie gemeinsam erlebt hatten. Er musste sich noch immer von dem Schock erholen, dass sie jetzt verheiratet war und nicht nach Iowa zurückkehren würde, außer vielleicht irgendwann zu Besuch. Trotz seiner Freundin Debbie, die ihm viel bedeutete, vermisste er Marie-Ange ungemein. Seine Welt war leerer geworden.

»Und wer hätte noch vor einem Jahr gedacht, dass du dich als reiche Erbin entpuppen wirst und ich einen nagelneuen Porsche fahren werde«, scherzte er, um seine melancholische Stimmung zu überspielen. So sehr ihm die Heirat auch missfiel, die Tatsache, dass Marie-Ange nun eine Gräfin war, passte in das Bild, das er von ihr hatte. Er hoffte um ihretwillen, dass Bernard sich tatsächlich als der Traumprinz herausstellen würde, für den sie ihn hielt. Billy indes traute ihm nach wie vor nicht über den Weg. Für seinen Geschmack war alles viel zu schnell gegangen.

Bei Bernard und Marie-Ange jagte auch weiterhin ein Ereignis das andere. Nach den Weihnachtsfeiertagen fuhren sie nach Paris und lebten dort in seiner Wohnung, die nicht besonders groß, aber elegant und stilvoll war. Im Januar stellte Marie-Ange fest, dass sie schwanger war, und Bernard war außer sich vor Glück. Sie habe ihm seinen größten Wunsch erfüllt, sagte er immer wieder überschwänglich; schließlich sei er nicht mehr der Jüngste und sehne sich nach einem männlichen Erben, der seinen Namen und Titel tragen würde.

Mit Feuereifer trieb Bernard nun die Renovierungsarbeiten in Marmouton voran, und binnen Wochen war das Château nur noch eine einzige Baustelle. Bernard wollte sich jetzt nicht mehr mit kleineren Reparaturen zufrieden geben, plötzlich musste alles erneuert werden. Das Dach wurde neu gedeckt, Wände wurden herausgerissen und an anderer Stelle wieder eingesetzt, Fenster und Türeingänge wurden vergrößert, elektrische Leitungen und Wasserrohre neu verlegt und die sanitären Einrichtungen durch luxuriös ausgestattete Badezimmer ersetzt. Daneben plante Bernard eine hochmoderne Küche, eine neue elegante Herrschaftssuite, ein märchenhaft ausgestattetes Kinderzimmer sowie ein eigenes Kino im Keller. Außerdem sollten neue Wein- und Obstgärten angelegt und bewirtschaftet werden. Es war ein gigantisches Unternehmen, das weit über die ursprüngliche Planung hinausging. Marie-Ange war klar, dass dies alles ein Heidengeld verschlingen würde. Doch als sie Bernard vorsichtig darauf ansprach, meinte er nur, er wolle für sie und das Kind ein angemessenes Heim schaffen. Er versprach ihr, dass der Großteil der Innenarbeiten bis zum errechneten Geburtstermin im September fertig sein würde. Die Pläne für den Umbau hatte einer seiner Freunde ausgearbeitet, ein Architekt, der für seine exklusiven Projekte bekannt war.

Marie-Ange hatte Billy am Telefon über das freudige Ereignis unterrichtet. »Du verschwendest wirklich keine Zeit, was?«, hatte er scherzhaft gemeint, wenngleich Marie-Ange sein besorgter Unterton nicht entgangen war. Etwas schuldbewusst hatte sie ihm erklärt, dass Bernard sich nach einem Erben sehnte, da er kein junger Mann mehr war und seinen ersten Sohn verloren hatte.

Sie hatte auch Tante Carole geschrieben, um ihr über die Veränderungen in ihrem Leben zu berichten, hatte jedoch keine Antwort erhalten. Es war, als hätte ihre Großtante das Kapitel über ihr gemeinsames Leben für immer abgeschlossen.

Im März war das Château mit Gerüsten voll gestellt, überall wimmelte es von Handwerkern, und so verbrachten Marie-Ange und Bernard die meiste Zeit in Paris. Bernards Appartement eignete sich hervorragend als Zweitwohnung und strahlte mit den hohen Räumen, dem schönen alten Parkett und den erlesenen Wandverkleidungen Luxus und Gediegenheit aus. Die Wohnung war mit ausgesuchten Antiquitäten eingerichtet, mit alten Gemälden aus dem Familienbesitz und kostbaren Teppichen – ein Ambiente, wie es einem Grafen und einer Gräfin gebührte. Dennoch war ihnen beiden Marmouton lieber.

Als der Sommer kam, meinte Bernard, sie sollten das Château

jetzt lieber den Arbeitern überlassen und in Urlaub fahren. Als Überraschung hatte er für sie beide bereits eine Villa in Saint-Jean-Cap-Ferrat gemietet sowie eine Sechzig-Meter-Yacht. Außerdem hatte er einige seiner Freunde eingeladen, die sie dort besuchen würden.

»Mein Gott, Bernard, du verwöhnst mich maßlos!«, rief Marie-Ange lachend, als sie die Villa und die Yacht sah. Sie planten, den gesamten Juli in Südfrankreich zu bleiben und danach wieder nach Marmouton zurückzureisen. Marie-Ange wäre dann bereits im achten Monat und müsste sich schonen. Nach Absprache mit ihrem Arzt hatte sie beschlossen, das Baby im Krankenhaus in Poitiers zur Welt zu bringen.

Der Urlaub in Südfrankreich war traumhaft schön. Sie gingen häufig aus, trafen sich mit Bernards Freunden und hatten ständig ein volles Haus mit Gästen aus Rom, München, London oder Paris. Alle fühlten sich wohl bei ihnen und stimmten darin überein, dass sie selten ein so glückliches Paar gesehen hatten.

Für Marie-Ange waren diese neun Monate mit Bernard die glücklichsten ihres Lebens. Ihre Schwangerschaft verlief völlig problemlos, Bernard verwöhnte sie nach Strich und Faden, und sie freuten sich beide auf ihr Baby. Bei ihrer Rückkehr nach Marmouton war das Kinderzimmer fertig, und Bernard stellte schon einmal eine junge Frau aus dem Dorf als Kindermädchen ein. Ende August war dann auch die luxuriöse Herrschaftssuite ausgebaut, während in den restlichen Räumen die Renovierungsarbeiten weiterliefen. Trotz der gigantischen Umbauten, die an die Arbeiter hohe Anforderungen stellten, war noch kein einziges Problem aufgetaucht. Alles verlief genau nach Plan.

Am Morgen des ersten September befand sich Marie-Ange im Kinderzimmer und legte gerade winzige Hemdchen und Strampelhosen zusammen, als der ortsansässige Bauleiter kam und sie um eine Unterredung bat. Er meinte, er habe einige Fragen bezüglich der laufenden Arbeiten an den sanitären Einrichtungen. Bernard hatte luxuriöse Marmorbadezimmer ausgewählt, mit Jacuzzis, in den Boden eingelassenen, riesigen Badewannen und vergoldeten Armaturen.

Nachdem sie alles geklärt hatten, zögerte der Bauleiter ganz offensichtlich zu gehen und druckste unbeholfen herum, als hätte er noch etwas auf dem Herzen. Erst als Marie-Ange ihn offen danach fragte, brachte er verlegen sein Anliegen vor.

Seine Rechnungen waren seit Beginn der Arbeiten nicht bezahlt worden, obgleich der Graf ihm bereits im März und dann noch einmal im August eine Zahlung versprochen hatte. Und die Lieferfirmen, die für sie arbeiteten, klagten über dasselbe Problem. Marie-Ange konnte kaum glauben, was sie da hörte. Zunächst vermutete sie, dass Bernard einfach keine Zeit gehabt oder es in dem ganzen Trubel schlicht vergessen hatte. Doch bei näherer Befragung stellte sich heraus, dass nicht ein Handwerker seit Beginn der Renovierungsarbeiten seinen Lohn erhalten hatte. Fassungslos fragte sie den Bauleiter, ob er ihr die Höhe der ausstehenden Summe ungefähr benennen könne, worauf er meinte, er sei sich nicht ganz sicher, es müsste jedoch weit über sechs Millionen Franc sein. Marie-Ange verschlug es die Sprache, sie konnte den Mann nur ungläubig anstarren. Es war ihr nie in den Sinn gekommen, Bernard nach den Kosten für die Renovierungs- und Umbauarbeiten zu fragen. Sicher, sie hatte manches Mal gedacht, dass der Aufwand doch recht hoch sei, aber Bernard war eben ein Perfektionist. Er sagte immer, er wolle aus dem Château ein Schmuckstück machen mit tadellos restaurierter alter Fassade und einem hochmodernen Innenausbau.

»Sind Sie ganz sicher?«, fragte sie schließlich mit mühsam bewahrter Fassung. »Der Betrag erscheint mir doch etwas zu hoch.« Und das war noch vorsichtig ausgedrückt. Konnte so eine Renovierung tatsächlich derart viel Geld verschlingen?

Marie-Ange hatte ein schlechtes Gewissen, weil sie allen Änderungen zugestimmt und nie auch nur einen Gedanken an die Kosten verschwendet hatte, die Bernard dadurch entstanden. Sie versprach dem Bauleiter, die Angelegenheit noch am selben Abend mit ihrem Gatten zu besprechen und ihm dann umgehend Bescheid zu geben. Bernard weilte gerade geschäftlich in Paris. Er hatte in diesem Jahr nicht gearbeitet, war jedoch mehrmals im Monat nach Paris gefahren, um sich mit seinen Vermögensberatern über seine Geldanlagen zu unterhalten. Wie er oft sagte, wollte er seine Zeit lieber mit seiner frisch angetrauten Ehefrau verbringen und darauf achten, dass sie ein standesgemäßes Heim erhielt, statt wieder bei der Bank zu arbeiten und sich von morgens bis abends abzurackern. Außerdem nahm er seine Vaterschaft sehr ernst und wollte keiner jener Väter sein, die vor allem durch Abwesenheit glänzten. Marie-Ange sah das als einen weiteren Liebesbeweis an und war fester denn je davon überzeugt, mit ihrer Heirat die richtige Entscheidung getroffen zu haben.

Als Bernard am Abend nach Hause zurückkehrte, kam Marie-Ange sofort auf das Thema zu sprechen. Es war ihr zwar unangenehm, ihn damit zu belästigen, doch sie wollte die Sache so rasch wie möglich hinter sich bringen. Nachdem sie ihm die Klagen des Bauleiters in groben Zügen wiedergegeben hatte, fuhr sie fort, dass Bernards Pariser Sekretärin offenbar vergessen habe, die Rechnungen zu begleichen. Zu ihrer Erleichterung reagierte Bernard völlig gelassen auf die Mitteilung. Und als Marie-Ange schuldbewusst hinzufügte, sie habe nicht gewusst, welche immensen Kosten die Renovierung Bernard verursachen würde, zog er sie in die Arme und strich ihr begütigend über das Haar.

»Die Renovierung unseres gemeinsamen Heims ist mir jeden Centime wert, meine Liebste«, lächelte er. Marie-Ange war tief berührt von seiner Großherzigkeit. Er war in der Tat der freigiebigste Mensch, den sie kannte, und verwöhnte sie ständig mit kleineren und größeren Geschenken. Erst im Juni hatte er ihr einen schicken Jaguar gekauft und für sich selbst einen Bentley. »Die Sache mit den unbezahlten Rechnungen kann ich dir natürlich erklären«, sagte er nun, während er sie zum Sofa führte und sich neben sie setzte. Er erzählte, er habe sehr viel Geld in Ölfirmen im Mittleren Osten investiert und habe auch in anderen Ländern Beteiligungen. Solange die internationalen Märkte aber ständigen Schwankungen ausgesetzt seien, wolle er seine Anteile nicht verkaufen, da er sonst einen Haufen Geld verlieren würde. Für Marie-Ange hörte sich das völlig vernünftig an, auch wenn sie von derlei Geschäften nichts verstand. Mit etwas verlegener Miene fügte er nun hinzu, er habe bereits mit dem Gedanken gespielt, sie um ihre Hilfe zu bitten. Da sie über flüssige Anlagen verfüge, könne sie ihm vielleicht vorübergehend aus der Patsche helfen. Er würde ihr das Geld gleich Anfang Oktober zurückzahlen, wenn die Erträge aus einigen Investitionen fällig sein würden. Es wäre nur eine Sache von vier, höchstens sechs Wochen und würde ihre Gläubiger zufrieden stellen. Marie-Ange sah darin kein Problem. Sie vertraute ihrem Mann blind und hatte keinen Zweifel an seiner fachlichen Kompetenz. Bernard sagte, er werde selbst die Formalitäten mit ihrer Bank regeln, sie müsse dann nur noch die für den Transfer notwendigen Unterlagen unterzeichnen. Froh darüber, dieses leidige Thema ein für allemal geklärt zu haben, schmiegte sich Marie-Ange an seine Schulter. Aber das schlechte Gewissen nagte noch immer an ihr, und so fragte sie schüchtern, ob sie, um Kosten zu sparen, nicht einige der geplanten Anschaffungen streichen sollten.

»Zerbrich dir darüber nicht deinen hübschen Kopf, meine Liebste«, antwortete er und zauste ihr spielerisch durch das blonde Haar. »Für dich ist nur das Beste gut genug. Das Einzige, woran du jetzt denken sollst, ist unser Baby.«

Marie-Ange folgte dem Rat und dachte nicht länger über diese Geschichte nach. Nachdem sie die erforderlichen Dokumente unterschrieben und der Bauleiter ihr anschließend mitgeteilt hatte, dass alle Firmen und Handwerker nun zufrieden seien, war der Fall für sie erledigt. Der Betrag, den sie vorgestreckt hatte, belief sich auf fast zehn Millionen Franc und war somit noch höher, als sie anfangs geglaubt hatte. Doch das beunruhigte sie nicht weiter, da Bernard ihr das Geld bald zurückzahlen würde. Auch als der Verwalter ihres Treuhandvermögens sie anrief, um sich bei ihr noch einmal rückzuversichern, zerstreute sie dessen Bedenken und erklärte, es handle sich lediglich um eine kurzzeitige Überlassung.

In den folgenden zwei Wochen unternahm sie mit Bernard lange Spaziergänge durch die vertrauten Wälder ihrer Kindheit. Abends speisten sie meist in dem kleinen Restaurant und saßen anschließend noch einige Stunden plaudernd vor dem heimischen Kamin. Die Renovierungsarbeiten liefen zwar weiter, doch für das Baby war alles vorbereitet.

Es kam pünktlich zum errechneten Termin. Als abends die Wehen einsetzten, fuhr Bernard seine Frau mit dem neuen Bentley in das Krankenhaus nach Poitiers. Nervös ging er dann im Krankenhausflur auf und ab, doch zum Glück musste er nicht lange warten. Schon zwei Stunden später kam das Baby zur Welt, ein kerngesundes, bildhübsches Mädchen, das seiner Mutter wie aus dem Gesicht geschnitten war. Sie gaben dem Mädchen den Namen Heloise Françoise Hawkins de Beauchamps, und bereits zwei Tage später konnten Mutter und Tochter nach Hause zurückkehren.

Marie-Ange verliebte sich auf der Stelle in ihre Tochter, und auch Bernard äußerte sich begeistert über sein süßes Mädchen. Die Heimkehr nach Marmouton wurde mit Champagner und Kaviar gefeiert, und Bernard schenkte Marie-Ange zur Geburt ihres ersten Kindes ein atemberaubendes Diamantarmband. Gleichzeitig gab er ihr jedoch zu verstehen, dass er sich für Heloise bald einen kleinen Bruder erhoffte. Es war nur eine beiläufige Bemerkung, die Marie-Ange dennoch das unbehagliche Gefühl vermittelte, irgendwie versagt zu haben. Sie wusste, wie sehr Bernard sich nach einem Sohn und Erben für seinen Titel sehnte.

Als Heloise einen Monat alt war, suchte der Bauleiter Marie-Ange erneut auf. Diesmal redete er nicht lange um den heißen Brei herum, sondern kam sofort zur Sache. Er klagte, dass seit sechs Wochen keine Rechnungen mehr bezahlt worden seien und die Außenstände sich auf ungefähr eineinhalb Millionen Franc beliefen.

Marie-Ange versprach ihm, sich um die Angelegenheit zu kümmern. Die Frist, die Bernard ihr genannt hatte, war bereits verstrichen, also musste er jetzt wieder über liquide Gelder verfügen. Marie-Ange zweifelte keine Sekunde lang daran, dass er für die laufenden Arbeiten am Château, die bis Weihnachten beendet sein sollten, bezahlen würde. Als sie ihren Mann darauf ansprach, versicherte er ihr, es sei alles in Ordnung. Allerdings hätte sich der Verkaufstermin erneut verschoben, und er müsse sie deshalb noch ein letztes Mal bitten, ihm das Geld vorzuschießen. Im November wolle er ihr dann den gesamten Betrag zurückzahlen. Natürlich willigte Marie-Ange ein und telefonierte gleich am nächsten Morgen mit ihrer Bank, um den Betrag an Bernard zu überweisen. Sie hatte jetzt fast zwölf Millionen Franc aus ihrem Vermögen vorgestreckt, doch dafür hatte das Château de Marmouton nie schöner ausgesehen.

Zwei Wochen darauf beschloss Marie-Ange spontan, mit Heloise nach Paris zu fahren und Bernard einen Überraschungsbesuch abzustatten. In der Wohnung traf sie allerdings nur seine Zugehfrau an, die ihr mitteilte, dass der Comte in die

Rue de Varenne gefahren sei, um die Handwerker zu beaufsichtigen.

»Welche Arbeiter? Was ist in der Rue de Varenne?«, fragte Marie-Ange verwirrt, worauf die Zugehfrau erschrocken die Hand vor den Mund schlug und zerknirscht meinte, es solle wohl eine Überraschung für Madame sein. Sie bat Marie-Ange, ihrem Gatten gegenüber nichts zu erwähnen, doch Marie-Anges Neugier war geweckt. Kurz entschlossen packte sie Heliose wieder in den Wagen und fuhr zu der angegebenen Adresse, um der Sache auf den Grund zu gehen. Was sie dort erwartete, verschlug ihr den Atem: ein herrschaftliches Anwesen aus dem achtzehnten Jahrhundert mit Stallungen, einem riesigen Park und einem großen Hof. Bernard stand mit dem Architekten davor, einen Stapel Pläne unter den Arm geklemmt, und noch ehe Marie-Ange weiterfahren konnte, hatte er sie auch schon erspäht.

»Du bist mir also auf die Schliche gekommen!«, rief er strahlend. »Eigentlich wollte ich dich zu Weihnachten mit den Plänen überraschen.« Er platzte schier vor Stolz und schien gar nicht enttäuscht zu sein, dass sie sein Geheimnis entdeckt hatte.

»Was hat das zu bedeuten?«, fragte Marie-Ange hilflos. Sie war völlig durcheinander, und nun begann auch noch Heloise auf dem Rücksitz zu schreien. Es war an der Zeit, sie zu stillen, doch zunächst musste sie von Bernard erfahren, was hier los war.

»Das ist dein zukünftiger Wohnsitz in Paris, meine Liebste«, sagte er zärtlich und küsste sie. »Komm, da du schon einmal da bist, kannst du es dir gleich ansehen. Ich habe es für einen Spottpreis erstanden.«

Es war das prächtigste Haus, das Marie-Ange je gesehen hatte. Allerdings war es in einem beklagenswerten Zustand und offenbar seit Jahren unbewohnt. »Bernard«, wisperte sie entgeistert, »können wir uns das überhaupt leisten?«

»Aber sicher«, sagte er zuversichtlich. »Was für eine Frage! Ich finde, es ist eine angemessene Stadtresidenz für den Comte und die Comtesse de Beauchamps.«

Während Bernard sie herumführte, erzählte er, es gäbe gewisse Hinweise darauf, dass dieses Anwesen einstmals einem seiner Vorfahren gehört habe, und deshalb sei es geradezu schicksalhaft, dass er es entdeckt habe.

»Wann hast du es gekauft?«

»Kurz vor Heloises Geburt«, gestand er mit jungenhaftem Grinsen. »Es sollte eine Überraschung für dich sein.«

Eingedenk der Tatsache, dass die Umbauarbeiten in Marmouton noch nicht beendet, geschweige denn bezahlt waren, fand Marie-Ange diese Überraschung nicht allzu geglückt. Aber für Bernard schien Geld keine Rolle zu spielen. Offenbar hatte er mehr als genug davon, wenngleich er zurzeit keinen Zugriff darauf hatte.

Sie verbrachten die Nacht in der Pariser Wohnung. Bernard sprühte vor Charme und Begeisterung, und am Ende des Abends hatte er Marie-Ange beinahe davon überzeugt, dass dieser Kauf eine gute Entscheidung gewesen war. Er plante, sich in dem Haus ein Büro einzurichten und Empfänge für ihre Freunde zu geben, die dann nicht mehr den weiten Weg bis nach Marmouton auf sich nehmen müssten.

»Jetzt können wir abwechselnd in dem einen oder anderen Haus residieren«, sagte er stolz. »Unser Anwesen in der Rue de Varenne hat sogar einen Ballsaal. Stell dir nur die rauschenden Feste vor, die wir dort feiern werden!«

Aber als sie am Tag darauf wieder in Marmouton eintrafen, wo die Umbauarbeiten noch in vollem Gang waren, überfiel Marie-Ange wieder ein mulmiges Gefühl. »Ist das finanziell wirklich machbar?«, fragte sie zögerlich. Zum ersten Mal hatte sie ernsthafte Bedenken, dass sie zu viel Geld ausgaben.

»Ich denke schon. Zumal unser privates System ausgezeichnet

funktioniert: Du überweist mir geringe Beträge, um kleinere Rechnungen zu begleichen, während ich genügend Luft habe, mich um unsere Investitionen zu kümmern.« Er wirkte völlig unbesorgt, doch Marie-Ange dachte bei sich, dass es einzig seine Investitionen waren und dass sich die »geringen Beträge«, die sie ihm vorgestreckt hatte, mittlerweile auf die stolze Summe von fast zwölf Millionen Franc beliefen. Andererseits hatte sie absolutes Vertrauen in Bernard und verließ sich darauf, dass er wusste, was er tat.

Bis Weihnachten waren die Arbeiten am Château so gut wie beendet. Und am Weihnachtsabend konnte Marie-Ange ihren Gatten mit einem ganz besonderen Geschenk überraschen: Sie war wieder schwanger. Etwas unsicher merkte sie an, sie hoffe, sie werde ihn diesmal nicht enttäuschen und einen Jungen zur Welt bringen.

»Nichts, was du tust, würde mich jemals enttäuschen«, erwiderte er großmütig, obgleich sie beide wussten, wie sehr er sich einen Sohn wünschte. Heloise war inzwischen dreieinhalb Monate alt, und da das neue Baby im August zur Welt kommen sollte, würde der Altersunterschied zwischen den beiden Kindern lediglich elf Monate betragen. Diesmal rief Marie-Ange Billy nicht an, sondern legte ihrer Weihnachtskarte einen Brief bei, in dem sie ihm von der Neuigkeit erzählte. Inzwischen telefonierte sie nur noch alle sechs bis acht Wochen mit Billy. Ihre kleine Familie nahm sie derart in Anspruch, dass sie kaum Zeit hatte, an etwas anderes zu denken.

Als Marie-Ange im Januar erneut eine größere Summe auf Bernards Konto überwies, rief der Verwalter ihres Treuhandvermögens bei ihr an.

»Ist alles in Ordnung bei Ihnen, Marie-Ange? Das Geld scheint Ihnen ja wie Wasser durch die Hände zu rinnen.« Er erklärte, sie verfüge zwar noch immer über ausreichende Mittel, aber wenn es so weiterginge, würden auch diese bald erschöpft sein. Er hatte nicht ganz Unrecht: Mit der letzten Überweisung, die für die Renovierung des Pariser Wohnsitzes gedacht war, hatte sie etwas über zwölf Millionen Franc ausgegeben. Damit blieben ihr noch knapp zehn Millionen Franc, bis an ihrem fünfundzwanzigsten Geburtstag die nächste Auszahlung fällig wäre. Um die verständliche Sorge des Vermögensverwalters zu zerstreuen, erklärte sie ihm das System, das Bernard ausgeklügelt hatte: Sie streckte ihm das Geld für die Renovierungsarbeiten und diverse Anschaffungen vor, und er würde ihr dann, sobald er seine Beteiligungen Gewinn bringend abgestoßen hätte, alles zurückerstatten.

»Und wann wird das sein?«, erkundigte sich der Vermögensverwalter misstrauisch.

»Sehr bald«, versicherte sie ihm. »Er will die Renovierung für beide Häuser aus eigener Tasche bezahlen.« Das hatte Bernard ihr zwar nie präzise zugesagt, aber doch mehrfach angedeutet. Sie selbst ging jedenfalls fest davon aus, denn sonst hätte sie diesen luxuriösen Neuerwerbungen niemals zugestimmt.

In der Woche darauf teilte ihr Bernard mit, dass im Mittleren Osten eine Ölkrise ausgebrochen sei und er Unsummen verlieren würde, falls er seine Beteiligungen zum gegenwärtigen Zeitpunkt verkaufte. Er fände es ratsamer, fuhr er fort, die Beteiligungen zu behalten, da diese sich letztendlich als Goldgrube erweisen würden. Das bedeute allerdings, dass Marie-Ange für die Schulden, die auf dem Pariser Haus lasteten, unverzüglich sechs Millionen Franc Anzahlung leisten müsse. Zum wiederholten Mal beteuerte Bernard, wie günstig er das Haus erworben habe. Er sagte, der frühere Besitzer habe ihnen eine Frist von drei Jahren gewährt, um die restlichen zwölf Millionen Franc zu bezahlen, und bis dahin hätte Marie-Ange aus ihrem Treuhandvermögen bereits die nächste Auszahlung erhalten.

»Nein, das Geld bekomme ich erst zu meinem fünfundzwanzigsten Geburtstag«, wandte sie besorgt ein. Mittlerweile beängstigte es sie ein wenig, den einstweiligen Finanzier für ihren Mann zu spielen, vor allem in dieser Größenordnung, die für ihn offenbar die Norm war. Doch er küsste sie und meinte lächelnd, eine der Eigenschaften, die er besonders an ihr liebe, sei ihre Unschuld.

»Treuhandvermögen wie deines, meine Liebste, können sehr leicht aufgelöst werden. Du bist eine erwachsene, verheiratete Frau mit einem Kind und bald sogar zweien. Wir wollen das Geld ja nicht in Monte Carlo verspielen, sondern in vernünftige Investitionen stecken. Und deine Vermögensverwalter werden dafür sicherlich Verständnis haben. Sie können entweder auf dein Vermögen Zugriff nehmen oder dir das Geld vorstrecken und mit der nächsten Auszahlung verrechnen. Fakt ist jedenfalls, dass dir dein gesamtes Vermögen ohne Wenn und Aber zur Verfügung steht. Wie hoch ist es übrigens?«, fügte er beiläufig hinzu, als wäre ihm diese Frage gerade erst eingefallen.

Ohne zu zögern, antwortete Marie-Ange: »Insgesamt etwas mehr als sechzig Millionen Franc.«

»Das ist ein nettes Sümmchen«, erwiderte er völlig unbeeindruckt, als sei dieser Betrag im Verhältnis zu seinen eigenen Investitionen nur ein Klacks. Aber schließlich ist er zwanzig Jahre älter als ich, sagte sich Marie-Ange; er hat eine erfolgreiche Karriere hinter sich und stammt aus einer berühmten Adelsfamilie. Nein, die Summe imponierte ihm überhaupt nicht, er wollte das Geld nur zu ihrer beider Wohl einsetzen. »Wir können jederzeit mit deinen Bankern reden und dir Zugang zu deinem Vermögen verschaffen«, bot er an. Er schien sich in diesen Dingen wirklich gut auszukennen, und Marie-Ange schalt sich wegen ihrer kleinlichen Bedenken und fasste wieder neue Zuversicht.

Doch als der Frühling sich dem Ende zuneigte, hatte Bernard

ihr das Geld noch immer nicht zurückgezahlt. Und Marie-Ange war es zu peinlich, ihn danach zu fragen. Schließlich waren alle Rechnungen für das Château beglichen, jetzt ging es nur noch um die Renovierung des Pariser Wohnsitzes. Bernard hatte grandiose Pläne damit, die sich jedoch, wie er Marie-Ange versicherte, auf jeden Fall ausbezahlen würden. Schließlich sei das Haus ein historisches Denkmal und damit ein bleibendes Vermächtnis für ihre Kinder. Gegen diese Argumentation kam Marie-Ange nicht an und gab entgegen aller Zweifel ihre Einwilligung.

Den Juli verbrachten sie wieder in einer Villa in Südfrankreich mit der üblichen Schar von Besuchern. Diesmal war der Urlaub für Marie-Ange allerdings weniger erholsam; sie war hochschwanger, der ständige Trubel und die zahlreichen Gäste waren ihr einfach zu viel. Bernard fuhr zwischendurch immer wieder nach Paris, um die laufenden Renovierungsarbeiten am Haus zu überwachen. In der letzten Urlaubswoche drängte er Marie-Ange, ihn auf eine Party nach Venedig zu begleiten. Als sie am Ende der Ferien wieder in Marmouton ankamen, war Marie-Ange zu Tode erschöpft. Sie litt unter der Hitze, war unausgeglichen und nervös und konnte es kaum erwarten, dass das Baby endlich zur Welt kam.

Eine Woche nach dem errechneten Geburtstermin war es dann endlich so weit. Und dieses Mal ging Bernards sehnlicher Wunsch in Erfüllung: Es war ein Junge. Marie-Ange hoffte, dass das Baby Bernard helfen würde, endgültig über den Verlust seines ersten Sohnes hinwegzukommen. Und Bernard war in der Tat völlig vernarrt in seinen kleinen Sohn und beteuerte immer wieder, wie dankbar er Marie-Ange sei. Sie nannten den Jungen nach Marie-Anges Bruder, Robert.

Marie-Ange erholte sich nur sehr langsam; Robert war ein großes Baby gewesen und die Geburt entsprechend schwierig.

Erst Mitte September fühlte sie sich wieder kräftig genug, um Bernard für einige Tage nach Paris zu begleiten und das Anwesen in der Rue de Varenne in Augenschein zu nehmen. Nach wie vor hatte ihr Bernard das Geld, das sie ihm vorgestreckt hatte, nicht zurückgegeben. Sie hatte ihm jeden verfügbaren Cent aus ihrem Treuhandvermögen zukommen lassen, aber die Rechnungen trafen weiterhin mit unerbittlicher Regelmäßigkeit bei ihnen ein. Da Bernard kein Wort darüber verlor, nahm sie an, dass er alles im Griff hatte und sich darum kümmern würde.

Als Marie-Ange eines Nachmittags mit ihren Kindern in dem neuen Pariser Haus weilte, kam sie mit dem Architekten ins Gespräch. Im Verlauf der Unterhaltung ließ er ein paar Bemerkungen fallen, die sie in tiefste Verwirrung stürzten. Bernard hatte ihr immer versichert, er werde keine Anschaffungen für das Haus machen, solange die offenen Rechnungen nicht bezahlt seien. Der Architekt hingegen erwähnte, Bernard habe ein Lager in der Nähe von Les Halles angemietet, in dem er seine Neuanschaffungen für das Haus unterstellte, in erster Linie Gemälde und wertvolle Antiquitäten. Noch am selben Abend stellte Marie-Ange ihren Mann zur Rede, doch er leugnete alles vehement und meinte, es sei ihm ein Rätsel, wieso der Architekt einen derartigen Unsinn verbreite. Marie-Ange ließ es dabei bewenden, aber zum ersten Mal in ihrer Ehe regte sich eine Spur von Argwohn in ihr. Sobald Bernard am nächsten Morgen das Haus verlassen hatte, ging sie zu seinem Schreibtisch und überprüfte seine Unterlagen. Sie glaubte, das Herz bliebe ihr stehen, als sie tatsächlichen einen Ordner entdeckte, der prall gefüllt mit Rechnungen aus Kunstgalerien und Antiquitätenläden war. Als sie kurz die Beträge überschlug, kam sie auf eine Gesamtsumme von annähernd sechs Millionen Franc. Während sie fassungslos auf den geöffneten Ordner starrte, klingelte das Telefon. Es war Billy, der ihr zur Geburt von Robert gratulieren wollte.

»Und, wie läuft es sonst so bei dir?«, fragte er gut gelaunt. »Ist er noch immer dein Traumprinz?«

Um einen lockeren Tonfall bemüht, stimmte Marie-Ange ein kleines Loblied auf ihre Ehe an, obwohl sie in Gedanken noch immer bei dem Ordner mit den Rechnungen war. Am meisten verstörte es sie, dass Bernard sie so unverblümt angelogen hatte. Auf dem Aktendeckel stand sogar die Adresse des Lagerraums, von dem er angeblich nichts wusste. Zum ersten Mal hatte sie ihren Mann bei einer Lüge ertappt, und das war kein schönes Gefühl. Dennoch wollte sie Bernard gegenüber loyal bleiben und erzählte Billy nichts davon.

Billy schien ihre niedergedrückte Stimmung nicht zu bemerken, denn er plauderte munter drauflos. Und so erfuhr Marie-Ange nicht nur, dass Tante Carole krank war, sondern auch die überraschende Neuigkeit, dass Billy und seine Freundin Debbie heiraten wollten. Marie-Ange freute sich aufrichtig für ihn und gratulierte ihm zu seiner Entscheidung.

»Tja, da du mich verschmäht hast, Marie-Ange«, neckte er sie, »blieb mir keine andere Wahl, als mein Glück woanders zu suchen.« Wie er weiter erzählte, wollten Debbie und er noch in diesem Sommer heiraten, sobald Debbie ihren College-Abschluss gemacht hätte. »Du musst unbedingt zu meiner Hochzeit kommen«, bat er. Marie-Ange sagte ihm halbherzig zu, damit er nicht weiter in sie drang. So gern sie sonst mit Billy telefonierte, in diesem Moment war sie einfach zu unkonzentriert. Ihr schwirrte der Kopf vor lauter ungeklärten Fragen, und sie war froh, als das Gespräch einige Minuten später beendet war. Natürlich wäre es wundervoll, Billy wiederzusehen, aber sie hatte jetzt ihr eigenes Leben, ihre eigene Familie – und obendrein einen ganzen Aktenordner voller unbezahlter Rechnungen. Sie wusste noch nicht, wie sie das Thema Bernard gegenüber anschneiden sollte. Sicher gab es irgendeine plausible

Erklärung, weshalb er ihr sein Lager mitsamt den darin enthaltenen Schätzen verschwiegen hatte. Vielleicht wollte er sie damit überraschen. Wie auch immer, sie achtete ihn zu sehr, um ihm unlautere Motive zu unterstellen. Sie hatten sich noch nie ernsthaft gestritten, und das sollte auch so bleiben.

Als sie eine Woche später nach Marmouton zurückfuhren, hatte sie das Thema noch immer nicht zur Sprache gebracht. Doch dann machte Marie-Ange eine Entdeckung, die sie wahrlich schockierte. Unter der Post befand sich eine Rechnung über einen sündhaft teuren Rubinring, und als Lieferadresse war der Name einer Frau angegeben, die denselben Nachnamen wie Bernard trug. Zum zweiten Mal innerhalb weniger Tage wurde Marie-Ange von nagenden Zweifeln heimgesucht. Gleichzeitig machte sich bei dem Gedanken, ihr Mann könne eine Geliebte haben, eine tiefe Angst in ihr breit. Als Bernard kurz darauf nach London aufbrach, wo er Freunde besuchen und sich um seine Öl-Beteiligungen kümmern wollte, fuhr Marie-Ange mit den beiden Kindern Hals über Kopf nach Paris, um dort in Ruhe über alles nachzudenken.

Nach zwei Tagen fasste sie den Entschluss, bei ihrer Bank anzurufen und sich dort nach einem Privatdetektiv zu erkundigen. Sie hatte dabei zwar ein schlechtes Gewissen und kam sich wie eine Verräterin vor, aber sie musste erfahren, was es mit all den unbezahlten Rechnungen auf sich hatte und vor allem, ob Bernard sie betrog. Da er häufig unterwegs war, hätte er ausreichend Gelegenheit dazu gehabt, doch Marie-Ange war sich bisher seiner Liebe immer absolut sicher gewesen. Seltsam war nur, dass diese potenzielle Geliebte schamlos Bernards Nachnamen benutzte. Vielleicht will sie sich wichtig machen, indem sie sich als seine Ehefrau ausgibt, überlegte Marie-Ange. Aber vielleicht war das Ganze auch völlig harmlos, eine zufällige Namensgleichheit oder eine entfernte Verwandtschaft, und die Rechnung dieser Frau war von der Post irrtümlich an Bernards Adresse zugestellt worden. Maire-Ange wusste nicht, was sie glauben sollte, und wollte sich auch nicht die Blöße geben, in dem Laden, aus dem der Ring stammte, Erkundigungen einzuholen. Es brach ihr das Herz, ihrem Gatten misstrauen zu müssen, aber angesichts der Unsummen, die er ausgab, und des Rubinrings, der an eine fremde Frau geschickt worden war, brauchte sie einfach Gewissheit.

Dennoch hatte Marie-Ange nach wie vor die Hoffnung, dass es für alles eine annehmbare Erklärung gäbe. Sicher, es war eigenartig, dass Bernard ihr sein Warenlager nicht nur verschwiegen, sondern sie in diesem Punkt sogar angelogen hatte. Und auch über die unbezahlten Rechnungen hatte er kein Wort verloren. Aber das ließ sich alles mit Geld regeln, weit wichtiger war für Marie-Ange die Gewissheit, dass sie ihm vertrauen konnte. Und sie wollte nicht eher mit ihm über diese ganze Angelegenheit sprechen, bevor sie Genaueres wusste. Denn falls sich die Sache mit dem Ring tatsächlich als Irrtum herausstellen sollte und die Dinge im Lagerraum als Überraschung für sie gedacht waren, die er aus eigener Tasche bezahlen wollte, wäre es für ihn ein Schlag ins Gesicht, wenn sie ihn des Betrugs bezichtigte. Doch sollten die Ermittlungen des Detektivs irgendwelche verdächtigen Ungereimtheiten ergeben, musste sie Bernard damit konfrontieren und seine Version der Geschichte erfahren.

So sehr sie auch an ihn glauben wollte, konnte sie doch ihre Zweifel nicht abschütteln. Sie hatte ihm immer vertraut und ihm rückhaltlos ihr Herz geschenkt. Sie führten eine gute Ehe, hatten in knapp zwei Jahren zwei Kinder bekommen. Gleichwohl ließ sich die Tatsache nicht verschweigen, dass Marie-Ange die gesamten Renovierungsarbeiten am Château und jetzt am Haus in der Rue de la Varenne aus ihrem Vermögen finanziert hatte. Sie hatte Bernard bisher insgesamt achtzehn Millionen Franc gegeben, der Pariser Wohnsitz war mit weiteren zwölf

Millionen Franc belastet, und die gegenwärtig ausstehenden Rechnungen beliefen sich auf gut sechs Millionen Franc. Derart hohe Ausgaben innerhalb von knapp zwei Jahren hätten wohl jeden zwangsläufig bedenklich gestimmt. Zumal Bernard auch weiterhin das Geld mit vollen Händen ausgab.

Beklommen und mit einem flauen Gefühl im Magen suchte Marie-Ange schließlich den von der Bank empfohlenen Privatdetektiv auf. Das kleine, schäbige Büro und der schlampige Mann in dem zerknautschten Anzug trugen nicht unbedingt zur Erhellung ihre Stimmung bei. In brummigem Ton stellte der Mann ihr etliche Fragen, die teils sehr persönlicher Natur waren, und machte sich währenddessen einige Notizen. Marie-Ange merkte, wie ihr vor Verlegenheit das Blut in die Wangen schoss, als sie von den kostspieligen Renovierungsarbeiten, den unbezahlten Rechnungen und zu guter Letzt auch von dem Rubinring erzählte. Bernards Verschwendungssucht war für Marie-Ange indes nur zweitrangig. Weit mehr war sie daran interessiert, die Sache mit dem Rubinring aufzuklären. Warum benutzte die Frau Bernards Nachnamen? Auf Marie-Anges behutsame Nachfrage hin hatte Bernard nämlich erzählt, er habe keine lebenden Verwandten mehr. Trotzdem klammerte sich Marie-Ange weiterhin an die Hoffnung, dass es eine ganz einfache und harmlose Erklärung dafür gäbe. Sie konnte sich einfach nicht vorstellen, dass Bernard sie betrügen und obendrein auf Marie-Anges Kosten auch noch ein teures Geschenk für seine Geliebte kaufen würde. So dreist und geschmacklos konnte niemand sein, schon gar nicht Bernard. Er war ein einfühlsamer, aufrichtiger Mann mit vollendeten Manieren und Stil.

»Soll ich auch überprüfen, ob es noch weitere unbezahlte Rechnungen gibt?«, fragte der Privatdetektiv, worauf Marie-Ange die Augen niederschlug und stumm nickte.

»Eigentlich bin ich fest davon überzeugt, dass alles seine Richtigkeit hat«, sagte sie, als müsse sie sich für ihr Misstrauen entschuldigen. »Ich war einfach nur beunruhigt, als ich den Ordner mit den unbezahlten Rechnungen fand und von dem Lagerraum erfuhr, den er mir verschwiegen hat ... Und jetzt der Ring ... Ich habe keine Ahnung, wer diese Frau sein könnte oder warum die Rechnung an meinen Gatten ging. Wahrscheinlich ist es lediglich ein Versehen.«

»Verstehe«, sagte der Privatdetektiv sachlich. Er blickte auf und lächelte sie an. »Ich an Ihrer Stelle wäre ebenfalls beunruhigt«, fügte er hinzu. »Das ist ein ordentlicher Batzen Geld, der da in kurzer Zeit verschleudert wurde.« Er verstand nicht, weshalb sie sich den Forderungen ihres Gatten so widerspruchslos gefügt hatte. Aber sie war sehr jung und unerfahren, während ihr Gatte vermutlich mit allen Wassern gewaschen war.

»Nun, das muss man natürlich auch als Anlage betrachten«, verteidigte sich Marie-Ange. »Wir haben zwei wunderschöne Anwesen, die als historische Denkmäler gelten.« Sie merkte selbst, dass sie nur Bernards Argumente wiederholte, die ihr damals auch überzeugend erschienen waren. Aber jetzt hatte sie die leise Furcht, es könne noch mehr Dinge geben, von denen sie nicht wusste. Immerhin hatte sie von dem Pariser Anwesen erst erfahren, nachdem Bernard es bereits gekauft und mit den Renovierungsarbeiten begonnen hatte. Der Gedanke, er könne ihr womöglich noch mehr verheimlicht haben, war also gar nicht so abwegig.

Schon wenige Tage später rief der Privatdetektiv Marie-Ange in Marmouton an. Er bat sie um ein Treffen, da er ihr seine Ermittlungsergebnisse lieber persönlich mitteilen wollte. Da Bernard gerade in Paris weilte und der kleine Robert eine böse Erkältung hatte, schlug sie dem Detektiv vor, dass er nach Marmouton kommen solle.

Als der Mann am nächsten Morgen eintraf, führte ihn Marie-

Ange in Bernards Arbeitszimmer. Vor Aufregung klopfte ihr Herz wie wild, und sie musterte den Mann immer wieder verstohlen von der Seite, doch seiner Miene war nichts zu entnehmen. Höflich bot sie ihm einen Kaffee an, den er jedoch ablehnte. Offenbar wollte er sofort zur Sache kommen. Nachdem sie am Schreibtisch Platz genommen hatten, zog er einen Ordner aus seiner Aktentasche und legte ihn bedächtig vor sich auf den Schreibtisch. Marie-Ange hatte plötzlich das ungute Gefühl, dass sie sich gegen das, was sie nun zu hören bekäme, lieber wappnen sollte.

»Ihre Sorge um die Rechnungen war begründet«, begann der Detektiv ohne Umschweife. »Es gibt weitere unbezahlte Rechnungen in Höhe von dreieinhalb Millionen Franc, hauptsächlich für Gemälde und Kleidung.«

»Kleidung für wen?«, stieß Marie-Ange wie aus der Pistole geschossen hervor, da ihr sogleich die Frau mit dem Rubinring in den Sinn kam. Doch was das betraf, konnte der Privatdetektiv sie beruhigen.

»Für ihn selbst«, erwiderte er. »Er hat in London einen sehr teuren Schneider und bei Hermès Außenstände in Höhe von sechshunderttausend Franc. Die restlichen Rechnungen sind für Kunstgegenstände und Antiquitäten. Der Rubinring wurde übrigens von einer Frau namens Louise de Beauchamps gekauft. Die Rechnung ist in der Tat irrtümlich an Ihren Gatten geschickt worden«, fügte er hinzu. Marie-Ange fiel ein Stein vom Herzen, und sie strahlte den Privatdetektiv glücklich an. Die Rechnungen konnten bezahlt werden, und wenn nötig könnte man die Kunstgegenstände wieder verkaufen. Aber wenn eine Geliebte im Spiel gewesen wäre, hätte es ihr das Herz gebrochen. Sie hörte den Ausführungen des Privatdetektivs kaum mehr zu. Er hatte Bernard bereits rehabilitiert, das war die Hauptsache. Wie hatte sie Bernard nur verdächtigen können? Sie schämte sich unendlich dafür. Sie hatte den Privatdetektiv, der ungerührt weiterredete, schon fast vergessen, doch plötzlich merkte sie auf. »Als ich jene Louise de Beauchamps aufsuchte«, sagte er gerade, »habe ich ein recht interessantes Detail erfahren. Sie war mit Ihrem Gatten verheiratet. Die Eheschließung war vor sieben Jahren. Ich nehme an, das war Ihnen nicht bekannt, denn sonst hätten Sie es mir sicher erzählt.«

»Das ist ausgeschlossen!«, rief Marie-Ange befremdet. »Seine Frau und sein Sohn sind vor zwölf Jahren bei einem Brand ums Leben gekommen. Der Sohn war damals vier Jahre alt. Diese Frau muss lügen!«, fügte sie mit fester Stimme hinzu. Es sei denn, überlegte sie, dass Bernard nach dem Verlust seiner Familie noch einmal für kurze Zeit verheiratet gewesen war. Aber warum hätte er ihr das verschweigen sollen? Das sah ihm gar nicht ähnlich!

»Das ist nicht ganz korrekt«, entgegnete der Privatdetektiv mit einem Anflug von Mitgefühl. »Louise de Beauchamps Sohn ist tatsächlich bei einer Feuersbrunst ums Leben gekommen, aber das war vor fünf Jahren. Und der Junge war auch nicht der leibliche Sohn Ihres Gatten, sondern stammte aus der ersten Ehe der Frau. Aber sie hat das Feuer überlebt. Den Ring hat sie für sich gekauft; er wurde nur aus einem dummen Zufall Ihrem Gatten in Rechnung gestellt. Sie hat mir zum Beweis ihre Heiratsdokumente gezeigt sowie Zeitungsausschnitte über den Brand. Ihr Gatte hat für den Schaden an dem Château eine saftige Versicherungssumme kassiert. Sie hatte das Anwesen von ihrem Vater geerbt, aber die Besitzurkunde lautete auf den Namen Ihres Gatten. Er hätte das Haus wohl gern wieder aufgebaut, doch dazu fehlte ihm das nötige Geld. Und dann sind Sie des Wegs gekommen«, fügte er mit erbarmungsloser Offenheit hinzu. »Übrigens hat er seit der Hochzeit mit Louise nie wieder gearbeitet.«

»Weiß er, dass sie noch lebt?«, stammelte sie verwirrt, außerstande, diese Informationen einzuordnen. Ihr war schwindlig, und das Blut rauschte ihr in den Ohren. Das musste alles ein riesiges Missverständnis sein, anders ließ es sich nicht erklären. Bernard würde sie niemals so schamlos hintergehen und belügen. Das war völlig ausgeschlossen.

»Das nehme ich doch an. Sie sind geschieden.«

»Unmöglich! Wir sind in der katholischen Kirche getraut worden.«

»Nun, vielleicht hat er den Priester bestochen«, entgegnete der Privatdetektiv achselzuckend. In seinem Job hatte er zu viel menschliche Niedertracht erlebt, um noch große Illusionen zu haben. »Louise de Beauchamps lässt Ihnen übrigens bestellen, dass sie sich sehr gern einmal mit Ihnen treffen würde. Ihr Gatte dürfte davon aber nichts erfahren, das hat sie ausdrücklich betont.« Er reichte Marie-Ange die Visitenkarte der Frau. Sie wohnte in der Avenue Foch, eine exzellente Adresse. »Sie hat bei dem Feuer schwere Verbrennungen erlitten und tiefe Narben davon zurückbehalten. Seitdem lebt sie völlig zurückgezogen. Ich denke, sie ist über den Verlust ihres Sohnes nie hinweggekommen.«

»Das kann ich gut verstehen«, erwiderte Marie-Ange mit tränenfeuchten Augen. Da sie inzwischen selbst Mutter war, konnte sie nachempfinden, wie grausam es sein musste, ein Kind zu verlieren. Sie empfand tiefes Mitgefühl mit dieser Frau, wer immer sie auch sein mochte. Dennoch nahm sie ihr diese Geschichte nicht ab. Irgendjemand log offenbar, aber gewiss nicht Bernard. Seltsam war nur, dass keiner von Bernards Freunden jemals etwas von dieser Frau oder dem verstorbenen Sohn erwähnt hatte.

»Ich halte es für sehr ratsam, Comtesse, dass Sie sich mit Louise de Beauchamps treffen. Sie hat Ihnen einiges über Ihren Gatten zu erzählen, darunter auch gewisse Dinge, die Sie unbedingt erfahren sollten.«

»Und was, zum Beispiel?«, fragte Marie-Ange reserviert, da ihr der Mann mit seinen haltlosen Verdächtigungen zunehmend auf die Nerven ging.

»Sie glaubt, dass Ihr Gatte damals das Feuer gelegt hat, bei dem der Junge umgekommen ist«, sagte er betont sachlich. Louise de Beauchamps hatte sogar den ungeheuerlichen Verdacht geäußert, der Brand sei ein gezielter Mordanschlag auf ihr Leben gewesen. Doch das sollte sie der jungen Frau lieber persönlich erzählen. Er selbst war jedenfalls von Louise de Beauchamps sehr beeindruckt gewesen.

»Das ist eine sehr schwer wiegende Beschuldigung«, erregte sich Marie-Ange. »Vielleicht braucht diese Frau einfach einen Sündenbock, weil sie die Tatsache, dass ihr Sohn durch einen Unfall gestorben ist, nicht akzeptieren kann.« Allerdings erklärte das nicht, warum Bernard ihr verschwiegen hatte, dass seine frühere Frau das Feuer überlebt hatte – oder dass der Junge gar nicht sein leiblicher Sohn gewesen und er von der Frau geschieden war. Marie-Ange schwirrte der Kopf von all den ungelösten Fragen und den bohrenden Zweifeln, und sie konnte kaum noch einen klaren Gedanken fassen. Sie wünschte fast, dieser Privatdektiv hätte Louise de Beauchamps nicht aufgespürt. Aber trotz allem war sie erleichtert, dass die Frau nicht Bernards Geliebte war. Gleichwohl war es beunruhigend, dass seine geschiedene Frau ihn der Brandstiftung bezichtigte, so absurd dieser Gedanke auch sein mochte.

Warum unterschied sich ihre Version der Geschichte bloß so grundlegend von Bernards? Marie-Ange war sich nicht sicher, ob sie sich mit der Frau überhaupt treffen und die Büchse der Pandora öffnen wollte. Manche Dinge sollten vielleicht besser im Verborgenen bleiben. Nachdem der Privatdetektiv gegangen war, machte Marie-Ange einen langen Spaziergang, um ihre Gedanken zu ordnen.

Zu der verstörenden Tatsache, dass Bernards erste Frau noch am Leben war, kam die Sorge über die unbezahlten Rechnungen. Ungeachtet Bernards Rat, wollte Marie-Ange ihr Treuhandvermögen keinesfalls vorzeitig beleihen oder auflösen. Das war für ihr Empfinden viel zu riskant, zumal Bernard das Geld mit beiden Händen ausgab. Um ihnen beiden den finanziellen Ruin zu ersparen, war es vernünftiger, ihr restliches Vermögen unangetastet zu lassen.

Schließlich kehrte sie wieder ins Château zurück, um den kleinen Robert zu stillen. Als er dann satt und zufrieden in seinem Kinderbettchen lag, blieb Marie-Ange unschlüssig im Zimmer stehen und starrte auf das Telefon. Endlich holte sie die Visitenkarte der Frau hervor, die sie vorsorglich in ihre Rocktasche gesteckt hatte, damit Bernard sie nicht fand. Einen Moment lang überlegte sie, ob sie Billy anrufen und ihn um Rat fragen sollte, ließ den Gedanken aber sogleich wieder fallen. Solange sie die Wahrheit nicht kannte, wäre jede Behauptung rein spekulativ, und das wäre Bernard gegenüber nicht fair gewesen. Vielleicht hatte er den verstorbenen Jungen wie einen eigenen Sohn geliebt und ihr gegenüber nur deshalb verschwiegen, dass er geschieden war, weil er fürchtete, sie könne daran Anstoß nehmen. Wie immer sie es auch drehte und wendete, sie musste sich mit dieser Frau treffen, um sich ein eigenes Bild machen zu können. Mit zitternder Hand griff sie zum Telefonhörer und wählte Louise de Beauchamps Nummer.

Nach dem zweiten Läuten meldete sich eine tiefe, kultivierte Frauenstimme. Marie-Ange nahm ihren ganzen Mut zusammen und bat, mit Madame de Beauchamps verbunden zu werden.

»Am Apparat«, sagte die Frau. Einen Moment lang spielte Marie-Ange mit dem Gedanken, den Hörer wieder aufzulegen.

Sie hatte Angst vor dem, was sie erwartete, als würde sie die Tür zu einem geheimen Zimmer öffnen, ohne zu ahnen, was sie dort vorfinden würde.

»Ich bin Marie-Ange de Beauchamps«, sagte sie so leise, dass es beinahe schon ein Flüstern war. Am anderen Ende der Leitung ertönte ein Laut, eine Art erleichtertes Seufzen.

»Ich war mir nicht sicher, ob Sie anrufen würden. Offen gestanden, habe ich nicht damit gerechnet«, erklärte die Frau aufrichtig. »Ich weiß nicht, wie ich an Ihrer Stelle gehandelt hätte. Aber ich bin sehr froh, dass Sie den Mut gefunden haben. Es gibt einige Dinge, die Sie, wie ich meine, unbedingt erfahren sollten.« Louise de Beauchamps hatte das Gespräch mit dem Privatdetektiv sehr nachdenklich gestimmt, vor allem als sie erfuhr, dass Bernard seiner blutjungen Gattin die Existenz seiner geschiedenen Frau verschwiegen hatte. »Wäre es möglich, dass Sie mich besuchen kommen? Ich selbst gehe so gut wie nie aus dem Haus«, sagte sie.

Der Privatdetektiv hatte Marie-Ange von den entstellenden Narben der Frau erzählt, die trotz aller Bemühungen seitens der plastischen Chirurgen zurückgeblieben waren. Seinen Worten zufolge hatte sie sich die Verbrennungen bei dem Versuch, ihren Sohn zu retten, zugezogen.

»Gut, ich werde nach Paris kommen«, stimmte Marie-Ange zu, wenn auch mit einem flauen Gefühl in der Magengrube. Sie hatte keine Ahnung, worauf sie sich da einließ. Instinktiv spürte sie, dass dieser Besuch ihr Vertrauen in ihren Gatten gefährlich ins Wanken bringen könnte. Am liebsten hätte sie sich irgendwo verkrochen und diese Louise de Beauchamps aus ihrem Gedächtnis radiert. Aber Marie-Ange wusste, dass sie diese Begegnung auf sich nehmen musste. Andernfalls würde ihr Leben mit Bernard immer von Zweifeln vergiftet sein. »Wann wäre es Ihnen denn recht?«, fragte sie.

»Würde es Ihnen gleich morgen passen?«, schlug Louise vor. Sie wollte Marie-Ange nicht verletzen; sie wollte sie nur warnen. Aus den Hinweisen, die ihr der Privatdetektiv gegeben hatte, entnahm sie, dass Marie-Ange in großer Gefahr schwebte – und womöglich auch ihre Kinder. »Oder wäre es Ihnen übermorgen lieber?«, bot sie an, um Marie-Ange nicht zu überrumpeln.

Marie-Ange seufzte. »Nein, morgen passt mir ganz gut.«

»Schön. Was halten Sie von siebzehn Uhr?«

»Das lässt sich einrichten. Ist es Ihnen recht, wenn ich mein Baby mitbringe? Ich stille es nämlich noch. Meine Tochter ist schon etwas älter und kann bei der Kinderfrau bleiben.«

»Oh, natürlich. Bringen Sie Ihr Baby nur mit«, erwiderte Louise freundlich. Marie-Ange meinte, in ihrer Stimme ein leichtes Beben wahrzunehmen.

»Gut, dann also bis morgen.« Marie-Ange war klar, dass sie sich auf sehr gefährliches Terrain vorwagte. Dieser Besuch würde über ihr Leben und ihre Ehe entscheiden. Aber die Würfel waren gefallen, es gab keinen Weg mehr zurück. Sie hoffte nur, sie würde innerlich gestärkt und mit neuem Vertrauen in Bernard zurückkehren.

Als Louise in Paris den Hörer auflegte, betrachtete sie traurig das Foto ihres kleinen Sohnes, der voller Vertrauen in die Kamera lächelte.

Zehntes Kapitel

Die Fahrt von Marmouton nach Paris schien diesmal endlos zu dauern. Unterwegs musste Marie-Ange einmal anhalten, um das Baby zu stillen, das in seinem Tragekorb sicher auf dem Rücksitz festgeschnallt war. Als sie die Wagentür öffnete, um etwas frische Luft hereinzulassen, schlug ihr ein kalter Wind entgegen. Um kurz nach halb fünf Uhr traf sie in Paris ein – mitten zur Hauptverkehrszeit –, aber trotzdem parkte sie pünktlich zum vereinbarten Termin vor Louise de Beauchamps Haus ein. Erst jetzt wurde ihr bewusst, dass sie niemals ein Foto von Bernards Ex-Frau oder dem verstorbenen Jungen gesehen hatte, was eigentlich seltsam war. Doch vielleicht hatte Bernard einfach beschlossen, die Vergangenheit für immer ruhen zu lassen und mit Marie-Ange ein neues Leben zu beginnen.

Als die Tür geöffnet wurde, hatte Marie-Ange keine Ahnung, was sie erwartete, machte sich aber auf das Schlimmste gefasst. Zu ihrer Überraschung sah sie sich dann einer hoch gewachsenen, eleganten, attraktiven Frau in den späten Dreißigern gegenüber, mit blondem, schulterlangem Haar, das einen Teil ihres Gesichtes verdeckte. Sobald die Frau jedoch ihren Kopf bewegte und ihr Haar ein Stück zur Seite glitt, war das Ausmaß ihrer Verletzungen zu erkennen. Die eine Hälfte ihres Gesichtes zeigte feine, vornehme Züge, die andere wirkte wie geschmolzen und war von dicken, hässlichen Narbenwülsten durchzogen.

»Ich danke Ihnen für Ihr Kommen, Comtesse«, sagte die Frau, während sie instinktiv ihre zerstörte Gesichtshälfte abwandte. Die Geste war von natürlicher Vornehmheit und offenbarte gleichzeitig Verwundbarkeit. Die Frau führte Marie-Ange in einen Raum, der mit erlesenen Antiquitäten eingerichtet war, und bot ihr auf einem der Louis-Quinze-Stühle Platz an. Marie-Ange hielt den friedlich schlafenden Robert in den Armen, und bei diesem Anblick erhellte ein Lächeln Louise de Beauchamps Züge, wenngleich sich in ihren Augen tiefer Kummer widerspiegelte.

»Ich sehe nicht sehr oft Babies«, gestand sie. »Im Grunde sehe ich niemanden.« Höflich bot sie ihrem Gast etwas zu trinken an, aber Marie-Ange lehnte dankend ab. Sie fühlte sich unwohl und wollte die Sache so rasch wie möglich hinter sich bringen. »Ich weiß, wie schwer das für Sie sein muss«, sagte Louise und sah die junge Frau offen an. »Sie kennen mich nicht. Sie haben keinen Grund, mir zu glauben, aber um Ihret- und um Ihrer Kinder willen sollten Sie sich meine Geschichte anhören. Ich hoffe, sie wird Ihnen eine Warnung sein.«

Verstohlen musterte Marie-Ange die Frau. Sie wirkte keineswegs wie eine Verrückte, und bei aller Trauer, die sie ausstrahlte, hatte sie nichts Verbittertes oder Resigniertes an sich. Und als sie nun ihre Geschichte zu erzählen begann, war ihre Stimme beinahe erschreckend ruhig.

»Bernard und ich lernten uns auf einer Party in Saint-Tropez kennen – im Nachhinein glaube ich, dass er damals bereits genau wusste, wer ich war. Mein Vater war ein sehr bekannter Mann, er besaß riesige Ländereien in Europa und war an Ölfirmen in Bharein beteiligt. All das wusste Bernard, wie auch die Tatsache, dass mein Vater erst kurz zuvor gestorben war und dass ich meine Mutter bereits als Kind verloren hatte. Ich hatte keine Verwandten mehr, stand ganz allein auf der Welt. Und ich war jung, wenn auch nicht so jung wie Sie es jetzt sind. Bernard machte mir den Hof, umwarb mich leidenschaftlich und sagte, er wolle mich heiraten und ein Kind mit mir haben. Ich hatte bereits einen Sohn aus erster Ehe. Als ich Bernard kennen lernte, war mein Sohn Charles zwei Jahre alt. Charles himmelte Bernard an. Und Bernard konnte auch wunderbar mit ihm umgehen. Ich dachte, er würde der ideale Ehegatte und Vater sein. Meine erste Ehe hatte ein schlimmes Ende genommen; mein Ex-Gatte zeigte kein Interesse an seinem Sohn und besuchte ihn nie. Ich war der Meinung, dass Charles einen Vater brauchte, und abgesehen davon war ich sehr verliebt in Bernard. Aus lauter Verliebtheit ging ich sogar so weit, dass ich ihn, nachdem wir geheiratet hatten, zu gleichen Teilen wie Charles in meinem Testament bedachte. Ich fand das Bernard gegenüber nur fair, obwohl ich natürlich davon ausging, noch sehr lange zu leben. Leider war ich dumm genug, ihm von dem Testament zu erzählen.

Wir hatten ein Haus auf dem Land, genauer gesagt ein Château in der Dordogne, das mein Vater mir hinterlassen hatte. Dort verbrachten wir sehr viel Zeit. Bernard gab das Geld mit vollen Händen aus und ließ eine Unmenge von Rechnungen auflaufen, doch das ist eine andere Geschichte. Er hätte mich ruiniert, wären da nicht die Anwälte meines Vaters gewesen, die mein Vermögen verwalteten. Auf ihr Drängen hin bot ich Bernard schließlich die Stirn, indem ich erklärte, dass ich seine Rechnungen nicht länger bezahlen würde und er von nun an selbst dafür verantwortlich sei. Er wurde ungemein wütend, so hatte ich ihn bis dahin noch nie erlebt. Hinterher entdeckte ich, dass er zig Millionen Francs Schulden gemacht hatte, und um uns beiden den Skandal zu ersparen, beglich ich die Schulden stillschweigend.

In jenem Sommer weilten wir wieder in der Dordogne. Charles war bei uns …« Louise de Beauchamps stockte und rang einen Moment lang um Fassung, ehe sie fortfuhr: »Er war damals vier Jahre alt. Ein hübscher blonder Junge. Er betete Bernard nach wie vor an, wohingegen meine Gefühle, nicht zuletzt durch die Schulden, mittlerweile etwas abgekühlt waren.«

Marie-Ange war tief berührt. Sie konnte nachvollziehen, wie schwer es der Frau fallen musste, über ihren Sohn zu sprechen.

»Dann brach eines Abends ein Feuer aus«, erzählte Louise de Beauchamps weiter. »Ein schreckliches Feuer. Als wir es entdeckten, hatte es bereits das halbe Haus zerstört, und ich rannte los, um meinen Sohn zu holen. Er war in seinem Zimmer, genau über uns, und die Haushälterin hatte an dem Abend frei. Als ich oben ankam, sah ich Bernard, wie er ...« – ihre Stimme war kaum mehr als ein atemloses Flüstern – »wie er Charles' Tür von außen zusperrte. Ich stürzte mich auf ihn und versuchte, ihm den Schlüssel zu entwinden. Die Angst um meinen Sohn verlieh mir Bärenkräfte; ich schlug auf Bernard ein, bis ich den Schlüssel hatte. Aber als ich in Charles Zimmer war und ihn aus seinem Bett gehoben hatte, kamen wir nicht mehr hinaus. Bernard hatte etwas von außen vor die Tür geschoben, ein Möbelstück, einen Stuhl, irgendetwas. Wir kamen nicht hinaus.«

»Oh, mein Gott!«, stöhnte Marie-Ange und zog Robert unwillkürlich fester an ihre Brust. »Und dann?«

»Die Feuerwehr kam und spannte ein Sprungtuch unter dem Fenster auf. Ich hatte Angst, Charles in das Tuch fallen zu lassen und stand wie versteinert da.« Von der Erinnerung überwältigt, begann sie zu weinen. Aber sie war entschlossen, Marie-Ange alles zu erzählen, so quälend es auch für sie sein mochte. »Ich habe zu lange gewartet«, stieß sie schluchzend hervor. »Mein Sohn erstickte an dem Rauch und starb in meinen Armen. Als ich endlich sprang, hielt ich ihn noch immer an mich gedrückt. Man versuchte, ihn wiederzubeleben, doch es war zu spät. Bernard wurde von den Feuerwehrleuten aus dem Treppenhaus herausgeholt. Er war völlig hysterisch und behauptete, er habe die ganze Zeit versucht, uns zu retten. Was natürlich eine Lüge war. Ich berichtete der Polizei, was vorgefallen war, und sie überprüften es auch, doch die Tür zu Charles' Zimmer war nicht mehr blockiert. Offenbar hatte er den Stuhl, oder was immer es gewesen sein mochte, wieder weggestellt, nachdem ich aus dem Fenster gesprungen war. Er erzählte der Polizei, ich sei außerstande, den tragischen Unfalltod meines Sohnes zu akzeptieren und suche jetzt einen Schuldigen, um das Unfassbare fassbar zu machen. Er weinte und schluchzte während des gesamten Verhörs, und man glaubte ihm. Er sagte, ich sei labil und hätte eine ungewöhnliche, fast schon krankhaft enge Beziehung zu meinem Sohn gehabt. Und die Polizei glaubte ihm jedes Wort. Es gab keinen Beweis, mit dem ich meine Geschichte hätte belegen können. Wenn er uns beide getötet hätte, hätte er mein gesamtes Vermögen geerbt und wäre mit einem Schlag ein sehr, sehr reicher Mann gewesen. Die Feuerwehr fand später heraus, dass das Feuer zunächst im Dachboden ausgebrochen war, und nahm als Ursache ein defektes Kabel an. Ich bin hingegen fest davon überzeugt, dass Bernard das Feuer gelegt hat, nur kann ich es nicht beweisen. Ich weiß nur, dass er in jener Nacht Charles' Tür zugesperrt und danach die Tür von außen blockiert hat, um uns den Fluchtweg abzuschneiden. Ich weiß das, Comtesse, weil ich es mit eigenen Augen gesehen habe und weil mein Sohn dadurch ums Leben gekommen ist.«

Marie-Ange blickte in die ernsten Augen der Frau. Es war natürlich möglich, dass die Frau vor Schmerz den Verstand verloren hatte und tatsächlich nur nach einem Schuldigen für ihr Unglück suchte, doch etwas an ihrer Geschichte und die Art, wie sie darüber erzählte, erfüllte Marie-Ange mit kaltem Grauen. Sie traute es Bernard zwar nicht zu, aber falls das alles tatsächlich stimmen sollte, war er nicht nur ein Ungeheuer, sondern auch ein Mörder.

»Ich kenne Ihre Situation nicht«, fuhr Louise fort, während sie die junge Frau mit ihrem Baby ansah, in deren Miene blankes Entsetzen stand, »aber wie ich gehört habe, sind Sie recht vermögend und haben keine Familienangehörigen mehr, die Sie beschützen könnten. Sie sind noch sehr jung, vielleicht haben Sie gute Anwälte, und vielleicht sind Sie vernünftiger als ich es war und haben Vorsorge getroffen. Aber falls Sie Bernard in Ihrem Testament bedacht haben oder gar kein Testament besitzen, sodass bei Ihrem Tod automatisch alles an ihn gehen würde, sind Sie und die Kinder in ernster Gefahr. Und sollte er wieder schwer verschuldet sein, ist die Gefahr sogar noch größer. Wenn Sie meine Tochter wären oder meine Schwester,« – erneut füllten sich ihre Augen mit Tränen – »würde ich Sie anflehen, Ihre Kinder zu nehmen und um Ihr Leben zu rennen.«

»Das kann ich nicht«, flüsterte Marie-Ange erstickt und starrte die Frau an, die ihren Blick ruhig und voller Mitgefühl erwiderte. »Ich liebe ihn, er ist der Vater meiner Kinder. Sicher, er ist verschuldet, doch dafür kann ich aufkommen. Er hat keinen Grund, uns zu töten oder zu verletzen. Er kann alles haben, was er will.« Sie hörte selbst, wie trotzig sich das anhörte, aber sie klammerte sich nach wie vor an die Hoffnung, dass Louises Geschichte nur erfunden war.

»Jeder Brunnen ist irgendwann ausgeschöpft«, erwiderte Louise nüchtern. »Und wenn Ihrer austrocknet, wird Bernard Sie verlassen. Aber vorher wird er noch alles nehmen, dessen er habhaft werden kann. Und wenn er das nur durch Ihren Tod bekommt, wird er einen Weg finden. Seine Habgier macht vor nichts Halt.« Sie hielt einen Moment lang inne und blickte versonnen auf ihre schlanken Hände. »Er kam zu Charles' Bestattungsfeier und weinte mehr als jeder andere, aber mich konnte er damit nicht täuschen. Er hat Charles getötet, es ist, als habe er ihn eigenhändig erwürgt. Ich werde das niemals beweisen können. Aber Sie müssen jetzt alles tun, um Ihre Kinder zu beschützen. Bernard de Beauchamps ist ein raffinierter, gefährlicher Mann.«

Ein langes, qualvolles Schweigen trat ein, nur unterbrochen vom hellen Ticken der Kaminuhr. Es war für Marie-Ange unvorstellbar, dass Bernard so schlecht sein sollte wie Louise behauptete, andererseits kam ihr die Frau nicht wie eine Lügnerin vor. Vielleicht hatte sie sich in ihrer Panik nur eingebildet, dass die Tür blockiert war, wenngleich das nicht erklärte, weshalb Bernard vorher versucht haben sollte, die Kinderzimmertür zuzusperren. Womöglich hatte er den Jungen vor dem Rauch und dem Feuer beschützen wollen. Oder er hatte unter Schock gestanden. Oder ... ja, oder er war tatsächlich so böse, wie Louise sagte. Marie-Ange wusste nicht mehr, was sie glauben oder denken sollte. Sie war erschüttert vor Entsetzen und Kummer.

»Es tut mir so unendlich Leid, was Ihnen widerfahren ist«, stammelte sie hilflos. Aber für einen solchen Verlust gab es keinen Trost. Louise de Beauchamps hatte alles verloren. Sie beschloss, ihr gleichfalls reinen Wein einzuschenken. »Bernard erzählte mir, Sie seien zusammen mit Ihrem Sohn bei dem Brand umgekommen. Aber nicht vor fünf Jahren, sondern vor zehn. Und er sagte, dass Charles sein leiblicher Sohn gewesen sei.»

Louises Lippen umspielte ein ironisches Lächeln. »Oh, natürlich wäre es ihm lieb, wenn ich gleichfalls gestorben wäre. Es ist sein Glück, dass ich nicht ausgehe und nur sehr wenige Freunde habe. Nach Charles' Tod habe ich mich lange Zeit völlig zurückgezogen und war für niemanden zu sprechen. Was also mein gesellschaftliches Leben betrifft, könnte ich ebenso gut tot sein. Abgesehen davon hätte es auch wenig Sinn gehabt, meine Geschichte überall herumzuposaunen, da ich keinerlei Beweise habe. Aber ich weiß, was geschehen ist. Und Bernard weiß das auch. Ich bitte Sie nur um eines: Seien Sie vorsichtig«, warnte sie

Marie-Ange noch einmal eindringlich, während sie aufstand. Sie wirkte erschöpft, und ihre Augenlider waren rot geschwollen vom Weinen. »Wenn Ihnen oder Ihren Kindern irgendetwas zustößt, werde ich gegen ihn aussagen. Das mag für Sie im Moment keine Rolle spielen, doch vielleicht kommt irgendwann der Tag – obwohl ich aufrichtig hoffe, dass er niemals kommen wird.«

»Das hoffe ich auch«, erwiderte Marie-Ange. Als sie zur Wohnungstür ging, wurde das Baby kurz wach und gab kleine, glucksende Laute von sich.

»Hüten Sie sich vor ihm«, wiederholte Louise, während sie ihr die Hand zum Abschied reichte.

»Danke, dass Sie mich empfangen haben«, sagte Marie-Ange höflich und eilte davon. Während sie mit zitternden Beinen die Treppen hinunterstieg, weinte sie um Louise, um den kleinen Charles und um sich selbst. Am liebsten hätte sie Billy angerufen und ihm ihr Herz ausgeschüttet, aber er hätte ihr auch nicht helfen können. Nein, mit dieser Geschichte musste sie allein fertig werden.

Es war bereits neunzehn Uhr, zu spät, um noch nach Marmouton zurückzufahren. Also beschloss Marie-Ange, die Nacht in der Pariser Wohnung zu verbringen, obwohl Bernard, wie sie wusste, ebenfalls dort sein würde. Die Begegnung mit ihm würde schwierig werden, denn sie durfte sich nichts anmerken lassen und keine unbedachte Äußerung von sich geben. Als sie dann mit einem ziemlich beklommenen Gefühl die Wohnung betrat, kam er gerade von einem Treffen mit dem Architekten zurück. Das Haus in der Rue de Varenne war inzwischen fast fertig, und man hatte ihnen zugesichert, dass sie zu Neujahr einziehen könnten.

Bernard strahlte Marie-Ange an, gab ihr einen Kuss und nahm dann den kleinen Robert auf den Arm. Während Marie-

Ange beobachtete, wie er das vor Vergnügen quietschende Baby übermütig in der Luft herumschwenkte, konnte sie nur an den kleinen Jungen denken, der in dem Feuer umgekommen war, und an die Frau mit dem entstellten Gesicht.

»Was führt dich nach Paris, meine Liebste? Welch wunderbare Überraschung!« Bernard wirkte so aufrichtig erfreut über ihren Besuch, dass Marie-Ange von jähen Schuldgefühlen ergriffen wurde. Wie hatte sie Louise auch nur einen Moment Glauben schenken können? Vielleicht wollte sie sich nur an Bernard rächen, weil er sie verlassen hatte. Vielleicht hatte sie ihren Sohn sogar selbst umgebracht! Der bloße Gedanke ließ Marie-Ange erschaudern, und als Bernard sie in die Arme nahm, fühlte sie neben ihrem Kummer eine tiefe Liebe für ihn. Nein, er war kein böser Mensch. Und wahrscheinlich hatte er ihr nur deshalb verschwiegen, dass Louise das Unglück überlebt hatte, weil er ihr deren schreckliche Anschuldigungen nicht erzählen wollte. Es gab sicher einen Grund, weshalb er gelogen hatte, und sei es auch nur aus Angst, er könne sie dadurch erschrecken oder verlieren. Das mochte zwar ein Fehler gewesen sein, aber schließlich war er auch nur ein Mensch.

»Wollen wir essen gehen?«, fragte er. »Am besten gleich in das kleine Lokal um die Ecke, da können wir Robert mitnehmen. Du hast mir übrigens noch nicht den Grund deines Besuches genannt.« Er sah sie so arglos an, dass es ihr fast das Herz zerriss.

»Ich hatte Sehnsucht nach dir«, sagte sie schlicht, worauf er sie anlächelte und zart auf den Mund küsste. Plötzlich fielen von Marie-Ange alle Zweifel ab, die Louise gesät hatte. Das Einzige, worin sie Louise Recht geben musste, war, dass Bernard einen Hang zum Geldausgeben hatte. Aber das war weiß Gott kein Verbrechen, und wenn sie behutsam auf ihn einwirkte, würde er mit der Zeit sicher lernen, vernünftig zu wirtschaften. Später im Restaurant konnte sich Marie-Ange erstmals seit Tagen wieder entspannen. Bernard hatte das Baby auf dem Schoss, lachte und scherzte und erzählte ihr den neuesten Pariser Klatsch.

Als sie am Abend zu Bett gingen, den kleinen Robert in der Wiege neben dem Ehebett, war Marie-Ange vollends davon überzeugt, dass Louise de Beauchamps sie angelogen hatte, ob nun aus Rache oder Eifersucht oder sonst einem Grund. Sie bedauerte Louise, denn das Schicksal hatte ihr wahrlich übel mitgespielt, doch das machte sie noch lange nicht glaubhaft. Marie-Ange lebte nun seit zwei Jahren mit Bernard zusammen, sie hatte zwei Kinder mit ihm. Er war kein heimtückischer Mensch, und schon gar nicht ein brutaler Mörder. In Wahrheit konnte er keiner Fliege etwas zuleide tun. Das Einzige, was man ihm ankreiden konnte, war sein leichtsinniger Umgang mit Geld. Sicher, er hatte gelogen, als er ihr weismachte, er sei Witwer, aber das war durchaus verzeihlich. Als Katholik und Aristokrat betrachtete er eine Scheidung als schwere Sünde. Vermutlich hatte er befürchtet, sie würde einen geschiedenen Mann verschmähen. Was immer sein Beweggrund gewesen sein mochte, Marie-Ange liebte ihren Mann mit jeder Faser ihres Herzens, und sie glaubte keinen Moment lang daran, dass er Louises Sohn umgebracht hatte.

ELFTES KAPITEL

Das heimliche Treffen mit Louise de Beauchamps löste in Marie-Ange heftige Schuldgefühle aus. Sie überhäufte Bernard förmlich mit Aufmerksamkeiten, selbst als sie entdeckte, dass er erneut Schulden gemacht hatte. Wie sich herausstellte, hatte er vergessen, die Miete für die Ferienvilla und die Yacht zu bezahlen. Im Moment schien Marie-Ange das freilich eine verzeihliche Sünde zu sein, eine bloße Nachlässigkeit, die nicht der Rede wert war. Klaglos beglich sie die Rechnung, ohne sich überhaupt die Mühe zu machen, ihn darauf anzusprechen.

Das Haus in der Rue de Varenne war so gut wie fertig, und da nach wie vor ein dicker Stapel unbezahlter Rechnungen wartete, hatte sich Marie-Ange schließlich dazu durchgerungen, ihr Vermögen zu beleihen, um die leidige Sache endlich aus der Welt zu schaffen. Bernards Anteile an den Ölfirmen konnten offenbar noch nicht Gewinn bringend verkauft werden, und Marie-Ange hatte schon seit langem aufgehört, ihn danach zu fragen. Es hatte keinen Sinn. Inzwischen war sie nicht einmal mehr sicher, ob es diese Beteiligungen überhaupt gab. Vielleicht hatte er das Geld verloren, oder es war weniger, als er behauptet hatte. Es spielte keine Rolle mehr für sie. Sie wollte ihn damit nicht in Verlegenheit bringen. Ihr Vermögen reichte für sie beide aus. Sie hatten zwei schöne Anwesen und zwei gesunde Kinder. Von Zeit zu Zeit kam Marie-Ange zwar das Treffen mit Louise de Beauchamps wieder in den Sinn, doch sie schob den Gedanken dann jedes Mal energisch beiseite. Mittlerweile war sie überzeugt, dass Louise Bernard verleumdet und zu Unrecht beschuldigt hatte. Wenngleich Louise tatsächlich zu glauben schien, dass Bernard ihren Sohn umgebracht hatte. So ungeheuerlich Louises Anschuldigungen auch waren, Marie-Ange nahm sie ihr nicht übel. Vermutlich würde sie ebenfalls den Verstand verlieren, wenn eines ihrer Kinder ums Leben käme. Bernard und ihre beiden Kinder waren das kostbarste Gut, das sie hatte. Die arme Louise hingegen hatte alles verloren. Wen wunderte es da, dass sie vor Gram verrückt geworden war?

Wenn Bernard jetzt davon sprach, einen Palazzo in Venedig oder ein Haus in London kaufen zu wollen, schalt Marie-Ange ihn wie einen kleinen Jungen, der ständig nach Süßigkeiten verlangte, und bemerkte lächelnd, sie hätten genügend Häuser. Eine Weile lang hatte er sogar die Idee, nach Italien zu reisen und sich dort nach einer Yacht umzusehen. Er hatte einfach einen unstillbaren Appetit auf Luxusgegenstände und Häuser, doch Marie-Ange war fest entschlossen, ihn im Auge zu behalten und seine Extravaganzen im Zaum zu halten. Als Robert dann drei Monate alt war, sprach Bernard bereits von einem dritten Kind. Marie-Ange war von der Vorstellung gleichfalls angetan, aber sie wollte damit noch eine Weile warten. Sie war wieder so rank und schlank wie zuvor und hübscher denn je und wollte sich eine kleine Pause gönnen, um wieder mehr mit Bernard unternehmen zu können. Bernard zeigte sich verständnisvoll und schlug vor, die Zeit zu nutzen und im Winter eine Reise nach Afrika zu machen. Marie-Ange war begeistert, denn Afrika kannte sie bisher nur aus Büchern. Für Weihnachten planten sie eine große Feier in Marmouton, und nach Neujahr sollte dann in dem neuen Haus in der Rue de Varenne eine riesige Einweihungsparty stattfinden.

Einige Wochen vor Weihnachten rief Marie-Ange Billy an, um sich nach seinen Hochzeitsplänen zu erkundigen. Er erzählte, er wolle im Juni heiraten, und meinte, dies sei für sie ein guter Anlass, endlich einmal nach Iowa zu kommen. Seufzend erwiderte Marie-Ange, sie wisse noch nicht, ob sie die Zeit für eine so weite Reise hätte, worauf er neckend fragte, ob sie etwa schon wieder schwanger sei. Nachdem sie eine Zeit lang über dies und das geplaudert hatten, wurde Billy plötzlich ernst und fragte, ob bei ihr alles in Ordnung sei.

»O ja, mir geht es ausgezeichnet. Warum fragst du?« Marie-Ange fühlte sich ertappt, aber Billy hatte in Bezug auf ihr Befinden schon immer einen sechsten Sinn gehabt. Aus Loyalität gegenüber Bernard erzählte sie ihm nichts von dem Treffen mit Louise de Beauchamps. Es wäre zu kompliziert gewesen, Billy den gesamten Sachverhalt zu erklären, zumal Billy sein Misstrauen gegen Bernard noch immer nicht abgelegt hatte.

»Ich habe mir einfach Sorgen um dich gemacht, das ist alles. Du darfst nicht vergessen, ich habe deinen Mann nie kennen gelernt. Woher soll ich wissen, ob er wirklich so ein toller Bursche ist wie du immer behauptest?«

»Vertrau mir«, sagte Marie-Ange und lächelte unwillkürlich, als sie sich Billys roten Haarschopf und sein liebes sommersprossiges Gesicht vorstellte. Manchmal vermisste sie ihn mehr, als sie sich eingestehen wollte. »Er ist ein guter Ehemann und Vater.«

Billy ließ es dabei bewenden. Für ihn war die Hauptsache, dass Marie-Ange glücklich war. Und dass sie nun mit ihrer eigenen Familie in Marmouton lebte, erschien ihm als eine Art himmlische Gerechtigkeit. »Hast du noch etwas von deiner Tante gehört?«, erkundigte er sich, was Marie-Ange verneinte. Carole Hawkins war mittlerweile in den Achtzigern und schon seit längerer Zeit krank. Marie-Ange hatte ihrer Tante gerade eine

Weihnachtskarte mit einem Foto von Heloise und Robert geschickt, obgleich sie wusste, dass Tante Carole sich nichts aus Kindern machte. Sie schrieb Marie-Ange nur einmal im Jahr zu Weihnachten, und selbst dann waren es lediglich ein paar dürre, unpersönliche Zeilen. »Also, was ist jetzt?«, fragte Billy. »Kommst du zu meiner Hochzeit?«

»Ich werde es versuchen.«

»Meine Mom meint, du sollst unbedingt deine Kinder mitbringen«, fügte Billy hinzu, um ihr die Reise schmackhaft zu machen.

Marie-Ange versprach, sie wolle es sich überlegen. Im Stillen dachte sie jedoch, dass die weite Reise für die Kinder zu anstrengend sein würde. Und wenn Bernard seinen Willen durchsetzen sollte, wäre sie bis dahin schon wieder schwanger. Aber sie wollte Billy nicht die Freude verderben und verschwieg ihm ihre Bedenken.

Als sie den Hörer auflegte, kam Bernard gerade nach Hause. Sie eilte zu ihm und gab ihm einen Begrüßungskuss.

»Mit wem hast du telefoniert?«, fragte er. Er wollte immer genau wissen, was sie machte, wen sie traf oder mit wem sie telefonierte. Offenbar gefiel es ihm, Anteil an ihrem Leben zu nehmen, wenngleich er sein Privatleben eher für sich behielt.

»Mit Billy, meinem Freund aus Iowa. Er hat uns zu seiner Hochzeit im Juni eingeladen.«

»Iowa liegt nicht gerade in der Nähe«, sagte Bernard lächelnd. Für ihn war Amerika gleichbedeutend mit Los Angeles oder New York. Er war auch einige Male in Palm Beach gewesen, aber eine Farm in Iowa war eindeutig nicht nach seinem Geschmack. Vor kurzem hatte er sich ein Kofferset aus braunem Krokodilleder gekauft, und Marie-Ange konnte sich lebhaft vorstellen, wie exzentrisch er wirken würde, wenn er damit auf der Parker-Farm einträfe. Dennoch hatte sie Sehnsucht nach Billy und wollte ihn unbedingt wieder sehen, ob nun zur Hochzeit oder zu einem späteren Zeitpunkt. Sie hatte versucht, Billy zu überreden, seine Flitterwochen in Marmouton zu verbringen und anschließend ein paar Tage in Paris zu bleiben, wo er in dem neuen Haus wohnen könnte, doch er hatte den Vorschlag lachend abgelehnt. Debbie und er hatten überlegt, eine einwöchige Hochzeitsreise in den Grand Canyon zu machen, doch das war ihnen zu teuer gewesen. Selbst ein Wochenende in Chicago würde ein gewaltiges Loch in ihre Haushaltskasse reißen. Frankreich hingegen war für sie beide ein unerreichbarer Traum, da er jeden Penny, den er verdiente, in die Farm steckte.

»Was hast du heute gemacht, meine Liebste?«, erkundigte sich Bernard beim Abendessen. Sie hatten seit einiger Zeit einen eigenen Koch, der Marie-Ange viel Arbeit abnahm, obwohl sie es manchmal vermisste, selbst für ihren Mann zu kochen.

»Ach, nichts Besonderes. Ich habe ein paar Dinge für unsere Weihnachtsfeier vorbereitet, ein paar Einkäufe gemacht. Und natürlich mit den Kindern gespielt. Heloise ist ja wieder erkältet. Wie war dein Tag?«

Er schenkte ihr ein geheimnisvolles Lächeln. »Tja –«, sagte er gedehnt und machte eine Pause, als wollte er die Spannung steigern. »Ich habe eine Ölquelle gekauft!«, stieß er dann triumphierend hervor.

Marie-Ange runzelte die Stirn. »Du hast *was*?« Sie hoffte, er wolle sie nur auf den Arm nehmen, doch er sah beängstigend ernst aus.

»Ich habe eine Ölquelle gekauft. In Texas, um genau zu sein. Ich stehe schon seit geraumer Zeit mit den Leuten in Verbindung, die die Anteile an der Ölquelle verkaufen. Die Quelle wird ein Vermögen bringen, wenn die Förderung angelaufen ist. Meine Partner hatten vorher schon in Oklahoma einen phantastischen Glückstreffer gelandet«, berichtete er strahlend.

»Und womit hast du sie bezahlt?« Vor Panik brachte Marie-Ange nur ein raues Krächzen zustande.

»Mit einem Schuldschein. Ich kenne diese Leute sehr gut.«

»Wie viel war es?«, stieß sie hervor. »Wie hoch ist dein Anteil?«

»Es ist ein bombensicheres Geschäft. Mit dem Schuldschein habe ich zunächst einmal nur die eine Hälfte meines Anteils bezahlen müssen, fünf Millionen Franc. Für die andere Hälfte kann ich mir bis nächstes Jahr Zeit lassen.«

Marie-Ange war in heller Aufruhr. Sie wusste, Bernard würde weder die eine, noch die andere Hälfte jemals bezahlen. Wieder einmal würde die Verantwortung einzig und allein auf ihr lasten, und sie würde erneut ihr Vermögen beleihen müssen. Vor zwei Jahren war sie sich mit ihren sechzig Millionen Franc immens reich vorgekommen, und jetzt hatte sie ständig die Befürchtung, irgendwann vor dem finanziellen Ruin zu stehen. In Bernards Händen wurden sechzig Millionen Franc zu Staub.

»Bernard, das können wir uns nicht leisten! Wir haben gerade erst die Renovierungsarbeiten für das Haus bezahlt.«

»Liebling«, sagte er, über ihre Naivität lachend, und gab ihr einen Kuss auf die Nasenspitze, »du bist eine sehr, sehr reiche Frau. Du hast genügend Geld, um bis an dein Lebensende sorgenfrei zu leben. Mit dieser Ölquelle werden wir einen Haufen Geld verdienen. Vertraue mir. Ich kenne diese Männer. Sie machen solch ein Geschäft nicht zum ersten Mal.«

»Wann musst du den Schuldschein einlösen?«

»Bis zum Jahresende«, antwortete er unbekümmert.

»Das ist in zwei Wochen!«, rief Marie-Ange entgeistert.

»Glaub mir, wenn ich könnte, würde ich den Schuldschein selbst einlösen. Aber du wirst sehen, deine Berater bei der Bank werden sich noch bei mir bedanken, weil ich dein Geld so effizient anlege«, sagte er treuherzig und zog Marie-Ange in seine Arme.

Marie-Ange lag die halbe Nacht wach, und als sie am nächsten Morgen mit ihrem Vermögensverwalter telefonierte, reagierte dieser alles andere als dankbar. Er weigerte sich vielmehr strikt, das Geld für den Schuldschein aus der Vermögensmasse freizugeben, da er, wie er betonte, einzig in Marie-Anges Interesse handelte. Als Marie-Ange Bernard am nächsten Tag beim Mittagessen davon erzählte, geriet er außer sich vor Wut.

»Mein Gott, was für ein bornierter, kleinkarierter Erbsenzähler! Und was soll ich deiner Meinung nach jetzt tun? Ich habe mein Ehrenwort gegeben! Meine Geschäftspartner werden mich für einen Lügner halten, mich vielleicht sogar gerichtlich belangen! Ich habe die Dokumente vor zwei Tagen unterzeichnet. Das wusstest du, Marie-Ange. Du solltest deinem windigen Vermögensverwalter sagen, dass er dich ausbezahlen muss!«

»Genau das habe ich getan«, entgegnete sie grimmig. »Vielleicht hätten wir bei der Bank nachfragen sollen, bevor du unterzeichnest.«

»Herrgott noch mal, du bist doch keine arme Frau! Ich werde morgen selbst bei der Bank anrufen«, stieß Bernard verächtlich hervor, als wäre Marie-Ange für derlei Dinge zu unbedarft.

Doch er hatte sich getäuscht. Bei der Bank teilte man ihm klipp und klar mit, dass Marie-Anges Vermögensverwalter ihr kein weiteres Darlehen gestattete. »Der Geldhahn ist abgedreht«, sagte man ihm unumwunden. Bleich vor Wut knallte er den Telefonhörer auf und wandte sich aufgebracht an Marie-Ange.

»Hast du den Befehl erteilt, mich abzuwimmeln?«, herrschte er sie misstrauisch an.

»Natürlich nicht. Aber wir haben eine Menge Geld in die beiden Häuser gesteckt«, verteidigte sie sich, ohne die gigantischen Ausgaben zu erwähnen, die seine extravaganten Anschaffungen verursacht hatten. Ihr Vermögensverwalter hatte gesagt, er wolle sie schützen und ihr restliches Vermögen für sie zusammenhalten. Sie müsse an ihre Zukunft denken, hatte er gemahnt, und an ihre Kinder. Und wenn sie ihrem Ehemann keinen Einhalt gebieten könne, so würde er das gern für sie übernehmen.

In den folgenden Tagen verhielt sich Bernard wie ein zorniges, verwöhntes Kind, dem man einen Wunsch abgeschlagen hatte. Er tobte und schrie und schmollte und beschuldigte Marie-Ange, gegen ihn zu konspirieren. Marie-Ange sah seinem Treiben hilflos zu, denn dieses eine Mal konnte sie ihm nicht aus der Klemme helfen, so gern sie es auch getan hätte. Als Bernard dann am Wochenende von einem kurzen Aufenthalt aus Paris zurückkehrte, bat er sie um eine Unterredung in seinem Arbeitszimmer. Er sagte, dass er angesichts ihres offensichtlichen Misstrauens und des schändlichen Benehmens ihrer Bank – wo man ihn, wohl auf ihr Geheiß hin, wie einen Gigolo behandelte – mit dem Gedanken spiele, sie zu verlassen. Er könne sich nicht derart erniedrigen lassen oder in einer Ehe leben, wo man ihm nicht vertraue und ihn zu einem unmündigen Kind degradiere.

»Ich hatte immer nur dein Wohl im Auge, Marie-Ange«, sagte er mit verletztem Blick. »Mein Gott, ich habe dich damals, als ich dich noch gar nicht kannte, bei mir im Château aufgenommen, weil ich wusste, wie viel es dir bedeutete. Ich habe ein Vermögen für die Renovierung des Châteaus ausgegeben, weil es für dich ein teures Andenken an deine verlorene Kindheit ist. Ich habe das Haus in Paris gekauft, weil ich der Meinung war, du verdienst ein aufregenderes Leben als das hier in der Provinz. Seit dem Tag, an dem wir uns trafen, habe ich alles für dich getan, für dich und unsere Kinder. Und jetzt muss ich feststellen, dass du mir nicht vertraust. Ich kann so nicht weiterleben.«

Marie-Ange war erschüttert über seine Worte, doch am schlimmsten war der Gedanke, sie könnte Bernard verlieren. Sie hatte zwei kleine Kinder und war vielleicht sogar mit einem dritten schwanger. Wenn Bernhard sie verließe, wäre sie wieder ganz allein auf der Welt, allein mit zwei kleinen Kindern. Diese Vorstellung war so schrecklich, dass sie ihrem Mann am liebsten ihren gesamten Besitz übergeben hätte, damit er nur bei ihr bliebe. Es kam ihr gar nicht in den Sinn, ihn darauf hinzuweisen, dass die teuren Renovierungsarbeiten sowie der aufwändige Lebensstil ausschließlich von ihr finanziert worden waren.

»Es tut mir so Leid, Bernard … Glaub mir, ich wollte das nicht …«, stammelte sie unglücklich. »Ich kann nichts dafür. Die Bank will mir das Geld einfach nicht geben.«

»Ich bezweifle, dass du es überhaupt richtig versucht hast. Natürlich kannst du etwas dafür«, erwiderte er eisig. »Die Bankleute arbeiten für dich, Marie-Ange, und nicht umgekehrt. Sag ihnen, dass sie dir das Geld auszahlen müssen. Es sei denn, du willst mich öffentlich demütigen und mich auf meinem Schuldschein sitzen lassen, den ich einzig für dich unterzeichnet habe. Du bist nämlich diejenige, die von dieser Investition profitieren wird, du und unsere Kinder.«

Angesichts von so viel Opferbereitschaft und Edelmut kam sich Marie-Ange wie eine gemeine Verräterin vor. Es brach ihr das Herz, ihren Mann derart leiden zu sehen.

»Die Leute bei der Bank sind nicht meine Angestellten, Bernard. Du weißt doch, sie sind meine Treuhandverwalter. Nicht ich, sondern sie treffen die Entscheidungen«, verteidigte sie sich und sah ihn flehend an, in der Hoffnung, er möge ihr verzeihen.

»Ich weiß aber auch, dass du deine Vermögensverwalter vor Gericht bringen könntest, um deine Forderungen einzuklagen. Nun, was soll's – meine Ehre ist dir offenbar nicht wichtig.« Wehmütig blickte Bernard aus dem Fenster, als bereite er sich schon einmal darauf vor, seine Ehre auf dem Altar ihres Geizes zu opfern.

»Du willst tatsächlich, dass ich vor Gericht gehe?«, fragte sie bestürzt.

»Wenn du mich wirklich liebtest, würdest du genau das tun.« Mit diesen Worten hatte er für Marie-Ange die Weichen gestellt. Gleich am nächsten Tag rief sie erneut bei der Bank an, doch ihr Vermögensverwalter ließ sich nicht erweichen und erklärte, das sei auch im Sinne seiner Kollegen. Als sie ihm schließlich schweren Herzens mit dem Gericht drohte, erklärte er ihr unmissverständlich, dass sie den Fall verlieren würde. Er und seine Kollegen könnten mühelos Beweise vorlegen, wie rasch und leichtfertig ihr Geld ausgegeben worden sei, und kein Richter der Welt würde unter diesen Umständen das Treuhandvermögen freigeben. Zudem sei sie eine sehr junge Frau, gerade mal dreiundzwanzig Jahre alt, und auf den Schutz ihrer Berater angewiesen. Der Vermögensverwalter sagte ihr freilich nicht, welchen habgierigen, verdächtigen Eindruck Bernard vor Gericht machen würde, sodass der Fall schon von vornherein entschieden wäre.

Als Marie-Ange Bernard niedergeschlagen über das Gespräch berichtete, erwiderte er nur kalt, er würde ihr seine Entscheidung zu gegebener Zeit mitteilen. Marie-Ange war wie vor den Kopf gestoßen, denn sie hatte seine Warnung nicht vergessen. Er hatte gedroht, sie zu verlassen, falls sie seinen Schuldschein nicht einlöste. Und bis zum Zahlungstermin waren es nur mehr knapp zwei Wochen.

Am Abend des Weihnachtsfestes war Marie-Ange noch immer völlig verstört, zumal Bernard seit Tagen kein Wort mit ihr gesprochen hatte. Er fühlte sich gekränkt, verraten und ausgenutzt und ließ sie das mit jeder noch so kleinen Geste merken. Als die Gäste eintrafen, war Marie-Ange nervös und unsicher, wohingegen Bernard so elegant, gelassen und kultiviert wie immer wirkte. Er trug einen neuen Smoking, den er in London hatte maßschneidern lassen, und dazu handgearbeitete Wildlederschuhe. Marie-Ange war in ein wunderschönes Abendkleid aus rotem Satin gekleidet, das Bernard bei Dior für sie gekauft hatte. Doch ihre Stimmung war alles andere als festlich, da sie ständig von der Angst beherrscht wurde, Bernard könnte sie zum Jahresende verlassen. Nächtelang hatte sie wach gelegen und darüber nachgegrübelt, wie sie ihre Ehe retten könnte. Ihre Vermögensverwalter ließen sich nicht umstimmen, und wenn Bernard seinen Schuldschein nicht einlösen könnte, würde er ihr allein die Schuld dafür geben.

Während des Festmahls richtete Bernard kein einziges Mal das Wort an Marie-Ange, und als später die Musik einsetzte, tanzte er mit jeder der anwesenden Frauen, außer mit seiner Gattin. Für Marie-Ange war der Abend eine einzige Tortur, und sie musste alle Beherrschung aufbringen, um Haltung zu bewahren.

Am späten Abend, nachdem der Großteil der Gäste bereits gegangen war, glaubte einer der Mitarbeiter des Partyservices einen leichten Brandgeruch wahrzunehmen. Alain Fournier, der Hausverwalter, der gerade in der Küche war, bot sich an, eine Runde durch das Haus zu drehen, um nach dem Rechten zu sehen. Doch der andere Mann winkte ab und meinte, das sei nicht nötig. Er nahm an, dass der Brandgeruch aus dem Backofen oder von den Zigarren, die von manchen Gästen geraucht worden waren, herrührte. Aber um völlig sicher zu gehen, machte sich Alain trotzdem auf den Weg. Und tatsächlich entdeckte er im zweiten Stock einen Brand, der durch eine Kerze, die zu dicht an den schweren Damastvorhängen stand, ausgelöst worden war. Die Vorhangquasten hatten Feuer gefangen, und als Alain eintraf, stand einer der Vorhänge bereits in Flammen.

Blitzschnell riss Alain den Vorhang von der Stange, warf ihn zu Boden und trampelte das Feuer aus. Erst jetzt bemerkte er, dass auch die anderen Vorhänge über die oben verlaufende Fransenreihe Feuer gefangen hatten. Laut um Hilfe schreiend, versuchte Alain mit bloßen Händen die Flammen zu ersticken, bevor sich das Feuer noch weiter ausbreiten konnte. Doch seine Schreie wurden von der lauten Musik übertönt, und er musste hilflos mitansehen, wie sich die Flammen immer weiter fraßen, binnen weniger Sekunden die gesamte Diele des zweiten Stocks in Brand setzten und auf die Treppen zuwalzten.

Da Alain allein nichts ausrichten konnte, stürmte er in die Küche zurück. »Im zweiten Stock brennt es!«, rief er den Mitarbeitern des Partyservice zu, die sofort Eimer mit Wasser füllten und nach oben rannten. Einer der Männer rief die Feuerwehr an und eilte anschließend ins Wohnzimmer, um die Hausbesitzer und die verbliebenen Gäste zu warnen. Auf der Stelle stürmte Marie-Ange in den zweiten Stock hinauf, wo Alain und seine Helfer mit Wassereimern gegen die Flammen kämpften. Inzwischen hatte sich die Stofftapete, mit der die Wände im zweiten und dritten Stock ausgekleidet waren, in Brand gesetzt und das Treppenhaus in einen Feuertunnel verwandelt. Aber da Marie-Ange wusste, dass ihre Kinder im dritten Stock schliefen, stürmte sie ohne auch nur einen Moment lang zu zögern die Treppe hinauf. Nach wenigen Schritten wurde sie jedoch von den kräftigen Armen eines der Männer zurückgerissen. »Sie dürfen da nicht hinauf!« schrie er. »Das ist viel zu gefährlich! Ihr Kleid könnte Feuer fangen!«

»Lassen Sie mich los!«, kreischte sie verzweifelt, während sie versuchte, sich dem Griff zu entwinden. Plötzlich entdeckte sie Bernard, der an ihr vorbei nach oben stürmte. Mit aller Kraft riss sie sich los und rannte Bernard hinterher. Die Diele war bereits voller Rauch, und sie konnte kaum etwas sehen. Als Erstes stürzte Bernard in Roberts Zimmer, holte ihn aus dem Bett und trug ihn in das Zimmer, in dem Heloise schlief. Als Heloise ihre

Eltern hörte, wachte sie auf und begann leise zu wimmern. Rasch hob Marie-Ange sie aus ihrem Bettchen und redete beruhigend auf sie ein. Von unten war das Tosen des Feuers zu vernehmen und die Schreie der Menschen. Panisch blickte Marie-Ange aus der Tür und entdeckte, dass nun auch bereits die Treppe an manchen Stellen brannte. Doch sie hatten keine andere Wahl, als durch das brennende Treppenhaus zu fliehen. Einen anderen Ausweg gab es nicht, denn die Fenster im dritten Stock wären zu klein, um hindurchzukriechen, wenn die Feuerwehr mit ihren Leitern einträfe. Verzweifelt sah Marie-Ange Bernard an.

»Ich werde Hilfe holen«, versprach er mit wildem Blick. »Bleib du hier bei den Kindern. Die Feuerwehr ist schon unterwegs. Wenn das Feuer um sich greift, dann geh auf das Dach und warte dort!« Er legte Robert auf Heloises Bett ab und rannte ins Treppenhaus, während ihm Marie-Ange mit schreckgeweiteten Augen hinterherstarrte. Auf dem Weg nach unten blieb er einen Moment lang vor der Tür stehen, die zum Dach hinaufführte, zog den Schlüssel ab und ließ ihn in seine Tasche gleiten. Marie-Ange schrie ihm nach, er solle ihr den Schlüssel zuwerfen, aber er schien sie nicht zu hören. Er würde Hilfe holen, sagte sie sich wieder und wieder. Er hatte sie und die Kinder nur deshalb nicht mitgenommen, weil er sie nicht in Gefahr bringen wollte. Ja, er würde Hilfe holen, er würde Hilfe holen …

Bernard hatte gesagt, sie solle keinesfalls versuchen, durch das brennende Treppenhaus zu fliehen; die Kinder und sie seien im dritten Stock sicherer. Doch als Marie-Ange nun beobachtete, wie die Flammen immer näher rückten und sie einkesselten, wurde ihr klar, dass Bernard sich geirrt hatte. Zum Glück ertönte aus der Ferne bereits das Heulen der Feuerwehrsirenen. Inzwischen weinten beide Kinder, und der kleine Robert schnappte in dem dichten Rauch keuchend nach Luft. Marie-Ange erwartete, dass jeden Moment die Feuerwehr vor dem Haus auftauchen würde oder dass Bernard mit einem Löschtrupp die Stufen heraufgerannt käme. Das Tosen des Feuers war mittlerweile so laut, dass man die Stimmen aus den unteren Stockwerken nicht mehr hören konnte. Plötzlich gab es einen ohrenbetäubenden Knall, und als Marie-Ange angstvoll aus der Tür spähte, entdeckte sie, dass ein Balken eingestürzt war und das Treppenhaus blockierte.

Sie ließ die Kinder für einen Moment allein in Heloises Gitterbettchen zurück und rannte zu der Tür, die zum Dach führte. Doch die Tür war verschlossen, und den Schlüssel hatte Bernard eingesteckt. Schlagartig sah sie Louise de Beauchamps vernarbtes Gesicht vor sich, und ihr wurde bewusst, dass Louise die volle Wahrheit gesagt hatte. So wie Bernard damals Louise und ihren Sohn im Kinderzimmer eingesperrt hatte, hatte er nun sie und die Kinder hier oben zurückgelassen und ihres einzigen Fluchtwegs über das Dach beraubt.

»Schsch, keine Angst, meine Kleinen. Alles wird gut!«, rief sie den schreienden Kindern zu, während sie nacheinander die winzigen Fenster aufriss, um etwas frische Luft hereinzulassen. Als sie aus einem Fenster blickte, sah sie Bernard unten im Hof stehen, umringt von Angestellten und Feuerwehrmännern. Er schien den Leuten etwas zu erklären und deutete unter hysterischem Schluchzen und verzweifeltem Kopfschütteln immer wieder nach oben, in Richtung des dritten Stocks. Marie-Ange konnte seine Worte zwar nicht hören, doch sie machte sich diesbezüglich keine Illusionen mehr. Wahrscheinlich erzählte er den Leuten, seine Familie sei in dem Feuer umgekommen oder er habe versucht, zu seiner Familie vorzudringen, aber der Weg sei durch das Feuer abgeschnitten gewesen. Auf jeden Fall würde er verschweigen, dass bei seiner Flucht der Rückweg noch frei gewesen war und dass er den Schlüssel zum Dach eingesteckt hatte.

Das Feuer fraß sich immer weiter durch die Diele hindurch, Deckenbalken fielen herunter und der Boden war von glimmenden Holzteilen übersät. Plötzlich fiel Marie-Ange ein kleines Badezimmer ein, das sie nie benutzten. Es war der einzige Raum, der ein etwas größeres Fenster hatte. Kurz entschlossen packte sie ihre beiden Kinder, stürmte mit ihnen in das Badezimmer, riss das Fenster auf und beugte sich, die beiden Kinder im Arm, ein Stück hinaus.

»Hier oben!«, schrie sie so laut sie konnte. »Ich bin hier oben! Ich habe die Kinder bei mir!« Verzweifelt brüllte sie gegen den Lärm an und wedelte mit ihrem freien Arm, um auf sich aufmerksam zu machen. Endlich erspähte sie ein Feuerwehrmann und rannte sofort los, um die Leiter zu holen. Auch Bernard entdeckte sie nun, und in seiner Miene spiegelte sich ein so abgrundtiefer Hass, dass es Marie-Ange kalt über den Rücken lief. Jetzt war auch der letzte Zweifel beseitigt: Bernard, ihr Ehemann und der Vater ihrer Kinder, war ein Brandstifter und Mörder. Skrupellos hatte er das Feuer genau im zweiten Stock gelegt, damit es sich von dort aus unbemerkt zu den Kinderzimmern im dritten Stock ausbreiten konnte. Und er hatte zu Recht darauf vertraut, dass Marie-Ange sofort zu ihren Kindern eilen würde und dann mit ihnen in der Falle säße. Es war auch kein Zufall, dass die Tür zum Dach abgeschlossen war: Bevor er den Schlüssel eingesteckt hatte, musste er die Tür noch rasch zugesperrt haben. Und wie es aussah, hatte er gute Chancen, dass sein Plan aufging. Die Feuerwehrmänner hatten ihre Leitern in Stellung gebracht, doch sie reichten nicht bis zum dritten Stock hinauf. Als Bernard das hilflose Bemühen der Feuerwehrmänner beobachtete, begann er wieder hemmungslos zu weinen und zu schluchzen, genauso, wie er es, Louise zufolge, in jener Nacht getan hatte, als ihr Sohn ums Leben gekommen war. Marie-Ange geriet in Panik; sie sah keine Möglichkeit, wie sie ihre Kinder retten sollte. Wenn sie alle starben, würde Bernard der Alleinerbe sein. Aus reiner Habgier wollte er nicht nur seine Frau, sondern auch seine Kinder umbringen. Diese Vorstellung war so grauenhaft, dass Marie-Ange das Gefühl hatte, man habe ihr die Brust aufgeschlitzt und das Herz herausgerissen.

Während sie hinunterblickte und Bernards hysterisches Gebaren beobachtete, hielt sie ihre Kinder so nah wie möglich ans offene Fenster, um sie vor dem Ersticken zu bewahren. Hinter der geschlossenen Tür des kleinen Badezimmers brüllte das Feuer wie ein wildes Tier, das Einlass begehrte. Jetzt spannten drei Feuerwehrmänner ein Sprungtuch auf und schrieen Marie-Ange etwas zu, doch ihre Worte gingen in dem ohrenbetäubenden Lärm unter. Marie-Ange beugte sich ein Stück weiter hinaus und bemühte sich, den Männern die Worte von den Lippen abzulesen. Schließlich hielt einer der Feuerwehrmänner einen Finger hoch, und Marie-Ange verstand die Botschaft. Jeweils einer, wollten sie ihr sagen. Marie-Ange setzte Heloise, die laut weinte und sich am Kleid ihrer Mutter festklammerte, vor sich auf den Boden, küsste Robert auf seine weiche Babystirn und hielt ihn so weit sie konnte aus dem Fenster, während unten die Feuerwehrleute ihr Sprungtuch in die richtige Position brachten. Es war ein unerträglicher Augenblick, als sie ihren kleinen Sohn losließ und mit ansah, wie er hinunterfiel und gleich einem Gummiball in dem Sprungtuch aufprallte. Aber sie stellte erleichtert fest, dass er lebte, denn er wedelte wild mit seinen Ärmchen und Beinchen. Als sie dann beobachtete, wie Bernard, ganz der fürsorgliche Vater, zu Robert stürzte und ihn in die Arme nahm, stieg kalter Hass in ihr auf.

Nun kam Heloise an die Reihe, doch das Kind wehrte sich mit Händen und Füßen, trat um sich und kreischte vor Angst. Erst als Marie-Ange sie anbrüllte, mit dem Theater aufzuhören, verstummte die Kleine und ließ sich widerstandslos aus dem Fenster heben. Sie fiel wie eine Puppe in das Sprungtuch, wo Bernard sie bereits erwartete und unter täuschend echt wirkenden Tränen in Empfang nahm. Jetzt blickten alle zu Marie-Ange hinauf, die reglos am offenen Fenster stand. Ihre Kinder in das Sprungtuch fallen zu lassen, war ihr schon schwer genug gefallen, doch selbst zu springen, kostete sie eine weit größere Überwindung. Das Sprungtuch wirkte aus der Höhe erschreckend klein, und das Fenster war so schmal, dass sie Mühe haben würde, sich hindurchzuzwängen. Doch sie wusste, wenn sie nicht sprang, wären ihre Kinder Bernard auf Gedeih und Verderb ausgeliefert. Seit diesem Tag stand für Marie-Ange fest, dass er vor nichts zurückschrecken würde, um auch noch das Erbe der Kinder an sich zu reißen, auch nicht vor Mord. Am ganzen Körper zitternd, zwängte sie sich durch das Fenster und setzte sich auf das Fensterbrett. Aus den unteren Etagen ertönte ein explosionsartiger Knall, und gleich darauf schlugen Flammen aus den Fenstern des zweiten Stockwerks in die Nacht hinaus. Es war nur noch eine Frage der Zeit, bis auch das oberste Stockwerk zusammenbrechen und Marie-Ange unter sich begraben würde.

»Springen Sie!«, schrien die Feuerwehrmänner ihr zu. »So springen Sie doch endlich!« Aber Marie-Ange saß wie versteinert da und klammerte sich am Fensterrahmen fest. Die Feuerwehrmänner waren machtlos, sie konnten sie nur weiterhin anflehen und ihr Mut machen. In ihren Mienen malte sich Hilflosigkeit und Verzweiflung ab. Plötzlich sah Marie-Ange Louise de Beauchamps vernarbtes Gesicht vor sich, und sie konnte nachempfinden, was diese Frau in jener Nacht gefühlt haben musste, als Bernard versuchte hatte, sie und ihren Sohn zu töten. Obwohl Marie-Ange wusste, dass sie allein schon ihrer Kinder wegen springen musste, brachte sie es nicht über sich. Sie war vor Angst und Entsetzen wie gelähmt, außerstande, sich auch nur einen Zentimeter zu bewegen.

Unten im Hof waren alle Augen auf Marie-Ange gerichtet. Bernard hatte die Kinder in die Obhut zweier Feuerwehrleute gegeben und rannte ziellos hin und her. Doch unvermittelt blickte er zu Marie-Ange empor und lächelte ihr zu. Es war ein Lächeln voller Bosheit und Hohn, das Lächeln eines Siegers. Er wusste, dass sie zu viel Angst hatte, um zu springen. Er würde bei ihrem Tod den Löwenanteil des Besitzes erben und könnte darüber nach Belieben verfügen. Der Mordanschlag auf Louise einige Jahre zuvor war misslungen, er hatte lediglich ihren Sohn getötet, aber diesmal würde er erfolgreicher sein. Und danach, wen würde er danach umbringen? Erst Heloise? Oder Robert? Oder beide zusammen? Wie viele Menschen würde er noch vernichten, bevor ihn endlich jemand aufhielte? Wie durch ein Wunder hörte Marie-Ange plötzlich Louise de Beauchamps Stimme, die so klar und deutlich zu ihr sprach, als säße sie neben ihr.

»Spring, Marie-Ange! Jetzt!« Und als hätte diese Stimme einen Bann gebrochen, erwachte Marie-Ange aus ihrer Erstarrung und sprang. Der Fall schien ewig zu währen; ihr roter Rock blähte sich wie ein Fallschirm auf, bis sie dann endlich unter sich das rettende Tuch spürte. Das erste Gesicht, das sie über sich sah, war das von Bernard. Er weinte und streckte die Arme nach ihr aus, doch sie wich instinktiv zurück. Louise hatte Recht gehabt, Bernard war ein Ungeheuer. Er war ein Mörder, der keine Skrupel hatte, auch die eigenen Kinder umzubringen. Mit kaltem Blick sah sie diesen Mann an, den sie einst so geliebt hatte und der der Vater ihrer Kinder war.

»Er hat versucht, uns zu umzubringen«, sagte sie, von einer tiefen Gelassenheit und Klarheit erfüllt, die sie selbst erstaunte. »Er hat die Tür zum Dach zugesperrt und den Schlüssel eingesteckt, um jeden Fluchtweg abzuschneiden. Er hat uns dort oben zurückgelassen, damit wir jämmerlich verbrennen.« Sie beobachtete, wie Bernard einen Schritt zurückwich, als hätte sie ihn geschlagen. »Und das war nicht sein erster Mordversuch«, fuhr Marie-Ange mit lauter Stimme fort, damit alle Umstehenden es hören konnten. Sein hasserfüllter Blick berührte sie nicht, er konnte sie nicht einschüchtern. »Er hat schon einmal ein Feuer gelegt, bei dem der Sohn seiner ersten Frau ums Leben gekommen ist. Auch damals hat er Frau und Kind in einem Zimmer eingesperrt, während ringsum das Feuer tobte. Der kleine Junge ist erstickt, aber die Frau hat überlebt, wenn auch schwer verletzt. Du wolltest uns umbringen«, sagte sie nun direkt an Bernard gewandt. Er machte eine Handbewegung, als wollte er sie schlagen, hatte sich jedoch gleich darauf wieder unter Kontrolle.

»Sie lügt. Sie ist im Moment nicht bei Sinnen. Sie war schon immer sehr labil«, sagte er mit gepresster Stimme zu dem neben ihm stehenden Feuerwehrmann, der Marie-Ange aufmerksam musterte. »Sie steht noch immer unter Schock.«

»Du hast das Feuer gelegt, Bernard«, sagte Marie-Ange kalt, ohne auf seine Worte einzugehen. »Du hast uns dort oben zurückgelassen. Du hast den Schlüssel an dich genommen. Du wolltest unseren Tod, damit du alles allein erbst, nicht nur meinen Anteil, sondern auch den der Kinder. Eigentlich hättest du in dem Feuer verbrennen sollen, das wäre nur gerecht gewesen! Aber freu dich nicht zu früh, es gibt noch eine himmlische Gerechtigkeit, die dafür sorgen wird, dass du auf ewig in der Hölle schmorst!« Sie hatte sich in Rage geredet und bebte vor Zorn am ganzen Körper. Jetzt näherte sich der Polizist, den einer der Feuerwehrmänner beiseite gezogen und allem Anschein nach über die Situation unterrichtet hatte. Der Polizist zupfte Bernard diskret am Ärmel und forderte ihn auf, mit ihm zu kommen, um einige Fragen zu beantworten. Bernard sprang auf und blaffte den Mann wütend an: »Was fällt Ihnen ein? Wie kommen Sie überhaupt dazu, den Worten dieser Frau Gehör zu schenken? Sie ist völlig wahnsinnig! Sie hat keine Ahnung, was sie da redet!«

»Und Louise?«, warf Marie-Ange traurig ein. »War sie auch wahnsinnig? Und was ist mit Charles? Er war gerade mal vier Jahre alt, als du ihn umgebracht hast.« Marie-Ange hatte keine Kraft mehr. Sie brach schluchzend zusammen und begann vor Schock und Kälte unkontrolliert zu zittern. Sofort eilte ein Feuerwehrmann zu ihr und legte ihr fürsorglich eine Decke um die Schultern. Das Feuer war mittlerweile so gut wie gelöscht, doch das Haus war innen fast völlig zerstört.

»Monsieur le Comte«, wandte sich der Polizist in sachlichem Ton an Bernard, »wenn Sie nicht freiwillig mit uns kommen, was ich Ihnen dringend raten würde, sehen wir uns leider gezwungen, Sie in Handschellen abzuführen.«

»Ich werde dafür sorgen, dass man Sie für diese Unverschämtheit feuern wird! So etwas muss ich mir nicht bieten lassen!«, knurrte Bernard wutschnaubend, ging dann aber folgsam mit. Die restlichen Gäste hatten den Schauplatz bereits verlassen; Marie-Ange und ihre Kinder blieben mit den Feuerwehrleuten, den Männern aus dem angrenzenden Gehöft und Alain Fournier zurück.

Man hatte Robert mit Sauerstoff versorgt; er zitterte zwar noch, hatte sich jedoch mittlerweile wieder beruhigt. Heloise wiederum schlief tief und fest in den Armen eines Feuerwehrmannes, als wäre nichts geschehen. Alain bot Marie-Ange an, mit den Kindern im Verwalterhäuschen zu übernachten, worauf sie ihn dankbar ansah und stumm nickte. Während sie die verkohlte Hausfassade betrachtete, aus der noch vereinzelte Flammen herauszüngelten, wurde ihr bewusst, dass sie erneut ganz von vorn anfangen musste. Aber sie war am Leben und sie hatte ihre Kinder. Und das war im Moment das Wichtigste.

Nachdem die Feuerwehrleute das Feuer endgültig gelöscht

hatten, bezogen sie in ihren Wagen Position, um die noch glimmenden Überreste die Nacht über im Auge behalten zu können. Erst auf Alains sanftes Drängen hin riss sich Marie-Ange von dem traurigen Anblick los und ging mit den Kindern erschöpft zu Alains kleinem Haus. Am nächsten Vormittag klopften zwei Polizisten an die Tür, die Marie-Ange sprechen wollten. Kurz zuvor war Alains Mutter vom Gehöft gekommen, um Marie-Ange mit den Kindern zu helfen.

»Haben Sie für einen Moment Zeit, Comtesse?«, fragte der eine Polizist höflich. Marie-Ange nickte, trat zu den beiden Männern hinaus und schloss die Tür hinter sich. Alain sollte nicht hören, was sie über ihren Gatten zu erzählen hatte. Die Polizisten befragten sie detailliert über die Vorgänge des Vorabends und berichteten dann, dass die Feuerwehrmänner in der Diele des zweiten Stocks sowie auf den Stufen zu den Kinderzimmern Spuren von Kerosin gefunden hätten. Es würde eine polizeiliche Ermittlung geben, fuhren sie fort, und wie die Sache aussähe, werde man gegen Bernard Anzeige erheben. Nun erzählte Marie-Ange von Louise de Beauchamps, worauf die Polizisten einen ernsten Blick wechselten und versprachen, die Aussage sofort an die entsprechende Stelle weiterzuleiten.

Am selben Tag mietete sich Marie-Ange mit ihren Kindern für eine Woche in einem Hotel in der Stadt ein. Auf ihre Bitte hin kam auch Madame Fournier mit, um Marie-Ange bei der Betreuung ihrer Kinder zu helfen. In dieser Zeit stand Marie-Ange in ständigem Kontakt mit der Polizei, die im Zuge ihrer Ermittlungen immer wieder neue Fragen an sie hatte. An einem dieser Tage fuhr Marie-Ange auch zum Château, um sich ein Bild von der Zerstörung zu machen. Außer ein wenig Tafelsilber, einigen Statuen und Werkzeug war alles vernichtet oder nicht mehr zu benutzen. Die Versicherungsagenten waren bereits vor Ort gewesen, aber es stand noch nicht fest, ob und wie viel die

Versicherungen zahlen würden, falls man beweisen könnte, dass Bernard das Feuer selbst gelegt hatte.

Obwohl Marie-Ange ständig an Louise de Beauchamps dachte, war sie erst einige Tage später dazu imstande, sie anzurufen. Die Nachwirkungen des Schocks waren beinahe schlimmer als das schreckliche Ereignis selbst. Sie hatte nicht nur ihr Heim und beinahe sogar ihre Kinder verloren, sondern auch ihren Ehemann. Man hatte ihn zum weiteren Verhör ins örtliche Gefängnis gebracht, aber Marie-Ange hatte ihn dort noch nicht besucht. Sie hätte ihn gern gefragt, warum er das getan hatte, warum er sie so sehr hasste und sogar ihre Kinder umbringen wollte. Sie würde es niemals begreifen, wenngleich seine Motive klar zu erkennen waren. Er hatte aus purer Habgier gehandelt und war im wahrsten Sinne des Wortes bereit gewesen, für Geld über Leichen zu gehen.

Als Marie-Ange schließlich bei Louise anrief, bedankte sie sich bei ihr für die Warnung. Hätte sie Louises Worte nicht im Hinterkopf gehabt, so sagte Marie-Ange der Frau am Telefon, wäre sie vermutlich folgsam im flammenumtosten Kinderzimmer geblieben und, in blindem Vertrauen auf Bernards Rückkehr, vielleicht gar nicht auf die Idee gekommen, durch das Badezimmerfenster zu fliehen. Ja, sie hätte sich von Bernards schauspielerischer Darbietung sicherlich blenden lassen und ihm sogar sein hysterisches Gebaren abgenommen. Aber Louises Worte hatten sie wachgerüttelt; niemals würde sie diesen abgrundtiefen Hass in Bernards Augen vergessen, als er in jener Schreckensnacht zu ihr hinaufgeblickt hatte. Er hatte gehofft, sie würde den Sprung nicht wagen, doch er hatte sich getäuscht.

»In jener Nacht hatte ich übrigens ein sehr seltsames Erlebnis«, erzählte Marie-Ange. »Ich saß wie gelähmt auf dem Fensterbrett und hatte entsetzlich Angst davor, zu springen. Gleichzeitig musste ich unentwegt daran denken, was Bernard meinen

Kindern antun würde, falls ich sterben sollte … Ja, und dann vernahm ich plötzlich Ihre Stimme in meinem Kopf, die mich aufforderte: ›Spring, Marie-Ange!‹ Und da bin ich gesprungen.«

»Ich bin froh, dass Sie gesprungen sind, Marie-Ange«, erwiderte Louise ruhig. »Und wie gesagt, ich bin gern bereit, bei der Polizei über die damaligen Ereignisse eine Aussage zu machen. Sie sind noch jung, und werden über diese Sache hinwegkommen«, fügte sie hinzu, »zumindest besser als ich. Mein armer Charles ist der Gier dieser Bestie zum Opfer gefallen. Ist das nicht ein sinnloser, grauenhafter Tod?«

»Es tut mir so Leid«, sagte Marie-Ange mit tränenerstickter Stimme. Sie redeten noch für eine Weile weiter, sprachen sich gegenseitig Mut zu und verabredeten, sich demnächst wieder zu treffen. Marie-Ange fühlte sich Louise nun auf eine ganz besondere Art verbunden. Sie war fest davon überzeugt, dass sie Louises Warnung ebenso ihr Leben verdankte wie dem beherzten Eingreifen der Feuerwehrmänner.

Am nächsten Tag fuhr Marie-Ange mit den Kindern nach Paris. Sie hatte beschlossen, das Haus in der Rue de Varenne mitsamt der Einrichtung zu verkaufen. Es war ihr zwar unangenehm, in Bernards Wohnung zu übernachten, aber hier befanden sich all ihre persönlichen Dinge und etliche Gebrauchsgegenstände, die sich im Laufe der Zeit angesammelt hatten. Abgesehen davon konnte ihr Bernard jetzt nichts mehr anhaben. Einmal hatte er versucht, sie im Hotel anzurufen, doch sie hatte den Anruf nicht entgegengenommen.

Sie wollte Bernard nie wieder sehen, außer vielleicht vor Gericht, und sie hoffte, er würde für den gemeinen Mord an Charles und den Mordanschlag auf sie und ihre beiden Kinder lebenslang hinter Gitter wandern. Doch neben aller Wut und dem Wunsch nach Vergeltung verspürte Marie-Ange vor allem eine tiefe Enttäuschung: Sie hatte Bernard nicht nur vertraut und an ihn geglaubt, sie hatte ihn auch geliebt, und das war die eigentliche Tragödie.

An Silvester schlug sie sämtliche Einladungen von Freunden aus und blieb mit den Kindern zu Hause. Sie wollte den letzten Tag des alten Jahres in besinnlicher Stimmung verbringen und über ihr Leben nachdenken. So vieles war geschehen; ihre Träume waren zerstört, ihre Liebe und ihr Vertrauen mit Füßen getreten worden. Sie war einer Illusion erlegen. Bernard hatte sie nur des Geldes wegen geheiratet. Von Anfang an hatte er sie lediglich als reiche Erbin gesehen, als eine Geldquelle, die man ausschöpfen konnte, bis sie irgendwann versiegt wäre. Zum Glück hatten ihre Treuhandverwalter mehr Vernunft an den Tag gelegt und ihr restliches Vermögen vor Bernards Zugriff bewahrt. Und mit dem Verkauf des Pariser Hauses würde sie ihr Konto wenigstens einigermaßen sanieren können.

Als die Kirchenglocken das neue Jahr einläuteten, dachte Marie-Ange voll Sehnsucht an Billy und griff spontan zum Telefon, um ihn anzurufen.

»Wieso bist du heute Abend zu Hause?«, fragte Billy überrascht. »In Paris ist doch sicher die Hölle los. Warte, wenn es bei uns nach siebzehn Uhr ist, müsste es bei euch ja schon nach Mitternacht sein!«

»Richtig, du kleines Rechengenie«, erwiderte Marie-Ange lächelnd, ihr erstes Lächeln seit zwei Wochen.

Billy meinte, er plane einen gemütlichen Abend zu Hause mit seiner Familie und seiner Verlobten. »Aber eine Comtesse sollte eigentlich auf einem rauschendem Fest sein«, fügte er neckend hinzu.

Mit stockender Stimme erzählte Marie-Ange nun über die jüngsten Ereignisse. Sie verschwieg nichts, weder Bernards Mordanschlag noch seine Habgier oder die tragische Geschichte von Louise und ihrem Sohn Charles. Zum ersten Mal berichtete sie auch über ihre Gefühle, als sie, von Flammen umzingelt, im Badezimmer gewesen war und ihre Kinder aus dem Fenster in das rettende Sprungtuch geworfen hatte. Und während sie sprach, hörte sie, wie Billy am anderen Ende der Leitung weinte.

»Mein Gott, Marie-Ange, ich hoffe nur, dieser Mistkerl wandert für immer ins Gefängnis!«, rief er in hilflosem Zorn. Er hatte Bernard nie getraut. Alles war viel zu schnell gegangen. Aber Marie-Ange hatte immer betont, wie perfekt und wunderbar ihr Leben mit Bernard sei, und offenbar war sie davon auch wirklich überzeugt gewesen. Umso bitterer musste sie nun die Erkenntnis treffen, dass Bernard sie von Anfang an getäuscht und ausgenutzt hatte. Wie Marie-Ange Billy erzählte, war sie inzwischen sogar der Ansicht, Bernard habe nur deshalb so bald auf Kinder gedrängt, um Marie-Ange an sich zu binden und unter Druck setzen zu können. »Was hast du jetzt vor?«, fragte Billy besorgt.

»Ich weiß es nicht. Die Vorverhandlung findet in einem Monat statt, und Louise und ich werden natürlich aussagen.« Marie-Ange wusste, dass sie sich im Vergleich zu Louise glücklich schätzen konnte, denn ihre Kinder hatten überlebt. »Ich denke, ich werde vorerst in Paris bleiben. Das Château ist völlig ausgebrannt. Es wäre sicher das Klügste, es zu verkaufen«, sagte sie traurig.

»Unsinn! Du kannst es doch renovieren lassen«, sprach Billy ihr Mut zu. Der Schrecken über ihre Geschichte saß ihm noch immer in den Gliedern, und er wünschte, er wäre bei ihr gewesen, um sie zu trösten. Wenigstens konnte er jetzt ungestört mit ihr telefonieren, denn als seine Mutter ihn zu Beginn des Gesprächs beim Weinen ertappt hatte, hatte sie alle Familienmitglieder aus der Küche gescheucht, einschließlich seiner Verlobten.

»Ich weiß nicht, ob ich das überhaupt möchte«, sagte Marie-Ange nachdenklich. Sicher, das Château war ihr Heim, ihr Elternhaus, doch nach all den schrecklichen Geschehnissen war sie sich nicht mehr sicher, ob sie jemals wieder dort leben wollte. »Es ist so viel Schlimmes dort passiert, Billy.«

»Und auch viel Schönes. Ehe du irgendwelche voreiligen Schritte unternimmst, solltest du erst einmal in Ruhe über alles nachdenken. Wie wäre es, wenn du einfach hierher kommst und dich für eine Weile ausspannst?«, schlug er vor.

Marie-Ange fand diese Vorstellung ungemein reizvoll, auch wenn sie in Iowa natürlich in einem Hotel würde wohnen müssen. Sie konnte Billys Mutter nicht zumuten, eine Frau mit zwei kleinen Kindern bei sich aufzunehmen, zumal auf der Farm jeder von morgens bis abends beschäftigt war.

»Mal sehen«, sagte sie. »Zu deiner Hochzeit im Juni werde ich aber leider nicht kommen können. Die Anwälte meinen, dass ungefähr zu diesem Zeitpunkt die Hauptverhandlung stattfinden wird. Aber den genauen Termin werde ich noch erfahren.«

»Ich auch«, erwiderte er vergnügt, als habe er soeben einen guten Witz zum Besten gegeben.

»Was willst du damit sagen?«, erkundigte sich Marie-Ange.

»Dass mein Hochzeitstermin noch nicht feststeht. Wir sind übereingekommen, die Hochzeit um ein weiteres Jahr zu verschieben. Wir mögen uns sehr, aber manchmal habe ich meine Zweifel. Bis dass der Tod euch scheidet – das ist eine verdammt lange Zeit. Meine Mom meint, ich solle nichts übereilen. Auch Debbie ist sich mittlerweile nicht mehr so sicher. Sie meint, sie würde lieber in Chicago leben. Du weißt ja, wie das Leben in Iowa aussieht. Besonders viel Abwechslung wird einem hier nicht geboten.«

»Ihr könntet doch ab und zu ein Wochenende in Chicago verbringen. Das würde euch sicher gut tun«, sagte Marie-Ange ehrlich überzeugt. Sie gönnte Billy alles Glück dieser Welt. Ihr eigenes Glück war im wahrsten Sinne des Wortes zu Asche zerfallen;

sie hatte keine Erwartungen mehr an die Zukunft, wollte nur in Frieden und Ruhe mit ihren Kindern leben. Denn wie sollte sie nach Bernard jemals wieder einem Mann trauen? Aber wenigstens gab es Billy, den sie wie einen Bruder liebte und auf den sie sich voll und ganz verlassen konnte. Er war ihr einziger Freund, der einzige Mensch auf der Welt, dem sie jetzt noch vertrauen konnte. Und im Moment hätte sie ihn dringend an ihrer Seite gebraucht. »Kannst du mich nicht für ein paar Tage in Paris besuchen?«, fragte sie zaghaft. »Du kannst in meinem Appartement wohnen. Ich würde dich so schrecklich gern wieder sehen«, fügte sie sehnsüchtig hinzu.

»Das geht mir genauso«, erwiderte er. »Außerdem würde ich deine Kinder gern einmal kennen lernen.«

»Was macht übrigens dein Französisch?«

»Oh, das gerät leider immer mehr in Vergessenheit. Schließlich habe ich niemanden, mit dem ich üben kann.«

»Dann sollte ich dich öfter anrufen!« Marie-Ange wollte Billy nicht fragen, ob er sich die Reise nach Frankreich leisten konnte. Das hätte ihn ebenso in seinem Stolz gekränkt wie der Vorschlag, ihm die Reise zu spendieren.

»Zurzeit ist hier alles recht ruhig«, sagte er, als hätte er ihre Gedanken gelesen. »Ich werde mit Dad reden und ihn fragen, ob er mich für ein, zwei Wochen entbehren könnte. Mal sehen, was ich tun kann.«

»Danke, dass du immer für mich da bist, Billy«, sagte Marie-Ange voller Wärme.

»Wozu hat man denn Freunde? Du kannst immer auf mich bauen, Marie-Ange. Ich hoffe, du weißt das. Du hättest dich schon früher bei mir aussprechen sollen. Manchmal hatte ich das Gefühl, dass irgendetwas nicht stimmt, aber dann hast du dich wieder absolut glücklich angehört.«

»Ich war auch oft glücklich, eigentlich die meiste Zeit über.

Vor allem über meine Kinder. Ach, die beiden sind so niedlich, Billy! Aber Bernard hat mir mit seiner Verschwendungssucht oft schlaflose Nächte beschert.«

»Gott sei Dank ist es damit nun vorbei«, warf er ein. »Jetzt ist nur noch wichtig, dass es dir und den Kindern gut geht.«

»Hm … was hältst du davon, wenn … wenn ich dir das Geld für ein Flugticket leihe?«, stieß Marie-Ange nun doch stockend hervor. So einsam und verloren, wie sie sich fühlte, genügte es ihr nicht, Billy nur am Telefon zu hören. Sie wollte ihn sehen, seine Wärme spüren, und es wäre zu schade, wenn dies allein am Geld scheitern würde. Vor nicht einmal drei Jahren war sie nach Frankreich aufgebrochen, aber sie kamen ihr wie hundert Jahre vor. So vieles war geschehen; sie hatte grenzenloses Glück erfahren und tiefes Leid.

»Wenn ich mir von dir Geld für ein Ticket geben lasse, verhalte ich mich im Grunde nicht anders als dein Mann«, entgegnete er ernst. Er verachtete Männer wie Bernard, die Frauen schamlos ausnutzten.

»Ach, solange du von dem Geld keine Ölquelle kaufst, sehe ich da keine Gefahr«, erwiderte sie lachend.

»Oh, da bringst du mich ja glatt auf eine Idee«, sagte er, in der Annahme, es habe sich um einen Scherz gehandelt. »Nun, ich werde in Ruhe über alles nachdenken und dich dann wieder anrufen.«

»Ja, ich freu mich schon darauf«, sagte sie weich, ehe sie lachend hinzufügte: »Ach, übrigens – ein frohes Neues Jahr!«

»Das wünsche ich dir auch. Und tu mir einen Gefallen, Kleines, ja?«

»Welchen denn?«, fragte sie, glücklich über die alte Vertrautheit, die nach wie vor zwischen ihnen herrschte.

»Keine überstürzten Entscheidungen mehr, bis ich komme.«

»Heißt das, du kommst?«

»Nun ja, mal sehen, was sich machen lässt. Aber pass einfach gut auf dich und die Kinder auf. Und falls Bernard aus dem Gefängnis entlassen werden sollte, verlange ich von dir, dass du dich sofort ins nächste Flugzeug setzt und hierher kommst.«

»Ich glaube nicht, dass es dazu kommen wird. Zumindest nicht in absehbarer Zeit«, sagte sie, gerührt von Billys Sorge und Anteilnahme.

Nach dem Telefongespräch sah Marie-Ange noch einmal nach den Kindern. Beide schliefen tief und friedlich, Heloise im Elternschlafzimmer und Robert in seinem Gitterbettchen im Nebenzimmer. Als Marie-Ange dann gleichfalls zu Bett ging, wanderten ihre Gedanken zu Billy, und sie schlief mit einem Lächeln auf den Lippen ein.

Und während Marie-Ange selig einschlummerte, führte Billy jenseits des Atlantiks gerade ein Gespräch mit seinem Vater. Tom Parker reagierte auf Billys Bitte, ihm das Geld für ein Flugticket nach Frankreich zu leihen, zunächst etwas befremdet, erklärte sich dann aber sofort dazu bereit, zumal Billy versprach, die Summe bald zurückzuzahlen. Er hatte für die Flitterwochen Geld gespart und schon vierhundert Dollar beiseite gelegt.

Anschließend kehrte Billy ins Wohnzimmer zurück, wo der Rest der Familie saß, ließ sich in einen Sessel fallen und starrte abwesend vor sich hin. Seine Schwestern warfen sich viel sagende Blicke zu.

»Was ist los mit dir?«, fragte seine älteste Schwester schließlich, während sie ihr Baby an ihren Mann weiterreichte.

»Ach, nichts«, brummte Billy. Doch sein Bedürfnis, sich auszusprechen, war zu groß, und so er erzählte ihnen über die schrecklichen Dinge, die Marie-Ange widerfahren waren. Seine Schwestern schlugen die Hände über den Köpfen zusammen und äußerten lautstark ihr Entsetzen, während Debbie, Billys Verlobte, nur interessiert lauschte. »Ich werde nach Paris fliegen«, sagte er abschließend. »Sie hat eine schreckliche Zeit hinter sich und braucht dringend Beistand. Das bin ich ihr um der alten Zeiten willen einfach schuldig«, fügte er hinzu.

»Und ich werde nach Chicago ziehen«, warf Debbie plötzlich ein, worauf alle verstummten und sie erstaunt ansahen.

»Wie das?«, fragte Billy verdutzt.

Verlegen schlug sie die Augen nieder. »Ich wollte es dir schon die ganze Woche sagen. Ich habe in Chicago einen Job gefunden und werde bald umziehen.«

»Und wie soll es dann weitergehen?« Billy spürte plötzlich ein seltsames Flattern im Magen. Er wusste nicht, ob er über Debbies Entschluss erleichtert oder traurig sein sollte. In letzter Zeit war er sich seiner Gefühle für sie nicht mehr sicher gewesen, vor allem, wenn er an die bevorstehende Hochzeit dachte.

»Das weiß ich noch nicht«, antwortete Debbie, ohne sich darum zu kümmern, dass Billys Familie zuhörte. »Aber ich glaube, wir sollten besser nicht heiraten.« Mit gesenkter Stimme fügte sie hinzu: »Ich will nicht den Rest meines Lebens auf einer Farm verbringen. Diese Vorstellung ist unerträglich für mich.«

»Aber das ist nun mal mein Leben«, erwiderte Billy ruhig. »Hier sind meine Wurzeln.«

»Du könntest ebenfalls etwas anderes tun. Du musst es nur wollen«, entgegnete sie anklagend.

»Lass uns draußen darüber reden«, schlug er vor. Er reichte Debbie ihren Mantel und ging mit ihr auf die Veranda hinaus.

Sobald die beiden das Zimmer verlassen hatten, begann Billys Familie wild durcheinander zu reden. Billys Mutter lag vor allem Marie-Anges Schicksal am Herzen, während seine Schwestern eher über Debbies Entscheidung und die daraus folgenden Konsequenzen diskutierten.

»Glaubst du, Debbie und Billy werden sich wieder zusammenraufen?«, wandte sich Billys älteste Schwester an ihre Mutter.

»Das weiß Gott allein«, erwiderte Mrs Parker achselzuckend. »Die Menschen sind schon eigenartige Wesen. Diejenigen, die wunderbar zusammenpassen würden, heiraten nicht. Und diejenigen, die überhaupt nicht zusammenpassen, stürzen sich Hals über Kopf in die Ehe. Kein Wunder, dass so viele Ehen unglücklich sind. Obwohl ja einige wenige ganz gut funktionieren … zum Beispiel die zwischen eurem Dad und mir«, fügte sie augenzwinkernd hinzu und warf ihrem Gatten ein schelmisches Lächeln zu.

Als Billy nach einer Weile ohne Debbie zurückkehrte, blickten alle gespannt auf. Doch er ging ohne ein Wort der Erklärung geradewegs in sein Zimmer und schloss die Tür sacht, aber bestimmt hinter sich zu.

Zwölftes Kapitel

Als das Flugzeug aus Chicago am Flughafen Charles-de-Gaulle landete, begann Marie-Anges Herz vor Aufregung schneller zu schlagen. Sie hatte ihre beiden Kinder zum Flughafen mitgenommen, Robert auf dem Arm und Heloise in ihrem Buggy. Gegen die winterliche Kälte hatte Marie-Ange die Kinder und sich warm angezogen. Die Kinder trugen niedliche rote Plüschmäntel, aus denen nur ihre Nasenspitzen hervorlugten, während Marie-Ange in eine feste Hose, einen dicken Pullover und ihren Wintermantel gehüllt war. In einer Hand hielt sie eine Rose für Billy.

Sie erspähte ihn, sobald er aus dem Flugzeug gestiegen war. Sein roter Haarschopf und der schlaksige Gang waren Marie-Ange so vertraut, dass auf der Stelle zahllose Erinnerungen auf sie einstürmten: die gemeinsamen Fahrten im Schulbus, die ernsthaften Gespräche am Fluss, die heimelige Wärme der Parker-Farm. Ja, er sah genauso aus wie damals, nur trug er statt der Arbeitskleidung eine Jeans, ein weißes Hemd, eine warme Jacke und nagelneu aussehende Turnschuhe. Kaum hatte er Marie-Ange entdeckt, strahlte er über das ganze Gesicht und kam winkend auf sie zugerannt.

Sprachlos vor Ergriffenheit überreichte sie ihm die Rose. Er nahm sie und sah Marie-Ange einen Moment lang prüfend an, bis er sie schließlich ungestüm an sich riss und umarmte. Als

Marie-Ange seine Nähe spürte und seinen vertrauten Geruch einatmete, hatte sie das Gefühl, nach Hause zu kommen. Selbst die über zwei Jahre dauernde Trennung, in der beide ihr eigenes Leben geführt hatten, hatte ihrer Freundschaft nichts anhaben können. Das Band zwischen ihnen, das aus Vertrauen, Liebe und Achtung gewebt war, war unzerreißbar. Schließlich ließ Billy Marie-Ange wieder los und wandte sich lächelnd ihren Kindern zu. Zärtlich kniff er Robert in die Wange, zauste Heloise durch ihre Locken und sagte dann charmant zu Marie-Ange, die Kinder seien wunderhübsch und sähen ihr sehr ähnlich.

Auf dem Weg zur Gepäckausgabe berichtete ihm Marie-Ange über den Verlauf der Vorverhandlung. Man legte Bernard drei Fälle von versuchtem Mord zur Last und wollte auch die Ermittlungen über den Tod von Louises Sohn Charles wieder aufnehmen. Laut dem Staatsanwalt war es angesichts der neuen belastenden Beweislage sehr wahrscheinlich, dass man Bernard im Falle von Charles des Mordes anklagen würde.

»Ich wünschte, ich würde den Kerl zwischen die Finger kriegen!«, stieß Billy mit ungewohnter Heftigkeit hervor. Bei der Vorstellung, was Marie-Ange durchgemacht hatte, stieg jedes Mal eine ungeheure Wut in ihm hoch. Auch während des langen Fluges war er immer wieder von quälenden Bildern heimgesucht worden, die seinen Hass auf Bernard geschürt hatten. Debbie war inzwischen nach Chicago gezogen, und Billy und sie hatten die Verlobung in beidseitigem Einvernehmen aufgelöst. Doch das hatte er Marie-Ange noch nicht erzählt. Er wollte sie nicht mit seinen privaten Dingen belasten und in Unruhe versetzen.

Marie-Ange hatte für Billys zweiwöchigen Besuch bereits viele Pläne gemacht. Sie wollte ihm alle Sehenswürdigkeiten von Paris zeigen, den Louvre, den Eifelturm, den Bois de Boulogne, die Tuilerien sowie kleine verschwiegene Plätze, die nur die Einheimischen kannten. Natürlich wollte sie mit ihm auch nach Marmouton fahren, damit er den Ort, von dem sie ihm so viel erzählt hatte, endlich mit eigenen Augen sehen würde. Da das Château nicht bewohnbar war, würden sie eine Nacht in einem Hotel in der Stadt verbringen und am nächsten Tag nach Paris zurückfahren. Marie-Ange freute sich schon darauf, mit Billy durch die Felder und Wälder von Marmouton zu spazieren und mit ihm durch den Obstgarten zu streifen. Außerdem wollte sie seinen Rat einholen, ob sie das Château wieder aufbauen sollte oder nicht. Falls sie sich tatsächlich dazu entschließen sollte, würde sie jedoch auf all den übertriebenen Luxus, wie ihn Bernard gefordert hatte, verzichten. Sie wollte das Haus lieber wieder zu dem behaglichen Heim machen, das sie aus ihrer Kindheit kannte. Vielleicht könnte sie ja mit den Kindern wieder ganz nach Marmouton ziehen, das wäre für sie alle sicher eine gute Lösung. Doch sie wollte sich mit ihrer Entscheidung noch Zeit lassen.

Als Billy seine kleine Reisetasche vom Drehband holte, musterte ihn Marie-Ange verstohlen von der Seite. Sie stellte fest, dass er sich verändert hatte. Er war erwachsener geworden, selbstbewusster, mehr in Einklang mit sich selbst. Ja, er war ein Mann geworden. Und auch sie hatte sich verändert. Sie war zur Frau herangereift, sie war Mutter. Sie hatte viel erlebt, großes Glück und unvorstellbares Leid. Aber so erwachsen Billy und sie inzwischen auch sein mochten, an ihrer tiefen Freundschaft hatte sich nichts geändert. Jetzt wandte er sich ihr mit seinem offenen sommersprossigen Gesicht zu, nahm ihr den kleinen Robert vom Arm und trug ihn zum Ausgang, während sie den Buggy neben ihm herschob.

»Es ist wie nach Hause zu kommen, findest du nicht?«, fragte er, worauf sie ihn lächelnd ansah. In seinen Augen entdeckte sie ein flüchtiges Aufflackern, und sie fragte sich, was er wohl denken mochte. Früher hatten sie immer die Gedanken des anderen lesen können.

»Ich habe gerade gedacht, wie verdammt froh ich bin, dass du aus diesem Badezimmerfenster gesprungen bist«, sagte er jetzt. »Andernfalls hätte ich diesen Kerl nämlich umgebracht.«

»Ja, ich auch. Ich meine, ich bin auch froh, dass ich gesprungen bin«, erwiderte sie glücklich. Mit den beiden Kindern sahen sie wie eine Familie aus. Die entgegenkommenden Menschen lächelten ihnen zu, als freuten sie sich an ihrem Glück. Marie-Ange war selig, weil sie Billy nun zwei Wochen für sich hatte. Sie würden stundenlange Gespräche führen, sich endlich wieder ihre Träume und Geheimnisse anvertrauen und über Gott und die Welt unterhalten. Sie würden sich gegenseitig wieder neu entdecken und gemeinsam Paris erkunden. Es war, als würde sich hinter ihnen eine Tür schließen und vor ihnen eine andere Tür öffnen. Eine Tür in eine verheißungsvolle, wunderschöne neue Welt.